E L JAMES

The Missus

GOLDMANN

E L James

The Missus

Roman

Deutsch von
Andrea Brandl, Sonja Hauser, Karin Dufner,
Christine Heinzius und Jeannette Bauroth

GOLDMANN

Die Originalausgabe erschien 2023 unter dem Titel
»The Missus« bei Bloom Books, an imprint of Sourcebooks, Naperville, Illinois.

1. Auflage
Deutsche Erstausgabe Juni 2023

Gestaltung des Umschlags und der Umschlaginnenseiten: UNO Werbeagentur München
Cover design: E L James and Brittany Vibbert / Sourcebooks
Cover images © E L James
Redaktion: Kerstin von Dobschütz und Regina Carstensen
BH · Herstellung: ik
Satz: GGP Media GmbH, Pößneck
Druck und Bindung: GGP Media GmbH, Pößneck
Printed in Germany
ISBN: 978-3-442-49499-6

www.goldmann-verlag.de

Für D. in Liebe

EINS

Eindringlich hallen meine Schritte von dem glänzenden Fußboden wider, und ich muss die Augen gegen das grelle Neonlicht zusammenkneifen.

»Hier entlang.« Die Ärztin aus der Notaufnahme schiebt mich in den kühlen, sterilen Raum, der sich als Pathologie entpuppt.

Auf dem Tisch liegt die Leiche meines Bruders, reglos unter einem weißen Laken.

Der Schock erschüttert meinen Körper, legt sich schwer auf meine Brust, presst den Atem aus meiner Lunge. Nichts hätte mich auf diesen Anblick vorbereiten können.

Kit, mein älterer Bruder.

Mein Prüfstein.

Kit, der zwölfte Earl of Trevethick.

Tot.

»Ja. Das ist er.« Die Worte fühlen sich wie Watte in meinem Mund an.

»Danke, Lord Trevethick«, murmelt die Ärztin.

Scheiße. Das ist jetzt mein Titel.

Ich blicke auf Kit.

Aber er ist es nicht. Stattdessen liege *ich* auf dem Seziertisch – mit schwersten Verletzungen, zahllosen Prellungen … kalt … tot.

Ich? Aber wie ist das möglich?

Ich sehe zu, wie Kit sich über mich beugt und mir einen Kuss auf die Stirn gibt. »Leb wohl, Scheißkerl«, krächzt er mit vor ungeweinten Tränen rauer Stimme. »Du schaffst das schon. Dafür wurdest du geboren.« Er verzieht das Gesicht zu diesem schiefen, herzlichen Lächeln, das den seltenen Momenten vorbehalten ist, wenn er hackedicht ist.

Kit! Nein! Das muss ein Irrtum sein!

Warte!

»Du schaffst das, Ersatzmann«, sagt er. »Du bist die Dreizehn. Glückszahl.« Sein Lächeln verfliegt, und er verschwindet. Und dann bin plötzlich ich wieder derjenige, der neben dem Seziertisch steht, und beuge mich über seine schlafende Gestalt. Doch die schweren Verletzungen täuschen, denn er schläft nicht … sondern er ist tot.

Nein! Kit! Nein! Doch meine Kehle ist so eng vor Trauer und Schmerz, dass die Worte nicht über meine Lippen kommen.

Nein! Nein!

Mit hämmerndem Herzen wache ich auf.

Wo bin ich?

Ich brauche eine Millisekunde, um mich zu orientieren, während sich meine Augen an das Halbdunkel gewöhnen. Alessia liegt dicht bei mir, den Kopf auf meiner Brust, eine Hand auf meinem Bauch. Nach einem tiefen Atemzug spüre ich, wie meine Panik allmählich zurückweicht wie eine sanfte Welle am Ufer eines Binnenmeers.

Ich bin in Kukës in Nordalbanien, im Haus ihrer Eltern. Jenseits des Sees zeigt sich das erste Licht der Dämmerung.

Alessia ist hier. Bei mir. In Sicherheit. Sie schläft tief und fest. Vorsichtig lege ich den Arm enger um sie, küsse ihr Haar und atme ihren Duft ein. Die Mischung aus Lavendel, Rose und meinem süßen Mädchen beruhigt und erregt mich zugleich.

Mein Körper erwacht, heiße, schwere Begierde strömt hinab in meine südlichen Regionen.

Ich will sie. Noch einmal.

Dieses Verlangen ist noch neu, aber schon jetzt zu einem Teil von mir geworden und immer besonders ausgeprägt, wenn ich in ihrer Nähe bin. Sie ist so hinreißend und bezaubernd, dass ich wie ein Süchtiger nach ihr lechze. Trotzdem widerstehe ich dem Bedürfnis, sie zu wecken, denn diese Frau hat die neun Kreise der Hölle durchgemacht.

Schon wieder.

Verdammt.

Ich zwinge mich, meinen Körper unter Kontrolle zu bringen, und schließe die Augen, als Wut und Reue in mir aufsteigen. Ich habe zugelassen, dass sie mir entrissen wurde, dass dieses gewalttätige Arschloch, ihr sogenannter »Verlobter«, sie mir gestohlen hat. Was sie erdulden musste, will ich lieber nicht wissen, doch ihre Blutergüsse und Schnittwunden lassen Schlimmes ahnen.

So etwas wird nie wieder passieren, das lasse ich nicht zu.

Gott sei Dank, dass sie jetzt in Sicherheit ist.

Lass sie schlafen.

Sanft spiele ich mit ihrem Haar, staune wie gewohnt, wie weich es ist, als ich eine Strähne zärtlich über meinen Mund gleiten lasse.

Meine Liebe. Mein wunderschönes, mutiges Mädchen.

So viel hat sie in der kurzen Zeit erlebt. Menschenhandel, Obdachlosigkeit. Dann, endlich, eine bezahlte Stelle … und der Tag, als wir uns begegnet sind. Und uns ineinander verliebt haben.

Meine bildschöne Putzfrau.

Und künftige Braut.

Ich schließe wieder die Augen, schmiege mich enger an sie, spüre ihre Wärme und nicke ein.

Etwas reißt mich abrupt aus dem Schlaf.

Was war das?

Es muss einige Zeit vergangen sein, denn es ist deutlich heller im Zimmer.

»*Alessia!*«

Ihre Mutter ruft sie.

Mist! Wir haben verschlafen!

»Alessia! Wach auf. Deine Mutter ruft dich.« Ich küsse ihre Stirn. Mit einem leisen Stöhnen löst sie sich aus meinen Armen und setzt sich auf. »Alessia! Schnell! Dein Vater erschießt uns alle beide, wenn er uns hier findet.«

Unwillkürlich schiebt sich das Bild von gestern Abend vor mein geistiges Auge: ihr Vater mit seiner Schrotflinte vor uns.

Sie werden meine Tochter heiraten.

Wieder ruft ihre Mutter. Alessia schlägt die Augen auf und sieht mich blinzelnd an, mit zerzaustem Haar, schlaftrunken und unglaublich erregend. Auf ihrem Gesicht erscheint ein strahlendes Lächeln, das mich einen Moment lang den bedrohlichen Anblick ihres Vaters mit dem Finger am Abzug vergessen lässt.

»Guten Morgen, Schönheit.« Ich streichle ihre Wange, sorgsam darauf bedacht, die Schramme nicht zu berühren. Sie schließt die Augen und schmiegt sich in die Berührung. »Deine Mutter ruft.«

Sofort reißt sie die Augen auf, und das Lächeln weicht einem erschrockenen Ausdruck. Bis auf das kleine goldene Kreuz um ihren Hals ist sie nackt. *»O Zot! O Zot!«*

»Genau. *O Zot!*«

»Mein Nachthemd!«

Ein leises, aber dringliches Klopfen an der Tür ertönt. »Alessia!«, zischt Mrs. Demachi.

»Verdammt! Versteck dich! Ich mache das schon.« Mein Herz hämmert wie verrückt.

Alessia springt aus dem Bett und bietet mir einen Blick auf ihren nackten Prachtkörper, während ich in meine Jeans schlüpfe. Am liebsten würde ich in Gelächter ausbrechen. Es ist, als wären wie Akteure eines billigen Schmierenstücks. Völlig verrückt. Wir sind beide erwachsen und wollen heiraten. Ich sehe zu Alessia hinüber, die sich in ihr züchtiges Nachthemd kämpft, gehe zur Tür und öffne sie mit gespielter Verschlafenheit einen Spalt breit. Wie erwartet steht ihre Mutter davor. »Guten Morgen, Mrs. Demachi.«

»Guten Morgen, Lord Maxim. Alessia?«

»Ist sie schon wieder verschwunden?« Ich setze eine besorgte Miene auf.

»In ihrem Bett ist sie nicht.«

Hinter mir höre ich Alessia über den kalten Fliesenboden tappen, dann schlingt sie die Arme um meine Taille und späht an mir vorbei. »Ich bin hier, Mama«, flüstert sie auf Englisch – meinetwegen nehme ich an.

Verdammter Mist!

Wir sind aufgeflogen, und nun stehe ich vor meiner künftigen Schwiegermutter als Lügner da. Mein entschuldigendes Achselzucken quittiert Shpresa mit einem gänzlich humorfreien Stirnrunzeln.

Scheiße.

»Alessia!«, zischt sie erneut und blickt nervös über ihre Schulter. »Po të gjeti yt atë këtu.«

»E di. E di.« Als Reaktion auf meine finstere Miene lächelt

Alessia mir zerknirscht zu und küsst mich zart auf die Lippen, dann schlüpft sie in ihrem hochgeschlossenen Nachthemd zur Tür hinaus und folgt ihrer Mutter mit einem verführerischen Blick über die Schulter die Treppe hinauf. Natürlich verzeihe ich ihr sofort, dass sie mich vor ihrer Mutter als Lügner entlarvt hat, und lausche dem scharfen Getuschel der beiden auf Albanisch. Alessias Vater höre ich nirgendwo.

Ich glaube, wir sind noch mal davongekommen.

Tja, er hat Ja gesagt, sie sei jetzt mein Problem. Verärgert schüttle ich den Kopf und schließe die Tür. Alessia *ist* kein Problem, verdammt noch mal! Sie ist eine Frau, die weiß, was sie will. Wie kann er so etwas denken? Es bringt mich auf die Palme. Kulturell betrachtet liegen Welten zwischen mir und ihrem Vater, und bei allem Respekt, den ich ihm entgegenbringen will, sollte ihm dringend jemand klarmachen, dass wir im einundzwanzigsten Jahrhundert leben. Es liegt auf der Hand, weshalb Alessia ihn satthat. Schon in Cornwall hat sie sein aufbrausendes Naturell erwähnt. Ihn vermisse sie überhaupt nicht, sondern nur ihre Mutter, meinte sie.

Je schneller wir von hier verschwinden, desto besser.

Wie lange dauert es, bis wir heiraten können?

Vielleicht sollten wir das Ganze einfach sausen lassen.

Und durchbrennen?

Wir könnten im Plaza Hotel in Tirana unterschlüpfen, bis sie ihren neuen Pass bekommt, und gemeinsam die Stadt erkunden. Wie lange dauert die Ausstellung so eines Passes überhaupt? Lange genug, dass ihr Vater uns mit seiner Flinte verfolgen kann? Keine Ahnung, außerdem bezweifle ich, dass Alessia von der Idee so begeistert wäre.

Doch diese ständige Heimlichtuerei ist absolut lächerlich. Als wären wir ins Mittelalter zurückversetzt, und ich bin nicht sicher, wie lange ich noch mitspielen will.

Ich sehe auf die Uhr. Es ist immer noch früh, deshalb ziehe ich meine Jeans wieder aus und gehe zurück ins Bett. Dann liege ich da, starre an die Decke und lasse die Ereignisse der letzten Tage Revue passieren, während mir Fetzen meines Traums von heute Morgen in den Sinn kommen.

Was zum Teufel hatte das denn zu bedeuten?

Kit?

Der damit einverstanden ist, dass ich den Familientitel erbe.

Darum ging es?

Würde er meinen übereilten Antrag und diese Heirat unter dem Vorwand einer Schwangerschaft gutheißen?

Wohl kaum. Vielleicht ist das die Bedeutung des Traums. Wenn ich es mir recht überlege, wird vermutlich niemand aus meiner Familie begeistert sein. Ich schließe die Augen und male mir die Reaktion meiner Mutter auf diese Neuigkeit aus. Vielleicht freut sie sich ja, mich unter der Haube zu sehen … endlich.

Bestimmt nicht. Sie wird schäumen vor Wut. Garantiert.

Vielleicht steht der Traum ja dafür, dass Kit seine Solidarität anbietet.

Könnte sein.

Ja.

Bestimmt ist das die Bedeutung des Traums.

Ihre Mutter ist stocksauer, und Alessia weiß nicht, was sie tun soll, um sie zu besänftigen.

»Was hast du dir dabei gedacht?«, schimpft Shpresa.

Alessia hebt nur eine Braue.

»Alessia!« Ihre Mutter interpretiert die Geste völlig richtig. »Dass dieser Mann dir deine Jungfräulichkeit genommen hat, heißt noch lange nicht, dass du nicht bis nach der Hochzeit warten musst.«

Mama!

»Wenn dein Vater dich erwischt!« Shpresa seufzt. »Ich glaube, er ist weggegangen. Vielleicht, um nach dir zu suchen. Wenn er wüsste, was du hier treibst, bekäme er bestimmt einen Herzinfarkt.« Sie schnalzt mit der Zunge, doch ihre Züge sind eine Spur weicher geworden, als sie ins Wohnzimmer treten. »Du bist ja bereits schwanger, deshalb …« Resigniert zuckt sie mit den Achseln.

Alessia spürt, wie sie rot wird. Soll sie ihrer Mutter die Lüge beichten?

»Er ist ja gut in Form, dein attraktiver Adliger.« Shpresa mustert ihre Tochter mit einem neckenden Lächeln.

»Mama!«

»Er hat eine Tätowierung.«

»Ja. Es ist das Wappen seiner Familie.«

»Verstehe.« Missbilligend schürzt Shpresa die Lippen.

Jetzt zuckt Alessia mit den Achseln. Ihr gefällt sein Tattoo.

Ihre Mutter lächelt. »Und behandelt er dich auch gut … im Bett?«

»Mama!« Alessias Stimme erhöht sich um mehrere Oktaven.

»Aber so was ist doch wichtig. Ich will, dass du glücklich bist, und du musst ihn glücklich machen. Außerdem kommt bald das Kind, und dann … nun ja …« Ihre Mutter schnaubt. Die Enttäuschung dringt ihr aus sämtlichen Poren, während Alessia sie mit ausdrucksloser Miene ansieht.

Was soll sie jetzt machen? Ihren Eltern sagen, dass sie sie belogen hat?

Und so erging es ihrer Mutter nach Alessias Geburt?

Darüber will sie lieber gar nicht erst nachdenken. Außerdem ist es noch viel zu früh am Tag für so ein Gespräch.

»Ich glaube, er ist glücklich«, sagt sie schließlich.

»Gut. Wir können auch gern ausführlicher darüber sprechen.«

»Ich will aber nicht ausführlicher darüber sprechen«, erwidert Alessia entsetzt.

»Hast du denn gar keine Fragen?«

Allein bei dem Gedanken wird Alessia blass. »Nein!«

»Nun ja, dafür ist es wohl auch ein bisschen zu spät. Aber solltest du doch noch Fragen haben, sind dein Vater und ich …«

»Mama, hör auf!« Alessia presst sich die Hände auf die Ohren. »Ich will das alles gar nicht wissen.«

Ihre Mutter lacht gutmütig. »Wie schön, dass du wieder da bist, mein Herz. Du hast mir so gefehlt.« Ihr Lachen verklingt, und ihre Miene wird ernst. »Ich habe die halbe Nacht wach gelegen, weil ich daran denken musste, was Lord Maxim gesagt hat. Ich konnte vor Sorge gar nicht schlafen.«

»Was denn, Mama?«

Shpresa holt tief Luft, als müsse sie sich innerlich für das Grauenvolle wappnen, das sie gleich aussprechen wird. »Er hat etwas von Sexhandel gesagt.«

Alessia keucht. »Ach, Mama, ich muss dir so viel erzählen, aber jetzt gehe ich erst einmal duschen.«

Ihre Mutter schließt Alessia in die Arme. »Mein süßes Kind«, sagt sie ihr leise ins Ohr. »Ich bin so froh, dass du zu Hause bist. Und in Sicherheit.«

»Ich auch, Mama. Und kein Anatoli mehr.«

Shpresa nickt. »Und dein Verlobter … Neigt er auch zur Gewalttätigkeit?«

»Nein. Nein. Das tut er nicht. Ganz im Gegenteil.«

Ihre Mutter lächelt. »Wann immer du von ihm sprichst, strahlst du mit der Sonne um die Wette.« Sie nimmt Alessias Hand und betrachtet bewundernd den Verlobungsring an ihrem Finger. »Er hat Geld und Geschmack.«

Nickend blickt Alessia auf den funkelnden Brillantring.

Der nun ihr gehört.

Sie kann es immer noch kaum fassen.

»Geh duschen. Ich mache das Frühstück.«

Alessia steht unter dem warmen Duschstrahl im Familienbadezimmer. Es kommt zwar nicht mit demselben Druck aus der Leitung wie in Cornwall, trotzdem genießt sie die Wärme, während sie sich abschrubbt. Zum ersten Mal gestattet sie sich, die Ereignisse der vergangenen Tage Revue passieren zu lassen.

Anatoli. Ihre Entführung. Die lange Reise hierher. Seine Brutalität.

Ein Schauder überläuft sie. Jetzt ist er nicht länger Teil ihres Lebens. Wofür sie dankbar ist.

Und sie wurde mit offenen Armen zu Hause aufgenommen. Selbst ihr Vater hat zugegeben, dass er sie vermisst hat.

Alessia schließt die Augen und massiert energisch das Shampoo in ihr Haar, während sie mit ihrem schlechten Gewissen kämpft. Dass sie ihre Eltern belogen hat, fühlt sich wie ein schmerzhafter Dorn in ihrem Fleisch an.

Natürlich ist sie nicht schwanger, aber soll sie ihnen die Wahrheit gestehen?

Was würde ihr Vater dazu sagen? Was würde er tun?

Sie hebt das Gesicht und lässt das warme Wasser über sich hinwegspülen.

Und dann ist da noch Maxim.

Sie muss lächeln. Nur ihretwegen hat er einen ganzen Kontinent durchquert, mit einem Ring im Gepäck, um sie um ihre Hand zu bitten. Das hätte sie weder in ihren kühnsten Träumen erwartet noch gehofft. Nun muss sie herausfinden, was Maxim davon hält, eine albanische Hochzeit aufgezwungen zu bekommen.

Gestern Abend hatte er jedenfalls keine Einwände.

Trotzdem wünschte sie, ihr Vater wäre weniger beharrlich.

Sie wäre sehr viel lieber wieder in London und fürchtet, dass es Maxim genauso geht. Wie lange hält er es noch in Kukës aus, bevor ihm langweilig wird? Er ist an ein gänzlich anderes Leben gewöhnt, und hier gibt es nur wenig Ablenkung. Vielleicht sollten sie aus Kukës verschwinden und in England heiraten.

Käme das für Maxim infrage? Alessia spült ihr Haar mit klarem Wasser aus und hält inne.

Nein. Mama!

Sie kann ihre Mutter nicht zurücklassen, wo sie ihrem Vater ausgeliefert ist, sondern müsste sie mitnehmen. Ginge das? Hätte Maxim etwas dagegen? Schließlich spricht Shpresa fließend Englisch. Ihre Mutter, Alessias geliebte Großmutter Virginia, war Britin gewesen. Folglich müssten sie eigentlich Familie in England haben. Alessia hat keine Ahnung. Ihre Nana hat nie über ihre Herkunft gesprochen, weil ihre Familie damals gegen die Heirat mit einem Albaner gewesen war.

Wird es dasselbe mit Maxims Familie sein?

Werden sie auch mich ablehnen?

Der Gedanke lässt sie erschaudern. Maxim, der seine mittellose ausländische Putzfrau heiratet. Natürlich werden sie dagegen sein. Alessias Stimmung verdüstert sich.

Was kann ich tun?

Vielleicht sollten sie ja erst heiraten, nachdem sie seine Familie kennengelernt und herausgefunden hat, ob sie sie akzeptieren oder eben nicht, denn tief im Herzen wünscht sie sich ihren Segen.

Aber zuerst muss sie ihren Vater und dessen Erwartungen in den Griff bekommen. Er ist ein sturer, stolzer Mann mit einem schwer zu zügelnden Temperament und hat klipp und klar gesagt, dass er sie bis zum Ende der Woche verheiratet sehen will.

Geht das überhaupt?

Sie wäscht sich das Gesicht. Es gibt eine Menge zu tun. Und eine Menge, worüber sie nachdenken muss.

Ihre Mutter blickt auf und mustert sie, als Alessia die Küche betritt. »Du siehst anders aus«, bemerkt sie und stellt den Teig, den sie geknetet hat, zur Seite, damit er gehen kann.

»Liegt es an den Kleidern?« Alessia dreht sich um die eigene Achse. Sie trägt einen Rock, ein Oberteil und eine Strickjacke, alles Sachen, die Maxim ihr in Padstow gekauft hat.

»Ja, kann sein. Du wirkst abgeklärter.« Ihre Mutter tritt an die Spüle und wäscht sich die Teigreste von den Händen.

»Das bin ich auch«, antwortet Alessia leise. Sie wurde quer durch Europa verschleppt, war obdachlos, hat in einer der belebtesten Städte der Welt gelebt und sich verliebt … ehe ihr all das entrissen wurde, als ihr Verlobter sie entführte und um ein Haar vergewaltigte. Alessia erschaudert.

Denk nicht an ihn.

»Kaffee?«, fragt ihre Mutter.

»Ja, aber ohne Zucker.« Sie setzt sich an den Tisch.

Shpresa sieht sie erstaunt an. »Schmeckt er so überhaupt?«

»Man gewöhnt sich daran.«

Shpresa stellt eine Tasse vor Alessia hin und setzt sich mit ihrer eigenen Tasse gegenüber von ihr an den Tisch. »Erzähl. Was ist passiert, nachdem ich dich an der Straße nach Shkodër in den Kleinbus gesetzt habe?«

»Ach, Mama.« Alessias Lippen beben, als das enorme Ausmaß dessen, was ihr seit ihrer Abreise aus Albanien widerfahren ist, wie eine Woge in ihr aufsteigt. Stockend und zwischen Tränen schildert sie ihrer Mutter die ganze Geschichte.

Als ich erneut aufwache, fühle ich mich erfrischt und ausgeruht. Die Sonne steht höher am Himmel. Es ist halb zehn. Ziemlich spät. Eilig ziehe ich Jeans, T-Shirt und einen Pulli an. Demnächst muss ich ins Hotel und meine Sachen holen, aber vorher muss ich Genaueres über unsere erzwungene Hochzeit in Erfahrung bringen.

Im Esszimmer sitzen Alessia und ihre Mutter leise weinend am Tisch.

Was um alles in der Welt ist hier los?

»Was ist denn passiert?«, frage ich besorgt. Beide zucken vor Schreck zusammen.

Eilig wischt Alessia sich die Tränen ab, springt auf und stürzt sich in meine Arme.

»Hey, was ist passiert?«

»Gar nichts. Ich bin nur froh, dass du hier bist.« Sie schlingt die Arme um mich.

Shpresa erhebt sich ebenfalls und tupft sich die Augen trocken. »Guten Morgen, Lord Maxim.«

»Guten Morgen. Äh … Maxim reicht völlig aus.«

Sie lächelt verkniffen. »Kaffee?«

»Gern.«

»Kein Zucker, Mama«, sagt Alessia.

Ich hebe ihr Kinn an und blicke in ihre dunklen, traurigen Augen, die viel zu viel gesehen haben. Mein Herz zieht sich zusammen.

Meine Liebste.

»Warum bist du so aufgelöst?«

»Ich habe Mama erzählt, was passiert ist, nachdem ich aus Kukës fortgegangen bin.«

Mein Beschützerinstinkt tritt zutage. Ich ziehe sie enger an mich. »Verstehe.« Ich küsse ihr Haar und halte sie in den Armen, voller Dankbarkeit, dass all diese Qualen nun hinter ihr liegen. »Aber jetzt bin ich hier und werde dich nicht mehr aus den Augen lassen.«

Nie wieder.

Die Heftigkeit meiner Gefühle erstaunt mich. Ich will sie tatsächlich keine Sekunde aus den Augen lassen, weil sie schon mehr als genug durchgemacht hat. »Das ist mein voller Ernst«, füge ich hinzu. Mit den Fingerspitzen streicht sie über mein stoppeliges Kinn. Die Berührung hallt in mir wider … überall. »Ich muss mich rasieren.«

Sie grinst. »Dabei würde ich gern zusehen.«

»Tatsächlich?« Ich hebe vielsagend eine Braue.

Die Niedergeschlagenheit in ihren Augen ist einem belustigten Glitzern gewichen, auf das meine Lenden unmittelbar reagieren.

Das Geklapper der kleinen blechernen Kaffeekanne zerstört die Magie des Augenblicks jäh. Ich drücke Alessia einen Kuss auf die Nasenspitze und ziehe sie ein weiteres Mal an mich, während ich mich mit einem dümmlichen Grinsen umdrehe und die komplexe Prozedur der Kaffeezubereitung verfolge, bei der ihre Mutter mit einem langen Kaffeelöffel konzentriert in der Kanne rührt.

Mrs. Demachi lächelt mir flüchtig zu. »Setzen Sie sich

doch«, sagt sie. Mit einem Seitenblick auf die Flinte an der Wand lasse ich meine Verlobte los und nehme Platz.

Alessia holt eine Tasse mit Untertasse aus dem Schrank. Sie trägt den dunklen Jeansrock, den wir in Padstow gekauft haben und der sich perfekt um ihren wohlgeformten Hintern schmiegt.

Sie ist atemberaubend.

Ich rutsche auf meinem Stuhl nach hinten, während Alessia mir Kaffee aus der kleinen Kanne einschenkt. »Hier«, sagt sie und schiebt mir die Tasse hin, wobei ich das entzückte Funkeln in ihren dunklen Augen bemerke. Sie weiß genau, dass ich sie anstarre, und genießt es. Grinsend hebe ich die Tasse an meine Lippen und puste auf das heiße Getränk, wobei ich sie über den Rand hinweg ansehe. Ihre Lippen teilen sich, und sie holt scharf Luft. Mein Grinsen wird breiter.

Tja, was du kannst, kann ich auch.

Das Räuspern ihrer Mutter katapultiert uns in die Realität der Küche zurück. Alessia lacht und sagt etwas auf Albanisch zu Mrs. Demachi, die in stummer Missbilligung nickt.

Vorsichtig nippe ich an meinem Kaffee, der siedend heiß, aromatisch und bitter schmeckt, aber herrlich wärmt. Alessias Mutter zündet den Ofen an und rollt mit routinierten Bewegungen einen Teig aus, den sie zuerst in Streifen, dann in Quadrate schneidet. Ihre Geschwindigkeit ist beeindruckend. Kein Wunder, dass Alessia so gut kochen kann. Alessia tritt zu ihr, und fasziniert sehe ich zu, wie die beiden Frauen mit den Händen kleine, runde Teigbällchen formen. Ihre entspannte Routine lässt mich an Jessie und Danny in Tresyllian Hall in Cornwall denken. Alessias Mutter legt die Teigkugeln dicht nebeneinander auf ein Backblech, und Alessia streicht mit einem Plastikpinsel Milch darauf. Ihre

Versiertheit und ihr eingespieltes Miteinander haben etwas Tröstliches.

Verdammt, wo sind eigentlich meine Manieren?

»Kann ich irgendwie helfen?«, fragt Maxim.

Alessia schüttelt den Kopf, wohingegen ihre Mutter nickt. »Nein, Mama. Nicken bedeutet Ja.«

Shpresa lacht. »Wir sind nicht daran gewöhnt, dass Männer in der Küche helfen.« Ihre Augen blitzen humorvoll, während sie das Backblech in den Ofen schiebt.

Alessia deckt den Tisch. »Ich habe dir doch gesagt, dass in diesem Land nur die Frauen kochen«, sagt sie zu Maxim.

Das Frühstück ist ein Festmahl. Ich bin bereits bei der vierten Scheibe des herrlich frisch gebackenen Brots mit hausgemachter Beerenmarmelade und der zweiten Tasse Kaffee, als die Haustür zugeschlagen wird. Augenblicke später steht Mr. Demachi in einem dunklen Anzug und mit schwer zu deutender Miene im Türrahmen. Sofort springt Shpresa auf und gibt Wasser in die blecherne Kaffeekanne.

Vielleicht braucht sie eine größere.

Alessia steht ebenfalls auf, nimmt einen Teller und ein Messer aus dem Schrank und stellt beides ans Tischende. Demachi setzt sich, und es liegt auf der Hand, dass das hier normal ist. Der Mann wurde sein ganzes Leben lang bedient.

Äh … genauso wie ich. Aber nicht von meiner Mutter – oder von meiner Schwester.

»Mirëmëngjes«, knurrt er und sieht mich mit seinem gewohnt undurchdringlichen Gesichtsausdruck an.

»Mein Vater wünscht dir einen guten Morgen«, übersetzt Alessia amüsiert.

Wieso findet sie das witzig?

»Guten Morgen.« Ich nicke meinem künftigen Schwiegervater zu.

Er sagt etwas. Alessia und ihre Mutter lauschen gebannt seiner tiefen Stimme, während er ihnen etwas erklärt. Ich wünschte, ich könnte es verstehen.

Schließlich wendet Alessia sich mir zu. Ihre Augen sind weit aufgerissen, als könne sie selbst nicht recht glauben, was sie mir gleich sagen wird. »Mein Vater hat unsere Eheschließung arrangiert.«

So schnell?

Ich sehe sie ungläubig an. »Wie das?«

»Du brauchst nur deinen Pass.«

Wir sehen einander an, und ich glaube, wir denken beide dasselbe.

Das klingt viel zu einfach.

Ich suche seinen Blick, und er reckt mit einer arrogant-provozierenden Geste das Kinn, als warte er nur darauf, dass ich Einwände erhebe.

»Er hat mit dem Beamten vom … Heiratsamt gesprochen. Tut mir leid, aber ich kenne den richtigen Ausdruck auf Englisch nicht«, erklärt Alessia. »Sie haben heute Morgen Kaffee getrunken und alles besprochen.«

An einem Sonntag? So einfach ist das hier?

»Okay. Wann?« Ich bemühe mich um einen ruhigen Tonfall, weil ich den alten Bock nicht reizen will. Er hat eine kurze Lunte – beinahe so schlimm wie mein Freund Tom.

»Am Samstag.«

Leiser Zweifel regt sich in mir. »Okay«, sage ich noch einmal. Mein kurzes Zögern hat mich offensichtlich verraten, denn Mrs. Demachi blickt besorgt von mir zu ihrem Mann, dann zu ihrer Tochter.

Alessia sagt etwas zu ihrem Vater, der sie anschnauzt, was uns alle vor Schreck zusammenzucken lässt. Sie wird blass und lässt den Kopf hängen, wirft mir jedoch einen verstohlenen Blick zu, als ich meinen Stuhl zurückschiebe.

So sollte er nicht mit ihr reden.

»Der Beamte und er sind gute Freunde«, sagt Alessia hastig. »Alte Freunde. Ich glaube, ich kenne ihn ebenfalls. Mein Vater sagt, es ist alles in die Wege geleitet.« Offensichtlich ist sie an seine Ausbrüche gewöhnt, trotzdem wirkt auch sie leicht verunsichert.

So wie ich. Dieses Arrangement ist für meinen Geschmack viel zu mühelos … als käme es mehr als gelegen.

Trotz meiner Verwirrung reiße ich mich zusammen, um den Mann nicht unnötig zu reizen. »Und was muss ich tun?«

»Wir müssen uns morgen mit dem Beamten in der Bashkia treffen … also, im Rathaus … Dort müssen wir ein paar Fragen beantworten und Papiere ausfüllen.« Sie zuckt mit den Achseln. Ihre besorgte Miene spiegelt exakt das wider, was ich empfinde.

Na gut, dann reden wir eben mit dem Standesbeamten.

Heftige Gewissensbisse überkommen mich, als ich unter dem kümmerlichen Duschstrahl stehe und mir die Haare wasche. Eine kurze Recherche im Internet auf meinem Handy hat ergeben, dass eine Eheschließung für einen Ausländer innerhalb Albaniens sehr viel komplizierter ist, als Alessias Vater zu glauben scheint. Formulare müssen ausgefüllt, übersetzt und notariell beglaubigt werden – und das hat nur eine oberflächliche Suche ergeben, die Details könnten noch viel umfassender sein.

Was hat ihr Vater da eingefädelt?

Wie hat er es geschafft, die üblichen amtlichen Vorgehensweisen zu umgehen?

Ist diese Eheschließung in diesem Fall überhaupt legal?

Falls nicht, stellt sich die Frage, wie diese nicht rechtsgültige Heirat einen stolzen, ungeduldigen alten Mann wie ihn besänftigen soll. Natürlich wird er mein Schwiegervater, aber was er verlangt, ist schlicht zu viel. All das Geschwafel über Ehre von gestern Abend ist doch sinnlos, wenn er so mit seiner Tochter umspringt.

Ich stecke in der Klemme. Ohne Alessia kann ich Albanien nicht verlassen, und mir ist klar, dass der alte Mistkerl mir nicht erlauben wird, sie mitzunehmen. Um in Großbritannien einreisen zu dürfen, braucht sie einen Pass und ein Visum, und ich habe keine Ahnung, wo oder wie ich beides beschaffen soll. Wahrscheinlich in Tirana. Ich weiß es nicht.

Andererseits hat er gesagt, sie sei jetzt mein Problem.

Vielleicht sollte ich ihn ja beim Wort nehmen.

Ich drehe die Dusche ab. Meine Lage irritiert und ärgert mich – wie die Pfütze, die ich auf dem Badezimmerfußboden hinterlassen habe. Die albanischen Rohrleitungen scheinen nicht sonderlich viel zu taugen. Ich ziehe ein Handtuch vom Haken, um mich abzutrocknen, schlüpfe in meine Sachen und öffne die Tür.

Alessia steht davor und schwenkt ein raffiniert aussehendes Reinigungsgerät für die Dusche. Erfreut und überrascht lache ich auf und sehe sie wieder vor mir, wie sie in ihrem potthässlichen Nylonkittel in meiner Wohnung herumwerkelte, wobei ich sie immer wieder beobachtete … und mich in sie verliebte.

Grinsend legt sie sich den Zeigefinger auf die Lippen.

»Weiß er, dass du hier bist?«, flüstere ich.

Sie schüttelt den Kopf, schiebt mich ins Badezimmer, lässt den Wischmopp fallen und verriegelt die Tür.

»Alessia«, warne ich, doch sie legt beide Hände um mein Gesicht und zieht mich zu sich herunter. Ihr Kuss ist voll zärtlicher Süße und zugleich verlangend – erstaunlich verlangend. Sie presst sich gegen mich, schiebt mir gierig ihre Zunge zwischen die Lippen, während ich die Augen schließe, die Arme um sie schlinge und mich ihrem hingebungsvollen Kuss ergebe, der augenblicklich fordernder wird. Sie vergräbt die Finger in meinem noch nassen Haar, packt es und zieht meinen Kopf leicht nach hinten, was meinen ungeduldigen Schwanz hellwach werden lässt.

Verflucht, gleich treiben wir es hier.

In einem albanischen Badezimmer mit leckenden Rohrleitungen.

Kurz löse ich mich von ihr, um Atem zu schöpfen, und blicke in Alessias Augen, die dunkel und voller Verheißung glitzern, doch ich erkenne auch einen Anflug von Verunsicherung darin.

»Was?«, frage ich.

Sie schüttelt den Kopf.

»Nein.« Ich lege die Hände um ihr Gesicht und sehe ihr in die Augen. »Sosehr ich dich will, werden wir nicht in diesem Badezimmer vögeln. Deine Eltern sind im Haus, und ich habe kein Kondom bei mir. Und jetzt sag mir, was los ist. Liegt es an der Hochzeit?«

»Ja.«

Erleichtert atme ich auf und lasse sie los. »Ja. Was dein Vater da eingefädelt hat … keine Ahnung, ob es rechtmäßig ist.«

»Ich weiß. Meine Eltern wollen heute Nachmittag die … Arrangements mit uns besprechen. Ich weiß nicht, wie ich mich verhalten soll. Wahrscheinlich hängt es damit zusammen, dass mein Vater glaubt, ich sei schwanger. Deshalb hat er mit den Strippen gespielt.«

Das Bild des bösen Marionettenspielers mit Alessia und mir als seinen Puppen kommt mir in den Sinn. Ich muss lachen. »Es heißt ›die Strippen ziehen‹.«

Mit einem verschämten Lächeln wiederholt sie die Redewendung.

»Es macht dir immer noch nichts aus, wenn ich dein Englisch korrigiere?«

»Nein.«

Gut. Also, Plan A.

»Lass uns verschwinden. Du musst nicht hierbleiben. Du bist eine erwachsene Frau und deinem Vater nicht verpflichtet, auch wenn er das anders sieht. Wir können nach Tirana fahren, dir einen Pass und ein Visum besorgen, und dann fliegen wir nach Großbritannien und heiraten dort. Deine Eltern können gern zur Hochzeit kommen.«

Alessias Augen weiten sich, und unterschiedliche Gefühlsregungen zeichnen sich auf ihrer Miene ab. Am Ende scheint die Hoffnung die Oberhand zu gewinnen, was mich ahnen lässt, dass auch sie diese Möglichkeit bereits in Erwägung gezogen hat.

Doch dann verdüstern sich ihre Züge. Ich ziehe sie wieder an mich. »Wir kriegen das schon hin«, sage ich und hauche ihr einen Kuss aufs Haar.

Sie hebt den Kopf und scheint zu überlegen, ob sie mich etwas fragen soll.

»Was?«

»Nein, nein, schon okay.«

»Was?«, beharre ich.

Sie schluckt. »Meine Mutter.«

»Was ist mit ihr?«

»Ich kann sie nicht hierlassen, bei ihm.«

»Willst du, dass sie mit uns kommt?«

»Ja.«

Mist. »Okay. Wenn es das ist, was du willst.«

Alessia sieht mich verblüfft an. »Du bist einverstanden?«

»Ja.«

Sie strahlt wie ein Weihnachtsbaum, oder als hätte jemand ein gewaltiges Gewicht von ihren Schultern genommen, und schlingt mir die Arme um den Hals. »Danke. Danke. Danke«, sagt sie zwischen Küssen und lacht und weint gleichzeitig.

Oh, Baby.

»Nicht weinen. Ich würde alles für dich tun. Das müsstest du doch wissen. Ich liebe dich.« Mit den Daumen wische ich ihr die Tränen ab und streichle ihr Gesicht. »Wie gesagt, wir finden eine Lösung. Wir überlegen uns etwas.«

Sie sieht mich voller Bewunderung an, als hätte ich die Antwort auf alle Fragen des Universums. Eine angenehme Wärme durchströmt mich. Ihr Vertrauen und ihr Glaube an mich sind erstaunlich, doch es fühlt sich verdammt gut an.

Und ich weiß, dass ich alles für sie tun würde.

ZWEI

Es ist dunkel draußen, als ich zum Bett taumle und versuche, mir meinen Pulli über den Kopf zu streifen, der jedoch erbitterten Widerstand leistet und schließlich den Kampf gewinnt. »Scheiße!« Ich falle aufs Bett und starre an die Decke, die vor meinen Augen verschwimmt.

O Gott, warum habe ich bloß so viel getrunken?

Den ganzen Nachmittag musste ich um meine Beherrschung ringen, während wir über der Planung der Hochzeit mit Alessias Eltern beisammensaßen, und der Raki am Ende war ein echter Fehler. Der Raum dreht sich um mich, deshalb schließe ich die Augen und bete darum, einschlafen zu können.

Irgendwann erwache ich aus einem traumlosen Schlaf. Es ist alles still. Und hell.

Nein. Es blendet.

Zuerst kneife ich die Augen zusammen, öffne sie dann vorsichtig wieder, als der Schmerz sich mit laserartiger Präzision durch mein Gehirn fräst, nur um sie sofort wieder zu schließen.

O Gott, ich fühle mich grauenhaft.

Ich ziehe mir die Decke über den Kopf und versuche, mich zu erinnern, wo und wer ich bin und was gestern Abend passiert ist.

Raki.

Ein Glas nach dem anderen.

Alessias Vater hat mich regelrecht abgefüllt mit diesem Teufelszeug. Stöhnend bewege ich Finger und Zehen und stelle erfreut fest, dass sie noch funktionieren. Ich taste neben mich, doch das Bett ist leer.

Keine Alessia.

Langsam öffne ich die Augen, schlage die Bettdecke zurück und ignoriere den scharfen Schmerz in meinen Frontallappen, während ich den Blick durch den Raum schweifen lasse. Ich bin zwar allein, doch auf dem Nachttisch liegt das kleine Drachennachtlicht. Alessia muss es aus London mitgebracht haben. Der Gedanke ist rührend.

War sie gestern Abend auch hier?

Vage erinnere ich mich daran, dass sie zu mir gekommen ist, mich vielleicht auch ausgezogen hat. Bis auf meine Unterwäsche bin ich nackt, also muss es so gewesen sein.

Verdammt. Ich bin komplett aus den Latschen gekippt und habe keinerlei Erinnerung daran, dass sie hier war.

Wieso habe ich mich von ihm dermaßen abfüllen lassen?

War das die Rache, weil ich Sex mit seiner Tochter hatte?

Und was genau ist passiert?

Erinnerungsfetzen lösen sich aus dem Nebel meines schmerzenden Schädels. Alessia und ich hatten uns mit ihren Eltern an einen Tisch gesetzt, um die Hochzeit zu besprechen. Ich schließe die Augen und versuche, mir Einzelheiten ins Gedächtnis zu rufen.

Soweit ich verstanden habe, werden wir uns von der albanischen Tradition lösen, indem wir nur einen einzigen Tag feiern statt wie üblich mehrere. Erstens weil ich Brite bin und hier weder Familie noch ein Zuhause habe, zweitens weil alles sehr schnell geht, da Alessia »in anderen Umständen ist«.

Demachi hat mich mit einem vernichtenden Blick gestraft, während Alessia mit hochroten Wangen seine Worte für mich übersetzt hat.

Ich seufze. Vielleicht sollten wir unsere Lüge ja beichten. Möglicherweise rudert er dann zurück.

Und erlaubt mir, sie nach Großbritannien zurückzubringen und dort zu heiraten.

Die Zeremonie und anschließende Feier finden am Samstag statt und beginnen um die Mittagszeit, nicht erst am Abend. Auch das ist ein Bruch mit der Tradition, aber da ich bei der Familie meiner Braut lebe, sei es besser so. Zumindest haben sie das behauptet. Außerdem muss der Standesbeamte an dem Abend noch ein weiteres Paar trauen.

Die Feier wird hier im Haus der Demachis abgehalten werden, und Mr. Demachi wollte wissen, ob meine Familie käme. Das konnte ich sofort klarstellen – meine Mutter halte sich derzeit in New York auf und würde es nicht rechtzeitig schaffen, und meine Schwester bekäme als Ärztin so kurzfristig nicht frei –, allerdings habe ich versichert, dass wir nach unserer Rückkehr in London feiern werden. Meine Ausrede schien den alten Bock zu besänftigen. Ich kann mir nicht vorstellen, dass meine Familie diese Hochzeit gutheißen wird, und will ihnen keine Gelegenheit geben, sich dagegen zu sträuben oder die Legitimität dieser Verbindung infrage zu stellen. Ich hoffe jedoch, dass mein Sparringspartner Joe Diallo kommen wird, sodass ich ihn und Tom Alexander an meiner Seite hätte, meine beiden ältesten Freunde.

Das zählt doch bestimmt auch.

Ich habe meinem künftigen Schwiegervater angeboten, die Kosten für die Feier zu übernehmen, was er jedoch sichtlich gekränkt abgelehnt hat.

Junge, Junge, der Typ hat seinen Stolz.

Jedenfalls wollte er nichts davon hören. Ich habe den Verdacht, dass er ein etwas melodramatischer Mensch ist. Also habe ich einen Kompromiss vorgeschlagen, und wir haben uns darauf geeinigt, dass ich den Alkohol bei der Feier bezahlen werde. Ärgerlich ist nur, dass er pleite wäre, sollten Alessia und ich beschließen, es doch nicht durchzuziehen.

Aber das ist sein Problem, verdammt.

Außerdem ging es bei dem Gespräch auch noch um die Ringe, aber was war das bloß?

Ringe! Ich muss die Ringe besorgen.

Hier?

Mir dreht sich alles, als ich mich aufsetze. Sobald ich wieder klar sehen kann, stehe ich auf, ziehe meine Jeans an und mache mich auf die Suche nach meiner zukünftigen Frau. Ich erinnere mich, dass Alessia und ich heute einiges vorhaben. Wir müssen aufs Polizeirevier, um ihren neuen Pass zu beantragen, und dann in die Stadt, wo wir mit dem Standesbeamten verabredet sind und herausfinden wollen, ob das, was Demachi geplant hat, tatsächlich rechtmäßig ist.

Genau. Das ist der Plan.

Ich ziehe mein Handy heraus und sehe, dass Caroline mir gestern Abend zwei Nachrichten geschickt hat.

Wo steckst du? Hast du sie gefunden?

Ruf mich an. Ich mache mir Sorgen um dich.

Erstaunlicherweise gehorchen mir meine beiden Daumen, sodass ich ihr eine kurze Antwort schicken kann, wohl wissend, dass sie einen Suchtrupp losschickt, wenn sie nichts von mir hört.

Alles bestens. Hab sie gefunden. Melde mich später.

Sie flippt aus, wenn sie von meiner Hochzeit erfährt, das sagt mir mein Bauchgefühl. Vielleicht sollte ich es ihr erst erzählen, wenn ich sie sehe.

Feigling.

Ich massiere meine Schläfen, hinter denen immer noch der Schmerz hämmert. Wenn ich Caroline einweihe, muss ich es auch Maryanne und meiner Mutter erzählen, und dieses Gespräch will ich nun wirklich nicht führen, schon gar nicht mit einem Riesenkater. Dafür bin ich noch nicht bereit. Vorher muss ich erst in Erfahrung bringen, wo Alessia und ich rechtlich gesehen stehen; vielleicht weihe ich dann die werte Frau Mutter ein, möglicherweise warte ich aber auch bis zum Tag vor der Trauung.

Ich ziehe ein T-Shirt über und stecke mein Handy ein. All das kann warten. Jetzt brauche ich erst einmal eine Kopfschmerztablette und eine Tasse Kaffee, am besten in dieser Reihenfolge.

Alessia und ihre Mutter sitzen am Esstisch und trinken Kaffee.

»Mama, hast du eigentlich meinen Personalausweis?«

»Natürlich, Herzchen. Ich hüte ihn wie einen Schatz, seit du weggegangen bist.«

Alessias Kehle wird eng, und sie drückt die Hand ihrer Mutter. »Ich habe oft an dich gedacht, während ich weg war«, sagt sie mit vor Rührung belegter Stimme. »Ich hatte weder Fotos noch mein Handy. Die Männer … Sie haben mir alles weggenommen. Auch meinen Pass. Ich bin froh, dass ich den Ausweis bei dir gelassen habe. Ich muss einen neuen Pass beantragen.«

»Ich hole ihn dir gleich. Gut, dass der Kratzer auf deiner Wange fast verheilt ist. Genauso wie die blauen Flecke. Sie sind schon viel blasser geworden.« Mit schmalen Lippen mustert sie ihre Tochter. »Am liebsten würde ich Anatoli Thaçi eine schallende Ohrfeige verpassen.«

Alessia lächelt. »Das würde ich gern sehen.« Sie lässt Shpresas Hand los und sieht sie besorgt an. Das ist die perfekte Gelegenheit. Seit sie und Maxim gestern darüber gesprochen haben, hat sie versucht, das Gespräch auf diesen Punkt zu lenken. »Ich muss dich etwas fragen.«

»Ja, Kind?«

Alessia schluckt, als die Worte, die sie sich so sorgsam zurechtgelegt hat, auf ihrer Zunge ersterben.

»Was ist denn, Alessia?«

»Komm mit uns«, platzt sie stattdessen heraus.

»Was?«

»Komm mit mir und Maxim nach England. Du musst nicht bei ihm bleiben.«

Shpresas dunkle Augen weiten sich. »Jak verlassen?«, stößt sie hervor.

»Ja«, antwortet Alessia, der die Bestürzung ihrer Mutter nicht entgangen ist.

Shpresa rutscht auf ihrem Stuhl zurück und sieht Alessia erschrocken an. »Aber er ist mein Mann, Kind. Ich werde ihn nicht verlassen.«

Damit hat Alessia nicht gerechnet. »Trotzdem behandelt er dich nicht gut«, protestiert sie. »Er ist gewalttätig. Wie Anatoli. Du kannst nicht hierbleiben.«

»Er ist nicht wie Anatoli, Alessia. Ich liebe deinen Vater.«

»Was?«

»Mein Platz ist bei ihm«, erklärt Shpresa mit eiserner Entschlossenheit.

»Aber du hast doch selbst gesagt, Liebe sei etwas für Narren.«

Shpresas Züge werden weich, und sie lächelt wehmütig. »*Ich* bin eine Närrin, mein Herz. Wir haben unsere Höhen und Tiefen, das weiß ich. So wie alle Paare …«

»Ich habe die blauen Flecke gesehen, Mama. Bitte, komm mit uns.«

»Mein Platz ist bei ihm. Das ist mein Zuhause. Ich habe mein Leben hier. Was soll ich in einem Land, das ich nicht kenne? Außerdem ist er netter, seit du fortgegangen bist. Ich glaube, er ist zerknirscht, weil er denkt, er hätte dich aus dem Haus getrieben. Du ahnst nicht, wie erleichtert er war, als wir von dir gehört haben.«

Alessia ist schockiert. So hat sie weder ihren Vater noch die Beziehung ihrer Eltern jemals wahrgenommen.

»Versteh doch, mein Herz«, fährt ihre Mutter fort und ergreift Alessias Hand. »Das ist das Leben, das ich kenne. Dein Vater liebt mich. Baba liebt auch dich. Er zeigt es vielleicht nicht so, wie wir es aus amerikanischen Fernsehsendungen kennen, und ich sehe auch, dass es mit deinem Verlobten ganz anders ist, aber wir leben nun einmal *so*. Das hier ist mein Zuhause, und er ist mein Ehemann.« Sie zuckt mit den Achseln und drückt Alessias Hand, als versuche sie, dadurch den Wahrheitsgehalt ihrer Worte zu untermauern, während Alessia immer noch damit ringt, dass sie stets geglaubt hat, ihre Mutter sei nicht glücklich an der Seite ihres Vaters.

Hat sie sich geirrt?

Hat sie die Ehe ihrer Eltern falsch interpretiert?

Ich stehe unbemerkt im Türrahmen und sehe zu, wie Shpresa und Alessia am Esstisch sitzen, wo Mr. Demachi mich gestern Abend mit dem Raki abgefüllt hat. Shpresa spricht mit leiser, eindringlicher Stimme, und es scheint ein sehr intensives Gespräch zwischen den beiden zu sein, doch mein Kopf braucht dringend etwas, um die bohrenden Schmerzen zu lindern, deshalb schlurfe ich in den Raum und lasse mich auf einen Stuhl fallen.

Sofort lässt Shpresa Alessias Hand los. »Wir können später weiterreden. Aber mein Entschluss steht fest, mein süßes Kind. Ich werde meinen Ehemann nicht verlassen. Ich liebe ihn. Auf meine Art. Und er liebt und braucht mich.« Sie lächelt ihrer Tochter milde zu. »Dein Lord hat gestern Abend zu viel getrunken. Geh und hol ihm ein paar Tabletten. Ich mache ihm Kaffee.«

Verwirrt und erstaunt über diese Reaktion sieht Alessia ihre Mutter an. »Ja, Mama, das tun wir«, sagt sie und wendet sich Maxim zu, der beide Hände um seinen Brummschädel gelegt hat. »Ich fürchte, mein Verlobter ist Raki nicht gewohnt.«

»*Raki* habe ich verstanden«, krächzt Maxim stöhnend und sieht sie aus trüben Augen an.

Alessia lächelt. »Ich hole dir ein paar Tabletten.«

Ich lehne mich näher zu ihr. »Danke, dass du mich gestern Abend zu Bett gebracht hast«, sage ich leise, während ihre Mutter mit der Kaffeekanne hantiert.

»Es war eine interessante Erfahrung.« Sie hält inne und vergewissert sich, dass Shpresa sich außer Hörweite befindet. »Es hat Spaß gemacht, dich auszuziehen.«

Ich hole scharf Luft, während sie aufsteht, um die Schachtel mit den Medikamenten aus der Vorratskammer zu holen. Als sie zurückkommt, spielt ein verstohlenes, scheues Lächeln um ihre Lippen, und sie wirft mir einen provokanten Blick zu.

Mein Herz hüpft in meiner Brust.

Mein Mädchen hat mich ausgezogen, und ich war so betrunken, dass ich das Bewusstsein verloren hatte.

Eine verpasste Gelegenheit, verdammt.

Noch viel wichtiger ist allerdings, dass sie wegen meines Zustands nicht schlecht über mich denkt und sich um mich kümmert. Das ist eine gänzlich neue und aufschlussreiche Erfahrung, und ich liebe sie dafür, dass sie sie mir schenkt. Ich erinnere mich nicht, dass jemand in meinem Erwachsenenleben so etwas für mich getan hat – außer ihr, als sie mich nach dieser verrückten Fahrt nach Cornwall ins Bett gesteckt hat. Sie ist fürsorglich, liebevoll und … unglaublich scharf, vor allem in engen Jeans.

Ich bin ein Glückspilz.

Vorsichtig versuche ich zu lächeln, doch mein Schädel dröhnt immer noch, was mich daran erinnert, dass ihr Vater dafür verantwortlich ist. Schließlich habe ich dieses grässliche Zeug aus reiner Höflichkeit getrunken. Alessia stellt ein Glas Wasser vor mir auf den Tisch und legt zwei Tabletten daneben. »Mein Vater hat dir das angetan, ich weiß. Der Raki wird hier gebrannt, in Kukës.«

»Verstehe.« *Es war also seine Rache an mir!* »Danke.«

»Gern geschehen.« Sie lächelt kokett, und ich überlege, ob sie auf die Tabletten oder die Tatsache anspielt, dass sie mich von meinen Kleidern befreit hat. Grinsend schlucke ich die Tabletten und frage mich, ob Tom und Thanas wohl in einem ähnlich üblen Zustand sind.

Nach unserer eingehenden Diskussion, in deren Verlauf die Einzelheiten über die anstehenden Hochzeitsformalitäten geklärt werden konnten, kochten Mrs. Demachi und Alessia ein üppiges Abendessen, zu dem sie auch meinen Freund Tom, unseren Dolmetscher Thanas und dessen Freundin Drita einluden. Während der Zubereitung brachte Alessia mir ein paar albanische Wörter – beispielsweise danke und bitte – bei.

Sie lachte.

Oft sogar.

Wegen meiner Aussprache.

Doch sie lachen zu hören ist immer eine Freude.

Alessias Mutter war ganz in ihrem Element und sichtlich glücklich, so viele Gäste im Haus zu haben, auch wenn sie nicht viel sagte. Das überließ sie ihrem Ehemann, der uns mit Geschichten über die turbulenten Neunzigerjahre unterhielt, als Albanien sich vom Kommunismus abwandte und zu einer demokratischen Republik wurde. Es war faszinierend: Seine Familie steckte in den Fängen eines grauenvollen Pyramidensystems und verlor praktisch ihr gesamtes Vermögen. So kamen sie in diesen dunklen Zeiten nach Kukës. Während er sprach, goss er einen Raki nach dem anderen ein, die ich allesamt trank, ebenso wie Tom und Thanas, soweit ich mitbekommen habe. Später werden wir sie im Rathaus treffen … sofern sie das Raki-Fiasko überlebt haben. Ich sehe auf die Uhr. Mir bleibt noch eine Stunde, um wieder auf die Beine zu kommen.

Das Rathaus ist ein nichtssagendes modernes Gebäude nur einen Steinwurf vom Hotel Amerika entfernt, wo Tom und Thanas untergebracht sind. Hand in Hand stehen Alessia und ich in der Eingangshalle und warten auf die beiden, und trotz des immer noch dumpfen Pochens hinter meinen Schläfen kann ich mir ein Lächeln nicht verkneifen. Seit unserem Abstecher zum Polizeirevier strahlt Alessia so sehr, dass sie das trübselige Rathausfoyer zu erhellen scheint. Ihr neuer Pass liegt am Freitag zur Abholung bereit – ich habe für die Ausstellung bezahlt –, und wenn man sie sieht, könnte man glauben, ich hätte die Sterne einzeln für sie vom Himmel gepflückt, doch dass sie bald ihren Pass in Händen hält, eröffnet uns neue Möglichkeiten.

»Allein zu sehen, wie du dich freust, macht meinen Kater erträglicher«, bemerke ich und versuche vergeblich, mein Lächeln zu unterdrücken. Sie ist eine wahre Freude.

»Das liegt wohl eher an den Tabletten.«

»Nein, nur an dir.«

Lachend blickt sie mich zwischen ihren dichten Wimpern hindurch an. Ich nehme ihre Hand und führe sie an meine Lippen.

O Gott, ich wünschte, ich könnte sie aus diesem öden Kaff wegbringen.

Bald, Mann. Bald.

Tom und Thanas erscheinen. Thanas sieht genauso aus, wie ich mich fühle – derangiert und verkatert.

»Du siehst echt lausig aus, Trevethick. Was machen wir hier?«, fragt Tom putzmunter und bester Dinge. Raki scheint ihm nichts anhaben zu können.

»Tut mir leid, dass wir zu spät kommen«, murmelt Thanas. »Ich habe Drita zum Bus nach Tirana gebracht. Sie muss wieder an die Uni.«

»Wir suchen den Herrn auf, der die Trauung vornimmt«, antworte ich.

»Der Standesbeamte. Ich frage mal nach, wohin wir müssen.« Thanas tritt an den Schalter, vor dem sich eine Schlange gebildet hat. Alessia gesellt sich zu ihm.

»Okay«, zischt Tom verschwörerisch. »Ich habe noch gar nicht zum Baby gratuliert.«

Zum Baby?

In meinem benebelten Zustand dauert es einen Moment, ehe ich verstehe. Ich lache, doch das Hämmern meines Schädels lässt mich abrupt verstummen. »Alessia ist nicht schwanger. Sie hat es nur behauptet, damit ihr Vater sie nicht zwingen kann, diesen Drecksack zu heiraten … Antonelli oder wie er heißt.«

»Ah.« Tom scheint erleichtert zu sein. »Das ist bestimmt besser so. Ist noch viel zu früh für Kinder.« Er lehnt sich herüber. »Aber dir ist schon klar, dass du sie nicht heiraten musst, alter Knabe«, zischt er, den Blick auf Thanas und Alessia gerichtet.

Verdammt noch mal.

»Tom«, knurre ich warnend. »Das haben wir doch besprochen. Zum letzten Mal. Ich liebe Alessia und will, dass sie meine Frau wird. Verstanden?«

»Ehrlich gesagt nicht, nein. Sie ist ein wunderschönes Mädchen, das stimmt, trotzdem kann ich mir nicht vorstellen, dass ihr so viel gemeinsam habt. Aber das Herz spricht nun mal eine klare Sprache und so.«

Ich bin nicht in Stimmung für eine Auseinandersetzung, deshalb atme ich tief durch, als er in einer versöhnlichen Geste die Hand hebt, und frage: »Soll ich also den alten Sack bei Laune halten und sie hier heiraten? Oder warten, bis wir wieder in England sind? Solange sie ihren Pass und ihr Visum noch nicht hat, sitze ich praktisch hier fest, denn ohne sie gehe ich nicht.« Ich sehe zum Schalter, wo Thanas inzwischen mit der Angestellten spricht.

»Wenn es das ist, was du willst, solltest du es durchziehen«, meint Tom. »Es ist eine standesamtliche Trauung im Rathaus. Damit ist der alte Knilch zufrieden, und du kannst mit seiner Tochter abhauen und eine anständige Hochzeit in London, Cornwall oder Oxfordshire oder wo auch sonst feiern.« Er runzelt die Stirn. »Sofern das geht.«

»Was meinst du damit?«

»Keine Ahnung, ob man ein und dieselbe Frau mehrmals heiraten kann, Kumpel. Bestimmt gibt es Vorschriften. Wie läuft es hier denn ab?«

»Ich muss bloß meinen Pass vorlegen, und das war's dann, allerdings sagt die Website der Regierung etwas anderes.«

Wieder verfinstert sich Toms Miene. »Du denkst, hier stimmt etwas nicht?«

Ich nicke. »Aber mit Thanas' Hilfe werden wir es herausfinden. Bleibst du so lange? Und … du weißt schon … hilfst mir?«

»Klar, Trevethick. Dieses Drama lasse ich mir doch nicht entgehen.«

»Drama?« Meine Kopfhaut prickelt. Ahnt er, dass wir überlegen durchzubrennen?

»Du bist praktisch an den Arsch der Welt gereist, um die Dame deines Herzens zu retten. Also wenn das kein Drama ist, weiß ich auch nicht.«

Ich lache. Das ist wohl wahr. »Und … na ja … Willst du mein Trauzeuge sein?«

Einen Moment lang verschlägt es Tom die Sprache, doch dann fängt er sich. »Es wäre mir eine Ehre, Maxim«, antwortet er schroff und klopft mir auf den Rücken. In diesem Moment durchqueren Thanas und Alessia die Eingangshalle.

»Hier entlang«, sagt Thanas. Wir folgen ihm die Treppe hinauf in den ersten Stock.

F. Tabaku steht auf dem Messingschild auf seinem Schreibtisch – er ist der Standesbeamte, der die Trauung vornehmen wird. Er ist im selben Alter wie Demachi, trägt ebenfalls einen dunklen Anzug und blickt ähnlich finster drein wie Alessias Vater. Als wir eintreten, erhebt er sich und begrüßt Alessia herzlich, dann nickt er mir knapp zu und bedeutet uns allen, an dem kleinen Tisch Platz zu nehmen.

Thanas übersetzt: Tabaku braucht die Kopie von Alessias Geburtsurkunde, ihren Ausweis und meinen Pass. Ich ziehe ihn heraus und schlage ihn auf der richtigen Seite auf, wobei mir auffällt, dass ich einen neuen beantragen muss, weil der aktuelle noch auf den Namen The Hon Maximilian John Frederick Xavier Trevelyan ausgestellt ist.

Alessias Papiere überfliegt Tabaku nur kurz, wohingegen er meinen einer sehr viel eingehenderen Prüfung unterzieht. Er runzelt die Stirn und sagt etwas zu Thanas. Alessia meldet sich zu Wort. »Vëllai i Maksimkit ishte Konti. Ai vdiq në fillim të janarit. Maksimi trashëgoi titullin, po nuk ka pasur ende mundësi të ndryshojë pasaportën.«

Tabaku, der mit Alessias Antwort zufrieden zu sein scheint, erhebt sich und tritt zu einem kleinen Kopierer. »Was hast du ihm gesagt?«, frage ich Alessia.

»Ich habe ihm erklärt, dass du deinen Titel erst vor Kurzem … äh … geerbt hast.«

Tabaku dreht sich zu uns um. Thanas übersetzt. »Nach der Eheschließung steht es den Ehegatten zu, einen ihrer Nachnamen als gemeinschaftlichen Namen zu tragen, oder aber jeder behält den seinen. Es ist Ihre Entscheidung.«

»Wie willst du es handhaben?«, frage ich Alessia.

»Ich würde gern deinen Namen annehmen.«

Ich lächle erfreut. »Schön. Also soll Alessias Name Alessia Trevelyan lauten, der offizielle Titel wird Alessia, The Right Honorable the Countess of Trevethick sein.«

Wieder übersetzt Thanas Tabakus Erwiderung. »Bitte schreiben Sie das nieder.«

Ich notiere alles auf einem Block, den ich Tabaku zuschiebe.

Tabaku sagt etwas, das Thanas ebenfalls übersetzt. »Ich werde für Alessia den Namen Alessia Demachi-Trevelyan eintragen. Von einem Trevethick steht nichts in Ihrem Pass.«

»Auch gut«, brumme ich und wende mich an Thanas. »Fragen Sie ihn nach dem Ehehindernisformular, das ich eigentlich vorlegen muss.«

Alessia sieht mich besorgt an, während Thanas die Frage an Tabaku richtet.

Die Augen des Standesbeamten weiten sich, und er stößt eine barsche Antwort hervor, die Thanas für mich übersetzt. »Er sagt, dass er wegen der Dringlichkeit der Eheschließung darauf verzichtet, wozu er unter besonderen Umständen befugt ist. Alessias Vater ist ein enger Freund, daher ist er bereit, eine Ausnahme zu machen.«

Ohne den Blick von mir zu wenden, fährt Tabaku fort, und allmählich dämmert mir, dass er Demachi und folglich auch uns einen Riesengefallen tut.

»Er sagt, die Eheschließung sei rechtskräftig. Mehr sei nicht notwendig. Sie bekommen auch eine Heiratsurkunde ausgehändigt«, erklärt Thanas.

»Und wenn wir alles korrekt erledigen wollen?«, frage ich.

Tabaku setzt sich wieder, gibt uns unsere Dokumente zurück und antwortet auf Thanas' Frage. »Das würde zwischen zwei und drei Monaten dauern«, sagt Thanas.

»Okay. Verstehe. Danke.« Obwohl er uns einen Gefallen tut, ist mir nicht ganz wohl bei der Sache. Für mich fühlt es sich nach einem Schwindel an, und diese Vorstellung gefällt mir gar nicht.

Der Standesbeamte sagt etwas zu Alessia und Thanas. Alessia nickt und antwortet auf Albanisch, während ich Thanas hoffnungsvoll ansehe. »Er fragt nach Ihrem Beruf, Ihrem Wohnort und danach, wo Sie nach der Eheschließung leben wollen«, sagt der Dolmetscher.

Beruf!

Ich nenne meine Adresse in Chelsea und gebe an, dass wir

dort auch wohnen werden. Alessia schenkt mir ein zurückhaltendes Lächeln.

»Und der Beruf?«, fragt Thanas, als mir die Antwort wieder in den Sinn kommt, die mein Vater auf diese Frage stets gegeben hat.

»Bauer und Fotograf«, antworte ich rasch, obwohl es nicht ganz der Wahrheit entspricht. Inzwischen bin ich Großgrundbesitzer und Verpächter – der CEO von Trevethick Estate.

»Und DJ«, wirft Tom überflüssigerweise ein. »Sie wissen schon, er bringt die Plattenteller zum Glühen«, fügt er hinzu, während ich ihm einen finsteren Blick zuwerfe, und imitiert die Handbewegung. »Und natürlich ein Mitglied des Hochadels. Sie wissen schon: *Schwer ruht das Haupt, das eine Krone drückt,* und so.«

»Danke, Tom.« Ich ignoriere Alessias unterdrücktes Kichern, während Tabaku sich weiter Notizen macht. Schließlich legt er seinen Stift auf den Block, lehnt sich zurück und sagt etwas zu Alessia und mir.

»Er hat alles, was er für die Ausstellung der Dokumente braucht«, meint Alessia.

Ich drücke ihre Hand. »Das war's also?«

»Ja.«

»Gut. Dann fahren wir ins Hotel zurück und überlegen, wie es weitergehen soll.«

Sie nickt. Ich stehe auf und nicke Tabaku knapp zu. »Danke.«

Wieder übersetzt Thanas seine Antwort. »Wir sehen uns am Samstagnachmittag. Und Sie müssen zwei Zeugen für die Zeremonie bestimmen.«

Zeugen? Wohl eher Komplizen.

Alessia ist nicht sicher, wie sie Maxims Stimmungslage einschätzen soll oder was er vorhat. Auf dem kurzen Fußweg zurück ins Hotel war er still und nachdenklich. Ist er wütend? Will er immer noch durchbrennen? Inzwischen sitzen sie in der Bar des Hotel Amerika – für sie ist es das erste Mal, dass sie so etwas in ihrer Heimat tut –, und sie rätselt, was ihm durch den Kopf gehen mag.

Tom und Thanas sind in ihre Zimmer gegangen. Unvermittelt greift Maxim nach ihrer Hand. »Es gefällt mir nicht, dass wir all das so überstürzen, nur um das Ego deines Vaters zu befriedigen.«

»Ich weiß, und es tut mir leid.« Verunsichert senkt sie den Blick. Sie wird das Gefühl nicht los, dass ihre missliche Lage allein ihre Schuld ist. Hätte sie doch nur nicht über die Schwangerschaft gelogen, andererseits hätte ihr Vater sie dann gezwungen, Anatoli ihr Jawort zu geben.

»Hey, es ist doch nicht deine Schuld«, sagt er und drückt ihre Hand. Sie sieht auf und erkennt zu ihrer Erleichterung nichts als Besorgnis in seinen Augen. »Ich will mich nicht mit deinem Vater streiten, wünschte aber, er hätte uns nicht in diese Lage gebracht. Ich weiß, dass er glaubt, er tue das Richtige«, sagt er.

Alessia nickt, erstaunt, wie ernst er all das nimmt. Er will, dass seine Eheschließung rechtmäßig ist. Ein besorgter Ausdruck liegt in seinen leuchtend grünen Augen, und sein Kiefer ist angespannt. Es ist schrecklich für sie, ihn so aufgewühlt zu sehen. »Was sollen wir deiner Meinung nach tun?«, fragt sie.

Maxim schüttelt den Kopf, dann lächelt er – so strahlend, dass es Alessia den Atem verschlägt.

Er ist der attraktivste Mann, den ich je gesehen habe.

»Tja, wir sitzen hier fest, bis du deinen Pass und dein Visum hast, und ohne dich gehe ich hier nicht weg. Wenn du also keine Einwände hast, sollten wir es tun.«

Alessia lässt die Worte auf sich wirken. Er hat sich in die Hochzeit gefügt. Ist es das, was sie will?

»Fühlst du dich, als würdest du in der Falle sitzen?«, flüstert sie.

»Nein. Ja. Aber nicht so, wie du denkst. Ich bin hergekommen, um dich zu fragen, ob du mich heiraten willst. Du hast Ja gesagt, und im Grunde erfüllt mir dein Vater diesen Wunsch.«

Alessia nickt. »Das stimmt wohl. Außerdem hilft es meiner Mutter, wenn wir bleiben und die Hochzeit hier feiern.«

»So?«

»Sie will nicht mit uns nach England kommen, sondern bei ihm bleiben, auch wenn ich nicht verstehe, warum. Aber wenn wir abreisen, wird er wütend werden und es vielleicht …« Sie beendet den Satz nicht, aus Scham, was ihr Vater ihrer Mutter antun könnte.

Maxim sieht sie entschlossen an. »Das ist ein weiteres überzeugendes Argument, hier zu feiern, sowohl ihr als auch uns zuliebe.«

Alessia atmet auf. »Das sehe ich genauso.«

Er lächelt. »Dann fühle ich mich gleich besser.«

»Ja. Ich mich auch. Ich glaube, es ist die richtige Entscheidung für sie.«

»Und auch die richtige für dich?«, fragt er.

»Ja«, antwortet sie mit Nachdruck. »Weil meine Familie dadurch nicht Gefahr läuft, das Gesicht innerhalb der Gemeinde zu verlieren.«

Maxim scheint ebenfalls erleichtert zu sein. »Gut. Okay. Die Entscheidung steht.«

Alessia ist so viel leichter ums Herz, nun, da das Gewicht

der Erwartungen ihres Vaters nicht länger auf ihren Schultern lastet. Wie einfach es für sie und ihren Verlobten war, zu einer Einigung zu gelangen.

Wird es später in unserer Ehe genauso sein?

Sie hofft es sehr.

»Und jetzt habe ich eine Menge zu tun«, sagt sie.

»Ja, ich hole meine restlichen Sachen aus Toms Zimmer, dann können wir zurück zu deinen Eltern. Ich habe etwas für dich.«

»So?«

»Ja.« Er grinst.

Mehrere Fahrzeuge stehen in der Einfahrt vor dem Haus von Alessias Eltern.

»*O Zot*«, sagt sie und wendet sich mir zu. »Meine Familie. Die Frauen. Sie sind alle gekommen.«

»Ah …« Mehr fällt mir nicht dazu ein.

»Ja. Sie wollen dich alle kennenlernen.« Sie schiebt die Unterlippe vor. »Dabei wollte ich doch das Telefon einrichten.« Seufzend hält sie die Schachtel mit dem iPhone hoch, das ich ihr im Hotel geschenkt habe. »Das erledige ich später. Die Frauen kommen alle zusammen, das ist Tradition bei einer Hochzeit. Sie wollen dich unter die Lupe nehmen.«

»Mich unter die Lupe nehmen?« Ich lache leise. »Na, dann hoffe ich sehr, ich enttäusche sie nicht.« Trotz der Ungezwungenheit zwischen uns spüre ich einen Anflug von Panik in mir aufsteigen.

»Keine Angst, du wirst sie schon nicht enttäuschen«, sagt Alessia mit einem zurückhaltenden Lächeln.

»So?«

»Ja. Und ich werde dich beschützen. Ich bin an deiner Seite.«

Wieder lache ich. Wir steigen aus dem Dacia aus, Alessia nimmt meine Hand. Gemeinsam betreten wir das Haus, wo wir die Schuhe ausziehen und sie zu all den anderen Paaren stellen, die neben dem Regal stehen.

»Bereit?«, fragt sie.

Ich nicke und hole tief Luft, als wir durch die Diele ins Esszimmer gehen, aus dem laute Stimmen dringen.

Als Shpresa uns sieht, ruft sie laut unsere Namen, woraufhin sich etliche Augenpaare auf uns richten und das Stimmengewirr noch weiter anschwillt. Bestimmt ein Dutzend Frauen zwischen fünfzehn und fünfzig Jahren haben sich im Raum versammelt. Die älteren sehen ein wenig wie Mrs. Demachi aus und sind traditioneller gekleidet, mit ausladenden Röcken und Schals über dem Haar, wohingegen die jüngeren moderne, lässige Sachen tragen. Alessia hält meine Hand fest umschlossen und beginnt, mich ihren Verwandten vorzustellen, die zuerst sie, dann mich mit Umarmungen und Küssen begrüßen. Wie es aussieht, sind alle entzückt darüber, mich kennenzulernen. Keine der älteren Frauen spricht Englisch, die beiden jüngeren jedoch beherrschen die Sprache fließend.

Nach einer Viertelstunde spannt mein Gesicht vom vielen Lächeln so sehr, dass ich beinahe einen Krampf bekomme, doch es gelingt mir, mich mit der Ausrede, ich müsste einige Anrufe erledigen, zu entschuldigen und ins Gästezimmer zu flüchten.

Alessia ist überwältigt von der Begeisterung ihrer Tanten und Cousinen. *Er sieht so gut aus. Wo habt ihr denn gesteckt? Was ist mit dir passiert? Wir dachten, du heiratest Anatoli Thaçi. Er ist ein Adliger! Zeig mal den Ring. Er kommt also aus Europa. Ist er reich?* Die Fragen prasseln auf sie ein, und Alessia muss sie mit der Hilfe ihrer Mutter abwehren.

»Ich wollte Anatoli nicht heiraten«, erklärt sie den gespannt lauschenden Frauen.

Entsetztes Luftschnappen.

»Aber die Ehre deines Vaters?« Die Schwester von Alessias Vater schnalzt missbilligend mit der Zunge.

»Er war nicht der Richtige.« Alessia reckt trotzig das Kinn.

»Alessia hat das Herz eines guten Mannes für sich gewonnen. Sie liebt ihn. Und sie wird an seiner Seite glücklich sein«, erzählt ihre Mutter. »Und, was noch wichtiger ist, er ist den ganzen Weg aus England hergekommen, um sie zu holen.«

Ich stelle mein Gepäck auf das Bett und ziehe mein Handy heraus, heilfroh, nicht länger im Mittelpunkt zu stehen und den faszinierten Blicken dieser neugierigen Frauen ausgesetzt zu sein, obwohl ich sie immer noch plappern und lachen höre. Ich schalte mein Handy ein.

Als Erstes rufe ich Oliver an, den COO von Trevethick Estate.

»Mylord … Maxim, meine ich. Wie geht es Ihnen? Wo sind Sie?«

Mit knappen Worten bringe ich ihn auf den neuesten Stand. »Und wir brauchen dringend Hilfe, damit Alessia möglichst schnell ein Visum bekommt. Geben Sie Rajah Bescheid. Alessia und ich heiraten.«

»Oh! Und, äh, herzlichen Glückwunsch. Wann?«

»Danke. Am Samstag.«

Ich höre, wie Oliver nach Luft schnappt, dann herrscht Stille in der Leitung. Sie spricht Bände.

»Ja. Es kommt recht unverhofft, ich weiß«, sage ich, um sie zu durchbrechen.

»Wünschen Sie eine Ankündigung in der *Times*?«

»Machen die Leute so etwas noch?«, frage ich und versuche vergeblich, meine Ungläubigkeit zu verbergen.

»Ja, Mylord. Vor allem die Mitglieder des Hochadels.« Ich nehme die leise Missbilligung in seiner Stimme wahr.

»Ich schätze, unter diesen Umständen wollen wir es lieber nicht an die große Glocke hängen. Also nein, keine Ankündigung. Könnten Sie Joe Diallo die Schlüssel zu meiner Wohnung geben? Er kommt im Büro vorbei und holt sie ab.«

Hoffe ich zumindest.

»Natürlich.« Ich höre an Olivers Stimme, dass er immer noch schockiert ist. »Ich kontaktiere gleich Rajah wegen des Visums.«

»Danke.«

»Es gibt auch etwas Neues von der Polizei. Gegen Alessias Angreifer wurde wegen Menschenhandels Anklage erhoben.«

Gut so, verdammt!

»Einer Kaution wurde nicht zugestimmt, weil Fluchtgefahr besteht. Ich glaube, weitere Beteiligte wurden ebenfalls angeklagt.«

»Sehr gut. Das ist eine große Erleichterung.« Ich hoffe nur, dass Alessia nicht als Zeugin im Prozess gegen sie aussagen muss. Das könnte schwierig werden. Aber bis dahin wird sie längst meine Frau sein.

Mach dir darüber erst Gedanken, wenn es so weit ist, Mann.

»Gibt es etwas Geschäftliches, worüber ich Bescheid wissen sollte?«, frage ich, um das Thema zu wechseln, woraufhin Oliver mich über alles Wesentliche in Kenntnis setzt, was zum Glück nicht allzu viel ist. »Ich habe Ihnen einige Mails geschickt, die Sie sich ansehen sollten, aber nichts Ernstes.«

»Danke, Oliver.«

»Mylord … Ist alles in Ordnung bei Ihnen?«

Ich fahre mir mit der Hand durchs Haar, als mich dieselbe

Panik erfasst wie vorhin, unterdrücke das Gefühl jedoch. Ich will ihm nicht auf die Nase binden, dass unsere Ehe womöglich nicht rechtskräftig sein könnte. Damit werde ich mich nach unserer Rückkehr nach Großbritannien befassen. »Ja, es ist alles bestens.«

»Sehr schön. Ich halte Sie auf dem Laufenden, wie Rajah in der Visumangelegenheit vorankommt.«

Als Nächstes rufe ich meinen engen Freund und Sparringspartner Joe Diallo an.

»Alter«, begrüßt er mich. »Wo steckst du denn?«

»In Albanien. Ich heirate. Am Samstag.«

»Was? Diesen Samstag?«

»Ja. Kannst du herkommen?«

»Moment mal, Kumpel. Echt jetzt?«

»Ja.«

»Deine Putze?« Seine Stimme ist um mehrere Oktaven höher als sonst. Ich verdrehe die Augen.

»Ja«, zische ich verärgert.

»Bist du sicher, dass sie die Richtige ist?«

Ich seufze. »Ja, Joe.«

»Na gut«, sagt er mit unüberhörbarer Skepsis. »Ich checke mal die Flüge.«

»Könntest du zusehen, dass du schon am Freitag hier bist? Und einen meiner Anzüge mitbringen?«

Er seufzt. »Weil du's bist.«

»Und du musst für mich zu Boodles.«

Es klopft laut an die Haustür. Alessia löst sich aus der Gruppe im Esszimmer und durchquert die Diele. Sosehr sie sich darüber freut, ihre Verwandten zu sehen, ist sie doch dankbar für den kurzen Moment der Ruhe, als sie an die Tür geht, um sie zu öffnen. Sie hat vergessen, wie es ist, ihre laute, neugierige Familie um sich zu haben.

Sie reißt die Tür auf.

Und erstarrt vor Entsetzen.

»Hallo, Alessia.«

Sie spürt, wie ihr beim Anblick des Mannes auf der Schwelle alles Blut aus dem Gesicht weicht. »Anatoli«, flüstert sie, während die Angst in ihr aufsteigt.

DREI

Alessia ist fassungslos, wie er so dreist sein und in seinem edlen italienischen Anzug und teuren Lederschuhen im Haus ihres Vaters auftauchen kann, auch wenn er keine Anstalten macht einzutreten, sondern sie nur mit seinen eisblauen Augen anstarrt. Dann schluckt er, als wolle er etwas sagen. Vielleicht sind es aber nur die Nerven. Instinktiv weicht sie einen Schritt zurück, als ihr Herz zu hämmern beginnt und ihr ein Schauder über den Rücken läuft – entweder seinetwegen oder wegen der kühlen Februarluft.

Was will er hier?

»Bleib. Bitte.« Er stellt den Fuß in die Tür und sieht sie flehend an.

»Was willst du?«, schnauzt sie ihn an, als die Wut ihr Mut verleiht.

Wie kann er es wagen, hier einfach vor der Tür zu stehen?

Sie will nicht mit ihm reden. Hektisch sieht sie sich um, ob jemand aus dem Wohnzimmer getreten ist, um nachzuschauen, was los ist, doch da ist niemand. Sie ist auf sich gestellt.

»Ich wollte mit dir reden.«

»Am Samstag wurde alles gesagt, was es zu sagen gibt.«

»Alessia. Bitte. Ich will mich entschuldigen. Für alles.«

»Was?« Alessia fühlt sich, als sei alle Luft aus ihrer Lunge gesogen worden.

»Können wir reden? Bitte. Das bist du mir schuldig. Ich habe dich zurückgebracht.«

Wieder steigt Wut in ihr empor. »Nein, Anatoli! Du hast mich entführt!«, stößt sie aufgebracht hervor. »Ich war glücklich in London, und du hast mich einfach aus meinem Leben herausgerissen. Und du hast mich in eine sehr schwierige Lage gebracht. Geh jetzt. Ich habe dir nichts mehr zu sagen.«

»Ich habe einen Fehler gemacht. Einen großen. Das ist mir jetzt klar. Ich habe nachgedacht. Bitte hör dir an, was ich zu sagen habe. Bitte. Ich werde dich auch nicht anfassen.«

»Nein! Geh!«

»Alessia, wir sind verlobt! Du bist die schönste, talentierteste Frau, die ich je gesehen habe. Du bringst mich um den Verstand. Ich liebe dich.«

»Nein. Nein. Nein!« Alessia schließt die Augen und kämpft gegen die Wut und das Entsetzen an. »Du weißt doch gar nicht, was es bedeutet, jemanden zu lieben. Geh jetzt, bitte.« Sie will die Tür schließen, doch er drückt mit der Hand dagegen, und auch sein Fuß steht immer noch auf der Schwelle.

»Wie kannst du jemanden heiraten, der dich aus deiner Heimat wegbringt? Deiner Heimat! Du bist Albanerin bis tief in die Seele. Du wirst deine Mutter vermissen und in England niemals wirklich dazugehören. Die Engländer sind schreckliche Snobs. Sie werden dich hassen, werden auf dich heruntersehen, dich niemals akzeptieren.«

Die Worte bohren sich in ihr Inneres, beschwören ihre tiefsten Ängste und Befürchtungen herauf.

Stimmt es, was er sagt? Werden Maxims Freunde und Familie sie hassen?

Anatoli, der ihre aufkeimenden Zweifel zu spüren scheint, fährt fort: »Ich spreche deine Sprache, *Carissima*. Ich verstehe dich. Ich habe mich dumm verhalten. Sehr sogar. Aber ich kann mich ändern. Du warst im Westen, hast größere Erwartungen und verdienst es, sie erfüllt zu bekommen. Das verstehe ich und kann dir geben, was du dir wünschst. Und noch viel mehr. Ich werde dein Kind als mein eigenes annehmen, es wie mein eigen Fleisch und Blut behandeln. Alessia, bitte, ich liebe dich.« Er ergreift ihre Hand und sieht sie flehend an. »Du machst mich zu einem besseren Mann. Ich brauche dich«, flüstert er, wobei jede einzelne Silbe seine Verzweiflung verrät.

Alessia entzieht ihm ihre Hand und sieht ihm in die Augen. »Lass mich los, Anatoli.« Sie holt tief Luft, nimmt den Mut zusammen, von dem sie nicht wusste, dass er in ihr schlummert, und streichelt seine Wange. Er schmiegt sich in die Bewegung, ohne den Blick zu lösen. »Wenn du mich liebst, lässt du mich gehen. Ich kann dich nicht glücklich machen. Weil ich nicht die Richtige für dich bin.« Er öffnet den Mund, um ihr zu widersprechen, wie sie vermutet, doch sie legt ihm den Finger auf die Lippen. »Nein, das bin ich nicht.«

»Doch«, haucht er, sodass sie seinen warmen Atem an ihrem Finger spürt.

Sie lässt die Hand sinken. »Nein. Du wirst eine Frau finden, die strahlt, sobald du einen Raum betrittst.«

»Das habe ich bereits.«

»Nein! Ich bin nicht diese Frau.«

»Aber früher war es so.«

»Das ist lange her. Und … du hast mir wehgetan. So sehr, dass ich fortgehen musste. Das lässt sich nicht ungeschehen machen.«

Er wird blass.

»Du bist nicht dieser Mann für mich«, fährt Alessia fort. »Du würdest mich niemals glücklich machen.«

»Aber ich könnte versuchen, der Mann zu werden.«

»Ich habe ihn bereits gefunden, Anatoli. Ich liebe ihn. Noch diese Woche werden wir heiraten.«

»Was?« Er starrt sie mit offenem Mund an.

»Bitte. Geh jetzt. Für dich ist hier kein Platz mehr«, flüstert Alessia.

Mit ungläubiger Miene weicht er zurück.

»Ich wünsche dir, dass du diese Frau findest«, fügt sie hinzu.

»*Carissima …*«, stammelt er verzweifelt.

»Auf Wiedersehen, Anatoli.« Mit hämmerndem Herzen schließt Alessia die Tür, gerade als ihre Mutter sie ruft.

»Wo bleibst du denn, Alessia?«, fragt Shpresa und tritt in die Diele.

»Schon gut, ich bin gleich da.«

»Wer war das?«

»Ich brauche einen Moment, Mama.«

Shpresa mustert ihre Tochter stirnrunzelnd, ehe sie nickt und ins Esszimmer zurückkehrt. Alessia atmet tief durch, um die lähmende Angst und den Schreck zu bekämpfen, dann blickt sie durch den Spion und sieht zu, wie Anatoli mit weit ausholenden Schritten und durchgedrückten Schultern zu seinem Wagen in der Einfahrt zurückkehrt – das Bild eines entschlossenen, keineswegs resignierten Mannes. Der Anblick jagt ihr einen Schauder über den Rücken.

Nein!

Sie dreht sich um und lässt sich gegen die Haustür sinken.

Dieser Besuch kam unerwartet, doch seine Worte bleiben nicht ohne Wirkung auf sie. *Sie werden dich hassen.* Instinktiv legt sie die Hand um ihre Kehle, die plötzlich eng geworden ist, und muss gegen den Drang ankämpfen, in Tränen auszubrechen.

Was, wenn er recht hat?

Ich habe die wenigen Sachen ausgepackt, die ich in meiner Panik in meine Reisetasche gestopft habe, als ich dachte, ich würde Alessia niemals wiedersehen, und räume sie jetzt von der einen Seite auf die andere – nur um meinen nächsten Anruf nicht tätigen zu müssen.

Feigling. Ruf sie schon an.

Ich blicke auf den stillen, reglosen See, in dessen Tiefe sich der graue Himmel spiegelt. Die Szenerie ist ein Abbild meiner eigenen Stimmung. Die Frauen sitzen immer noch im Wohnzimmer, und ihr lautes Gelächter verrät mir, dass sie sich köstlich amüsieren. Ich hole tief Luft, wappne mich innerlich, dann wähle ich Carolines Nummer.

Soll ich es ihr sagen?

Oder lieber nicht?

»Maxim!« Überschwänglichkeit und Besorgnis schwingen in ihrer Stimme mit. »Wo steckst du? Wie geht es dir?«

»Caro. Hi. Ich bin in Kukës. Bei Alessias Eltern.«

»Du bist immer noch dort? Wie das? Wieso bist du noch nicht auf dem Rückweg, wenn du sie gefunden hast?«

»So einfach ist das nicht.«

»Ihr Verlobter?«

Das Arschloch. »Äh … nein.«

Sie schweigt, wartet auf eine genauere Erklärung, dann seufzt sie. »Was verschweigst du mir?«

In diesem Moment kommt mir der rettende Gedanke. »Wir müssen auf Alessias Pass warten.«

»Ah. Verstehe.« Sie klingt nicht gänzlich überzeugt, fährt aber dennoch fort. »Du willst also nicht nach Hause kommen und später noch mal hinfliegen, um sie zu holen?«

»Auf keinen Fall. Ich lasse sie nicht aus den Augen.«

»Oh, der große Beschützer!«, höhnt sie. »Der strahlende Ritter in dir zeigt sich.«

Es ist eine Erleichterung, dass ihr gewohnt ätzender Sarkasmus die Oberhand gewonnen hat. »Ja«, sage ich lachend. »Zu meiner großen Überraschung kommt er seit einiger Zeit immer wieder zum Vorschein.«

»Bei ihren Eltern ist sie doch bestimmt sicher.«

»Ihre Mutter war diejenige, die sie in die Obhut dieser Menschenhändler gegeben hat, wenn auch unabsichtlich.«

Caro schnappt nach Luft. »Wie schrecklich. Das wusste ich nicht.«

»Ja. Deshalb habe ich das Gefühl, auf sie aufpassen zu müssen. Aber genug von mir. Wie geht es dir?«

»Ach.« Tiefe Niedergeschlagenheit liegt in dem kurzen Laut.

»Was ist?«

»Ich habe mich endlich aufgerafft, Kits Sachen durchzusehen.«

Unerwartet kommt die Trauer in mir hoch, brutal und so heftig, dass es mir den Boden unter den Füßen wegzieht.

Kit. Mein wunderbarer Bruder.

»Verstehe«, flüstere ich.

»Ich habe ein paar Sachen gefunden, die du vielleicht haben willst«, sagt sie leise. »Alles andere … Noch weiß ich nicht genau, was ich damit machen will.«

»Wir können die Sachen noch einmal durchgehen, sobald ich zu Hause bin.«

»Ja. Gern. Morgen mache ich mich an einige Dokumente.«

»Viel Glück.«

»Er fehlt mir«, gesteht sie bekümmert.

»Ich weiß. Mir auch.«

»Wann kommst du zurück?«

»Nächste Woche. Hoffe ich.«

»Gut. Okay. Danke für den Anruf. Es freut mich, dass du sie gefunden hast.«

Ich habe ein verdammt schlechtes Gewissen, als ich auflege.

Eine schwere Unterlassungssünde.

Ich hätte es ihr sagen müssen.

Verdammt!

Kurz bin ich versucht, sie noch einmal anzurufen und zu beichten, dass ich heiraten werde, aber sie würde bestimmt nicht ins nächste Flugzeug steigen und herkommen wollen, und wenn ich ehrlich sein soll, will ich den ganzen Aufwand nicht.

Ich gelange zu dem Entschluss, aus exakt denselben Gründen meiner Mutter nichts zu sagen. Meine werte Frau Mutter würde ohnehin ausflippen, außerdem bin ich nicht sicher, ob Kukës oder die Demachis bereit für die Countesswitwe in all ihrer Pracht und Herrlichkeit sind; ich bin es ganz bestimmt nicht.

Lieber später um Verzeihung als vorher um Erlaubnis bitten. Der häufig von meinem Vater zitierte Spruch kommt mir wieder in den Sinn; er hat ihn regelmäßig mit einem Augenzwinkern angebracht, wenn er mich bei etwas Verbotenem erwischt hat.

Ich schiebe den Gedanken beiseite. Es klopft an der Zimmertür. Ehe ich »Herein« sagen kann, tritt Alessia ein, schließt die Tür hinter sich und lehnt sich mit dem Rücken dagegen. Sie ist kreidebleich und sieht mich bange an.

»Was ist passiert?«

Sie holt tief Luft, tritt auf mich zu und schlingt zu meinem Erstaunen die Arme fest um mich. Ich ziehe sie an mich und küsse ihr Haar.

»Was ist, Alessia?«

Sie verstärkt ihren Griff. »Anatoli. Er war hier.« Ihre Stimme ist kaum mehr als ein Flüstern.

»Was?«, stoße ich wütend hervor.

Sie sieht mich an. Noch immer steht ihr die Angst ins Gesicht geschrieben. »Er stand plötzlich vor der Tür.«

Entsetzt lege ich die Hände um ihr Gesicht. »Dieser elende Dreckskerl. Wieso hast du mich nicht gerufen? Hat er dir etwas getan? Geht es dir gut?«

»Mir geht es gut.« Sie legt beide Hände auf meine Brust. »Und nein, er hat mich nicht angerührt, sondern wollte, dass ich meine Entscheidung noch einmal überdenke.«

Mir stockt der Atem. »Und tust du es?«

Deshalb hat sie mich nicht gerufen.

Verständnislos runzelt sie die Stirn.

»Deine Entscheidung noch einmal überdenken.«

»Nein!«

Gott sei Dank.

»Wie kommst du auf so etwas?« Gekränkt weicht sie zurück, sodass mir nichts anderes übrig bleibt, als sie loszulassen. »Glaubst du das etwa, weil du *deine* Entscheidung gerade überdenkst?«, fragt sie und reckt auf diese stolze Art das Kinn, die ich so gut kenne. Die Absurdität lässt mich auflachen. Die Absurdität der ganzen Situation, des Dialogs zwischen uns …

Wie kann sie so etwas denken?

»Nein. Natürlich nicht. Obwohl ich zugeben muss, dass ich mir wünsche, wir könnten es in unserem eigenen Tempo tun. Aber das ist ja nichts Neues. Wieso hast du Zweifel an mir? Ich bin unsterblich, unfassbar … sehr viel in dich verliebt.« Ich breite die Arme aus, und nach einem Moment tritt sie mit einem scheuen Lächeln wieder in meine Umarmung.

»Das sind eine Menge Adverbien«, sagt sie. »*Sehr viel verliebt*?«

»Meine Lieblingsworte.« Ich lächle. »Ich will dich heiraten, und zwar richtig.« Etwas beruhigt hauche ich ihr einen weiteren Kuss aufs Haar. »Was hast du zu ihm gesagt?«

»Dass ich es nicht tun werde. Und dass ich bald heirate. Daraufhin ist er gegangen.«

»Ich hoffe, das war das letzte Mal, dass wir ihn sehen mussten.« Behutsam packe ich ihr Haar, ziehe ihren Kopf nach hinten und küsse sie zärtlich auf den Mund. »Tut mir leid, dass du dich mit diesem Dreckschwein herumschlagen musstest, aber es ist schön zu hören, dass du dich gegen ihn durchgesetzt hast, mein mutiges Mädchen.«

Alessia blickt in seine leuchtend grünen Augen, in deren Tiefen sich ihre eigene Liebe widerspiegelt, während sie die Hände über seine muskulösen Arme, seine Schultern und sein Gesicht gleiten lässt, sie in seinem kastanienbraunen Haar vergräbt. Sein Duft ist ihr geradezu schmerzlich vertraut – nach Maxim und nach Sandelholz. Angetrieben von verzweifeltem Verlangen zieht sie ihn wieder an sich, liebkost spielerisch seinen Mund mit ihren Lippen, während sie sich ihm öffnet. Maxim stöhnt leise, als sich ihre Zungen finden. Am liebsten würde sie ganz mit ihm verschmelzen und auf diese Weise die Erinnerung an ihre Begegnung mit Anatoli aus ihren Gedanken verbannen. Er zieht sie enger an sich, umfasst mit der einen Hand ihre Pobacken, mit der anderen packt er sie bei den Haaren und hält sie fest, während er sich nimmt, was sie ihm so freudig schenkt. Ohne die Lippen zu lösen, schiebt er sie zurück, bis Alessia die Wand im Rücken spürt. Verlangen pulsiert durch ihren Körper und speist ihre unendliche Begierde.

Schließlich unterbricht Maxim ihren Kuss. »Alessia, es ist okay. Ich beschütze dich«, stößt er schwer atmend hervor und lehnt die Stirn gegen ihre. »Aber das hier geht jetzt nicht.«

»Bitte«, flüstert sie, weil sie ihn so sehr will.

»Während deine Verwandten oben sitzen? Und jederzeit jemand herunterkommen könnte?«

Statt einer Antwort streicht Alessia mit dem Finger am Ausschnitt seines Pullovers entlang.

»Ich halte das für keine gute Idee, Baby.« Er legt seine Hand über ihre Finger. Seine Augen leuchten in einem dunklen Grün. Sie glaubt, den Zwiespalt darin zu erkennen, und doch … sagt er Nein.

Alessia versteht es nicht. Ihr erster Impuls ist, sich zurückzuziehen.

Es steht ihr nicht zu, ihn mit Fragen zu belästigen. Doch vor ihr steht ihr künftiger Ehemann, und ihr kommen seine Worte von diesem kalten Winternachmittag in dem großen Haus in Cornwall wieder in den Sinn.

Sprich mit mir. Stell mir Fragen. Über alles. Ich bin hier. Ich höre zu. Streite mit mir. Schrei mich an. Ich werde mit dir streiten. Ich werde dich anschreien. Ich werde Fehler machen. Du wirst Fehler machen. Das ist alles in Ordnung. Aber um unsere Schwierigkeiten zu lösen, müssen wir kommunizieren.

Was soll das denn, Mann?

Ich stecke in einem Gewissenskonflikt. Ehrlich gesagt will ich nicht von einem Mitglied des Demachi-Clans *in flagranti* erwischt werden. Allein das Kichern und Scherzen der Frauen im Stockwerk über uns zu hören und zu wissen, dass ihr wütender Vater mit seiner Flinte lauert, ist schon krass genug.

Es ist, als wäre ich im falschen Jahrhundert gelandet, und diese Tatsache bringt mich völlig aus dem Konzept.

Alessias Augen weiten sich. »Willst du denn nicht?«

»Oh, Baby, nichts liegt der Wahrheit ferner. Hier.« Ich nehme ihre Hand und lege sie auf meinen betonharten Schwanz.

»Oh.« Ihre Wangen färben sich rosig, und ihre Finger gehen sofort auf Wanderschaft.

Verdammt!

»Alessia«, knurre ich, ohne sagen zu können, ob es eine Warnung oder ein Flehen ist.

Sie sieht mich an mit ihren dunklen, lustvollen Augen, und plötzlich kann ich mich nicht länger beherrschen. Ich ziehe sie an mich und küsse sie. Gierig wie ein Verdurstender. Meine Hände sind in ihrem Haar vergraben, verhindern, dass sie sich bewegt, solange sich unsere Zungen ineinander verschlingen. Lust, flüssig und heiß, schießt durch meine Adern, und einen Moment lang glaube ich zu explodieren. Auch ihre Leidenschaft ist entfesselt, als sie mein T-Shirt aus meiner Jeans zerrt und mir den Pullover über die Ohren ziehen will. Mit einer Hand umfasse ich ihren Hinterkopf, ohne meinen Mund von ihr zu lösen, betäubt von ihrem köstlichen Geschmack, während ich die andere wieder um ihr prachtvolles Hinterteil lege.

»Alessia!«

Es klopft an der Tür.

Verdammt!

Abrupt lösen wir uns voneinander, beide atemlos und mit vor Leidenschaft dunklen Augen und offenen Mündern.

Ich fahre mir mit beiden Händen durchs Haar. »Scheiße!«, stoße ich leise hervor. Alessia lacht unterdrückt.

Ich ziehe sie wieder in meine Arme und drücke ihr einen Kuss auf den Kopf. »Herein!«, rufe ich mit rauer Stimme. »Irgendwie haben wir nie lange Zeit, was?«

»Nur nachts.« Animalische Begierde blitzt in ihren dunklen Augen.

Oh. Es ist, als spreche sie damit direkt meinen höchst interessierten Schwanz an.

Shpresa betritt den Raum und runzelt beim Anblick ihrer Tochter in Maxims Armen die Stirn. »Da bist du ja, mein Herz«, sagt sie auf Albanisch. »Wir haben Gäste.«

»Ich weiß, Mama«, erwidert Alessia noch etwas atemlos.

»Lass den Mann los und komm wieder hoch, damit wir weitermachen können. Die anderen werden bald aufbrechen.«

Alessia lächelt Maxim an.

»Gehst du zu deinen Verwandten zurück?«, fragt er.

»Ja, ich muss. Wir besprechen die Dekoration und was es bei der Hochzeit zu essen geben soll.« Alessia seufzt. »Aber keine Angst, sie gehen bald. Und dann fangen wir an zu putzen.« Alessia stößt ein Schnauben aus.

»Ich muss mich um einige E-Mails kümmern.«

»Ich bin in einer Minute da, Mama.«

Shpresa runzelt die Stirn, dann hebt sie den Zeigefinger. »Eine Minute. Mehr nicht.«

Sie verlässt das Zimmer, während Alessia und Maxim zurückbleiben und immer noch darum ringen, ihr Gleichgewicht wiederzufinden.

Heilfroh, dass wir noch angezogen waren, als Shpresa aufgetaucht ist, sehe ich meiner künftigen Schwiegermutter hinterher und drücke Alessia einen weiteren Kuss aufs Haar. »Ich werde dich immer wollen, Baby, aber lass uns lieber warten, bis wir hier weg sind.«

»Aber das dauert noch mehrere Tage!«

Alessias Protest lässt mein Lächeln breiter werden.

»Außerdem habe ich keine Kondome bei mir«, murmele ich in ihr Haar.

»Dann kauf eben welche.«

»Gute Idee, aber glaubst du nicht auch, es würde seltsam aussehen, wenn ich das tue, obwohl du schwanger bist?«

»Oh.«

»Ich bitte Tom, mir welche zu besorgen.«

Alessia schnappt nach Luft und birgt das Gesicht an meiner Brust, während sie dunkelrot anläuft.

Grinsend ziehe ich sie enger an mich. »Ich habe ihm erzählt, dass du nicht schwanger bist.«

»Ich … Ich könnte ja zum Arzt gehen und mir die Pille geben lassen«, sagt sie. Ihre Stimme wird durch meinen Wollpullover gedämpft.

»Das ist eine hervorragende Idee.«

Sie sieht mich prüfend an, und ich lächle.

Sex ohne Kondom, das wird eine Premiere.

»Okay, dann mache ich das. Und ich sollte meinen Eltern sagen, dass ich doch nicht schwanger bin.«

»Ja. Das sollten wir tun.«

»Ich habe mir etwas überlegt.« Zögernd sieht sie mich an.

»So?«

»Morgen.« Wieder vergräbt sie das Gesicht an meiner Brust. »Morgen ist der Tag, an dem ich meine Blutung bekomme.«

Ah.

»Okay. Also kannst du deiner Mutter sagen, dass du nicht schwanger bist.«

»Genau. Ich werde den richtigen Moment abpassen.« Sie kann mich nicht ansehen – vor Verlegenheit, nehme ich an. Ich lege beide Hände um ihr Gesicht und blicke in ihre schönen dunklen Augen.

»Wir sollten über so etwas reden können. Über dich und deinen Körper. Es ist okay. Und ich halte das für einen guten Plan.« Ich küsse sie auf die Stirn. »Vielleicht sagst du es ihr am Samstag.«

Sichtlich beruhigt nickt sie. »Ich sollte jetzt gehen.«

Widerstrebend lasse ich sie los. Mit einem letzten sehnsuchtsvollen, begierigen Blick öffnet sie die Tür und lässt mich – mit einem gewaltigen Ständer und einem heftigen Fall von Bräutigamschmerzen – zurück.

So wie damals, als ich sie kennengelernt habe.

Bei der Erinnerung muss ich grinsen und atme tief durch. Wie vorhergesehen ist ihre Mutter in einem höchst unpassenden Moment hereingeplatzt. Und das ist ein Riesenproblem. Ständig in der Nähe ihrer Eltern und unter deren Dauerbeobachtung zu stehen bringt mich um den Verstand. Mein Aufenthalt hier hat mir wertvolle Einblicke gewährt, wie Alessia aufgewachsen ist, und ich kann sie nur umso mehr für ihre Flucht nach London bewundern. Jahrelang hat sie in dieser erdrückenden Atmosphäre gelebt, ständig kontrolliert von Mutter und Vater. Selbst jetzt, nach gerade einmal zwei Tagen, vermisse ich meine Freiheit bereits. Ich fühle mich wie ein Teenager in der Schule.

Aber ich bin ein erwachsener Mann, verdammt noch mal.

Na ja, meistens.

Trotzdem werde ich bleiben, vor allem nun, da dieses Dreckschwein sich einbildet, einfach eine weitere Chance einfordern zu können.

Was für eine Ironie! Ich werde sie jedenfalls keine Sekunde mehr aus den Augen lassen.

Ich massiere mir die Schläfen, hinter denen die letzten Reste meines Katers pochen, und nehme mir vor, ihren Vater zu fragen, wo er seine Flinte aufbewahrt – für den Fall, dass Anatoli, das Arschloch, ein weiteres Mal unangemeldet vor der Tür steht. Es wäre mir ein Riesenvergnügen, ihm eine Kugel zwischen die Augen zu jagen.

Heilige Scheiße.

Je früher wir von hier wegkommen, desto besser. Jetzt hege ich schon Mordgedanken.

VIER

Vom Bett aus blickt Alessia im Schein des kleinen Drachenlichts hinauf zur Zimmerdecke, während ihre Finger das Goldkreuz an ihrem Hals umschließen. Obwohl sie erschöpft ist, kreisen ihre Gedanken um die Ereignisse des Tages und die Liste der Dinge, die sie erledigen muss.

Am Morgen hat Tom Alessia und ihre Mutter zum Kauf eines Brautkleids nach Prizren im Kosovo chauffiert. Alessias Mutter wollte nicht, dass ihr Verlobter sie begleitet, weil das »Unglück« bringen und »die Überraschung verderben« würde. Also hat Maxim Tom gebeten, sie hinzufahren. Alessias Vater hat nur mit den Achseln gezuckt. »Wie gesagt: Du bist jetzt sein Problem. Wenn Maxim das will, ist es so. Außerdem sind er und ich hier beschäftigt.«

Mit finsterem Gesicht dreht Alessia sich auf die Seite, dem Drachenlicht zu.

Sie ist kein Problem!

Alessia denkt an den Ausflug nach Prizren. Er war ein voller Erfolg. Sie haben tatsächlich ein wunderschönes Brautkleid gefunden, und sie hat eine weichere Seite von Maxims schroffem Freund entdeckt. In ihrer Gesellschaft war er höflich, zuvorkommend und wachsam. Er hat ihr widerwillig ein Kompliment wegen des Kleids gemacht, als er geduldig an der Tür des Brautmodengeschäfts wartete.

»Ja, das ist es. Hübsch. Es … ähm … steht dir sehr gut«, hat er hervorgepresst, und sein Gesicht wurde so rot wie seine Haare. Dann wandte er sich, seine Verlegenheit kaschierend, wieder der Überwachung der Passanten durchs Schaufenster zu. Vermutlich um nicht von Anatoli überrascht zu werden.

Während der Fahrt in den Kosovo hat Tom ihr von seinem Sicherheitsdienst erzählt, in dem er seine in der britischen Armee erworbenen Fähigkeiten gut gebrauchen kann. Er hat sich riesig über ihre Aufmerksamkeit gefreut. Und Alessia war dankbar, dass er sie begleitete. Seit dem Auftauchen von Anatoli ist Maxim superwachsam.

Sie ist immer noch ganz durcheinander von der Begegnung mit ihm.

Was hat er sich dabei gedacht?

Auf den Straßen von Prizren hat sie sich mehrmals dabei ertappt, wie sie verunsichert über ihre Schulter blickte.

Wurde sie beobachtet?

Nein, das bildete sie sich bloß ein.

Sie schiebt diesen Gedanken beiseite und wendet sich fröhlicheren zu – zum Beispiel dem an ihren hemdsärmeligen Verlobten. Zu ihrer Überraschung haben Maxim und Thanas Alessias Vater während ihres Ausflugs in den Kosovo geholfen, die Garage auszuräumen, in der die Demachis die Hochzeitsfeier abhalten wollen. Ihr Vater hat mit Maxim die drei Mercedes, die sonst darin eingeschlossen sind, in seine Werkstatt in der Stadt gefahren. Danach haben er, Maxim und Thanas die Garage sauber gemacht, weil am Morgen das Zelt geliefert wird, das vor der Garage aufgestellt werden soll, damit mehr Platz zum Feiern ist.

Nach ihrer Rückkehr aus dem Kosovo hat Tom ebenfalls mit angepackt. Während die Männer draußen werkelten, haben Alessia und ihre Mutter alles blitzblank geputzt.

Am späten Nachmittag ist Alessia in die örtliche Klinik gegangen, wo sie den Arzt nach einem kurzen Gespräch davon überzeugt hat, ihr die Pille zu verschreiben. Hinterher hat sie es gerade noch mit dem Rezept in die Apotheke geschafft, bevor diese zumachte. Sie war erleichtert, dort keinen zu kennen. Zu Hause hat niemand sie gefragt, wo sie war. Später dann, ihre Periode hatte gerade eingesetzt, ist sie nach oben geschlichen, um die erste Pille zu nehmen.

Am frühen Abend hat Maxim, die Ärmel trotz der Kälte hochgekrempelt, die Küche mit schmutziger Kleidung, rotem Kopf und schweißnassen Haaren betreten. Er sah … sexy aus.

Körperliche Arbeit steht ihm gut zu Gesicht.

Bevor er duschen ging, hat er ihr kurz einen Kuss gegeben, der die Sehnsucht nach mehr in ihr weckte.

Maxim unter der Dusche.

Alessia schließt die Augen und malt sich aus, mit ihm unter der Dusche zu stehen. Sie sind in Cornwall, im Hideout, und Maxim seift sie ein. Ihre Hand wandert ihren Körper hinunter und wird in ihrer Fantasie zu der seinen. Im Geist hört sie sogar seine Stimme.

Soll ich dich überall waschen?

Heftig atmend zieht sie ihr Nachthemd hoch, das über ihre Oberschenkel rutscht. Als ihre Hand dazwischengleitet und sich zu bewegen beginnt, rollt sie auf den Rücken.

Alessia erinnert sich an seine geschickten, von der Seife glitschigen Finger auf ihren Brüsten, auf ihrem Bauch und in ihrem Schritt. Ihre Brustwarzen werden unter dem weichen Baumwollstoff hart; sie stellt sie sich zwischen seinen Lippen, an seinem Bart und seinen Zähnen vor.

Und stöhnt auf.

In ihrer Fantasie küsst er ihren Hals und gibt einen tiefen, wohligen Laut von sich.

Hm.

Seine Worte kommen ihr in den Sinn.

Du bist so schön.

Ihre Hand findet den richtigen Rhythmus, Alessia beginnt zu keuchen.

Schneller. Schneller.

Gefällt dir das?

Sie ist knapp davor.

Fast.

Ich würde gern was Neues ausprobieren. Dreh dich um, gurrt er ihr ins Ohr.

Alessia kommt. Heftig. Schnell. Saugt in gierigen Zügen die Luft ein.

Als sie sich beruhigt hat, hofft sie, endlich einschlafen zu können. Sie rollt sich zusammen. Doch schon kurze Zeit später verfliegt das angenehme Gefühl, und ihre Gedanken kreisen erneut.

Morgen wird die Garage fertig, aber es muss weiter geputzt und gekocht werden. Viel gekocht. Und dann noch die Gastgeschenke: Zuckermandeln in winzigen Stoffbeuteln. Zum Glück hilft ihre große Familie gern – der Speiseplan und die Aufgabenverteilung wurden bei ihrem gestrigen Besuch festgelegt. Tagsüber wird eine Köchin da sein, die ihnen hilft.

Wird Maxim zufrieden sein?

O Zot! Sie hofft es.

Alessia weiß, dass das nicht die Hochzeit ist, die er sich erträumt hat.

Doch er ist nach wie vor da, nicht geflohen. Er hilft ihr und ihrer Mutter zuliebe bei den Vorbereitungen für das Fest. Alessia öffnet die Augen und schaut wieder zur Zimmerdecke hinauf. Als brennende Sorge in ihr aufsteigt, wandern ihre Finger ein zweites Mal zu dem Goldkreuz um ihren Hals.

Ihre Mutter, die bei ihrem Vater bleiben will.

Wird es ihr gut gehen?

In den letzten Tagen scheinen ihre Eltern zu einer Art Übereinkunft gelangt zu sein. Es ist merkwürdig, das zu beobachten. Vielleicht hat ihre Mutter recht: Er wirkt … freundlicher. Vielleicht war es nötig, dass Alessia weggeht. Vielleicht war sie der Grund für ihre Zwietracht.

Schließlich ist sie kein Junge.

Ihr schnürt sich die Kehle zu.

War sie die ganze Zeit über diejenige, die dem Glück ihrer Mutter im Weg stand?

Du bist jetzt sein Problem …

Eine Träne rollt ihre Wange hinunter und in ihr Ohr.

Diesen Gedanken kann sie nicht allein ertragen.

Sie schlägt die Bettdecke zurück und steht auf, ergreift den kleinen Drachen und bewegt sich zur Tür. Ihrer Einschätzung nach dürfte es zwei Uhr morgens sein, aber sicher ist sie sich nicht. Sie schleicht auf Zehenspitzen aus dem Zimmer, schließt leise die Tür und tritt hinaus auf den Flur, wo alles mucksmäuschenstill ist, weil ihre Eltern schon vor Stunden ins Bett gegangen sind. Auf der Treppe steigt sie lautlos die beiden Stockwerke hinunter. Alessia ist es egal, dass sie ihn möglicherweise weckt, wenn sie sich in sein Zimmer stiehlt, denn im Moment will und braucht sie Maxim, nichts anderes.

Ich kann nicht schlafen, obwohl ich wahrscheinlich noch niemals so körperlich hart gearbeitet habe wie heute. Jedenfalls nicht, seit ich meinem Vater auf der Home Farm des Trevethick Estate bei der Ernte helfen musste. Damals war ich ein Teenager und besaß noch schier unerschöpfliche Energie.

Und jetzt? Nicht mehr so viel.

Heute Abend hatte ich nicht mal was gegen den Raki, der mir zur Lockerung meiner schmerzenden Muskeln verabreicht wurde. Morgen früh werde ich eine Runde joggen, bevor ich irgendetwas anderes mache. Zum Glück habe ich meine Laufsachen dabei.

Seltsamerweise hat es sich gut angefühlt, meinem Schwiegervater in spe zur Hand zu gehen. Er wirkt schroff und mürrisch, und ich habe nicht die geringste Ahnung, was er denkt, aber er ist entscheidungsfreudig, fleißig und organisiert. Und er hat einen Plan, wofür ich dankbar bin, weil ich mich hier nicht auskenne. Am Ende eines langen Tages hat er mir auf den Rücken geklopft und mir den Schlüssel zu einem seiner Autos gegeben – einem alten Mercedes-Benz, C-Klasse. Thanas hat für mich übersetzt, was er dabei sagte: »Für dich. Solange du hier bist. Dein Wagen. Den Dacia kannst du deinem Freund geben. Hol ihn später und stell ihn erst mal auf der Straße ab.«

»*Faleminderit*«, habe ich erwidert. Albanisch für *danke.*

Da habe ich ihn zum ersten Mal richtig lächeln gesehen. Seine Großzügigkeit und die Tatsache, dass er bereit ist, mich in die Familie aufzunehmen, stimmen mich froh.

Vielleicht ist er gar nicht so übel.

Er tut nur, was er im Hinblick auf seine Tochter für richtig hält.

Doch jetzt fällt es mir schwer einzuschlafen. Habe ich je daran gedacht, in einer Garage zu heiraten? In Albanien? Vor meinem dreißigsten Lebensjahr? Gott sei Dank ahnt meine Mutter nichts davon. Ich schmunzle spöttisch … Wenn sie es wüsste, würde sie ausflippen.

Alessia und ihre Mutter waren mit Tom beim Einkaufen. Ich durfte nicht mit, weil sie das Hochzeitskleid aussuchen wollten. Von mir hat sie nur die Kreditkarte bekommen. Ich habe sie ihr augenzwinkernd gereicht, und sie hat sie mit einem kurzen Dankeschön und einem Wangenküsschen genommen.

Später ist sie bester Stimmung zurückgekehrt, und Tom war ganz hingerissen von meiner Zukünftigen.

»Sie ist ein Juwel, Trevethick. Nun verstehe ich dich«, hat er beim Ausräumen der Garage zu mir gesagt.

Alessia und ihre Mutter haben den größten Teil des Nachmittags mit Putzen verbracht. Am Abend war das Haus dann blitzblank. Sie muss erschöpft sein. Ich hoffe, sie schläft tief und fest und träumt von mir. Wenn alles vorbei ist, werden wir einen Urlaub brauchen.

Flitterwochen.

Ich könnte mit Alessia an einen romantischen Ort reisen. Vielleicht in die Karibik. Dort könnten wir an einem ruhigen Strand unter sich im Wind wiegenden Palmen sitzen, Cocktails schlürfen, Bücher lesen und uns unter dem Sternenzelt lieben. Bei der Vorstellung regt sich mein Schwanz.

Fuck. An Weihnachten war ich mit meinem Bruder und seiner Frau Caroline auf Kuba und hinterher auf Bequia.

Das erscheint mir wie gestern.

Dabei ist es schon acht Wochen her.

Teufel.

Seitdem ist so viel passiert.

Früher am Abend habe ich mit Oliver geredet. Er hat mich nicht nur geschäftlich auf den neuesten Stand gebracht, sondern auch organisiert, dass wir in der Britischen Botschaft in Tirana das Visum für Alessia abholen können. Der Botschafter, der meinen Vater kannte, hat die Genehmigung höchstpersönlich durchgewinkt. Somit wird Alessia immerhin mit einem Touristenvisum ins Vereinigte Königreich einreisen können, bevor wir zum Beispiel aufgrund ihrer Ehe mit mir einen längerfristigen Aufenthaltsstatus für sie sichern. Die Botschaft wird außerdem einen Notar zur Beglaubigung unserer Heiratsurkunde beauftragen, womit dann alles offiziell wäre.

Sobald wir in London sind, werde ich einen Anwalt aufsuchen, den Rajah mir empfohlen hat. Er hat mich schon gewarnt, dass noch viel zu tun ist, bis Alessia dauerhaft in England bleiben kann.

Als die Tür mit leisem Knarren aufgeht, zucke ich zusammen. Alessia schleicht in ihrem albernen Nachthemd herein, das kleine Drachenlicht in der Hand. Mein Puls beschleunigt sich.

Sie ist hier. Mein Mädchen.

Als sie näher kommt, grinse ich in die Dunkelheit.

»Hallo«, flüstere ich voller Freude und schlage das Bettzeug zurück, damit sie zu mir schlüpfen kann.

»Hi«, begrüßt sie mich. Sie klingt ein wenig heiser.

»Alles in Ordnung?«

Sie nickt kurz im Schein des kleinen Drachen, stellt das Nachtlicht auf das Kästchen neben dem Bett und legt sich zu mir. Ich küsse sie auf die Wange, schlinge die Arme um sie und drücke sie fest an mich, während sie den Kopf an meine Brust schmiegt.

»Ich konnte nicht schlafen. Dabei bin ich hundemüde«, murmelt sie.

»Ich auch. Aber jetzt wird es gehen.« Ich vergrabe die Nase in ihren Haaren und atme ihren Duft ein. Hier ist ihr Platz … hier bei mir.

Auf ewig.

Ich schlummere ein.

Alessia schließt die Augen in den Armen des Mannes, den sie liebt. Hierher gehört sie. Bei ihm zu sein fühlt sich an wie daheim. Ihr ist es egal, wenn ihr Vater oder ihre Mutter sie bei ihm erwischt; sie und Maxim liegen ja nur unschuldig beieinander. Sie seufzt. Als ihre Gedanken endlich zur Ruhe kommen, sinkt sie in einen traumlosen Schlaf.

Es ist Freitag, früher Nachmittag. Ich schaue immer wieder auf meine Uhr. Joe soll gegen 15:20 Uhr eintreffen. Tom, der in den letzten Tagen mehr als genug in der Gegend herumgefahren ist, holt ihn vom Internationalen Flughafen in Tirana ab. Von Joe habe ich eine SMS bekommen, dass sie unterwegs sind und er eine Überraschung für mich hat.

Ich bin mir nicht so sicher, ob ich Überraschungen mag.

Der Vorgarten der Demachis ist makellos hergerichtet, einer Hochzeit würdig. Vor der Garage ist eine Art Festzelt aufgestellt, drinnen stehen Tische und Stühle. Das Ganze macht sich gut. Gestern haben wir alle mitgeholfen, das weiße Netzgewebe anzubringen, das eine von Alessias Tanten gestiftet hat. Das Dach der Garage ist mit hauchdünner Gaze und bunten Lichtern geschmückt. Es sieht hübsch aus. Richtig romantisch. Auch an den Wänden und auf allen mit weißem Leinen gedeckten Plastiktischen befinden sich bunte Lichter. Angesichts der Kürze der Zeit haben die Demachis Erstaunliches geschafft. Sie haben einige Heizstrahler für das Festzelt gemietet, und am einen Ende der Garage prangt ein ziemlich großer Holzofen, der gewiss angezündet wird, damit unsere Gäste nicht frieren müssen.

Kreshnik, der DJ, ein Cousin von Alessia, hat sich eine kleine Nische in einer Ecke der Garage eingerichtet. Seine Ausrüstung ist old school: ein Laptop und schlichte Numark Mixtrack Pro DJ-Decks. Die habe ich Jahre nicht mehr gesehen. Daran angeschlossen sind zwei Lautsprecher; der Klang ist überraschend warm und klar.

»Toller Sound.« Ich hebe breit lächelnd den Daumen. Obwohl er mein Lachen erwidert, weiß ich, dass er kein Wort verstanden hat.

»Maxim!«, ruft Alessia.

Vermutlich soll ich eine ihrer Leckereien probieren. Aus

der Küche dringen schon den ganzen Tag über herrliche Düfte. Demachi, der gerade Scheite für den Ofen stapelt, bedenkt mich mit einem kurzen Grinsen. »Ajo do të të shëndoshë!«, ruft er. Ich habe keine Ahnung, was das heißen soll.

Thanas übersetzt schmunzelnd: »Er sagt, sie wird Sie mästen.«

»Das hoffe ich. Bitte erklär ihm das für mich.« Ich eile ins Haus, ziehe die Schuhe aus und tappe zur Küche. An den Türbogen gelehnt bewundere ich schweigend meine Zukünftige. Sie rührt in einem großen Topf auf dem Herd und wiegt die Hüften zu Musik, die aus dem Lautsprecher ihres neuen Smartphones dröhnt. Die Haare hat sie zu einem wippenden Pferdeschwanz zurückgebunden, und sie trägt eine enge Jeans mit einem der Tops, die wir in Padstow gekauft haben, dazu eine hübsche geblümte Schürze. Sie sieht jung und schön aus und ist ganz in ihrem Element – eine echte Göttin des Haushalts. Keine Spur mehr von den traumatischen Erfahrungen der letzten Zeit. Keine blauen Flecke. Keine Kratzer. Ich bin mehr als dankbar, dass es ihr so gut zu gehen scheint.

Shpresa, die ebenfalls im Takt zur Musik wippt, knetet einen großen Teigbatzen.

Mann, hat die Frau Energie!

Die beiden tänzeln zu einem albanischen Popsong, gesungen von einer Frau mit toller Stimme.

Als Alessia mich bemerkt, streckt sie mir grinsend einen Holzkochlöffel mit dem Happen eines appetitlich riechenden Fleischgerichts hin. Sobald ich bei ihr bin, schiebt sie mir den Löffel mit glühendem Blick zwischen die Lippen und beobachtet, wie mir der würzige Happen auf der Zunge zergeht.

Er schmeckt saftig-pikant mit einem Hauch Knoblauch.

Köstlich.

»Hm«, seufze ich.

»Gut?«

»Sogar sehr. Wie du.«

Ich belohne ihr Lächeln mit einem kurzen Kuss auf die Lippen.

»Tavë kosi?«

»Du hast es nicht vergessen! Mein Spezialrezept.« Entzückt wippt sie wieder im Takt zur Musik, und ihre dunklen Augen leuchten verführerisch, als sie weiter in dem Topf rührt.

Oh, Baby.

Bald.

Sie hat jetzt einen nagelneuen Pass, das heißt, wir können aufbrechen, wann immer wir wollen.

Gott sei Dank.

»Hey!«, höre ich jemanden von der Haustür aus rufen.

»Joe!« Ich eile strumpfsockig hinaus auf den Flur.

Joe steht auf der Schwelle. Schick wie immer, mit einem klassischen dunkelblauen Anzug und einem marineblauen Mantel bekleidet. Er breitet die Arme aus. »Trevelyan! Kumpel.«

Ich laufe zu ihm und umarme ihn.

Gott, ist das schön, ihn zu sehen!

»Kumpel.« Ich klinge heiser, weil sich mir urplötzlich die Kehle zuschnürt. Er drückt mich, löst sich kurz darauf von mir und mustert mich.

»Alles in Ordnung?«, erkundigt er sich.

Mir verschlägt es die Sprache, ich bin lediglich zu einem Nicken imstande.

Fuck. Nur jetzt nicht in Tränen ausbrechen. Das würde ich ewig zu hören bekommen.

»Du schaust gut aus, Maxim«, konstatiert er grinsend. »Gepäck ist im Wagen. Hab deine Anzüge mitgebracht, die Ringe und …« Er wendet sich um. Hinter ihm, beim Auto, steht meine Schwester.

Maryanne.

O nein.

Und dahinter, mit einem Gesichtsausdruck, der mich zur Salzsäule erstarren lassen könnte, die Witwe meines Bruders.

Caroline.

Fuck.

FÜNF

Joe zuckt verlegen mit den Achseln, als Maryanne über die Schwelle tritt und die Arme um mich schlingt.

»Maxie«, flüstert sie. »Du hast sie also gefunden.«

»Ja.«

»Hast du uns sonst noch was zu sagen?«, fügt sie in vor Sarkasmus triefendem Tonfall hinzu, während sie den Kopf ein wenig schief legt. Obwohl sie fast vor Zorn platzt, reißt sie sich zusammen.

O nein.

Caroline tänzelt hinter ihr herein und hält mir die Wange zu einem Begrüßungsküsschen hin. Ohne Umarmung. »Wir mussten Economy fliegen«, zischt sie.

Mist.

Ich stecke tiefer in der Scheiße, als ich dachte. Tom und Thanas treten ebenfalls ein.

»Kommt, ich stelle euch die Familie vor«, sage ich, ohne ihr unterkühltes Verhalten zu beachten. »Und zieht die Schuhe aus.«

Shpresa und Alessia stehen nach wie vor am Herd, als ich Joe und unsere Überraschungsgäste hineinführe. Sie sehen uns verständnislos an. Alessia wischt sich die Finger an ihrer Schürze ab und schaltet die Smartphone-Musik aus. Ich stelle zuerst Joe vor, den wir ja erwartet haben. Ganz Gentleman streckt er Shpresa die Hand hin. »Mrs. Demachi, erfreut, Sie kennenzulernen«, sagt er mit einem strahlenden Lächeln.

Sehr elegant, Kumpel.

Einigermaßen erstaunt ergreift Shpresa seine Hand. »Hallo. Herzlich willkommen.« Joe wendet sich grinsend Alessia zu, die ihn blass und mit großen Augen anstarrt wie ein Hase im Scheinwerferkegel.

O nein.

»Alessia, wie schön, dich wiederzusehen.«

»Hallo. Diesmal hast du sogar was an«, fügt sie, sein »Du« aufgreifend, hinzu.

Er muss laut lachen, woraufhin Alessias Gesicht ein wenig Farbe annimmt und sie den Mund zu einem Schmunzeln verzieht. Joe umarmt sie und küsst sie auf beide Wangen.

Auf beide!

Hey!

Angesichts dieser Begrüßung hebt Alessias Mutter eine Augenbraue, äußert sich aber nicht dazu.

»Mrs Demachi, das sind meine Schwester Maryanne und meine Schwägerin Caroline.« Auch sie schütteln einander die Hand.

»Und das ist meine Verlobte Alessia. Caroline, ihr kennt euch schon.«

Caroline schenkt Alessia ein kurzes, offenbar aufrichtiges Lächeln. »Hallo noch mal.«

Alessia streckt ihr die Hand hin. Caroline schüttelt sie. »Hallo … Caroline.« Ihre zittrige Stimme verrät, dass sie nervös ist, doch bevor ich etwas sagen kann, hält Maryanne ihr die Hand hin.

»Alles gut?«, fragt sie. Alessia ergreift sie und mustert zuerst Maryanne, dann mich.

Ja. Wir sehen uns ähnlich.

»Alles gut«, antwortet Alessia. Maryanne lächelt überrascht.

»Jetzt begreife ich, warum du so durcheinander warst«, meint sie in ihrer sachlichen Art.

Alessia runzelt die Stirn; vermutlich ist ihr nicht klar, dass das ein Kompliment sein soll.

»Tja.« Ich suche nach Worten.

Was für eine peinliche Situation.

»Da wir einander nun alle begrüßt haben …«, presse ich hervor.

»Nehmen Sie doch Platz.« Shpresa rettet mich, indem sie in Richtung Esstisch deutet. »Wir stecken in den Vorbereitungen für die Hochzeit.«

»Bevor wir uns setzen …«, meldet sich Maryanne mit ihrer schrillen Ärztinnenstimme zu Wort. »Könnte ich kurz mit meinem Bruder reden? Allein?« Als Maryanne den Blick ihrer strahlend grünen Augen auf mich richtet, weiß ich, dass ich in der Klemme stecke.

»Geht in das vordere Zimmer«, sagt Alessia. Sie sieht mich besorgt an.

»Zeig mir den Weg«, fordert Maryanne mich auf. Da ich ahne, was sie mit mir besprechen will, und ich nicht möchte, dass sie das vor Alessia und deren Mutter tut, packe ich ihre Hand und zerre sie fast aus dem Raum. Schweigend marschieren wir den Flur entlang.

Alessia beobachtet, wie Maxim mit seiner Schwester hinausgeht. Sie hat den Eindruck, dass er wütend ist, begreift jedoch nicht, warum.

Möchte er denn seine Familie nicht hierhaben?

Schämt er sich für seine Verwandten?

Oder für sie und ihre Familie?

Alessia beschäftigt sich nicht weiter mit diesem Gedanken, weil sie fürchtet, dass das tatsächlich der Grund sein könnte. Stattdessen wendet sie sich Tom und Thanas zu, die mittlerweile den Raum betreten haben, und sieht, wie Tom Joe mit einem Fistbump begrüßt. »Schön, dass du da bist, alter Junge.« Joe entblößt seine blendend weißen Zähne und klopft Tom auf die Schulter. Die beiden sind gut befreundet, das liegt auf der Hand. Tom schenkt Caroline ein höfliches Lächeln. Ihr gegenüber verhält er sich reservierter als bei Tom. Alessia vermutet, dass Tom sich in Gesellschaft von Männern wohler fühlt als in der von Frauen.

Wie ein Albaner.

Tom stellt Thanas Joe und Caroline vor.

»Diese Frauen haben wir nicht erwartet«, bemerkt Alessias Mutter in ihrer Sprache.

»Ich weiß. Und ich glaube, Maxim freut es nicht, dass sie da sind.«

»Sie werden in dem Zimmer schlafen müssen, das wir für Maxims Freund hergerichtet haben.«

»Ja. Wir sollten ihnen Tee oder etwas Stärkeres anbieten.«

In dem Moment tritt Alessias Vater ein, und eine neue Vorstellungsrunde beginnt. Er scheint entzückt darüber zu sein, eine so schöne und wohlriechende Frau wie Caroline kennenzulernen. Alessia kann ihm das nicht verdenken. Sie kann den Blick nicht von ihr wenden. Diese Caroline ist die eleganteste Frau, der Alessia je begegnet ist. Ihre kamelfarbene Hose, der cremeweiße Pullover sowie das dezent gemusterte, creme-kamelfarbene Seidentuch zeugen von Wohlstand und guter Herkunft. Der Eindruck wird verstärkt durch die Perlenohrringe und ihre glänzenden, zu einem glatten Bob geschnittenen Haare.

Neben ihr kommt Alessia sich in ihrer Jeans und der schmutzigen Schürze hausbacken und ungepflegt vor.

Wie Maxims Putzfrau.

Und bei ihrer letzten Begegnung hatte Caroline in Maxims Armen gelegen.

Als ich die Tür schließe, wirbelt Maryanne mit wehenden Haaren herum. »Was für ein seltsames Spiel ist das? Du heiratest deine Putzhilfe? Was zum Teufel ist in dich gefahren?«

Ich blicke sie, verblüfft über ihren aggressiven Tonfall, mit offenem Mund an.

»Und?«, will sie wissen.

»Ich hätte dich nicht für einen Snob gehalten, Maryanne«, erwidere ich. Wut steigt in mir auf.

»Bin ich auch nicht. Ich bin bloß praktisch. Was um Himmels willen kann dir so ein Mädel von … hier … denn bieten?«

»Liebe.«

»Maxim, hast du den Verstand verloren? Welche Gemeinsamkeiten habt ihr zwei?«

»Zum Beispiel die Musik.«

Sie ist so in Fahrt, dass sie mir gar nicht zuhört. »Und das ein paar Wochen nach Kits Tod? Daran ist die Trauer schuld, das ist dir schon klar, oder? Für die haben wir bisher nicht genug Zeit gehabt. Hast du denn keinerlei Respekt?«

»Das Timing ist nicht gerade gut, das muss ich zugeben, aber …«

»Nicht gut! Warum die Eile?« Plötzlich weiten sich ihre Pupillen. »O nein.« Sie senkt die Stimme. »Nun sag bloß nicht, dass sie schwanger ist.«

Ich knirsche mit den Zähnen, kann meinen Zorn kaum noch zügeln. »Nein, ist sie nicht. Es ist …« Ich fahre mir seufzend mit der Hand durch die Haare, während ich nach einer befriedigenden Erklärung suche.

»Es ist was?«

»Kompliziert.«

Sie bedenkt mich mit einem glühenden Blick, der mich gut und gern in ein Häuflein Asche verwandeln könnte. Sie ist fuchsteufelswild, doch plötzlich fällt ihr Gesicht in sich zusammen. »Und diese Farce wolltest du auch noch durchziehen, ohne uns einzuladen!« Ihr bricht die Stimme, Tränen treten ihr in die Augen.

Scheiße, Maryanne!

Sie ist verletzt.

»Das trifft mich am meisten«, flüstert sie.

Ihre Worte rauben mir den Atem wie ein Magenschwinger.

Teufel. Ich hatte ja keine Ahnung, dass sie das so mitnehmen würde.

»Was ist das eigentliche Problem?« Meine Stimme wird sanfter. »Dass ich Alessia heirate oder dass du keine Einladung bekommen hast?«

»Das Problem ist, dass du dachtest, wir möchten nicht dabei sein. Hier am Arsch der Welt! Oder dass du uns nicht dabeihaben wolltest. Beide Alternativen tun weh. Was ist los mit dir, Maxie? Ich habe dieses Jahr schon einen Bruder verloren. Jetzt habe ich nur noch dich. Du bist meine Familie.« Nun fließen die Tränen. »Dass du das ohne uns machen wolltest.« Schniefend zieht sie ein Taschentuch aus dem Ärmel und wischt sich die Nase ab.

Verflucht.

»Sorry.« Ich breite die Arme aus. Sie lässt sich fest von mir drücken.

»Dann musste ich es auch noch von Caro erfahren«, sprudelt es aus ihr heraus.

»Echt, ich hab mir keine Gedanken gemacht«, raune ich in ihr Haar. »Es ist alles so schnell gegangen. Wir feiern ein zweites Mal in London oder Cornwall. Und damit du's weißt: Das ist keine verdammte Farce.

Ich heirate, weil ich eine Frau kennengelernt habe, die ich leidenschaftlich liebe und mit der ich alt werden möchte. Alessia ist mein Ein und Alles; seit ich sie kenne, fühle ich mich erst richtig lebendig. Sie ist fürsorglich, warmherzig und einfühlsam. Alessia ist einfach unglaublich. Jemand wie sie ist mir nie zuvor begegnet, und wie für sie habe ich noch nie empfunden. Ich brauche sie, und wichtiger: Sie braucht mich.«

Was für eine Rede!

Maryanne atmet tief und bebend aus und blickt mich mit rot unterlaufenen Augen an. »Dich hat's echt erwischt, was?«

Ich nicke.

»Du weißt, dass es nicht leicht für sie wird, diese neue Rolle zu spielen.«

»Ja. Aber wir können ihr helfen. Oder?«

Sie seufzt. »Wenn sie dich glücklich macht, Maxim, denn nur das zählt.«

Ich lächle. »Danke. Sie macht mich mehr als glücklich. Und ich hoffe, dass es ihr mit mir genauso geht.«

»Sie ist schön.«

»Stimmt. Und lustig und süß und liebevoll.«

Maryannes Blick wird sanfter.

»Außerdem besitzt sie großes Talent.«

»In welcher Hinsicht?« Maryanne hebt fragend eine Augenbraue.

Ich lache. »Alessia ist Pianistin.«

»Ach.« Überrascht blickt sie zu dem alten Klavier hinüber, das das Wohnzimmer beherrscht. »Ich kann's gar nicht erwarten, sie spielen zu hören.«

»Ähm … Hast du's unserer werten Frau Mutter gesagt?«

»Nein. Ich wollte ihre Gefühle nicht verletzen.«

»Sie hat Gefühle?«

»Maxim!«

»Wir sollten zurück zu den anderen gehen.«

Alle außer Shpresa sitzen am Tisch. Alessia senkt den Blick, als Maryanne und ich eintreten, obwohl ich ihr telepathisch zu vermitteln versuche, dass alles in Ordnung ist. Ich ziehe einen Stuhl für Maryanne hervor. Carolines Augen verengen sich. Mir ist klar, dass mir in nicht allzu ferner Zukunft mit meiner Schwägerin ein ganz ähnliches Gespräch bevorsteht wie das, das ich gerade mit meiner Schwester geführt habe.

Shpresa bringt eine Teekanne, Tassen und eine Flasche Raki mit mehreren Gläsern.

Raki. Jetzt schon? Oje.

Alessia nestelt an ihrer Schürze herum. Maxims groß gewachsene, rothaarige Schwester wirkt genauso elegant gekleidet und schön wie Caroline.

Wie soll Alessia hoffen, sich mit diesen Frauen messen zu können?

Die Engländer sind schreckliche Snobs. Sie werden dich hassen, werden auf dich heruntersehen, dich niemals akzeptieren. Anatolis Worte lassen Alessia keine Ruhe. Sie machen sie argwöhnisch.

Shpresa bietet den Frauen Tee und den Männern Raki an.

»Die Frauen müssen bei uns bleiben«, sagt Alessias Vater zu ihrer Mutter.

»Ja«, pflichtet ihre Mutter ihm bei. »Alessia, sag's ihnen.«

»Das kann ich erledigen«, meint Thanas, der den Raki in seinem Glas skeptisch beäugt.

»Schon in Ordnung«, erklärt Alessia auf Englisch. »Caroline, Maryanne, ihr könnt gern hierbleiben. Allerdings müsst ihr euch ein Zimmer teilen.«

»Das ist sehr freundlich von euch, Alessia. Wir wollten in ein Hotel in der Stadt«, erwidert Caroline.

»Sie sind hier willkommen«, sagt Shpresa.

»Wenn es Ihnen nicht zu viel Mühe macht, bleiben wir gern«, meint Maryanne.

»Wunderbar, dann ist das also geklärt.« Tom wendet sich Maxim zu. »Als deinem Trauzeugen obliegt es mir, deinen Junggesellenabschied zu organisieren. Das ist Tradition.«

»Wie bitte?« Maxim setzt sich neben Alessia, ergreift ihre Hand und drückt sie beruhigend.

»Trevethick, wenn ich dich erinnern darf: Du kommst morgen unter die Haube.«

»Wie könnte ich das vergessen?«

Maryanne und Caroline wechseln Blicke.

»Weswegen wir heute Abend Kukës unsicher machen«, fährt Tom fort.

»Bro«, sagt Joe, »ich bin mit von der Partie.«

»Thanas?«, fragt Tom.

»Das würde ich mir für nichts auf der Welt entgehen lassen.«

»Worüber reden sie?«, erkundigt sich Jak mit einem fragenden Blick in Richtung Alessia.

»Die Männer wollen heute Abend in Kukës durch die Kneipen ziehen. Ich glaube, das ist eine westliche Tradition«, informiert Alessia ihn.

»Dann komme ich mit. Ich kenne die besten Lokale hier.« Ihr Vater strahlt Maxim an.

»Ich sage es ihm.« Alessia sieht unsicher zuerst Thanas, dann Maxim an.

»Dein Vater will uns begleiten«, rät Maxim.

»Ja.«

»Oje.« Maxim schüttelt schmunzelnd den Kopf. »Na schön.«

»Ich gebe meinen Brüdern Bescheid. Und meinen Cousins und Onkeln«, verkündet Alessias Vater.

»Und was ist mit uns? Mit Maryanne und mir?« Caroline scheint den Blick ihrer riesigen blauen Augen nicht von Maxim wenden zu können.

Ach.

»Reine Männersache!«, ruft Tom aus.

»Vielleicht sollten wir mit Alessia ausgehen«, schlägt Maryanne vor.

»Ich hab zu viel zu tun«, erwidert Alessia hastig.

»Dann helfen wir dir eben. Was, Caro?«

»Nein, nein. Ihr seid unsere Gäste«, widerspricht Alessia.

»Es ist uns eine Ehre.« Caroline sieht Maxim voller Sorge an, oder ist es Ergebenheit? Alessia fällt ein, dass sie ihren Ehemann vor noch nicht allzu langer Zeit verloren hat – und Maryanne ihren Bruder. Sie eint die Trauer.

Joe und ich teilen uns das Gästezimmer. Wir schlafen nicht das erste Mal im selben Raum. Das haben wir schon in der Schulzeit und bei Ausflügen gemacht. Diese Tradition erhalten wir nach einer tollen Nacht immer noch aufrecht.

Er packt seine Tasche aus und hängt die beiden Anzüge auf, die er mitgebracht hat.

»Wie geht's dir?«, erkundigt er sich.

»Ehrlich gesagt bin ich ein bisschen nervös.«

»Maxim, ich muss dich das fragen: diese Hochzeit. Ist die deine Idee? Möchtest du die wirklich?«

»Wie meinst du das?«

»Du bist eine Spielernatur. Willst du dich echt an eine einzige Frau binden?«

Ich schaue ihn erstaunt an. »Wenn's nicht so wäre, würde ich das Ganze hier doch nicht machen!«

»Hey, ich frag ja bloß.«

Ich atme deutlich hörbar aus, zügle mich. »Ja, ich will es. Und sie will es auch. Warum ist das so schwer zu begreifen?«

Er hebt beschwichtigend die Hände. »Okay, okay. Ich glaub's dir.«

»Aber lassen wir das Thema. Was ist passiert?«

»Ich hab mir gedacht, ich nehme zwei Anzüge für dich mit, dann hast du die Auswahl.«

»Nein, ich meine mit meiner Familie, die du mitgeschleppt hast.«

»Tut mir leid. Caro ist mir über den Weg gelaufen, wie ich aus deinem Haus gekommen bin. Ich hatte deine Anzüge in der Hand.«

»Aha.«

»Mir ist nichts anderes übrig geblieben, als es ihr zu erklären. Sie wollte wissen, was zum Teufel du treibst.«

»Verstehe.«

»Sie ist sauer. Auf dich.«

»Ich weiß. Ich hab's ihnen nicht gesagt, weil ich kein Tamtam wollte. Maryanne hab ich schon beruhigt. Caro muss warten.«

»Weiß Alessia über sie und dich Bescheid?«

»Wie meinst du das?«

»Vor Kit.«

»Äh … Nein.« Dann ist da natürlich noch der Kummerfick nach Kits Tod.

Verflucht.

»Denkst du, ich soll's ihr beichten?«, frage ich.

Er zuckt mit den Achseln. »Keine Ahnung.«

»Über so was haben wir nicht geredet.«

»Spar dir das für die Flitterwochen auf.«

Nervöses Lachen meinerseits. »Gute Idee.«

»Willst du mit ihr verreisen?«

»Ja. Ist alles organisiert. Soll eine Überraschung für Alessia werden.«

»Cool. Hier sind die Ringe.« Er reicht mir eine kleine Tüte, in der sich zwei mit pinkfarbenem Geschenkpapier eingewickelte Kästchen befinden.

»Wunderbar. Danke.« Ich setze mich aufs Bett, um das Band zu lösen.

Joe nimmt neben mir Platz. »Nun erklär mir mal, wie so eine Hochzeit hier funktioniert.«

Später betreten Maxim und Joe die Küche. Alessia hebt den Blick von der Arbeitsfläche, an der sie gerade Eier schlägt. Der Anblick ihres Verlobten nimmt ihr fast den Atem. Seine grünen Augen leuchten verführerisch, und das Gold in seinen Haaren glänzt im Licht. Es erstaunt sie nach wie vor, dass dieser attraktive Bursche ihr Ehemann werden wird. In dem Jackett, dem weißen Hemd und der Jeans sieht er zum Anbeißen aus. Er schlendert zu ihr.

»Wie geht's?«, fragt er so leise, dass nur sie es hören kann.

»Gut. Und dir?«

»Auch gut.« Er küsst sie auf die Stirn. Dabei steigt ihr ein Hauch seines Geruchs in die Nase – Seife, Rasierschaum und ihr Lieblingsduft: Maxim. Er streicht ihr eine Haarsträhne hinters Ohr. »Du siehst süß aus.«

Sie lacht, sonnt sich in seiner Aufmerksamkeit. »Ich sehe aus wie deine Putzfrau.«

Er legt Daumen und Zeigefinger um ihr Kinn, hebt sanft ihren Kopf an und küsst sie lange auf die Lippen. »Nein. Du siehst aus wie eine Countess«, versichert er ihr mit einem intensiven Blick.

Da reißt Alessias Mutter die beiden aus ihren Tagträumen. Maxim wendet sich um und lächelt Shpresa an, dann die beiden Frauen, die am Tisch sitzen.

»Wie ich sehe, hat man euch schon eingespannt«, sagt er zu Caroline und Maryanne, die Spinat und Sauerampfer schnipseln.

»Wir helfen gern«, meint Maryanne.

»Küchenarbeit wirkt überraschend therapeutisch«, pflichtet Caroline ihr bei. Dabei schaut sie Maxim mit ihren tiefblauen Augen an.

»Irgendwo muss Wein sein«, stellt er fest, ohne ihren Blick zu beachten. »Für die Feier am Samstag haben wir eine ganze Menge gekauft. Ich glaube, er ist draußen.«

»Ja, ich könnte ein Glas vertragen«, ruft Caroline aus. Alessia weiß nicht, ob das verzweifelt oder erleichtert klingt.

»Ich hole eine Flasche.« Shpresa verschwindet in die Vorratskammer.

»Wie ist das Nachtleben hier denn so?«, erkundigt sich Joe.

Alessia zuckt verlegen mit den Schultern. »Ich weiß es nicht. Abends gehe ich nicht oft aus.« Die Engländer wenden sich ihr zu. Sie wird rot. »Meine Eltern möchten das nicht«, erklärt sie hastig. Ihr entgeht nicht, dass Caroline Maryanne mit gerunzelter Stirn ansieht. Da kehrt Alessias Mutter mit einer Flasche Weißwein zurück.

»Ich mach sie auf«, erbietet sich Joe. Shpresa reicht ihm die Flasche und einen Korkenzieher und stellt zwei Gläser auf den Tisch.

»Zwei?«, fragt Joe erstaunt.

Alessia und ihre Mutter wechseln einen Blick. Shpresa mustert die Engländer, die die Albaner anschauen, und wendet sich wieder Alessia zu. Der Schalk sitzt ihr im Nacken, wie Alessia es bei ihr noch nie erlebt hat. Shpresa holt grinsend zwei weitere Gläser.

Mama!

Joe schenkt gerade die vier Gläser ein, als Baba den Raum betritt. Frisch rasiert, mit sauberem Hemd und Krawatte wirkt er ziemlich flott. »Sind alle bereit?«, fragt er Alessia fröhlich in ihrer Sprache.

»Ich glaube schon, *Babë*.«

»Trinkst du Wein?«, will er von seiner Frau wissen. Er ist schockiert.

»Ja. Wir haben alle was gegessen. Er sollte mir nichts ausmachen.« Sie prostet ihm zu. Maryanne, Caroline und Alessia tun es ihr gleich.

»*Gëzuar, Babë*«, meint Alessia.

Er sieht seine Frau und seine Tochter erstaunt an, dann wendet er sich Maxim zu und nickt. »Tja, sie ist jetzt dein Problem.« Doch Maxim versteht ihn nicht.

»*Gëzuar, Zonja*«, sagt Jak zu den Frauen und zu Joe und Maxim: »Gehen wir.«

Wie bitte?

Alessia blickt ihre Mutter an, die genauso verblüfft ist wie sie selbst. Soeben hat Jak zum ersten Mal etwas auf Englisch von sich gegeben. Alessia trinkt hastig einen Schluck Wein, als die Männer den Raum verlassen.

»Was ist?«, fragt Maryanne Alessia.

»Mein Vater. Er spricht sonst nie Englisch.«

Maryanne lacht. »Einmal ist immer das erste Mal. Und dieser Wein ist nicht übel.«

»Er ist von hier«, erklärt Alessia stolz.

»Prost, Alessia und Mrs. Demachi. Gratuliere.« Maryanne und Caroline heben ihr Glas, und alle genehmigen sich einen Schluck. Der Wein ist köstlich, wenngleich nicht ganz so erlesen wie der, den Alessia in der Bibliothek in Cornwall getrunken hat. Trotzdem scheinen Caroline und Maryanne ihn zu würdigen, was die stolze Albanerin Alessia natürlich freut.

»Mit dem Spinat sind wir fertig. Was sollen wir jetzt machen?«, fragt Caroline.

Alessia hat die beiden großen Schüsseln mit Tavë Kosi in den Ofen geschoben. Nun setzt sie sich neben ihre Mutter und widmet sich mit den anderen dem Blätterteig für das Byrek. Shpresa rollt ihn aus, während Alessia, Maryanne und Caroline ihn mit einer Mischung aus Spinat, Sauerampfer und Fetakäse füllen, die Shpresa mit Eiern, Zwiebeln und Knoblauch vorbereitet hat. Dazwischen nehmen sie immer wieder einen Schluck Wein.

Sie unterhalten sich angeregt, Carolines und Maryannes Geplänkel ist unterhaltsam.

»Ich kann's nicht glauben, dass du dich in einen Amerikaner verguckt hast«, neckt Caroline Maryanne.

»Verguckt?«

»Schätzchen, seit er dich am Flughafen angerufen hat, glänzen deine Augen.«

»So ein Quatsch!«

»Mir scheint, die Dame widerspricht zu heftig. Wann lernen wir ihn kennen?«

»Keine Ahnung. Vielleicht kommt Ethan an Ostern nach England. Mal sehen. Ich weiß nicht so genau, was in seinem Kopf vorgeht.« Maryanne bedenkt sie mit einem scharfen Blick. Caroline schürzt die Lippen gespielt verächtlich.

»Wie lange kennt ihr euch?«, fragt Alessia, ein wenig beschwipst vom Wein. Sie sind schon bei der zweiten Flasche.

»Ich bin seit der Schule mit Maxim befreundet«, antwortet Caroline. »Na ja, ein bisschen mehr als befreundet. Aber das ist lange her.« Stirnrunzelnd betrachtet sie die Spinatmischung, klopft sie auf dem Teig fest und formt das Ganze geschickt zu einer Rolle.

Mehr als befreundet!

»Und *wir* haben uns, glaube ich, bei einem von Rowenas Sommerfesten kennengelernt. Beim alljährlichen Trevethick-Kricketmatch vor der Hall«, sagt Caroline an Maryanne gewandt.

»Ja. Vor Urzeiten. Du warst mit Maxim aus London da. Das macht immer noch Spaß, finde ich. Ich liebe Männer in weißer Kricketkleidung.«

»Ich auch.« Caroline klingt wehmütig. »Kit hat toll ausgesehen in Weiß. Außerdem war er ein Superschlagmann.« Sie betrachtet ihr Glas.

»Richtig«, pflichtet Maryanne ihr bei. Die Stimmung sinkt abrupt auf den Nullpunkt.

»Mein Beileid«, sagt Alessia leise.

»Danke.« Caroline wirft ihre glänzenden Haare nach hinten, als wolle sie einen unangenehmen Gedanken abschütteln. »Nächsten Sommer wirst du das alljährliche Kricketmatch ausrichten müssen, Alessia. Und noch viele andere Veranstaltungen.«

Alessia sieht sie mit großen Augen an. Sie hat keine Ahnung von Kricket.

»Du hast keinen blassen Schimmer, was in Zukunft von dir erwartet wird, stimmt's?«, stellt Caroline fest.

»Nicht jetzt«, warnt Maryanne Caroline.

»Nein«, meint Alessia niedergeschlagen.

Caroline seufzt. »Tja …« Sie blickt Maryanne an. »Wir helfen dir schon.«

»Lasst uns diese Byrek-Dinger fertig machen«, flötet Maryanne. Sie will die Stimmung aufhellen, das merkt Alessia.

In der Kneipe stehen die Leute dicht an dicht, und es ist laut. Trotz der spartanischen Einrichtung herrscht eine gesellige Atmosphäre. Die Leute sind in Feierlaune. Dies ist das dritte Lokal, das wir besuchen. Es wirkt genauso funktional wie die beiden ersten, wenn auch wegen der FK-Kukësi-Fußballschals und -shirts an den Wänden nicht ganz so karg. Fußball wird in Kukës großgeschrieben. An diesem Abend ertränken die Männer, die alle irgendwie mit Jak Demachi verwandt zu sein scheinen, ihren Kummer, weil ihre Mannschaft gegen Teuta, das Team aus Durrës, verloren hat.

Unsere Liebe zum Fußball öffnet uns ihre Herzen – Joe und ich, unseres Zeichens Arsenal- respektive Chelsea-Fans, wissen, wie sie sich fühlen. Tom hingegen mag Rugby, was grundsätzlich auch für uns gilt, er hingegen teilt unsere Leidenschaft für Fußball nicht.

Ich bin beim vierten Bier, allmählich schwirrt mir der Kopf. Mir fällt kein Name mehr ein, aber Tom und Joe halten sich wacker.

Der fesche Joe ist zweifelsfrei eine Attraktion. Bisher habe ich in Albanien keine Farbigen gesehen, obwohl es hier bestimmt welche gibt. Die Leute beäugen ihn neugierig. Er scheint sich nicht unwohl zu fühlen, sondern saugt ganz im Gegenteil ihre

Aufmerksamkeit förmlich auf. Wir werden alle wie Ehrengäste behandelt. Die Albaner freuen sich riesig, dass wir da sind.

Ich finde das rührend.

Es gibt nur zwei Haare in der sprichwörtlichen Suppe: erstens, dass ich mich irgendwann Carolines Zorn stellen muss – in dieser Hinsicht wiege ich mich nicht in falscher Sicherheit. Vermutlich ist sie verletzt, und das muss ich wieder ins Lot bringen. Zweitens habe ich das ungute Gefühl, beobachtet zu werden. Natürlich sind wir in diesem kleinen Ort Kuriositäten, aber ab und an läuft es mir beunruhigend kalt den Rücken hinunter, als hätte mich jemand im Visier.

Ist er es?

Ihr »Verlobter«.

Beobachtet er uns? Ich weiß es nicht.

Es könnte auch meine hyperaktive Fantasie sein.

»*Urdhëro!*« Jak reicht mir eine weitere Flasche Bier. »*Më pas raki!*« Er stößt mit mir an.

O Gott, Raki, dieses Teufelszeug!

Es ist spät. Das Essen hat sich genug abgekühlt, um es in die Kühlschränke in der Vorratskammer schieben zu können. Alessia sitzt mit Caroline und Maryanne am Tisch. Sie sind bei der dritten Flasche Wein. Alessia, noch beschwipster als zuvor, hat zu trinken aufgehört. Ihre Mutter war vernünftig und hat sich für die Nacht zurückgezogen. Schließlich ist morgen ein großer Tag.

Alessia gähnt. Keine Spur von Maxim und den anderen. Vermutlich wird Maxim genauso betrunken sein wie in der Nacht mit dem Raki. Am liebsten würde sie ins Bett gehen, doch Caroline und Maryanne unterhalten sich über Männer, und das findet sie interessant.

»Männer sind verwirrend«, stellt Maryanne fest.

»Eher emotional unzugänglich«, erwidert Caroline. »Letztlich brauchen sie alle nur jemanden, der ihnen einen bläst.« Sie lacht. Es klingt gezwungen und hohl.

»Caro, es reicht«, rügt Maryanne sie und sieht Alessia an, die versucht, diese bestürzende Aussage zu verarbeiten. Obwohl sie schockiert ist über die Richtung, die das Gespräch nimmt, bleibt ihr Gesichtsausdruck, wie sie hofft, neutral, während sie krampfhaft überlegt, wie sie reagieren soll.

Reden englische Frauen so miteinander?

Caroline verengt die Augen, als würde sie Alessia nun, da sie alle angetrunken sind, neu beurteilen. »Du bist echt hübsch«, stellt sie mit leicht undeutlicher Aussprache fest.

Alessia hat den Verdacht, dass sie mehr als beschwipst ist.

»Kein Wunder, dass er sich in dich verguckt hat … So habe ich ihn noch nie erlebt. Verliebt. Weißt du, er ist mein bester Freund.«

Nun also der beste Freund.

Alessia ergreift ihre Chance.

Die Worte »mehr als befreundet« quälen sie, seit sie Caroline zuvor herausgerutscht sind. »Du und er … Ihr wart ein Liebespaar?«, fragt sie.

»Allerdings. Wir haben zusammen unsere Unschuld verloren.« Caroline schürzt die Lippen, als würde sie die Erinnerung daran genießen. »Er ist ein besserer Fick als mein Mann.«

»Oh.« Alessia ist sprachlos. Vor ihrem geistigen Auge taucht das Bild von Caroline auf, die, nur mit Maxims Hemd bekleidet, in seiner Küche Kaffee kocht.

»Caroline!«, ruft Maryanne schockiert aus.

»Das ist die Wahrheit. Ich weiß, er ist dein Bruder. Sie sind beide deine Brüder«, lallt sie. »Aber Maxim ist eine Spielernatur.« Sie sieht Alessia mit verwaschenem Blick an. »Schätzchen, er hat mit halb London geschlafen.« Ihr Gesicht entgleist. »Und nach Kits … Tja, da haben wir … Au!«

»Es reicht«, herrscht Maryanne sie an. Alessia vermutet, dass sie Caroline unter dem Tisch einen Fußtritt verpasst hat.

Caroline zuckt mit den Achseln. »Doch, es ist die Wahrheit. Promiskuitiv trifft's nicht ganz. Er ist der lebende Beweis für den Spruch ›Übung macht den Meister‹.«

»Wird Zeit, dass du ins Bett kommst, Caro.« Maryanne steht auf und bittet Alessia: »Das musst du ihr nachsehen. Sie ist in Trauer und hat zu viel getrunken. Achte gar nicht auf sie.«

Als Caroline ebenfalls aufsteht, runzelt sie die Stirn, als würde ihr gerade erst klar, was sie gesagt hat. »Ja. Natürlich. Tut mir leid. Keine Ahnung, was ich da rede. Entschuldige.«

»Gute Nacht, Alessia.« Maryanne zieht die wankende Caroline aus dem Raum. Alessia schwirrt der Kopf.

Er ist ein besserer Fick als mein Mann.

Präsens.

SECHS

Mrs. Demachi hat ein Riesenfrühstück für uns alle zubereitet. Ihr breites Lächeln und das Liedchen, das sie vor sich hin summt, während sie Kaffee kocht und in der Küche herumwerkelt, verraten, dass sie in ihrem Element ist und jede Minute genießt. Gott sei Dank scheinen wir ihr nicht zu sehr zur Last zu fallen.

»Guten Morgen, Maxim«, begrüßt sie mich.

Ich küsse sie auf die Wange.

»Guten Morgen, Shpresa. Danke, dass Sie meine Freunde und meine Familie so gut versorgen.«

»Mein lieber Junge, nun sag doch endlich du zu mir.« Sie legt ihre Hand auf meine Backe. »Es ist mir eine Freude, weil ich weiß, wie glücklich du meine Alessia machst.«

»Und sie macht mich glücklich.«

Sie lacht. »Setz dich. Iss etwas. Heute ist ein großer Tag. Das Wetter meint es gut mit uns.« Sie deutet zum Fenster. Draußen leuchtet der Februarhimmel strahlend blau. Hoffentlich ist es nicht zu kalt. Maryanne und Joe verspeisen bereits gut gelaunt Omeletts und Mama Demachis köstliches Zupfbrot. Außerdem gibt es Käse, Oliven, Honig aus der Gegend und gefüllte Weinblätter. Am Kopfende des Tisches bestreicht Jak sein Zupfbrot mit Butter und Beerenmarmelade. Besserer Stimmung als er könnte man nicht sein. Seit der vergangenen Nacht sprüht er vor Fröhlichkeit. Auf seiner Hand prangt ein Rußfleck; der zeigt mir, dass er schon draußen gewesen ist, um den Ofen in der Garage anzuwerfen.

Die Demachis sind fantastische Gastgeber.

Abgesehen vom Sexentzug natürlich.

Die Einzige, die nicht strahlt, ist Caroline. Sie sitzt schweigend, blass und verdrießlich da, eine Tasse Kaffee in der Hand. Wahrscheinlich hat sie einen Kater. Maryanne sieht hin und wieder zuerst sie, dann mich besorgt an.

Was ist los?

Maryanne schüttelt unauffällig den Kopf in meine Richtung.

Lass es, soll das heißen.

Natürlich ist meine schöne Braut nicht bei uns. Alessia wird für die Hochzeit hübsch gemacht; seit wir zu meinem Junggesellenabschied aufgebrochen sind, habe ich sie nicht mehr gesehen. Was für eine Nacht! Kukës kann feiern! Jedenfalls die Männer von Kukës. Und die Sache ist gut ausgegangen – soll heißen, man hat mich nicht nackt mit Handschellen an irgendeiner Straßenlaterne oder einem Hydranten festgemacht, wie Tom es mir angedroht hatte.

Du hast gar keine Handschellen.

Dann improvisiere ich eben, alter Junge.

Ich fühle mich gut. Vermutlich weil ich den Raki weggeschüttet habe. Im Moment bin ich ziemlich aufgeregt und möchte, dass es endlich losgeht. Ich bin aber auch froh, wenn es dann irgendwann vorbei ist.

»Können wir reden?«, fragt Caroline mich, als ich Platz nehme. Sie wirkt unruhig. Und Maryanne weicht mir aus. Ist irgendetwas passiert? Was?

Ich bekomme ein flaues Gefühl im Magen.

»Klar«, antworte ich forsch.

Da ist er: der Moment der Abrechnung, vor dem ich Angst hatte.

»Unter vier Augen?«

»Nach dem Frühstück. Du solltest was essen.«

Sie verzieht das Gesicht. Nun weiß ich, dass sie einen Monsterkater hat.

Im Schlafzimmer starrt Alessia blind in den Spiegel. Sie sitzt an ihrem Frisiertisch, wo ihre Cousine Agnesa, eine Friseurin und Kosmetikerin, ihre Haare mit einem Lockenstab stylt. Agnesa plappert aufgeregt vor sich hin, weil sie sich freut, bei den Hochzeitsvorbereitungen mitzuwirken, und es kaum erwarten kann, Alessias attraktiven Verlobten Maxim wiederzusehen.

Alessia blendet sie und ihr Geplapper aus. Sie ist wie betäubt, weiß nicht so genau, ob das an ihrer Nervosität liegt oder an dem, was sie von der beschwipsten Caroline gehört hat.

Schätzchen, er hat mit halb London geschlafen.

Das ist Alessia nicht neu. Schließlich hat sie jedes Mal beim Saubermachen die benutzten Kondome aus seinem Papierkorb gefischt und in den Müll geworfen. Sie rümpft die Nase – manchmal lagen ziemlich viele darin.

Und dann plötzlich keine mehr.

Sie reibt sich die Stirn, versucht, sich zu entsinnen, wann das war. So viel ist seitdem geschehen, und ihre Erinnerungen geraten zeitlich durcheinander. Gestern Abend beim Einschlafen wollte sie sie schon einmal sortieren. Ohne Erfolg, da ihr Carolines unüberlegte Worte nicht aus dem Sinn gingen.

Er ist ein besserer Fick als mein Mann.

Also *haben* sie miteinander geschlafen.

Maxim und Caroline.

Aber wann? So lange kann es nicht her sein. Vor ihrem geistigen Auge taucht ein Bild von Caroline in Maxims Armen auf der Straße vor seiner Wohnung auf.

Nein.

Diese schrecklichen Gedanken drohen sie zu ersticken und lassen sie an sich selbst zweifeln. Und an ihm – ihrem Mann. Ihrem Mister. An ihrem Hochzeitstag.

»Ich brauche eine kurze Pause«, sagt sie.

»Gut«, meint Agnesa überrascht. Da Alessias Haare erst zur Hälfte gelockt sind, windet sie ein Tuch um ihren Kopf, greift sich ein Gewand, zieht es hastig über ihren Unterrock und verlässt das Zimmer. Jetzt kann sie nur eines trösten.

Am unteren Ende der Treppe hört sie die anderen beim Frühstück. Ohne auf sie zu achten, eilt sie zum vorderen Raum und setzt sich ans Klavier.

Dort holt sie tief Luft und legt die Finger auf die kühlen Elfenbeintasten. Sofort fühlt sie sich besser. Mit geschlossenen Augen beginnt sie, Beethovens *Mondscheinsonate* zu spielen, den schwierigen dritten Satz. In cis-Moll. Das der Situation angemessene Stück, in der richtigen Tonlage für ihre Wut. Die Musik fließt dahin. Laut. Mühelos. Perlt von den Wänden ab. Ihr Zorn fließt in die Tasten und verwandelt die Töne in leuchtendes Orange und Rot, bis es nur noch sie und die Farben der Musik gibt.

Die schnellen Arpeggien von Beethovens drittem Satz hallen mit solch wilder Leidenschaft aus dem vorderen Zimmer in den Raum, in dem die Familie versammelt ist, dass alle am Tisch verstummen.

Ich blicke Shpresa an, die besorgt Jak ansieht. Er zuckt mit den Achseln.

»Alessia?«, fragt Maryanne erstaunt.

Ich nicke und wende mich Alessias Eltern zu. »Ist irgendetwas passiert?«

»Keine Ahnung«, antwortet Shpresa verwundert. »Weißt du etwas?«

»Nur dass sie wütend ist. Doch ich habe nicht den blassesten Schimmer, warum.« Ich überlege verzweifelt, ob ich etwas getan habe, das sie aus der Fassung gebracht hat.

Verflucht. Hat sie Zweifel wegen der Hochzeit?

»Ist das Alessia?«, fragt Joe, dessen Gabel mit einem Bissen Omelett vor seinem Mund verharrt.

»Ja.«

»Wow!«

»Tja, ich weiß.«

»Toll!«, murmelt Joe.

»Ja. Aber sie ist sauer. Über etwas oder jemanden.« Ich wende meine Aufmerksamkeit Maryanne und Caroline zu, die letzten Abend mit ihr zusammen waren. Maryannes Lippen werden schmal, Caroline weicht meinem Blick aus. Da also sitzt die Schuldige! »Was hast du gemacht?«, frage ich leise. Meine Kopfhaut beginnt zu prickeln.

Hast du verdammt noch mal was gesagt?

»Caroline?«

Sie wird blass und schüttelt den Kopf, weicht nach wie vor meinem Blick aus.

Scheiße.

»Ich gehe zu ihr.« Shpresa trocknet ihre Hände mit einem Geschirrtuch ab und verlässt den Raum.

»Woher weißt du, dass sie wütend ist?«, fragt Maryanne.

»Das Stück ist in cis-Moll.«

Sie sieht mich verständnislos an.

»Cis-Moll. Wütende Musik. In Rot- und Orangetönen, das hat sie mir erklärt. Traurig und wütend.«

»Wow.«

»Musik. Ich hab's dir ja gesagt.«

»Das klingt toll.«

»Ja. Sie ist Synästhetikerin und spielt aus dem Gedächtnis.« In meiner Stimme schwingen Stolz und Ehrfurcht mit.

»Fantastisch«, meint Joe verblüfft.

»Stimmt«, pflichte ich ihm bei. »In jeder Hinsicht.«

Als das Stück endet, lausche ich, ob sie aufhört oder weiterspielt.

Alessia hebt heftig atmend die Finger von den Tasten. Ihre Gedanken klären sich, sobald die Farben verblassen, und sie holt tief Luft. Als sie sich umwendet, sieht sie ihre Mutter. Alessia war so vertieft in die Musik, dass sie sie gar nicht wahrgenommen hat.

»Das war wunderschön, Liebes. Was ist los?«

Alessia schüttelt den Kopf. Wenn sie ihre Ängste laut ausspricht, werden sie greifbar und real. Sie befindet sich am Scheideweg. Glaubt sie dem Mann, den sie liebt … oder nicht?

»Er weiß Bescheid«, teilt Shpresa ihr mit.

»Worüber?«

»Dass du durcheinander bist.«

»Er hat mich spielen gehört.«

»Schon oft, denke ich«, sagt ihre Mutter.

Alessia nickt.

»Er ist sehr stolz auf dich. Und ahnt, was los ist.«

»Ich muss mich fertig machen.« Alessia steht auf.

»Er liebt dich.«

»Ich weiß.« Ihre Stimme bebt.

Warum ist sie sich plötzlich unsicher?

Shpresas Miene wird sanfter. »Liebes, es ist die richtige

Entscheidung. Ich habe dich noch nie so glücklich erlebt wie in den letzten Tagen. Und er strahlt.«

»Tatsächlich?«

»Ja.« Shpresa streichelt das Gesicht ihrer Tochter. »Du machst uns sehr stolz, Alessia. Mich und deinen Vater. Geh und erobere die Welt. Wie du es dir immer gewünscht hast. Mit diesem Mann an deiner Seite wird es dir gelingen.«

Alessias Stimmung hellt sich auf. Nachdrücklicher ist sie von ihrer Mutter noch nie bestärkt worden. »Danke, Mama.« Alessia umarmt Shpresa, so stehen sie eine ganze Weile da.

»Ich weiß Bescheid über das Kind«, flüstert Shpresa.

Alessia schnappt nach Luft.

»Dass du nicht schwanger bist.«

»Woher?«

»Weil du in den letzten Tagen so viele Schmerzmittel geschluckt hast. Und beim Aufräumen habe ich auf deinem Frisiertisch die Pille gefunden.«

Alessia wird rot. »Tut mir leid, dass ich euch … angelogen habe.«

»Das kann ich verstehen. Ich werde eine Möglichkeit finden, es deinem Vater zu erklären. Weiß Maxim es?«

»Danke. Ja, von Anfang an.«

»Und er hat sich trotzdem auf alles eingelassen?«

»Ja. Für mich … und für dich.«

»Für mich?«

Alessia nickt.

»Das verstehe ich nicht.«

Alessia küsst ihre Mutter auf die Stirn. »Eines Tages werde ich es dir erklären.«

Mist!

Ich habe in meinem eigenen Saft geschmort, versucht, mir darüber klar zu werden, was mit Alessia los ist, und nun halte ich es keinen Moment länger aus. Ich stehe vom Tisch auf. Ungeachtet der Blicke, die ich in meinem Rücken spüre, marschiere ich den Flur entlang zum vorderen Zimmer.

»Alessia!«, rufe ich durch die Tür und halte den Atem an.

»Ja«, antwortet sie nach einer Weile.

»Alles in Ordnung?«

»Ja.« Sie klingt unsicher.

»Willst du über irgendetwas reden?«

»Nein.«

Das genügt mir nicht. Ich glaube ihr nicht.

»Mir bedeutet dieser dumme Aberglaube anders als dir und deiner Mutter nichts. Deswegen stehe ich hier draußen. Ich habe keine Ahnung, was dich so aus der Fassung gebracht hat, aber du sollst wissen, dass ich dich liebe. Ich will dich heiraten. Heute. Wenn du mit mir reden möchtest: Ich bin hier.«

Shpresa sieht ihre Tochter an.

»Mama, ich muss mit ihm reden«, sagt Alessia.

»Ich gehe jetzt. Es ist deine Entscheidung, ob du ihn in dieses Zimmer lässt oder nicht. Diese Hochzeit ist sowieso schon so unkonventionell, also …« Mit einer resignierten Geste küsst ihre Mutter Alessia auf die Stirn und entfernt sich.

»Darf ich reinkommen?«, fragt Maxim von draußen.

»Ja.«

Er streckt lächelnd den Kopf herein. Es ist völlig unmöglich, sein Lächeln nicht zu erwidern, und bei seinem Anblick beschleunigt sich Alessias Puls. Er hat ihr gefehlt. Maxim tritt zu ihr; seine grünen Augen leuchten. Er trägt T-Shirt und

Jeans, die schwarze mit dem Riss am Knie … Maxim wirkt besorgt und *sexy*.

Ziemlich sexy.

»Was ist los?«, erkundigt er sich.

Alessia trägt ein blaues Kopftuch, das ihre Haare verbirgt, und ein blaues Gewand, das mich daran erinnert, wie sie in meiner Wohnung aussah.

Was für eine Zeit! … Als ich sie begehrte und sie mir keine Beachtung schenkte.

Sie ist jetzt genauso entzückend wie damals. Sogar noch entzückender, und ich begehre sie nach wie vor. Sie bedenkt mich mit einem zutiefst verletzten Blick.

»Was ist?«

Sie erblasst.

Scheiße. Es scheint schlimm zu sein.

»Bitte sag es mir.«

»Es waren nur … Worte.«

»Sag es mir«, beharre ich.

»Deine Schwägerin.« Ihre Stimme ist kaum zu hören.

»Caroline?«

Sie nickt.

»Ah.« *Ich wusste es.* »Was hat sie gesagt?«

Sie ringt mit sich, ob sie es mir verraten soll, das sehe ich an ihrem Gesicht. Schließlich schluckt sie. »Dass du ein besserer *Fick* bist als ihr Mann«, flüstert sie.

Ich hole deutlich hörbar Luft, Zorn wallt in mir auf. Noch nie habe ich Alessia so derbe Sprache verwenden hören. Dieses Wort aus ihrem Mund schockiert mich.

Aber was Caroline erzählt hat, ist noch schockierender und *unziemlicher*.

Kein Wunder, dass sie so verlegen am Frühstückstisch sitzt.

Caro ist hergekommen, um Ärger zu machen. Und es ist ihr gelungen. Ich zügle meine Wut, weil ich weiß, dass ich sie später zur Rede stellen kann. »Bestimmt war sie betrunken«, murmele ich.

»Gestern Abend konnte ich nicht einschlafen, weil ich die ganze Zeit daran denken musste.«

Herrgott, führen wir dieses Gespräch wirklich an unserem Hochzeitstag?

»Liebst du sie?«, will Alessia wissen.

Ich sehe sie mit offenem Mund an. *Wie bitte? Wie kann sie so etwas denken?*

»Du beantwortest meine Frage nicht. In Cornwall hast du gesagt, ich soll mit dir reden, dir Fragen stellen. Das tue ich jetzt.«

»Nein, so liebe ich sie nicht«, erkläre ich mit Nachdruck. »Früher mal schon, doch das ist lange her. Damals war ich fünfzehn. Sie gehört zur Familie, ist die Frau meines Bruders.«

»Und körperlich?«

Ich runzle die Stirn, verstehe nicht ganz, was sie meint.

»Hattest du Geschlechtsverkehr mit der Frau deines Bruders?«

Verflucht.

»Äh … nein. Aber ich hatte Sex mit seiner Witwe.«

Alessia zuckt zusammen und schließt die Augen. Ihr Gesichtsausdruck versetzt mir einen Stich.

Scheiße. Ich habe mich noch nie so geschämt wie in diesem Moment.

»Als ich sie das letzte Mal gesehen habe«, sagt Alessia, öffnet ihre dunklen Augen wieder und schaut mich mit einem verletzten Blick an, »lag sie in deinen Armen, auf dem Gehsteig vor dem Haus, in dem du wohnst.«

»In meinen Armen?« Ich versuche verzweifelt, mich zu erinnern.

»Ich saß in Anatolis Mercedes.«

Eine kalte Faust schließt sich um mein Herz, als ich mich jener schrecklichen Nacht entsinne. »Ja, stimmt. Sie wollte sich bei mir entschuldigen und ist in mich hineingestolpert. Wenn ich sie nicht aufgefangen hätte, wäre sie hingefallen.« Ich schlucke. »Wir haben uns gestritten. Heftig.«

»Das ergibt einen Sinn. Du und sie. Ihr seid euch ähnlich, gehört derselben Schicht an.« Ihre Stimme wird leiser und leiser.

»Nein! Ich begehre Caroline nicht. Ich will nur dich, Alessia. Damals bin ich zu ihr gegangen, um ihr zu gestehen, dass ich dich liebe. Sie hat mich rausgeworfen und ist mir dann hinterhergerannt, um sich zu entschuldigen. In dem Moment, als Anatoli in den Wagen eingestiegen ist. Ich habe das albanische Nummernschild erkannt und kann dir gar nicht sagen, wie qualvoll es für mich war, hilflos zusehen zu müssen, wie er einfach davonfuhr. Das war einer der schlimmsten Tage meines Lebens.«

Ihre Finger ergreifen die meinen, sie drückt meine Hand.

»Was ist los, Alessia?« Ich erwidere den Druck.

»Willst du mich wirklich heiraten?«, fragt sie. »Sie liebt dich auch.«

Ich ziehe sie in meine Arme. »Ich liebe dich, nicht sie. Und ich will dich heiraten, nicht sie. Bitte lass dir von ihr nicht unseren großen Tag ruinieren.«

Ist es zu fassen, dass wir dieses Gespräch führen?

Alessia seufzt.

»Baby, wir ziehen das durch.« Ich streiche mit dem Daumen über ihre Lippen. »Ich möchte mit dir alt werden. Und ich will nicht, dass in meiner Familie irgendwelche Zweifel hinsichtlich meiner Gefühle für dich herrschen, Alessia Demachi. Du bist die Liebe meines Lebens.«

Sie schnappt leise nach Luft. »Und du bist die Liebe meines Lebens.« Alessia presst ihre Lippen auf meinen Daumenballen.

»Gott sei Dank. Ich werde dich jetzt nicht küssen. Das spare ich mir für heute Nacht auf.« Vorfreude bringt meine Haut zum Glühen.

Wow.

»Okay«, haucht sie.

»Okay.« Ich grinse.

Sie erwidert mein Grinsen schüchtern. Da weiß ich, dass ich sie zurückgewonnen habe.

»Das Stück eben war ziemlich beeindruckend. Es hat meine Freunde und meine Familie umgehauen.«

»Ich war wütend.«

»Das habe ich gemerkt. Tut mir leid.«

Sie schüttelt den Kopf, als wolle sie einen grässlichen Gedanken loswerden.

»Hast du deine Sachen gepackt?«

Sie nickt. Gleich nach der Hochzeit wollen wir verschwinden.

»Gut. Dann mach dich jetzt bitte fertig.« Ich küsse sie auf die Stirn.

Ich will dich nicht verlieren. Nicht noch einmal.

Ich kehre an den Frühstückstisch zurück, wo gedämpfte Stimmung herrscht. Die Blicke aller ruhen auf mir. Ich schaffe es nicht, Caroline auch nur anzusehen. Sie hat eine verdammte Grenze überschritten, und ich bin stocksauer auf sie.

Nein. Außer mir vor Wut.

Wie kann sie es wagen?

Es fällt mir schwer, mich zusammenzureißen, aber scheiß drauf: Heute ist mein Hochzeitstag.

Als es an der Haustür klopft, springt Jak auf, als würde er jemanden erwarten.

»Alles in Ordnung, Kumpel?«, fragt Joe mich.

»Ja.« Ich schaue auf meine Uhr. Es ist noch Zeit zum Joggen. »Ich geh laufen.«

Als ich in meinem Laufdress zurückkomme, herrscht rege Aktivität. Nun sind noch mehr Leute im Haus als zuvor, wahrscheinlich helfen sie bei den Hochzeitsvorbereitungen. Es gelingt mir, ihnen aus dem Weg zu gehen; ich bin froh, joggen zu können. Joe duscht, und ich habe keine Ahnung, wo Maryanne und Caro sich rumtreiben. Offen gestanden ist mir das auch egal. Ich brauche Zeit, um nachzudenken und mich zu beruhigen.

Draußen ist es ziemlich kalt, das Licht der Sonne spiegelt sich in dem glitzernd grünen See. Am unteren Ende der Auffahrt ist Demachi ins Gespräch mit *ihm* vertieft!

Demachi und das Arschloch wenden sich mir zu, als ich stehen bleibe und sie ungläubig anstarre.

Was zum Teufel macht der *hier?*

Ich balle die Hände zu Fäusten. Nichts würde mir in der Verfassung, in der ich mich momentan befinde, mehr Vergnügen bereiten, als den Kerl zu verprügeln.

»Es ist nicht so, wie du denkst, Engländer«, höhnt Anatoli.

Demachi hebt beschwichtigend die Hände. *»Po flasim për punë, asgjë më shumë.«*

Ich habe nicht die geringste Ahnung, was das heißt.

»Ha!«, ruft Anatoli. Diese eine Silbe drückte seine ganze Verachtung aus. »Wenn du unsere Sprache könntest, würdest du wissen, was er gesagt hat. Wir reden übers Geschäft, nichts weiter. Hat nichts mit dir zu tun.« Das Arschloch spricht einwandfrei Englisch, was mich ärgert. »Es geht nicht um Alessia«, fährt er fort. Als er ihren Namen ausspricht, bebt seine Stimme ein wenig.

Wie bitte? Macht er sich etwas aus ihr?

»*Mos e zër në gojë Alesian*«, herrscht Demachi ihn an.

»Ich warte hier, Engländer, hier in ihrer Heimat, bei ihrer Familie. Bis du die Sache verkackst«, knurrt Anatoli.

»Da kannst du lange warten«, murmele ich, mehr für mich selbst als für ihn.

Verdammte Scheiße.

»Tschüs, Arschloch«, rufe ich ihm zu und laufe die Auffahrt hinunter. Zu meiner Befriedigung sehe ich, wie Anatolis Lippen schmal werden: Meine Provokation ist angekommen.

Bingo!

Auf der Straße mache ich einen Bogen um den Mercedes und beginne zu rennen.

Wie noch nie zuvor.

»Du siehst klasse aus, Kumpel«, bemerkt Joe, als er meine Krawatte glatt streicht.

»Gut, dass du den Anzug von Dior mitgebracht hast. Den mag ich am liebsten.«

»Marineblau ist deine Farbe. Passt zu der deines Blutes.«

»Sehr komisch, Joe.«

»Ich bin sauer, dass du mir keine Zeit für einen Maßanzug gelassen hast.«

»Du kriegst deine Chance.«

»Für eine Hochzeit?« Joe runzelt die Stirn.

»Wir machen das Ganze noch mal. In London oder Cornwall. Oder in Oxfordshire«, verspreche ich ihm.

»Du und Alessia?«

Ich muss lachen. »Ja. Nun schau nicht so entsetzt. Es ist kompliziert. Dann wahrscheinlich im Cut.«

»Taubengrau? Schwarz? Streifen?« Joes Augen beginnen zu leuchten.

»Lass uns erst mal diese Hochzeit hinter uns bringen.«

»Fürs Knopfloch.« Er pinnt mir eine weiße Rose ans Revers, dann legt er seine Hände auf meinen Bizeps. »Jetzt siehst du aus wie ein richtiger Bräutigam.«

»Danke, Bro.« Überwältigt von meinen Gefühlen umarme ich ihn. »Ich bin sehr froh, dass du da bist, Kumpel.«

Joe klopft mir auf die Schulter. »Ich auch, Max. Ich auch.«

Ich räuspere mich. »Du weißt, was nun zu tun ist.«

»Ja.«

Albanischer Tradition folgend holt der Bräutigam seine Braut ab und bringt sie zu einem Fest in sein Haus. Da ich hier kein Haus habe, ist das unmöglich. Deshalb werde ich Alessia von ihrer Haustür zur Festgesellschaft geleiten. Näher können wir der Tradition nicht kommen.

Joe, Tom und ich warten vor der Tür auf die Braut. Joe wirkt in seinem marineblauen Anzug wie immer todschick. Tom trägt einen schwarzen Smoking mit schwarzer Krawatte.

Etwas anderes hab ich nicht dabei, Trevethick.

Bei beiden steckt eine Blume am Revers. Ich freue mich, sie bei mir zu haben. Ihre Freundschaft und Unterstützung bedeuten mir viel. Außerdem machen sie was her.

Die Hochzeitsgäste tummeln sich in der Auffahrt, einige kommen aus dem Haus. Vermutlich gehören sie zum engeren Familienkreis und haben Alessia traditionsgemäß drinnen begrüßt. Manche gehen in das Zelt neben der Garage, weil es dort wärmer ist. Ich weiß, dass der Standesbeamte bereits wartet. An diesem atemberaubend schönen See und vor dieser beeindruckenden Bergkulisse herrscht ein unbeschwert-festliches Gemeinschaftsgefühl.

Das rührt mich.

Die bunten Lichter in den Tannen, die Jak gestern aufgehängt hat, tragen genauso zur Atmosphäre bei wie die Kinder, die lachend mit albanischen Flaggen im Hof herumlaufen.

Menschen begrüßen mich mit Händedruck oder Küsschen. Viele der Männer, die ich bei unserem improvisierten Junggesellenabschied kennengelernt habe, sprechen mich mit »Chelsea« an, nach der Fußballmannschaft. Der Spitzname gefällt mir – ich kann mir jedoch nach wie vor nicht merken, wie sie heißen.

Eine Fotografin hält das Ereignis mit einer Canon EOS fest. Ich glaube, sie ist eine Cousine von Alessia, aber sicher bin ich mir nicht.

Das hier ist Welten weg von meiner Heimat.

Maryanne und Caroline verlassen das Haus in Richtung Zelt. Beide tragen winterlich schicke Hochzeitskleidung. Maryanne einen marineblauen Hosenanzug und Caro ein marineblaues Samtkleid – bestimmt hat Joe ihnen einen Tipp bezüglich meines Outfits gegeben.

Maryanne umarmt mich. »Du siehst fantastisch aus, Maxie. Genau wie deine Braut.« Leise schniefend entfernt sie sich, bevor ich Gelegenheit habe, etwas zu erwidern.

Caro schafft es nach wie vor nicht, mir in die Augen zu sehen. »Du gehst mir aus dem Weg«, bemerkt sie leise.

»Was erwartest du? Ich bin immer noch stinksauer auf dich.«

»Tut mir leid.«

»Bei mir musst du dich nicht entschuldigen.«

»Ich wollte dir was sagen.« Sie blickt mich mit großen blauen Augen an, in denen Tränen glänzen. »Bestimmt wirst du wieder wütend, aber ich habe es für dich und für sie getan«, flüstert sie.

»Was hast du getan?«

»Ich habe es deiner Mutter gesagt. Sie wird bald hier sein.«

»Wie bitte?«

Fuck.

SIEBEN

»Ich bin schon da, Darling.« In der leichten Brise weht eine Stimme mit Mid-Atlantic-Akzent herüber. Mir sinkt der Mut. Meine Mutter bahnt sich einen Weg durch die Menge in der Auffahrt. Sie trägt einen dicken schwarzen Mantel – wahrscheinlich aus der neuen Winterkollektion von Chanel –, eine ziemlich große Sonnenbrille, ebenfalls von Chanel, eine Kunstpelzmütze sowie Stiefel von Louboutin.

Sie befindet sich in Begleitung eines jungen Mannes in meinem Alter, bekleidet mit einem schwarzen Outfit von Montclair. Er sieht aus wie ein Model, hat amerikanisch ebenmäßige Zähne und dürfte ihr aktueller Fickpartner sein. Ihre Hand ruht in seiner Armbeuge.

»Mutter, was für eine angenehme Überraschung«, begrüße ich sie, sofort in der distanzierten Rolle, in die ich ausschließlich der Frau gegenüber schlüpfe, die mir das Leben geschenkt hat. »Du hättest mich informieren sollen, dass du kommst.«

»Maxim.« Sie hält mir die Wange hin. Als ich sie küsse, steigt mir der teure Duft von Creed in die Nase, ihrem Lieblingsparfüm.

»Joe und Tom kennst du. Und Judas Iskariot, meine Schwägerin.« Irgendwie freut mich das blasse Gesicht von Caroline, die ihre Schwiegermutter ihrerseits mit einem Wangenküsschen begrüßt.

»Danke, dass du mir Bescheid gesagt hast, Caroline. Die

Zeit war knapp, ich weiß. Aber sieht ganz so aus, als hätten wir es gerade noch rechtzeitig geschafft. Das ist mein Freund Heath«, stellt Rowena den blonden Typen vor, bei dem sie untergehakt ist.

»Erfreut.« Ich ringe mir ein Lächeln ab.

Bevor er Gelegenheit hat, etwas zu erwidern, löst sie ihren Arm von seinem. »Könnte ich kurz mit dir reden, Darling?«

»Tut mir leid, momentan passt es schlecht. Ich werde gleich heiraten. Bitte geh doch zum Zelt.« Ich deute hinüber. »Judas zeigt dir deinen Platz.«

Caro wird rot und senkt den Blick auf ihre Manolos.

»Ich bin nicht da, um deine Hochzeit zu verhindern, Maxim. Das wäre doch ein bisschen gewöhnlich, meinst du nicht? Wir unterhalten uns später. Dann kannst du mir erklären, warum du die Haushaltshilfe heiratest und deine trauernde Mutter nicht eingeladen hast. Schämst du dich für deine Braut und ihre Familie? Denn genau so sieht es offen gestanden aus.«

Hinter der Sonnenbrille kann ich ihre Augen nicht erkennen, aber weil sie ihre scharlachroten Lippen schürzt, weiß ich, dass sie innerlich kocht.

Wie ich.

Nein, ich koche nicht. Ich explodiere fast vor Wut.

Doch ich verberge es gut. »Ich habe dich nicht eingeladen, liebste Rowena …«, flüstere ich ihr ins Ohr, »… weil du gerade genau das machst, was ich erwartet habe. Du zwingst mir deinen protzigen Privilegiertenscheiß auf. Wenn du mich entschuldigen würdest. Ich bin gerade dabei, den Bund fürs Leben mit der Frau zu schließen, die ich liebe.«

Sie erstarrt. »Mir ist klar, dass die Hochzeit mit diesem Mädchen deine Art der Rache an mir ist, aber ich möchte dich warnen …«

»Herrgott noch mal, es geht nicht um dich«, herrsche ich sie an. »Nicht alles dreht sich um dich, Rowena. Ich habe mich verliebt. Finde dich damit ab.«

Tom räuspert sich, sein Hals ist gerötet – hat er unser Gespräch belauscht? Hinter ihm erscheinen Jak und Shpresa an der Haustür. Ich wende mich ihnen zu. Shpresa hätte ich beinahe nicht erkannt. Sie trägt ein fahlrosafarbenes Etuikleid und eine dazu passende Chiffonstola. Ihre Haare sind gestylt und dunkel wie die von Alessia. Sie ist sogar ein wenig geschminkt.

Sie sieht hinreißend aus.

»Mama Demachi, so darf ich doch jetzt zu dir sagen, nicht wahr? Wie schön du bist«, murmele ich, und sie lächelt. Nun weiß ich, von wem Alessia das Aussehen hat.

Kinn hoch, Alter. Los geht's.

Ich beginne die Vorstellungsrunde. »Jak, Shpresa, meine Mutter hat beschlossen, uns mit ihrer Anwesenheit zu beehren. Darf ich vorstellen? Rowena, Gräfinwitwe von Trevethick.« Ich betone das Wort »Witwe«, woraufhin Rowenas Lippen schmal werden, denn es ist nicht nur unhöflich, sondern obendrein inkorrekt. Aber sie lässt sich nicht provozieren und streckt den beiden huldvoll die Hand hin.

»Mr. und Mrs. Demachi, welch ein Vergnügen, Sie unter solch erfreulichen Umständen kennenzulernen.« In ihren Worten schwingen Herablassung und Sarkasmus mit. Sie will mich ärgern, da bin ich mir sicher.

Das gelingt ihr, doch ich gehe nicht darauf ein und lege die Arme um meine Schwiegereltern, während sie meiner Mutter die Hand schütteln. »Jak und Shpresa haben in der Kürze der Zeit Unglaubliches geleistet.« Ich küsse Shpresa auf die Wange, woraufhin sie rot wird und hastig für ihren Ehemann übersetzt.

»*Konteshë?*«, fragt Jak.

»Ja.«

»Erfreut, Sie kennenzulernen«, sagt Shpresa. »Kommen Sie.« Sie bedenkt mich mit einem merkwürdigen Blick und animiert Jak, meine Mutter und ihren Liebhaber ins Haus zu führen.

»Übel, übel«, konstatiert Tom. »Alles gut, alter Junge?« Er tätschelt meinen Rücken.

»Ja«, brumme ich. Doch das ist eine Lüge. Ich hole tief Luft, um meine Wut hinunterzuschlucken, und folge ihnen hinein.

Für diesen Tag ist die Regel, dass Gäste die Schuhe beim Betreten des Hauses ausziehen müssen, außer Kraft, und so warten wir im Flur, in dem es nun, da meine Mutter und dieser Heath bei uns sind, ziemlich eng wird.

Jak strafft die Schultern und öffnet mit großer Geste die Tür zum vorderen Wohnzimmer, in dessen Mitte Alessia Demachi steht.

Im Licht des Fensters erscheint sie wie eine Vision in Spitze, Satin und einem weich fließenden durchscheinenden Stoff. Als ich die Frau, die in Kürze meine Gattin sein wird, ansehe, geraten meine Gedanken durcheinander. Sie ist unglaublich. Ihre mit Kajal geschminkten dunklen, ausdrucksstarken Augen lassen sie eleganter und weniger unschuldig wirken als sonst … züchtig und höllisch sexy gleichermaßen.

Ihr Anblick nimmt mir den Atem.

Ihr Kleid ist der Inbegriff der Eleganz: Es besteht aus einem weißen spitzenverzierten Satinkorsett, dazu Spitzenapplikationen an Schultern und Armen. Der Rock ist von der Taille ab leicht ausgestellt. An der Vorderseite befinden sich winzige Perlenknöpfe, und die Haare stecken fein gelockt unter einem zarten durchsichtigen Schleier.

Ich merke, dass ich sie mit offenem Mund anstarre, als ich mir diesen Moment für die Ewigkeit einzuprägen versuche. Vor Ehrfurcht und Vorfreude schnürt es mir die Kehle zu.

Sie sieht aus wie eine Göttin … nein, wie eine Countess. Meine Countess.

Nun werd mal nicht emotional, Alter.

Plötzlich ist es mir egal, dass unsere Hochzeit sich möglicherweise nicht ganz im Rahmen der Legalität abspielt. Ich bin einfach nur froh und dankbar, dass sie heute, hier und jetzt, stattfindet.

Ich trete zu ihr. »Hallo, meine Schöne. Ich könnte dich den ganzen Tag bewundern.«

»Und ich dich«, flüstert sie. Ihre von sehr dunklen, sehr langen Wimpern umrahmten Augen schenken mir einen intensiven Blick, in dem ich am liebsten versinken würde.

Ich küsse sie auf die Wange. »Du bist atemberaubend.« Da wird mir bewusst, dass ich sie zum ersten Mal geschminkt erlebe.

Alessia streicht lächelnd über mein Revers. »Du auch.«

»Meine Mutter ist hier.«

Der Schock weitet ihre Pupillen.

»Ja. Wappne dich innerlich«, warne ich sie leise und rufe dann: »Mutter!« Sogleich gesellt Rowena sich zu uns. Sie hat die Sonnenbrille abgenommen, weswegen sie ein wenig blinzelt. »Darf ich dir Alessia Demachi vorstellen?«

»Meine Liebe.« Rowena küsst ihre Wange und tritt einen Schritt zurück, um meine Verlobte in der für sie so typischen kurzsichtigen Art zu mustern.

»Sehr erfreut, Lady Trevethick«, entgegnet Alessia.

»Sie sprechen Englisch?« Rowena klingt überrascht.

»Ja, fließend«, antwortet Alessia, und dafür könnte ich sie küssen.

Mein Mädchen zeigt Zähne.

Rowena lächelt. Ich glaube, sie ist beeindruckt. »Welche Freude, Sie an einem so verheißungsvollen Tag kennenzulernen.«

»Die Freude ist ganz meinerseits.«

Erst da bemerke ich die anderen im Raum. Alessias Cousinen, glaube ich. Und möglicherweise ein paar Tanten.

»Nach dieser eiligen Hochzeit werden wir noch viel Zeit haben, uns richtig kennenzulernen. Darauf freue ich mich schon.« Rowenas Tonfall ist neutral und einigermaßen freundlich. »Dann nehme ich mal meinen Platz ein.« Sie verlässt das Zimmer. Alessia atmet erleichtert aus. Ich ergreife ihre Hand.

»Du warst wunderbar«, flüstere ich ihr ins Ohr. »Gut gemacht!«

»Ich wusste nicht, dass sie kommt«, wispert sie zurück.

»Ich auch nicht. Offen gestanden war das ein ziemlicher Schock für mich. Reden wir später darüber. Wollen wir's angehen? Wollen wir heiraten?«

Sie grinst. »Ja.«

»Ach, fast hätte ich's vergessen. Die Tradition. Das da soll ich dir geben.« Ich hole ein kleines Tuch aus meiner Jackentasche. Darin befindet sich eine Zuckermandel. Ich halte sie an Alessias Lippen.

In seinem schicken dunklen Anzug ist Maxim einfach umwerfend. Alessia hat ihn noch nie so elegant gekleidet gesehen. Es ist, als wäre er für diese Art der Kleidung geboren.

Das ist er ja auch. Er ist adelig.

Maxims Lippen sind leicht geöffnet, als Alessia an der Zuckermandel leckt. »Hm«, murmelt sie, und er schließt kurz die Augen, bevor er die Mandel in den Mund steckt. Die Muskeln in Alessias Unterleib spannen sich an, sie saugt scharf die

Luft ein. Er schenkt ihr ein laszives Grinsen. Das bringt sie auf eine Idee … für später, wenn sie endlich allein sind.

Wenn er ihr gehört.

Sie kann es gar nicht glauben, dass er ihr gehören wird. Ihr Mann.

Am liebsten würde sie an seinem Arm durchs Haus stolzieren, damit alle sie sehen können, und ausrufen: *Er gehört mir.*

Alessia muss über sich selbst lachen.

Er liebt sie – das hat er ihr heute Morgen unmissverständlich gesagt –, und diese Liebeserklärung stärkt sie innerlich.

Seit Carolines schockierender Eröffnung ist Alessia klar, dass seine Familie sie zum Duell fordert. Sie strafft die Schultern.

Herausforderung angenommen.

Maxim ist den Kampf wert.

Gerade hat sie sich seiner Mutter gegenüber behauptet, aber sie wird weiter wachsam bleiben. Maxim ist im Hinblick auf Rowena argwöhnisch, also wird Alessia es auch sein. Sie weiß, dass sie Caroline eine Brücke bauen muss. Schließlich ist sie Maxims Schwägerin. Trotzdem lässt sie Vorsicht walten. Caroline hat ihre eigenen Pläne. Alessia vermutet, dass sie Maxim liebt.

»Alessia, hier!«, ruft Agnesa und reicht Alessia den Brautstrauß mit weißen Rosen.

»Danke.« Alessia lächelt, als Maxim ihre Hand ergreift, und schiebt ihre Gedanken beiseite. Gemeinsam verlassen sie das Haus.

An der Schwelle lässt Alessia Maxims Hand los und holt das Taschentuch hervor, das ihre Mutter für diesen Anlass bestickt hat. Der Tradition gemäß tut sie so, als wäre sie traurig darüber, ihrem Elternhaus den Rücken zu kehren, und tupft sich die Augen ab, doch innerlich jubelt sie.

»Alles in Ordnung?«, fragt Maxim besorgt und legt die Finger auf ihren Ellbogen.

Sie zwinkert ihm zu.

Er runzelt verwirrt und gleichzeitig amüsiert die Stirn.

»Tradition.«

»Ach.«

»Ohne Tränen ist eine Braut nicht hübsch«, flüstert sie.

Maxim schüttelt verständnislos den Kopf.

Jubelrufe und Applaus von Familie und Freunden begleiten sie, als sie, flankiert von Tom und Joe und gefolgt von Alessias Eltern und Maxims Mutter, zu dem geräumigen Zelt hinübergehen.

Wir sitzen an einem Tischchen vor Ferid Tabaku, dem Standesbeamten. Die Demachis, ihre Familie und Freunde sowie die wenigen Mitglieder meiner Familie sind an den Tischen hinter uns. Mit ernster Miene klärt er uns über unsere Pflichten auf.

Tabaku erhebt sich und liest vor, was in der Ehe von uns erwartet wird. Thanas übersetzt leise alles für mich.

»In der Ehe haben beide Teile die gleichen Rechte und Pflichten.« Er bedenkt uns mit einem ernsten Blick. »Sie sollen einander lieben und achten, eheliche Treue halten, einander bei der Erfüllung von sämtlichen familiären und gesellschaftlichen Verpflichtungen beistehen …«

Ich sehe Alessia an. Sie drückt ergriffen meine Hand. Auch ich spüre einen Kloß in meinem Hals.

Tief durchatmen.

Tabaku redet weiter und weiter und weiter … Vermutlich dauert es so lange, weil der arme Thanas alles übersetzen muss.

Hinter uns beginnen die Leute, unruhig zu werden. Ich höre Husten und Kichern, ein Baby weint. Ein Kind sagt etwas, das bei den Versammelten Heiterkeit auslöst. Die Mutter bringt den kleinen Jungen wohl hinaus, wahrscheinlich muss er auf die Toilette.

Am Ende fragt Tabaku uns, ob wir unsere Verpflichtungen annehmen und der Heirat zustimmen.

»Ich nehme sämtliche Verpflichtungen an und stimme zu«, antworte ich.

Der Standesbeamte nickt zufrieden und wendet sich an Alessia, die ihm auf Albanisch antwortet. Ich hoffe, dass auch sie sämtliche Verpflichtungen annimmt und zustimmt. Sie schenkt mir ein Lächeln.

»Nun, da ich euer beider Zustimmung habe, erkläre ich euch vor dem Gesetz zu Mann und Frau«, verkündet Tabaku. Die Albaner klatschen begeistert. »Gratuliere«, meint er. »Tauschen Sie jetzt die Ringe.«

Ich hatte mich schon gefragt, wann die dran wären.

Ich hole sie aus meiner Innentasche, wo sie nahe meinem Herzen ruhen.

»Lady Trevethick«, sage ich zu Alessia, und sie reicht mir ihre Hand. Ich streife ihr den Platinring über. Dabei komme ich mir ein bisschen komisch vor, weil ich weiter nichts tun muss. Er passt genau. Gott sei Dank. Ich hebe, den Blick auf sie gerichtet, ihre Hand an meine Lippen und küsse den Ring und ihre Fingerknöchel.

Alessias Lächeln ist so schön, dass sich mein Unterleib regt. Ich gebe ihr meinen Ring, und sie steckt ihn mir an den Finger. »Lord Trevethick«, flüstert sie, nimmt meine Hand, küsst den Ring und meine Fingerknöchel und dann meine Lippen.

Wieder klatschen und johlen die Albaner, und Tom beugt sich zu mir herunter. »Gratuliere, Trevethick.« Ich stehe auf und umarme ihn und Joe.

»Der Ehevertrag muss von den Herren bezeugt und von Maxim und Alessia unterschrieben werden«, erläutert Thanas.

Maxims Familie gesellt sich zu ihnen.

Seine Mutter gratuliert Maxim kühl, legt eine Hand auf seinen Arm und hält ihm die Wange hin.

»Danke, Mutter«, entgegnet Maxim genauso kühl. Seine Lippen berühren ihre Haut kaum.

Sie richtet ihren stahlharten Blick auf Alessia. »Du bist eine schöne Braut, Alessia. Willkommen in der Familie.« Nun hält sie auch Alessia die Wange hin, die sie wie Maxim kurz küsst, vorsichtig, weil sie Lippenstift trägt.

Maryanne schlingt die Arme um Maxim, der sie drückt. »Maxie«, sagt sie und streckt gleichzeitig Alessia die Hand hin. »Ich gratuliere euch und hoffe, dass ihr sehr glücklich werdet.« Sie löst sich von Maxim und umarmt Alessia. »Bekehrte Schwerenöter geben die besten Ehemänner ab«, flüstert sie ihr ins Ohr. Bevor Alessia etwas erwidern kann, wird sie von Caroline abgelenkt, die Maxims Revers berührt und ihn mit ihren großen blauen Augen flehend ansieht.

»Gratuliere.« Caroline gibt ihm ein Wangenküsschen.

Er nickt mit versteinerter Miene. »Danke.«

Sie errötet. Alessia merkt, dass Maxim nach wie vor wütend auf sie ist und Caroline nicht weiß, wie sie mit seiner Verärgerung umgehen soll. Als Caroline sich deutlich distanzierter Alessia zuwendet, beginnt Alessias Herz in ihrer Brust zu hämmern.

»Gratuliere, Alessia. Ich muss mich entschuldigen. Für das, was ich gestern Abend gesagt habe. Das war ungehobelt und völlig deplatziert.«

Ihrem Instinkt folgend umarmt Alessia sie, bedankt sich und löst sich von ihr.

Caroline nickt verlegen und entfernt sich.

»War's schlimm?« Er nimmt Alessias Hand.

»Es ging«, flüstert sie.

Maxim hebt ihre Finger an seine Lippen. »Bewundernswert, wie du mit meiner Familie umgegangen bist. Gratuliere, Lady Trevethick.«

Sie grinst, sonnt sich in seinem Lob. »Wir sitzen da drüben.« Alessia deutet auf zwei graue samtbezogene Stühle in einer kleinen Laube, davor ein weiß gedeckter Tisch mit weißen Rosen und bunten Lichtern. Sobald sie Platz genommen haben, bringen ihnen zwei Kinder – junge Verwandte von Alessia – Teller von dem riesigen Büfett.

Das Fest ist in vollem Gange, Alessia ein wenig beschwipst vom Wein. Maxim hat Jackett und Krawatte abgelegt. Seine Haare sind zerzaust, weil sämtliche weiblichen Verwandten Alessias sie ihm verwuschelt haben. Das steht ihm gut. Die Männer fangen an zu tanzen, und Alessias Onkel versuchen, Maxim zum Mitmachen zu animieren.

»*Vallja e Kukësit*. Komm, Chelsea!«, stachelt Alessias Cousin Murkash Maxim an. »Du bist jetzt Albaner!«

Maxim verdreht die Augen und wendet sich Alessia zu. »Vom Tanzen mit Männern war nicht die Rede.«

»Das ist der traditionelle Tanz von Kukës«, informiert sie ihn grinsend.

Er steht auf, um zu den anderen zu gehen.

O Mann. Was ist das jetzt wieder?

»Okay, okay! Ich komme ja schon. Joe, Tom, lasst mich nicht allein«, rufe ich hinüber zum Nachbartisch, wo die beiden bei meiner Familie sitzen.

Murkash legt eine Hand auf meine Schulter und ergreift

mit der anderen die meine. Mehrere seiner … nein *unserer* männlichen Verwandten gesellen sich zu uns, und wir – auch Tom und Joe – fassen uns an den Händen.

»Los geht's!« Murkash hält als Signal für unseren DJ Kreshnik ein rotes Taschentuch hoch, und schon setzt die Musik ein. Eine traditionelle Ballade mit stampfendem Technobeat, dazu leicht misstönende Streicher, begleitet von archaisch klingenden Stimmen. So etwas habe ich noch nie gehört. Weitere Männer stehen auf und schließen sich uns an. Der Tanz ist eine echte Attraktion.

Murkash zeigt mir die Schritte. Ich mache sie nach – es ist gar nicht so schwierig, wie es zuerst ausgesehen hat. Schon bald tanzen wir im Kreis durch den Raum. Zwei der Jungen sind auch mit von der Partie.

Joe grinst. Tom konzentriert sich auf die Schritte.

Wir umrunden die Tanzfläche einmal, zweimal. Die Männer johlen und lachen und freuen sich über diese temperamentvolle Manifestation männlichen Zusammenhalts.

Als die Musik zu Ende ist, bin ich ein wenig außer Atem.

Meine Braut tritt zu mir. Sie ist genauso strahlend schön wie vorhin im vorderen Wohnzimmer, im Licht des Fensters.

»Jetzt tanzen wir.« Als die Musik beginnt, hält sie ihr Taschentuch in die Luft und fängt an, im Takt zu wippen, den Blick ihrer dunklen Augen auf mich gerichtet. Ich weiß nicht so genau, was ich tun soll. Die Hochzeitsgäste stehen von ihren Tischen auf und bilden einen Kreis um uns. Ich nehme Alessias Hände, wir tanzen miteinander. Doch schon bald löse ich mich von ihr und schaue meiner bezaubernden Frau einfach nur zu.

Alessia dreht langsam die Handgelenke, das Taschentuch in den Fingern, und bewegt sich zu einer traditionellen Melodie mit hämmerndem Beat. Sie schlägt mich und die anderen Zuschauer völlig in ihren Bann, winkt mich zu sich. Ich folge ihrem Ruf willig. Wenig später endet die Musik.

Nun betritt Mr. Demachi die Tanzfläche mit seinem Taschentuch. Die älteren Männer gesellen sich zu ihm. Der DJ legt ein weiteres traditionelles Stück auf, und Jak tanzt den anderen voran durchs Zelt.

Ich schaue mit Joe und Tom zu, finde diesen Ausdruck männlicher Freundschaft anrührend. In Großbritannien ermutigen wir uns zu so etwas nicht gerade. Warum eigentlich nicht?, frage ich mich. Jak gibt uns ein Zeichen, dass wir uns anschließen sollen, und wir und einige Frauen tun ihm den Gefallen.

Nach zwei ausgelassenen, wenn auch anstrengenden Stunden schneiden wir schließlich die üppig geschmückte Hochzeitstorte an und essen ein Stück, dazu trinken wir ein Glas Sekt. Unsere Gäste werden noch bis in die Nacht weiterfeiern, aber ich bin platt. Ich will weg. Allein sein mit meiner Braut.

»Unser Taxi müsste bald da sein«, flüstere ich Alessia ins Ohr.

»Dann ziehe ich mich um.«

»Mach schnell.« Auf mein laszives Grinsen reagiert sie, indem sie errötet. Sie eilt fort, gefolgt von ihrer Mutter, während ich zu Joe und Tom gehe, die an der improvisierten Bar stehen.

»Das war mal eine richtig gute Hochzeit, Trevethick. Anders«, meint Tom.

»Ja. Cool, Bro.« Joe klopft mir auf die Schulter. »Du siehst glücklich aus. Lass dir von deiner Mutter nicht die Laune verderben.«

»Keine Sorge. Danke, dass ihr da seid. Vielleicht wiederhole ich das Ganze im Sommer. Ich halte euch auf dem Laufenden.«

»Ein und dieselbe Frau zweimal in einem Jahr heiraten? Das dürfte ein neuer Rekord sein«, bemerkt Joe trocken.

Ich nicke und wende meine Aufmerksamkeit meiner Familie zu. Rowena unterhält sich angeregt mit Heath. Er lauscht ihr ernst und konzentriert. Plötzlich schaut er mit einem berechnenden Blick zu mir herüber. Als ich ihn dabei ertappe, wird er rot, dreht sich sofort wieder zu meiner Mutter, lacht über etwas, das sie sagt, und streichelt ihre Wange.

Manche Dinge sollte ein Mann nicht sehen. Zum Beispiel wie seine Mutter mit einem Burschen, der halb so alt ist wie sie, knutscht.

Maryanne redet mit einer von Alessias Cousinen. Ich glaube, es ist Agnesa, die Alessia frisiert und geschminkt hat. Caroline starrt … mich an. Und steht auf.

Scheiße. Noch mehr Drama von ihr kann ich jetzt nicht gebrauchen.

Als sie sich mir nähert, merke ich, dass sie zu viel getrunken hat.

»Caro, was ist los?«

»Hör auf, so ein Arsch zu sein«, herrscht sie mich an.

»Wie bitte?«

»Du weißt, was ich meine!«

Ich versuche, ihr mit meinem Blick zu sagen, was für einen Riesenfehler sie mit ihren Eröffnungen Alessia gegenüber gemacht hat. Alessia hätte das nun wirklich nicht von ihr erfahren müssen.

Sondern von mir.

Aber ich bin es leid, sauer auf Caro zu sein.

»Ich muss gleich weg. Was ist?«, frage ich.

»Du verschwindest?«

»Ja. Flitterwochen. So schreibt es die Tradition vor.«

»Wohin soll's gehen?«

Ich verziehe das Gesicht. *Dir verrate ich das bestimmt nicht.*

Sie bläht die Backen, dringt jedoch nicht weiter in mich. »Ich wollte mich nur noch einmal entschuldigen. Willst du mich denn bis in alle Ewigkeit mit Missachtung strafen?«

Ich seufze. »Wir werden sehen. Du hast Mist gebaut, Caro. Das muss aufhören.«

»Ich weiß.« Sie stupst mich auf für sie höchst untypische Art mit der Schulter an, um mir ihre Zuneigung zu zeigen. Schmunzelnd lege ich den Arm um sie und küsse sie auf die Haare.

»Danke, dass du zu meiner Hochzeit gekommen bist.«

»Danke, dass du mich eingeladen hast.« Nun verzieht sie das Gesicht ... weil ich das nicht getan habe. »Verzeihst du mir?«, fragt sie.

»Noch dieses eine Mal.«

»Maxim, kann ich kurz mit dir sprechen?« Meine Mutter.

Verflucht.

Sie sieht Caro an, die nickt und sich entfernt, damit wir unter vier Augen miteinander reden können.

»Rowena.«

»Machen wir's kurz: Ich wünsche dir alles erdenklich Gute.« Ihr Lächeln erreicht ihre Augen nicht. »Positiv ist, dass die Kleine unseren Genpool mit neuer DNA auffrischt, aber sie hat keine Ahnung, worauf sie sich einlässt. Du könntest sie zumindest für einen Benimmkurs anmelden, damit sie sich oder dich in Gesellschaft nicht komplett zum Narren macht. Vielleicht solltest du sie auf ein Mädchenpensionat schicken. Dann könnte sie eine Chance haben.«

»Danke für deine Fürsorge, Mutter. Alessia kommt zurecht, da bin ich mir sicher.«

»Ich zahle auch dafür. Das wäre dann mein Hochzeitsgeschenk für euch zwei.«

Wie durch ein Wunder gelingt es mir, meinen Zorn zu zügeln.

»Ein verlockendes Angebot, Mutter, danke. Aber wir schaffen das.«

»Behalt es im Hinterkopf. Wir sehen uns in London, wenn du aus den Flitterwochen zurück bist. Dann werde ich noch einige Worte zu diesem … Debakel zu sagen haben.«

»Ich kann es kaum erwarten.« Mein Lächeln ist so falsch, dass es schmerzt.

Sie hält mir die Wange hin, die ich nur zu einem sehr flüchtigen Küsschen berühre, bevor sie sich Heath zuwendet. »Lass uns gehen, Darling.«

Shpresa hilft Alessia aus Kleid und Schleier. »Du warst heute wunderschön, Liebes.«

»Danke, Mama. Und danke dafür, dass du dir so viel Arbeit gemacht hast.« Alessia umarmt sie fest.

»Du besuchst uns doch hin und wieder, oder?«, fragt ihre Mutter. Sie klingt verzweifelt.

»Natürlich, Mama«, antwortet Alessia, die gegen die Tränen ankämpft. »Und du weißt: Mein Angebot, unser Angebot … Falls du uns begleiten möchtest … und …«

Ihre Mutter hebt die Hand. »Jak und ich besuchen euch gern in England, sobald ihr euch dort eingerichtet habt, mein Herz.«

Alessia seufzt und umarmt ihre Mutter noch einmal. »Die Einladung steht. Komm, wann immer du möchtest.«

Shpresa bedankt sich. »Lass dir in das andere Kleid helfen.«

Alessia betritt strahlend unser improvisiertes Hochzeitszelt. Nun trägt sie ein schlichtes, eng anliegendes smaragdgrünes Kleid.

Wow.

Mein Schwanz reagiert.

Wirklich sehr eng anliegend.

Mit ihren elegant frisierten Haaren sieht sie betörend aus, obwohl inzwischen einige lose Strähnen ihr schönes Gesicht rahmen. In der Hand hält sie ihren Brautstrauß. Ich trete zu ihr und ergreife die andere. Mein Ärger über meine Mutter verflüchtigt sich. »Du bist wunderschön«, flüstere ich. »Ich kann's gar nicht erwarten, dich aus diesem Kleid zu schälen.« Da erst fällt mir der Schlitz an der Seite auf, und darunter erhasche in einen Blick auf ihren Oberschenkel und ihre hochhackigen Schuhe.

Noch mal wow!

»Lass uns gehen. Sofort.«

Nach einer halben Stunde tränenreicher Abschiede können Alessia und Maxim endlich verschwinden. Auf dem Weg aus dem Zelt legt er ihr den Mantel über die Schultern.

Draußen ist es kühl – der Boden glitzert vom frühen Frost –, und der zunehmende Mond wirft sein schimmerndes Licht auf den See.

Alessia dreht sich um, wirft den Brautstrauß in Richtung der wartenden Menge. Agnesa fängt ihn und hüpft begeistert damit auf und ab.

Plötzlich beginnen Alessias Cousins und Onkel, mit Pistolen in die Luft zu schießen, gleichzeitig werfen die Frauen Reis.

»O nein!« Maxim drückt Alessia geduckt an sich.

»Das ist hier Tradition«, brüllt Alessia über den Lärm hinweg.

»Himmel, Tom!«, ruft Maxim, doch der beobachtet mit Joe das Spektakel ganz ruhig und schüttelt den Kopf.

Wir eilen die Auffahrt hinunter, weg von den Schüssen.

Was für eine Schnapsidee, bei einer Hochzeit zu schießen!

Der Mercedes C-Klasse wartet schon. Der Fahrer, einer von Alessias Cousins, öffnet die Beifahrertür. Alessia winkt den Hochzeitsgästen und Verwandten ein letztes Mal zu, bevor sie einsteigt. Ich haste auf die andere Seite und klettere neben sie auf den Rücksitz.

»Du magst keine Schüsse«, stellt der Fahrer fest.

»Nein!«

»Willkommen in Albanien!« Er tritt lachend das Gaspedal durch, sodass wir uns mit rasender Geschwindigkeit von der Feier, den Schüssen und der besten Hochzeit entfernen, die ein Mann sich unter den gegebenen Umständen und angesichts der Tatsache, dass sie innerhalb einer Woche organisiert wurde, nur wünschen konnte.

Ich ergreife Alessias Hand. »Danke, dass du meine Frau geworden bist, Alessia Demachi-Trevelyan.«

In Alessias Augen glänzen Tränen. Ihr Herz, ihre Brust … ihre Seele sind plötzlich übervoll. »Maxim«, raunt sie, ihr bricht die Stimme. Sie blickt durchs Fenster hinaus auf das dunkle Wasser des Drin, als sie die Brücke überqueren, die sie von Kukës in ein neues Leben führt. In ein Leben mit dem Mann, den sie von ganzem Herzen liebt. Nach allem, was er ihr gegeben und für sie getan hat, kann sie nur hoffen, dass sie ihm genügt.

»Hey«, flüstert er. Auch seine Augen glänzen in der Dunkelheit. »Ich habe dich. Du hast mich. Wir haben das hier. Es wird wunderbar.«

Alessias Gefühle brechen sich Bahn, Freudentränen rollen ihr über die Wangen.

ACHT

Der Geschäftsführer geleitet uns zur Präsidentensuite des Plaza in Tirana, die ich für zwei Nächte gebucht habe. In dem kleinen Vorraum fällt Alessias Blick auf eine riesige Vase mit weißen Rosen. »Wow!«, stößt sie hervor. Ich drücke ihre Hand. Währenddessen stellt ein Angestellter unser Gepäck im Schlafzimmer ab. Als er in den Vorraum zurückkehrt, drücke ich ihm einige Lek Trinkgeld in die Hand, und er eilt davon.

»Soll ich Ihnen demonstrieren, wie die sanitären Einrichtungen funktionieren?«, fragt mich der Geschäftsführer auf Englisch mit deutlichem Akzent.

»Danke, wir kommen zurecht.« Mit einem geübten Lächeln überreiche ich ihm mehrere Geldscheine in der Hoffnung, dass er verschwindet. Mit einem dankbaren Nicken tut er mir den Gefallen. Endlich sind Alessia und ich zum ersten Mal seit Langem allein.

»Ich möchte dir etwas zeigen.« In diesem Hotel habe ich mit Tom übernachtet, als wir vor einer gefühlten Ewigkeit in Albanien ankamen. Deswegen kenne ich mich aus. Ich nehme Alessia bei der Hand und dirigiere sie in den Wohnbereich mit zwei Sitzzonen, Essecke und Panoramafenstern. Auf einem Beistelltischchen entdecke ich eine Flasche Champagner in einem reich geschmückten Eiskühler, daneben in Schokolade getauchte Erdbeeren, kunstvoll auf einem Teller angerichtet. Doch das ist es nicht, was ich ihr präsentieren will. Am Fenster ziehe ich die Stores auf; dahinter kommt die herrlich erleuchtete Stadt zu unseren Füßen zum Vorschein.

»Wow!«, ruft sie noch einmal aus.

»Die Hauptstadt deines Landes. Vom zweiundzwanzigsten Stock sieht sie atemberaubend aus, finde ich.«

Alessia lässt den Blick auf sich wirken, den Flickenteppich aus Licht und Schatten und völliger Dunkelheit. Hohe und niedrige Gebäude, zwischen denen sich beleuchtete Straßen wie Fäden in Richtung der fernen Berge schlängeln. Ihr fällt ein, dass sie Maxim gesagt hat, sie sei noch nie in Tirana gewesen. Und nun ist sie mit ihm hier. Er sorgt dafür, dass ihre Träume wahr werden.

In so vieler Hinsicht.

»Die dunkle Stelle da drüben.« Maxim deutet mit dem Kinn darauf. »Das ist der Skanderberg-Platz mit dem Historischen Nationalmuseum. Wenn du willst, können wir morgen hingehen.« Er holt den Champagner aus dem Kühler. »Möchtest du ein Glas?«

»Ja, bitte.«

Alessia bemerkt die kupferfarbene Verschlusskapsel der Flasche – es ist ein Laurent-Perrier Rosé, der erste Champagner, den sie je gekostet hat, vor gar nicht so langer Zeit, im Bad des Hideout. Maxim lächelt, scheint ihre Gedanken zu erraten. Er entfernt geschickt Draht und Korken mit einem fröhlich ploppenden Geräusch, füllt ihre Gläser und reicht ihr eines.

»Auf uns. *Gëzuar*, meine Liebe.« In dem sanften Licht glitzern seine grünen Augen so warm, dass es ihr Blut in Wallung bringt.

»Auf uns. *Gëzuar*, Maxim«, erwidert sie. Sie stoßen an.

Alessia trinkt einen Schluck, genießt den Geschmack eines herrlichen Sommers mit reifen Früchten. Nun, da sie allein sind, fühlt sie sich plötzlich ein wenig befangen.

Befangen, bei meinem Ehemann?

Ehemann.

Sie lässt das Wort in ihrem Kopf nachhallen.

Maxim blickt wieder auf die Stadt hinunter. »Hätt ich des Himmels bestickte Stoffe«, flüstert er fast zu sich selbst.

»Durchwirkt mit Gold- und Silberlicht«, fährt Alessia fort.

Maxim wendet sich ihr überrascht zu. »Die blauen und die matten und die dunklen Stoffe.«

»Aus Nacht und Tag und Dämmerlicht.«

»Würd ich unter deinen Fuß sie breiten.« Seine Augen glühen.

»Doch ich bin arm und hab nur meine Träume«, raunt Alessia. Wegen des Wahrheitsgehalts dieser Worte brennen unvergossene Tränen in ihrer Kehle.

Maxim streicht mit der Rückseite seines Zeigefingers über ihre Wange. »Die ich unter deinen Fuß gebreitet habe. Tritt sanft«, murmelt er.

»Denn du steigst auf meine Träume.« Alessia blinzelt eine Träne weg.

Maxim küsst sie zärtlich auf die Lippen. »Du hörst nie auf, mich zu erstaunen«, stellt er fest.

Alessia schluckt, versucht, ihr inneres Gleichgewicht wiederzufinden, weil sie permanent an die Kluft zwischen ihnen erinnert wird. Sie schiebt den Gedanken beiseite, der ihr im Moment zu groß und kompliziert ist. »Meine englische Großmutter. Sie hat Gedichte geliebt. Besonders die von Yeats und Wordsworth. Wir haben Bücher von ihnen. Vor ein paar Jahrzehnten galten sie in Albanien noch als skandalös.«

Nana.

Was hätte sie wohl von ihrer Enkelin gehalten, die mit einem englischen Lord verheiratet in der Präsidentensuite eines Luxushotels in Tirana Champagner trinkt?

»Ich wünschte, ich hätte sie kennengelernt«, sagt Maxim.

Alessia lächelt. »Sie hätte dir gefallen. Und dich hätte sie geliebt.«

»Umgekehrt wäre es sicher genauso gewesen. Mir ist klar, wie viel du in den letzten Wochen durchgemacht hast. Wenn wir morgen dein Visum in der Botschaft abholen, müssen wir zwei Dinge erledigen. Das wär's dann aber auch schon. Wir sind in den Flitterwochen. Nur du und ich. Entspann dich und genieße es.« Er legt den Arm um ihre Taille, zieht sie zu sich heran, vergräbt die Nase in ihren Haaren.

Sie schmiegt den Kopf an seine Schulter, und so schauen sie eine Weile schweigend hinunter auf Tirana und nippen an ihrem Champagner.

»Mehr?«, fragt Maxim mit einem Blick auf ihr Glas.

»Gern.«

Er füllt beide Gläser nach und stellt die Flasche zurück in den Eiskühler. Dann schlüpft er aus seinem Jackett, hängt es über eines der Sofas, verbindet sein Smartphone mit einem Lautsprecher auf dem Konsolentischchen und wählt ein Musikstück. Wenig später erklingen Gitarren, und ein Mann mit amerikanischem Akzent beginnt zu singen.

»Wer ist das?«, fragt Alessia Maxim.

»Ein toller Oldie von J. J. Cale.« Er schließt die Arme um sie, ihr Rücken an seiner Brust und seinem Bauch. Nun senkt er das Kinn auf ihren Kopf und fängt an, sich im Takt zur Musik zu wiegen. »*Magnolia.* Hm … Du riechst gut.« Er küsst ihre Haare.

Alessia schmiegt sich an ihn, wiegt sich mit ihm, legt eine Hand auf die seine und trinkt einen Schluck Champagner.

Der Song ist sanft und sinnlich – umso mehr, als Maxim an ihrem Ohr leise eine Zeile mitsingt.

»*Makes me think of my babe …*«

Sie grinst.

Er kann singen! Und gar nicht schlecht.

»Lass uns ins Bett gehen.« Seine Stimme klingt rau und verführerisch, als er ihr Ohrläppchen zwischen die Zähne nimmt.

Alessia schnappt nach Luft. Wieder spürt sie dieses köstliche Ziehen in ihrem Unterleib. Da fällt es ihr ein. »Ähm …«

Maxim stellt ihr Glas auf dem Tischchen ab.

»Ja?« Er hebt ihr Kinn leicht an und küsst ihren Mundwinkel. »Was wolltest du sagen?«

»Ich …«

Nun küsst er die Stelle ihres Halses, an der ihr Puls pocht, und sie legt die Finger auf seine Hemdbrust. Wie von selbst bewegen sie sich zu den Knöpfen.

Sie fängt an, sie aufzumachen.

Er wölbt die Hände um ihr Gesicht.

»Frau«, flüstert er.

Sie seufzt.

Seine Zunge umspielt ihre, eine Hand presst sie an ihn, die andere wandert zu ihrem Po. Alessia lässt von seinen Knöpfen ab und zieht das Hemd aus seiner Hose. Ihre Finger gleiten zu seinem harten Bizeps und seinen Schultern und vergraben sich in seinen zerzausten weichen Haaren, während sie sich gegenseitig mit Küssen verschlingen.

Völlig außer Atem löst er sich von ihr. »Du hast mir gefehlt«, flüstert er. »Sehr.«

»Ich war doch da …«, erwidert sie ebenso atemlos.

»Nicht so.« Plötzlich hebt er sie hoch.

Sie lächelt. Das Herz geht ihr über vor Liebe. Sie schlingt

die Arme um seinen Nacken, als er sie weg von den samtigen Klängen J. J. Cales ins Schlafzimmer trägt.

Es ist in gedeckten Cremetönen gehalten, minimalistisch modern eingerichtet, was Alessia kaum wahrnimmt, als Maxim sie an seinem Körper hinunter auf die Füße gleiten lässt. Seine Finger wandern zu ihren Haaren, aus denen er vorsichtig jede Nadel einzeln entfernt. Sie schließt die Augen, genießt seine sanften Berührungen.

Doch ein Gedanke lässt ihr keine Ruhe.

Sag's ihm.

Nein. Das kann sie noch nicht. Dafür bereitet ihr das hier zu viel Vergnügen.

»Ich glaube, das war die letzte.« Er windet eine ihrer Haarsträhnen um seine Finger. »So weich.« Zieht sanft, holt sie damit zu sich heran, küsst die Locke, bevor er sie loslässt. »Und jetzt herunter mit diesem fantastischen Kleid.« Eine Hand in ihrem Nacken, küsst er ihre Lippen, während er mit der anderen den Reißverschluss öffnet.

Alessia stockt der Atem. Sie hält das Kleid fest.

Sag's ihm.

»Maxim, ich …«

»Was ist?«

Errötend betrachtet sie den Brillanten, der neben dem Ehering an ihrem Finger glänzt. »Ich habe meine Tage.«

»Ah.« Er hebt sanft ihr Kinn an. Sie erwartet, dass er enttäuscht reagiert oder schlimmer: angeekelt, doch in seinem Blick kann sie nur Erleichterung und Sorge entdecken. »Hast du Krämpfe?«

»Nein, alles gut.«

»Wenn du möchtest, können wir gern warten … Aber mich würde es nicht stören.«

»Wie bitte?«

»Ich begehre dich trotzdem.« Er haucht federleichte Küsse auf ihr Kinn.

»Oh.« Alessia ist verblüfft.

Können sie tatsächlich? Obwohl …?

Maxim liebkost ihre Wange mit den Fingerspitzen. »Ich schockiere dich, meine schöne Alessia. Entschuldige …«

Bevor er den Satz zu Ende führen kann, lässt Alessia das Kleid los, sodass es ein Stück weit über Taille und Hüften gleitet, wölbt die Hände um sein Gesicht und zieht seine Lippen zu den ihren heran.

Ich erhasche einen verführerischen Blick auf einen hübschen Spitzen-BH. Alessias Lippen sind auf den meinen, ihre Zunge ist fordernd, sie presst ihren Körper gegen mich. Ich schließe die Augen und gebe mich, meine Finger in ihren Haaren, ganz ihrer Leidenschaft hin. Die Bedenken, die sie hatte, scheinen wie weggeblasen.

Wir ringen beide um Luft, und mein Schwanz drückt gegen den Hosenschlitz.

Wow.

»Was jetzt?«, fragt sie mit kehliger Stimme.

Es dauert den Bruchteil einer Sekunde, bis ich begreife, was sie meint. Ich trete einen Schritt zurück, um meine schöne Frau zu betrachten. »Zieh das Kleid aus.«

Sie atmet deutlich hörbar ein, sieht zuerst meinen Mund und dann die Ausbuchtung in meiner Hose an. Mit einem koketten, siegessicheren Lächeln schlängelt sie sich ganz aus ihrem Kleid. Ein winziger weißer Spitzentanga und Seidenstrümpfe kommen zum Vorschein.

Ich habe einen trockenen Mund, die Hose wird von Sekunde zu Sekunde enger.

»Jetzt du«, wispert sie und drapiert ihr Kleid über die Chaiselongue.

Ich schlüpfe aus den Schuhen, ziehe die Socken aus und öffne die Hemdknöpfe, die Alessia noch nicht aufgemacht hat. Dann entledige ich mich der Manschettenknöpfe und des Hemds und lege es zu unserer übrigen Kleidung auf die Chaiselongue.

»Die Hose«, sagt sie. Als ihr Blick zu meinem Unterleib wandert, schimmern ihre dunklen Augen.

Meine Frau ist fordernd.

Das gefällt mir.

Bewusst langsam öffne ich den Gürtel, woraufhin sie lachend zu mir tritt, um mir zu helfen.

Ja!

Sie macht den Knopf auf, zieht den Reißverschluss mitsamt Hose herunter und kniet zu meinen Füßen nieder.

Oh!

Ich stelle sie mir auf Knien vor, mein Schwanz in ihrem Mund. Nun schiebt sie auch noch meine Boxershorts herunter … und ich sehe ihr dabei zu. Fasziniert. Und hart. Fast unerträglich hart. Endlich befreit sie meinen Schwanz.

»Alessia«, flehe ich.

Alessia legt die Finger um Maxims Erektion und schließt sie fest darum. In ihrer Hand fühlt sich sein Glied samtweich und gleichzeitig steif an. Maxim holt tief Luft und schließt die Augen. Alessia merkt, dass ihm das gefällt … Und sie will es auch. Bislang ist sie zu schüchtern gewesen, doch nun möchte sie ihm Vergnügen bereiten, auf jede nur erdenkliche Weise. Sein Mund öffnet sich ein wenig, er scheint mit dem Atmen aufzuhören; sein Körper bebt voller Vorfreude. Sie bewegt ihre Hand langsam auf und ab, wie er es ihr gezeigt hat.

Die seine ruht sanft auf ihrem Kopf. Als er die Augen aufmacht, leuchten sie wie grünes Feuer.

Seine Reaktion entflammt Alessia. Die Muskeln in ihrem Unterleib ziehen sich zusammen. Sie liebt es, ihn anzutörnen. Er hat schon oft die intimsten Teile ihres Körpers mit Zunge und Lippen liebkost, und sie möchte das seit Langem auch für ihn tun. Sie beugt sich vor, ohne den Blick von seinen Augen zu lösen, leckt sich die Oberlippe, beobachtet ihn genau. Er ist in ihrem Bann, ihr hilflos ausgeliefert.

Die Macht, die sie über ihn hat, berauscht sie.

Sie küsst die Eichel, fährt mit der Zunge darüber. Er schmeckt salzig. Männlich. Nach Maxim.

Hm …

Maxim stöhnt auf. Sie nimmt ihn ganz in den Mund, tiefer und tiefer.

»Fuck!«, ruft er aus.

Kurz gestatte ich mir, das Gefühl ihrer Lippen um meinen Schwanz zu genießen – es ist himmlisch! Als ich nur noch tiefer in ihren Mund eindringen will, liest sie mir den Wunsch von den Augen ab.

O Gott.

Instinktiv spanne ich die Pomuskeln an, stoße tiefer in sie hinein, und sie schließt ihre Lippen fester um mich.

Ja, genau!

Sie zieht sich zurück und schließt ihren Mund dann wieder um meinen Schwanz, als würde sie das nicht das erste Mal machen. Mein Beschluss, sie zu stoppen, löst sich in Luft auf. Ich lasse mich von ihr nehmen. Wieder und wieder. Von ihrem heißen, feuchten, engen, sexy Mund!

Meine Beine beginnen zu zittern; ich bemühe mich, den Höhepunkt hinauszuzögern.

Teufel.

Gleich wird sie mich entmannen.

Jetzt.

»Aufs Bett.« Er beugt sich zu ihr hinunter. »So gut mir das gefällt – aber wenn du nicht aufhörst, komme ich in deinem Mund …«

Alessia schiebt seine Hände weg, bringt ihn zum Schweigen.

Sie will ihn.

Ganz.

In ihrem Mund.

»Alessia!« Er wölbt die Finger um ihr Gesicht. »Gleich komme ich!«

Sie sieht ihn unter ihren langen Wimpern hervor an, als sein Kopf in den Nacken sinkt und er loslässt, sein warmer, salziger Samen sich in sie ergießt. Alessia schluckt, ein wenig schockiert, aber auch triumphierend, dass sie es tatsächlich getan hat. Dann gibt sie ihn frei und wischt sich den Mund mit dem Handrücken ab.

Atemlos richtet Maxim seinen glühenden Blick auf sie, hilft ihr auf, schließt sie in seine Arme und küsst sie leidenschaftlich. Seine Zunge erkundet ihre Mundhöhle, holt sich alles, was sie zu bieten hat, schmeckt seinen eigenen Samen.

»Ich liebe dich so sehr«, haucht er.

»Und ich liebe dich«, erwidert sie stolz.

Sie hat es getan!

Endlich!

»Wie hat dir das gefallen?« Sie hört die Bedenken in seiner Stimme.

»Gut.« Alessia beißt sich auf die Unterlippe. »Dir auch?«

»Oh, Baby. Es war irre. Das können wir jederzeit wieder

machen. Aber jetzt geh mal lieber ins Bad … Bring ein Handtuch mit.«

Sie lächelt.

Ich sehe ihr nach, wie sie ins Bad marschiert. Beim Anblick ihres Pos zuckt mein schon wieder einsatzbereiter Schwanz voller Vorfreude. Das ist verdammte Poesie im Tanga.

Yeats oder Wordsworth?

Meine Frau steckt voller Überraschungen.

Wer hätte gedacht, dass sie Yeats zitieren kann?

Wer hätte gedacht, dass sie mir auf Knien einen blasen mag?

Süße Alessia.

Vor Entzücken dümmlich grinsend schlage ich die Bettdecke zurück und gehe, einem Impuls folgend, ins Wohnzimmer. Ich stelle unsere Gläser auf das Tablett mit dem Eiskühler, dem Champagner und den Erdbeeren und bringe alles ins Schlafzimmer. Da macht Alessia die Badtür auf und lehnt sich an den Rahmen. Bis auf das Handtuch ist sie nackt.

»Noch Champagner?«, frage ich. Sie schüttelt den Kopf. Wieder wandert ihr Blick über meinen Körper.

Mein Schwanz reagiert postwendend.

»Ich will nur dich«, wispert sie.

»Bin ganz der deine.« Ich breite die Arme aus. Während sie auf mich zuschlendert, schlägt sie das Handtuch auseinander. Ich schlinge die Arme um sie, und sie hüllt uns beide in den weichen Stoff.

»Großes Handtuch«, murmele ich.

Sie kichert. »Großer …«

»Raum? Kopf? Schwanz? Was?«

»Schwanz«, raunt sie.

Ich muss lachen. »Ich liebe Dirty Talk aus deinem Munde.«

Wieder kichert sie. Mein ungeduldiger Schwanz will nicht länger warten. Ich lege die Hände um ihren Kopf, presse meine Lippen auf ihre. Sie öffnet ihren Mund und sucht meine Zunge. Ich überlasse sie ihr gern. Wir küssen uns, ganz Zunge, Lippen und Atem, bis ich wieder kurz vor dem Explodieren bin. Ich hole tief Luft, auch Alessia ist außer Atem.

»Bett«, wispere ich.

Wir lassen uns auf die Matratze fallen.

Alessia landet mit dem Handtuch unter ihr darauf. Maxim ist über ihr, stützt sich mit den Händen ab.

»Jetzt habe ich dich, wo ich dich wollte«, flüstert er und drückt seine Nase zwischen ihre Brüste. »Hast du Krämpfe?«

»Nein.«

»Sicher?«

»Ja!«

Ich sehe sie an. Beim letzten Mal hatte sie noch am ganzen Körper Kratzer und blaue Flecke und weiß Gott was. Jetzt liegt sie ohne die geringste Verletzung unter mir, ihre dunklen Haare auf dem Kissen ausgebreitet wie ein Fächer, ihre Augen vor Liebe und Lust glänzend. Sie streckt die Hände nach mir aus, fährt mir mit den Fingern durch die Haare und zieht mich zu sich hinunter, sodass ich ihre weiche Haut berühre. Mein Schwanz ruht auf ihrem Bauch.

Er sehnt sich wie ich danach, in ihr zu versinken.

Ich küsse die Unterseite ihrer Brust und arbeite mich zu ihrer Brustwarze vor. Als ich daran zu saugen beginne, vergräbt sie die Finger in meinen Haaren. Sie windet sich stöhnend unter mir, ihre Hüften heben sich mir entgegen. Nach einer Weile wende ich mich ihrer anderen Brust zu.

»Bitte«, bettelt Alessia.

Ich will zum Kondom greifen.

»Nein«, sagt sie. »Ich nehme jetzt die Pille.«

Wie bitte?

»Es ist okay«, versichert sie mir.

Nun kann ich nicht länger warten. Ich küsse sie noch einmal und bringe meinen Schwanz in Position. »Ah!«, stöhne ich, als ich in sie eindringe.

Haut an Haut.

Köstliche erste Erfahrung!

Sie ist eng und feucht und schlingt die Arme um mich. Ihre Hände wandern zu meinem Hinterteil, ihre Beine winden sich um meine Waden, als ich zu stoßen beginne und mich in meiner Lust verliere.

In meiner Leidenschaft für sie.

Meiner Liebe für sie.

Für meine Frau.

Weiter und weiter.

Ihre Fingernägel hinterlassen Spuren auf meiner Haut. Sie stöhnt schwer atmend an meinem Ohr, fliegt mit mir höher und höher. Plötzlich erstarrt sie unter mir, ein Schrei entringt sich ihrer Brust. Ich folge ihr, schreie ebenfalls auf.

Die Welt rund um uns herum verschwimmt, sie besteht nur noch aus mir und meiner Frau.

Meiner Liebe.

Ich lehne, auf einen Ellbogen gestützt, über ihr, streiche ihr eine Haarsträhne aus dem Gesicht, und sie sieht mich an. Wir sind nach wie vor körperlich vereinigt, und ich möchte nicht aus ihr herausgleiten.

»Wie war das, Lady Trevethick?«

Ihr Lächeln erhellt den Raum und mein Herz. »Wunderbar, Lord Trevethick. Und für dich?«

Ich drehe mich mit ihr, sodass sie auf mir liegt.

»Sehr viel gut.«

Als sie kichert, drücke ich ihr einen Kuss auf die Haare.

»Das würde ich am liebsten gleich wieder machen. Aber vielleicht möchtest du zuerst einen Schluck Champagner und ein paar Erdbeeren?«

Alessia schläft tief und fest neben mir. Ihr Drachenlicht ist bei uns, ein freundlicher Wächter, der sie vor der Dunkelheit beschützt. Es freut mich, dass sie es mitgebracht hat. Ich kuschle mich näher an sie, atme ihren beruhigenden Geruch ein und staune, wie sehr ich es genieße, einfach nur neben ihr zu liegen … bei ihr zu sein. Hat es damit zu tun, dass sie keine Forderungen an mich stellt? Mir das Gefühl vermittelt, gebraucht zu werden? Geliebt? Ich weiß es nicht. Egal, was es ist: So zufrieden wie jetzt habe ich mich noch nie gefühlt. Zufrieden und gleichzeitig erregt. Morgen werden wir die Hauptstadt ihres Landes erkunden und einfach nur zusammen sein.

Ich schließe die Augen, küsse noch einmal ihre Haare.

Bis morgen und bis zum Ende unseres Lebens, meine Liebe.

NEUN

Meine Frau übt Stand-up-Paddeln auf dem türkisblauen, in der Sonne glitzernden Wasser der karibischen Endeavour Bay. Konzentriert darauf, nicht vom Brett zu fallen, streckt sie die Zunge ein wenig heraus. Sexy! In letzter Zeit habe ich diese Zunge ziemlich oft zu sehen bekommen – beim Stand-up-Paddeln, Pokern, Poolbillard, Gebrauch von Essstäbchen, vor mir auf den Knien …

Tja.

Die Vorstellung, wie meine Frau ihre Lippen um meinen steifen Schwanz schließt und daran saugt, zeigt sofort deutliche Wirkung. Ich verändere meine Position auf dem Paddelbrett, um mich unter Kontrolle zu bringen. Dabei verliere ich das Gleichgewicht und falle mit peinlich lautem Platschen in die Fluten.

Als ich wieder auftauche, lacht Alessia. Über mich.

Sie trägt einen knappen, leuchtend grünen Bikini, den wir beim örtlichen Label Pink House erworben haben. Ihr Körper ist rundum knackig braun. Sie sieht zum Anbeißen aus, aber sie lacht über mich.

Na schön. Kampfansage!

Ich ergreife das Paddel, schwinge mich aufs Brett und verfolge sie mit irrem Grinsen.

Kreischend wendet sie sich in Richtung Ufer.

Nichts wie hinterher!

Ich erreiche sie, kurz bevor das Wasser flach wird, springe vom Brett, packe sie und ziehe sie ins kühle Nass.

Sie stößt einen erstickten Schrei aus und taucht wenig später hustend, prustend und lachend an einer Stelle wieder auf, an der ich stehen kann. Ich nehme sie in die Arme und küsse sie.

Leidenschaftlich.

Sie schmeckt nach Glück und Sonne und kristallklarem Meerwasser. Nach meiner geliebten Frau. »Schon besser«, murmele ich an ihren Lippen.

»*Je trap fare!*« Sie versucht, sich mir zu entwinden, doch ich lasse sie nicht los.

»Schätze, das war kein Kompliment.« Ich drücke meine Nase gegen ihre.

»Ich habe gesagt, du bist ein Arschloch«, gesteht sie kichernd.

»Aha, gibt's also wieder Dirty Talk?«

»Ich lerne von dir.«

»Hm … und bin ich ein guter Lehrer?« Ich packe ihre Unterlippe mit den Zähnen und ziehe sanft daran.

Ihre dunklen Augen glänzen, ihre Wangen erröten unter ihrer Sonnenbräune. »Sag du es mir«, flüstert sie.

Ich grinse. »Kann nicht klagen.«

»Meine Großmutter hat immer gemeint, das beste Wörterbuch für eine Fremdsprache ist ein Liebhaber.«

Klar, ihre Großmutter hat ja einen Albaner geheiratet.

»Liebhaber, soso. Ehemänner zählen nicht?«

Sie schlingt die Beine um mich, wölbt die Hände um mein Gesicht und küsst mich – ganz Zunge und Lippen. Dabei vergräbt sie die Finger in meinen nassen Haaren. Ich drücke sie fest an mich. Wir sind Haut an Haut. Mein Körper reagiert sofort.

Werde ich je genug kriegen von meiner Frau?

Ich gebe mich ihrem Kuss hin, ihrer Zunge … ihrer Liebe.

Als wir beide Atem schöpfen, ist mein Schwanz steif und bereit für sie. »Wollen wir im Wasser ficken?«, flüstere ich, halb im Scherz. »Es ist niemand da.«

»Maxim!«, ruft Alessia schockiert aus, schaut jedoch sofort zum Ufer, wo sich einige Villen befinden. Weder am Strand noch im Meer ist jemand zu sehen. Sie schenkt mir ein kokettes Lächeln, küsst mich noch einmal und reibt sich an mir. Plötzlich gleitet ihre Hand in meine Badehose, und sie packt meinen mehr als bereiten Schwanz.

Wow, wir machen's tatsächlich!

Unsere Paddelbretter wippen neben uns auf dem Wasser, weil sie durch eine Schnur mit unseren Knöcheln verbunden sind. Sie bieten so etwas wie minimalen Sichtschutz. Ich schiebe Alessias Bikiniunterteil beiseite und gleite in sie hinein. Sie presst sich an mich; ihre Zähne spielen mit meiner Unterlippe.

Ah!

Die Wellen lecken sanft an uns, als ich mich langsam in ihr zu bewegen beginne. Sie reckt mir ihre Hüften entgegen und findet schon bald einen lebhaften Rhythmus. Es dauert nicht lange, dann verlieren wir uns darin. Miteinander. Unser Atem vermischt sich, wir schließen die Augen, öffnen sie wieder und verschlingen einander voller Gier.

Sie ist verflucht heiß.

Als sie kommt, wirft sie stöhnend den Kopf in den Nacken und nimmt mich im klaren blauen Wasser der Karibik mit zum Höhepunkt.

Es ist unsere letzte Nacht hier. Die Kerzen flackern leicht im Wind, als wir in der luftigen Gartenlaube eine köstliche Mahlzeit des Kochs genießen. Alessia trinkt einen Schluck Rosé und blickt zum fahlen Himmel über dem Horizont. Die Sonne ist längst untergegangen, nur noch am Rand der Erde ist ein Hauch des verklungenen Tages wahrzunehmen. Alessia trägt ein grünes Seidenkleid, wieder von Pink House; sie hat die Haare zurückgebunden, einige lose Strähnen rahmen ihr wunderschönes Gesicht. In ihren Ohren glänzen die Perlenohrringe, die ich ihr in Paris gekauft habe. Sie sieht wie eine echte Countess aus.

Meine Countess.

Ich strecke die Hand über den Tisch aus und ergreife die ihre.

»Na, wie gefällt es dir?«

Sie sieht mich mit ihren dunklen Augen an, die im Licht der Kerzen schimmern.

»Es ist wunderschön.« Ihre Stimme klingt belegt.

»Was ist?«

»Müssen wir zurück?«

Ich lache. »Leider ja. Ich glaube nicht, dass wir die Gastfreundschaft meines Onkels länger beanspruchen können als eine Woche.«

Mein Onkel Cameron, der Bruder meines Vaters, war das schwarze Schaf seiner Generation. Nach einem Riesenkrach mit meiner Mutter und meinem Vater, der sich vor Kits Geburt ereignete, ist er seinerzeit nach L. A. abgehauen und hat sich dort ein Leben als Künstler aufgebaut. Ende der Achtziger hat er die amerikanische Kunstwelt im Sturm erobert, und heutzutage wird sein Name im selben Atemzug genannt wie der von David Salle und Jean-Michel Basquiat. Er wohnt in den Hollywood Hills und nennt zwei Anwesen auf Mustique sein Eigen.

Auf einem davon befinden wir uns. Es handelt sich um eine von Oliver Messel gestaltete bildschöne Strandvilla mit dem hübschen Namen Turquoise Waters. Mein Onkel war entzückt, als ich gefragt habe, ob Alessia und ich unsere Flitterwochen hier verbringen könnten.

Gratuliere, Maxim, mein lieber Junge. Ich freue mich sehr für dich. Natürlich kannst du in die Villa. Das ist mein Hochzeitsgeschenk für euch.

Ich bin seit meiner Teenagerzeit nicht mehr hier gewesen, als meine Mutter Maryanne und mich nach dem Tod unseres Vaters widerwillig zu Onkel Cameron ließ. Zwischen ihnen herrscht böses Blut, so böses Blut, dass Cameron sowohl bei der Beerdigung meines Vaters als auch bei der von Kit bloß kurz vorbeischaute. Hinterher haben wir nur ein paar Worte gewechselt. Ich weiß nicht, ob er uns nicht mag oder ob Rowena ihn nicht leiden kann, weil er ihr so ähnlich ist – er teilt ihre Leidenschaft für junge Liebhaber – oder er sich von ihr keinen Bockmist anhören will.

Egal, jedenfalls reden sie nicht miteinander. Nie.

Es war schwierig, nach Mustique zu kommen. Mit Alessia konnte ich nicht über Miami fliegen, weil sie dazu ein amerikanisches Visum gebraucht hätte, und es war keine Zeit, das zu beantragen. Ich wollte nicht über London, und so reisten wir schließlich über Paris nach Martinique, dann mit der Fähre nach Castries, und von dort flogen wir nach Mustique.

Für Alessia war es der erste Flug ihres Lebens.

Die Heimreise wird sich weniger kompliziert gestalten.

»Wie schön, dass dein Onkel einen kleinen Flügel hat. Dieser Ort ist magisch«, flüstert Alessia.

Ich küsse ihre Hand. »Mit dir ist er es, ja.«

Da taucht unser Butler Bastian auf. »Darf ich abservieren, Mylord?«, fragt er.

»Danke.«

»Einen Digestif?«

»Alessia?«

»Mir reicht der Wein, danke, Bastian.«

»Mylord?«

»Einen Cognac, bitte.«

Er nickt und räumt unsere Dessertteller ab.

»Alessia, dich beschäftigt doch etwas.«

»Ich weiß nicht, was zu Hause in London von mir erwartet wird.«

Ich drücke seufzend ihre Hand. »Offen gestanden weiß ich das auch nicht.« Ich habe nicht die geringste Ahnung, was Caroline und meine Mutter so treiben. Nun wünschte ich, ich hätte mich früher dafür interessiert. »Aber keine Sorge, das finden wir schon raus.«

Sie entzieht mir ihre Hand und legt sie in den Schoß. »Ich habe Angst, dass ich mit dem falschen Messer esse oder zu einem deiner Freunde etwas sage, das dir peinlich ist.«

Scheiße.

»Und es wird Personal geben wie hier«, fügt sie hinzu.

»Daran wirst du dich gewöhnen.«

»Du bist daran gewöhnt, weil du schon dein ganzes Leben lang Hausangestellte hast.«

»Das stimmt.«

»Ich aber nicht.«

»Hey, du schaffst das. Hier kommst du doch auch mit Bastian, dem Koch und der Haushälterin zurecht. Mach einfach weiter wie bisher.«

Alessia runzelt die Stirn. »Ich bin unversichert.«

Ich schmunzle. »Verunsichert. Das hast du nicht nötig. Du wirst das schon hinkriegen. Mit deinen Eltern hast du in weniger als einer Woche eine große Hochzeit organisiert. Du besitzt sämtliche Fähigkeiten, die du brauchst.«

Er nimmt Alessias Hand, und sie lässt sich bereitwillig auf seinen Schoß ziehen, wo er die Arme um sie legt und die Nase in ihren Haaren vergräbt. »Außerdem …«, flüstert er, »… wer gibt schon einen verfickten Scheiß drauf, was andere Leute denken?«

Alessia kichert. »Du scheinst diese Ausdrucksweise zu mögen.«

»Ja, und du lernst auch von Tag zu Tag dazu. Das ist mir in diesem Urlaub aufgefallen.«

»Weil ich in Gesellschaft von jemandem bin, der gepflegtes Englisch spricht – mal abgesehen von den Flüchen.«

Maxim lacht. »Ich weiß, dass dir mein Dirty Talk gefällt.«

Er trägt ein lockeres weißes Baumwollhemd und eine Leinenhose. Seine Haare wirken wie von der Sonne geküsst, und seine grünen Augen funkeln im flackernden Licht der Kerzen.

Maxim ist zum Anbeißen.

»Ihr Cognac, Mylord«, sagt Bastian, der mittlerweile zurückgekehrt ist.

»Danke.«

»Ich habe mir erlaubt, zwei Liegestühle zum Strand hinunterzutragen und ein Feuer anzuzünden.«

»Danke, Bastian. Dann gönnen wir uns noch einen letzten Ausflug mit dem Stand-up-Paddel im Mondschein.«

Alessia klettert von Maxim herunter. Er nimmt ihre Hand und seinen Cognac und geht mit ihr die Stufen zum Strand hinunter, wo Bastian eine kleine Laube für sie aufgestellt hat.

An den vier Ecken brennen Fackeln, die Flammen flackern in der abendlichen Brise.

Über den Liegestühlen und Kissen liegen Decken. Alessia setzt sich in den einen, und Maxim macht es sich in dem daneben bequem. Er ergreift noch einmal ihre Hand und hebt sie an seine Lippen. »Danke für die wundervollen Flitterwochen.«

Sie lacht. »Nein, Maxim. Ich danke dir. Für alles.«

Er küsst ihre Handfläche, dann ihre Ringe und lehnt sich zurück. Sie blicken hinaus aufs dunkle Wasser, das im Licht des abnehmenden Mondes schimmert. Die Laubfrösche quaken ihnen ein Abendständchen, begleitet vom Knistern und Zischen des Feuers im Metallbehälter und dem leisen Geräusch der karibischen Wellen. Alessia holt tief Luft, atmet den Duft der Tropen ein – den üppig erdigen Geruch des Regenwaldes und den salzigen des Meeres – und versucht, sich die Szenerie einzuprägen. Über ihnen spannt sich ein spektakulärer Sternenhimmel.

»Wow, so viele Sterne«, murmelt Alessia.

»Hm …« Maxim schaut ebenfalls hinauf.

»Hier sehen sie anders aus als zu Hause.«

»Hm …«, brummt er noch einmal.

Während sie den Nachthimmel betrachtet, hat sie das Gefühl, dass die Vorsehung ihnen diese beeindruckende Lichtershow bietet, um all das wiedergutzumachen, was Maxim und sie vor der Hochzeit erdulden mussten.

Alessias Herz ist übervoll.

Dies ist nun ihr Leben.

Sie muss sich selbst kneifen.

Er hat ihr die Sehenswürdigkeiten von Tirana gezeigt, sie nach Paris entführt und an diesen magischen Ort.

Womit hat sie das verdient?

Sie hat sich in ihn verliebt. In ihren Mister … Nein, ihren Lord.

»Wollen wir tanzen?«, reißt Maxim sie aus ihren Träumen. Er legt sein Smartphone auf die Armlehne seines Stuhls und gibt ihr einen AirPod. Einen steckt er sich ins Ohr, sie tut es ihm mit dem anderen gleich. Dann drückt er auf »Play«, und sie vernimmt die vertrauten Klänge von Ry X.

Maxim breitet die Arme aus. Sie schmiegt sich an ihn, und sie beginnen, sich im Sand zur Musik zu bewegen.

»Das war unser erster Tanz«, flüstert Maxim.

Daran erinnert er sich! Alessia ist entzückt.

»Der erste von vielen«, flüstert sie zurück, streichelt sein Gesicht und küsst seine Lippen.

Sie reiten auf den Wogen der Leidenschaft. Geben und nehmen. Sind eins. Alessia krampft die Hände um das Laken, ihr Körper ist feucht vom Schweiß … ihr Schweiß … sein Schweiß. Maxim stößt einen Schrei aus, als er kommt, und erstarrt. Sie erreicht den Höhepunkt fast gleichzeitig und schreit, sich vor Lust aufbäumend, ebenfalls auf. Als er auf sie sinkt, schlingt sie die Arme um seinen Nacken.

»Alessia«, raunt er und küsst sie auf die Stirn, sobald er wieder bei Sinnen ist.

Sie streichelt sein Gesicht, zeichnet mit dem Finger die Konturen seiner Lippen nach. Lippen, die ihren Körper liebkost haben.

Überall.

»Wird es immer so sein?«, fragt sie.

»Nein«, antwortet Maxim und küsst sie noch einmal auf die Stirn. Als er aus ihr herausgleitet, zuckt sie zusammen. »Hab ich dir wehgetan?«, erkundigt er sich besorgt.

»Nein, mir geht's gut.« Sie grinst. »Mehr als gut.«

»Mir auch.«

Das Schlafzimmer ist mit weißem Holz, schlichten Möbeln und dezenten Kunstwerken ausgestattet. Ein Himmelbett mit Moskitonetz beherrscht den Raum. Alessia findet das Netz romantisch – darunter liegen sie wie in ihrem eigenen kleinen Himmelskokon.

Als ihr Puls sich beruhigt, kommt ihr ein Gedanke, der ihr seit der Hochzeit keine Ruhe mehr lässt.

»Was ist?« Maxim liegt nackt neben ihr, die Arme um ein Kissen. Seine grünen Augen, die aus seinem gebräunten Gesicht leuchten, sind auf sie gerichtet.

Sie betrachtet die Tätowierung seines Familienwappens auf seiner Haut und zieht die Linien mit dem Finger nach, während sie überlegt, wie sie es formulieren soll.

»Was ist?«, fragt er noch einmal und streicht ihr eine feuchte Haarsträhne hinters Ohr.

»Nun … es geht um etwas, was deine Schwester mir bei der Hochzeitsfeier gesagt hat.«

Scheiße. Was?

Meine Muskeln spannen sich an. Was hat Maryanne meiner geliebten Alessia mitgeteilt?

»Sie hat gesagt: ›Bekehrte Schwerenöter geben die besten Ehemänner ab.‹« Alessias dunkle Augen funkeln im gedämpften Licht.

Ich überlege, was ich erwidern soll.

»Aus den Romanen von Georgette Heyer weiß ich, was ein Schwerenöter ist«, fügt sie hinzu.

»Und?«

»Hält deine Schwester dich für einen Schwerenöter?«

»Alessia, wir leben im einundzwanzigsten Jahrhundert, nicht im achtzehnten.«

Sie mustert mich, nagt an ihrer Oberlippe.

Teufel. Fällt sie ein Urteil über mich?

Und kommt zu dem Schluss, dass ich ihr nicht genüge?

Keine Ahnung. Ich halte den Atem an.

»Wie viele Frauen?«, fragt sie schließlich.

Ah. Mir sinkt der Mut. Daher weht der Wind also. »Warum interessiert dich das?«

»Ich bin neugierig.«

»Ehrlich gesagt weiß ich es nicht. Ich habe nicht mitgezählt.«

»Viele?«

»Viele.«

»Zehn? Hundert? Tausend?«

Ich verziehe das Gesicht. *Tausend! Gütiger Himmel.* Das glaube ich nicht.

»Mehr als zehn, aber keine hundert. Keine Ahnung.« Eine kleine Notlüge.

Es dürften eher Hunderte gewesen sein, Alter.

Ich kann nur hoffen, dass sie mir glaubt und mich nicht in völlig neuem Licht sieht. Es war ja nur Sex. »Hey.« Ich schmiege mich enger an sie. »Niemand, seit ich dich kenne.«

»Auch nicht die Witwe?«, flüstert sie.

In ihren Worten schwingen Angst und Misstrauen mit. Zorn auf meine Schwägerin mit dem losen Mundwerk steigt in mir auf.

Verfluchte Caro!

»Nein. Niemand, seit ich dich mit dem Besen in der Hand in meinem Flur gesehen habe.«

Ich habe nicht den blassesten Schimmer, was sie denkt. Als Alessia offenbar zufrieden mit meiner Antwort nickt, atme ich erleichtert aus.

Dem Himmel sei Dank dafür.

Ich ziehe sie näher zu mir heran. »Es gab vor Alessia, und danach ist der Rest meines Lebens mit dir. Das allein zählt.«

Als die Morgendämmerung über ihrem kleinen Teil des Paradieses hereinbricht, sitzt Alessia zusammengerollt in einem der Sessel und sieht Maxim beim Schlafen zu. Er liegt nackt mit dem Gesicht nach unten auf dem Bett, die Beine im Laken verheddert, wie das allererste Mal, als sie ihn erblickte … was noch gar nicht so lange her ist.

Damals war sie schockiert, aber auch fasziniert von den definierten Muskeln seines athletischen Körpers. Inzwischen kennt sie jeden einzelnen davon. Wie jung und entspannt er im Schlaf wirkt! Die Linie von seinem Rücken zu seinem knackigen Po ist gut zu erkennen. Am liebsten würde sie in dieses Hinterteil hineinbeißen. Schockiert über ihre lüsternen Gedanken nippt sie an ihrem schwarzen ungesüßten Kaffee und genießt den bitteren Geschmack und den herrlichen Anblick ihres Mannes.

Soll sie ihn wecken?

Ein Weckruf?

Das würde ihm gefallen. Ihr Unterleib zieht sich voller Vorfreude zusammen.

Alessia!, hört sie die mahnende Stimme ihrer Mutter.

Mama, er ist mein Mann.

Heute reisen sie zurück nach England.

Ihr neues Zuhause.

Wo sie seiner Familie, seinen Freunden und seinen Arbeitskollegen gegenübertreten muss. Sie kann nur hoffen, dass sie ihren Ansprüchen genügt.

Und sie wird sich eine Beschäftigung suchen müssen.

Was von ihr erwartet wird, weiß sie nicht.

Wahrscheinlich kann sie deshalb nicht schlafen. Weil sie nervös ist und Angst hat.

Da regt sich Maxim. Er streckt den Arm zu ihrer Seite des Betts aus. Als er sie nicht ertastet, schaut er sich nach ihr um. Seine grünen Augen leuchten im sanft rosafarbenen Licht der Morgendämmerung.

Alessia stellt die Kaffeetasse ab, hebt das Moskitonetz an und legt sich zu ihm.

»Da bist du ja«, murmelt er und zieht sie in seine Arme.

Wir kommen kurz nach acht Uhr morgens in Heathrow an, verlassen die British Airways Boeing 777, die uns von St. Lucia hierhergebracht hat, und werden am Ende des Rüssels von einer Dame des VIP-Service empfangen. Sie fährt mit uns im Lift nach unten. Dort wartet ein schnittiger schwarzer 7er BMW auf uns. Die Dame öffnet den Kofferraum und lädt unser Handgepäck hinein. Dann hält sie uns die hintere Beifahrertür auf, und wir steigen ein und versinken in den tiefen Ledersitzen.

»Erstaunlich«, bemerkt Alessia beeindruckt.

Ich zucke mit den Achseln. »Auf das Gedränge an der normalen Passkontrolle habe ich keine Lust.«

Die Dame steigt ebenfalls ein und chauffiert uns über das Flughafengelände zum VIP-Bereich.

»Jetzt brauchst du gleich deinen Pass«, informiere ich Alessia.

Der Grenzbeamte wirft nur einen flüchtigen Blick in meinen Ausweis, inspiziert den von Alessia jedoch genauer.

Ich halte den Atem an.

Er betrachtet ihr Gesicht und vergleicht es mit dem auf

dem Foto, dann drückt er einen Stempel in ihren Pass. »Willkommen im Vereinigten Königreich, Miss«, begrüßt er sie.

Ich atme erleichtert aus.

Sie ist hier! Ganz legal! Hurra!

Alessia bedankt sich mit einem strahlenden Lächeln. Wir folgen unserer Dame vom VIP-Service in eine der bequemen, stylish eingerichteten Suiten, um auf unser Gepäck zu warten.

»Ihr Butler wird gleich hier sein und Ihre Frühstücksbestellung aufnehmen. Innerhalb der nächsten zehn Minuten sollten wir wissen, wann Ihr Gepäck zu erwarten ist. Falls Sie eine Toilette benötigen: Sie befindet sich gleich hinter Ihnen. Wenn Sie irgendetwas anderes brauchen, drücken Sie einfach auf diesen roten Knopf.« Sie deutet darauf.

»Danke.«

Nachdem sie sich mit einem freundlichen Lächeln verabschiedet hat, reiche ich Alessia die Speisekarte. »Hast du Hunger?«

Sie schüttelt den Kopf.

»Ich auch nicht. Konntest du schlafen?«

Alessia nickt und sieht sich um. »In einem solchen Raum bin ich noch nie gewesen. Kommst du immer so in Heathrow an?«

»Ja.« Ich küsse sie auf die Haare. »Gewöhn dich dran.«

»Ich glaube, das wird eine Weile dauern.«

Ich zucke mit den Achseln. Da klopft es an der Tür, und der Butler tritt ein.

»Guten Morgen, Lord Trevethick. Darf ich Ihnen Frühstück und etwas zu trinken bringen?«

Sie sitzen wieder in dem teuren schwarzen Wagen, in dem ein Mann im schicken Anzug sie nach London chauffiert. Während sie auf der Autobahn dahinbrausen, betrachtet Alessia die Skyline und entdeckt die Brentford Towers.

Magda! Michal!

Sie fragt sich, wie es ihren Freunden in Kanada wohl geht. Alessia hat die Telefonnummer von Magda nicht, aber vielleicht kann sie über Facebook Kontakt mit Michal aufnehmen. Jener Teil ihres Lebens erscheint ihr sehr weit weg, obwohl er erst ein paar Wochen her ist. Nun fährt sie nach einem Urlaub auf der paradiesischen Insel Mustique mit ihrem geliebten Ehemann in einem schicken Wagen nach London.

Womit hat sie so viel Glück verdient?

Maxim verschränkt seine Finger mit den ihren. »Kommt mir wie eine Ewigkeit vor, dass wir hier waren«, bemerkt er ein klein wenig wehmütig.

»Ja.« Alessia ist überwältigt und ein bisschen neben der Spur, als befände sie sich in einem Traum und würde jeden Moment in der grässlichen Realität erwachen.

Er hebt ihre Hand an seine Lippen, drückt zärtlich einen Kuss darauf. »Wir sind bald daheim. Dann muss ich ein Nickerchen machen.«

»Hast du überhaupt geschlafen?« Sie sind erster Klasse geflogen, wo sich die Sitze zu komfortablen Betten zurückklappen ließen.

»Nicht viel. Der Flug war ziemlich laut. Aber hauptsächlich lag's daran, dass ich mich so darauf freue, dich nach Hause zu bringen.«

Alessia lächelt. Wie durch Zauberhand verschwinden ihre Bedenken.

Als der schwarze Wagen vor Maxims Haus am Chelsea Embankment hält, öffnet der Chauffeur Alessia die Tür. Dann holt er das Gepäck aus dem Kofferraum und stellt es im Foyer ab. Maxim gibt ihm ein großzügiges Trinkgeld, ergreift ihre Taschen und geht damit zum wartenden Aufzug. Er betritt ihn mit Alessia, die Türen schließen sich. Nun sind sie mit dem Gepäck allein. Während Maxim auf den Knopf für das oberste Stockwerk drückt, wandert der Blick seiner smaragdgrünen Augen zu ihr. Alessia verschlägt es den Atem.

Er legt sanft die Hände um ihr Gesicht. »Du bist in Sicherheit. Wir sind zu Hause.« Er küsst sie, ein langer, zärtlicher, dankbarer Kuss. Als seine neckende Zunge ihre findet, wallt Begierde in Alessia auf. Ihr Körper ist so auf seinen eingestellt, dass sie ihn will. Jetzt. Hier. Maxim drückt sie gegen die Wand; sie spürt seine Erektion an ihrem Unterleib, stöhnt auf, presst sich an ihn und erwidert seinen Kuss voller Leidenschaft.

Da hält der Lift, die Tür öffnet sich, und sie verlassen ihn eng umschlungen.

Wird sie je genug von ihm kriegen?

»Maxim, wie schön, Sie zu sehen. Waren Sie weg?«

Die alles andere als zarte Stimme von Mrs. Beckstrom stört uns beim Knutschen, das, wie ich hoffe, noch vor unserem Nickerchen zu heißem Sex führen wird. Alessia ist genauso verdutzt wie ich. Ich schiebe Alessia vor mich, um meine deutlich sichtbare Erregung zu verbergen.

»Mrs. Beckstrom. Und Heracles.« Ich bücke mich und streichle ihren nervigen Schoßhund. Woraufhin er böse die Zähne bleckt. »Wie geht es Ihnen? Darf ich Ihnen meine Frau Alessia vorstellen?«

»Ach, wie schön.« Mrs. Beckstrom streckt der nach wie vor atemlosen Alessia die Hand hin.

»Freut mich, Sie kennenzulernen.«

»Sie sind sehr hübsch, meine Liebe. Ihre Frau, sagen Sie, Maxim?«

»Ja, Mrs. Beckstrom.«

»Dann haben Sie also endlich geheiratet. Gratuliere. Das kommt ziemlich überraschend. Sind Sie denn guter Hoffnung, meine Beste?«

Herrgott! Als ich unser Gepäck aus dem Aufzug hieve, wage ich nicht, Alessia ins Gesicht zu schauen.

»Nein, Mrs. Beckstrom«, antwortet Alessia hastig und errötet unter ihrer Karibikbräune.

»Mal sehen, ob ich das ändern kann!« Ich zwinkere Mrs. Beckstrom zu. Alessia wird noch tiefer rot.

»Tja, dann wünsche ich euch jungen Leuten noch viel Vergnügen. Heracles und ich machen jetzt unsere Morgenrunde.« Sie tritt in den Lift und drückt auf den Knopf fürs Erdgeschoss.

Sobald die Türen geschlossen sind, bricht Alessia in Lachen aus, und ich falle ein. »Tut mir leid.«

»Sie ist, wie hast du das ausgedrückt? Exzentrisch.«

»Ja, allerdings. Eins ist jetzt noch zu erledigen.« Als ich sie hochhebe, kreischt sie überrascht auf. Mit Alessia in den Armen schiebe ich den Schlüssel in die Wohnungstür, öffne sie und trete mit ihr über die Schwelle.

Drinnen setze ich sie auf dem Boden ab und küsse sie in der Hoffnung, das fortführen zu können, was wir im Aufzug begonnen haben. Da merke ich, dass die Alarmanlage nicht eingeschaltet ist. Nun sehen wir das Transparent mit der Aufschrift »Willkommen daheim« am Ende des Flurs.

Und plötzlich tauchen Caroline, Tom, Joe, Maryanne und Henrietta auf. »Überraschung!«, rufen sie.

Fuck.

ZEHN

Alessia und ich stehen benommen und müde von der Reise im Flur. Als Carolines Haushälterin Mrs. Blake mit einem Tablett voller Getränke an der Küchentür auftaucht, verschlägt es mir die Sprache.

Was ist das wieder für ein teuflischer Einfall?

»Willkommen daheim, Maxim, Alessia.« Mit einem Lächeln auf den Lippen tritt Caroline zögernd einen Schritt vor.

Hat sie was getrunken? Um diese Uhrzeit?

Das wäre ein sehr Caro-untypisches Verhalten.

»Hi«, sage ich verwirrt, als sie zuerst mich, dann Alessia umarmt.

»Willkommen zurück, Alessia«, zwitschert sie ein bisschen zu fröhlich.

»Hallo«, erwidert Alessia. Dem Zittern ihrer Stimme merke ich an, dass sie genauso durcheinander ist wie ich.

Meine Freunde begrüßen uns, während Mrs. Blake Drinks herumreicht. Buck's Fizz, Champagner oder frisch gepressten Orangensaft.

»Was für eine Überraschung. Nein, eigentlich eher ein Schock. Aber trotzdem danke«, sage ich leise zu Caro.

»Ich habe mir gedacht, ein Brunch wäre zur Feier des Tages als Willkommensgruß und Entschuldigung angemessen.« Sie zuckt verschmitzt mit den Achseln und nimmt sich ein Glas Champagner vom Tablett. Schätze, es ist nicht ihr erstes.

Mrs. Blake hält Alessia das Tablett mit einem – man kann es nicht anders beschreiben – feindseligen Lächeln hin. »Mylady.« Alessia bedankt sich und nimmt ebenfalls ein Glas Champagner.

In der Hoffnung, Mrs. Blakes kühlen Gesichtsausdruck falsch gedeutet zu haben, entscheide ich mich für einen Orangensaft.

Sie errötet. »Schön, dass Sie wieder da sind, Mylord.«

»Danke, Mrs. Blake. Ihnen und Mr. Blake geht es gut, nehme ich an.« Sie schenkt mir ein freundliches Lächeln. Vielleicht habe ich mir ihre Feindseligkeit Alessia gegenüber doch nur eingebildet. Allerdings hat sie uns nicht zur Hochzeit gratuliert, das fällt mir auf.

Maryanne legt die Arme um uns beide und schiebt uns in Richtung Wohnzimmer, wo der Tisch für den Brunch gedeckt ist.

Na schön.

Obwohl ich eigentlich nur mit meiner Frau ins Bett möchte.

Sie ficken und anschließend schlafen.

Toms Freundin Henrietta ist auch da, und das empfinde ich als Lichtblick. Verglichen mit Toms stets ein wenig düsterer Gereiztheit wirkt sie wie ein helles Leuchtfeuer.

»Ich freue mich für dich, Maxim. Gratuliere.« Sie umarmt mich.

»Henry, wie schön, dich zu sehen. Das ist meine Frau Alessia.«

Schmutz von der Reise klebt an Alessias Haut, aber sie ist hier, in Maxims Wohnung, mit … Gästen. Seinen Freunden. Eigentlich würde sie gern duschen und sich umziehen. Unter der klassischen schwarzen Jacke trägt sie ihr T-Shirt mit der Aufschrift *»It's better at Basil's«*, das Maxim ihr in einer Kneipe auf Mustique gekauft hat, und ihre Jeans. In Gegenwart seiner Freunde wäre sie gern ein bisschen eleganter gekleidet, aber sich jetzt zurückzuziehen wäre unhöflich.

Die anderen Frauen sind alle makellos gepflegt.

Besonders Caroline.

»Hallo, Alessia. Freut mich, dich kennenzulernen«, sagt Henry. Ihre Stimme klingt melodisch und freundlich, und sie hat das Gesicht eines Engels, eingerahmt von weichen sepiabraunen Locken. Der Blick ihrer goldbraunen Augen wirkt warm und aufrichtig.

»Die Freude ist ganz meinerseits.« Alessia fühlt sich in ihrer Gesellschaft sofort wohl.

»Da ist sie ja!«, ruft Tom aus und umarmt Alessia. »Hoffentlich behandelt er dich gut. Wenn nicht, ziehe ich ihm eins mit der Pferdepeitsche über.«

Alessia muss lachen. »Schön, dich wiederzusehen, Tom.«

»Wann bist du denn das letzte Mal bei einem Pferd gewesen?«, spottet Caroline. »Du spielst doch schon ewig nicht mehr Polo.«

Henry bedenkt Caroline mit einem Stirnrunzeln, woraufhin das Gespräch ins Stocken gerät. Alessia merkt, dass auch Maxim und Joe die Augenbrauen heben.

»Alessia«, begrüßt Joe sie ein paar Sekunden später und umarmt sie ebenfalls. »Du schaust toll aus. Hattet ihr eine gute Zeit? Wo seid ihr zwei eigentlich hingefahren? Maxim hat's uns nicht verraten.« Sein breites Lächeln, bei dem strahlend weiße Zähne zum Vorschein kommen, ist ansteckend. Wie immer trägt er einen schicken Anzug, das fällt Alessia auf.

Maxim schlingt den Arm um sie und drückt ihr einen Kuss auf die Haare. »Wir hatten eine wunderbare Zeit miteinander.

In Tirana und auf Mustique, wenn ihr's unbedingt wissen wollt.«

»Ja, das stimmt«, pflichtet Alessia ihm bei. »Und in Paris.«

»Das klingt himmlisch«, ruft Caroline aus. »Ich hoffe, ihr habt alle Hunger. Die gute Mrs. Blake hat gekocht wie eine Weltmeisterin.«

Sobald ich mich von meinem Schreck erholt habe, finde ich es eigentlich ganz nett, dass Caroline diesen Brunch organisiert hat. Es ist angenehm, nach unseren Flitterwochen meine Freunde wiederzutreffen und ihnen Alessia in einer so informellen Umgebung vorstellen zu können. Und über die Anwesenheit von Henry freue ich mich wirklich. Alessia wirkt einigermaßen entspannt, aber vielleicht ist sie auch nur müde. Immerhin isst sie ihren Toast mit Räucherlachs, Eiern und Avocado mit gutem Appetit und unterhält sich fröhlich mit Henrietta, die die seltene Gabe besitzt, anderen Leuten die Scheu zu nehmen.

Sogar Tom.

Maryanne erzählt mir, dass sie mit Rowena im Privatjet von Albanien nach Hause geflogen sind.

»Im Privatjet?«

»Ja.«

»Hm. Wer das wohl bezahlt?«

»Ich vermute mal, du«, antwortet Caro, die in ihrem Essen herumstochert.

Meine Mutter rechnet also nach wie vor alles über Trevethick Estate ab.

Aber nicht mehr lange.

»Deine Eltern haben wirklich eine tolle Hochzeit auf die Beine gestellt, Alessia. Sie war das bisherige Highlight des Jahres, das muss ich schon sagen«, schwärmt Tom.

»Wir haben erst März, Tom«, mischt sich Caro ein.

Er schenkt ihr keine Beachtung. »Sie hat mich inspiriert.« Tom strafft stolz und ein wenig aufgeblasen die Schultern. »Ich habe die Ehre zu verkünden, dass Henry, verrückt, wie sie nun mal ist, sich bereit erklärt hat, meine Frau zu werden. Wir sind jetzt offiziell verlobt.« Er strahlt Henrietta an, die sein Lächeln erwidert und auf reizende Weise errötet.

»Gratuliere, Bro.« Joe erhebt sein Glas. »Auf Tom und Henry!«

Alle gratulieren und umarmen und küssen die beiden abwechselnd.

»Du wirst deine Hochzeit mit Trevethick absprechen müssen, damit sie nicht auf den Termin fällt, wenn er das zweite Mal heiratet«, meint Joe und trinkt einen Schluck Champagner.

»Das zweite Mal?«, wiederholen Caroline und Maryanne unisono.

Verflucht.

»Äh ... ja.«

»Kannst du das denn?«, fragt Henry verblüfft.

»Ich hoffe es. Muss mich aber erst erkundigen. Wir wollen auch hier heiraten. Stimmt's, Alessia?« Ich strecke die Hand nach ihr aus. Sie ergreift sie. Als sie meinen panischen Gesichtsausdruck bemerkt, hebt sie leicht eine Augenbraue. Maryanne und Caroline wissen nichts über die fragwürdigen Umstände unserer Hochzeit und dass wir nicht die gängigen Regeln befolgt haben.

»Ja, natürlich«, antwortet Alessia. »Dann können alle Freunde von Maxim dabei sein. In Albanien haben wir meine Freunde und meine Familie bew... – bewirtet ...« Sie sieht mich an; vermutlich ist sie sich bei dem Wort unsicher. Ich nicke, und sie fährt fort. »Und jetzt ist Maxim dran. Wir wollen auch mit seiner Familie und seinen Freunden feiern.«

Alessia, du Wahnsinnsgöttin.

Carolines Augen verengen sich, wieder nippt sie an ihrem Champagner. »Noch eine Hochzeit? Wie schön. In London, Cornwall oder Oxfordshire?«

»Wir sind gerade erst von der letzten heimgekommen, Caro. Lass uns mal durchschnaufen«, erwidere ich.

Ihre Lippen werden schmal, doch sie hält den Mund. Sie wendet sich Alessia zu. »Natürlich können die Bediensteten sämtlicher Anwesen es kaum erwarten, dich kennenzulernen. Reitest du?«, erkundigt sie sich.

Alessia wirft mir einen kurzen lasziven Blick zu, woraufhin vor meinem geistigen Auge ein Bild der nackten Alessia auf mir, die Brüste hüpfend, der Kopf in den Nacken geworfen, die Haare offen über den Schultern, der Mund lustvoll geöffnet, ersteht.

Wow.

Wie erregend!

Meine süße, unschuldige Frau. *Dieser Blick war Absicht.*

»Nein«, antwortet Alessia.

Ich verberge mein spöttisches Lächeln. Caro sieht zuerst sie an, dann mich und schließlich wieder meine Frau. Fast erwarte ich, dass Alessia sagt: »Nur auf meinem Mann.« Gott sei Dank tut sie es nicht.

Kumpel, nun werd endlich erwachsen.

»Mal sehen, was sich da machen lässt«, murmelt Caro.

»Caroline ist wie ich leidenschaftliche Reiterin. Maxim hat damit weniger am Hut. Obwohl er und Kit natürlich Polo gespielt haben«, erklärt Maryanne.

»Du hast Pferde?«, fragt Alessia mich.

»Ja, wir haben welche. In Oxfordshire. Nur Geduld, die schauen wir uns noch an.«

Die schauen wir uns noch an. Wie meint er das?

»Auf den Anwesen«, sagt Maxim. »In Cornwall warst du ja schon. Wir haben ein weiteres in Oxfordshire. Und eins in Northumberland, doch das ist an einen Amerikaner verpachtet, der seine Millionen in der Techbranche gemacht hat. Warum er sich nichts Eigenes kauft, ist mir ein Rätsel.«

Alessia versucht, diese neue Information zu verarbeiten. Während der gesamten Flitterwochen hat er nichts von anderen Anwesen erwähnt.

Noch mehr Grund. Noch mehr Immobilien!

Wie reich ist mein Mann?

»Wir sollten allmählich gehen, damit die zwei ein bisschen Schlaf kriegen«, meint Tom. »Aber ich hätte da eine Bitte.«

Die Blicke aller richten sich auf ihn.

»Alessia, ich habe deine Darbietung am Klavier vor der Hochzeit verpasst, weil ich mit Thanas im Hotel war. Würdest du für uns spielen? Ich habe viel Gutes darüber gehört.«

»Ja, bitte!« Henrietta klatscht in die Hände. »Ich würde dich auch gern hören. Joe hat davon geschwärmt.«

Oh.

»Fühlst du dich dazu in der Lage? Du musst nicht«, versichert Maxim ihr.

»Schon gut. Du weißt doch, dass ich gern spiele.« Sie lächelt erfreut darüber, dass sie sich für Toms Hilfe in Albanien revanchieren kann, steht vom Tisch auf und geht zum Flügel. Dabei wird sie genau beobachtet, das spürt sie.

Warum ist sie so nervös?

Alessia klappt den Klavierdeckel auf, holt tief Luft, setzt sich auf den Hocker, wählt das Stück, das sie hören, und die Farben, die sie sehen möchte, legt die Finger auf die Tasten und schließt die Augen. Dann beginnt sie Rachmaninows

Arrangement von Bachs Partita Nr. 3 für Klavier zu spielen. Ihre Finger finden die Noten, begleitet von weichen Rosa- und Fliedertönen in ihrem Kopf. Die Musik erfüllt den Raum und sie, bis sie in ihr und den Farben versinkt.

Dieses Stück habe ich noch nie von ihr gehört. Wie immer geht mein Mädchen … meine Frau völlig in der Musik auf. Unsere Gäste lauschen gebannt. Ich liebe es, wie Alessia so in die Musik eintaucht. Sie absorbiert, nein beherrscht sie so sehr, dass sie uns nicht mehr wahrnimmt. Für sie existieren nur noch sie selbst, der Flügel und dieses herrliche Stück.

Während die letzte Note noch nachhallt, hebt sie die Finger von den Tasten.

Unsere Gäste beginnen zu klatschen und stehen auf.

»Alessia, das war grandios!«

»Wow!«

»Brava! Brava!«

Alessia lächelt scheu. Ich gehe zu ihr und lege meine Hände auf ihre Schultern. Sie drücken sie. »Meine Damen und Herren: meine Frau.« Ich gebe ihr einen Kuss. »Das war das Signal für den Aufbruch. Wir sind müde von der Reise.«

»Ja. Wir machen uns auf den Weg«, sagt Tom.

»Noch mal danke«, fügt Joe hinzu, als er das Wohnzimmer verlässt.

Mrs. Blake räumt die Küche auf. Ich danke ihr, bevor Alessia und ich unsere Gäste zur Wohnungstür begleiten. Dabei bemerke ich zu meiner Freude, dass meine Landschaftsfotos wieder gerahmt an den Wänden hängen.

Caro umarmt mich zum Abschied. »Geh um Himmels willen mit Alessia Kleider kaufen«, zischt sie mir ins Ohr. »Oder überlass das mir!«

Ich löse mich von ihr. »Wenn du meinst.«

»Schließlich ist sie eine Countess, keine Studentin. Führ sie zu Harvey Nichols.«

»Wie bitte?«, fragt Alessia.

»Geh mit ihm shoppen, Schätzchen.« Caro umarmt Alessia, lächelt freundlich und verlässt die Wohnung mit den anderen, während Alessia sich mir zuwendet. Bevor sie etwas sagen kann, rettet mich Mrs. Blake, die zur Tür kommt.

»Die Wäsche habe ich erledigt. Die Küche ist sauber und mit sämtlichen Lebensmitteln bestückt, die Sie bestellt haben. Nur die Geschirrspülmaschine müsste noch ausgeräumt werden.« Sie bedenkt Alessia mit einem verschlagenen Blick. »Ich hoffe, das ist kein Problem für Sie, Mylady.« Mrs. Blake schürzt die Lippen zu einem Lächeln, das ihr zu einem verächtlichen Grinsen gerät.

»Es reicht, Mrs. Blake.« Ich halte ihr die Tür auf.

Alessia legt beschwichtigend eine Hand auf meinen Arm, strafft die Schultern und hebt das Kinn an.

»Danke für Ihre Hilfe, Mrs. Blake.«

»Mylord. Mylady.« Mrs. Blake nickt unsicher und geht.

Gott sei Dank.

Maxims Gesicht wirkt wie versteinert, als er sich von der Haushälterin verabschiedet. Alessia freut sich, dass er Mrs. Blakes herablassenden Tonfall bemerkt hat. Er wendet sich ihr zu. »Schätze, ich muss ein Wörtchen mit Mrs. Blake reden.«

Alessia schlingt die Arme um Maxim und schmiegt sich an ihn.

Er hat es nicht nur bemerkt, sondern auch etwas gesagt.

Doch in Zukunft würde Alessia ihre Kämpfe gern selbst ausfechten. Bestimmt war dies nicht der letzte. Schließlich war Alessia seine Putzfrau, und sie kann Mrs. Blakes Ressentiments verstehen.

»Sie ist Carolines Bedienstete«, stellt Alessia fest.

»Wir sagen eher Angestellte. Bedienstete klingt ein bisschen … feudal.«

»Ich war deine Bedienstete«, flüstert sie.

Maxim reibt seine Nase an ihrer. »Und jetzt diene ich dir.« Seine Lippen finden ihren Mund. Er drückt sie gegen die Wand und küsst sie, bis sie fast keine Luft mehr bekommt. »Lass uns ins Bett gehen«, raunt er in jenem kehligen Tonfall, der direkt mit ihrem Unterleib kommuniziert.

»Ja«, wispert sie.

Maxim döst neben Alessia. Mit den entspannt geöffneten Lippen, den langen Wimpern und dem gebräunten Gesicht findet sie ihn wunderschön. Alessia staunt, wie jung er aussieht. Sie widersteht dem Impuls, ihn zu berühren, und schaut sich stattdessen im Zimmer um. Alessia hat keine Ahnung, wie viel Uhr es ist; draußen ist es noch hell. Als sie das letzte Mal in diesem Raum war, haben sie miteinander geschlafen, anschließend hat sie die Wohnung verlassen, und Anatoli hat auf sie gewartet.

Denk nicht an ihn!

Sie lenkt sich ab, indem sie das Zimmer aus ihrer neuen Perspektive als Maxims Ehefrau betrachtet. Mit seinen klaren Linien und der minimalistischen Einrichtung in gedämpften Silber- und Grautönen wirkt es maskulin. Das einzige üppigere Möbelstück ist der große goldgerahmte Spiegel an der Wand über dem Kopfteil des Betts. An der gegenüber hängen zwei Fotos von nackten Frauen, die der Kamera den Rücken zuwenden, weswegen sie keinen pornografischen

Eindruck machen. Trotzdem sind sie erotisch und sinnlich. Maxim sagt, sämtliche Fotos in der Wohnung stammen von ihm. Was heißt, dass er auch diese aufgenommen haben muss.

Schätzchen, er hat mit halb London geschlafen.

Alessia seufzt. Das weiß sie – schließlich hat sie den Beleg dafür jede Woche in seinem Papierkorb gefunden. Und dann war da noch die junge Frau in dem Pub in Cornwall. Alessia erinnert sich nicht an ihren Namen.

Aber wie viele Frauen waren in seinem Bett?

Ein Schauder läuft ihr über den Rücken.

Nicht daran denken!

In ruhigen Momenten wie diesem fragt sie sich, ob sie sich mit all jenen messen kann, die vor ihr kamen. Ja, buchstäblich vor ihr kamen. Sie schnaubt verächtlich über die Ironie ihrer Worte.

Der Gedanke widert sie an. Sie will weder weiter darüber nachgrübeln noch den ganzen Tag im Bett verbringen. Weil sie nicht müde ist, schlüpft sie leise ins Bad, um zu duschen und die letzten Spuren der Reise und ihrer fantastischen Flitterwochen wegzuwaschen.

Ich wache auf, weil ich die Dusche im Bad höre.

Alessia.

Nass und nackt.

Der Gedanke erregt mich. Ich springe aus dem Bett und geselle mich zu ihr.

Sie wäscht sich mit dem Rücken zu mir die Haare, die bis zur Taille, bis knapp über ihr herrliches Hinterteil, reichen. Ich trete hinter sie und helfe ihr sanft beim Einmassieren des Shampoos.

»Hm … das fühlt sich gut an«, seufzt sie.

Ich halte inne.

»Oh!« Alessia schmiegt ihren Körper an mich. Mein erigierter Schwanz ruht an ihrer Pofalte. Sie dreht den Kopf zu mir, schenkt mir ein strahlendes, verspieltes Lächeln und neckt mich, indem sie mit dem Hinterteil wackelt.

O Mann.

»Soll ich weitermachen?«

»Ja, bitte.«

Ich trage Shampoo auf ihre langen Locken auf und entwirre sie zärtlich. Sie hebt das Gesicht in das herunterprasselnde Wasser, um das Shampoo herauszuwaschen, während ich etwas von dem Duschgel in meine Hand spritze und die Finger aneinanderreibe, um es aufzuschäumen. Dann lasse ich sie sanft über die weiche Haut ihres Bauches und unter ihre Brüste gleiten und streiche mit den Daumenspitzen über ihre Brustwarzen. Alessia stockt der Atem. Sie drückt den Rücken durch und presst ihre Brüste in meine Handflächen.

Was für tolle Titten.

Eine Hand wandert über ihren Körper und zeichnet die Linien und Flächen ihrer Haut nach, während ich sie einseife. Die andere kreist um ihre hart werdenden Brustwarzen. Meine Finger spreizen sich dabei ein bisschen weiter als zu einer Oktave.

»Du hast wunderschöne Brüste, Alessia«, raune ich und ziehe mit den Zähnen an ihrem Ohrläppchen. Meine Finger wandern zu ihrem Geschlecht und ihrer Klitoris.

Sie stöhnt auf, lehnt sich zurück, legt ihre Hände um meinen Nacken, schmiegt den Rücken an meine Brust, wendet den Kopf nach hinten und berührt meine Lippen mit den ihren.

Wir küssen uns. Heiß und leidenschaftlich. Mein Glied ruht nach wie vor an ihrem Hinterteil.

Alessia vergräbt eine Hand in meinen Haaren, greift mit der anderen nach hinten und packt meinen aufgerichteten Schwanz. Sie legt die Finger um mich und fängt an, sie langsam auf und ab zu bewegen. Verdammt langsam. Sie foltert mich. Ich stoße zischend den Atem aus und drücke mich noch enger an sie, sodass sie mit dem Bauch gegen die dunklen Schieferfliesen gepresst wird. »Du bist sauber. Jetzt machen wir dich wieder schmutzig.«

Sie lässt mich los. Ihre Augen schimmern dunkel. Sie legt die Hände an die Fliesen.

»Wollen wir's hier drin machen?«, frage ich.

»Hm …«

»Ist das ein Ja?«

Als sie wieder mit dem Hinterteil wackelt, grinse ich. »Ich interpretiere das mal als Ja.«

Vorsichtig lasse ich einen Finger in sie hineingleiten. Sie ist feucht. Noch von vorhin? Von jetzt? Egal. Sie ist bereit. Für mich. Ich ziehe ihre Hüften näher zu mir heran. »Halt dich fest.« Langsam, damit sie das Gleichgewicht nicht verliert, schiebe ich meinen Schwanz in sie hinein.

Ja!

Ihre Hüften packend ziehe ich mich zurück und stoße wieder zu, genieße jeden verdammten Zentimeter meiner Frau. Sie stößt ein lautes Stöhnen aus, drückt sich an mich. Ich deute das als Ermutigung und nehme Tempo auf.

Schneller. Härter. Immer wieder stoße ich in sie hinein. Wir beginnen zu fliegen.

Ich spüre, wie ihre Scheidenmuskeln kontrahieren.

»Ah!«, kreischt sie und nimmt mich mit. Als ich komme, rufe ich ihren Namen …

Dann sinken wir unter dem herniederprasselnden Wasser miteinander zu Boden.

»Na, wie war das?« Maxim streicht ihr die nassen Haare aus dem Gesicht und küsst sie auf die Schläfe.

»Gut. Sehr gut.« Alessia grinst.

»Für mich auch. Ich denke, das wird meine neue Lieblingsbeschäftigung.«

»Es ist eine … äh … würdige … Ist das das richtige Wort? Eine würdige Beschäftigung.«

Er muss lachen. »Sogar sehr würdig.« Maxim legt die Arme um sie und zieht sie nahe zu sich heran. »Ich bin so froh, dass du hier bei mir bist, in Sicherheit.«

»Ich auch.«

»Wenn ich denke, was hätte passieren können …« Maxim verstummt.

Alessia küsst ihn. »Ich bin hier. In Sicherheit. Bei dir.«

Er küsst sie auf die Stirn. »Gut.«

Plötzlich taucht das Bild von Bleriana, einem der Mädchen, das mit Alessia in dem Lastwagen nach England war, vor ihrem geistigen Auge auf. Sie dachten, sie würden zum Arbeiten herkommen.

O Zot. Bleriana war erst siebzehn.

Alessia versucht, ihre Sorge und ihre Schuldgefühle beiseitezuschieben.

Konnte Bleriana ebenfalls fliehen?

Haben Dante und Ylli sie erwischt?

Schrecklicher Gedanke.

»Hey, was ist los?«, erkundigt sich Maxim.

Sie schüttelt den Kopf, bemüht sich, die Vorstellung loszuwerden. Alessia wird später darüber nachdenken, wenn sie allein ist, und Maxim nicht damit belasten.

Er hat genug getan.

»Ich glaube, ich bin jetzt wieder sauber«, meint sie schmunzelnd.

Er lacht. »Hast du Hunger?«

Sie nickt.

»Gut. Dann lass uns ausgehen, was essen.«

ELF

Sonntag, früher Morgen: Die Luft ist kühl und klar, an den Bäumen sind noch keine Blätter, als ich durch den Battersea Park laufe. Es ist diese besondere Tageszeit, in der der Park ausschließlich den Leuten mit Hunden und den Joggern gehört. Am Himmel hängen graue Regenwolken, doch der frische Wind bringt Energie; die Natur erwacht aus dem langen Winter, am Horizont lauert schon der Frühling. Während ich meinen Laufrhythmus finde, einen Fuß vor den anderen setze, klären sich meine Gedanken. Ich genieße es, draußen zu sein, peppiges Lo-Fi House in den Ohren, und die Londoner Luft einzuatmen. Das alles hat mir gefehlt.

Ich habe Alessia schlafend zurückgelassen, denn heute ist noch ein freier Tag – wir müssen lediglich auspacken und uns in der Wohnung einrichten.

Beim Laufen merke ich, dass ich in den letzten Wochen an nichts anderes gedacht habe als daran, Alessia zu finden, an die Hochzeit und schließlich an unsere Flitterwochen. Jetzt muss sich herausstellen, wie sich unser Eheleben gestalten wird.

Ich habe keine Ahnung.

Ich glaube, Alessia auch nicht.

Sollen wir in London bleiben?

Unsere Basis muss hier sein. Aber wir könnten unseren Hauptwohnsitz nach Cornwall oder Oxfordshire verlegen. Obwohl ich nicht weiß, wie Alessia Angwin finden wird, denn auf dem Anwesen gibt es mehr Personal als in Tresyllian Hall, weil es für die Öffentlichkeit zugänglich ist.

Vielleicht sollten wir Babys machen.

Einen Erben und einen weiteren möglichen Nachfolger.

Einen kleinen Jungen wie Alessia?

Ein kleines Mädchen wie Alessia?

Nein. Noch nicht.

Wir sind beide jung.

Morgen haben wir einen Termin bei dem Anwalt, der uns in puncto Visum helfen wird. Dann können wir weitere Entscheidungen treffen.

Ja.

Morgen wird ein wichtiger Tag. Also genießen wir den heutigen.

Als Alessia aufwacht, stellt sie fest, dass sie allein ist. Auf Maxims Kissen liegt ein Zettel.

> Bin beim Joggen.
> Komme bald wieder.
> Ich liebe dich. Mx

Bei dem Gedanken daran, wie sie früher seine verschwitzte Laufkleidung vom Boden aufheben musste, als er vom Joggen zurückkam, schmunzelt Alessia. Ihr fallen die Zettel auf dem Boden ein, auf denen für gewöhnlich Telefonnummern standen. Von Frauen?

O Zot.

Nicht darüber nachgrübeln, Alessia.

Sie streckt sich, fühlt sich gut erholt, als sie aufsteht. Es ist Zeit, auszupacken und die Wohnung sauber zu machen.

Wie früher.

Ihre gute Laune kehrt zurück.

Sie kann Frühstück für Maxim zubereiten, vielleicht mit Zupfbrot, vorausgesetzt, Mrs. Blake hat die Sachen eingekauft, um die sie sie von den Flitterwochen aus gebeten haben. Sie schlendert ins Bad, um zu duschen.

Maxim kehrt zurück, als sie gerade ihren Koffer im Gästezimmer auspackt. Fröhlich lächelnd, weil er wieder daheim ist, lauscht sie, wie er das Schlafzimmer betritt. Dann hört sie ihn den Flur entlang zur Küche und in den Wohnraum hasten.

»Alessia!«, ruft er, Panik in der Stimme.

O Zot! Nein!

»Maxim, ich bin hier!« Als sie aus dem Gästezimmer tritt, sieht sie ihn am Ende des Flurs stehen. Erleichtert fährt er sich mit der Hand durch die feuchten Haare.

»Bitte mach das nicht mit mir. Ich dachte … Ich dachte, du bist weg.« Ihm bricht die Stimme, er kommt auf sie zu.

»Ich …« Alessia fehlen die Worte. Sie wollte ihn nicht beunruhigen; es rührt sie, dass er sich solche Sorgen um sie macht. Aber warum glaubt er, dass sie verschwunden sein könnte? Ohne auf ihre Erklärung zu warten, zieht er sie fest an seinen verschwitzten Körper.

»Tu mir das nicht noch mal an«, wiederholt er und drückt ihr einen Kuss auf die Haare. »Als du das letzte Mal nicht da warst, hatte dieser Arsch dich entführt.«

Oh!

Er atmet heftig, und seine Lippen formen eine schmale Linie, weswegen sie vermutet, dass er nicht nur besorgt, sondern auch verärgert ist. »Ich gehe duschen«, teilt er ihr mit und marschiert in Richtung Schlafzimmer davon. Alessia bleibt mit ihren Schuldgefühlen im Flur zurück.

O Zot. O Zot. O Zot.

Sie wollte ihn nicht aus der Fassung bringen – hat einfach nicht nachgedacht.

»Scheiße«, murmelt sie, beschließt, mit dem Auspacken aufzuhören, und geht in die Küche.

Weil sie kein Nudelholz findet, rollt sie den Teig, den sie zu einem früheren Zeitpunkt vorbereitet hat, mit einer Weinflasche aus, zerschneidet ihn, formt aus den Teilen kleine Kugeln und gibt diese auf das einzige Backblech des Haushalts. Wenn sie in dieser Küche kochen soll, müssen sie ein paar Dinge einkaufen gehen. Ob Maxim bereit sein wird, Geld für so etwas auszugeben? Bisher haben sie überhaupt nicht über Finanzielles gesprochen – sie hat nur das, was sie sich mit Putzen verdient hat, und das wird weniger. Während ihrer Flitterwochen hat Maxim alles bezahlt. Ihr ist klar, dass sie irgendwann mit ihm über das Thema reden muss, hat jedoch keine Ahnung, wie sie das anstellen soll.

In Gedanken versunken schiebt sie das Backblech in den Ofen, wäscht die Schale aus, trocknet sie ab und deckt den kleinen runden Tisch für sie beide. Als sie nach dem Brot im Ofen sieht, merkt sie, dass Maxim sie beobachtet. Er lehnt, bekleidet mit einem langärmeligen weißen T-Shirt und der schwarzen Jeans mit dem Riss am Knie – ihrem Lieblingskleidungsstück – am Türrahmen. Seine Haare sind zerzaust und feucht, und seine grünen Augen leuchten aus seinem gebräunten Gesicht.

Er sieht umwerfend aus.

Und gehört ihr.

Maxim nimmt ihr den Atem, aber seine Miene ist undurchdringlich.

Sie schluckt. »Bist du wütend auf mich?«

»Nein. Ich ärgere mich über mich selbst.«

»Warum?«

»Weil ich überreagiert habe.«

Sie tritt zu ihm, so nahe, dass sie die Wärme seines Körpers auf ihrer Haut spürt. »Ich hätte dir sagen sollen, dass ich im Gästezimmer bin. Ich bin hier. In Sicherheit.«

Maxim hebt ihr Kinn leicht an, schaut ihr in die Augen. »Ich hatte … Angst.« Er küsst sie sanft auf die Lippen. »Und das Gefühl mag ich nicht.«

»Tut mir leid. Ich habe mir nichts dabei gedacht.« Sie umarmt ihn vorsichtig und schmiegt die Wange an seine Brust. Er stützt sein Kinn auf ihren Kopf, legt die Arme um sie und atmet ihren Duft ein.

»Du riechst herrlich«, raunt er.

»Du auch. So sauber.«

Als sie sein Lächeln spürt, entspannt sie sich. Er wölbt die Hände um ihr Gesicht. »Ich muss wissen, dass du in Sicherheit bist.«

»Ich bin in Sicherheit. Bei dir.«

Maxim küsst sie – sanft, zärtlich, feucht und warm, und sie gibt sich seiner geübten Zunge hin. Er lehnt Stirn an Stirn mit ihr, schnuppert. »Rieche ich da frisches Brot?«

Sie schmunzelt. »Ja. Zupfbrot.«

»Dein Vater hat mich gewarnt«, erklärt er lächelnd.

»Mein Vater?«

»Ja. Er hat gesagt, du würdest mich mästen.«

»Ich werde nur sonntags backen.«

Maxim lacht; die dunklen Wolken sind verflogen. »Guter Plan.«

Alessia atmet durch. »Irgendwann werde ich hinausgehen und Lebensmittel einkaufen müssen.«

»Natürlich. Ich bin albern.« Er zieht den Schlüssel aus seiner Gesäßtasche, den er ihr vor noch nicht allzu langer Zeit gegeben hat. »Lass mich nur wissen, wo du bist. Bitte.«

Alessia nimmt den Schlüssel. »Danke.« Ihr Blick fällt auf den Lederanhänger. »Was ist Angwin House?«

»Unser Anwesen in Oxfordshire. Wenn du möchtest, können wir irgendwann diese Woche hinfahren. Oder auch heute.«

Er setzt sich an den Tisch, während Alessia ein Handtuch vom Haken nimmt, um das Brot aus dem Ofen zu holen. Dabei verarbeitet sie diese neue Information.

»Was hast du überhaupt im Gästezimmer gemacht?«

»Ich habe ausgepackt. Meine Kleider. In deinem Schrank ist kein Platz.«

»Verstehe. Wir sollten uns eine größere Bleibe suchen.«

Alessia sieht ihn mit großen Augen an.

»Trevethick Estate umfasst mehrere Immobilien«, beantwortet er ihre unausgesprochene Frage. »Ich rede mit Oliver. Mal sehen, ob was frei ist.«

Eine andere Bleibe? Einfach so?

»Was ist?«

»Wie viel Grund … äh … wie viele Immobilien besitzt du?«

»Ich persönlich: nicht viele. Sämtliche Immobilien des Trevethick Estate, und dazu gehören die drei großen Anwesen sowie ihre sämtlichen Aktivposten, sind Teil eines Treuhandvermögens. Der Trust ist der gesetzliche Eigentümer des Estate, und bisher waren Kit, Maryanne und ich die Treuhänder. Jetzt, da Kit nicht mehr ist, sind nur noch Maryanne und ich übrig. Und ich bin als der Earl der Nutznießer. Ergibt das einen Sinn?«

Alessia starrt mich verständnislos an.

»Es ist kompliziert«, räume ich ein, denn ich weiß, dass es wirklich verwirrend ist. »Das Unternehmen erwirtschaftet seinen Gewinn dadurch, dass es die zahlreichen Wohn- und Geschäftsimmobilien in seinem Besitz vermietet oder verpachtet.«

»Aha«, erwidert Alessia. »Und es ist deine Aufgabe, das alles zu ... verwalten?«

»Oliver, den du schon durch ein Autofenster kennengelernt hast, ist der Geschäftsführer des Trevethick Estate. Er kümmert sich um den laufenden Betrieb. Ich bin ... sein Chef. Früher war mein Bruder dafür zuständig. Er hatte ein Händchen fürs Geschäftliche. Ich lerne noch.« Meine Stimmung sackt in den Keller. Genau das ist ja mein Problem, seit ich diesen Titel trage. Ich wurde nicht für diese Aufgabe ausgebildet, während Kit die nötigen Qualifikationen besaß. Und nicht nur das. Er konnte so gut mit Geld umgehen, dass auch der Wert unserer persönlichen Portfolios stieg.

Verdammt, ich will jetzt nicht daran denken.

»Schau, es ist unser letzter Urlaubstag«, füge ich hinzu. »Wir wollen Spaß haben. Lass uns nach Angwin fahren. Das ist etwa zwei Stunden von hier. Wir sehen uns ein bisschen um. Und morgen machen wir uns ans Werk.« Ich greife nach dem Zupfbrot, das Alessia auf den Tisch gestellt hat. »Wir müssen ein neues Zuhause finden. Dafür sorgen, dass du eine Aufenthaltsgenehmigung bekommst. Zurück zur Arbeit.«

Die drei Worte, die ich nie aus meinem Mund zu hören erwartet hätte.

Ich schüttle spöttisch den Kopf, bestreiche das Brot mit Butter und sehe zu, wie sie schmilzt, bevor ich einen Klecks Johannisbeermarmelade darauf gebe. Dann beiße ich hinein.

Mein Gott, ist das lecker.

Alessia bringt mir eine Tasse Kaffee und setzt sich.

»Okay, ich würde Angwin gern sehen.«

Ich grinse. »Daran könnte ich mich gewöhnen.« Ich hebe ein Stück des fluffigen Brots, als wolle ich meiner Frau zuprosten.

»Du hast sowieso keine andere Wahl.« Alessia grinst.

»Aber du hättest eine. Du weißt, dass du das nicht zu tun brauchst. Wir könnten auswärts essen oder Personal einstellen.«

»Ich will es tun. Für dich. Es ist meine Aufgabe.«

Und da hätten wir es wieder, ihre Erziehung und die kulturelle Kluft zwischen uns. Ich kenne keine Frau, die so ist wie sie. Jahrelang hat sie die Männer in ihrem Leben bedient und kennt es deshalb nicht anders. Nie hätte ich gedacht, dass ich einmal eine Hausfrau aus Überzeugung heiraten würde. Wird das bei ihr immer so bleiben?

Zugegeben, ich mag es, von ihr versorgt zu werden.

Echt, jetzt, Alter?

Okay, ich liebe es, von ihr versorgt zu werden.

Aber ich will, dass Alessia selbst über ihr Leben bestimmt. Je schneller wir in ein größeres Haus ziehen, desto besser. Wir könnten eine Haushaltshilfe beschäftigen, damit sie die Hausarbeit los ist. Außerdem wird sie Hausherrin sein und Personal führen müssen.

Das ist eine ganz schöne Veränderung, Kumpel.

»Ich weiß nicht, was ich machen sollte, wenn ich nicht für dich kochen und putzen würde«, fügt sie hinzu, bevor sie in ihr gebuttertes Brot beißt.

»Ich bin sicher, dass du genug zu tun haben wirst, wenn wir dich erst mal als Countess eingeführt haben.«

Alessias Augen weiten sich. »Was meinst du damit?«

»Du wirst dich um das Personal und das Haus kümmern, Einladungen geben und außerdem Veranstaltungen besuchen müssen.«

Alessia schnappt nach Luft und starrt mich entgeistert an.

»Sorry.« Ich zucke mit den Achseln. »Das gehört nun mal dazu. Mach nicht so ein erschrockenes Gesicht. Du schaffst das.«

»Ich glaube, ich muss Unterricht nehmen«, ruft sie aus.

»Unterricht?« Wider Willen muss ich an das gönnerhafte Angebot meiner Mutter denken, sie zum Benimmunterricht zu schicken.

»Ja. Bestimmt gibt es dazu Bücher … oder eine Schule, wo ich …« Ihre Stimme erstirbt.

»Ist das dein Ernst?«

»Ja«, erwidert sie mit Nachdruck.

»Nun, da lässt sich bestimmt etwas finden. Falls du das möchtest. Wenn es deinem Selbstbewusstsein hilft.«

Sie lächelt. »Ja. Genau das brauche ich.«

»Bist du sicher?«

»Ich wurde nicht in dieses Leben hineingeboren und möchte dich nicht enttäuschen.«

Ich lache auf. »Eigentlich sollte ich das zu dir sagen. Du bist perfekt so, wie du bist. Aber wenn du wirklich willst, können wir uns um Unterricht kümmern.«

Alessia lächelt. Ihre Augen leuchten.

Benimmunterricht.

Woher wusste meine Mutter Bescheid?

»Ich packe aus«, wechsle ich das Thema, verärgert, dass meine Mutter recht behalten hat. »Anschließend können wir nach Angwin fahren. Einkaufen, Mittagessen, was immer du willst.«

Alessia nickt. »Ja, das wäre schön. Allerdings habe ich deine Kleider schon ausgepackt.«

»Oh, danke.«

»Ich würde gern einkaufen gehen. Wir brauchen Koch…, äh, …utensilien.«

»Daran hatte ich gar nicht gedacht. Ja, ich glaube, die brauchen wir tatsächlich. Ich bin nämlich kein sehr guter Koch.«

»Frühstück kannst du.«

Ich lächle und erinnere mich an unsere Zeit im Hideout. »Stimmt. Okay. Wahrscheinlich schauen wir uns am besten bei Peter Jones, also John Lewis, um. Ich habe noch nie solche Sachen eingekauft. Das können wir auch online erledigen. Und außerdem könnten wir dir neue Sachen kaufen. Apropos …«

Maxim steht auf, geht hinaus und kommt kurz darauf mit vier Kuverts zurück, die an Alessia Trevelyan adressiert sind. Alessia dreht sie neugierig hin und her.

Was könnte das sein?

»Ich habe mich während deiner Abwesenheit darum gekümmert. Bankkarten. Mit PIN. Die wirst du brauchen. Eine ist eine Debitkarte, die andere eine Kreditkarte.«

»Geld?«, sagt sie und starrt ihn an. »Für mich?« Sie kann es nicht fassen.

»Ja, für dich. Zauberkarten, wie du sie früher mal genannt hast. Sie haben keine Zauberkräfte, das möchte ich noch einmal betonen. Also bleib vernünftig.« Er grinst schief.

Und so einfach ist das Thema Geld geklärt.

»Danke«, sagt sie.

»Du brauchst dich nicht zu bedanken.« Maxim runzelt die Stirn. »Du bist meine Frau.« Und wieder einmal muss Alessia die Furcht zurückdrängen, die in ihr aufsteigt, weil sie solches

Glück gehabt hat. Vor allem wenn sie bedenkt, was alles hätte geschehen können. Als sie plötzlich Blerianas Bild vor Augen hat, verdüstern sich ihre Gedanken.

Wo ist sie?

Geht es ihr gut?

Wird Alessia sie wiederfinden?

»Ich spüle das Geschirr«, reißt Maxim sie aus ihren Grübeleien.

»Nein, nein, das wirst du nicht tun. Ich mache das.«

Maxim lacht. »Keine Widerrede. Ich weiß, wie man Geschirr spült. Und eine Spülmaschine einräumt. Und wenn ich fertig bin, statten wir Angwin einen Überraschungsbesuch ab.« Er steht auf, nimmt Teller und Kaffeetasse und geht damit hinaus.

Angwin schmiegt sich unweit von Chipping Norton in die Cotswolds. Ich biege von der Straße ab, lasse den Jaguar durchs Tor rollen und steuere, die majestätische, von Buchen gesäumte Auffahrt entlang, auf das Haus zu.

»Wow«, haucht Alessia beim Anblick des Hauses in all seiner palladianischen Pracht. Vier korinthische Säulen stützen das beeindruckende Giebeldreieck. Der honigfarbene Stein hebt sich von den kahlen Ästen der Bäume ab und beherrscht den gepflegten Garten.

»Ja, das ist Angwin.«

Als sie mich anlächelt, spiegelt ihr Gesicht die angemessene Ehrfurcht wider.

Ich biege in den Besucherparkplatz ein, der zu meiner Freude gut besetzt ist. Normalerweise würde ich hinter dem Haus bei den Ställen parken, doch ich möchte nicht, dass unser Besuch Aufsehen erregt. Schließlich habe ich mein Kommen nicht angekündigt, und ich möchte die frischgebackene Countess nicht überfordern. »Bereit?«, frage ich und schalte den Motor ab. Alessias Lächeln genügt mir als Antwort.

Nachdem wir ausgestiegen sind, nehme ich sie an der Hand, und dann schlendern wir die Auffahrt entlang zum Haus. »Schau mal, da drüben.« Ich deute nach links, wo der Weg zu dem belebten Gartencenter führt. Früher befand sich dort ein großer Küchengarten. Ich erkläre Alessia, dass es dahinter einen Kinderspielplatz und einen kleinen Streichelzoo gibt, der bei den Einheimischen und ihren Kindern ausgezeichnet ankommt. In den Schulferien haben wir auch viele Touristen hier. Einer unserer Farmpächter stellt uns Schafe, Kühe und Schweine zur Verfügung, und außerdem haben wir noch Alpakas und vier Esel, alles Tiere, die bei uns ein neues Zuhause gefunden haben. Maryanne engagiert sich sehr dafür.

»Keine Ziegen?«, fragt Alessia. Der Schalk funkelt ihr aus den Augen.

Ich lache. »Ich glaube nicht. Aber wir könnten nachsehen. Vielleicht schaffen wir ja eigens für dich welche an.«

An der kleinen Bude, wo Eintrittskarten verkauft werden, sitzt ein junger Mann, den ich nicht kenne. »Guten Tag«, begrüßt er uns.

»Zweimal fürs Haus bitte.« Das erscheint mir weniger kompliziert, als ihm zu erklären, dass das ganze Haus mir gehört.

Als der Mann mir zwei Eintrittskarten reicht, halte ich meine Kreditkarte ans Lesegerät.

Alessia lächelt. »Du musst Eintritt bezahlen?«

Ich lache auf. »Eigentlich nicht. Aber diesen jungen Mann kenne ich nicht.«

Wir gehen die Auffahrt entlang und auf das riesige Haus

zu. Durch die Bäume kann ich den Rand des ersten unserer beiden Seen ausmachen. Ich bemerke im Schilf zwei Wasserhühner und einige Enten, die ans Ufer paddeln.

»Schwäne«, ruft Alessia begeistert aus, denn sie hat unser Höckerschwanpärchen entdeckt, das majestätisch durchs ruhige Wasser gleitet. Ihre Federn blähen sich wie Segel.

»Ja, die beiden wohnen schon seit etwa zehn Jahren bei uns. Ich glaube, Kit hat sie Triumph und Herald genannt, allerdings weiß ich nicht, wer wer ist.«

»Beeindruckende Namen. Sie sind wunderschön.«

»Das sind sie. Kit war ein Autonarr. Besonders Oldtimer hatten es ihm angetan, deshalb die Namen.« Ich muss über mich selbst lachen. Sicher hat Alessia keine Ahnung von alten britischen Automarken. »Schwäne bleiben ein Leben lang zusammen«, füge ich hinzu und grinse sie breit an.

Sie lächelt ebenfalls und reckt in einer gleichzeitig belustigten und hochmütigen Geste das Kinn. »Ich kenne mich mit Schwänen aus.«

Das hätte ich mir denken können.

»Die beiden ziehen jedes Jahr neue Küken groß.«

Und eines Tages werden wir vielleicht hier unsere Kinder großziehen.

Der Gedanke überrascht mich und macht mich froh.

Eines Tages.

Als sie meine Hand drückt, frage ich mich, ob sie wohl gerade dasselbe denkt wie ich.

Vor dem Haus erstreckt sich eine gewaltige, etwa einen Hektar große Rasenfläche. Der Teil dicht am Haus ist zu einem ordentlichen Streifenmuster gemäht. Ringsum wachsen alte Eichen, Ulmen und Birken. Der See grenzt daran an. Als ich die Landschaft nun wieder betrachte, empfinde ich sie als ausgesprochen beeindruckend.

»Also kann jeder hierherkommen?«, fragt Alessia, während sie auf der Vortreppe des Hauses die Aussicht genießt.

»Ja, wenn er Eintritt bezahlt. Wenn man nur den Park besuchen will, kostet es nicht viel. Im Sommer ist er sehr beliebt für Picknicks. Die Stallungen sind hinter dem Haus. Wir vermieten Stellplätze an Einheimische, die Pferde halten, und eine Freundin von Caroline betreibt eine Reitschule. Auch Maryanne und Caroline haben hier ihre Pferde stehen. Komm, ich zeige dir, wie es drinnen aussieht.«

Alessia folgt Maxim, der federnden Schrittes die Steinstufen hinauf- und durch eine doppelflüglige Tür in eine riesige Eingangshalle läuft. In kleinen Nischen stehen Statuen, und der ganze Raum ist bis zur Decke mit Stuck geschmückt. Alessia schnürt es die Brust zu, denn sie kann es kaum fassen, dass ein majestätischer Raum wie dieser nur die Vorhalle dieses großen Hauses sein soll.

Hinter einem Empfangstisch hebt die jüngere von zwei Frauen erwartungsvoll den Kopf.

»Herzlich willkommen. Sind Sie wegen der Führung hier?«, fragt sie.

Als Maxim auflacht, blickt ihre ältere Kollegin hoch. »Ach, du meine Güte, Maxim!«, ruft sie aus. »Ich meinte natürlich Mylord.«

»Hallo, Francine. Wie geht es Ihnen?«

»Ausgezeichnet, Mylord.« Geschäftig und sehr zur Überraschung ihrer Kollegin hastet sie um die Theke herum.

»Bitte, Maxim genügt. Schließlich heiße ich so. Das habe ich Ihnen doch schon beim letzten Mal gesagt.«

»Ich weiß, Mylord. Aber ich bin da nun mal altmodisch.« Sie strahlt Maxim an, und es ist offensichtlich, dass sie ihn sehr gernhat.

Maxim legt den Arm um Alessia und zieht sie an sich. »Francine, darf ich Ihnen meine Frau Alessia vorstellen?«

»Ihre Frau?«, ruft Francine aus. »Oh, Lady Trevethick, ich freue mich ja so, Sie kennenzulernen.«

Als Alessia die Hand ausstreckt, schüttelt Francine sie heftig.

»Lady Caroline hat erzählt, dass Sie geheiratet haben. Herzlichen Glückwunsch Ihnen beiden, Mylord.«

Caroline. Sie war hier?

»Danke.«

»Schade, dass Sie uns Ihren Besuch nicht angekündigt haben …«

Maxim unterbricht sie mit einer Handbewegung. »Der offizielle Besuch kommt irgendwann später in diesem Monat. Ich wollte mit meiner Frau nur eine spontane Tour durchs Haus machen, damit sie einen Eindruck davon bekommt, was sie sich da aufgehalst hat.«

Francine lacht freundlich auf und sieht Alessia mit einem Funkeln in den Augen an. »Ich kenne seine Lordschaft, seit er ein kleiner Junge war.«

Maxim fällt ihr rasch ins Wort. »Sie sind neu«, wendet er sich an die junge Frau hinter der Theke.

»Das ist der Earl. Der Hausbesitzer«, zischt Francine ihr zu. »Ihr Name ist Jessica. Sie ist seit etwa drei Wochen bei uns.«

Die junge Frau erhebt sich verlegen. »Verzeihung, Sir. Maxim. Äh … Mylord.«

»Willkommen auf Angwin, Jessica.« Als Maxim ihr die Hand entgegenstreckt, folgt Alessia seinem Beispiel und drückt aufmunternd Jessicas schlaffe, feuchte Hand.

Jessica neigt kurz zum Gruß den Kopf, woraufhin Alessia errötet.

»Wir schauen uns ein bisschen um«, sagt Maxim.

»Nur zu, Sir«, erwidert Francine mit einem breiten Lächeln. »Ich gebe Mrs. Jenkins Bescheid, dass Sie hier sind.«

Sie gehen durch eine Tür an der Seite der Vorhalle und stehen in einem Flur, an dessen Wänden zahlreiche Gemälde prangen.

»Sie haben mir gar nicht gesagt, dass er so gut aussieht!«, hören sie Jessicas lautes Flüstern.

Alessia zieht fragend die Augenbraue hoch, doch Maxim zuckt nur mit den Achseln und lacht.

Während ich den Jaguar durch Chipping Norton in Richtung London lenke, ist Alessia ziemlich still. Ich greife nach ihrer Hand und umfasse sie. »Das war ganz schön viel, ich weiß.«

Alessia nickt. »Ich habe gar nicht geahnt, dass es so … riesig ist. Größer als … äh … die Hall in Cornwall.«

»Ja. Es ist, was das Haus und Grundstück angeht, das größte Anwesen in unserem Besitz. Der überwiegende Teil der Fläche wird landwirtschaftlich genutzt – biologischer Anbau natürlich. Mein Vater war seiner Zeit weit voraus. Ein Ökoaktivist der späten Siebziger.«

Mir wird ganz warm ums Herz, und in meiner Kehle entsteht ein schmerzhafter Kloß. Ich vermisse ihn noch immer so sehr. *Vater.*

Und Kit.

Ich räuspere mich. »Angwin finanziert sich dank der ausgezeichneten Mitarbeiter im Grunde genommen selbst.«

»Aber ihr wohnt nicht dort.«

»Nein. Wir kommen nur hin und wieder zu Besuch. Wie du vorhin gesehen hast, haben wir im Haupthaus eine Wohnung. Mehr nicht. Für mich ist Angwin ein Kulturdenkmal, das die Gemeinde aufwertet. Das Haus ist öffentlich zugänglich. Die Menschen können durch die Räume schlendern und sich ansehen, wie der Landadel früher gelebt hat. Und die Kunstsammlung bewundern.«

Alessia nickt. »So viele Zimmer …«

»Ja, ich weiß. Der Unterhalt des Hauses verschlingt eine astronomische Summe. Doch es ist uns gelungen, es zu bewahren und zu verhindern, dass es verfällt.«

Der Anflug eines Lächelns huscht über ihr Gesicht, und meine Kopfhaut fängt an zu spannen, als ich mich frage, was jetzt wohl in ihr vorgehen mag.

Verurteilt sie uns? Meine Familie?

Unseren Reichtum?

Mist.

»Alles in Ordnung?«, erkundige ich mich.

»Ja. Ja. Natürlich. Ich bin nur ein bisschen … überwältigt. Trotzdem danke, dass du mir dein … Zuhause gezeigt hast. Deine Angestellten scheinen zu dir aufzuschauen.«

Was? Damit habe ich nicht gerechnet. »Glaubst du wirklich?«

Ihr Lächeln wird wärmer. »Ja. Alle tun das. Sie sind … loyal. Ist das das richtige Wort?«

Ich fange an zu prusten. »Ja. Wahrscheinlich schon. Obwohl ich nicht sicher bin, ob ich dir zustimme. Ich denke, die Geschworenen müssen sich, was das angeht, erst noch beraten.«

»Offenbar wollen sie, dass du Erfolg hast.«

Ein ungewohnt warmes Gefühl breitet sich in meiner Brust aus. Ein Lob vom Personal, das ist neu. Früher war alles Lob für Kit reserviert.

»Ich war das schwarze Schaf der Familie«, murmele ich, während ich über Alessias Beobachtung nachdenke. »Kit war der zuverlässige, vernünftige und fleißige Bruder. Allerdings hatte er auch keine andere Wahl.«

»Schwarzes Schaf?«, hakt sie nach.

»Eindeutig.« In der Hoffnung, die Stimmung ein wenig aufzulockern, schenke ich ihr mein verwegenstes Lächeln. Zu meiner Erleichterung klappt es.

Sie lacht.

»Mach Musik an.« Ich weise mit dem Kinn auf die Stereoanlage. Alessia scrollt die Titel durch.

Im Schein des kleinen Drachen sieht Alessia Maxim beim Schlafen zu. Wenn er schläft, sieht er fast aus wie ein kleiner Junge. Sanft streicht sie ihm das Haar aus der Stirn und haucht einen zarten Kuss darauf. Dann legt sie sich auf den Rücken, starrt auf die tanzenden bleichen Schatten an der Decke und kann nur daran denken, wie es möglich ist, dass eine einzige Familie ein derart großes Vermögen besitzt.

Und nun gehört sie dazu.

Sie hat so viel, während andere gar nichts haben.

Sie schließt die Augen, um die an der Decke tanzenden Schemen auszublenden, und versucht, die ständigen Schuldgefühle zu unterdrücken.

ZWÖLF

Bleriana! Die liebe, kleine Bleriana steht vor den geschlossenen Türen zur prunkvollen Eingangshalle von Angwin House. Sie will hinein und rüttelt am Türknauf.

Dann trommelt sie mit den Fäusten gegen die Glasscheibe.

Immer weiter gegen das Glas.

Sie wird es zerbrechen.

Jetzt schreit sie etwas. Doch Alessia kann sie nicht verstehen.

Alessia versucht, die Türflügel zu öffnen, und schafft es nicht.

Und hinter Bleriana erscheinen in der Dunkelheit Dante und Ylli.

Mit offenen schwarzen Plastikbeuteln und bereit.

Alessia stürzt in die Finsternis. Sie kann nicht mehr atmen.

Bleriana schreit.

»Alessia! Alessia! Wach auf!« Maxims Stimme ist schrill vor Angst und durchdringt das Grauen, in dem Alessia gefangen ist. Die Stimme zieht sie aus den Tiefen des Albtraums nach oben. Ihr Herz klopft wie wild, als sie die Augen aufschlägt. Die Angst ballt sich in ihrer Brust zu einem festen Klumpen, der sich bis zur Kehle ausbreitet und ihr die Luft abschnürt.

Maxim.

Ihr Retter.

Wieder.

Seine leuchtend grünen Augen blicken in ihre. Sorge malt sich auf seinem Gesicht. »Was ist los?«

»Ich hatte einen Traum, einen schrecklichen Traum«, murmelt Alessia erschaudernd. Maxim nimmt sie in die Arme.

»Ich halte dich fest«, flüstert er, drückt sie an sich, schützt sie mit seinem Körper und küsst sie auf die Stirn.

Das Hämmern ihres Herzens lässt nach, als sie sich an ihren über alles geliebten Ehemann klammert und seinen beruhigenden Duft schnuppert. Duschgel. Bettwärme. Maxim.

»Hm«, seufzt sie.

»Ganz ruhig«, murmelt er in der Dunkelheit und legt sich, Alessia in den Armen, auf den Rücken. »Schlaf wieder ein, Liebling.«

Alessia schließt die Augen. Ihre Furcht lässt nach, und sie schläft weiter.

Es ist mein erster Tag im Büro nach einigen aufregenden Wochen. Als das Taxi vor dem Haupteingang hält, frage ich mich, was der Tag wohl bringen wird. Alessias klagende Schreie mitten in der Nacht haben mich tief getroffen. Sie hat in ihrem Albtraum um Hilfe geschrien. Heute Morgen schien sie guter Dinge zu sein und sich an nichts zu erinnern, doch ich mache mir Sorgen, dass ihre traumatischen Erfahrungen nun ihren Tribut fordern könnten. Sie wirkt immer so gefasst. Aber möglicherweise kommen die schrecklichen Erlebnisse der jüngsten Zeit erst jetzt richtig hoch, da sie in Sicherheit ist.

Herrje, Alter, es war doch nur ein Albtraum.

Ich hole tief Luft, schiebe meine Gedanken beiseite, bezahle den Fahrer und eile die Stufen hinauf und in das Bürogebäude.

Die Empfangsdame begrüßt mich mit einem fröhlichen Lächeln. »Guten Morgen, Lord Trevethick.«

»Guten Morgen, Lisa.«

»Und herzlichen Glückwunsch zur Hochzeit, Mylord.«

»Vielen Dank.«

Ich durchquere das Vorzimmer, klopfe an Olivers Tür und trete ein. Er grinst breit, und wenn mich nicht alles täuscht, freut er sich, mich zu sehen. »Maxim. Willkommen zurück und Glückwunsch.« Er steht auf und hält mir die Hand hin.

»Danke, Oliver.« Wir schütteln einander die Hand. Ich bin froh, dass er hier die Stellung gehalten hat. »Und danke dafür, dass Sie das Foto in meiner Wohnung wiederhergestellt haben.«

»Es ist Ihnen aufgefallen! War mir ein Vergnügen. Sie haben einen geschulten Blick. Hatten Sie erholsame und angenehme Flitterwochen?«

Ich grinse. »Ja. Vielen Dank.«

»Wir haben eine Menge auf der Tagesordnung, weshalb ich vorschlage, dass wir uns gleich ans Werk machen.«

»Ja, natürlich. Geben Sie mir noch einen Moment. Ich habe beschlossen, dass es an der Zeit ist, in Kits Büro umzuziehen.«

»Eine gute Idee, Sir«, antwortet Oliver in einfühlsamem Ton und weist auf die Tür der geheiligten Stätte, die einst das Reich meines Bruders und meines Vaters war. »Falls Sie etwas brauchen, stehe ich zur Verfügung«, fährt er fort.

»Danke.«

Ich durchquere den Raum, strecke die Hand nach dem Türknauf aus Messing aus und betrete das Chefbüro. Nachdem ich tief Luft geholt habe, um mich zu fassen, gehe ich weiter. Erinnerungen stürmen auf mich ein. Der Geruch, die Einrichtung, die Ausstattung. Alles Kit.

Die Regale an der einen Wand enthalten Bücher und verschiedene Souvenirs: ein Poloball, Pokale, das Modell eines Bugatti Veyron, das Familienwappen und ein paar seine Rallyetrophäen. An der Wand hinter seinem Schreibtisch hängen Gemälde, Zeugnisse und Fotos, unter anderem eine große Daguerreotypie, die Tresyllian Hall in Cornwall darstellt. Daneben erkenne ich meine eigene fotografische Version des Motivs, aufgenommen in Schwarz-Weiß mit meiner Leica. Ich rücke das Bild zurecht und denke dabei daran, dass Kit mich immer in meiner Liebe zum Fotografieren bestärkt hat.

Der Schreibtisch ist ein Prachtstück, verziert mit kunstvollen Schnitzereien, die Platte mit schwarzem Prägeleder bezogen. Auf dem Schreibtisch selbst stehen weitere Porträts in vergoldeten Rahmen: die Familie, Caroline und seine geliebten Irish Setter Jensen und Healey. Ich streiche mit dem Finger über das kühle, schimmernde Holz und rüttle dann an den Schreibtischschubladen. Sie sind alle abgeschlossen.

Es klopft an der Tür, und Oliver kommt herein. »Sie werden die hier brauchen.« Er hält einen Schlüsselbund hoch und legt ihn auf den Schreibtisch.

»Danke.«

Er lässt den Blick durchs Büro schweifen. »Ich war auch schon seit einer Weile nicht mehr hier drin.« Er betrachtet ein Foto, auf dem Kit die Hand irgendeines Würdenträgers schüttelt, den ich nicht kenne. Dann sieht er wieder mich an.

»Sie vermissen ihn auch.« Der Satz sorgt dafür, dass es mir die Brust zuschnürt.

»Ja«, erwidert er und räuspert sich. »Diese Schlüssel passen zum Schreibtisch und zu dem Aktenschrank dort drüben.«

»Machen wir uns an die Arbeit? Am besten setzen wir uns an diesen wunderschönen Queen-Anne-Tisch hier.«

Oliver lacht auf. »Ich hole meinen Notizblock.«

Ich atme tief durch, ziehe die Jacke aus, hänge sie an die Garderobe und denke daran, welche Auswirkungen Kits Tod auf uns alle hat. Sogar auf Oliver.

»Was ist der erste Punkt auf der Tagesordnung?«, frage ich, als er zurück ist.

»Vielleicht sollten sie wegen Ihrer Hochzeit eine Presseerklärung veröffentlichen. Die Skandalblätter machen unserer Pressesprecherin schon die Hölle heiß.«

»Muss das sein?«

Oliver nickt.

Ich will nicht, dass die Presse in den Hintergründen meiner Ehe herumstochert.

»Ich überlege es mir. Könnte ich hier drinnen einen eigenen Computer haben?«

»Aber selbstverständlich. Ich kümmere mich noch heute darum.«

»Was steht sonst noch an?«

Alessia ist in der Wohnung. Sie sitzt an Maxims Schreibtisch und surft mit seinem iMac im Internet, um herauszufinden, wie man ein Opfer von Menschenhandel aufspürt. Die Aufgabe entpuppt sich als unlösbar, insbesondere deshalb, weil ständig die Gegensprechanlage surrt. Draußen stehen Reporter, die mit Maxim sprechen wollen. Alessia stellt sich dumm. Inzwischen lauscht sie mit dem Kopfhörer Angela Hewitts Interpretation der Präludien und Fugen aus *Das Wohltemperierte Klavier* von Bach. Alessia war überrascht, dass bei Apple Music nur so wenige klassische Musikerinnen aufgeführt sind. Die in ihrem Kopf widerhallende Farbenpracht erdet sie, während sie unzählige Berichte von Opfern liest, die Menschenhändlern und Vergewaltigern entkommen sind und dank der Unterstützung verschiedener Hilfsorganisationen schließlich in England Zuflucht gefunden haben.

Es ist eine ernüchternde Lektüre.

In ihrem Hinterkopf kehrt sie immer wieder zu demselben Mantra zurück. *Es hätte auch mich treffen können.*

Sie erschaudert.

Wenn es ihr nicht gelungen wäre, den Klauen von Dante und Ylli zu entrinnen, hätte sie vermutlich auch eine Schreckensgeschichte zu erzählen. Und aller Wahrscheinlichkeit nach würde sie als eines der tragischen Opfer in die Statistik eingehen.

Ein scharfkantiges Bruchstück aus ihrem Albtraum bohrt sich in ihre Gedanken.

Bleriana, wie sie an die Tür von Angwin hämmert.

Ihr Gesicht tränenüberströmt. Ihre Augen wild vor rasender Angst.

O Zot. O Zot. Arme Bleriana.

Als Alessia den Kopf hebt, um auf die Uhr zu schauen, stellt sie fest, dass ihr Tränen übers Gesicht laufen. Sie wischt sie mit einer unwirschen Bewegung weg, mehr denn je entschlossen, ihre Freundin zu finden. Irgendwie.

Oliver und ich beenden unsere Sitzung. Der Umbau in Mayfair ist beinahe fertig, und es wird Zeit, einen Innenarchitekten einzuschalten. Ich muss Caro fragen, ob sie den Auftrag will.

Außerdem habe ich Oliver um eine genaue Aufstellung der Kosten gebeten, mit denen meine Mutter unser Unternehmen im letzten Jahr belastet hat. Was heißt, dass ich Einblick in die Scheidungsvereinbarung meiner Eltern bekommen werde. Oliver wird für mich zudem eine Liste aller größeren Häuser anfertigen, die uns gehören und derzeit oder in naher Zukunft zu vermieten sind.

Das steht für morgen auf dem Plan.

Ich habe während des Gesprächs mit Oliver nicht auf mein Telefon geachtet. Als ich einen Blick aufs Display werfe, stelle ich erstaunt fest, dass es eine Unmenge von Textnachrichten und verpassten Anrufen anzeigt.

Ich werd verrückt!!! Du hast geheiratet!!!!!

Wann lernen wir deine FRAU kennen?

Habe ich richtig gehört, du bist tatsächlich Ehemann?

Jetzt bist du nicht mehr frei. Es bricht mir das Herz!

Maxim, bist du echt unter der Haube?

Ohne Scheiß, Mann? Hochzeit?

Wer ist die Glückliche?

Dürfte ich dich und deine Braut interviewen?

Mist! Die letzte Nachricht ist von einer Reporterin bei einem Lifestylemagazin, mit der ich irgendwann mal in der Kiste war.

Woher wissen die Leute bloß Bescheid?

»Sie hatten recht mit Ihrer Bemerkung, alle Welt sei über

meine Hochzeit im Bilde«, meine ich zu Oliver, der gerade seine Papiere einsammelt.

»Es ist nicht zu spät für eine Presseerklärung«, entgegnet er.

Ich verdrehe die Augen, denn ich bin nicht bereit, ein Gespräch mit Reportern auch nur in Erwägung zu ziehen. Dabei scrolle ich die zahlreichen Nachrichten durch, die Caroline mir vor einigen Stunden geschickt hat.

Können wir uns heute sehen?

Du musst dir anschauen, was ich gefunden habe.

Es könnte dich betreffen.

Was für ein neuer Wahnsinn ist das schon wieder?

Kann es nicht warten?

Nein.

Als Oliver gerade aufsteht, klopft es an der Tür.

»Herein!«, rufe ich.

Lisa erscheint. »Entschuldigen Sie die Störung, Mylord. Lady Trevethick ist hier.«

Alessia! Mein Herz setzt einen Schlag aus. Mit einem Lächeln auf dem Gesicht erhebe ich mich hinter dem Schreibtisch, um meine Frau zu begrüßen. »Führen Sie sie herein.«

Lisa macht Platz. Caroline tritt ein und steckt ihr Telefon weg.

Oh.

»Hast du jemand anders erwartet?«, stichelt Caroline. »Du hättest gerade dein verdutztes Gesicht sehen sollen, mein Schatz.«

»Hallo, Caro.« Ich gehe nicht auf ihren Seitenhieb ein und küsse sie auf die Wange. »Was für eine reizende Überraschung.«

»Oliver«, nimmt sie ihn zur Kenntnis, woraufhin er ihr kurz zunickt und hinausgeht. Caroline blickt ihm mit regloser Miene nach. Dann dreht sie sich um und lässt den Blick durchs Zimmer schweifen. »Ich war schon seit einer Weile nicht mehr hier.« Als sie sich wieder mir zuwendet, spiegelt sich Trauer in ihren Augen.

»Komisch, dasselbe hat Oliver auch gesagt«, flüstere ich.

Ihre Nase nimmt einen niedlichen Rosaton an. Doch im nächsten Moment schüttelt sie den Kopf und strafft die Schultern. »Ich war gerade in der Gegend und habe mich gefragt, ob du Lust auf ein Mittagessen hast.«

»Ich bin heute den ersten Tag im Büro und habe viel zu tun, Caro.«

Sie lacht auf, gleichzeitig traurig und bedauernd. »Das hättest du früher nie gesagt.«

»Stimmt. Wie kann ich dir behilflich sein?«

»Darf ich mich setzen? Ich möchte dir etwas zeigen.«

»Natürlich.« Ich weise auf den Queen-Anne-Tisch und rücke ihr den Stuhl zurecht, von dem ich gerade aufgestanden bin. Während ich neben ihr Platz nehme, stellt sie die Handtasche auf ihrem Schoß ab und kramt darin herum. Dabei weicht sie meinem Blick aus.

»Du weißt, dass ich Kits Sachen und seine Papiere durchgeschaut habe.«

»Ja.« *Worauf will sie hinaus?*

»Tja, ich bin da auf einiges gestoßen. Wirklich erstaunlich, was man so alles findet.« Sie klingt ein wenig nervös.

»Was ist los, Caro?«

»Tja.« Sie schluckt. »Das hier könnte dich und auch Maryanne betreffen.« Sie angelt einige Briefe aus ihrer Handtasche und legt sie vor mich auf den Tisch.

Ich schaue zwischen ihr und den Briefen hin und her und neige den Kopf zur Seite. »Was ist das?«

»Ich denke, du solltest sie lesen.« Beim Anblick ihres ängstlichen Augenausdrucks läuft mir ein Schauder den Rücken hinunter, und mir stehen sämtliche Haare zu Berge.

»Genetisch … was?« Mir wird der Mund trocken, und ich starre sie an. »Warum hätte Kit eine Genanalyse durchführen lassen sollen?«

»Genau«, flüstert sie.

»Du weißt es nicht?«

Sie schüttelt den Kopf. Ihre Augen sind geweitet und voller Ratlosigkeit. »Nein. Ich bin genauso überrascht wie du.«

Was zum Teufel soll das?

Ich lese beide Briefe von vorn bis hinten durch und überprüfe die Daten. Die Überweisung durch seinen Hausarzt erfolgte im Oktober letzten Jahres. Das Genlabor hat ihm einen Termin im November gegeben.

»Hast du noch andere Briefe gefunden? Untersuchungsergebnisse vielleicht?«

Caroline schüttelt den Kopf.

»Daten in seinem Terminkalender?«

»Nein.« Caroline wirkt ebenso verdutzt wie ich.

»Wenn Kit an einen Genetiker überwiesen wurde, muss es dafür einen Grund geben.«

Fuck!

Ich spüre, wie ich erbleiche.

Wenn Kit an einer erblich bedingten Krankheit litt, dann … dann ich wahrscheinlich auch.

Und Maryanne.

Verdammt.

Könnte es sein, dass mit mir etwas nicht stimmt?

Ich zermartere mir das Hirn und überlege, ob irgendeiner meiner Vorfahren an einer dokumentierten Erkrankung gelitten hat. Aber mir fällt nichts ein. »Vielleicht sollte ich mich auch testen lassen.«

»Testen worauf? Wir haben ja keine Ahnung, worum es geht«, entgegnet Caroline.

Da hat sie recht.

»Möglicherweise war es ja nur eine Vorsichtsmaßnahme«, sagt Caroline. »Du weißt ja, wie Dr. Renton manchmal ist. Ein richtiger Pedant. Und außerdem treibt es die Rechnung in die Höhe.«

»War Kit krank?«, erkundige ich mich.

»Nicht, soweit ich weiß. Er litt an Kopfschmerzen, aber das ist dir ja bekannt.«

»Die hatte er schon immer.«

Mist. Was könnte da los sein? Ich habe keinen Schimmer. »Hast du Renton schon angerufen?«

»Ja. Er wollte keine Informationen herausgeben.« Caro klingt mutlos.

Doppelter Mist.

Ob meine Mutter Bescheid weiß? »Hast du mit Rowena darüber gesprochen?«

»Nein. Sie ist gleich nach der Landung aus Tirana nach New York weitergeflogen.«

»Du wusstest es also schon bei der Hochzeit?« Meine Stimme wird schrill.

Als sich Carolines Augen weiten, habe ich meine Antwort.

Und du hast es mit keinem Wort erwähnt, verdammte Scheiße?

Ich bin stocksauer und starre sie finster an. Vielleicht stimmt etwas nicht mit mir. Und ich habe gerade geheiratet!

Mist. Was habe ich Alessia da aufgebürdet?

Doch bevor ich so richtig in die Luft gehen kann, werden wir durch ein Klopfen an der Tür unterbrochen. Lisa kommt mit einem Kaffeetablett herein, was mir Zeit gibt, mich zu beherrschen.

»Ich habe mir erlaubt, Kaffee zu kochen«, verkündet Lisa mit einem fröhlichen Lächeln.

»Danke«, murmele ich, als sie das Tablett abstellt.

»Danke, Lisa«, sagt auch Caro. Lisa steht verlegen und abwartend da.

»Wir brauchen Sie nicht mehr. Noch einmal danke.« Ich zwinge mich zu einem Lächeln und bin erleichtert, als sie endlich geht.

»Hast du dieses Genlabor angerufen?«, frage ich und tippe auf den Brief.

»Ja. Die wollten mir auch nichts verraten, obwohl ich eine enge Angehörige bin.«

Verdammte Scheiße.

»Ich glaube, mit dir würden sie auch nicht reden«, meint Caroline leise.

»Nun, vielleicht kann ich ja Renton ein paar Antworten entlocken. Schließlich ist er auch mein Hausarzt. Ich muss ohnehin noch Alessia bei ihm anmelden. Mist, womöglich bleibt mir nichts anderes übrig, als Rowena anzurufen.«

»Maxim, ich bin sicher, dass nichts dahintersteckt«, sagt Caroline.

»Woher zum Teufel willst du das wissen?«, herrsche ich sie an und springe auf. Ich schäme mich, als Caroline tatsächlich zusammenzuckt.

Fuck. Fuck. Fuck.

Ich könnte laut losschreien.

Ich bin genauso wütend wie damals in Albanien, als ich

herausfand, dass sie Alessia über unsere Affäre erzählt hatte. Es ist zum Haareraufen. Ich laufe auf dem antiken Perserteppich hin und her.

Reiß dich zusammen, Alter.

»Ich werde weiterrecherchieren, bevor wir Maryanne einweihen«, murmele ich.

»Sie könnte uns vielleicht weiterhelfen. Immerhin ist sie Ärztin.«

»Lass mich erst rauskriegen, womit wir es hier zu tun haben.«

Sie ist meine Schwester, und ich habe verdammt noch mal die Aufgabe, sie zu beschützen.

Caro pustet Luft aus. »Okay. Das zweite Thema, das wir besprechen müssen, ist der Gedenkgottesdienst für Kit.«

»Nicht jetzt.«

»Ich habe mit dem Büro des Dekans von Westminster geredet.«

»Und?«

»Sie schlagen einen Termin im April vor.«

»Ist das nicht ein bisschen früh?«

»Ist es das?«, entgegnet Caroline.

»Ach, verdammt, Caro, ich weiß nicht. Lass mich darüber nachdenken. Momentan ist es … ein bisschen viel.«

»Stimmt«, räumt sie ein. »Bist du sicher, dass ich dich nicht zum Mittagessen einladen soll?«

»Ich muss gleich los. Alessia und ich haben einen Termin bei einer Anwältin wegen ihres Aufenthaltsstatus.«

»Oh?«

»Ja.«

Caroline schürzt die Lippen, doch dann wird ihre Miene versöhnlicher. »Es tut mir leid, dass ich es dir nicht gleich gesagt habe. Bei der Hochzeit«, erwidert sie leise.

Ich plumpse in den Sessel hinter dem Schreibtisch, der nun mir gehört. »Vielleicht finde ich ja hier drin etwas, das uns verrät, was es mit diesen Briefen auf sich hat.« Ich greife nach dem Schlüsselbund und teste den ersten Messingschlüssel, der meiner Einschätzung nach passen dürfte. Beim vierten Schlüssel bin ich erfolgreich und kann die erste Schublade öffnen, die eine Reihe von Hängeordnern enthält.

Caroline setzt sich auf den Stuhl gegenüber und reckt den Hals, neugierig, ob ich etwas entdecken werde. Rasch sehe ich die Akten durch, doch es scheint sich nur um persönliche Dinge zu handeln. Eine Sammlung von Ausschnitten aus Autozeitschriften, einige Briefe von der London School of Economics, ein paar Lebensläufe und ein dicker Kalender vom letzten Jahr. Ich nehme ihn heraus, lege ihn auf den Schreibtisch, blättere ihn durch und suche nach den in den Briefen erwähnten Daten. Doch leider liefert der Kalender mir keinerlei Hinweise.

Dreck.

»Irgendwas gefunden?«, fragt Caroline.

Ich schüttle den Kopf.

Auch die übrigen Schubladen enthalten nichts, was uns weiterhelfen würde. Nur schickes Briefpapier und ein paar Souvenirs von Kits Reisen rund um die Welt. Doch obwohl die Suche vergeblich ist, fällt mir plötzlich etwas ein.

»Wo ist Kits Laptop? Und sein Smartphone? Oder wenigstens sein Terminplaner?«

»Keine Ahnung.«

»Was soll das heißen? Sind sie denn nicht bei seinen Sachen? Vielleicht sogar hier. Oder in Trevelyan House. Oder der Hall im Safe.«

Caroline reckt das Kinn. »Ich weiß es nicht.«

»Kannst du nachschauen?«

Ein vages Achselzucken, das so gar nicht zu Caro passt.

»Ist das dein Ernst?«

Als sie den Kopf schüttelt, wirkt sie verunsichert und ein wenig verlegen. »Ich kann es ja mal probieren«, murmelt sie.

»Ich rufe Renton an, vereinbare einen Termin und versuche mein Glück außerdem im Genlabor.«

»Hoffentlich hast du mehr Erfolg als ich.« Sie steht auf. »Ich muss dann mal los. Bestimmt ist es falscher Alarm, Maxim.«

Ich erhebe mich ebenfalls, und wir sehen einander an. Dabei frage ich mich wieder einmal, aus welchem Grund Kit mitten im Winter mit dem Motorrad auf den vereisten Landstraßen von Trevethick herumgerast ist. Denkt Caro vielleicht dasselbe wie ich? Hatten die Ärzte so schlechte Nachrichten, dass er sich das Leben genommen hat?

Scheiße.

Wir sagen beide kein Wort. Carolines Atem stockt, und ihre Pupillen werden größer und dunkler. Die Botschaft, die das zu vermitteln scheint, gefällt mir gar nicht. Doch ehe ich sicher sein kann, wendet sie den Blick ab und schaut zur Tür. »Tut mir leid«, flüstert sie, geht hinaus und lässt mich absolut hilflos zurück. Allein, zornig und … voller Angst.

Als ich auf die Uhr schaue, stelle ich fest, dass die Zeit reicht, um zu Fuß nach Hause zu gehen und einen klaren Kopf zu bekommen. Also nehme ich meinen Mantel und steuere auf die Tür zu.

Oliver hebt den Kopf und verzieht fragend das Gesicht. »Alles in Ordnung, Maxim?«

»Ja. Ich muss weg.«

»Haben Sie mit Lady Trevethick über die Innenausstattung gesprochen?«

Verdammt!

»Nein, aber das hole ich nach. Falls Sie das nicht selbst übernehmen wollen.«

Olivers Miene verdüstert sich, und er wirkt ein wenig beklommen. »Mir wäre es lieber, wenn Sie es täten, Maxim«, erwidert er schließlich.

»Okay, wird gemacht. Wir sehen uns morgen.«

Niedergeschlagen trotte ich durch die Nebenstraßen von Chelsea nach Hause. Bis jetzt war es heute ein scheußlicher Tag. Ich fühle mich, als würden mir unablässig Knüppel zwischen die Beine geworfen. Ich habe Kits und meinen gemeinsamen Hausarzt angerufen und morgen einen Termin bei ihm. Hoffentlich kann er mir einige meiner Fragen beantworten. Im Genlabor war man nämlich nicht sehr auskunftsfreudig, und die für Kits Fall zuständige Ärztin ist obendrein im Urlaub. Aber in zwei Wochen habe ich einen Termin bei ihr. Ich habe mich sogar mit meiner Mutter in Verbindung gesetzt und ihr eine Nachricht hinterlassen, sie möge mich bitte zurückrufen. Bis jetzt vergeblich.

Ich kann gar nicht in Worte fassen, wie sehr mich diese Nachricht aus der Bahn wirft.

Vielleicht ist ja alles in bester Ordnung.

Andererseits könnte ich irgendwann später im Leben an einem schweren Leiden erkranken.

Die Ungewissheit ist es, die mich um den Verstand bringt.

Als ich um die Ecke Tite Street und Embankment biege, stelle ich fest, dass einige Menschen – hauptsächlich Männer – den Eingang zu meinem Haus belagern.

Moment mal! Das sind nicht einfach nur Leute!

Drei Mitglieder dieser verlotterten Horde sind mit Kameras bewaffnet.

Paparazzi!

Ich überlege noch, wem sie da auflauern könnten, als ich von einem älteren Mann mit einem Fanschal des FC Arsenal bemerkt werde. »Da ist er!«, brüllt er.

Fuck. Die sind hinter mir her!

Lord Trevethick! Lord Trevethick! Maxim!

Glückwunsch.

Irgendein Kommentar zu Ihrer Hochzeit? Ihrer Braut? Wann lernen wir sie kennen?

Meine Laune sinkt von schlecht auf noch schlechter, als sie um mich herumwimmeln wie die Kakerlaken. Wortlos und mit gesenktem Kopf bahne ich mir einen Weg durch die Reportermeute.

Diese Scheiße hat mir gerade noch gefehlt.

Ich flüchte mich ins sichere Gebäude, während einige der Reporter mir Fragen nachrufen. Sie bleiben an der Tür zurück, als ich die Treppe hinaufstürme. Ich verfluche den Menschen, der die Presse über unsere Hochzeit informiert hat. Alessia wird über diese Aufmerksamkeit überhaupt nicht erfreut sein.

Seit meiner Beziehung mit Charlotte, einer Exfreundin, bin ich nicht mehr von Reportern belästigt worden. Sie liebte das Scheinwerferlicht, denn schließlich war sie ja Schauspielerin, nein, Verzeihung, Künstlerin, wie sie sich bevorzugt nannte. Sie genoss diese Aufmerksamkeit, insbesondere wenn sie von der Presse kam. Ich verdrehe die Augen, als ich mich an diese grauenhaft exaltierte Frau erinnere, bei der sich alles um gesellschaftlichen Aufstieg drehte. Zum Glück hat sie sich ein anderes Opfer gesucht. Seit meiner Zeit mit ihr ist es mir gelungen, der Boulevardpresse aus dem Weg zu gehen. Nur einige seriösere Blätter erwähnen mich hin und wieder in ihren Gesellschaftsspalten.

Ich schließe die Haustür auf, trete ein und bleibe wie angewurzelt stehen.

Alessia sitzt am Klavier. Ich erkenne die Melodie sofort, *Clair de Lune*, ein Stück, das ich zwar selbst spielen kann, allerdings längst nicht so virtuos wie sie. Während ich gebannt lausche, fallen die frustrierenden letzten Stunden von mir ab, und ich fühle mich gleich viel besser. Ich schleiche den Flur entlang, spähe ins Wohnzimmer und beobachte sie.

Sie hat die Augen geschlossen und den Kopf gesenkt und gibt sich völlig der Musik hin, die durch sie hindurch- und aus ihren Fingerspitzen fließt. Nach einer Weile jedoch spürt sie meine Gegenwart und dreht sich lächelnd um. Bei meinem Anblick erhellt sich ihre Miene.

»Hör nicht auf«, sage ich und gehe zu ihr hinüber.

Ohne auch nur eine Note ausfallen zu lassen, rutscht sie auf der Klavierbank beiseite, damit ich mich neben sie setzen und die Arme um die schließen kann. Die Musik liebkost und umfängt uns beide.

Das ist paradiesisch.

Und da habe ich eine Idee. Ich lasse die rechte Hand über ihrer schweben. Sie versteht sofort, was ich vorhabe, zieht ihre Hand weg, und ich übernehme. Bei den ersten Tönen geraten wir ins Stocken, doch ich behalte ihre linke Hand im Blick und lasse mich von ihr führen. So spielen wir immer weiter.

Zusammen.

Ich bin begeistert, weil ich mit ihr Schritt halten kann, ohne das Notenblatt vor mir zu haben. Doch sie macht es mir leichter, weil sie das Stück und sein getragenes Tempo so gut kennt.

Wenn ich ihr nachspiele, werde ich zum besseren Pianisten.

Das ist ernüchternd.

Das ist berauschend.

Als die letzte Note verklingt, grinsen wir einander an wie zwei Idioten. »Das war wundervoll«, flüstere ich.

Lachend legt Alessia mir die Arme um den Hals und zieht meine Lippen zu sich heran. Wir küssen uns. Ihr Mund ist warm, feucht, einladend und erregend auf einmal. Ich nehme sie auf den Schoß und küsse sie noch leidenschaftlicher. Unsere Zungen liebkosen einander, bis wir uns atemlos voneinander lösen.

Sie lehnt die Stirn an meine. Ihre Augen sind geschlossen. »Ich habe dich vermisst«, sagt sie leise.

»Oh, Baby, ich habe dich auch vermisst. Und im Moment würde ich nichts lieber tun, als mit dir ins Bett zu gehen. Aber wir haben einen Termin bei der Anwältin für Ausländerrecht.«

Sie schmollt zwar, erhebt sich aber. Offenbar gefällt es ihr gar nicht, von meinem warmen Schoß aufzustehen. »Ich habe alle Papiere hier.« Sie reicht mir unsere Pässe, unsere Heiratsurkunde und die Apostille des Notars in Tirana, die bestätigt, dass unsere Heiratsurkunde echt ist. Ich stecke alles ein. Dann aber verziehe ich das Gesicht.

»Wir haben da ein kleines Problem. Draußen lauern Reporter.«

»Ich weiß.«

»Du weißt es?«

»Sie läuten schon die ganze Zeit an der Tür, wollen dich sprechen und stellen mir Fragen.«

»Was hast du geantwortet?«

»Dass ich deine Putzfrau bin und dass du nicht zu Hause bist. Irgendwann bin ich dann nicht mehr an die Tür gegangen.« Mit einem spitzbübischen Grinsen beißt sie sich auf die Unterlippe.

Ich fange an zu lachen. »Genial! Jedenfalls scheint unsere Hochzeit auf öffentliches Interesse zu stoßen.«

»Stehen sie noch immer draußen?«

»Ich fürchte, ja.«

»Wir können ja durch die Putzkammer fliehen.«

»Gute Idee! Lass uns verschwinden.«

Als wir draußen auf der Feuertreppe stehen, schließt Maxim die Tür der Putzkammer ab und grinst zu Alessia hinunter. »Ich weiß gar nicht, wann ich das letzte Mal hier draußen war.«

Sie lacht, wird aber dann ernst. Beim letzten Mal musste sie vor Dante und Ylli davonlaufen, die sich Zutritt zu Maxims Wohnung verschafft hatten. Außerdem war sie oft hier, um Maxims Mülleimer auszuleeren.

»Ich folge dir«, sagte er, und so steigen sie vorsichtig die sechs Stockwerke hinunter bis zur Seitengasse.

Als sie an den Mülltonnen vorbeikommen, erinnert sich Alessia daran, wie sie sich hier hat übergeben müssen. Maxim nimmt ihre Hand und verschränkt die Finger mit ihren. »Was ist?«, fragt er.

Sie schüttelt den Kopf, denn sie zögert, es ihm zu erzählen. Sie will diese schrecklichen Bilder aus der Vergangenheit loswerden. Doch sie hat ständig Blerianas liebes Gesicht vor sich. Die arme Kleine. Ist sie den Menschenhändlern entkommen? Was ist mit den anderen?

Maxim sagt nichts und überlässt sie ihren Gedanken. Sie gehen zum Tor an der Seitengasse, das Maxim öffnet. Er späht hinaus. Die Straße ist menschenleer.

»Bist du so geflohen, als diese Schlägertypen hier waren?«

»Ja.«

»Bestimmt hast du große Angst gehabt. Komm. Die Luft ist rein. Wir nehmen ein Taxi.«

Hand in Hand eilen sie die Straße entlang, ohne dass ein Reporter sie aufhält. Maxim winkt das erstbeste Taxi heran.

Die Kanzlei Lockhart, Waddell, Mulville und Cavanagh befindet sich in Lincoln's Inn Field. Ein Anwaltsgehilfe führt uns in ein Konferenzzimmer. »Darf ich Ihnen Tee oder Kaffee bringen?«, fragt er und blinzelt dabei immer wieder hektisch.

»Für mich nicht, danke. Alessia?«

»Nein danke.«

»Sehr gut, Lord Trevethick. Ticia Cavanagh ist sofort bei Ihnen.« Während er hinausgeht, fordere ich Alessia auf, sich an den Tisch zu setzen. Miss Cavanagh ist Partnerin in der Kanzlei. Rajah hat sie mir als Fachanwältin empfohlen.

Noch ehe ich Gelegenheit habe, Platz zu nehmen, geht die Tür auf und Ticia Cavanagh kommt herein. Sie trägt einen teuren schwarzen Hosenanzug mit weißer Seidenbluse und hat einen Notizblock in der Hand. Ihre scharlachroten Fingernägel heben sich vom kanariengelben Papier ab.

Mist.

Wir erkennen einander auf Anhieb. Bei unserer letzten Begegnung hatte ich sie gerade von meinem Bett losgebunden.

Hat dieser Tag vielleicht noch mehr Überraschungen in petto?

Ich räuspere mich. »Leticia, wie nett, Sie wiederzusehen.«

DREIZEHN

»Lord Trevethick«, erwidert Leticia mit ihrem melodischen irischen Akzent, wobei sie meinen Titel betont. »Und Ihre Frau« – das Wort *Frau* betont sie ebenfalls – »Lady Trevethick.« Sie tritt näher, und als sie mir die Hand zur Begrüßung hinhält, zeigt ihr Gesicht Missbilligung. Ihr Händedruck fällt ein wenig zu fest aus. Ich verspüre den Drang, mich zu rechtfertigen.

»Seit Kurzem. Wir haben erst vor kurzer Zeit geheiratet.«

Alessia verzieht das Gesicht. Ihr Blick huscht zwischen Ticia und mir hin und her, während die beiden Frauen einander die Hand schütteln. »Wie geht es Ihnen?«, sagt sie leise, als habe sie eine trockene Kehle. Wieder sieht sie mich an, und ihre Augen weiten sich, als ihr die Wahrheit dämmert.

Mist. Sie weiß es.

Ich werde von Mutlosigkeit ergriffen, schließe kurz die Augen und zermartere mir das Hirn nach einer Lösung. Ich bin Alessia eine Erklärung schuldig, daran führt kein Weg vorbei.

Wenn ich geahnt hätte … *verdammt.*

Dass Leticia einen Spitznamen benutzt, verwirrt mich. »Ticia?«

»Ja, hier in der Kanzlei«, entgegnet sie in abweisendem Ton, und mir wird klar, dass sie das nicht weiter ausführen wird. Was natürlich ihr gutes Recht ist. Ich frage mich, ob sie uns vor die Tür setzen oder unseren Fall einem Kollegen übertragen wird. »Und wie kann ich Ihnen und Ihrer … seit Kurzem Angetrauten helfen?« Ihre Lippen verziehen sich zu einem professionellen Lächeln, das beinahe einem Zähnefletschen ähnelt, als sie am Kopf des Tisches Platz nimmt. Ihre Augen sind kalt wie Eis.

Ich setze mich neben Alessia. »Alessia und ich haben in Albanien geheiratet. Sie braucht eine unbegrenzte Aufenthaltserlaubnis, um hierbleiben zu können.«

Als Leticia mit den scharlachroten Nägeln auf die Tischplatte klopft, fällt mir ein, dass sie sie auch als Waffe benutzen kann.

Alter! So etwas darf ich nicht einmal denken. Schluss damit!

»Dann erzählen Sie mir erst einmal, wo Sie beide sich kennengelernt haben. Und wann.«

Ich sehe Alessia an und schenke ihr ein, wie ich hoffe, aufmunterndes Lächeln. Doch sie erwidert es nicht, sondern schluckt nur und betrachtet ihre auf dem Schoß verkrampften Hände. Also wende ich mich mit einem Seufzen wieder Leticia zu.

»Alessia hat bei mir gearbeitet.«

Während Maxim die Ereignisse der letzten Monate für die attraktive Anwältin zusammenfasst, versucht Alessia, den Mut nicht zu verlieren. Sie fühlt sich wie ein Betonklotz, der unter dem Gewicht von Maxims verflossenen Liebschaften zu versinken droht, und es schnürt ihr fast die Luft ab.

Schätzchen, er hat mit halb London geschlafen.

Offenbar hat Caroline nicht übertrieben.

Ticia oder Leticia – wie immer sie auch heißen mag – ist älter als sie, eine reife, elegante Frau mit klug dreinblickenden braunen Augen, die nichts verraten, während die Anwältin sich auf ihrem linierten Block Notizen macht. Sie hat eine weiche Stimme und einen Akzent, den Alessia nicht einordnen kann. Außerdem scheint sie nur wenig Geduld mit dummen Menschen zu haben und erinnert Alessia darin in gewisser Weise an ihre Großmutter. Sie strahlt einen Tatendrang aus, der anziehend wirkt.

War es das, was Maxim an ihr attraktiv gefunden hat?

Alessia versucht, den Gedanken zu vertreiben. Diese Frau will sie nicht zur Gegnerin haben, sondern als Verbündete. Obwohl sie mit ihrem Mann geschlafen hat und ihm mit ihren scharlachroten Nägeln den Rücken entlanggefahren ist.

O Zot. Schluss damit!

Maxim berichtet der Anwältin alles.

Der Menschenhandel.

Die Verhaftung von Dante und Ylli.

Anatoli. Die Entführung.

Seine Odyssee nach Albanien.

Die überstürzte Hochzeit und die zweifelhafte Legalität der Eheschließung.

Leticia unterbricht Maxim mit einer Handbewegung. »Wurden Sie zu dieser Hochzeit gezwungen?«, wendet sie sich direkt an Alessia. Maxim runzelt die Stirn und will schon etwas einwenden, doch sie bringt ihn mit einem Blick zum Schweigen. »Lassen Sie Ihre Frau antworten, Lord Trevethick.«

»Nein!«, ruft Alessia aus. »Ganz und gar nicht. Wenn überhaupt … war es … äh … umgekehrt.«

»Sie wurden gezwungen?«, spöttelt Leticia und sieht Maxim an.

»Nein«, stößt er hervor. »Ihr Vater besitzt zwar eine Furcht einflößende Schrotflinte, aber ich bin eigens nach Albanien gereist, um Alessia zu heiraten. Aus Liebe.«

Alessia hebt den Kopf und wirft mir, sehr zu meiner Erleichterung, ein kurzes Lächeln zu. Als Leticia das bemerkt, lehnt sie sich zurück und scheint ein wenig erleichtert zu sein.

»Also haben Sie innerhalb einer Woche geheiratet.«

»Ja.«

Sie zieht die Augenbrauen hoch. »Ich verstehe. Haben Sie die Heiratsurkunde da?«

Ich nehme die Unterlagen aus der Innentasche meines Sakkos. »Hier ist sie. Und außerdem eine Apostille.«

Leticia überfliegt die Papiere rasch. »Gut«, murmelt sie. »Ich brauche Kopien dieser Dokumente, damit wir sie übersetzen lassen können. Außerdem Kopien Ihrer Pässe.«

Ich reiche sie ihr.

Leticia konsultiert ihre Aufzeichnungen. »Um es noch einmal zusammenzufassen«, sagt sie zu Alessia. »Sie wurden auf illegalem Wege in dieses Land verschleppt?«

»Ja. Ich und noch andere Mädchen.«

»Andere? Konnten sie auch fliehen?«

»Ich weiß es nicht«, erwidert Alessia leise und schuldbewusst.

»Lady Trevethick, Sie können nichts dafür«, verkündet Leticia mit Nachdruck. »Gibt es irgendwelche Beweise dafür, dass Menschenhandel im Spiel war?«

»Die Männer, die festgenommen wurden«, antwortet Alessia.

»Die Ermittlungen laufen noch«, ergänze ich.

»Aha. Ist das der Fall, über den letztens in der Presse berichtet wurde? Der Mädchenhändlerring?«

»Ja«, bestätige ich.

»Darüber habe ich gelesen.«

»Sie haben mir alles weggenommen. Meinen Pass …« Alessias Stimme erstirbt.

Leticia betrachtet sie voller Anteilnahme. »Falls Ihr alter Pass wiederauftauchen würde, könnte das Probleme geben. Aber darum kümmern wir uns, wenn es überhaupt je dazu kommt.«

»Was könnte schlimmstenfalls passieren?«, erkundige ich mich.

»Nun, natürlich besteht das Risiko, dass Lady Trevethick ausgewiesen wird.«

»Was!« Ich sehe Alessia an, die kreidebleich geworden ist.

»Lord Trevethick, dieses Risiko ist sehr gering. Denn meiner Ansicht nach reichen die Gründe für eine Aufenthaltsgenehmigung in diesem Land aus. Außerdem sind wir noch lange nicht so weit.« Sie blickt zwischen mir und Alessia hin und her. Inzwischen scheint sie auf unserer Seite zu stehen. »Die Gültigkeit Ihrer Ehe könnte angezweifelt werden, falls irgendwelche unangenehmen Zeitgenossen auf den Gedanken kommen sollten, dass der offizielle Dienstweg nicht eingehalten wurde.«

»Deshalb würden wir gern noch einmal heiraten. Hier. Um diese Zweifel aus der Welt zu schaffen.«

»Das ist nicht möglich. Nach englischem Gesetz kann es nur eine Trauung geben, die zwei Menschen zu offiziell verheirateten Eheleuten macht. Sie besitzen eine offenbar echte Heiratsurkunde, die von einer Apostille bestätigt wird. Falls Sie noch einmal heiraten, würde diese zweite Hochzeit rechtlich nicht anerkannt.«

»Oh, das wusste ich nicht.«

»Um noch einmal zu heiraten, müssten Sie die erste Eheschließung annullieren lassen. Dann könnten Sie sich in diesem Land den Segen holen, falls Ihnen das so wichtig ist. Allerdings«, sie mustert noch einmal unsere Papiere, »können wir, wie ich glaube, den albanischen Behörden und dieser Urkunde vertrauen. Alles damit scheint in bester Ordnung zu sein.«

»Okay.« Man hört mir die Skepsis deutlich an. Damit habe ich nicht gerechnet. »Ich denke, das größte Problem besteht in dem gewaltigen Medieninteresse«, fahre ich fort. »Was, wenn irgendein übereifriger Reporter weiter herumstochert und herausfindet, wie schnell wir geheiratet haben?«

»Besteht diese Möglichkeit?«

»Heute hat eine Reportermeute vor unserem Haus gelauert.«

»Aha, ich verstehe. Gut, dann befassen wir uns mit diesem Thema, wenn es nötig wird.« Sie wendet sich direkt an Alessia. »Zuerst müssen wir etwas wegen Ihres Besuchervisums unternehmen, bevor wir auch daran denken können, ein Familienvisum für Sie zu beantragen. Außer Sie könnten sich vorstellen, für die Beantragung eines Ehegattenvisums nach Albanien zurückzukehren.«

»Nein«, stößt Maxim wie aus der Pistole geschossen hervor.

Ticia presst die Lippen zusammen. »Lord Trevethick, ich habe Ihre Frau gefragt.«

Maxim verzieht zwar finster das Gesicht, macht aber den Mund zu und schweigt.

»Wie lange müsste ich denn dort warten?«, erkundigt sich Alessia.

»Nun, wenn Sie einen Eilantrag stellen, könnten Sie in etwa dreißig Tagen ein Visum bekommen. Allerdings müssten Sie einen englischen Sprachtest ablegen, und Lord Trevethick müsste nachweisen, dass er über das erforderliche Mindesteinkommen verfügt.« Ticia sieht Maxim an. »Aber ich denke, wir können davon ausgehen, dass Sie das hinkriegen und außerdem in Großbritannien eine angemessene Wohnung haben.«

»In der Tat«, zischt Maxim.

»Möchten Sie also nach Albanien zurückkehren?«

»Nein, ich würde lieber bei Maxim bleiben.«

»Gut. Eine andere Alternative wäre, in diesem Land ein Studium aufzunehmen. Haben Sie schon einmal daran gedacht?«

Auf der Taxifahrt nach Chelsea ist Alessia still. Sie hat kein Wort gesagt, seit sie Leticias Kanzlei verlassen haben. In Westminster herrscht zähfließender Verkehr. Ich schaue auf die Uhr. Es ist halb sechs Uhr nachmittags, der Höhepunkt des Berufsverkehrs. Ich habe weitere Anrufe und Textnachrichten verpasst, auch eine von Caro, die ich ignoriere. Joe hat mir einen kurzen Artikel aus einer Londoner Boulevardzeitung weitergeleitet. Darin wird über unsere Hochzeit spekuliert, und ein Foto von heute Mittag zeigt mich beim Betreten des Hauses. Seit wann bin ich denn so interessant? Es geht mir mächtig auf die Nerven.

Außerdem habe ich noch immer keine Antwort von meiner Mutter.

Und Alessia bestraft mich mit Schweigen.

Kann dieser Tag denn noch schlimmer werden?

»Möchtest du essen gehen?«, frage ich in der Hoffnung, sie zum Reden zu bringen.

Alessia schaut hinauf zum Big Ben, den wir gerade umrunden. »Ich habe keinen Hunger«, antwortet sie.

»Alessia. Sieh mich an.«

Sie richtet einen Blick aus dunklen, todtraurigen Augen auf mich, der mir bis ins Herz geht. »Was ist? Ich weiß nicht, was du gerade denkst. Das macht mich verrückt.«

»Du hattest eine Beziehung mit der Anwältin?«

»Nein. Es war eine Bettgeschichte für eine Nacht. Nur Sex. Ein einziges Mal.«

Gut, in der besagten Nacht mehr als einmal, wenn wir erbsenzählerisch werden wollen.

Alessia weist mit dem Kopf auf den Taxifahrer.

»Er kann uns nicht hören.«

»Maxim, ich versuche … ach … mein Englisch.« Verärgert schließt sie die Augen.

»Sag es.«

Sie strafft die Schultern und richtet den Blick auf mich. »Du hast eine … *bunte* Vergangenheit. Viele Geliebte. Und ich weiß nicht, warum mir das so wehtut. Ich glaube ich … äh … habe Angst, dass ich dir nicht genug sein könnte. Oder dass du dich mit mir langweilen wirst.«

So. Jetzt ist es heraus. Ihre größte Befürchtung liegt jetzt offen auf dem Tisch.

Blitzschnell rutscht Maxim über die Rückbank des Taxis und umfasst ihr Kinn, sodass sie dem eindringlichen Blick aus seinen grünen Augen nicht ausweichen kann. Er beugt sich vor. »Niemals«, verkündet er mit so viel Leidenschaft, dass Alessia ein wenig mulmig wird. »Ich gehöre dir. Mit Leib und Seele. Verdammt, Alessia!« Er lässt sie los und schlägt die Hände vors Gesicht.

Sie schnappt nach Luft, überrascht von seiner Heftigkeit. »Du bist wütend auf mich.«

»Nein, ich bin wütend auf mich selbst. Aber ich glaube nicht, dass ich das verdient habe.«

»Nein«, erwidert sie leise. »Hast du nicht. Es tut mir leid.«

Er hebt den Kopf und grinst sie schief an. »Du brauchst dich nicht zu entschuldigen. Wie ich schon öfter gesagt habe, habe ich eine Vergangenheit. Pass auf, lass uns einfach nach Hause fahren. Heute war ein beschissener Tag. Ein richtig beschissener Tag.«

Alessia legt ihm die Hand auf den Arm. »So schlimm war er nun auch wieder nicht.«

»Nein?« Maxim richtet sich auf.

»Heute Morgen habe ich mit meiner Mutter telefoniert. Sie ... sonnt sich, ist das das richtige Wort? Sie sonnt sich im Glanz der Hochzeitsfeier. Ganz Kukës redet darüber. Sie ist glücklich. Mein Vater ist glücklich.«

»Ich bin froh, dass deine Eltern glücklich sind. Und offenbar müssen wir kein zweites Mal heiraten, obwohl ich nichts dagegen hätte, weil ich dich wieder und wieder heiraten würde, bis in alle Ewigkeit, wenn ich könnte.«

Als Alessia das hört, atmet sie vor Freude über seine Worte auf und schenkt ihm ein schüchternes Lächeln. »Ich würde dich auch wieder heiraten. Allerdings bin ich froh, dass ich nicht so bald eine neue Hochzeit organisieren muss. Schließlich haben wir das schon mal gemacht.«

Maxim nimmt ihre Hand. »Richtig. Und es war eine wunderschöne Hochzeit. Jetzt ist es offiziell. Wir sind verheiratet. Das hat unsere Anwältin selbst gesagt.«

»Und heute Nachmittag haben wir ein Duett gespielt.«

Maxims Lippen verziehen sich zu einem hinreißenden Lächeln. »Das war traumhaft. Du bist so begabt, und es ist so leicht, sich von dir führen zu lassen.« Er hält inne. »Du hast keine musikalische Ausbildung, richtig?« Er drückt ihre Hand und gibt sie wieder frei.

»Nein, ich habe es zu Hause gelernt. Aber das weißt du doch.«

»Eigentlich hast du es gar nicht nötig, aber hast du dir schon mal überlegt, Musik zu studieren? Hier in London? Du könntest für deine Kenntnisse einen offiziellen Abschluss bekommen.«

Alessia starrt ihn verdattert an und kann ihm im ersten Moment nicht folgen.

»Ein Studium. Dafür könntest du ein Studentenvisum bekommen.«

Studieren. Musik. In London.

Alessias Herz fängt vor Aufregung an zu klopfen. »Das ist bestimmt sehr teuer.«

Maxim schnaubt belustigt. »Ich glaube, wir können es uns leisten«, meint er schmunzelnd.

»Siehst du, so schlecht war der Tag gar nicht.« Sie lächelt mich breit an. Ihre Freude ist ansteckend.

»Nein.« Ich erwidere ihr Lächeln. »Sobald wir zu Hause sind, informieren wir uns. Benimmregeln und Musik. Wir werden etwas finden.«

Und schon im nächsten Moment bessert sich meine Laune, und die Stimmung zwischen uns ändert sich.

Als wir zu Hause ankommen, lungern nur zwei zwielichtige Gestalten mit Kameras vor dem Gebäude herum. Ich bitte den Taxifahrer, uns in der Tite Street abzusetzen, denn ich habe schon einen Plan.

Sobald das Taxi weg ist, biegt Alessia um die Ecke und geht ins Haus. Natürlich wissen die Paparazzi nicht, wer sie ist, und würdigen sie kaum eines Blickes. Allerdings beobachte ich von meinem Versteck aus, dass einer von ihnen ihr lüstern nachglotzt, als sie in ihrer eng anliegenden Jeans vorbeispaziert.

Schmieriger Lüstling.

Als sie drinnen ist, folge ich ihr mit gesenktem Kopf, ohne auf die Fragen der Reporter zu achten. Ich haste ins Haus und treffe im Lift wieder mit Alessia zusammen.

»Du ahnst ja gar nicht, welchen Spaß mir das gemacht hat.« Ich lache in mich hinein. »Wenn die wüssten, dass meine geheimnisvolle Ehefrau gerade an ihnen vorbeigegangen ist.«

Die Aufzugtüren schließen sich hinter uns, und wir stehen nur zu zweit in der kleinen Kabine. Alessia schaut mir in die Augen. Als sie durch die langen Wimpern zu mir hinaufspäht, während ein Lächeln um ihre Lippen spielt, wird mir die Hose zu eng.

»Fühlst du dich besser?«

Sie nickt, packt mich an der Jacke und zieht mich an sich. Ihre Hand umfasst meinen Hinterkopf, und ihre Lippen berühren meine. Wir küssen uns. Lang. Leidenschaftlich. Dann dränge ich sie an die Wand und presse meinen hungrigen Schwanz an ihren Bauch, während unsere Zungen weiter miteinander spielen.

»Maxim!«, haucht sie und ändert ihre Stellung, damit sie mit den Fingern über den Reißverschluss meiner Jeans gleiten und meine Erektion durch den Stoff nachfahren kann.

Ah!

Der Aufzug stoppt, und die Türen öffnen sich. Ich hebe Alessia hoch. »Leg die Beine um mich, Baby.« Sie tut es und vergräbt die Finger in mein Haar. Die Lippen fest aneinander trage ich sie die wenigen Schritte vom Lift bis zur Wohnungstür.

Alessia kichert, als Maxim um ihre Beine herum in seine Hosentasche greift, um den Wohnungsschlüssel herauszukramen. »Nicht mehr viel Platz in meiner Jeans«, keucht er, nimmt den Schlüssel und schließt auf, während er Alessia weiter festhält. Die Alarmanlage piepst, aber er deaktiviert sie, bringt Alessia bis in den Flur und stellt sie dort auf die Füße.

»So gern ich jetzt auch mit dir ins Bett gehen würde, müssen wir uns über Musikhochschulen informieren.«

»Nein, lass uns lieber ins Bett gehen.«

Er weicht mit verständnisloser Miene zurück. »Aber …«

»Nein. Bett.« Alessia bleibt beharrlich.

Er runzelt die Stirn, umfasst ihr Gesicht, hebt ihr Kinn an und mustert sie aus eindringlichen grünen Augen. Im ersten Moment wirkt er verwirrt, als verstünde er die Welt nicht mehr. Doch dann schließt er die Augen.

»Womit habe ich dich nur verdient?«, flüstert er. Und dann treffen seine Lippen ihre. Seine Zunge ergreift Besitz von ihr, während er sie rückwärts ins Schlafzimmer schiebt. Ihre Zungen berühren sich weiter, und er setzt einen Fuß vor den anderen, bis Alessia die Bettkante an den Waden spürt. Dann bleibt er stehen. Ein lüsternes und schalkhaftes Lächeln erhellt sein Gesicht, als er ihr einen sanften Schubs versetzt, sodass sie auf den Rücken fällt. Eine Haarsträhne landet auf ihrem Gesicht.

Maxim ragt über ihr auf. Er zieht das Sakko aus und wirft es auf den Boden. Mit loderndem Blick zerrt er das Hemd aus dem Hosenbund und beginnt, es aufzuknöpfen. Langsam, einen Knopf nach dem anderen. Seine Lippen sind halb geöffnet, weich und sinnlich, sein Atem geht noch langsam, wird aber schneller.

Alessia leckt sich erwartungsvoll die Lippen.

Bald ist das Hemd offen und gibt seinen gebräunten Oberkörper frei. Er hebt die eine Manschette und öffnet auch sie. Dann die andere.

Er zieht sich für sie aus.

Ganz langsam und gemächlich.

Alessia schaut zu. Fasziniert. Sie verschlingt ihn mit Blicken. Seine breite, leicht behaarte Brust, der durchtrainierte Bauch, die Haarlinie, die im Taillenbund seiner Jeans verschwindet.

Er wendet die Augen nicht von ihr ab. Er braucht sie nicht einmal anzufassen, um sie zu verführen. Zwischen ihren Beinen macht sich Erregung breit, sodass sie sich auf dem Bett windet. Er schlüpft aus dem Hemd, und zwar so, wie er es immer tut, indem er es über den Kopf zieht, so, dass seine Haare hübsch zerzaust werden, genau wie es ihr gefällt. Dann lässt er das Kleidungsstück achtlos auf den Boden fallen.

Er öffnet den Knopf seiner Jeans.

Und hält inne.

Nein!

Im nächsten Moment beugt er sich vor, packt sie an den Knöcheln und streift mit einer geschickten Bewegung Stiefelette und Socke ab. Dann wiederholt er das Ganze mit dem anderen Fuß und streicht mit dem Daumen über die nackte Haut am Spann, bis sie zu zappeln beginnt.

Anschließend knöpft er ihre Jeans auf. Mit flinken Fingern. Er ist so routiniert, dass er die Hose an den Säumen nimmt und sie ihr mit einem Ruck vom Körper zieht, bevor sie Zeit zum Luftholen hat. Er wirft ihre Sachen zu seinen auf den Boden.

»Du. Deine Jeans.« Sie weist zwischen seine Beine.

Maxim grinst und zieht langsam an seinem Reißverschluss, schlüpft jedoch nicht aus der Hose. Stattdessen entledigt er sich seiner Schuhe und Socken. Dann reißt er sich Jeans und Unterhose vom Leibe, bis er schließlich in seiner ganzen Pracht vor ihr steht.

Alessia schnappt nach Luft. Maxim kniet sich aufs Bett und drückt einen feuchten, warmen Kuss auf den dünnen Baumwollstoff des Slips zwischen ihren Schenkeln. Die Berührung durchzuckt sie wie ein elektrischer Schlag, sodass sie wieder aufstöhnt und ihm mit den Fingern ins Haar fährt. Er fährt mit der Nase ihre Mitte hinauf und hinunter. Seine Bartstoppeln kratzen an ihren Oberschenkeln.

»Dein Höschen ist nass, liebste Alessia. Das gefällt mir. Das gefällt mir sogar sehr.«

Er kneift sie mit über die Zähne gespannten Lippen in den Oberschenkel, woraufhin Alessia die Hände in sein Haar krampft und daran zieht.

Nun kniet er zwischen ihren Beinen und richtet sie zur Sitzposition auf. Rasch streift er ihr Jacke und langärmeliges T-Shirt ab, die bei den anderen Kleidern landen. Alessia trägt nur noch BH und Slip.

Sie streckt die Hand aus und streichelt sein stoppeliges Kinn.

»Soll ich mich rasieren?«, fragte er.

»Nein. Es gefällt mir. Sehr.« Sanft fährt sie mit den Fingernägeln über seine Wange. Er schließt die Augen.

»Ich habe eine Idee«, flüstert er und umfasst wieder ihren Hinterkopf, um sie zu küssen. Seine Zunge ist beharrlich und fordernd und macht sich die ihre zu Willen, als er sich neben Alessia legt. Seine Finger streifen das Körbchen ihres BH herunter und befreien eine sehnsüchtige Brust. Dann gibt er ihren Mund frei und zeichnet eine feuchte Spur von Küssen, die den Hals hinunter und über das Dekolleté bis zum verhärteten Gipfel ihrer Brustwarze führt.

Begierde pulsiert in ihren Adern, und ihre dunklen Augen blicken in seine funkelnd grünen, während er mit dem Kinn über die empfindliche Knospe fährt.

Ah!

»Bist du sicher, dass ich mich nicht rasieren soll?«, neckt er sie und tut es wieder, ohne den Blick von ihr abzuwenden.

»Nein!«, ruft sie aus, als ihre Brustwarze unter seinen Zuwendungen länger wird.

»Gut so?«

»Ja.« Ihr Puls rast und pumpt Blut in ihre Brüste, sodass die Brustwarzen anschwellen und sich nach seiner Berührung verzehren. Ebenso wie das kleine Zentrum der Energie zwischen ihren Schenkeln. »Bitte.«

Als er es wieder tut, bäumt sie sich unter ihm auf.

Grinsend streift er den BH hinunter, umfasst ihre andere Brust und beginnt die süße Qual von Neuem. Seine Bartstoppeln kratzen auf ihrer überempfindlichen Haut.

Sie krallt die Finger in die Bettdecke, als seine Lippen und sein stoppeliges Kinn weiter nach unten wandern, wo er zwischen ihren Beinen liegen bliebt. Und dann küsst er sie *dort* …

Langsam streift er ihr das Höschen hinunter und küsst sie wieder. Dort.

Diesmal liebkost er die geschwollene Knospe mit der Zunge.

O Zot!

Alessia schließt die Augen und bäumt sich auf, während seine Zunge sie weiter träge umspielt. Immer im Kreis. Leckend und saugend.

Ah!

Er hält inne und fährt mit dem Kinn über die empfindliche Stelle. Seine Bartstoppeln versetzen sämtliche Nervenenden im Aufruhr.

»*Të lutem!*«

»Englisch«, warnt er sie und tut es wieder.

»Bitte, Maxim.«

Er setzt sich auf, streift ihr den Slip ab, dreht sie mit einer raschen Bewegung um und öffnet ihren BH.

Dann legt er sich auf sie. Seine Erektion ruht in der Spalte ihres Pos.

»Soll ich dich so nehmen?«

»Ja!«

»Du klingst, als hättest du es nötig.«

»Ja.«

Als er sanft mit den Zähnen an ihrem Ohrläppchen zupft, spürt sie, dass er lächelt. »O Gott, ich liebe dich, Alessia. Meine Ehefrau.« Mit seinen Knien schiebt er ihre auseinander und zieht ihren Po zu sich hinunter. Dann streicht er mit den Fingern zwischen ihren Pobacken entlang. Ihre Muskeln verspannen sich, als er an ihrem Anus vorbeigleitet.

»Eines Tages, Alessia«, flüstert er. Und dann ist sein Daumen in ihr und drückt auf den köstlichen Punkt irgendwo tief in ihrem Inneren. Seine Finger berühren ihre Klitoris und umkreisen sie. Locken sie. Quälen sie.

Alessia stöhnt auf, und ihr Körper beginnt, um seinen Daumen zu zucken. Der Orgasmus, der ihr durch sämtliche Glieder fährt, überrascht sie selbst.

Maxim zieht den Daumen zurück und dreht sie auf den Rücken. Während sie ihn benommen ansieht, dringt er langsam in sie ein und spürt die letzten Ausläufer der Schockwellen.

Mit einem lüsternen Stöhnen fängt er an, sich zu bewegen. Hart. Schnell. Er entführt sie in ungeahnte Höhen, sodass sie nicht weiß, wie sie je wieder landen soll. Wieder fliegt sie, diesmal getrieben von ihm. Weitergejagt, immer weiter, nur von ihm. Er beugt sich über sie. Schweiß steht ihm auf der Stirn. Doch er kennt keine Gnade. Immer höher. Bis sich ihre Beine wieder verspannen und sie mit einem Aufschrei zum zweiten Mal kommt. Noch heftiger, noch erschöpfender. Für Alessia ist es, als hätte sie den Himmel gesehen.

»Gott sei Dank«, stößt Maxim zwischen zusammengebissenen Zähnen hervor. Und er kommt und kommt, bis er auf ihr zusammensackt und sie fest in den Armen hält.

Alessia öffnet die Augen, als Maxim sich vorsichtig aus ihr zurückzieht und dabei eine seidige, feuchte Spermaspur auf ihrem Oberschenkel hinterlässt. Es stört sie nicht. Sie genießt es sogar.

Er küsst ihre Stirn und streicht ihre nass geschwitzten Haarsträhnen aus dem Gesicht. »Okay?«, fragt er.

»Mehr als okay«, flüstert sie.

Er fährt mit den Fingerknöcheln ihre Wange entlang. »Du darfst nie glauben, dass du nicht genügen könntest. Bitte. Es bricht mir das Herz, wenn du das sagst. Ich liebe dich. Vergiss das nie. Das Gefühl, jemanden zu lieben, ist auch für mich neu. Ich habe es erst kennengelernt, als ich dir begegnet bin.«

Sie richtet sich auf und küsst ihn. »Ich weiß.«

»Wirklich?« Er scheint plötzlich verwirrt.

Rasch nickt sie, um ihn zu beruhigen.

Nichts hat sich geändert, Alessia.

Er liebt dich.

Maxim lächelt schüchtern. »Sehr gut. Schau, ich habe einen Umfang von einer Alessia. Du bist eine Oktave.« Er streckt die Hand aus, sodass die Spitzen von Daumen und kleinem Finger ihre Brustwarzen berühren. Als er grinst, kichert sie, denn es ist schön, dass er so verspielt sein kann. »Ich könnte den ganzen Tag hier liegen und dich anschauen. Aber leider muss ich aufs Klo.« Er küsst sie rasch, steht auf und geht ins Bad.

Alessia blickt ihm nach und bewundert seine anmutigen Bewegungen und seinen muskulösen Po, der sich blass von seinem gebräunten Rücken abhebt.

Sie seufzt, denn sie ist immer noch nicht ganz auf dem Boden.

Er ist ein außergewöhnlicher Liebhaber.

Nicht dass sie in dieser Hinsicht Erfahrung oder irgendwelche Vergleiche hätte, dennoch wollen ihr Carolines Worte nicht aus dem Kopf. *Promiskuitiv trifft's nicht ganz. Er ist der lebende Beweis für den Spruch »Übung macht den Meister«.*

Alessia wickelt sich in die Bettdecke.

Maxim ist *ihr* Geliebter. *Ihr* Ehemann. Einzig und allein *ihrer*.

Das hat er selbst gesagt.

Und das sollte ihr genügen.

Nur dass eine beharrlich bohrende Stimme nicht verstummen will: *Wie lange noch?*

VIERZEHN

Das Wasser der Themse spiegelt sich an der Zimmerdecke und verhöhnt mich, wie es das schon seit Jahren tut. Ich kann nicht schlafen, während Alessia neben mir tief und fest schlummert. Ich beneide sie um ihren Schlaf. Allerdings haben wir uns heute Abend zweimal geliebt. Die Verzweiflung hat mich in die Arme meiner Frau getrieben, kein Wunder also, dass sie völlig erledigt ist. Ich will, dass sie in Sicherheit und glücklich ist. Sie soll wissen, dass ich den Boden heilige, auf dem ihre Füße wandeln.

Verdammt, würde sie mich verlassen, wenn sie über Kit Bescheid wüsste?

Sosehr ich auch versuche, diese Gedanken zu verscheuchen, kreisen sie trotzdem immer weiter um das Thema, mit dem Caroline mich heute Nachmittag überfallen hat. Es will mir einfach nicht mehr aus dem Kopf. Ich schlüpfe vorsichtig aus dem Bett, um Alessia nicht zu wecken, schnappe mir Telefon und Jogginghose vom Sofa und schleiche ins Wohnzimmer. Nachdem ich mich angezogen habe, stehe ich am Fenster und starre stumpf in die dunkle Nacht hinaus.

Ich habe noch einmal meine Mutter angerufen. Und wieder hat sie sich nicht gemeldet.

Diese Frau ist wirklich das Hinterletzte.

Und dabei ist sie die Einzige, die möglicherweise Klarheit in diese Sache bringen kann. Vielleicht hat Kit ja mit ihr gesprochen. Sich ihr anvertraut. Schließlich war Kit ihr Ein und Alles. Sie standen sich sehr nahe.

Leider habe ich als Kind nie Zugang zu Rowena gefunden.

Schau nach vorn, Alter.

Ich überlege, ob ich Maryanne anrufen soll. Doch ich will nicht, dass sie sich Sorgen macht. Außerdem hat sie erwähnt, dass sie diese Woche Nachtdienst hat. Also wird sie gerade beschäftigt sein. Die Frau arbeitet viel zu viel, vor allem wenn man bedenkt, dass sie das gar nicht nötig hätte.

Ich stemme die Faust gegen die kalte Fensterscheibe, lehne die Stirn daran, blicke hinaus in die Dunkelheit und lasse den vergangenen Tag Revue passieren. Mit Alessias schrecklichem Albtraum von letzter Nacht hat es angefangen. Wie kann ich sie mit Carolines Enthüllung belasten, wenn sie weiter von ihrer Vergangenheit heimgesucht wird? Sie braucht es nicht zu wissen. Zumindest noch nicht. Insbesondere deshalb, weil sie Zweifel wegen meiner – wie hat sie es noch mal genannt? – *bunten* Vergangenheit hat.

Wegen der vielen Frauen.

Ich hoffe bei Gott, dass es mir gelungen ist, sie zu beruhigen. Ich weiß nicht, was ich sonst noch tun könnte.

Obwohl meine liebe Frau mich heute zur Strafe angeschwiegen hat, hat sie mir zu guter Letzt den Tag gerettet. Wir haben zusammen *Clair de Lune* gespielt. Uns geliebt. Hinzu kommt, dass sie unverschämt gut kocht. Heute Abend gab es etwas Leckeres aus Auberginen und Lamm. In der Küche ist sie eine wahre Zauberin. Aber ich fürchte, ihr Vater wird recht behalten. Sie wird mich mästen – obwohl wir heute Nacht einige Kalorien verbrannt haben, so viel zu diesem Thema. Das Bild, wie Alessia auf mir liegt, meine Handgelenke umklammert, den Kopf in den Nacken wirft und aufschreit vor Lust, drängt sich in meine Gedanken, weckt meine

Libido und sorgt dafür, dass ich vor Begierde zu glühen beginne. Ich überlege, ob ich wieder ins Bett gehen, sie wecken und mich noch einmal in ihr verlieren soll.

Lass sie schlafen, Alter.

Allerdings sind diese kurzen Glücksmomente nicht von Dauer. Als ich über den funkelnden, dunklen Fluss hinweg in Richtung Battersea Park blicke, fühle ich mich wie betäubt. Die neuen Informationen über Kit hören nicht auf, mich zu quälen.

Was meine Gesundheit betrifft, fühle ich mich bestens. Ich glaube, es ist mir noch nie zuvor so gut gegangen.

Aber werde ich irgendwann später im Leben einer grauenhaften Krankheit zum Opfer fallen? Oder war Kit der Einzige, der an dieser geheimnisvollen genetischen Störung litt?

Immer wieder kehren meine Gedanken zu derselben zermürbenden Frage zurück. Ist das der Grund, warum er mit seinem Motorrad auf vereisten Straßen herumgefahren ist? War die Nachricht so schlecht, dass er sich *Scheiß drauf* dachte? Und dann hat er sich auf seine heiß geliebte Ducati gesetzt und einfach Gas gegeben?

Ich habe keine Ahnung.

Und wenn die Nachricht wirklich so schlecht war – heißt das, dass ich irgendwann einmal elend dahinsiechen werde? Und Maryanne?

Fuck.

Dem Himmel sei Dank, dass es Verhütungsmittel gibt.

Bis wir genau wissen, was los ist, darf ich nicht einmal ans Kinderkriegen denken. Richtig?

Mist. Diese Ungewissheit. Diese Ahnungslosigkeit. Diese Ohnmacht. Das ist Folter.

Es hat sich nichts verändert.

Mein Verstand versucht, mich zu beruhigen.

Nur dass das nicht stimmt. Mein Lebensweg, den ich bis jetzt für festgelegt gehalten habe, hat eine völlig neue Wendung genommen.

Kumpel, das kannst du doch noch gar nicht sagen.

Verdammt.

Als ich meine Textnachrichten öffne, entdecke ich eine von Caroline.

Du siehst gut aus, Maxim.

So wie immer.

Bestimmt gibt es keinen Grund zur Sorge.

Ich gehe nicht auf ihr Kompliment ein.

Kann nicht schlafen.

Denke dauernd an Kit.

Ich auch.

Das heute tut mir leid.

Du brauchst dich nicht zu entschuldigen.

Wo ist die Albanerin?

Leck mich, Caro.

Bei dir klingt das beleidigend.

Meine geliebte Frau Alessia schläft.

Ach, herrje, chill mal. Sie ist nun mal Albanerin!

Gute Nacht.

Maxim, sei nicht so.

Es war trotz allem schön, dich heute wiederzusehen.

Ich vermisse dich.
Cx

Was hat das schon wieder zu bedeuten? Genervt werfe ich das Telefon aufs Sofa. Ich habe keine Lust, mich mit Caros Mist zu beschäftigen, und frage mich, warum ich ihre Nachricht überhaupt beantwortet habe. Ich kehre zu Alessia zurück und schlüpfe ins Bett.

Sie bewegt sich. »Maxim«, flüstert sie schlaftrunken.

»Pst. Schlaf weiter, Baby.«

Sie rutscht näher heran, sodass ich den Arm um sie legen muss. Dann schmiegt sie den Kopf an meine Brust. »Jetzt hab ich dich«, murmelt sie im Halbschlaf.

Ineinander verschlungene Gefühle bilden einen Kloß in meiner Kehle, als ich spüre, wie sie wieder in ihren Träumen versinkt. Noch nie war ich so froh wie in diesem Moment, dass sie meine Frau ist.

Meine Liebe. Ich küsse ihr Haar und schließe die Augen. Angst und Bedauern steigen in mir hoch. Werde ich diese Krise überstehen? Ganz gleich, wie sie auch ausgehen mag?

Ihr Duft ist Balsam für meine Seele und lindert meine Sorgen.

Jetzt hab ich dich. Die Worte, ihr Akzent, schweben durch meinen Kopf und beruhigen mich. Ich nicke ein.

Am nächsten Morgen ist es trocken kalt, als ich zu Fuß zu der nur einige Straßen entfernten Praxis meines Arztes gehe, um meinen Termin wahrzunehmen und hoffentlich einige Antworten zu erhalten. Die fröhliche, tüchtige Empfangssekretärin schickt mich sofort ins Behandlungszimmer.

Dr. Renton trägt wie immer einen eleganten Anzug mit roter Fliege. Er ist Mitte sechzig und hat glattes, schütteres Haar. Als ich eintrete, steht er auf und weist auf den Stuhl vor seinem Schreibtisch. »Was kann ich für Sie tun, Lord Trevethick?« Er schenkt mir sein übliches väterliches Lächeln und nimmt wieder Platz.

»Mein Bruder. Genlabor. Was wissen Sie darüber?«

»Aha.« Seine buschigen grauen Augenbrauen wandern ein Stück nach oben. Offenbar habe ich ihn überrascht. Dann lehnt er sich vor. Als er die Stirn runzelt, treten die Augenbrauen den Rückweg an. Dr. Renton stützt die Ellbogen auf den Schreibtisch und das Kinn in die Hände. »Da kann ich Ihnen nicht weiterhelfen, Mylord.«

»Was?«

»Ihr Bruder hat, aus welchen Gründen auch immer, entschieden, Ihnen diese Information vorzuenthalten. Und als sein Arzt bin ich an das Arztgeheimnis gebunden. Es ist meine Pflicht.«

Mir fällt vor Fassungslosigkeit die Kinnlade herunter. Mühsam hole ich Luft und sehe wie vor den Kopf geschlagen zu, als der Arzt die Hände auf dem Schoß verschränkt und geduldig auf meine Antwort wartet. »Ich kann das so nicht stehen lassen. Mein Bruder ist nicht mehr am Leben.«

»Ich bedaure, Maxim, aber ich kann nichts für Sie tun. Im Rahmen der Gentests wird man Ihren Bruder gewiss über die Folgen aufgeklärt und auch die Frage erörtert haben, ob er seinen engsten Verwandten Bescheid geben soll.«

»Aber gewiss …«

»Mir sind die Hände gebunden.«

»Ich habe gerade geheiratet.«

»Glückwunsch.«

»Verdammte Scheiße, Renton.«

Seine blauen Augen werden schmal. »Eine derartige Ausdrucksweise ist völlig unangebracht, Mylord«, weist er mich in scharfem Ton zurecht.

Ich stoße ein verzweifeltes Schnauben aus und fühle mich wie damals in Eton, wenn ich mir im Büro des Präfekten wegen irgendeiner Kleinigkeit einen Rüffel abholen musste.

Renton seufzt. »Leiden Sie an irgendwelchen Beschwerden?«, ändert er die Taktik.

Was? »Nein.«

»Dann haben Sie Ihre Antwort. Am besten vergessen Sie die ganze Sache und respektieren die Entscheidung Ihres Bruders.«

»Hat er sich wegen der Diagnose das Leben genommen?«

Renton erbleicht. »Maxim, der verstorbene Lord Trevethick wurde Opfer eines tragischen Unfalls.«

»Genau. Und deshalb wird er auch nie erfahren, dass Sie mir reinen Wein eingeschenkt haben. Was ist eigentlich mit Ihrer ärztlichen Pflicht mir gegenüber? Immerhin bin ich auch Ihr Patient.«

»Aber Sie sind nicht krank«, entgegnet er in nachsichtigem Ton.

Ich sehe ihn drohend an, in der Hoffnung, ihn einschüchtern zu können, damit er seine Meinung ändert. Doch als er sich zurücklehnt und wieder sein gütiges Lächeln aufsetzt, wird mir klar, dass er sich nicht wird erweichen lassen.

Wie verdammt lästig ist das denn?

Andererseits bewundere ich ihn dafür, dass er das Vertrauen meines Bruders nicht missbraucht. Deshalb beherrsche ich meinen Zorn und wechsle das Thema. »Ich würde gern meine Frau bei Ihnen anmelden.« Ich klinge wie ein trotziger Schuljunge.

»Ich freue mich schon sehr darauf, sie kennenzulernen«, erwidert Renton freundlich. »Wäre das alles, Mylord?«

Ich stehe auf. »Ich bin enttäuscht, weil Sie mir nicht helfen können.«

»Ich enttäusche Sie nur ungern, Maxim.«

Das Taxi quält sich durch den Verkehr. Ich bin auf dem Weg ins Büro und habe schlechte Laune, denn ich habe eine Stinkwut auf Renton. Vielleicht sollte ich mir einen anderen Arzt suchen. Einen jüngeren.

Jemanden ohne ethische Grundsätze?

Verdammt.

Mein Telefon kündigt vibrierend eine Textnachricht an. Meine Mutter. Endlich!

> Bin gerade in Heathrow gelandet.
> Brauche Schlaf.
> Rufe dich später an.

Den Teufel wirst du tun! Doch als ich ihre Nummer anklicke, landet mein Anruf sofort auf der gottverdammten Mailbox.

»Rowena, ruf mich an. Das ist keine höfliche Bitte.« Ich lege auf und stiere finster aus dem Taxifenster. Der strahlend sonnige Morgen scheint mich zu verspotten.

Meine Mutter treibt mich in den Wahnsinn.

Warum spricht sie nicht mit mir?

Als das Taxi vor meinem Bürogebäude hält, hole ich tief Luft, um mich zu beruhigen. Dann bezahle ich den Fahrer und marschiere die Vortreppe hinauf.

Oliver hat drei Häuser aufgetan, die entweder frei sind oder bald frei sein werden und die für Alessia und mich infrage kämen. Froh über die Ablenkung, studiere ich am Schreibtisch die Exposés und trinke dazu schwarzen Kaffee. Eines ist ein ehemaliges Kutscherhäuschen und kleiner als meine jetzige Wohnung, weshalb ich es sofort aussortiere.

Die anderen beiden Häuser würden sich für eine Familie eignen.

Verdammt.

Ich will Kinder – irgendwann. Schließlich ist es eine meiner Aufgaben, den Familienstammbaum fortzuführen. Aber wie kann ich an eine Familie denken, wenn vielleicht etwas mit mir nicht in Ordnung ist?

Immerhin hat Dr. Renton sich nach meinem Befinden erkundigt.

Vielleicht war das eine verschlüsselte Mitteilung, dass ich mir keine Sorgen zu machen brauche.

Reiß dich zusammen, Alter.

Ich schiebe meine Ängste in Sachen Kinder beiseite und beschließe, nicht den Mut zu verlieren.

Es ist Zeit für einen Umzug. Wir brauchen mehr Platz. Meine wilden Jahre als Single sind vorbei.

Wer hätte je gedacht, dass ich einmal gern zu Hause bleiben, selbst gekochte Mahlzeiten essen und mit meiner Frau ins Bett gehen würde?

Auch Alessia wird es guttun.

In einem neuen Haus können wir, unbelastet von Erinnerungen an meine bunte und verwerfliche Vergangenheit, ein neues Leben anfangen. Eine Vorstellung, die mir ein wenig Angst macht, weil sie von einem Anflug schlechten Gewissens begleitet wird.

Warum?

Ich habe doch nichts falsch gemacht.

Oder?

Ich schiebe den Gedanken beiseite.

Als ich weiter die Exposés sichte, komme ich zu dem Schluss, dass das Haus im Cheyne Walk einen entscheidenden Vorteil hat. Am Ende des Gartens befindet sich ein Kutscherhäuschen mit einer Garage, die Platz für zwei Autos bietet. Im Häuschen selbst könnte das Personal wohnen. Ich habe das Thema Hausangestellte zwar noch nicht mit Alessia besprochen, doch für sie wäre es eine Möglichkeit, endgültig mit diesem Teil ihres Lebens abzuschließen. Während mir rosafarbene Höschen und blaue Kittelschürzen stets in liebevoller Erinnerung bleiben werden, kann sie sich mit anderen Dingen beschäftigen. Zum Beispiel mit dem Musikstudium, falls wir Glück haben. Ein weiterer Vorteil des Hauses im Cheyne Walk besteht darin, dass es zwischen meiner Wohnung und Trevelyan House liegt, wo Caroline wohnt.

Vielleicht sollte ich Caro fragen, ob sie tauschen will. Sie könnte in meine Wohnung oder eine andere, kleinere Immobilie ziehen. Schließlich gehört Trevelyan House mir.

Nein. So kurz nach Kits Tod kann ich das Thema nicht ansprechen.

Ich greife zum Telefon und wähle Carolines Nummer.

»Hallo, Maxim.« Sie klingt abweisend und scheint eingeschnappt zu sein. Vielleicht liegt das an meiner kritischen Textnachricht von gestern.

Ich spiele den Ahnungslosen. »Hallo. Hast du was?«

»Sämtliche Zeitungen berichten über dich. Außerdem rufen hier ständig Reporter an und stellen Fragen über dich. Und über Alessia.«

»Mist. Tut mir leid. Ignoriere sie einfach.«

»Was glaubst du, was ich mache? Trotzdem solltest du etwas unternehmen. Vielleicht veranstaltest du ja eine kleine Party, um deine Frau in die Gesellschaft einzuführen. Lad alle ein. Dann ist sicher endlich Schluss mit diesem Theater.«

Dass Reporter in den Hintergründen unserer überstürzten Hochzeit herumstochern, hätte mir gerade noch gefehlt.

Aber Caro darf das nicht erfahren!

»Keine schlechte Idee«, entgegne ich, um sie von diesem Thema abzulenken.

»Ich könnte alles für dich organisieren«, schlägt sie begeistert vor.

Hm … Ich weiß nicht so recht, was Alessia davon halten wird.

»Ich überlege es mir. Doch eigentlich rufe ich an, weil das Bauvorhaben in Mayfair jetzt in die entscheidende Phase geht. Hättest du Lust, die Innenausstattung zu übernehmen?«

Caroline holt tief Luft. »Ja, sehr gern. So habe ich wieder etwas zu tun und komme unter Leute. Das hat mir gefehlt.«

»Sehr gut. Ich freue mich.«

»Außerdem könnte ich das Geld gebrauchen«, fügt sie hinzu. Inzwischen klingt sie wieder fast so unternehmungslustig wie früher.

»Caro, du hast einen riesigen Treuhandfonds und deinen Anteil vom Gewinn, den unsere Besitzungen abwerfen.«

Sie schnaubt verächtlich. Allerdings erwähnt keiner von uns Kits Testament und dass er sie enterbt hat.

Alter, davon lässt du besser die Finger.

»Ich bitte Oliver, dich wegen der Einzelheiten anzurufen.«

»Oliver!«, wiederholt sie, als wundere sie das.

»Ja, natürlich. Er vermittelt dir den Kontakt zum Bauunternehmer. Okay?« Was stört sie denn daran?

»Ja, ja, du hast recht. Hast du Alessia von den Briefen erzählt?«

»Noch nicht. Hast du mit Rowena gesprochen?«

»Nein. Warum?«

»Sie geht mir aus dem Weg. Inzwischen habe ich ihr jede Menge Textnachrichten hinterlassen. Aber sie ruft einfach nicht zurück.«

»Rowena ist eben Rowena.«

»Stimmt. Bist du wegen Kits Laptop schon weitergekommen? Ich laufe überall gegen Wände.«

»Sogar bei Dr. Renton?«

»Der rückt nicht raus mit der Sprache.«

»Verschwiegener alter Mistkerl.«

»Wie wahr.«

»Mit dem Laptop hatte ich bis jetzt kein Glück. Kit hat mir die Zahlenkombinationen für die Safes nie gegeben. Weder hier noch in der Hall. Woran könnte das nur liegen?« Am Ende des Satzes gerät ihre Stimme ins Zittern. Mir wird klar, wie sehr sie das kränkt.

»Keine Ahnung. Kit war eben so … ein bisschen wie seine Mutter.«

»Ja, war er.« Carolines Stimme ist nur noch ein kaum hörbares Flüstern. Ich könnte mich ohrfeigen.

»Das mit der Party überlege ich mir noch.«

»Tu das«, antwortet sie ein wenig fröhlicher. »Außerdem solltest du mir erlauben, mit Alessia shoppen zu gehen.«

Oh, ich glaube nicht, dass das eine gute Idee ist.

»Maxim, sie kleidet sich wie eine Studentin.«

»Interessant, dass du das sagst. Ich hoffe nämlich, sie an einem College unterzubringen. Das würde sich positiv auf ihre Aufenthaltsgenehmigung auswirken. Apropos, deine Stiefmutter …«

»Stiefkuh«, verbessert sie mich.

»Gehört sie nicht dem Stiftungsrat des Royal College an?«

»Ja. Aha, Musik. Für Alessia?«

»Genau. Was hältst du davon?«

»Ich finde es großartig. Alessia ist wirklich sehr begabt.«

»Tja, dann muss ich mich wohl an die Stiefkuh halten.«

Carolina lacht leise auf. »Viel Glück. Ich habe sie noch nie hilfsbereit oder auch nur zugänglich erlebt. Keine Ahnung, was mein Vater an ihr findet.«

Caro beklagt sich ständig über die Frau ihres Vaters.

»Hast du eigentlich je einen Benimmkurs besucht?«, wechsle ich das Thema.

»Natürlich. Kit hat darauf bestanden. In dieser Hinsicht war er ein richtiger Spießer.«

Überrascht schnappe ich nach Luft. *Kit? Ein Spießer?*

»Du hast richtig gehört. Gleich nach der Hochzeit.«

Kit hat von seiner Frau verlangt, einen Benimmkurs zu besuchen!

Ich habe ja gar nicht geahnt, dass er so ein Snob war!

»Alessia will es unbedingt.«

»Eine gute Idee. So wird sie ein bisschen selbstbewusster. Bei mir hatte es jedenfalls diese Wirkung. Der Kurs, den ich besucht habe, war spitze. In Kensington. Ich schicke dir die Kontaktdaten.«

»Danke. Und nur um eines klarzustellen, das ist Alessias Wunsch, nicht meiner.«

»Ach, bist du *woke*, Maxim«, spöttelt Caroline. »Aber mein Angebot steht. Ich gehe gern mit ihr zu Harvey Nichols. Mit deiner Kreditkarte natürlich.« Sie kichert hämisch.

Und ich ertappe mich bei einem leichten Schmunzeln. »Ich rede mit ihr.«

»Gut. Ich habe nämlich etwas bei ihr wiedergutzumachen.«

»Ja, hast du.«

Oliver klopft an die Tür und kommt herein.

»Ich muss Schluss machen.« Nachdem ich aufgelegt habe, sehe ich Oliver an. »Ich habe gerade mit Caroline gesprochen. Sie wird die Innenausstattung übernehmen.«

»Es freut mich, dass das geklärt ist. Hier ist die Aufstellung der Ausgaben, mit denen Ihre Mutter das Unternehmen belastet hat.« Er reicht mir eine Tabelle. Aus der letzten Zeile springt mir eine astronomische Summe ins Auge.

Was zum Teufel soll das?

Entsetzt starre ich ihn an.

»Ja.« Missbilligend presst er die Lippen zusammen.

»Ist das Teil der Scheidungsvereinbarung?«

»Hier.« Er gibt mir ein weiteres Dokument. »Ich habe die wichtigen Zahlen für Sie markiert.«

Ich überfliege sie rasch.

Wow. Es löst ein mulmiges Gefühl in mir aus, in den Privatangelegenheiten meiner Eltern herumzuschnüffeln. Die Scheidung hat meinen Vater umgebracht. Er ist an einem gebrochenen Herzen gestorben, und das werde ich meiner Mutter niemals verzeihen. »Das ist über das Doppelte dessen, was ihr an Alimenten zusteht.«

»Ja, Mylord.«

»Okay, ich kümmere mich darum.«

»Ich wünsche Ihnen viel Glück, Mylord.« Mit einem mitfühlenden Lächeln geht er hinaus.

Als ich meine Mutter anrufe, lande ich wieder auf der Mailbox. »Rowena, ich bin gerade dabei, dir den Zugriff auf die Unternehmenskonten zu sperren. Ruf mich an.« Mit diesen Worten lege ich auf und wähle die Nummer der Bank, um mit dem Filialleiter ein kurzes Gespräch über meine Mutter zu führen.

Als Nächstes schreibe ich Maryanne eine SMS.

> Bitte sag deiner Mutter, dass sie mich anrufen soll.
> Ich habe ihr mehrere Nachrichten hinterlassen.
> Bis jetzt ohne Ergebnis.

Ich brauche Antworten. Außerdem erschreckt es mich, dass meine eigene Mutter nicht einmal die Höflichkeit besitzt, auf meine Anrufe zu reagieren. Mein ganzes bisheriges Leben scheint ins Wanken geraten zu sein. All meine Träume und vagen Hoffnungen müssen offenbar warten.

Fuck.

Wenn diese Taktik nicht wirkt, bin ich mit meinem Latein am Ende.

Alessia hat ausgepackt, geputzt und alle neuen Küchenutensilien aufgeräumt, die sie und Maxim online bei Peter Jones, also John Lewis, bestellt haben. Sie hat sauber gemacht. Poliert. Gewaschen. Alles ist fertig. Die Wohnung ist blitzblank. Außerdem hat sie das Abendessen vorbereitet und einige Stücke auf dem Klavier geübt. Jetzt sitzt sie an Maxims

Schreibtisch vor dem Computer, vergleicht verschiedene Musikstudiengänge und macht sich Notizen. Während sie die Vorzüge der Royal Academy gegen die des Royal College abwägt, fällt ihr Blick auf Ticia Cavanaghs Visitenkarte, die angelehnt auf dem Schreibtisch steht. Sie erinnert sich an die schockierte Reaktion der Anwältin.

Noch andere? Konnten sie auch entkommen?

Plötzlich hat sie Blerianas liebes Gesicht vor Augen, wie sie, damals im Laderaum dieses schrecklichen stinkenden Lasters, über einen von Alessias Witzen lachte. Vielleicht kann Ticia ihr ja bei der Suche helfen. Schließlich ist sie Anwältin. Sie weiß sicher, was zu tun ist. Oder?

Alessia schiebt ihre Zweifel beiseite, die damit zusammenhängen, dass diese Frau ihren Ehemann im biblischen Sinne gekannt hat. Sie greift zum Telefon und wählt die Nummer.

»Vorzimmer Ticia Cavanagh«, meldet sich eine Männerstimme.

»Hallo. Äh. Ich bin Alessia Trevelyan und würde gern Ticia Cavanagh sprechen.«

»Ich schaue, ob sie Zeit hat.«

Es wird still in der Leitung. Doch kurz darauf meldet sich Ticia. »Lady Trevethick, was kann ich für Sie tun?«

»Bitte nennen Sie mich Alessia. Äh … ich … äh …«

»Geht es um Ihren Mann?«, stößt Cavanagh atemlos hervor.

»Nein, nein, tut es nicht. Ich glaube … die Bekanntschaft zwischen Ihnen war vor meiner Zeit.« Alessia kann nicht fassen, dass sie so über Maxim spricht. Einen Moment herrscht verlegenes Schweigen, und Alessia hört, dass Ticia nach Luft schnappt.

»Ganz Ihrer Ansicht«, erwidert sie schließlich, was Alessia sehr erleichtert.

Und jetzt komm endlich auf den Punkt, Alessia.

»Ich rufe wegen der anderen Mädchen an, die gemeinsam mit mir entführt wurden. Ich will sie suchen. Nun, zumindest eine von ihnen. Doch es wäre schön, wenn ich auch die anderen finden könnte.«

»Ich verstehe. Ich bin nicht sicher, ob ich Ihnen helfen kann. Was können Sie mir denn über sie erzählen?«

Alessia lehnt sich in Maxims Schreibtischsessel zurück und starrt auf ihre Notizen. Ticia hat ihr die Nummer einer Privatdetektei gegeben, die ihre Kanzlei häufig beschäftigt. Die Firma ist zwar teuer, aber diskret. Da Alessia nun genügend Geld hat, würde sie gern dort anrufen. Aber muss sie zuerst Maxim fragen? Schließlich ist es sein Geld. Wäre er mit ihrem Plan einverstanden? Sie weiß es nicht. Vielleicht teilt er ja Ticias Ansicht, dass es unmöglich ist, weil Bleriana und die anderen Mädchen sich überall in diesem Land aufhalten könnten.

Aber Alessia muss es versuchen.

Außerdem hat sie so wenigstens etwas zu tun.

So gern sie die Wohnung hat, fühlt sie sich allmählich ein wenig eingesperrt. Sie muss vor die Tür.

Soll sie ihren Mann informieren?

Im nächsten Moment läutet ihr Telefon, als hätten ihre Gedanken Maxims Anruf heraufbeschworen.

»Hallo«, sagt er. Als sie seine liebevolle Stimme hört, wird ihr ganz warm ums Herz.

»Hallo. Wie ist es in der Arbeit?« Er ist heute Morgen früh aufgebrochen und schien sich wegen irgendetwas Gedanken zu machen. Alessia nimmt an, dass es mit dem Büro zu tun hat.

»Alles in Ordnung. Ich habe eine Überraschung für dich. Ich schicke dir gleich eine Adresse. Es sind nur ein paar Minuten Fußweg. Wir treffen uns dort in einer halben Stunde.« Sie vermutet, dass er gerade lächelt. Offenbar freut er sich.

»Okay«, antwortet sie, ebenfalls lächelnd.

»Dreißig Minuten.« Er legt auf, und eine Nachricht erscheint auf ihrem Display. Es ist eine Adresse im Cheyne Walk, was heißt, dass sie noch genug Zeit hat, um ein Telefonat zu führen und ihre Suche nach Bleriana zu beginnen.

Ich gehe vor dem Haus im Cheyne Walk auf und ab, um nicht zu frieren, und halte Ausschau nach Alessia. Das Haus, das vielleicht einmal unser Zuhause sein wird, steht hinter den Parkanlagen der Chelsea Embankment Gardens, was heißt, dass ich mich nachts nicht mehr von den Wasserreflexionen an der Zimmerdecke plagen lassen muss. Vorausgesetzt, Alessia gefällt es hier. Ich hoffe das sehr, denn ich denke, das Haus ist wie für uns geschaffen.

Durch das Blattwerk kann ich einen Blick auf die Themse erhaschen. Ich bleibe stehen. Als ich tief durchatme, steigt mir der leicht muffige Geruch vom Fluss in die Nase, der in mir ein vertrautes und geborgenes Gefühl auslöst.

Hier bin ich zu Hause.

Als ich den Kopf hebe, stelle ich fest, dass Alessia auf mich zukommt. Bei meinem Anblick hellt sich ihre Miene auf. Ich laufe ihr entgegen.

»Hallo.« Ich fasse sie an der Hand. »Komm. Ich muss dir unbedingt etwas zeigen.«

Ihr Lächeln versetzt mich sofort in bessere Stimmung. Ich führe sie zum eisernen Tor. Sie sieht mich fragend an, und als ich den Zahlencode in das digitale Schloss eintippe, macht sie ein neugieriges Gesicht. Das Tor schwingt mit einem protestierenden Quietschen auf, und wir gehen den Plattenweg entlang zur glänzend schwarz lackierten Tür, über der ein wundervolles bogenförmiges Oberlicht prangt.

Maxim kramt einen Schlüssel aus der Tasche und schließt auf. »Das könnte unser Haus werden, wenn es dir gefällt«, sagt er und winkt Alessia hinein.

Das ganze Haus?

Vor ihnen tut sich eine riesige Eingangshalle auf, von der ein elegantes Esszimmer abgeht. Dahinter befindet sich eine große, modern ausgestattete Küche, die sie an die Glasküche in Maxims Wohnung erinnert. Durch gläserne Schiebetüren am Ende des Raums kommt man in einen gepflegten Garten, an dessen hinterer Begrenzung offenbar ein zweites Haus steht.

»Ja. Zwei Häuser. Dort könnte das Personal wohnen.« Maxim weist darauf.

Personal?

»Oh«, entfährt es Alessia.

Oben liegt ein riesiger Salon, der sich über die gesamte Breite des Hauses erstreckt und geschmackvoll in gedecktem Beige und Hellbraun gehalten ist.

»Wir können es auch anders ausstatten«, sagt Maxim und runzelt die Stirn, was Alessia als Besorgnis deutet.

»Es ist wunderschön«, sagt sie sofort.

Die schiere Größe des Hauses wirkt einschüchternd auf Alessia. Es gibt fünf Schlafzimmer, jedes mit eigenem Bad. Das größte Schlafzimmer besteht aus dem Raum selbst und einem Bad mit zwei Waschbecken – aus Marmor! –, einer ovalen Badewanne und einer Dusche, in der vier Personen Platz finden würden. Außerdem gibt es noch zwei begehbare Kleiderschränke, die viel mehr Staufläche bieten, als sie und Maxim nötig hätten.

»Was meinst du?« Maxim beobachtet sie erwartungsvoll.

»Du willst hier einziehen?«

»Ja. Wir brauchen mehr Platz.«

»Fünf Schlafzimmer?«

»Wäre dir etwas Kleineres lieber?« Er verzieht das Gesicht.

»Ich habe nicht an ein so großes Haus gedacht ... Vielleicht eines Tages, wenn wir Kinder haben ...« Der Gedanke bringt sie zum Erröten, obwohl sie nicht weiß, warum.

»Ja, eines Tages«, sagt er leise und schließt die Augen, als täte ihm diese Vorstellung weh.

»Eines Tages«, wiederholt Alessia und fragt sich dabei, wieso ihm die Idee offenbar nicht gefällt. »Du willst doch Kinder, oder?«

Er nickt zwar, doch seine Augen sprechen eine andere Sprache. Er hat Angst.

Warum?

»Könnten wir auch ein Klavier hier hineinstellen?«, fragt Alessia fröhlich, um ihn auf andere Gedanken zu bringen.

Er lacht. »Natürlich. Glaubst du, ich lasse den Stutzflügel zurück? Komm, ich zeige dir den Keller.«

Hand in Hand kehren sie zurück zur Wohnung.

»Hast du früher schon einmal dort gewohnt?«, erkundigt sich Alessia.

»Nein. Ich habe das Haus heute zum ersten Mal betreten.«

»Gefällt es dir?«

»Ja.« Ich drücke ihre Hand. »Und dir? Wir können dort unsere eigenen Erinnerungen schaffen.«

Alessia betrachtet mich mit einem Ausdruck, den ich nicht deuten kann. Ehrfurcht? Erleichterung? Jedenfalls ist ihr Lächeln wunderschön. »Ja, nur wir beide.«

Als wir um die Ecke biegen, lungern zum Glück keine Paparazzi vor der Tür herum. Offenbar sind wir Nachrichten von gestern.

Wir sind noch auf dem Weg in die Wohnung, als mein Telefon läutet.

Es ist meine Mutter. *Endlich.*

FÜNFZEHN

»Es ist Rowena. Ich muss da rangehen«, sage ich und überlasse es Alessia, die Wohnungstür zu schließen. Um ungestört reden zu können, ziehe ich mich ins Schlafzimmer zurück, bevor ich den Anruf annehme. »Rowena. Vielen, vielen Dank, dass du mich endlich zurückrufst.« Mein Tonfall trieft von Sarkasmus.

»Maxim. Deine Nachrichten waren ausgesprochen unhöflich. Warum sollte ich da mit dir reden wollen? Und was zum Teufel soll die Scheiße, dass du mir den Geldhahn zudrehst?«

Meine Mutter flucht. Offenbar steht ihr das Wasser bis zum Hals.

»Ich habe genau das gemeint, was ich geschrieben habe. Seit Tagen versuche ich, dich zu erreichen, ohne dass du mich zurückrufen würdest. So viel zum Thema Unhöflichkeit.«

»Wenn du freundlichere Nachrichten hinterlassen würdest, würdest du erleben, dass deine Mitmenschen schneller darauf reagieren. Mit Honig fängt man mehr Fliegen als mit Essig, Maxim. Ein Mann mit deinen Neigungen versteht das sicher.«

Was?

»Der Himmel steh dem Unternehmen bei, wenn du jeden am Telefon so anblaffst«, fährt sie fort.

»Wenn wir bei deinem Sprachbild bleiben, wärst du ja dann die Fliege«, zische ich. »Außerdem bist du die Einzige, die bei mir diese Reaktionen auslöst, Mutter. Und ausgerechnet du brauchst mir keine Vorträge über meine *Neigungen* zu halten.«

Sie schnappt nach Luft. »Also drehst du mir den Geldhahn zu, damit ich wieder brav bin?«

»Nein, ich drehe dir den Geldhahn zu, weil du mehr ausgibst, als dir laut Scheidungsvereinbarung zusteht.« Am anderen Ende der Leitung herrscht Schweigen, und ich weiß, dass Rowena vor Wut kocht. »Glaubst du, ich bemerke das nicht? Vielleicht hat Kit es dir ja durchgehen lassen.« Wieder keine Antwort. Hinzu kommt, dass ich mir mit Bemerkungen wie dieser nur selbst schade. Also atme ich tief durch, um mich zu beruhigen. »Aber das ist nicht der eigentliche Grund meines Anrufs. Wusstest du, dass Kit eine Genuntersuchung hat durchführen lassen?«

Wieder ein hörbares Luftschnappen. »Was?«, flüstert sie, und ich erkenne an ihrem Tonfall, wie abgrundtief erschüttert sie ist.

»Ja. Ich hatte gehofft, du könntest mir etwas über den Grund erzählen.«

»Nein.« Offenbar unterdrückt sie ein Aufschluchzen. Meine Kopfhaut beginnt zu prickeln, und meine Stimmung ändert sich schlagartig.

»Was meinst du mit *Nein*? Was weißt du?« Meine Stimme klingt atemlos.

»Es hat nichts mit dir zu tun, Maxim. Überhaupt nichts. Vergiss es einfach«, wehrt sie mich ab. Sie scheint in Panik zu sein.

»Was soll das heißen?«

»Vergiss es!«, schreit sie mich an, und dann ist die Leitung tot.

Sie hat einfach aufgelegt!

Das hat sie noch nie getan. Und außerdem hat sie *geschrien*, was überhaupt nicht zu ihr passt. Sonst ist sie immer so kühl und distanziert. Als ich auf »Wiederwahl« drücke, landet mein Anruf auf der Mailbox. Ich versuche es noch einmal. Mit demselben Ergebnis.

Irgendetwas ist da faul. Oberfaul. Verdattert starre ich auf mein Telefon.

Was soll diese Scheiße?

Als ich Maryanne anrufe, erreiche ich auch nur die Mailbox. »Ruf mich an. Das Mutterschiff ist noch mehr neben der Spur als sonst.«

Als ich das Telefon einstecken will, vibriert es.

Ich werfe einen Blick aufs Display und nehme den Anruf an. »M. A.«

»Maxie. Was um alles in der Welt hast du gerade zu deiner Mutter gesagt? Sie ist eben türenknallend aus dem Haus gestürmt.«

Verdammt. Ich muss meiner Schwester reinen Wein einschenken.

»Meine Mutter! Sie ist auch deine Mutter. Ich wollte dich eigentlich nicht damit belasten, Maryanne.« Ich schildere ihr rasch das Problem mit den Briefen von Kits Hausarzt und dem Genlabor, die Caro bei seinen Sachen gefunden hat. Dr. Renton weigere sich, meine Fragen zu beantworten. Und nun weigere Mutter sich ebenfalls.

»Und du bist nicht auf die Idee gekommen, dich an die einzige Medizinerin in dieser Familie zu wenden?«, entgegnet Maryanne empört.

»Ich wollte nicht, dass du dir Sorgen machst. Außerdem weiß ich, wie beschäftigt du bist.«

»Maxim! Manchmal kannst du ein richtiger Vollidiot sein. Was genau hat deine Mutter gesagt?«

»Deine Mutter hat im Grunde genommen gesagt, dass es mich nichts angeht.«

»Das ist seltsam.«

»Genau.«

»Oh«, flüstert Maryanne plötzlich, als sei ihr etwas ziemlich Unangenehmes eingefallen.

»Was ist?«

»Ich rufe dich zurück.«

»Maryanne …«

Sie hat aufgelegt.

Was ist denn heute nur los, verdammt?

Die Frauen in meiner Familie treiben mich noch in den Wahnsinn.

Obwohl Alessia auch versucht, ihre Angst zu unterdrücken, breitet sie sich immer mehr in ihrer Brust aus und sorgt dafür, dass sie Herzklopfen bekommt. Was ist geschehen? Warum telefoniert Maxim hinter geschlossenen Türen mit seiner Mutter? Sonst neigt er doch nicht zur Heimlichtuerei? Oder? Was soll sie nicht hören? Was will er vor ihr verbergen?

Alessia geht in die Küche, um nicht der Versuchung zu erliegen, an der Tür zu lauschen. Um sich abzulenken, beschäftigt sie sich mit den letzten Vorbereitungen fürs Abendessen. Dennoch muss sie immer wieder daran denken, wie geistesabwesend Maxim seit einigen Tagen ist.

Nur nicht im Bett.

Sie verzieht das Gesicht. Eigentlich dachte sie, dass das überraschende Wiedersehen mit Ticia Cavanagh und Alessias Reaktion darauf dahinterstecken. Aber vielleicht hat es auch andere Gründe. Als sie sich gestern Abend verschiedene

Musikhochschulen im Internet angeschaut haben, war er so unkonzentriert, dass sie ihm vorgeschlagen hat, es auf ein anderes Mal zu verschieben. Doch er hat beteuert, er wolle weitermachen. Und trotzdem belastet ihn etwas. Sie spürt es genau.

Als sie vom Parmesanreiben aufblickt, stellt sie fest, dass Maxim am Türstock lehnt und sie beobachtet. Er wirkt besorgt, ja sogar ein wenig durcheinander.

O nein.

»Was ist?«, erkundigt sich Alessia.

Maxim kommt herein und fährt sich mit der Hand durchs Haar, bis es ihm zerzaust zu Berge steht. Genau so, wie Alessia es gernhat. Doch seine Augen sind ungläubig geweitet, und er macht einen verstörten Eindruck, so als kämpfe er gegen innere Dämonen.

»Was hat deine Mutter gesagt?«, will Alessia wissen.

»Sie hat aufgelegt.« Er hebt schicksalsergeben die Hände. »Und dabei brauche ich Antworten von ihr.« Seine Stimme erstirbt. Doch er tritt vor und streicht ihr mit den Fingerknöcheln über die Wange. Die Berührung lässt ihren ganzen Körper wohlig erbeben. »Zerbrich dir nicht den Kopf darüber.«

»Aber du machst dir Sorgen«, entgegnet sie leise.

Seine Körperhaltung verändert sich. Er spannt den Kiefer an und fährt sich wieder mit der Hand durchs Haar. Die Verzweiflung ist ihm deutlich anzumerken.

»Möchtest du sie besuchen?«

»Eine verlockende Idee. Wenn Rowena in London ist, wohnt sie bei Maryanne. Sie teilen sich ein Stadthaus in Mayfair. Rowena pendelt zwischen London und ihrer Wohnung in Manhattan. Im Moment ist sie hier.« Er schaut auf die Uhr. »Vielleicht sollte ich hinfahren und sie zur Rede stellen.«

Doch dann sacken seine Mundwinkel nach unten, und er schüttelt den Kopf.

»Was für Antworten brauchst du?«

Er seufzt auf. »Du musst dir wirklich keine Gedanken darüber machen. Es geht um etwas, das Caroline mir gezeigt hat …«

»Caroline?« Alessia ist sofort in Alarmbereitschaft.

Maxim verzieht das Gesicht, und seine Augen weiten sich wie bei einem in den Lichtkegel von Autoscheinwerfern geratenen Tier. »Ja. Sie hat mir einige Briefe ins Büro gebracht, in denen es um Kit ging.«

»Oh.«

Caroline.

Warum besucht sie Maxim im Büro, während Alessia noch nie dort gewesen ist? Alessia weiß, dass es nicht Eifersucht ist, die sie plagt. Sie will nur einfach nicht, dass ihr Mann mit seiner Schwägerin allein ist.

Seiner ehemaligen Geliebten.

Denn tief in ihrem Herzen traut sie Caroline nicht über den Weg.

Traut sie ihrem Mann? Nun, er erzählt ihr erst jetzt von dem Besuch, der doch schon gestern stattgefunden hat.

Alessia versucht, nicht auf die bohrende Stimme in ihrem Kopf zu achten, während Maxim zornig die Lippen zusammenpresst und die Augen schließt. Als er sie wieder öffnet, scheint er verärgert zu sein.

»Alessia«, sagt er. »Es ist wirklich nicht deine Sache. Lass uns rausgehen, ich brauche einen Tapetenwechsel. Wir essen im Restaurant.« Er klingt ungeduldig.

»Okay«, gibt Alessia sofort nach. Die Lasagne kann sie auch noch morgen machen. Oder einfrieren.

Maxim sieht sie zweifelnd an. »Wir können auch zu Hause

bleiben, falls du das möchtest. Du musst mir sagen, was du willst. Wir sind gleichberechtigte Partner.« Er wedelt mit der Hand. Seine Stimme klingt angespannt.

Ist er böse auf sie?

Plötzlich fühlt sich Alessia, als stünden sie am Rand eines Abgrunds. Sie weiß nicht, was sie jetzt tun oder sagen soll.

Warum ist er so aufgebracht? Bis jetzt hat er ihr nichts von Caroline erzählt. Oder von Briefen, die Kit betreffen.

»Wir können ja über das Haus sprechen«, fügt er in sanfterem Ton hinzu.

Sie nickt. Ohne nachzudenken, greift sie nach seiner Hand. »Ganz gleich, was los ist, du wirst eine Lösung finden. So wie immer.« Sie schmiegt sich in seine Arme und drückt ihn an sich.

Es rührt mich, dass Alessia mir so vertraut, obwohl ich befürchte, dass sie nur wenig Grund dazu hat. Trotzdem sind ihre Liebkosungen und Worte unglaublich tröstend. Die Wärme ihrer Umarmung breitet sich in meiner Brust aus, und ich fange an, mich zu entspannen. Dankbar dafür, dass ich sie habe, küsse ich ihr Haar. »Aber meine Mutter und meine Schwester verhalten sich sonderbar.«

»Das muss frustrierend sein«, erwidert Alessia. »Wir können gern ausgehen. Ich ziehe mich nur rasch um.«

»Du siehst in Jeans wunderbar aus.« Ich halte ihre Hände fest und hebe sie hoch, als wollten wir einen Reigen tanzen. Dabei lasse ich den Blick über ihren Körper schweifen, ohne auf das Engegefühl in meiner Hose zu achten.

Caro hat recht.

Alessia braucht Kleider, in denen sie aussieht wie eine Countess. Nicht wie eine Studentin. »Lass uns shoppen gehen. Du brauchst Klamotten. Richtige Klamotten.«

Alessia starrt ihn mit offenem Mund an.

»Ja. Lass uns gehen.« Ich schaue auf die Uhr. »Harvey Nichols hat noch zwei Stunden geöffnet.«

»Aber … aber ich weiß gar nicht, wo ich anfangen soll.«

»Sie haben dort eine persönliche Modeberatung. Die werden uns weiterhelfen.«

Und es ist eine willkommene Ablenkung von diesem Genetikchaos.

Alessia dreht sich der Kopf. In nur knapp anderthalb Stunden ist sie stolze Besitzerin einer »Grundgarderobe« geworden. Mit »Must-haves«, die sie über die nächsten Monate retten werden. Das Ganze hat zwar ein Vermögen gekostet, aber Maxim ist offenbar begeistert, und Alessia muss zugeben, dass sie sich ebenfalls freut. Jetzt wird sie sich neben Caroline nicht mehr fühlen wie eine Putzfrau.

Maxim schreibt die Lieferadresse auf ein Notizblatt mit Briefkopf und gibt es der Modeberaterin.

»Die Sachen werden morgen gebracht, Mr. Trevelyan.«

Die junge Frau klimpert mit den Wimpern. Doch er ignoriert sie und verbessert sie auch nicht, was seinen Titel angeht.

»Wollen wir jetzt essen?« Maxim nimmt Alessia an der Hand.

»Ja. Und danke. Für alles.« Alessia betrachtet die Tüten, die ihre neuen Kleider und Schuhe enthalten.

»Du brauchst dich nicht bei mir zu bedanken.« Plötzlich verzieht er das Gesicht, als habe er gerade einen bahnbrechenden Einfall gehabt. »Ich will für dich sorgen.« Er beugt sich vor und gibt ihr rasch einen Kuss. »Und jetzt gehen wir ins Mandarin Oriental gleich gegenüber und essen etwas zu Abend.«

Alessia greift nach ihrer neuen Handtasche von Saint Laurent, und dann verlassen sie Händchen haltend den Laden. Dabei hallen Maxims Worte in Alessias Kopf wider.

Ich will für dich sorgen.

Alessia ist nicht sicher, wie sie das finden soll. Eigentlich will sie mehr sein als nur Eigentum, weitergereicht von ihrem Vater an ihren Ehemann. Kurz nach ihrer Ankunft in Großbritannien hat sie versucht, sich freizustrampeln und sich selbst zu ernähren. Doch das ist leider gescheitert. Aber sie hat Maxim gefunden. Allerdings ist sie im Moment ein wenig ratlos.

Er will eine Partnerschaft.

Was kann sie zu einer Partnerschaft beitragen?

Als Maxim ihre Hand fester umfasst, wird sie von ihren Grübeleien abgelenkt. Er lotst sie durch den Verkehr, über die Straße und zu dem prachtvollen Gebäude, in dem sich das Mandarin Oriental Hyde Park befindet. »Hier entlang«, sagt er und führt sie ins Restaurant The Aubrey.

Alessia klemmt die Zunge konzentriert zwischen die Lippen, als sie mit den Essstäbchen hantiert. Ich erinnere mich an das erste Mal, als sie mit Stäbchen gegessen hat. Der Küchenchef hatte eine Platte aus Sushi und Sashimi zusammengestellt. Alessia saß auf meinem Schoß, und ich zeigte ihr, die Hand um ihre gelegt, wie man die Stäbchen benutzte. Sie lernte rasch, so wie immer.

»Du weißt noch, wie man mit Stäbchen isst.«

Sie lächelt mir erleichtert zu und nimmt sich ein Stück Hamachi.

»Also gefällt dir das Haus?«

»Wie sollte mir das Haus nicht gefallen, Maxim? Es ist wunderschön.«

»Gut. Dann kümmere ich mich um den Umzug. Aber wenn du etwas verändern möchtest, sollten wir das besser vorher erledigen.«

»Ich finde es schön, so wie es ist. Vielleicht sollten wir erst eine Weile dort wohnen und dann erst entscheiden, ob wir umdekorieren wollen.«

»Klingt vernünftig.«

Mein Telefon vibriert. Es ist eine Textnachricht von Maryanne.

Mama ist am Flughafen.
Sie fliegt zurück nach New York.

Ich werfe Alessia einen entschuldigenden Blick zu und antworte.

Was? Warum?

Hat sie nicht gesagt.

Sie hat vom Gate eine SMS geschickt.

Einfach so?

Ohne Erklärung?

Ja.

Scheiße, was soll das?

Sie ist doch gerade erst aus New York angekommen. Und jetzt fliegt sie schon wieder zurück?

»Entschuldige«, flüstere ich Alessia zu, stehe auf und klicke noch auf dem Weg in die Vorhalle die Nummer meiner Mutter an. Wie befürchtet landet mein Anruf auf der Mailbox.

»Mama, bitte, was ist los? Was weißt du? Ist es etwas Ernstes? Ich habe gerade geheiratet. Ich … Wir wollen Kinder. Ruf mich an. Bitte.«

Am liebsten würde ich sofort nach Heathrow fahren und ihr bis nach Manhattan folgen. Doch ich weiß, dass ich den letzten Flug für heute verpasst habe. Vielleicht wird mein Flehen einen Funken mütterlicher Gefühle wecken. Falls sie die überhaupt hat.

Alter.

Meine Mutter ist weder für ihre Gefühle noch für ihre Mütterlichkeit bekannt.

Fuck.

Vielleicht sollten Alessia und ich ihr zusammen hinterherfliegen.

Mist. Alessia würde ein Visum brauchen.

Als ich an den Tisch zurückkehre, blickt sie auf. »Okay?«

»Ja. Ich habe noch einmal Rowena angerufen und ihr eine Nachricht hinterlassen. Sie sitzt gerade im Flieger nach New York, weshalb ich heute nichts mehr von ihr hören werde. Also machen wir uns einen schönen Abend.« Ich trinke einen Schluck Sake. Alessia hebt ihr Porzellantässchen.

»Gëzuar, Maxim«, sagt sie.

»Auf deine Gesundheit, meine liebe Frau.«

»In Japan gibt es Sake, in Albanien Raki. Was gibt es in England?«

»Wahrscheinlich Gin. Es schießen ständig neue Destillerien aus dem Boden, um den Durst der Nation auf englischen Gin zu stillen.«

Sie lächelt. »Den würde ich gern mal probieren.«

»Ich habe morgen früh keine Termine. Also los.«

Es ist Mitternacht, und meine Frau hat zu viel getrunken. Ich habe sie zwar in Cornwall, als sie ins Meer gefallen ist, schon beschwipst gesehen, aber noch nie in diesem Zustand.

Und das ist meine Schuld.

Alessia hat nicht viel Erfahrung mit Alkohol. Ich hätte besser aufpassen müssen. Ich wette, morgen wird sie total verkatert sein.

»Komm, Prinzessin, ich stütze dich.« Ich halte sie fest, als wir, begleitet von einem zuckenden Blitzlicht, aus dem Loulou's torkeln und in ein Taxi steigen. Nachdem wir auf der Rückbank Platz genommen haben, weise ich den Fahrer an, uns nach Hause zu bringen. Dann lege ich den Arm um meine Frau.

Alessia grinst mich schief an. »Makschim.«

»Ich glaube, du hattest zu viel Sake und Gin, Baby.«

»Ja. Ich mag Gin. Und es macht Spaß. Hat Spaß gemacht«, verbessert sie sich. »War nett, deine Freunde kennenschulernen.«

»Ich glaube, sie waren hin und weg von dir.«

»Du hascht viele Freunde. Frauen auch. Mit wie vielen hattest du Geschlechtsverkehr?«

Holla! »Was?«

»Wie viele?« Als sie mich aus dunklen Augen ansieht, kann sie nicht mehr geradeaus schauen. Sie kuschelt sich an, kneift die Augen zusammen und versucht, ein ernstes Gesicht zu machen.

Zwei, glaube ich.

»Wir reden zu Hause weiter.«

Eigentlich war nicht geplant, in der Hertford Street zu landen. Doch nach den letzten Horrortagen mussten wir offenbar beide etwas Dampf ablassen.

Zu viel Dampf, wie mir scheint.

Ich ziehe Alessia an mich und küsse sie auf die Stirn. Als sie mir ihr Gesicht entgegenreckt und die Lippen schürzt, sieht sie einfach hinreißend aus.

Wie kann ich da widerstehen?

Ich hauche ihr einen Kuss auf den Mund.

»Warum so viele Geliebte, Makschim? Ich verschtehe das nicht«, fährt Alessia fort.

»Können wir nicht darüber reden, wenn du wieder nüchtern bist?«

Sie denkt über meine Antwort nach. »Ja, ich vergesche es nicht.«

Oh, ich hoffe doch sehr, dass du es vergisst.

Diese Fragen gefallen mir gar nicht. Eigentlich dachte ich, dass wir das Thema letztens geklärt haben. Offenbar wird mein Sexleben vor ihrer Zeit bei ihr zur fixen Idee. Keine Ahnung, warum. Ich habe mich heute Abend gegenüber den Frauen, die wir getroffen haben, nicht unangemessen verhalten. Oder? Ich war doch nur freundlich. Wirklich nicht mehr. Selbst bei Natasha und Sophie, mit denen ich jeweils eine Nacht verbracht habe. Seufzend schmiege ich die Lippen in Alessias Haar und überlege, wie ich meine Frau nur beruhigen kann.

Maxim setzt Alessia auf die Bettkante. »Dann ziehen wir dich erst mal aus.« Er sinkt auf die Knie und streift ihr die Stiefel ab.

Alessia fährt ihm mit den Fingern durchs Haar. »So weich«, flüstert sie.

Maxim entfernt auch die Socken, steht auf und schält sie aus der Jacke.

»Diese Fotos«, meint Alessia und betrachtet die Aktaufnahmen. »Sind das Frauen, die du kennst?«

»Ja.« Er wirft die Jacke aufs Sofa.

»Im … äh … biblischen Sinne?«

Mist.

Maxim umfasst ihr Kinn und zwingt sie, ihn anzusehen. Sie blinzelt, bis sie ihn klar vor sich hat. »Alessia, du musst damit aufhören. Du machst dich damit nur verrückt. Und mich auch. Ich nehme die Fotos ab. Es war gedankenlos von mir, sie hängen zu lassen. Gleich morgen.« Er beugt sich vor und küsst sie. Ihre Zunge ist warm und feucht. Alessia legt die Arme um ihn und zieht in aufs Bett. Immer noch in ihren Armen landet er neben ihr auf der Matratze.

Sie betrachtet ihn im Licht der Nachttischlampe.

Ihren Ehemann.

Ihren Liebhaber.

Ihren Verführer.

Seine Augen funkeln wie strahlende Smaragde, und seine Pupillen weiten sich. Sie streicht mit den Fingern über seine Bartstoppeln und fährt die weiche Wölbung seiner Lippen nach, die sich leicht öffnen, als er Luft holt.

»Ich liebe dich«, flüstert sie. »Aber ich will nicht dein Eigentum sein.«

»Eigentum?« Sein Blick wird kühl, als Zweifel die Glut löschen.

»Du wünschst dir eine Partnerschaft. Was bringe ich in diese Partnerschaft ein?«

Er schnappt nach Luft. »Alles«, stößt er ehrfürchtig hervor.

Alessia umfasst seine Wange. Ihre Kehle ist plötzlich staubtrocken.

»Hey. Was ist denn los?« Maxim blickt ihr in die Augen. Doch sie kann nur durch einen Tränenschleier sehen, wie besorgt sein geliebtes Gesicht ist. »Alessia, was hast du?«

Sie schüttelt den Kopf, da die Frage ihr wild durch den vom Alkohol trägen Verstand wirbelt.

So viele Frauen.

»Sag es mir«, fleht er. Und als sie nicht antwortet, fährt er fort: »Oh, mein Liebes, wir werden eine Lösung finden. Alles wird gut. Hab Vertrauen.« Er küsst sie auf die Stirn. »Ich liebe dich.« Er zieht sie in seine Arme und hält sie fest.

Alessias Atem wird ruhiger, und ich weiß, dass sie eingeschlafen ist. Doch ich bewege mich nicht, denn ich möchte sie nicht wecken. Stattdessen starre ich an die Decke. Ich verstehe die Welt nicht mehr. Was hat diesen Gefühlsausbruch verursacht? Sagen Betrunkene die Wahrheit? Bis jetzt dachte ich, dass sie glücklich ist. Habe ich mir etwas vorgemacht? War ich so sehr mit meinem eigenen Mist beschäftigt, dass ich keinen Gedanken daran verschwendet habe, ob sie sich gut in ihr neues Leben in London eingewöhnt? Sie war für mich da und hat mich moralisch unterstützt, während ich mich mit meiner Mutter und Kits geheimnisvoller Genanalyse herumgeschlagen habe – obwohl sie gar nicht weiß, worum es geht. Und mir graut davor, es ihr zu erzählen, weil ich nicht noch zu ihren Ängsten beitragen will.

Vielleicht wird sie dann anfangen, an unserer Beziehung zu zweifeln.

Hör auf damit, Alter.

Vielleicht schlägt ihr ja das dauernde Herumsitzen in der Wohnung aufs Gemüt. Alles ist blitzblank, das ist mir bereits aufgefallen, doch das kann doch nicht genug für sie sein. Sie braucht Freunde. Sie ist ständig allein und völlig isoliert und kennt niemanden außer mir.

Verdammt!

Morgen fangen wir an, Bewerbungen an die verschiedenen

Musikhochschulen in London zu schicken, und suchen einen Benimmkurs für sie. Dann hat sie mehr Kontakte und außerdem eine Beschäftigung. Falls das ihr Problem sein sollte, wäre es eine Lösung.

Du bist das Problem. Du belastest sie.

Du mit deiner verfickten Fickerei.

Ich seufze auf. Dass Caroline ihr reinen Wein eingeschenkt hat, war nicht sehr hilfreich. Ich verstehe gut, warum Alessia Vorbehalte gegen sie hat. Caroline hat Alessia von unserer gemeinsamen sexuellen Vergangenheit erzählt und dadurch Zweifel gesät, was mein Verhältnis zur ehelichen Treue angeht. Die Zufallsbegegnung mit Leticia hat die Sache nicht besser gemacht. Ich reibe mir das Gesicht und versuche, die Erinnerung an diesen peinlichen Moment zu vertreiben. Alessia wusste von Anfang an über meine sexuellen Eskapaden Bescheid.

Vielleicht liegt es ja da dran. Vielleicht versteht sie ja nicht, dass Menschen hier miteinander Sex haben und trotzdem befreundet sein können.

Warum so viele Geliebte?

Das ist eine gute Frage, und ich glaube, die Antwort zu kennen. In diesem Land ist Sex für viele Menschen, auch für mich, eine Freizeitbeschäftigung. Das ist es für mich noch immer, nur dass es mit meiner Frau viel mehr Spaß macht.

Und warum?

Liebe?

Ja, Liebe.

Bis jetzt bin ich dem Grundsatz gefolgt, keine Nähe zuzulassen. Für mich war das nie ein Thema, bis ich Alessia begegnet bin und mich verliebt habe.

Genau. Das ist es! Und sie versteht das nicht. Ich lächle und bin erleichtert. Offenbar habe ich den Schlüssel zu ihren Ängsten entdeckt.

Sanft löse ich mich von meinem Mädchen, stehe auf und ziehe mich aus.

Bevor ich ins Bad gehe, nehme ich die beiden Fotos von der Wand und stelle sie in den begehbaren Kleiderschrank.

Ein Jammer. Die Fotos gefallen mir.

Sie gehören zu meinen besten Arbeiten.

Und ja, ich kannte beide Modelle im biblischen Sinne. Oder soll ich in diesen Zusammenhang besser von gemeinsamer Freizeitgestaltung sprechen?

Als ich aus dem Bad komme, bin ich um einiges ruhiger. Vorsichtig öffne ich Alessias Jeans und streife sie ihr sacht über die Beine. Nachdem ich sie zugedeckt habe, schlüpfe ich ins Bett und kuschle mich an ihre schlafende Gestalt. »Woran denkst du gerade, Baby?« Ich küsse ihr Haar. Sie murmelt meinen Namen.

Meinen Namen?

Das freut mich mehr, als gut für mich ist.

Vielleicht ist das alles ja zu viel für sie. Ein neues Leben mit einem ehemaligen Frauenhelden. Einem Filou.

Sie muss verstehen, dass das alles hinter mir liegt.

Ja, das ist die Lösung.

Ich schließe die Augen, und als mir Alessias berauschender Geruch in die Nase steigt, schlafe ich ein und träume von meiner Liebsten.

SECHZEHN

Kaffeeduft weckt mich aus einem wundervollen Traum.

Alessia.

Blaue Kittelschürze aus Nylon.

Pyjamahose mit Sponge-Bob-Motiv.

Rosafarbenes Höschen.

Als ich die Augen aufschlage, steht sie, in cremefarbene Seide gehüllt, neben dem Bett und ist so bildschön wie immer. Bis auf ihr verunsichertes Lächeln. »Guten Morgen«, sagt sie und stellt eine Tasse auf den Nachttisch.

»Guten Morgen, Liebling. Danke für den Kaffee.«

»Es ist schon nach halb zehn.«

»Ach, herrje. Ich habe verschlafen.« Ich reibe mir das Gesicht und setze mich mühsam auf. Sie lässt sich neben mir auf dem Bett nieder. »Wie geht es dir?«

»Okay. Ich hatte Kopfschmerzen.«

»Sind sie jetzt besser?«

Sie nickt. »Tut mir leid. Ich wollte mich nicht so betrinken. Hoffentlich habe ich dich nicht blamiert.«

»Liebling, du brauchst dich nicht zu entschuldigen. Du warst wunderbar.« Es erschreckt mich, dass sie glaubt, um gut Wetter bitten zu müssen. »Meine Freunde waren begeistert von dir. Wie könnte es auch anders sein?«

»Es war nett, sie kennenzulernen.«

»Hoffentlich waren sie dir sympathisch. Ich muss zugeben,

dass früher ich derjenige war, der sich fast jeden Abend in irgendeinem Club betrunken hat. Die Begegnung mit dir hat vermutlich meine Leber gerettet.«

Ihr Blick wird weicher. »Ich mochte deine Freunde. Sie waren sehr unterhaltsam. Und den Gin mochte ich auch. Vielleicht zu sehr.« Sie betrachtet die Hände auf ihrem Schoß.

»Wirklich? Ausgezeichnet. Vielleicht sollten wir Freunde und Gin beim nächsten Mal etwas maßvoller genießen.« Ich streiche ihr mit den Fingern übers Kinn und drehe ihr Gesicht in meine Richtung. »Du hast letzte Nacht einige Sachen gesagt. Ich war so mit meinen eigenen Problemen beschäftigt, dass ich dich gar nicht gefragt habe, ob bei dir alles in Ordnung ist oder ob ich etwas tun kann, um dir die Eingewöhnung in dein neues Leben zu erleichtern.«

»Wir sind erst seit ein paar Tagen aus den Flitterwochen zurück.«

»Ich weiß. Trotzdem.«

Sie schluckt und strafft die Schultern, als müsse sie all ihren Mut zusammennehmen. Ich weiß nicht, was sie mir sagen will. Plötzlich steigt wie aus dem Nichts bange Erwartung in mir hoch, und mein Magen fängt wie wild zu flattern an.

»Maxim, ich will versuchen, eines der Mädchen zu finden, das mit mir verschleppt wurde.«

Mir fällt ein gewaltiger Stein vom Herzen. »Oh. Okay«, erwidere ich zögernd. »Aber wo willst du anfangen, eine Frau zu suchen, die überall und nirgendwo sein könnte?«

»Ich habe mit Ticia Cavanagh gesprochen.«

Mist. Die Furcht meldet sich mit Wucht zurück.

»Und?«

Sie lächelt, und ich habe das Gefühl, dass sie in mir liest wie in einem offenen Buch. »Wir haben nicht über dich geredet. Obwohl wir vielleicht … Erfahrungen austauschen sollten?«

Sie will mich auf den Arm nehmen. »Alessia!« Soll ich sie warnen, bloß nicht zu weit zu gehen, oder ihr zu ihrem Mut gratulieren?

»Sie hat mir die Nummer eines Privatdetektivs gegeben«, fährt Alessia rasch fort. »Der kann mir vielleicht helfen. Ich muss sie finden.«

Ich starre sie verständnislos an, und meine Angst kehrt zurück.

Das ist unmöglich.

»Bleriana ist erst siebzehn«, fügt sie leise hinzu.

»O mein Gott, das ist ja entsetzlich.« Ich schließe die Augen und wage kaum, mir vorzustellen, was für ein Grauen Alessia und ihre kleine Freundin erdulden mussten. »Ist sie mit dir zusammen geflohen?«

»Ich glaube schon. Aber ich bin um mein Leben gerannt und hatte keine Zeit, mich umzuschauen …« Ihre Stimme erstirbt, als mache sie sich deswegen Vorwürfe.

Nein!

Ich ziehe sie auf meinen Schoß und nehme sie in die Arme. »Ich wollte damit nicht andeuten … O Gott, Alessia. Ich bin so froh, dass du entkommen konntest. Der Himmel weiß, was sonst …« Ich verstumme, als vor meinem geistigen Auge Schreckensszenarien ablaufen. »Pass auf. Ich halte es nicht für eine gute Idee, dass du dich wieder mit diesem kriminellen Milieu beschäftigst, nicht einmal aus der Ferne. Ich würde mir nie verzeihen, wenn dir wegen deiner Suche etwas zustoßen sollte.«

Sie erstarrt in meinen Armen.

»Ich will dich nicht noch einmal verlieren.« Ich halte sie ganz fest und schmiege die Nase in ihr Haar. »Bitte.«

»Aber …«

»Nein, Alessia.« Ich atme ihren Duft ein. »Die Antwort

lautet nein. Es ist zu gefährlich. Ich rede mit Tom. Seine Firma führt auch private Ermittlungen durch. Ich bin nicht sicher, ob er vermisste Personen sucht, aber vielleicht kann er uns helfen.«

Sie macht sich los. Ihre dunklen Augen funkeln, und ich weiß nicht, ob sie mir widersprechen wird. »Danke«, sagt sie und legt mir die Arme um den Hals. »Falls Tom sie finden kann …« Ich spüre ihren Atem warm an meinem Hals. »Ich … ich hatte Glück. Und ich fühle mich schuldig, weil ich fliehen konnte.«

Mir gefriert das Blut in den Adern. »O Gott, nein. So darfst du nicht denken. Um Himmels willen, Alessia.« Was, wenn diese Verbrecher sie erwischt hätten? Wieder schließe ich die Augen und male mir alle Kreise der Hölle aus. Und Alessia, gefangen in der rot glühenden Mitte des allerschrecklichsten von ihnen. »So darfst du nicht empfinden, Liebling. Niemals. Ich bitte dich nicht darum, ich verbiete es dir. Diese Männer waren Ungeheuer.« Ich umfasse ihren Kopf mit beiden Händen. Sie blickt mir in die Augen.

»Okay«, flüstert sie. Und im nächsten Moment flicht sie mir die Finger ins Haar und zieht meine Lippen an sich.

»Mein Kaffee ist kalt.« Ich liege erschöpft neben Alessia und streiche mit der Nase über ihre.

Sie kichert. »Ich kann neuen machen. Und Frühstück.«

»Nein. Geh nicht weg. Ich kümmere mich darum. Und auch um Frühstück für dich.« Ich küsse sie auf die Wange.

»Nein.« Ihre Finger krallen sich in mein Haar und kratzen mir an der Kopfhaut. »Geh nicht weg.« Sie presst ihre fantastischen Brüste an meine Brust und schlingt mir die Beine um die Hüften.

O Mann … schon wieder!

Ich stehe unter der Dusche und spüle meinen Kater weg. Inzwischen bin ich ein wenig beruhigt.

Das liegt am Sex.

Zweimal an einem Vormittag. Damit kann ich leben.

Alessia ist unersättlich. *Wer hätte das gedacht?* Ich grinse, während Wasser auf mich herunterprasselt.

Heute macht sie einen viel glücklicheren Eindruck, und ich erinnere mich an ihre Gemütsverfassung von letzter Nacht. Meiner Ansicht nach leidet sie darunter, dass sie immer zu Hause sitzt und keine Leute kennt. Hinzu kommen ihre Schuldgefühle, weil sie überlebt hat. Vielleicht tragen auch die ständigen Hinweise auf mein früheres Leben dazu bei.

Alessia und ich müssen einander noch besser kennenlernen. Doch da sie sonst so ruhig und beherrscht ist, hat mich ihr Ausbruch völlig überrascht.

Ich bin froh, dass wir darüber geredet haben. Noch heute rufe ich Tom an, um die Sache ins Rollen zu bringen, auch wenn sich die Suche bestimmt als vergeblich erweisen wird. Doch Alessia und ihrer Freundin zuliebe dürfen wir nichts unversucht lassen.

Ich schalte die Dusche ab, trete hinaus und begutachte mein Kinn. Eigentlich müsse ich mich rasieren.

Nein. Heute nicht.

Ich lasse die Stoppeln stehen – meine Frau mag sie – und kehre, ein Handtuch um die Hüften, zurück ins Schlafzimmer. Das Bett ist schon gemacht.

Da war wohl wieder die Albanerin in ihr am Werk … Ich schmunzle.

Ich bin froh, dass sie nicht mehr in Albanien ist.

Sondern bei mir.

Obwohl ich nicht weiß, was ich von ihrer Mission halten soll. Ist es nicht zu gefährlich? Und wie soll man eine verschleppte Einwanderin finden, die nirgendwo registriert ist?

Aber wir werden es versuchen. Allerdings nur aus sicherer Entfernung, denn ich werde nicht zulassen, dass Alessia wieder in Kontakt mit der Unterwelt kommt.

Ich muss sie beschützen.

Oliver trägt mir gerade die monatliche Einnahmen-Ausgaben-Rechnung für jede einzelne Immobilie vor. Wir haben uns erstaunlich wacker geschlagen. Offenbar hatte ich den richtigen Instinkt, die Geschäfte so lange anderen zu überlassen, bis ich wirklich verstehe, wie der Hase läuft.

»Wir machen zwar keine riesigen Gewinne mit den Häusern, aber es genügt«, stellt Oliver fest.

»Ich habe überlegt, wie man diese Gewinne am besten reinvestieren kann.«

Diese seltene Demonstration meines Geschäftssinns scheint Oliver so zu überraschen, dass ich am liebsten laut loslachen würde. »Ich habe an Gin gedacht, Oliver. Trevethick Gin.«

»Das ist eine interessante Idee.«

»Ich rede mit Abigail Chenoweth in Rosperran wegen ihrer Kartoffelernte. Und mit Michael in der Hall über die Scheune auf der nördlichen Weide.«

Oliver nickt. »Das wäre ein guter Standort für eine Destillerie.«

Alessia drückt auf den Klingelknopf der Gegensprechanlage an der unauffälligen Haustür in einer Seitengasse in Covent Garten. »MPPI. Maddox Peacock Private Investigators« steht darauf. »Hallo«, meldet sich eine barsche, körperlose Stimme.

»Hallo, mein Name ist Alessia Dem… Trevelyan. Ich habe einen Termin.« Sie hatte nicht den Mut, Maxim zu sagen, dass sie sich bereits mit dem Privatdetektiv verabredet hat.

Es kann ja nicht schaden.

Wenn zwei Detekteien gleichzeitig nach Bleriana suchen, kommt vielleicht eher etwas dabei heraus.

Sie weiß, dass sie den Wünschen ihres Mannes zuwiderhandelt, und hat deshalb ein schlechtes Gewissen. Doch wie Maxim selbst einmal gesagt hat, ist es besser um Verzeihung zu bitten als um Erlaubnis.

Nur dass sie um Erlaubnis gebeten hat.

Und er Nein gesagt hat.

Klipp und klar.

O Zot. Der Türöffner summt. Alessia tritt in die schmuddelige Vorhalle und steigt die Treppe hinauf. Oben befindet sich ein Warteraum mit Polstersesseln und einem Couchtisch. Die Tür eines der Büros öffnet sich, und ein hochgewachsener, gut gebauter Mann mit einem blonden Haarschopf erscheint. »Alessia Trevelyan. Ich bin Paul Maddox«, begrüßt er sie. Er hat leuchtend blaue Augen, die sie abschätzend mustern, während er mit einer großen Hand nach ihrer greift und sie kräftig schüttelt.

Alessia schluckt und versucht, sich nicht einschüchtern zu lassen.

»Bitte hier entlang.« Er führt sie in ein kleines, vollgestelltes Büro, das er mit seinen breiten Schultern auszufüllen scheint, und weist auf einen Stuhl vor einem unter Papierbergen ächzenden Schreibtisch aus Holz. Alessia nimmt Platz und wartet, bis er sich ebenfalls gesetzt hat. »Was kann ich für Sie tun, Mrs. Trevelyan?«, fragt er nach einem Blick auf ihren

Ehering. Sie weiß, dass sie gerade eingeordnet wird, und ist froh, dass sie ihre neue Stoffhose, eine cremefarbene Seidenbluse, eine schwarze Jacke und Mokassins von Gucci trägt.

»Ich suche eine vermisste Person und möchte eine Familie aufspüren.«

»Hängen diese beiden Fälle miteinander zusammen?«

»Nein. Ich will ein Mädchen finden, das von Menschenhändlern aus Albanien nach England verschleppt wurde. Außerdem bin ich auf der Suche nach einer Engländerin. Ihr Name war Virginia Strickland.« Sie holt das kleine, verblasste Schwarz-Weiß-Foto aus der Handtasche, das ihre Großmutter als junge Frau zeigt. Mit Perlenkette und in einem dunklen, kurzärmeligen Pullover, den Kopf leicht zur Seite geneigt. Ihr Lächeln scheint das gesamte Bild zu erhellen. Alessia gibt Maddox das Foto.

»Ich verstehe, Mrs. Trevelyan. Zwei Fälle also. Ich mache mir ein paar Notizen.«

Nach meiner Besprechung mit Oliver rufe ich Tom an und frage ihn, ob Alessias Versuch, ihre Freundin aufzuspüren, nicht vergebliche Liebesmüh wäre. Oder sei es möglich, eine von Menschenhändlern ins Land geschmuggelte Person zu finden?

»Nun, es ist eine Herausforderung«, erwidert Tom, nachdem ich ihm alles erklärt habe. Ich kann fast hören, wie in seinem Hirn die Zahnräder rattern. »Von wie vielen Frauen reden wir?«, hakt er nach.

»Ich glaube, es waren sechs, Alessia inbegriffen.«

»Eine schlimme Sache.«

»Ja, als Alessia davongelaufen ist, hat sie versucht, auch die anderen zur Flucht zu überreden.«

»Wo war das?«

»Ich weiß nur, dass das Ganze auf einer Autobahnraststätte stattfand.«

»Möglicherweise gelingt es uns, die Mädchen ausfindig zu machen, was allerdings ein gutes Stück Arbeit werden dürfte. Ich brauche mehr Informationen. Außerdem kann ich bei der Polizei nachfragen. Ich kenne dort jemanden. Du kennst ihn auch. Erinnerst du dich an Spaffer aus der Schule?«

»Wie könnte ich den vergessen?« Charlie Spafford war damals ein berüchtigter Schläger. Kein Wunder, dass er jetzt bei den Bullen ist.

»Inzwischen ist er ein hohes Tier bei der Metropolitan Police. Ich rufe ihn an. Wenn ich richtig im Bilde bin, ist er bei der Abteilung Organisiertes Verbrechen. Vielleicht weiß er ja etwas über die Menschenhändler, denen du in Cornwall das Handwerk gelegt hast. Ich mache mich kundig, ob es irgendwelche Hinweise gibt, die uns vielleicht zu den Mädchen führen.«

»Klingt wie ein Plan. Allerdings will ich verhindern, dass Alessia in deinen Ermittlungen auftaucht.« Schließlich habe ich keine Lust, Sergeant Nancarrow auf den Plan zu rufen.

»Schon verstanden, alter Junge. Ich hatte ja keine Ahnung, dass die arme Alessia so traumatische Erfahrungen gemacht hat.«

»Sie muss unbedingt rausgehalten werden. Immerhin war sie illegal hier.«

»Wird gemacht. Aber ich muss mit ihr reden, um festzustellen, ob sie sich sonst noch an irgendetwas erinnert. Nur so können wir rauskriegen, um welche Autobahnraststätte es sich handelt. Einige der Mädchen könnten noch in der Gegend sein.«

»Ich spreche mit ihr.«

»Jawoll.«

Ich verdrehe die Augen. Man möchte meinen, er hätte die Armee nie verlassen. »Danke, Tom.« Ich beende das Telefonat und schaue zum wohl millionsten Mal nach, ob in der Zwischenzeit irgendwelche Nachrichten eingegangen sind. Doch meine Mutter hat sich noch immer nicht gemeldet.

Was soll dieses Gezicke?

Tief in meinem Innersten weiß ich, dass sie sich so verhält, weil sie mich verachtet. Das war schon immer so. Bei ihr drehte sich alles nur um Kit.

Früher war mir das egal, aber inzwischen tut es weh. Ich frage mich, was ich als Kind nur falsch gemacht haben könnte, um eine solche Ablehnung auszulösen.

Scheiß drauf. Zum Teufel mit ihr.

Außerdem sind einige Textnachrichten von Caroline eingetroffen.

Du warst ohne mich bei Loulou's!

Woher weißt du das?

Weil dein Konterfei bei *Daily Fails* zu sehen ist.

Fuck!!!

Genau. Man sieht dich in die Nacht hinaustorkeln.

Betrunkener Earl mit mysteriöser Gattin?

Verdammt!

Hier läuft immer noch das Telefon heiß.

Einfach ignorieren.

Blake wimmelt alle ab.

Sehr gut.

Mir fehlt das Nachtleben.

Wie lange muss ich noch Trauer tragen?

Liegt ganz bei dir.

Ich bin zur Party bei Dimitri Egonow eingeladen.

Das ist am Samstag.

Gehst du hin?

Ich fand den Typen immer ein wenig zwielichtig.

Wenigstens seinen Vater.

Bist du denn wieder bereit, unter Leute zu gehen?

Mein Telefon läutet. Es ist Caro.

»Was ist?«, frage ich.

»Ich glaube, ich bin bereit. Es ist lieb, dass du das fragst.«

Mist. Das war rein brüderlich gemeint, Caro. Sie soll sich bloß keine falschen Hoffnungen machen.

»Ich weiß nicht, ob ich noch einen Abend zu Hause ertrage«, fährt sie fort. »Außerdem weiß Dimitri, wie man feiert. Alle werden dort sein.«

»Ich überlege es mir.«

»Eigentlich«, fügt sie begeistert hinzu, denn offenbar hat sie eine neue Idee gehabt, »wäre das vielleicht die optimale Gelegenheit, Alessia zu Wasser zu lassen.«

»Sie ist kein Schiff!«

Caroline lacht. »Hör zu, Maxim. Das wird die Fete des Jahres. Einfach ideal. Aber sie braucht ein neues Kleid. Etwas Ultraglamouröses. Bitte, lass mich mit ihr shoppen gehen.«

»Caro, ich werde nicht die Londoner Gesellschaft auf Alessia hetzen.«

»Sie wird es schon schaffen. Schwimmen oder untergehen, um bei deinem Schiffsvergleich zu bleiben.«

»Schiffe schwimmen nicht, sie machen Fahrt.«

»Sie wird nicht fahren, sondern fliegen! Sie ist nämlich reizend, so viel muss ich dir lassen.«

Da hat sie recht. Außerdem ist es wirklich eine gute Möglichkeit, Alessia unter die Leute zu bringen. Eine Party ist genau der richtige Ort, um neue Kontakte zu knüpfen. »Ich rede mit ihr.«

»Du kannst sie nicht für immer verstecken. Sie ist dir doch nicht etwa peinlich, oder?«

»Spinnst du, Caro? Natürlich nicht.«

»Es wird bestimmt ein Spaß. Und ich habe Spaß bitter nötig. Und sprich sie aufs Shoppen an.«

»Gut, ich gebe zu, dass sie vielleicht einsam ist. Deshalb werde ich darüber nachdenken. Und jetzt muss ich los.«

Alles in Ordnung?«, fragt Alessia, als Maxim supercool in der Küchentür lehnt. Das ist eine Angewohnheit von ihm, und Alessia gefällt es, dass er gern dort steht und sie beobachtet. Denn das gibt ihr wiederum Gelegenheit, ihn zu bewundern. Sein Haar ist zerzaust, sein Kinn stoppelig. Er ist wirklich eine Augenweide. Heute Abend jedoch kommt er gerade von der Arbeit. Seine Miene ist angespannt, und er schiebt den Unterkiefer vor.

»Mir geht es gut. Nur ein stressiger Tag im Büro.« Als er lächelt, legt Alessia die Arme um ihn und hebt den Kopf, weil sie geküsst werden will. Maxim tut es und presst die Lippen fest und fordernd auf ihre.

»Schon besser«, flüstert er.

Sie grinst. »Das Essen ist im Backrohr.«

»Wie war dein Tag?«

»Er hat sehr gut angefangen. Wirklich sehr gut.«

»Aber, aber, Lady Trevethick, was hat das wohl zu bedeuten?«

Alessia klimpert errötend mit den Wimpern. »Ich glaube, das weißt du.«

»Ja.« Maxim küsst sie wieder, diesmal länger, bis sie beide außer Atem sind, als er sich losmacht. Er reibt die Nase an ihrer. »Mal im Ernst. Was hast du gemacht?«

Sag es ihm.

Alessia ist unschlüssig, ob sie ihm von Paul Maddox erzählen soll. Doch da ihn offenbar etwas beschäftigt und sie nicht weiß, wie er reagieren wird, wenn er erfährt, dass sie gegen seinen Wunsch gehandelt hat, lenkt sie ihn mit einer Frage ab. »Alles Mögliche. Hast du von deiner Mutter gehört?«

Seine Miene verdüstert sich schlagartig. Nun weiß Alessia, dass sie ins Schwarze getroffen hat. »Nein«, antwortet er und seufzt auf. »Aber ich habe mit Tom gesprochen. Er will mit dir reden. Über deine Freundin.«

»Bleriana?«
»Ja. Ruf ihn nach dem Abendessen an.«
»Das kann ich auch sofort tun.«
»Ich simse dir seine Nummer.«

Es ist kurz nach neun Uhr abends. Alessia und ich sitzen an meinem Schreibtisch und starren auf den Computerbildschirm. Ich fühle mich, als hätte ich gerade die Aufnahmeprüfung für die Schule noch einmal schreiben müssen, doch es war eine willkommene Ablenkung. Wir haben Alessia an der von Caroline empfohlenen Akademie für einen Intensivkurs in gutem Benehmen angemeldet, der eine Woche dauert.

»Caroline hat diesen Kurs auch belegt?«

Alessia traute ihren Ohren nicht.

»Ja, Kit hat darauf bestanden.« Ich zucke die Achseln und kann es noch immer nicht ganz fassen, dass Kit so etwas verlangt hat.

Außerdem haben wir vier Aufnahmeanträge an Londoner Musikhochschulen geschickt. Am liebsten würde Alessia das Royal College of Music besuchen, weil es in Laufnähe ist.

»Hoffentlich ist mein Englisch gut genug«, sagt sie.

»Du wirst es schon schaffen. Es wäre schön, wenn du nach Ostern ins Sommersemester einsteigen könntest. Deine Mutter wollte dir ja deine Abschlusszeugnisse schicken.«

Sie lacht leise auf. »Ja. Meine Matura Shtetërore. Ich hätte die Zeugnisse einpacken sollen. Aber ich wusste nicht, dass ich sie brauchen würde.«

»Deine guten Englischnoten werden sicher hilfreich sein.« Ich atme auf. Allmählich sehe ich wieder Licht am Horizont. »So, das wäre erledigt. Und was würdest du jetzt gern tun?«

»Es ist schon spät.«

»So spät nun auch wieder nicht. Ich hätte da schon eine Idee.«

Mit einem gleichzeitig spitzbübischen und verwegenen Lächeln nimmt er ihre Hand und steht vom Schreibtisch auf. Er geht zum Couchtisch vor dem Sofa und greift nach einer der Fernbedienungen. Seit den Flitterwochen war er nicht mehr so vergnügt.

»Setz dich«, sagt er. Alessia nimmt neben ihm Platz.

Sehen wir jetzt fern?

Alessia wundert sich. Sie haben noch nie zusammen ferngesehen, nicht einmal in Kukës. Der große Flachbildschirm erwacht mit einem elektrischen Knistern zum Leben. Doch anstelle einer Fernsehsendung erscheint ein seltsames weißes Logo auf schwarzem Hintergrund.

»Hier«, Maxim reicht ihr einen Gamecontroller.

Sie sieht ihn fragend an.

»*Call of Duty*?«, sagt er.

Sie grinst. »Ich dachte, Pflicht wäre sowieso schon unser Leben.«

Maxim lacht. »Solltest du auf die ehelichen Pflichten anspielen?«, entgegnet er in vorgetäuschtem Entsetzen. Im nächsten Moment wirft er sich auf sie, sodass sie auf dem Rücken landet. Sein Gewicht drückt sie in die weichen Polster. Er lächelt. »Nur Pflicht, Lady Trevethick?«

Sie kichert. »Okay, Pflicht und Vergnügen.«

Nach einem raschen Kuss setzt er sich wieder auf. »Dein Englisch wird immer besser. Nein, ich hätte Lust auf ein Spiel, von dem ich weiß, dass ich es auch gewinnen kann. Das brauche ich jetzt für mein Ego.«

Alessia lacht und macht es sich neben ihm gemütlich. »Was macht dich so sicher, dass du mich schlagen wirst?«

»Ich habe in Kukës nirgendwo einen PS4-Controller gesehen. Außerdem hältst du das Ding verkehrt herum. Moment, ich zeige es dir.«

Spiele! Er mag Videospiele! Diese Seite von Maxim kennt sie noch gar nicht.

»Einverstanden?«, fragt er. Seine grünen Augen leuchten hell, blicken aber ein wenig verunsichert drein.

»Ja«, verkündet Alessia begeistert, denn sie hat noch nie zuvor ein Computerspiel gespielt.

»Also los! Auf in den Kampf!« Maxim meint es ernst.

»Und wie gefällt es dir bis jetzt, deine Pflicht zu tun?«, flüstere ich. Meine Lippen berühren die weiche Haut an der Innenseite ihres Oberschenkels.

»Maxim, bitte.« Sie zieht mich an den Haaren und versucht, mich zwischen ihren Beinen wegzuschieben.

Ich nehme ihre Hände und halte sie seitlich fest. »O nein.« Sanft puste ich auf ihre Klitoris, lasse meine Zunge folgen und reize die lüstern geschwollene Knospe zwischen ihren Schenkeln. Sie schreit meinen Namen heraus, ein wunderbares Geräusch, das meinen Schwanz hart werden lässt. Es ist so berauschend, meine leidenschaftliche Frau zu locken und zu verführen. Als ich glaube, dass sie fast so weit ist, halte ich inne und hauche feuchte Küsse auf den Rand ihres weichen, warmen Bauches, dicht oberhalb ihrer enthaarten Schamlippen.

»Bitte, Maxim.« Es ist ein verzweifelter Schrei.

Ich zwicke sie mit den Zähnen in den Hüftknochen, küsse ihren hinreißend geschwungenen Nabel und streiche dann mit den Lippen ihren Körper hinauf bis zu ihren gewölbten Brüsten, wo mich ihre verhärteten Brustwarzen schon flehentlich erwarten.

»Oh, Alessia«, flüstere ich voller Ehrfurcht, als ich erst die eine, dann die andere zwischen die Lippen nehme und daran sauge und zupfe, bis sie steil zur Decke zeigen. Alessia windet sich unter mir. Ihre Hüften wippen herausfordernd dem Höhepunkt entgegen. Ihr bäume mich über ihr auf, und ihr sehnsüchtiger und liebevoller Blick aus verschleierten Augen trifft meinen. Ich lasse eine ihrer Hände los und schiebe langsam zwei Finger in sie hinein.

Ah! Sie ist so feucht und für mich bereit.

»Baby«, raune ich, während sie ihr Becken begierig meinen Fingern entgegenstreckt. Gleich ist sie so weit. Rasch ziehe ich meine Finger heraus und drehe sie auf den Bauch. Mit einer geschickten Bewegung packe ich ihre Hüften und ziehe sie an meinen zuckenden Schwanz.

»Ah!«, schreit sie auf und stößt gegen mich. Sie will mich und nimmt mich ganz in sich auf.

Oh, mein wollüstiges Mädchen.

Sie tut ihre Pflicht.

Wieder und wieder verliere ich mich in meiner Frau. Zeit und Raum verschwinden, denn es gibt nur noch uns beide. Jetzt. In diesem Moment der Liebe. Wieder stößt sie einen erstickten Schrei aus und versteift sich kurz unter mir, bevor sie kommt. Ihr Körper pulsiert um mich herum, als der Orgasmus Besitz von ihr ergreift. Ich höre nicht auf, ich will alles. Weiter, immer weiter, wiege ich mich in ihr, bis ich es nicht mehr zurückhalten kann.

Ich komme. Laut. Ich rufe ihren Namen und sacke auf ihr zusammen.

Ich bedecke sie mit meinem Körper.

Und halte sie fest, während wir beide in die Wirklichkeit zurückkehren.

Pflicht erfüllt.

Ich bin ganz nass von unserer beider Schweiß. *Ja.* Und außerdem bin ich hundemüde.

Mann, das war spitze.

Ich küsse sie auf die Wange. Sie liegt keuchend unter mir.

»Wow …«, flüstere ich ihr ins Ohr.

Ihre Lippen verziehen sich zu einem erschöpften Lächeln. »Ja. Wow.«

»Pflicht getan, Baby.« Ich ziehe mich aus ihr zurück und genieße das Gefühl, wie unsere Körper aufeinander rutschen. Ihr Rücken. Ihr Hintern. Ihre Mitte.

Yeah.

Wow.

Alessia holt tief Luft und lächelt mich schläfrig an. »Du hast auch deine Pflicht getan.«

Ich knabbere an ihrem Ohr. »Freut mich, das zu hören. Außerdem habe ich dich in *Call of Duty* geschlagen. Alles in allem ein guter Tag.«

»Morgen übe ich. Und dann werden wir sehen.«

Ich lache auf. »O Mann, ich liebe dich.« Und im Licht des kleinen Drachen schließt sie, ein sehr zufriedenes Lächeln auf den Lippen, die Augen. Also muss ich doch zu etwas zu gebrauchen sein.

SIEBZEHN

Alessias Finger ruhen auf den Tasten, als die letzten Töne der Bach-Fuge im Raum verhallen. Mit den allmählich verklingenden Noten kehrt auch ihre Unsicherheit wieder. Falls – und wirklich nur *falls* – sie einen Vorstellungstermin in einer der Londoner Musikhochschulen bekommt, wird sie vorspielen müssen. In den letzten beiden Tagen hat sie ihr gesamtes Repertoire durchgearbeitet und sich darüber Gedanken gemacht, welche Stücke sich wohl am besten eignen. Maxim hält den dritten Satz der *Mondscheinsonate* von Beethoven für einen *Knaller*. Schmunzelnd denkt sie daran, wie begeistert seine Augen bei diesem Wort gestrahlt haben.

Alessia will es schaffen.

Unbedingt.

Nie hätte sie auch nur im Traum daran gedacht, einmal in London studieren zu können. Sie ist schrecklich aufgeregt, und ihre Eltern können es kaum fassen. Deshalb will sie auf gar keinen Fall versagen. Maxim soll stolz auf sie sein. Nächste Woche beginnt der von Caroline empfohlene Benimmkurs. Es ist Alessia rätselhaft, warum die elegante Caroline mit ihren formvollendeten Manieren so einen Kurs nötig hatte. Sie dachte immer, standesgemäßes Betragen sei angeboren. Alessia hofft, dass sie auch lernen wird, sich in jeder Situation angemessen zu verhalten, um in die Kreise hineinzupassen, in denen Maxim sich bewegt.

Ihr Lächeln verschwindet.

Wie gern würde sie herausfinden, wie sie ihrem Mann helfen kann. Offenbar belastet ihn noch immer etwas, und es scheint ihm zu schaffen zu machen, dass seine Mutter nicht auf seine Anrufe reagiert. Auch wenn er noch so sehr beteuert, dass sie sich nicht den Kopf darüber zu zerbrechen braucht, sie tut es trotzdem. Alessia liebt ihn und will ihn unterstützen. Sein Verhältnis zu seiner Mutter ist ihr unverständlich. Sie ist sicher, dass Maxim seine Mutter liebt. Aber hat er sie auch gern? Das glaubt sie nicht. Und instinktiv ahnt sie, dass es umgekehrt dasselbe ist.

Warum?

Vielleicht wird seine Mutter heute endlich mit ihm sprechen, damit die Quälerei ein Ende hat.

Alessia schaut auf ihr Telefon, um festzustellen, ob Maxim ihr eine SMS geschickt hat. Aber da ist nichts. Allerdings hat sie eine E-Mail von Paul Maddox im Posteingang. Ihre Kopfhaut fängt an zu prickeln, und sie bekommt Schmetterlinge im Bauch.

Er hat Informationen über die Familie ihrer Großmutter.

So bald?

Mit fliegenden Fingern wählt sie seine Nummer.

Maxim. Max!«

»Sorry. Was?« Als ich vom Schreibtisch aufblicke, steht Oliver in der Tür.

»Darf ich hereinkommen?«

»Natürlich.«

Verdammt, Alter. Sei in Zukunft achtsamer.

»Wie Sie wollten, habe ich einige Kataloge über Destillieranlagen angefordert. Eines der Geräte sagt mir am meisten zu. Lassen Sie mich wissen, was Sie davon halten. Außerdem gibt es da jede Menge gesetzlicher Regelungen und Vorschriften, die wir beachten müssen, allerdings nichts, was unmöglich wäre. Meine zweite Frage betrifft das Haus auf dem Cheyne Walk. Möchten Sie vor dem Einzug etwas umgestalten?«

»Es sah frisch renoviert aus.«

»Das war es auch. Bereit für die nächsten Mieter.«

»Alessia mag es so, wie es ist, obwohl sie sich vermutlich irgendwann wünschen wird, es wäre weniger … beige.«

Oliver lacht. »Da hat sie recht. Haben Sie schon eine Ahnung, wann Sie umziehen möchten?«

»Noch nicht. Wahrscheinlich bald.«

»Jederzeit, Maxim.«

»Ich rede mit Alessia. Außerdem sollte ich sie ins Büro mitnehmen, damit sie die ganze Belegschaft kennenlernt.«

»Das wäre wunderbar.« Er nickt. »Wir freuen uns alle darauf, die neue Lady Trevethick willkommen zu heißen. Apropos: Es rufen immer noch Reporter an.«

»Irgendwann wird es ihnen zu langweilig. Jeden Tag laufen hier die Telefone heiß.«

Ich zucke mit den Achseln. »Ich will nicht, dass Alessia ins Scheinwerferlicht gerät. Sicher wäre es ihr sehr unangenehm, von Reportern bedrängt zu werden.«

»Hmmm, das mag sein. Eine andere Möglichkeit wäre, sie aller Welt vorzuführen. Dann würde die Meute Sie beide sicher in Ruhe lassen.«

»Vielleicht«, murmele ich, wohl wissend, dass Caro auch dieser Ansicht ist.

»Maxim, ist alles in Ordnung?«, fragt er, als er die Kataloge auf den Tisch legt.

»Ja. Bestens. Danke, Oliver.«

Er nickt. Doch beim Hinausgehen runzelt er besorgt die Stirn.

Ich schaue auf mein Telefon. Meine Mutter hat sich noch immer nicht gemeldet. Wie kann sie so gleichgültig sein?

Also schicke ich ihr noch eine Textnachricht, in der ich sie gewissermaßen auf Knien anflehe.

Mama, bitte ruf mich an.
Es ist mir sehr, sehr wichtig.

Der Termin mit der Genetikerin, die Kit konsultiert hat, findet erst in einer Woche statt. Ich muss es einfach wissen. *Bin ich nun eine wandelnde Zeitbombe oder nicht?*

Virginia Stricklands einziger Verwandter war leicht aufzuspüren. Sie hatte einen Bruder, der noch am Leben ist. Ich maile Ihnen alles, was wir haben«, sagt Paul Maddox.

»Danke«, erwidert Alessia. Ihr ist ein wenig schwindlig. Sie hätte nicht gedacht, dass es so schnell geht. »Haben Sie auch etwas über Bleriana herausgefunden?«

»Nein, Mrs. Trevelyan. Noch nicht. Das wird ziemlich schwierig werden. Doch da die Menschenhändler in Untersuchungshaft sitzen und es sich um laufende Ermittlungen handelt, hoffen wir, von unseren Kontaktleuten bei der Polizei etwas erfahren zu können.«

Alessia erinnert sich, dass Tom auch von einem Kontaktmann bei der Polizei gesprochen hat. Sie erschaudert.

Dante und Ylli.

Noch in Haft.

Gott sei Dank.

Sie atmet tief durch. »Gut.«

»Ich schließe den Fall Virginia Strickland jetzt ab. Doch mit der Suche nach Ihrer Freundin machen wir weiter. Ich schicke Ihnen eine nach Posten aufgeschlüsselte Rechnung, doch die Anzahlung, die sie bereits geleistet haben, reicht noch für ein oder zwei Wochen, abhängig davon, wie erfolgreich die Ermittlungen sind.«

»Danke.«

»Ich melde mich, sobald wir etwas Neues wissen.« Nachdem er aufgelegt hat, fragt Alessia ihre E-Mails ab. Und wirklich, da ist eine von Maddox mit einem PDF-Anhang. Sie klickt ihn an und liest. Das Schreiben enthält Informationen über die Eltern ihrer Großmutter. Doch am wichtigsten sind die Daten ihres Großonkels, des älteren Bruders.

TOBIAS ANDREW STRICKLAND

Geboren:	4. September 1952
Alter:	71
Adresse:	The Furze House, Kew Green, Kew, Surrey, TW9 3ZJ
Familienstand:	ledig
Beruf:	Professor, emeritiert, für Musik Worcester College, Oxford

Alessia hat einen Großonkel, der Musikprofessor war! Offenbar liegt die Musikalität in der Familie. Virginia hat Shpresa Klavierunterricht gegeben, und die beiden haben es dann ihr beigebracht. Alessia sucht auf Google Maps und stellt fest, dass zwischen Chelsea und Kew nur wenige Kilometer liegen. Beim Betrachten der Karte regt sich plötzlich die Erinnerung.

Kew befindet sich am anderen Flussufer, gleich gegenüber von Brentford.

Wo sie einige Monate lang gelebt hat.

Er war ganz in der Nähe.

Sie kann es kaum fassen.

Die ganze Zeit hat sie nicht gewusst, wohin sie sich wenden soll. Und er war gleich am gegenüberliegenden Ufer.

Sie muss ihn besuchen. Sich vorstellen. Ihm von seiner Nichte in Albanien erzählen. Ihre Mutter wird begeistert sein. Alessia drückt ihr Telefon an die Brust.

Soll sie es Maxim erzählen?

Vielleicht ist es besser, wenn sie Tobias zuerst kennenlernt.

Alessia läuft zum Klavier, setzt sich davor und stimmt zur Feier des Tages ihr liebstes Präludium an.

Als ich auf dem Heimweg vom Büro im Taxi sitze, trifft eine Textnachricht von Caroline ein.

Gehe morgen mit Alessia shoppen.

Keine Widerrede.

Warne sie vor.

Vielleicht will sie ja nicht shoppen!

Maxim, sie ist eine Frau.

Ganz sicher will sie shoppen.

Außerdem lasse ich ihr keine Wahl.

Ihr kommt mit zu Dimitri.

Mist. Caroline lässt einfach nicht locker. Andererseits sollte Alessia wirklich mehr aus dem Haus und unter Leute gehen. Und offen gestanden habe ich es nach der letzten Woche auch bitter nötig. Es wäre eine willkommene Ablenkung, die alte Bande wiederzusehen. Bestimmt werden Tom und Joe da sein. Außerdem hat Oliver doch vorgeschlagen, dass ich sie allen vorstellen soll. Das wäre ein guter Weg.

Okay!

Wir kommen.

Großartig!

Bin morgen früh bei euch.

Sag Alessia Bescheid.

Caro neigt dazu, ihre Mitmenschen herumzukommandieren. Ich weiß nicht, wie Alessia damit klarkommen wird. Nach dem Verhalten von Caroline vor der Hochzeit in Kukës kann es so oder so enden. Doch da Caro eine Naturgewalt ist, wird sie sich durchsetzen. Ich muss meine Frau warnen.

Mein Telefon läutet. Ich kenne die Nummer nicht. »Trevethick«, melde ich mich.

»Lord Trevethick, mein Name ist Donovan Green. Ich bin Reporter bei der *Weekend News*.«

»Woher haben Sie diese Nummer?«

»Lord Trevethick, stimmt es, dass Sie Ihre Putzfrau Alessia Demachi geheiratet haben?«

Seine Frage trifft mich, als hätte er mir mit der Faust in den Solarplexus geschlagen. Ich lege auf, ohne einen Kommentar abzugeben. Woher, zum Teufel, hat dieser schmierige Schreiberling meine Nummer? Und woher kennt er Alessias Namen?

Wieder läutet mein Telefon, doch ich drücke die Nummer weg.

Scheiß drauf.

Was soll ich davon halten? Ich sollte Alessias Eltern besser warnen, dass irgendein freier Journalist auf der Suche nach einer Story vor ihrer Haustür auftauchen könnte. Ich weiß, dass Shpresa sich ruhig verhalten wird, aber mein Schwiegervater, der, seien wir ehrlich, ein wenig Drama und Aufmerksamkeit mag, ist vielleicht nicht so wortkarg. Vielleicht sollte ich diesen Aasgeiern einen Knochen zuwerfen.

Morgen Abend werden Alessia und ich bei Dimitri Egonows jährlichem Frühlingsfest eingeladen sein. Die Reichen und Schönen und auch die nicht so Schönen werden sich dort die Ehre geben, und dann ist es sowieso öffentlich. Alle Welt wird wissen, dass wir verheiratet sind. Und ein mieses Revolverblatt wie die *Weekend News* kann mir dann mal den Buckel runterrutschen.

Als das Taxi vor meinem Haus stoppt, lungern zu meiner Erleichterung keine Paparazzi draußen herum. Ich bezahle den Fahrer und haste hinein, um so schnell wie möglich bei meiner Frau zu sein.

Alessia schlingt träge die Beine um mich, als wir langsam auf die Erde zurückkehren. Ich küsse den Puls unter ihrem Ohr, drehe mich auf die Seite und nehme sie in die Arme. »Du bedeutest mir mehr als die ganze Welt«, murmele ich und drücke sie an mich. Es ist früh am Samstagmorgen. Am liebsten würde ich den ganzen Vormittag lang in meiner Frau versinken.

Der Summer der Gegensprechanlage ertönt.

»Wer zum Teufel ist das?«, brummle ich.

Etwa die Presse?

»Können wir das nicht einfach ignorieren?«, flüstert Alessia, die Lippen an meinem Hals. Ihr Atem streicht über die Härchen auf meiner Haut. Wieder läutet es, und diesmal hallt eine blecherne, körperlose Stimme durch den Flur.

»Mist.« Ich setze mich auf.

Wer, verdammt noch mal, ist das?

»Glaubst du, es ist wieder dieser Reporter?« Alessias Augen weiten sich vor Schreck.

»Ich denke nicht.«

Abermals ist der Summer zu hören. Ich quäle mich aus dem Bett und trotte nackt in den Flur und zur Gegensprechanlage. »Hallo«, knurre ich in den Lautsprecher.

»Hey, ich bin es.«

»Caro. Was gibt es?« *Verflixt!* Abgelenkt von dem Journalisten habe ich gestern Abend ganz vergessen, Alessia von Carolines Plan zu erzählen.

»Ich habe dir doch gesagt, dass ich mit Alessia shoppen gehen will. Lass mich rein.«

Herrje. Jetzt habe ich Alessia nicht vorgewarnt. Ich drücke auf den Türöffner und eile zurück ins Schlafzimmer. Alessia ist schon aufgestanden und hat die Überdecke über das Bett gebreitet.

»Caroline ist auf dem Weg nach oben«, murmele ich, während ich hektisch meine Jeans suche. »Sie will mit dir shoppen. Hast du Lust?«

»Wieso shoppen?«

»Neue Klamotten.«

»Ich habe Klamotten.«

»Für die Party heute Abend.«

»Party?«

Zur Hölle, das habe ich auch vergessen! »Wir gehen auf eine Party. Bei einem Bekannten. Das heißt, wenn du willst.«

»Okay«, erwidert sie. Doch in ihren Augen spiegelt sich ein verunsicherter Ausdruck.

»Das wird sicher Spaß machen. Geh duschen. Ich beschäftige so lange Caroline.«

Es läutet an der Wohnungstür. Alessia wirft mir einen Blick zu, den ich nicht deuten kann, und hastet ins Bad. Ein T-Shirt in der Hand, gehe ich zur Tür.

»Guten Morgen, Maxim«, begrüßt Caroline mich fröhlich und hält mir die Wange für ein Küsschen hin. Ich tue ihr den Gefallen und ziehe dann rasch mein T-Shirt an, um sie davon abzuhalten, weiter meinen nackten Oberkörper zu begutachten. »Du bist noch nicht angezogen? Habe ich euch beim Vögeln gestört?«

»Lass mich in Ruhe, Caro.«

»Klar. Ich hätte Lust auf einen Kaffee. Ich koche mir einen.« Sie rauscht in die Küche und lässt mich barfuß im Flur stehen.

Ich folge ihr.

»Wo ist Alessia?«, fragt sie.

»Sie duscht. Schwarz, ohne Zucker bitte.«

»Ich weiß, wie du deinen Kaffee trinkst«, entgegnet sie tadelnd.

Alessia duscht in Rekordzeit. Sie traut Caroline nicht und will ihre Schwägerin nicht mit Maxim, der außerdem ihr ehemaliger Liebhaber ist, allein lassen. Caroline liebt ihn nämlich immer noch. Das glaubt Alessia zumindest.

In ein Handtuch gewickelt läuft sie ins Gästezimmer, in dem sie all ihre Sachen aufbewahrt, um sich abzutrocknen und anzuziehen.

Maxim und Caroline sind in der Küche. Sie hört, wie er über eine von Carolines Bemerkungen lacht. Was Alessia zu noch mehr Tempo antreibt. Drei Minuten später trägt sie eine schwarze Hose, ein weißes langärmeliges T-Shirt und Loafers von Gucci.

»Guten Morgen, Alessia«, sagt Caroline vergnügt, als Alessia in die Küche kommt. »Du siehst hübsch aus.«

»Danke«, erwidert Alessia, die sich über das Kompliment wundert. »Du auch.« Caroline hat dunkle Jeans, kniehohe Stiefel und eine auf Figur geschnittene Tweedjacke an. Sie umarmt Alessia rasch und küsst sie auf die Wange.

»Tut mir leid, dass ich euren Morgenfick unterbrochen habe«, witzelt Caroline mit einem Zwinkern.

Alessia wird rot und wendet sich zu Maxim, der ihr eine Kaffeetasse reicht. »Hier. Achte einfach nicht auf sie.«

Alessia nimmt die Tasse lächelnd entgegen.

Warum nimmt sich diese Frau so viel heraus? Sind alle englischen Frauen so hemmungslos?

Oder ist es ihr nur peinlich, weil Caroline und Maxim früher ein Verhältnis hatten und sie das Wort »ficken« benutzt hat?

»Hast du Lust, shoppen zu gehen?«, fragt Caroline. Offenbar ist ihr die Bemerkung von gerade eben überhaupt nicht unangenehm. »Bestimmt finden wir für dich etwas ganz Tolles für die Party heute Abend. Und auch für mich!«

»Klar«, antwortet Alessia.

»Perfekt!« Caroline strahlt übers ganze Gesicht.

Alessia fühlt sich von Caroline eingeschüchtert. Auf ganzer Linie. Aber diese freundliche, glückliche Caroline ist eine völlig neue Erfahrung für sie.

Sie stürzt ihren Kaffee hinunter. »Ich hole nur meine Sachen aus dem Gästezimmer.« Sie flieht in den Raum, in dem Jacke und Handtasche liegen.

»Gästezimmer? Sag jetzt nicht, dass ihr schon in getrennten Betten schlaft?«, frotzelt Caroline. »Denn dein halb nackter Zustand spricht eine andere Sprache.«

Genervt von ihren Sticheleien quittiere ich das nur mit einem übertrieben lauten Aufseufzen. »Nein, nur getrennte Kleiderschränke.«

»Aha. Ich verstehe. Sie ist ein niedliches kleines Ding, richtig?« Sie klingt wehmütig. Ich sehe sie warnend an. »Ach, beruhig dich, Maxim. Ihr seid ein junges Brautpaar. Wahrscheinlich treibt ihr zwei es wie die Karnickel.«

Ich fahre mir mit der Hand durchs Haar. »Das geht dich einen Scheißdreck an. Wo willst du mit ihr hin?«

»Knightsbridge oder Bond Street. Ich bin noch nicht sicher. Aber ich habe über das nachgedacht, was du gesagt hast.«

»Oh?«

»Darüber, dass sie einsam ist.« Caroline senkt den Kopf und weicht meinem Blick aus. »Ich weiß, wie sich das anfühlt. Ja, ich habe Freunde, aber sie waren auch Kits Freunde, und es ist wirklich erstaunlich, wie sie sich vor lauter Trauer in alle Winde zerstreut haben.« Ihre Miene verdüstert sich, und einen Moment lang sieht sie wirklich traurig aus.

»Caro, das tut mir leid.« Ich umarme sie spontan.

Sie lächelt mich mit Tränen in den Augen dankbar an. »Vielleicht kann ich mich ja mit deiner Frau anfreunden.«

»Das würde mich freuen. Ich hoffe es sehr.«

Alessia beobachtet die beiden vom Flur aus. Er liebt die Frau seines Bruders und geht einfühlsam mit ihr um.

Aber er liebt sie nicht so, wie er Alessia liebt.

Du bedeutest mir mehr als alles auf der Welt.

Und er will, dass sie und Caroline Freundinnen werden. Sie seufzt auf. Maxim zuliebe will sie es versuchen.

Alessia schultert ihre Tasche. Als sie in die Küche tritt, weichen die beiden auseinander. Allerdings nicht schuldbewusst, weil sie jetzt keinen Grund dafür haben. Das ist Alessia klar. Trotzdem wäre es ihr lieber, wenn Caroline die Hände von ihrem Mann lassen würde. »Gehen wir?«, fragt sie.

»Ja!«, ruft Caroline mit übertriebener Begeisterung aus.

»Gebt bloß nicht zu viel Geld aus«, sagt Maxim, beugt sich vor und küsst Alessia rasch und fest auf die Lippen.

»Natürlich werden wir mit dem Geld nur so um uns werfen. Schließlich ist es Dimitris Party.« Caroline zwinkert Alessia noch einmal zu, nimmt sie an der Hand und spaziert mit ihr aus der Wohnung.

Alessia und Caroline. Ich bin nicht sicher, wie ich das finden soll. Schließlich will ich nicht, dass Caro meine Frau noch einmal verletzt. Allerdings schien es ihr nach dem letzten Mal wirklich leidzutun. Wenn es um die Gefühle ihrer Mitmenschen geht, verhält Caroline sich oft wie der sprichwörtliche Elefant im Porzellanladen. Das war mir bis jetzt gar nicht aufgefallen … bis Alessia kam.

Verdammt.

Alessia kann auf sich selbst aufpassen.

Wirklich?

Die Furcht, meine ständige Begleiterin, seit ich Alessia einmal verloren habe, regt sich in meiner Brust. Ich stehe im totenstillen Flur und fühle mich plötzlich ein wenig überwältigt. Seit Alessias Verschwinden war ich noch nie allein in der Wohnung.

Verdammt, Alter.

Reiß dich zusammen.

Ich hole mein Telefon heraus und schicke Joe eine SMS.

Was steht an?

Bro! Gibt dir die Missus frei?

Alter!!!

Die Missus ist mit Caro shoppen.

Klingt nach viel Kohle!

Ich schnapp mir den Degen.

Wir sehen uns im Club.

Alessia schließt die Augen, als Jimmy, einer der jungen Männer im Schönheitssalon, ihr Conditioner ins Haar massiert. Sie findet es sonderbar, dass die meisten Mitarbeiter hier Männer sind. Noch nie hat ihr ein Mann die Haare gewaschen. Sie grinst. Genau genommen war Maxim der erste Mann, der ihr die Haare gewaschen hat. Doch da standen sie nackt unter der Dusche. Eine völlig andere Erfahrung also. Der junge Mann hat kräftige Finger und kann gut massieren. Nach diesem hektischen Vormittag ist das ein angenehmes Gefühl. Und außerdem eine willkommene Pause nach der Einkaufstour mit ihrer Schwägerin.

Caroline war mehr als freundlich. Sie hat geredet wie ein Wasserfall und hatte zu buchstäblich allem eine Meinung. Außerdem hat sie Alessia ermutigt, gleich zwei Kleider – nein Abendroben – zu kaufen, die beide unverschämt teuer waren.

Schätzchen, du musst dich ans Geldausgeben gewöhnen. Qualität hat eben ihren Preis. Diese Kleider sind zeitlos und werden dich viele Jahre lang begleiten. Und du siehst einfach hinreißend darin aus.

Alessia findet die Kleider traumhaft. Sie hofft, dass sie Maxim auch gefallen.

Liebes, er wird begeistert sein!

Sie hat auch passende hochhackige Schuhe und ein schwarzes Abendtäschchen von Chanel gekauft.

Die perfekte Ergänzung zu diesen Kleidern.

Anschließend haben sie sich ein rasches Mittagessen in einer Champagnerbar gegönnt, wo Caroline Alessia über ihr Leben in Albanien ausgefragt hat.

Sie war fasziniert und setzte ihr freundliches Verhör im Salon fort, während ihre Finger- und Zehennägel gefeilt, geformt und leuchtend scharlachrot lackiert wurden.

Doch die Wahrheit lautet, dass es ein schlechtes Gewissen in Alessia auslöst, so verwöhnt zu werden. Ein Leben, in dem man astronomische Summen für Designermode und Schönheitspflege ausgibt, war eigentlich nie ihr Ziel. Allerdings ist die Wohnung blitzblank. Ihre und Maxims Sachen sind gewaschen und gebügelt. Die Hausfrauenpflichten sind erfüllt. Und hin und wieder braucht eine Frau auch ein bisschen Luxus, sagt wenigstens Caroline.

»Hmmm.« Dankbar für ein paar Minuten Ruhe, lässt sie sich treiben, während Jimmy weiter ihre Kopfhaut massiert.

Alter, du hast es nicht mehr drauf. Du bist ja total eingerostet. Stimmt etwas nicht?«, fragt Joe, der Sieger, und nimmt die Fechtmaske ab.

Ich starre ihn durch das Netz meiner Maske an. Meine Mutter ist untergetaucht. Mein Bruder hat sich vielleicht wegen einer genetischen Störung das Leben genommen. Einer

Störung, von der ich womöglich auch betroffen bin. Und zu allem Überfluss stochert jetzt ein elender Schmierfink in meiner Ehe herum. »Ich hab momentan nur viel Scheiße um die Ohren«, murmele ich atemlos, während ich mich ebenfalls meiner Maske entledige. »Außerdem bist du inzwischen viel zu gut für mich.«

»Übung macht den Meister. Mehr steckt nicht dahinter. Seit du verheiratet bist und Tom mit Henry turtelt, bin ich ganz allein.«

»Mir blutet das Herz, Bro.«

Lachend klopft er mir auf den Rücken. »Bist du heute Abend bei Dimitri?«

»Ja.«

»Lass uns noch kurz etwas trinken. Und dann sehen wir uns später.«

»Okay. Aber nur ganz kurz, ich muss noch Schmuck aus dem Banksafe holen.«

»Für deine Countess?«

»Genau.«

Joe grinst. »Brauchst du Hilfe beim Aussuchen?«

»Alter!«

»War doch nur 'ne Frage.«

Alessia und Caroline sitzen im Taxi und sind auf dem Weg von Knightsbridge nach Chelsea, als Alessias Telefon summt. Sie hat eine SMS von Maxim.

> Welche Farbe hat dein Kleid?
>
> Mx

Eines ist schwarz.

Das andere rot.

Warum?

Du wirst schon sehen!

Mx

»War das Maxim?«

Alessia nickt.

Caroline lächelt. »Ich glaube, er wird mit unseren heutigen Bemühungen zufrieden sein.«

»Hoffentlich.«

»Es hat Spaß gemacht.«

»Stimmt«, erwidert Alessia zu ihrer eigenen Überraschung.

»Allerdings war das heute für die nächste Zeit mein letzter Ausflug.«

»Warum?«

»Nächste Woche fange ich mit einem Projekt für Maxim an.«

»Oh?« Alessia wirft einen Blick auf Caroline. Doch die scheint die erschrockene Miene ihrer Schwägerin nicht zu bemerken.

»In meinem alten Leben«, fährt sie fort, »war ich nämlich Innenarchitektin. Eine der Trevethick-Immobilien in Mayfair muss neu ausgestattet werden, und er möchte, dass ich meine ganz bestimmte Note dazu beitrage.«

Ganz bestimmte Note? Was bedeutet das?

Caroline arbeitet für Maxim. Das ist mir neu.

Wie eng arbeiten die beiden zusammen? Eine eiskalte Hand

legt sich um Alessias Herz, als sie sich an die Umarmung von heute Morgen erinnert. »Und du arbeitest gern?«, fragt sie mit bemüht ruhiger Stimme.

»Ja und nein. Hängt vom Kunden ab. Mit Maxim gibt es keine Probleme, aber manche Klienten können ein richtiger Albtraum sein.« Als Caroline das Gesicht verzieht, kann Alessia sich ein Lachen nicht verkneifen, weil sie so gar nicht damit gerechnet hat. »Ja, ich hatte früher ein paar Kunden, die nicht nur grässlich und fordernd waren, sondern auch noch unter Wahnvorstellungen litten. Trotzdem hat mir dieses Leben gefehlt. Und nun, tja, muss ich wieder damit anfangen, da Kit ja …«

Caroline strahlt ein Selbstbewusstsein aus, um das Alessia sie beneidet. Doch sobald sie ihren verstorbenen Mann erwähnt, wirkt sie plötzlich gar nicht mehr so sicher. Sie lässt die Schultern hängen, und ihre Miene verdüstert sich. Als Alessia nach Carolines Hand greift, blickt ihre Schwägerin sie aus geröteten blauen Augen an, in denen nicht vergossene Tränen schimmern, und erwidert den Händedruck. »Danke«, flüstert sie.

Alessia lächelt sie mitfühlend an, und eine Weile setzen sie die Fahrt schweigend fort.

Alessia schaut aus dem Fenster des Taxis und fragt sich, wie es wäre, einen richtigen Beruf zu haben. »Ich würde gern arbeiten, aber ich kann nicht, weil ich keine Aufenthaltsgenehmigung habe«, sagt sie leise, wie an sich selbst gewandt.

»Oh?« Caroline ist überrascht.

»Es ist zum Verzweifeln. Und dabei möchte ich doch … etwas beitragen.«

»Ich verstehe.« Caroline betrachtet sie nachdenklich. »Ich bin sicher, dass du auf deine Weise etwas beiträgst.« Als sie Alessia zulächelt, fragt sich diese, ob sie, so wie meistens, auf Sex anspielt. Doch nach ihrem Gesichtsausdruck zu urteilen, ist die Bemerkung weder spöttisch noch anzüglich gemeint.

»Ja, vielleicht geht manchmal der Putzteufel mit mir durch.«

»Wenn du dich erst eingerichtet hast, wirst du genug zu tun haben. Als Countess musst du zwei Anwesen leiten. Außerdem hat Maxim mich nach einem Benimmkurs gefragt. Ich habe ihm den empfohlen, den ich selbst besucht habe. Er war genau das Richtige für mich. Es ist eine gute Idee, dass du dort hingehst.«

»Es hat mich gewundert, dass du das überhaupt nötig hattest.«

Caroline schnaubt höhnisch. »Kit wollte es so. Schätzchen, ich bin keine Adelige. Er hat viel Geduld mit meinen Fehlern gehabt.«

»Oh.« Alessia ist erstaunt.

»Wirklich. Offen gestanden war er ein kleiner Snob. Bei ihm musste alles seine Ordnung haben. Maxim ist da ganz anders.«

»Stimmt.« Alessia wartet auf den Zusatz »Schließlich hat er dich geheiratet« als ein Beispiel für seinen Mangel an Snobismus.

Aber er kommt nicht.

»Nach diesem Kurs wirst du das Selbstbewusstsein haben, das du brauchst, um deine Position auszufüllen. Und dann soll Maxim dich als seine Countess in beiden Anwesen einführen.«

»Genau das ist der Grund, warum ich den Kurs machen will. Mein Selbstbewusstsein.«

»Du wirst es schaffen.«

Erstaunt über Carolines Aufrichtigkeit und Freundlichkeit setzt Alessia ein Lächeln auf, das ihre Schwägerin erwidert.

Caroline mustert Alessia mit zur Seite geneigtem Kopf. »Dein Haar sieht zu weichen Wellen geföhnt einfach hinreißend aus, Alessia.« Sie seufzt auf. »Ich beneide dich um deine dichten Haare. Sie haben so einen gesunden Glanz. Du solltest zweimal die Woche zum Friseur gehen und dich von Luis frisieren lassen. Im Benimmunterricht wird auch Kosmetik behandelt. Das ist lustig. Nägel. Haare. Einfach alles. Heute Abend wirst du alle bezaubern. Du wirst unsere Freunde kennenlernen, die vor Neugier fast platzen. Und nach dieser Party wird die Presse dich sicher nicht mehr belästigen.«

Alessia ist verblüfft über Carolines Offenheit. Und darüber, dass ihre Schwägerin sie um ihr Haar beneidet, obwohl es eigentlich umgekehrt ist. Alessia hofft, einmal so elegant, weltgewandt und selbstsicher zu werden wie Caroline. Sie ist das einzige Vorbild in Sachen Aussehen und Benehmen, an das sie sich halten kann. Und da Alessia nun denselben Kurs besuchen wird, ist sie zuversichtlich, dass sie das auch schafft.

»Ich weiß kaum etwas über die Party, zu der wir eingeladen sind.«

»Hat Maxim dir nichts über Dimitri erzählt?«

Alessia schüttelt den Kopf. »Wer ist Dimitri?«

»Der Sohn eines russischen Oligarchen. Ein kleiner Schwerenöter. Er veranstaltet gern rauschende Feste und wirft mit dem Geld nur so um sich. Du wirst es selbst sehen. Kit kannte ihn gut. Maxim nicht so sehr. Dimitri umgibt sich gern mit glamourösen und schönen Menschen.«

Wow. Natürlich wird Maxim auf so eine Party eingeladen.

Und Caroline auch.

Alessia kann nur hoffen, dass sie Maxim nicht enttäuschen wird.

»Er versucht, sich bei der besseren Gesellschaft beliebt zu

machen. Das sieht jeder. Es wird gemunkelt, dass sein Vater früher beim KGB war. Aufregend, nicht? Außerdem kann er feiern. Es wird bestimmt ein Spaß.« Sie lächelt Alessia an, ohne zu bemerken, wie nervös ihre Schwägerin ist.

Die Party macht Alessia ziemliche Angst.

»Du bist wirklich sehr hübsch«, wechselt Caroline das Thema und hält einen Moment inne, während Alessia nicht weiß, was sie auf eine solche Bemerkung antworten soll. »Er ist anders zu dir. Beschützend.« Carolines Tonfall wird weicher, ihre Zuneigung zu Maxim ist offensichtlich. »Er ist bis über beide Ohren verliebt. Das muss schön sein.«

Wieder ein plötzlicher Themenwechsel. »Ist es«, erwidert Alessia knapp und mit Nachdruck. Sie weiß, dass sie, was ihren Mann angeht, ihre Position behaupten muss.

»Es ist bewundernswert, was du geschafft hast. Sein Leben lang hat er nie Nähe zugelassen. Dir ist das Unmögliche gelungen.«

Alessia rutscht verlegen hin und her. Die Wendung, die das Gespräch genommen hat, gefällt ihr gar nicht. »Danke«, murmelt sie, weil ihr nichts Besseres einfällt. Doch am liebsten würde sie es laut herausrufen:

Er gehört mir. Finger weg von ihm.

»Möchtest du noch irgendwo Halt machen?«, erkundigt sich Caroline.

»Ich fahre besser nach Hause. Obwohl es mir heute gut gefallen hat. Vielen Dank.«

Alessia ist überrascht, dass sie es ernst meint. Und zwar, obwohl Caroline ihre Nase in intime Dinge steckt und sie mit persönlichen Fragen löchert. Es hat trotzdem Freude gemacht, einmal aus der Wohnung zu kommen und Zeit mit ihrer Schwägerin zu verbringen.

Vielleicht ist sie ja doch keine Nebenbuhlerin.

Vielleicht.

»Ich muss noch das Abendessen zubereiten«, fügt Alessia hinzu.

»Was? Du kochst? Für ihn?«

»Ja.«

»Wow.« Nun ist Caroline wirklich erstaunt. »Aber eigentlich dürfte mich das nicht überraschen. Schließlich habe ich selbst gesehen, wie du in Albanien mit deiner Mutter den Kochlöffel geschwungen hast. Das war schön. Sehr vertraut. Offenbar hast du ein gutes Verhältnis zu ihr.«

»Ja, habe ich. Was für ein Verhältnis hast du zu deiner Mutter?«

Caroline schnaubt höhnisch. »Meine Mutter lebt in Südfrankreich. Ich sehe sie kaum.« Sie schiebt eine Haarsträhne hinters Ohr, als wolle sie sich von einem unangenehmen Gedanken ablenken, schließlich fährt sie fort. »Das Essen bei eurer Hochzeit war köstlich. Ich kann nicht kochen. Aber dafür habe ich ja Mrs. Blake.« Sie senkt die Stimme, als sei sie wieder traurig. Alessia denkt an ihr Gespräch mit Maxim, das sie mitgehört hat.

Caroline ist auch einsam.

»Du kannst gern bei uns zu Abend essen. Ich koche etwas Leichtes.«

Caroline lacht auf. »Normalerweise gern. Aber ich muss mich für heute Abend zurechtmachen. Und du auch. Aber kann ich mit dir und Maxim zur Party fahren? Ich möchte nicht allein dort eintreffen.«

»Natürlich«, antwortet Alessia sofort, denn sie weiß, dass Maxim nichts dagegen haben wird.

»Danke«, stößt Caroline hervor. »Ich freue mich schon darauf. Seit eurer Hochzeit war ich auf keinem Fest mehr. Und ich brauche ein bisschen Abwechslung. Warum kommt ihr vor der Party nicht auf einen Cocktail zu mir?«

»Keine schlechte Idee.« Alessia lächelt. Doch wieder meldet sich das Lampenfieber. Einerseits ist sie gespannt auf die Party, andererseits hat sie eine Heidenangst davor. Was, wenn sie sich danebenbenimmt oder verplappert? Oder … oder … Sie schluckt die aufsteigende Panik hinunter und verschränkt die Hände fest auf dem Schoß.

Alessia, beruhige dich, es wird ein Spaß.

Was kann denn schon groß schiefgehen?

ACHTZEHN

Mir bleibt die Spucke weg. Unter dem Kronleuchter im Flur, dessen Licht ihre dunklen Haare glänzen lässt, sieht Alessia wie eine Leinwandgöttin aus. Sie trägt ein langes, weiches Seidenkleid, eng in der Taille, mit Neckholder, der ihre hübschen Schultern zeigt. Der Rock schmiegt sich an ihre Hüften, wird bis zu den Knien enger und fällt dann in rubinroten Stoffbahnen bis an ihre Füße. Ihre Augen sind schwarz umrandet, ihre Lippen so rot wie ihr Kleid und ihre Haare lange, weiche Wellen. Sie ist eine Göttin. Aphrodite. Und sie gehört mir. Ich räuspere mich. »Du siehst umwerfend aus.« Meine Stimme ist heiser.

Sie lächelt, gleichzeitig wissend, schüchtern und süß, und ich spüre es in meinem Schwanz.

Scheiße.

»Du siehst zum Anbeißen aus«, sagt sie.

Ich lache. »Das alte Ding, das ist mein Glücksanzug.«

»Du könntest tatsächlich Glück haben«, neckt Alessia mich.

Ich greife nach ihrem Haar und halte eine Strähne zwischen meinen Fingern. »Das hoffe ich, aber nur mit dir. Deine Haare sehen toll aus.«

»Wir waren beim Einkaufen in einem Salon, ein Mann hat mir die Haare gewaschen, und ein anderer hat sie geföhnt.«

Kurz durchzuckt mich etwas, das wohl nur Eifersucht sein

kann. »Ach ja?« Ich ziehe sie in meine Arme. »Ich weiß nicht, wie ich das finde.«

Alessia kichert. »Das war für mich auch das erste Mal.«

Ich nehme ihr Gesicht sanft in meine Hände und presse meine Lippen auf ihre. »Dann bin ich nicht einverstanden.«

»Mit meinem Haar?«

»Nein. Mit den Männern. Aber wer immer es war, sie haben tolle Arbeit geleistet. Komm, ich will dir was zeigen.«

Ich habe drei Samtschachteln auf den Esstisch gelegt. Alle drei öffne ich, um ihr glitzerndes Geheimnis zu enthüllen. Alessia schnappt beeindruckt nach Luft.

»Ja. Trevethick-Beute. Teile einer großen Sammlung.«

Alessia ist überwältigt. Auf dem Tisch liegt auf Samt der erlesenste Schmuck, den sie je gesehen hat.

Diamanten.

Diamanten, die im weichen Licht des Kronleuchters glitzern.

»Ich glaube, diese hier«, meint Maxim schließlich und greift nach Diamantohrringen in Form mehrerer Sterne. »Schauen wir mal, wie die aussehen.« Sanft streicht er ihr Haar hinter die Ohren und legt erst einen, dann den anderen Ohrring an. »Du bist wunderschön. Du brauchst keinen Schmuck, aber diese Ohrringe sind einer Göttin würdig. Und in diesem Kleid bist du eine. Gefallen sie dir?«

Alessia betrachtet im goldenen Spiegel an der Wand die fremde Frau, die zurückblickt. Sie sieht anders aus und fühlt sich anders an. Selbstbewusst. Kraftvoll. »Ich liebe sie«, flüstert sie und sieht ihrem Ehemann im Spiegel in die Augen und genießt sein gutes Aussehen. Seine grünen Augen funkeln, und seine vollen Lippen öffnen sich beim Einatmen. Er trägt einen schwarzen Maßanzug und ein weißes Hemd.

Er sieht männlich aus. Elegant. Umwerfend.

Er strahlt sie an. »Gut. Dann lege ich den anderen Schmuck in den Safe zurück.«

»Du hast einen Safe?«

»Wir haben einen Safe. Er ist in meinem Schrank.«

Hand in Hand gehen Alessia und Maxim auf dem Cheyne Walk zu Trevelyan House. Alessia bemüht sich, ihre Nervosität unter Kontrolle zu bringen, als sie an Mrs. Blakes nicht gerade begeisterte Begrüßung am letzten Wochenende denkt.

Wie wird sie mich wohl heute empfangen?

»Dieses Haus gehört meiner Familie schon seit Generationen. Eigentlich seit es neu gebaut wurde«, erläutert Maxim, während er ein Eisentor öffnet, das über einen kurzen Steinweg in einen hübschen Garten führt. Sie bleiben vor einem beeindruckenden alten Gebäude mit einer schwarz glänzenden Tür stehen, die genauso aussieht wie die am Haus auf dem Cheyne Walk. »Ich bin hier aufgewachsen.«

Alessia lächelt. »Gibt es hier Fotos von dir als kleiner Junge?«

Maxim lacht. »Ja, viele.« Er drückt auf die Klingel, die irgendwo im Haus schrillt. »Du hast Mrs. Blake ja schon getroffen.« Maxims Mund wird zu einem dünnen Strich. »Sie arbeitet schon seit Jahren für die Familie, seit mein Vater Earl war. Mr. Blake, ihr Ehemann, ist der Butler der Familie.«

»Okay.« Alessia wappnet sich innerlich.

Ein kräftiger Mann mit beginnender Glatze und einem makellosen schwarzen Anzug kommt an die Tür. Sein Blick aus klugen braunen Augen fällt erst auf Alessia, dann auf Maxim. »Lord Trevethick«, sagt er, senkt den Kopf und öffnet die Tür weit. »Blake.« Maxim ist kurz angebunden, er nimmt Alessias Hand und führt sie in den Korridor. »Das ist meine Frau, Lady Trevethick.«

»Herzlichen Glückwunsch Ihnen beiden«, sagt er freundlich. »Lady Trevethick, willkommen in Trevelyan House. Darf ich Ihre Mäntel nehmen?«

»Caroline erwartet uns«, erklärt Maxim, als er ihm seinen Mantel reicht. Alessia tut es ihm gleich und zieht auch ihren aus.

»Lady Trevethick«, murmelt er, als er ihn entgegennimmt, seine Augen strahlen vor Bewunderung. Alessia lächelt ihn an. »Lady Trevethick befindet sich im Salon. Obacht, ich glaube, es gibt Cosmopolitans.«

Maxim kichert. »Danke.«

Blake nickt ihnen zu, dreht sich auf seinen glänzenden schwarzen Schuhen um und geht durch den langen, schwarzweiß gefliesten Flur. Alessia schaut ihm nach. Die Wände sind mit Fotos und Gemälden geschmückt. Zwei große Kronleuchter hängen von der Decke, sie gleichen denen in Maxims Wohnung, aber diese sind größer. Ein verschnörkelter Goldspiegel hängt über einer antiken Holzkonsole, auf der zwei überladene Lampen mit goldenen Schirmen gelbliches Licht in den Flur werfen.

»Der Salon ist oben«, sagt Maxim lächelnd.

Ihre Schritte hört man auf der breiten Treppe aus rotbraunem Holz. Über ihnen, an den Wänden, hängen weitere Gemälde und Fotos. Alessia erkennt eines mit Maxim. Er sieht jünger aus und posiert neben einem blond gelockten Mann, der etwas älter als er zu sein scheint. Sie tragen eine Uniform: weiße Reiterhosen, lange Lederstiefel und dunkle T-Shirts, auf denen vorn »Laurent Perrier« steht. An Maxims Schulter lehnt lässig ein langer Schläger, während die Hand des anderen Mannes, der eine arrogante und beeindruckende Ausstrahlung hat, auf einem ähnlichen Schläger ruht.

»Das sind Kit und ich in unseren Polo-Outfits. Das ist ungefähr fünf Jahre her.«

»Ihr seht beide sehr gut aus.«

Maxim grinst, er sieht gleichzeitig jungenhaft und zufrieden aus. »Danke.« Er führt sie durch eine Tür auf dem Treppenabsatz zum großen Salon, in dem Caroline wartet. Sie ist perfekt gekleidet, in einem bodenlangen schwarzen Kleid mit einem tiefen Ausschnitt, Perlen am Ohr und einer langen, geknoteten Perlenkette, die zwischen ihren Brüsten herabfällt. Sie tritt vor und nimmt sowohl Maxims als auch Alessias Hand.

»Willkommen, Alessia, du siehst umwerfend aus. Maxim.« Sie küsst Alessia auf die Wange und hält ihre Maxim hin.

»Caro. Du siehst toll aus.« Maxim gibt ihr einen kleinen Kuss.

»Ich hoffe, ihr habt beide Lust auf einen Cosmo.« Sie drückt ihre Hände, dann dreht sie sich um und betätigt einen Knopf an der Wand. »Nehmt Platz.«

Alessia schaut sich im Salon um, bewundert die Pracht und die Antiquitäten. Er ist gemütlich, aber auch eindrucksvoll. Ein Marmorkamin mit imposanten Säulen dominiert den Raum, und es stehen mehrere rot gepolsterte Sofas darin. Es gibt Landschaftsgemälde und Stillleben, aber auch Fotos von Caroline und ihrem Ehemann, mehrere eines älteren Mannes, den Alessia vom Porträt in Cornwall als Maxims Vater erkennt, und ein paar von Maxim, Kit und Maryanne als Kinder.

»Darf ich die Fotos anschauen?«

»Natürlich, Alessia«, antwortet Caroline. »Nur zu.« Es klopft kurz an die Tür, und Blake tritt ein, geht zu einem silbernen Servierwagen, auf dem lauter Flaschen mit Alkohol, glitzernde Kristallgläser sowie ein Cocktailshaker stehen.

»Das Kleid steht dir gut«, meint Caroline. »Findest du nicht auch, Maxim?«

»O ja, sehr.« Maxims Gesicht wird ganz weich, als er Alessia ansieht.

Alessia lächelt. »Danke«, flüstert sie, sein Blick wärmt sie. Sie dreht sich zu den Familienfotos um, eine leichte Röte in ihrem Gesicht. Maxim muss neun oder zehn Jahre alt sein, sogar als Kind ist er bereits hübsch, die Hand seines Vaters liegt auf seiner Schulter. Maryanne steht zwischen Maxim und seinem Bruder – der größer ist und üppige blonde Locken hat – und Rowena hinter Kit, ihr Arm auf ihrem ältesten Sohn. Ihr Blick hat etwas Eisernes, als fordere sie den Fotografen heraus, die Wahrheit zu enthüllen.

Welche Wahrheit?

»Ich habe Kits Sachen«, sagt Caroline zu Maxim und deutet auf eine elegante Holzschachtel auf dem Couchtisch.

»Oh.« Maxim betrachtet die Schachtel zweifelnd. »Ähm …«

»Jetzt ist wohl nicht der richtige Moment«, ergänzt sie schnell.

Die Atmosphäre im Raum wird kühl, aber das laute Klappern eines Cocktailshakers belebt sie wieder. Alle Blicke wandern zu Blake, der den silbernen Shaker herumwedelt. Er feixt, hat Spaß. Maxim grinst, während Caroline lacht und zu Blake am Servierwagen geht. »Lassen Sie mich helfen.«

Geschickt gießt Blake Alkohol in drei Cocktailgläser, und Caroline gibt in jedes eine frische Orangenscheibe. »Fertig«, sagt sie und reicht zuerst Alessia, dann Maxim ein Glas. »Das ist ein Cosmopolitan. Oder, wie wir sagen, ein Cosmo.«

»Cosmo«, wiederholt Alessia.

»*Cheers*«, sagt Caroline und lächelt Maxim an.

»*Gëzuar*«, erwidern Alessia und Maxim unisono, und Caroline lacht. Alessia nippt am Glas. Der spritzige, scharfe Geschmack ist toll. »Mhmm … Was ist da drin?«

»Wodka, etwas Cointreau, Limetten-, Cranberrysaft«, antwortet Maxim mit belegter Stimme, während er Alessia in die Augen sieht.

»Du meine Güte, nehmt euch ein Zimmer!«, sagt Caroline. Maxim zwinkert Alessia zu, und Caroline fährt fort. »Ich dachte, ein Wodkacocktail bereitet uns auf Dimitri vor.«

Maxim nickt. »Ja, der Wodka wird heute Abend in Strömen fließen. Trinken wir aus und gehen los.«

Dimitri wohnt in einem frisch renovierten Gebäudekomplex in Mayfair. Es ist ein gedrungenes rotes Ziegelhaus, das vom gerade angesagtesten Innenarchitekten ausgestattet wurde. Ich war schon ein paarmal dort. Die Deko, die Möbel und die Kunst sind perfekt, aber vollkommen seelenlos. In Dimitris Gesellschaft habe ich mich noch nie wirklich wohl gefühlt – nicht dass ich ihn oft getroffen hätte –, aber es ist der Ort, an dem man sich sehen lassen muss. Und wenn ich Alessia als meine Ehefrau vorstellen möchte, gibt es keinen besseren Weg in die Öffentlichkeit. Morgen werden wir in allen Boulevardblättern zu sehen sein.

»Bist du bereit?«, frage ich Alessia, als unser Taxi an seinem Haus anhält. Sie nickt, ihre dunklen Augen glänzen im Straßenlicht. »Caro?«

»Ja, es ist Zeit, sich wieder aufs Pferd zu schwingen«, sagt Caroline.

»Okay. Gehen wir. Alessia, antworte auf keine Frage.«

Als wir aus dem Taxi steigen, sehe ich einen stetigen Strom

der Reichen, die bereits ins Haus gehen. Die Paparazzi mit ihren Kameras treten vor und rufen.

Lord Trevethick!

Maxim!

Sehen Sie hierher!

Ich lege meinen Arm um Alessia und nehme Carolines Hand, und wir gehen durch ein Meer von blitzenden Kameras und gebrüllter Fragen. Es kommt mir wie eine Ewigkeit vor, aber wahrscheinlich dauert es bloß Sekunden, bis wir die glänzende schwarze Tür erreichen und in die relative Sicherheit des Hofs gelangen.

Obwohl es noch früh ist, ist es bereits brechend voll.

Eine attraktive junge Frau mit zurückgekämmtem Haar, ganz in Schwarz gekleidet, nimmt unsere Mäntel, und wir begeben uns in den eigentlichen Innenhof. Dabei reicht uns eine Kellnerin, die exakt wie die Garderobiere aussieht, je einen Wodkashot.

»Danke.« Alessia sieht den Drink zweifelnd an. »Willkommen bei Dimitri«, murmele ich so beruhigend wie nur möglich und kippe den Shot hinunter. Eines muss man ihm lassen – sein Wodka ist gut. Alessia trinkt ihren ebenfalls ex, und Caroline folgt ihr.

»Ah! Das ist stark!«, platzt Alessia heraus.

»Ja … Vielleicht sollte man nicht zu viel davon trinken, oder? Lasst uns Joe und Tom suchen. Sie sollten hier sein.«

»Trevethick!« Dimitri Egonows donnernde Stimme unterbricht uns. »Ich bin so froh, dass du kommen konntest. Und wer ist diese wunderschöne junge Lady?« Er hat einen leichten, aber eindeutigen Akzent. Könnte er noch öliger klingen? Und er trägt einen weißen Smoking, als wäre er Gatsby oder Bogart.

»Das ist meine Frau, Alessia Trevethick. Alessia, unser Gastgeber, Dimitri Egonow.«

Er nimmt ihre Hand und führt sie an seine Lippen, seine dunklen Augen durchdringen ihre. »Die Gerüchte sind also wahr«, murmelt er. »Meine liebe Lady Trevethick, Sie sind etwas Besonderes.«

»Mr. Egonow.« Alessia lächelt, aber sogar mir fällt auf, dass ihr Lächeln nicht bis zu den Augen reicht.

»Auf die musst du gut aufpassen«, warnt Egonow mich. »Sie ist ein seltener Diamant.«

»Das ist sie«, stimme ich zu und will, dass er ihre Hand loslässt.

Hände weg von meiner Frau.

Ich habe mich noch nie so besitzergreifend gefühlt wie jetzt.

»Bitte, genießt meine Gastfreundschaft. Hier gibt es alles Mögliche zur Unterhaltung. Vielleicht kannst du das nächste Mal für mich auflegen?«

Niemals.

»Ich denke, meine Zeit als DJ ist vorüber, Dimitri.« Ich lächle höflich, aber ich will, dass er meine Frau loslässt. Endlich tut er es und wendet sich an Caroline.

»Lady Trevethick, wie wundervoll Sie heute Abend aussehen.«

»Dimitri, Darling.« Sie haucht einen Kuss auf jede seiner Wangen, aber er zieht sie eng an sich.

»Ihr Verlust tut mir sehr leid«, sagt er und hält sie fest.

Caro sieht mich panisch an, aber Alessia nimmt ihre Hand.

»Caro, führst du mich bitte herum«, bittet Alessia sanft.

»Danke, Dimitri«, säuselt Caro, und er lässt sie mit einem strahlenden, wissenden Lächeln los und geht weiter.

Scheiße.

»Alles in Ordnung?«, frage ich Caro, die immer noch Alessias Hand hält.

»Ja. Er ist … speziell.«

»Das ist er. Holen wir uns einen Drink.«

Alessia ist geblendet von dem Spektakel, das sich ihr bietet. Der Innenhof ist von einem schwarzen Seidenbaldachin bedeckt, der mit winzigen, funkelnden Lichterketten geschmückt ist. In der Mitte steht auf einem schwarzen Sockel eine Eisskulptur, deren hohe, geschnitzte Flammen in alle Richtungen züngeln. Sie wird von flackernden roten und orangen Lichtern beleuchtet, sodass die Flammen echt aussehen. Drei Barmänner stehen davor und servieren Shots mit Wodka, der aus den eisigen Flammen rinnt.

Wie geht das?

»Ein Durchlaufkühler«, murmelt Maxim. »Lassen wir den Wodka besser links liegen und holen uns lieber Champagner.«

»Ich nehme noch einen Shot«, sagt Caro und schlendert zur Bar, wo sie eine hochgewachsene junge Frau begrüßt. Maxim wendet sich abrupt ab, als wolle er der Frau aus dem Weg gehen, schnappt sich zwei Champagnergläser von einem vorbeigehenden Kellner und reicht Alessia eines.

»Lass uns da rübergehen, dann können wir Hof halten und Leute beobachten«, sagt er.

Es wimmelt von Männern und Frauen in schicker Garderobe. Alessia erkennt einige Filmschauspieler, Promis und ein paar britische Politiker, über die sie in der Gratiszeitung gelesen hat, im Pendlerzug von und nach Brentford. Am Rand des Gedränges wachen mehrere auffällige, kräftige Männer in dunklen Anzügen über die Menge.

Security? Wozu? Alessia weiß es nicht.

Verschiedene Leute sprechen Maxim an, um ihm ihr Beileid über den Tod seines Bruders zu bekunden und um Alessia zu sehen. Sie schüttelt Hand um Hand, dabei ist ihr bewusst, dass ein paar schöne Frauen sie mit unverhohlenem Neid anschauen. Sie fragt sich, ob sie Maxim kennen, über das Normale hinaus.

Alessia, denk nicht darüber nach.

Sie umfasst den Arm ihres Mannes fester.

Ein Fotograf bittet um ein Foto, und Maxim zieht sie enger an sich. »Lächeln«, flüstert er. »Das wird morgen in allen Boulevardblättern sein, und ich möchte der Welt zeigen, dass du zu mir gehörst.«

Alessia lächelt ihn an, alle Zweifel sind verschwunden, und der Fotograf macht einige Aufnahmen, dankt ihnen und geht weiter.

»Trevelyan!« Tom kommt im Smoking auf sie zu, hinter sich zieht er Henrietta durch die Menge. »Liebe Alessia, du siehst umwerfend aus. Maxim, mein Gott, was für eine tolle Idee. Natürlich will jeder hier deine Braut kennenlernen!«

Henrietta freut sich, Alessia zu treffen. »Du siehst toll aus«, sprudelt es aus ihr heraus.

Alessia strahlt sie an. »Danke, du aber auch!«

Maxim und Tom beginnen eine intensive Diskussion. Alessia schnappt ein paar Wörter wie »neugierige Journalisten«, »Security« und »Kompromat« auf – was auch immer das sein soll.

»Ich war noch nie hier. Sollen wir uns ein bisschen umsehen?« Henrys braune Augen funkeln vor Vorfreude und ein bisschen Übermut.

»Okay«, erwidert Alessia, Henrys Enthusiasmus hat sie angesteckt, und natürlich ist auch Alessia neugierig. Sie war noch nie in einer Villa, die einem russischen Oligarchen gehört.

»Wo geht ihr hin?«, fragt Maxim, sobald sie losgehen.

»Uns umsehen.« Henry lächelt, und Maxim wirft einen besorgten Blick auf Alessia.

»Seid vorsichtig«, flüstert er, und Alessia weiß, dass er es nicht gutheißt, sie aber nicht aufhalten wird.

»Das sind wir«, sagt sie mit einem süßen Lächeln. Er nickt zur Antwort, und Henrietta nimmt zwei Champagnergläser von einem weiteren vorbeieilenden Kellner, und sie gehen durch die dichte Menge ins Haus.

Die Wohnräume sind beeindruckend, in Beige-, Creme- und Brauntönen gehalten und überall mit kleinen Goldakzenten versehen. Es ist opulent; die Möbelbezüge sind aus Satin und Seide. Abstrakte und gegenständliche Kunst hängt an jeder Wand. Es ist stilvoll, aber etwas zu steril für Alessias Geschmack. Die Gäste mischen sich, reden, lachen und trinken in jedem Raum. Im ersten Raum – einem Wohnzimmer – unterhalten zwei Zauberer die Leute. Einer zaubert eine Goldmünze hinter Henrys Ohr hervor. Und zu ihrer großen Freude darf sie sie sogar behalten.

Sie gehen weiter durch ein Esszimmer mit einem üppigen Bankett. Alessia erkennt den Kaviar und rosa Lachsrogen, aber es gibt auch Klöße und kleine Pasteten. *Piroschki*, erklärt Henry ihr. Der Tisch, an dem wohl zwanzig Leute Platz nehmen können, ist mit Essen beladen. Große, attraktive Kellner mit nach hinten gegelten Haaren stehen in ihren schwarzen Uniformen bereit zum Servieren. Henry und Alessia wählen Kaviar mit Blini, die kleinen Klöße und Pasteten.

»Das wird uns stärken«, erklärt Henry, und sie gehen mit ihren Tellern ins nächste Zimmer, einem weiteren sterilen Raum voller schöner Menschen. Henrietta stellt Alessia allen vor, die zu ihnen kommen. Eine schlanke, junge Frau in Schwarz tritt zu ihnen – ihr fließendes Kleid scheint etwas zu groß für sie. »Sie sind also die Frau, die sich Maxim Trevelyan geschnappt hat«, sagt sie gedehnt, während ihre braunen Augen Alessia mustern.

»Maxim ist mein Mann«, erwidert Alessia steif, ihr ist bewusst, dass sie, als sie mit Henry durch die Räume wanderte, immer wieder von der Seite angesehen und über sie spekuliert wurde. Doch niemand hat sie so offen und unverhohlen beäugt wie diese Frau.

»Sie sind schon ein hübsches, kleines Ding, nicht wahr?«, sagt sie, und Alessia vermutet, dass sie zu viel getrunken hat.

»Und wer sind Sie?«

»Arabella Watts. Maxim und ich waren mal zusammen. Vor vielen Monden. Ich muss Ihnen gratulieren, dass Sie sich einen der begehrtesten Junggesellen Großbritanniens geschnappt haben …«

»Danke, Arabella«, unterbricht Henry. »Wir sollten Maxim finden.« Sie ergreift Alessias Hand, und sie gehen in einen anderen Raum. Sie flüstert: »Maxims Ex. Total süchtig und vollkommen fies. Ich bin mir allerdings nicht sicher, ob die beiden Fakten miteinander zusammenhängen.«

»Oh. Eine Exfreundin?«

»Ja. Hat er dir nicht von ihr erzählt?«

»Flüchtig. Aber keine … ähm … Details.«

»Wahrscheinlich besser so«, fügt Henry hinzu. »Ich meine, wir wollen doch nichts von den Exgeliebten unserer Partner wissen, oder?«

Alessia schüttelt den Kopf und will gar nicht an Maxims Verflossene denken.

Es sind zu viele.

Henry bleibt an einem Fenster stehen, damit sie in Ruhe essen können. Wenn sie nicht gerade unterbrochen werden, um sich vorzustellen, plaudert Henry über ihren Tag. Sie ist Krankenschwester und hat Tom kennengelernt, als sie im

Veterans Hospital in London gearbeitet hat. Alessia hört aufmerksam zu, und in Henriettas Gegenwart entspannt sie sich und fühlt sich richtig wohl. Sie fragt sich vage, wo Maxim wohl steckt.

Als sie aufgegessen haben und frischen Champagner in der Hand halten, spazieren sie durch den Flur. Die Stimmung unter den Feiernden ist aufgeheizt. Das Geplapper lauter und freier. Sie kommen an einer prächtigen Holztreppe vorbei, die ins obere Stockwerk und nach unten in den Keller führt. Von unten hört man Musik dröhnen, und farbige Lichter flackern an den Wänden.

Henry verzieht das Gesicht. »Nach da unten wollen wir nicht gehen«, warnt sie, und sie betreten den Salon.

Ein weiterer opulenter Raum, eingerichtet wie die anderen, allerdings hat dieser einen modernen Gaskamin, in dem Flammen flackern und dem Zimmer ein bisschen Farbe und Leben verleihen. Angeregtes Gemurmel ist zu hören, dazu das Klirren von Champagner- und Shotgläsern.

Über ihnen befindet sich ein Zwischengeschoss. »Sieh mal«, sagt Henry, als sie den Flügel dort entdeckt. Sie grinst. »Lass uns hochgehen.« Henry trinkt ihren Champagner aus, schnappt sich zwei neue Gläser von einem Kellner und steigt dann die Wendeltreppe hinauf. Alessia ist sich bewusst, dass sie von neugierigen Partygästen mit Blicken verfolgt werden. Sie leert ihr Champagnerglas und folgt Henry die Treppe hoch ins Zwischengeschoss. Dort befinden sich eine beeindruckende Bibliothek, in der die gebundenen Bücher nach Farbe und Größe sortiert sind, und ein glänzender schwarzer Flügel. Alessia schnappt nach Luft. Es ist ein Bechstein.

»Na, hallo. Spielen Sie?« Ein junger Mann mit schwarzen Haaren, ein wenig zerzaust wie die von Maxim, tritt hinter einem der Bücherregale hervor. Sein Akzent erinnert an den von Dimitri.

»Ich nicht«, erwidert Henry. »Aber Alessia schon.«

Er tritt vor, seine klaren blauen Augen mustern Alessias Gesicht, dann gleiten sie an ihrem Körper hinunter, sodass sie als Reaktion darauf, um seiner Herausforderung zu begegnen, ihr Kinn anhebt.

Er grinst über ihren Versuch, ihn einzuschüchtern, und streckt seine Hand aus. »Grischa Egonow, und Sie sind?«

Alessia schüttelt seine Hand, und in ihrem Kopf schrillen Alarmglocken. Sein Griff ist zu fest, sein Lächeln zu warm. Sie zieht ihre Hand zurück und widersteht dem Bedürfnis, sie an ihrem Kleid abzuwischen. »Egonow. Dimitris …?«, fragt Alessia.

»Bruder. Na ja, Halbbruder. Derselbe Vater.«

»Alessia Trevethick.«

»Ah! Die neue Countess.« Er verbeugt sich sehr förmlich, nimmt noch einmal ihre Hand und küsst ihre Fingerknochen. »Mylady.«

Ein Schauer läuft ihr über den Rücken.

»Das ist meine Freundin Henrietta Gordon.« Alessia zieht ihre Hand weg und stellt Henry vor, die Grischa genauso misstrauisch ansieht wie Alessia.

Er nickt Henrietta zu und wendet sich dann wieder an Alessia. »Ihr Akzent. Genau wie ich stammen Sie nicht von hier.«

»Ich komme aus Albanien.«

»Aha. Interessant. Bitte.« Er zeigt auf den Flügel. »Nur zu.«

»Ich möchte … ähm … die Party nicht stören.«

Seine Augen leuchten mit einer unangenehmen Intensität. »Vielleicht braucht diese Party genau das. Oder vielleicht übertreibt Ihre Freundin, wenn sie sagt, Sie spielen?«

Henry lacht – über ihn, nicht mit ihm –, und Alessia blickt zu ihrer Freundin. »Zeig's ihm«, sagt Henry tonlos. Grischas Blick wandert von einer zur anderen, arrogant und amüsiert.

»Bitte.« Er deutet noch einmal auf den Flügel, und weil Alessia nicht weiß, ob sie jemals wieder die Chance erhält, auf einem Bechstein zu spielen, gibt sie mit einem anmutigen Nicken nach. Sie setzt sich auf den Klavierhocker, legt die Finger in den Schoß und sieht die Schönheit vor sich an. Der Flügel leuchtet unter den eingelassenen Lampen, und die goldene Aufschrift »C. Bechstein« glitzert unwiderstehlich auf dem Deckel und verlockt sie zum Spielen. Alessia drückt das mittlere C, und der Ton erklingt, tief und satt und goldener als ihre Umgebung.

Perfekt.

Alessia schaut zu Grischa hoch, der sein Handy hält und sie nachdenklich ansieht.

Dem werde ich's zeigen, arrogantes Arschloch.

Alessia lächelt und zwinkert Henry zu. Sie dreht sich zu den Tasten, legt ihre Hände darauf und beginnt mit Bachs Präludium in c-Moll … ihre wütende Musik.

Die Musik fließt in Orange- und Rottönen durch den Raum, wärmer und heißer als die Farben des Eisfeuers draußen im Hof, und Alessia liebt es. Und weil sie ein bisschen was getrunken hat, ist sie frei und schnell, gibt sich ganz der Musik hin und ignoriert den arroganten Idioten neben sich.

Ich habe Tom und Joe zurückgelassen, die sich über die Vorzüge von Rugby gegenüber Fußball unterhalten, und suche nach Alessia. Ich ignoriere die aufsteigende Panik in meiner Brust und wandere durch die Räume, in denen Dimitris Gäste mir entweder kondolieren oder mir zu meiner Hochzeit mit der wunderschönen Frau, die sie gerade getroffen haben, gratulieren!

Wo zum Teufel ist sie?

Dann höre ich es. Die Klänge von Bach wehen über dem Gemurmel.

Alessia.

Sie ist im Salon. Ich folge dem Klang, und zusammen mit der dort versammelten Menge schaue ich hoch und entdecke sie mit Henry und Dimitris jüngerem Arschloch-Bruder Grischa im Zwischengeschoss.

Jetzt, da ich sie sehe, entspanne ich mich und lausche. Ich weiß, dass das ihre wütende Musik ist, und frage mich, was Grischa wohl gesagt hat, das sie verärgerte.

»Maxim!« Ich drehe mich um und sehe Charlotte auf mich zuwanken.

Meine Ex.

Scheiße.

Sie sind beide hier, allerdings habe ich es bisher geschafft, Arabella aus dem Weg zu gehen.

Caroline hat vorhin mit Charlotte gesprochen, und ich frage mich, worüber.

»Hallo, Charlotte.« Ich lege meinen Zeigefinger auf die Lippen, damit sie schweigt, ich will der großartigen Bach-Interpretation meiner Frau zuhören. Charlotte sieht zur versunkenen Alessia hoch.

»Ich habe dich vermisst.« Sie greift nach meiner Hand. »Willst du mit mir nach unten kommen?« Charlottes Einladung ist eindeutig, aber ihr Blick ist unstet, während sie auf ihren High Heels schwankt.

Sie ist betrunken oder high oder beides, und ich etwas fassungslos.

Weiß sie denn nicht, dass ich verheiratet bin?

Alessia beendet das Präludium, und während die letzten Töne im Raum verklingen, bricht in der Menge Applaus aus. Ich ziehe meine Hand von Charlottes weg, um ebenfalls zu applaudieren, doch Charlotte packt mein Revers und presst ihre Lippen auf meine, zwingt ihre feuchte Zunge in meinen Mund. Ich bemerke vage einen Lichtblitz.

Was. Zur. Hölle.

Ich drehe meinen Kopf, packe ihre Hände, drücke sie sanft nach hinten und löse mich aus ihrem Griff. »Charlotte! Was zum Teufel machst du da?«

Alessia hört den Applaus, der sich anfühlt, als käme er vom anderen Ende des Raums.

»Brava, Lady Trevethick«, sagt Grischa. »Ich hatte Zweifel, aber das war beeindruckend.«

»Danke«, antwortet Alessia und grinst einer lächelnden Henry zu, bevor sie zum Publikum im Salon schaut und ihr Blick auf ihren Ehemann fällt.

Er küsst eine andere Frau.

Und Alessias Welt bleibt abrupt stehen.

Was?

NEUNZEHN

Alessia schaut weg, der Anblick ist zu schmerzhaft, um ihn zu ertragen. Ihr Kopf dreht sich, und Galle steigt auf. Sie schluckt den bitteren Geschmack hinunter und fühlt sich schwindlig. Plötzlich ist der Raum zu warm und zu klein für sie, als dass sie bleiben könnte. Sie hat den Gedanken, ihrem Mann hinterherzuspionieren.

Vielleicht benimmt er sich immer so.

Alessia kann es nicht wissen, weil sie bisher noch nicht in einer so großen Gesellschaft waren.

So ist er. So was tut er. Caroline hat sie gewarnt.

Alessia steht auf und taumelt etwas unter dem Schock dessen, was sie gerade gesehen hat, und will nicht wieder in seine Richtung schauen. Sie wendet sich an Grischa. »Ich muss hier raus.«

»Alles in Ordnung?«, fragt Henry. Alessia schüttelt den Kopf.

Grischa runzelt die Brauen, seine Sorge ist fast greifbar. »Geht es Ihnen nicht gut?«

Alessia nickt. Sie will nur noch weg. *Sofort.* »Ich brauche frische Luft.«

Nachdenklich dreht sich Henry um, blickt auf die jetzt desinteressierten Leute nach unten. »Ich hole Hilfe«, sagt sie und tritt an das Geländer der Galerie und mustert die Menge.

»Hier entlang.« Grischa greift nach Alessias Hand und

führt sie zu den Bücherregalen, dort drückt er auf einen unsichtbaren Knopf, woraufhin ein Regal aufschwingt und einen verborgenen Gang freigibt. »Folgen Sie mir.«

Alessia stolpert hinter ihm her und hört, wie das Regal sich mit einem Klicken hinter ihnen schließt.

Setz dich, Charlotte. Du bist betrunken. Und hast du denn nicht gehört, dass ich geheiratet habe?« Geschockt über Charlottes Verhalten führe ich sie zu einem freien Sessel, damit sie nicht Gefahr läuft, auf ihr Gesicht zu fallen. Sie sieht zu mir hoch, mit verächtlichem Blick.

»Ich habe gehört, du hast deine Putzfrau geheiratet.«

»Ich habe die Frau geheiratet, die ich liebe.«

Sie schnaubt. »Hat sie einen Braten in der Röhre? Wirklich sehr barock von dir, Maxim.«

»Verpiss dich, Charlotte«, murmele ich und wende mich zum Gehen.

Sie greift nach meiner Hand. »Ich kann gar nicht glauben, dass du tatsächlich geheiratet hast«, sagt sie.

»Glaub es.« Ich hebe meine linke Hand, die Finger gespreizt, sodass sie meinen Ehering sieht. Sie hat sich noch nie so verhalten. Ich frage mich, ob sie allein hier ist oder mit ihrem Freund. Als ich mich umschaue, entdecke ich niemanden, der auf sie achtet. »Bist du allein hier?«

»Mit einer Freundin.«

»Wo ist die?«

Sie deutete auf die Menge im Hof. »Caroline hat gesagt …«

»Was?« Meine Kopfhaut kribbelt. »Was hat Caroline gesagt?«

Charlotte schüttelt den Kopf. »Dass du jede Frau mit einem Puls flachlegst.«

Verdammte Caro.

»Sogar mich. Er hat mich abserviert«, heult sie.

»Charlotte, verdammt, reiß dich zusammen. Männer gibt es wie Sand am Meer. Wenn du mich jetzt entschuldigen würdest, ich suche meine Frau.« Ich verlasse sie und fühle mich nach unserer Begegnung ein wenig beschmutzt. Ich schaue zum Zwischengeschoss und sehe Henry, die ein Bücherregal betrachtet. Ich bekomme leichte Panik.

Wo ist Alessia?

Und wo ist Grischa?

Ich bahne mir einen Weg durch die Masse, ignoriere die neugierigen Blicke, die Beileidsbekundungen und Glückwünsche und steige die Wendeltreppe hoch.

»Henry! Wo ist Alessia?«, blaffe ich sie an.

»Maxim. Hi. Sie ist mit Grischa durch dieses Bücherregal verschwunden.«

Was? Warum?

Ich taste das Regal ab und finde den verborgenen Knopf. Ich drücke darauf, und das Regal schwingt auf.

»Danach habe ich gesucht!«, ruft Henry. »Komm schon. Suchen wir sie.«

Der Gang wird von ein paar eingelassenen LEDs beleuchtet und endet an einer Tür, die auf eine große Terrasse über dem Salon führt. In einer dunklen Ecke zwischen Topfpflanzen hat ein Paar Sex. Ich sehe blonde Haare und bin erleichtert, dass es nicht meine Frau ist. Aber eine Veränderung des Lichts irritiert mich. In einem Zimmer auf der anderen Seite wird ein Vorhang zugezogen.

Hat Grischa meine Frau dorthin gebracht?

Plötzlich wütend, stürme ich durch die Terrassentür, biege nach rechts ab und durchbreche die Schlafzimmertür. Drei Männer in unterschiedlichen Zuständen der Entkleidung und

Erregung wenden sich in ihrer ganzen Pracht zu mir um. Ein vierter schnupft gerade eine Linie Koks.

Scheiße.

»Tut mir leid.« Ich trete sofort zurück und stoße gegen Henry, die direkt hinter mir ist. »Geh nicht da rein. Das ist der schwule Hauptbahnhof.«

Aus dem Zimmer dringt ein gedämpfter Schrei. »Ich dachte, du hättest die Scheißtür abgeschlossen!«

»Dimitris Partys enttäuschen nie«, sagt Henry atemlos. »Ich glaube, einer war ein Minister des Kabinetts. Komm. Alessia muss hinuntergegangen sein.«

Grischa bringt Alessia in die Küche, wo er eine Angestellte auf Russisch anblafft, jedenfalls vermutet Alessia, dass es Russisch ist. Die junge Frau huscht davon, um ein Glas Wasser zu holen, und kehrt nur Augenblicke später zu Grischa zurück. »Bitte.« Er reicht Alessia das Kristallglas, und sie trinkt dankbar einen großen Schluck.

Vielleicht ist Grischa gar nicht so verkehrt.

»Möchten Sie nach unten gehen, um ein bisschen Dampf abzulassen?«, fragt er mit leuchtenden Augen.

»Nein, ich möchte jetzt gern nach Hause«, erwidert Alessia, immer noch auf der Hut.

»Ich rufe meinen Fahrer.« Er nimmt sein Handy und telefoniert. »Wohin?«

Alessia nennt die Adresse am Chelsea Embankment, und er faucht den Befehl in derselben fremden Sprache in sein Handy, dann legt er auf. »Mein Fahrer wird jeden Moment hier sein. Sie können durch die Hintertür gehen, wie wir es tun, und so die Kameras vorn vermeiden.« Er fischt eine Karte aus seiner Hose. »Rufen Sie mich an, wenn Sie zu Hause sind.«

»Warum sind Sie so nett?«, fragt Alessia.

Grischa lächelt. »Es wäre sehr ungalant von mir, einer so talentierten und schönen Frau nicht zu helfen.«

»Danke«, flüstert sie, aber sie kann ihr Glück nicht glauben … Sie *kann* ihr Glück tatsächlich nicht glauben, und ein Anflug von Angst jagt ihr einen Schauder über den Rücken.

Vielleicht war sie zu voreilig.

Maxim wird außer sich sein.

Sie hebt ihr Kinn an.

Nun, *sie* ist außer sich. Wie kann er es wagen, sie zu diesem rauschenden Fest zu bringen, um ihre Hochzeit zu »verkünden«, um dann eine andere zu küssen?

»Der Wagen ist hier. Ich bringe Sie hinaus«, sagt Grischa und reicht ihr den Arm.

Ich kann meine Frau nicht finden. Ich war unten im Keller, wo der Spaß in vollem Gange ist. Mehrere Leute schwimmen nackt im Pool, und sich windende Körper bedecken den Boden des schwach beleuchteten Studios. Eine Frau stürzt sich auf mich, schlingt ihre Arme um meinen Nacken, auf ihrer Oberlippe Koksstaub. Ich schiebe sie sanft beiseite. »Ich suche meine Frau«, knurre ich. Ein kurzer Blick über die orgiastische Menge im Studio verrät mir, dass Alessia nicht dabei ist.

Nicht dass ich erwartet hatte, sie hier zu finden – nicht meine süße, unschuldige Frau.

Aber diese Leute. *Als wären sie wieder Teenager.*

Und wahrscheinlich werden sie aufgenommen.

Verdammt. Wo ist sie?

Ich gehe wieder nach oben, nehme mein Handy und rufe Alessia noch einmal an. »Wo bist du?«, brülle ich, als ich erneut nur ihre Mailbox erreiche, und überlege, wovor sie davonlaufen könnte.

Jemand aus ihrer jüngsten Vergangenheit? Vielleicht die Menschenhändler.

Vielleicht haben sie sie. Schon wieder. Das ist meine düsterste Angst.

Verdammt. Ich finde Tom und Joe. »Joe, bitte such Caroline und kümmere dich darum, dass sie es heil nach Hause schafft. Tom, ich kann Alessia nicht finden.«

»Henry hat es mir gesagt. Sie schaut in den anderen Räumen nach ihr. Wir starten eine Suche.« Er packt meinen Oberarm und drückt ihn kurz. »Wir finden sie. Mach dir keine Sorgen, Trevethick.«

Sorgen! Ich habe Panik.

Ich nicke dankbar, unfähig etwas zu sagen, weil das Risiko besteht, dass ich die Fassung verliere. Als sie das letzte Mal verschwunden ist – war sie entführt worden.

Mein Handy klingelt, und Hoffnung breitet sich in meiner Brust aus.

Mist, es ist Oliver. Ich ignoriere den Anruf.

Alessia sinkt in das weiche Leder des Bentley SUV. Die hintere Beifahrertür ist superschwer, wahrscheinlich kugelsicher. Der Fahrer sieht sie flüchtig im Rückspiegel an, dann fährt er, ohne ein Wort zu sagen, in die Nacht.

Erst jetzt, in der Abgeschiedenheit des Wagens, erlaubt Alessia sich, noch einmal an das zu denken, was sie gesehen hat.

Maxim, der eine andere Frau küsst.

Eine. Andere. Frau. Küsst.

Tränen steigen ihr in die Augen.

Caroline hatte sie gewarnt.

Schätzchen, er hat mit halb London geschlafen.

Maryanne hatte sie beruhigen wollen.

Bekehrte Schwerenöter geben die besten Ehemänner ab.

Aber stimmt das? Vielleicht bleiben sie immer Schwerenöter. Aber bedeutet das, dass er sie weniger liebt?

Ich will der Welt zeigen, dass du zu mir gehörst.

Gilt das umgekehrt nicht genauso?

Ehepartner haben die gleichen Rechte und Pflichten gegenüber dem anderen. Sie sollten einander lieben und respektieren und treu bleiben.

Ihr Ehegelübde verfolgt sie. Bedeutete es ihm nichts?

O Zot. War das unausweichlich? Ihr Ehemann ist einfach zu promiskuitiv. Zu gut aussehend. Zu charmant.

Sie hat einen Kloß im Hals.

Ihr Mister. Ihr Mann.

Tief im Inneren wusste sie, dass es so kommen würde.

Sie war nie genug.

Alessia, du hast dir etwas vorgemacht.

Was wird sie jetzt tun? Es akzeptieren? Gehen? Alessia starrt blind aus dem Fenster in die Dunkelheit zwischen den Lichtern Londons.

War immer schon klar, dass es darauf hinauslaufen würde? Auf die Entscheidung, zu gehen oder zu bleiben? Und einen Moment lang denkt Alessia an ihre Mutter und daran, dass die sich entschlossen hatte zu bleiben … und ihr Vater ist viel schlimmer als Maxim. Vielleicht ist das das Schicksal der Frauen, wie schon immer. Das albanische Sprichwort aus dem *Kanun* von Lekë Dukagjini fällt ihr ein: »Gruaja është një thes, e bërë për të duruar.«

Die Frau ist ein Sack, gemacht, um zu ertragen.

Ich entdecke Grischa, der aus einem der Wohnräume kommt, und gehe zu ihm. »Meine Frau? Wo ist sie?«

»Sie ist nach Hause gefahren, Trevethick. Sie sollten besser auf sie aufpassen.«

Was zum Teufel soll das heißen? Ich will ihn fragen, wieso sie gegangen ist, aber es geht ihn verdammt noch mal nichts an, obwohl er es so aussehen lässt.

»Was meinen Sie mit *nach Hause*?«

»Sie wollte nach Hause. Ich habe ihr meinen Wagen überlassen.« Wegen seines albernen Gehabes würde ich gern in sein dummes, arrogantes Gesicht schlagen. »Sie hat sich unwohl gefühlt. Sie müssen wirklich …«

Ich gehe weg, bevor ich ihm eine verpasse, und finde Tom. »Sie ist nach Hause gefahren. Sag Joe, er soll auf Caro aufpassen. Als ich sie das letzte Mal gesehen habe, war sie sternhagelvoll.«

»Das mache ich, alter Junge. Ich bin froh, dass du Alessia gefunden hast. Ich kümmere mich um diesen Journalisten.«

»Danke.«

An der Garderobe gebe ich meinen Schein ab und bekomme nicht nur meinen Mantel, sondern auch den von Alessia. Sie ist ohne ihren verdammten Mantel gegangen. Und sie hat mir nicht Bescheid gesagt.

Was zur Hölle hat das zu bedeuten?

Was habe ich getan?

Vielleicht hat sie Zweifel bekommen. Ich habe sie in diese Höhle der Verderbtheit gebracht, und sie ist angewidert. Mal ehrlich, Alessia hatte keine Ahnung, wie sich die Ultrareichen benehmen können.

Mist. Daran habe ich nicht gedacht.

Ich laufe nach draußen, durch ein Blitzlichtgewitter der Paparazzi, und schnappe mir in der Straße ein Taxi.

Alessia fühlt sich erleichtert, als der Bentley vor Maxims Haus anhält. Der Fahrer steigt aus, öffnet ihr die Tür und hält ihr die Hand hin.

»Danke«, sagt Alessia, als sie sie nimmt.

Er nickt und geht mit ihr bis zum Eingang. Sie holt die Schlüssel aus ihrer Abendtasche und öffnet die Eingangstür.

Sobald sie drinnen ist, dreht sich der Fahrer um und steigt wieder in seinen Wagen.

Erst als sie den Aufzug ruft, wird ihr bewusst, dass draußen keine Paparazzi sind. Wahrscheinlich sind sie noch alle bei Dimitri und Grischa.

Gott sei Dank.

Im Aufzug nimmt sie ihr Handy und schickt Grischa eine SMS, um sich zu bedanken und ihm mitzuteilen, dass sie gut angekommen ist. Sie hat ein paar Anrufe von Maxim verpasst. Sie hört seine Nachricht, während der Aufzug in den sechsten Stock fährt.

Wo bist du? Er klingt wütend. Verletzt. Verwirrt.

Der Mann weiß nicht mal, dass er sich danebenbenommen hat!

Vielleicht denkt er nicht, dass er das getan hat!

Alessia stürmt aus dem Aufzug, schließt die Wohnungstür auf und knallt sie hinter sich zu.

Die Alarmanlage ist ausgeschaltet.

Haben sie vergessen, sie zu aktivieren?

Der vertraute, süßliche Duft von teurem Parfüm liegt in der Luft, und Alessias Nackenhaare stellen sich auf. Das Klappern von hohen Absätzen am Ende des Flurs alarmiert sie, und in der Tür zum Wohnzimmer steht Maxims Mutter.

Rowena.

Auf der Rückbank des Taxis steigert sich meine Wut. Was zum Teufel hat sie sich dabei gedacht? Mich auf einer Party stehen zu lassen? Wieso? Ich verstehe nicht, was passiert ist. Hat Grischa etwas gesagt? Oder Caroline?

Ich schaue auf mein Handy. Da ist der verpasste Anruf von Oliver, aber immer noch nichts von Alessia.

Hat sie Arabella oder Charlotte getroffen? Meine Kopfhaut spannt sich an.

Verfluchte Charlotte. Dieser Kuss.

Alessia muss uns gesehen haben. Das ist der einzige Grund, der mir einfällt, um zu erklären, wieso sie gegangen ist, ohne sich zu verabschieden.

Ich bin unendlich erleichtert.

Das ist es. Ich lehne mich mit dem Gefühl, endlich zu wissen, was los ist, im Taxi zurück.

Aber Moment. Charlotte hat mich geküsst. Nicht umgekehrt. Ich habe überhaupt keine Absichten mit meiner Ex. Ich habe überhaupt kein Interesse an irgendeiner anderen Frau. Das muss Alessia doch wissen … Warum zweifelt sie an mir? Die Tatsache, dass sie an mir zweifelt, macht mich rasend. Sie bestraft mich für etwas, das nicht meine Schuld ist, und sie bestraft mich mit der schlimmsten meiner Ängste.

Das ist ärgerlich.

Ich bin tatsächlich scheißwütend.

Warum zum Teufel glaubt sie, dass ich an einer anderen Frau interessiert bin?

Und wie aus dem Nichts taucht laut und klar ein Gedanke auf.

Wegen deiner Vergangenheit.

Deines Rufs.

Scheiße.

Meine Laune wird noch schlechter. Ich werde meine Frau

davon überzeugen müssen, dass meine Vergangenheit Vergangenheit ist – *wieder einmal.*

Alessia taumelt und steht wie erstarrt im Flur, während Rowena sie anstiert.

Warum ist sie hier? Wie *ist sie hierhergekommen?*

Ihre Schwiegermutter spitzt die Lippen. »Ganz allein, mit den Trevethick-Diamanten, wie ich sehe. Du hast keine Zeit verschwendet, unsere Schmuckstücke in die Finger zu bekommen. Diese Ohrringe gehörten früher zu meinen Lieblingsstücken. Heute sind sie etwas übertrieben, denkst du das nicht?«

Alessia findet ihre Stimme wieder. »Hallo, Rowena. Kann ich dir helfen? Falls du Maxim suchst, er ist nicht da.«

Maxims Mutter verschränkt die Arme und bleibt in der Tür stehen, unbeweglich, unerbittlich, unfreundlich.

Feindlich.

O Zot.

»Du siehst sehr … hübsch aus, Liebes. Aber aus dir wird nie eine Countess. Wir haben in diesem Land ein Sprichwort – aus einem Schweineohr kann man keine Seidentasche machen. Wie viel Geld willst du, um aus dem Leben meines Sohnes zu verschwinden?«

Alessia hat das Gefühl, als hätte sie ihr einen Schlag in die Magengrube versetzt. »Was?«

»Du hast mich verstanden.« Rowena geht langsam auf Alessia zu. »Mein Freund Heath hat ein bisschen nachgeforscht. Es hat sich herausgestellt, dass du dich bei dieser Farce von einer Ehe mit meinem Sohn nicht an das korrekte Verfahren gehalten hast. Sie kann leicht annulliert werden.«

Nicht zum ersten Mal an diesem Abend fühlt Alessia sich etwas schwindlig.

Heath? Der Liebhaber ihrer Schwiegermutter?

Rowena lächelt. Ein so eisiges Lächeln, das es Alessia kalt den Rücken hinunterläuft. »Ich schreibe dir einen Scheck aus, und du kannst gehen. Lebe irgendwo das Leben, das für dich vorgesehen ist. Nicht dieses hier – das ist nichts für dich. Und auch nichts für Maxim. Er braucht jemanden mit einer vornehmen Herkunft und so viel Raffinesse, wie du sie nie erreichen kannst. Jemand von Adel, der das Erbe der Trevethicks nicht in Verruf bringt. Er braucht jemanden, der würdig ist. Jemand, der ihm mehr bieten kann. Und das bist nicht du, meine Liebe. Was kannst du ihm schon bieten?

Er hat dich nur geheiratet, um mich zu ärgern. Er ist ein Mann, der sich vergnügen will, ich bin mir sicher, du weißt, was ich damit meine. Es wird nicht lange dauern, bis er fremdgeht. Er will kein Earl sein, und indem er dich geheiratet hat, hat er dafür gesorgt, dass es schiefgeht. Das siehst du doch ein, oder?

Also, wie viel?«

»Ich will nichts von dir«, flüstert Alessia, ihr Herz pocht wild. »Und wärst du eine bessere Mutter gewesen, hätte dein Sohn vielleicht mehr Respekt vor Frauen und hätte sich eine ausgesucht, die über all die Qualitäten verfügt, die du dir von einer Schwiegertochter wünschst. Aber das hat er nicht, und vielleicht liegt es daran, dass du seine Mutter bist. Er hat mich ausgewählt. Und ich bin froh, sagen zu können, dass ich ganz anders bin als du.«

Rowena schnappt erschrocken nach Luft.

Alessia tritt zur Tür. »Ich denke, du gehst jetzt besser.«

Der Schlüssel dreht sich im Schloss um, und Maxim erscheint auf der Türschwelle.

Als ich die Tür öffne, treffe ich auf meine Mutter und meine Frau, die sich im Flur gegenüberstehen. Die Atmosphäre ist so eisig, dass mir die Eier abfrieren könnten. Meine Erleichterung, dass Alessia sicher zu Hause angekommen ist, wird durch meine Angst beeinträchtigt.

Was um Himmels willen ist hier los?

ZWANZIG

Rowena und Alessia starren mich an – meine Mutter kalt und spröde in schwarzem Chanel, meine Frau umwerfend in dem roten Alaïa –, und ich weiß, dass sie einen hitzigen Wortwechsel hatten. Alessias Augen glänzen durch ungeweinte Tränen, und ich vermute, meine Mutter war ein richtiges Miststück gewesen.

Aber egal, ob umwerfend oder nicht, ich bin im Moment auch verdammt wütend auf Alessia. Wütender, als ich es jemals war. »Wir reden später«, murmele ich ihr zu und hebe warnend einen Finger. »Ich bin aber froh, dass du zu Hause und in Sicherheit bist.«

Am liebsten würde ich sie packen, küssen und ficken, bis sie alles außer mir vergisst, aber jetzt ist nicht der richtige Zeitpunkt dafür. Ich wende mich an Rowena. »Mutter, was verschafft uns diese Ehre?«

Sie schürzt ihre roten Lippen und schielt mich auf ihre kurzsichtige Art an, sie strahlt Anspannung und Ärger aus. Es klingelt an der Tür, was uns alle aufschreckt, und da ich direkt daneben stehe, öffne ich und frage mich, wer zum Teufel um Mitternacht vorbeikommt. Maryanne steht erschöpft und müde in ihren OP-Kleidern da. Sie wirft mir einen Blick zu, der sagt: »Ich weiß vielleicht, was los ist, aber ich bin mir nicht sicher.« Sie kommt herein, während ich zur Seite trete.

»Ein Familientreffen. Nach Mitternacht. Wie nett.« Mein Sarkasmus verbirgt die Tatsache, dass ich total überrumpelt bin, weil ich von der Anwesenheit der beiden völlig überrumpelt bin. Es ist verdammt noch mal nach Mitternacht, und ich stehe kurz vor einem Riesenstreit mit meiner Frau. Außerdem dachte ich, meine Mutter wäre in New York, um mir aus dem Weg zu gehen.

Maryanne folgt der teuren Parfümwolke unserer Mutter durch den Flur ins Wohnzimmer.

»Bitte. Fühlt euch wie zu Hause«, sage ich, immer noch völlig verwirrt, dass sie beide hier sind. Die werte Mutter hat den ganzen Weg von Manhattan auf sich genommen. Ich wollte nur, dass sie mich zurückruft, nicht, dass sie bei mir zu Hause auftaucht.

Ich hänge die Mäntel auf, drehe mich um und sehe, dass Alessia mich misstrauisch anschaut. Sie sagt nichts. Ich greife nach ihrer Hand, sie zieht ihre weg. Okay. Sie ist sauer. »Wir sprechen über was auch immer dich ärgert und warum du geflüchtet bist, ohne mir was zu sagen, nachdem ich mich um meine Mutter gekümmert habe.«

Alessia hebt den Kopf, ihre Augen funkeln.

Okay, sie ist wirklich sehr sauer.

»Sie war hier, als ich eintraf«, sagt sie.

»In der Wohnung?«

»Ja.«

Wie zum Teufel ist sie hereingekommen?

»Mal sehen, was sie will.« Förmlich bitte ich meine Frau, vor mir ins Wohnzimmer zu gehen. »Nach dir.« Als sie tut, was ich sage, freue ich mich. Ich bin gespannt, was meine Mutter zu sagen hat, dass sie es für nötig hält, persönlich zu erscheinen.

Das ist sehr untypisch für sie.

Rowena steht mitten im Zimmer, und ihr verächtlicher Gesichtsausdruck lässt mich vermuten, dass sie es bewertet und für unzureichend hält. Sie mustert mich von Kopf bis Fuß und kommt zu einem ähnlichen Schluss. »Hallo, Maxim.« Ihr Tonfall ist schroff und müde.

Keine Höflichkeiten.

Keine Wange, die ich mit einem Kuss ehren soll.

Nicht mal ihr üblicher Sarkasmus.

»Hattest du einen schönen Abend beim Ausgehen mit oder ohne deine … Ehefrau?«

Das Wort *Ehefrau* ist purer Hohn.

Aha. Da ist sie ja, die Rowena, die ich kenne. Was zum Teufel hat sie zu Alessia gesagt?

Ich blicke zu Alessia, die wie erstarrt neben mir steht, ihre dunklen Augen wie Obsidian, während sie meine Mutter mit kaum verhohlener Feindlichkeit ansieht. »Wo ich mit meiner Frau war, geht dich nichts an. Und wie bist du in meine Wohnung gekommen?«

»Ich habe Oliver überredet, mir einen Schlüssel und den Code der Alarmanlage zu geben. Er hat gesagt, er würde dir eine E-Mail schicken.«

Ah. Ich erinnere mich an den verpassten Anruf von ihm. Ich werde am Montag mit ihm reden, aber ich kann mir das Wortgefecht, damit er meine Schlüssel herausrückt, gut vorstellen. Maryanne, die bislang nichts gesagt hat, ihr Gesicht ein Bild müder Belustigung, lässt sich aufs Sofa fallen.

»Du und deine zweifelhafte Hochzeit stehen überall in der Presse.« Rowena verzieht angewidert den Mund.

»Mutter, du bist die verdammte Presse!«, entgegne ich.

Ist sie deswegen hier? Wegen meiner Hochzeit? Oder wegen Kit?

Sie rümpft ihre Nase, auf ihre typische, nervige, arrogante Art. »Ich bin Verlegerin und Besitzerin eines der führenden Frauenmagazine Großbritanniens. Nicht der Regenbogenpresse.«

Alessia regt sich, sie hat ihre Fassung wiedergefunden. »Kann ich deine Jacke nehmen? Und hättest du gern einen Kaffee?«, wirft sie schnell ein.

»Ja, bitte«, seufzt Maryanne vom Sofa. Sie ist offensichtlich erschöpft. »Dann können wir dieses Theater hinter uns bringen, und ich kann endlich schlafen.«

»Ehrlich, Maryanne«, schimpft Rowena mit zusammengekniffenen Lippen. »Ich behalte meine Jacke an. Und ja, ich will einen Kaffee. Richtigen Kaffee.« Ihr Tonfall ist der einer Frau, die das Kommando hat, aber erst jetzt bemerke ich, dass sie ein zierliches Taschentuch fest umklammert, als hinge ihr Leben davon ab.

Alessia strafft ihre Schultern und hebt ihr Kinn. »Anderen haben wir nicht.« Dann schenkt sie ihrer Schwiegermutter ein unehrliches Lächeln, dreht sich auf ihren Jimmy-Choo-Schuhen um und marschiert in ihrem sensationellen Kleid aus dem Raum.

»Also, was verschafft uns die Ehre, Rowena?«

Sie blickt mich mit ihren hellblauen Augen an, und darin sehe ich … puren Schmerz und Unsicherheit. Es ist völlig verwirrend. All die Feindseligkeit, die ich normalerweise in ihrer Gegenwart empfinde, verschwindet, und ich fühle mich wehrlos.

Eine zerrissene weiße Fahne in einem Sturm.

Scheiße. Mann.

»Bitte, setz dich«, flüstere ich und deute matt zum Sofa. Sie holt tief Luft. »Nein, setz du dich. Das ist besser für dich.«

Wie ein Roboter tue ich, was sie sagt, und nehme auf dem

Sofa Platz. Ich warte auf die entsetzlichen Nachrichten, die sie Maryanne und mir mitteilen will.

Denn etwas stimmt nicht.

Überhaupt nicht.

Sie reißt sich zusammen, wie sie das so tut – als Verlegerin, frühere Countess, einstiges It-Girl –, und hebt ihr Kinn an, genau wie meine Frau. »Ich hatte das Gefühl, dass deine letzte Nachricht wegen Kit und seinem Zustand nach einer persönlichen Antwort verlangt.« Sie beginnt, auf und ab zu gehen, dabei umklammert sie ihr Taschentuch mit Monogramm – und Maryanne und ich schauen mit großen Augen zu, wir wagen es nicht, einander anzusehen, während unsere Mutter sich völlig untypisch verhält. »Als Antwort auf deine Nachricht, du musst dir über nichts Sorgen machen, Maxim. Keiner von euch muss sich Sorgen machen. Überhaupt nicht.«

Maryanne nickt, als bestätige sie eine Diagnose.

Was zum Teufel weiß sie, was ich nicht weiß?

»Mama, bitte. Ich habe gerade erst geheiratet. Wir wollen Kinder.«

Ihre Lippen werden ganz schmal. »Du wirst es herausfinden. Ich wiederhole, es hat nichts mit dir oder Maryanne zu tun.«

Ich runzle die Stirn und schaffe es nicht, eine Verbindung von dem, was sie sagt, und zu dem, was bei Kit eventuell nicht stimmte, zu ziehen – und wieso das nichts mit mir oder meiner Schwester zu tun hat.

»Oh, verdammt noch mal, sei nicht so schwer von Begriff, Maxie!«, explodiert Maryanne.

Was?

»Daddy war nicht Kits Vater.« Jedes Wort ein stakkatoartiger Ausruf aus Maryannes Mund.

Es gibt Zeiten, in denen die Erde um ihre Achse kippt und beginnt, sich auf einer anderen und unerprobten Bahn zu drehen. Wenn die Welt, die man kannte, aufhört zu existieren und erneut startet.

Wie damals, als meine Mutter meinen Vater verlassen hat.

Wie damals, als mein Vater starb.

Wie damals, als Kit starb.

Und, etwas hoffnungsvoller, wie damals, als ich Alessia kennenlernte.

Und jetzt ist alles, was ich aus meiner Kindheit kannte und für selbstverständlich hielt, durch fünf niederschmetternde Worte verschwunden.

»Du siehst also, du musst dir keine Sorgen machen«, sagt Rowena, und in ihrem ruhigen Tonfall schwingt der Schmerz einer Mutter mit, die ihr Lieblingskind verloren hat.

Kein Kind der Familie.

Ihr eigener Junge.

Ihr eigener, blauäugiger Junge.

Alessia erscheint in der Tür und trägt ein Tablett mit zarten Espressotassen und Untertassen und einer eleganten Cafetiere, von der ich gar nicht wusste, dass wir sie haben. Sie stellt es auf den Couchtisch vor dem Sofa ab und schaut mich skeptisch an, bevor sie sich neben mich setzt.

Niemand rührt sich.

»Wusste Daddy es?« Maryannes Frage hallt mit rechtschaffener Empörung durch die bedrückende Atmosphäre des Wohnzimmers.

»Ja.« Meine Mutter ballt ihre Hände zu Fäusten.

»Und er hat deine Schande mit ins Grab genommen«, fährt Maryanne im selben Tonfall fort.

Rowena schließt die Augen. »Ja.«

Sie dreht sich zu mir um, eine Träne läuft über ihre Wange.

Scheiße. Ich habe meine Mutter noch nie weinen sehen, und meine Gefühle drängen sich in meine Kehle und bleiben dort. Sie dehnen sich aus und erdrücken mich.

»Sag was«, zischt sie.

Aber ich bin leer. Sprachlos angesichts ihres Verrats und Betrugs – bloß ein zufälliger Beobachter einer Familientragödie.

Mein armer Vater.

Mein Held.

Jetzt ergibt alles einen Sinn.

»Damit das klar ist«, sagt Maryanne und steht auf, »es war Kits biologischer Vater, der ein Problem hatte.«

»Ja. Er ist letztes Jahr an seiner Krankheit gestorben.«

Verdammt.

Eigentlich sollte ich Erleichterung fühlen. Aber da ist nichts. Außer vielleicht einer endlosen Wut auf meinen Vater.

Im Namen von Kit.

»Hat Kit es gewusst?«, frage ich.

Rowena gibt ein merkwürdiges, ersticktes Geräusch von sich.

»Hat er es über Neujahr herausgefunden?« Maryannes Stimme ist leise und voller Schuldzuweisung, Tränen stehen in ihren Augen. Meine treulose Mutter schließt erneut die Augen, packt ihr Taschentuch und stößt einen unheimlichen, markerschütternden Schrei aus, als würde sie ausgeweidet werden.

Fuck. Er hat es gewusst.

Deswegen raste er mit seinem Motorrad über die winterlichen Straßen von Trevethick.

Maryanne schluchzt ebenfalls auf, ihre grünen Augen funkeln nach dieser hässlichen, tragischen Neuigkeit. Sie stürmt aus dem Zimmer, durch den Flur und verschwindet türenknallend aus der Wohnung.

»Weiß Caroline Bescheid?«, frage ich. Meine Mutter schüttelt den Kopf.

»Gut. Dabei sollten wir es belassen. Danke, dass du das geklärt hast. Ich denke, du solltest jetzt wohl gehen.« Ich bin wieder da – die kühle Persönlichkeit, die ich über die Jahre im Kontakt zu meiner Mutter kultiviert habe, ist zurück.

Sie nickt, unfähig, etwas zu sagen.

»Kann ich dir irgendetwas bringen?«, fragt Alessia.

Rowena scheint sich zu fangen und schaut auf meine schöne, mitfühlende Frau herab. »Nein. Von jemandem wie dir will ich nichts.«

Meine Coolness verfliegt, und hinter ihr taucht ein brodelnder Kessel der Wut auf. »Rowena, wage es nicht, so mit meiner Frau zu sprechen«, warne ich sie mit zusammengebissenen Zähnen.

»Maxim. Jetzt weißt du es. Du bist der Sohn deines Vaters. Ein Ritter auf einem Schimmel, der eine Schwäche für Jungfrauen in Not hat. Nun, diese hier« – sie zeigt mit einem eleganten scharlachroten Fingernagel auf sich – »war in der Lage, sich um das Trevethick-Erbe zu kümmern. Ich bezweifle, dass deine … Putzfrau dazu fähig ist. Du brauchst jemanden aus deiner eigenen Klasse, eine Engländerin, die den Druck deines Titels und deiner gesellschaftlichen Stellung versteht. Jemanden, der dir hilft, die Rolle auszufüllen, für die du geboren wurdest, und dir hilft, unser Erbe zu schützen. Außerdem ist deine Ehe ohnehin nicht legal. Heath hat ein paar Nachforschungen angestellt.«

Alessia zuckt zusammen, als hätte man sie körperlich angegriffen.

Was zur Hölle soll das! Heath? Heath!

»Raus. Auf der Stelle.« Maxim ist aufgesprungen, und auch Alessia erhebt sich.

Gemeinsam sind sie eine Machtdemonstration.

Seine Mutter wirft einen überheblichen, verächtlichen Blick auf sie beide, doch Alessia sieht durch ihren Schleier der Distanziertheit hindurch, als Rowena schluckt und ihren Kiefer anspannt. Sie ist verletzt – ihre beiden Kinder haben sie zurückgewiesen –, und jetzt schlägt sie um sich, vor allem trifft es Alessia, die ein einfaches Ziel ist. Sie war heute Abend bereits das Opfer von Rowenas böser Zunge.

»Und du hast mich endlich mit Mama angesprochen«, flüstert Rowena, als sie ihren Sohn betrachtet. »Es war wohl zu viel zu hoffen, dass du etwas Mitgefühl für mich hast.« Sie dreht sich um und marschiert aus dem Zimmer, ihre Absätze klappern durch den Flur, bis sie leise aus der Wohnungstür verschwindet.

Mitgefühl? Für sie?

Und sie weiß es! Von unserer Ehe, wegen Heath!

Ihrem Stecher! *Fuck!*

Alessia sieht mich mit ihrem Elfengesicht an, die Augen unfassbar groß, und ich atme aus, dabei hatte ich gar nicht bemerkt, dass ich die Luft angehalten habe. »Geht's dir gut?«, frage ich, mein Herz rast, pumpt Adrenalin durch meinen Körper, sodass ich bereit bin, zu kämpfen oder zu fliehen.

Ich bin bereit zu kämpfen. Aber Rowena ist weg. Wird Alessia streiten?

Sie nickt. »Und dir?«

»Ich weiß nicht, wie ich mich nach dieser … Bombe fühlen soll. Es tut mir so leid, dass du das miterleben musstest und Opfer ihres Zusammenbruchs warst.« Ich fahre mit einer

Hand durch meine Haare, versuche, das, was gerade passiert ist, zu verarbeiten.

Kit war mein Halbbruder.

Verdammt.

»Ich habe gehört, was sie gesagt hat. Wusstest du das?«

»Nein. Ich bin fassungslos. Meine Mutter, eine Stütze der Gesellschaft.« Ich ziehe Alessia in meine Arme.

Wir umarmen uns benommen für Sekunden … Minuten – ich weiß es nicht. Dabei versuche ich, mein Leben mit diesem mir fremden Aspekt neu auszurichten. Ich habe lauter Fragen, für die ich zu verwirrt war, bevor sie gegangen ist.

Wusste mein Vater davon, als sie geheiratet haben?

Wer war Kits Vater?

Scheiße.

Alessia löst sich, und ich erinnere mich, dass sie und ich auch noch reinen Tisch machen müssen.

»Warst du deswegen so durcheinander?«, fragt Alessia und bemüht sich um inneres Gleichgewicht.

»Ja. Caroline kam in mein Büro mit Briefen von Kits Hausarzt und von einer genetischen Beratungsstelle.«

Alessia ärgert sich, ihre innere Balance ist ihr abhandengekommen, sie spannt sich an. Alessia traut Caroline nicht über den Weg. Auch nicht nach den netten Stunden, die sie heute zusammen verbracht haben. Sie weiß, dass Caroline in Maxim verliebt ist. Vielleicht war sie immer in ihn verliebt, hat aber seinen Bruder geheiratet, wegen dessen Titel, Vermögen und sozialer Stellung.

Maxim schaut sie sanft an. »Sie musste mir die Briefe zeigen. Das habe ich dir doch erzählt.«

»Sie hat gesagt, sie arbeitet mit dir zusammen. Das hast du mir nicht erzählt.«

Maxim runzelt die Stirn. »Nein, nicht mit mir. Eher für mich. Na ja, für die Firma. Ehrlich, Alessia«, er schnaubt frustriert, »Caroline ist unwichtig. Sie ist im Moment unser kleinstes Problem. Wichtig ist, dass ich dachte, ich hätte eine Krankheit. Ich habe meine Mutter gefragt, ob sie irgendetwas wegen Kit wüsste. Sie wollte nicht mit mir sprechen. Bis jetzt.«

»Und das hast du mir auch nicht erzählt.«

Maxim macht die Augen zu und reibt sich die Stirn. »Nein. Ich dachte, du würdest mich verlassen.«

Zum dritten Mal an diesem Abend verschlägt es Alessia den Atem.

Himmel. Wie konnte er so was denken? »Ich würde dich nie verlassen …«

»Du hast mich doch verlassen!« Ich schreie fast. »Auf der Party, heute Abend. Ohne dich zu verabschieden. Warum?«

Ihre Augen verdunkeln sich, und ihr Gesicht verzieht sich, ihr Herzschmerz ist deutlich zu sehen. »Aber du … du …«, flüstert sie, sie kann oder will es nicht aussprechen.

Meine Brust wird enger. »Der Kuss?« Tief im Innern weiß ich, dass sie das sagen will. Alessia schaut mir in die Augen, mit demselben stolzen Blick, den meine Mutter uns zugeworfen hat, bevor sie gegangen ist. Sie versteckt sich hinter diesem Blick, schützt sich. Das erkenne ich jetzt, und es tut mir unendlich weh. »Charlotte war betrunken«, erkläre ich. »Sie ist eine Exfreundin, und aus irgendeinem verrückten Grund hat sie sich auf mich gestürzt. Sie hat mich überrumpelt. *Sie* hat *mich* geküsst – nicht umgekehrt. Ich habe sie weggeschoben und in einen Sessel gesetzt, dann habe ich nach dir gesucht. Und du warst mit dem Scheiß-Grischa verschwunden! Mit Grischa!« Noch einmal fließt die Wut heiß durch meine Adern. Ich trete einen Schritt von ihr weg und fahre durch meine Haare, bemühe mich, mein Temperament zu zügeln.

Scheiß-Grischa Egonow. Berüchtigtes Arschloch. Wahrscheinlich ein Krimineller.

»Ich habe den Kuss gesehen«, sagt Alessia leise. »Ich musste gehen. Grischa hat mir geholfen. Er hat mich nach Hause geschickt. Er war nett.«

»Er ist nicht nett! Du darfst ihm nicht trauen.« Ich strecke die Hand aus, ich ziehe sie in meine Arme. Ich will sie schütteln, aber das tue ich nicht. »Du hast dich in eine potenziell gefährliche Situation gebracht. Warum hast du das getan? Wieso bist du weggelaufen? Du musst lernen, mich mit so etwas zu konfrontieren. Ich habe nichts Falsches getan. Und wir hätten das dort sofort klären können.«

»Ich dachte … Ich dachte, vielleicht benimmst du dich immer so«, sagt sie schnell.

Was? Nein.

»Es gibt so viele«, wispert Alessia, und in diesen vier Worten liegt so viel Schmerz, den ich nicht verstehe und den ich nicht mildern kann.

»Alessia. Wir sind verheiratet. Ich habe eine Vergangenheit. Das weißt du. Aber ich will nur dich. Niemanden sonst. Es ist mir egal, was meine Mutter sagt. Es ist mir egal, was die Welt sagt. Die Presse … scheiß drauf. Ich will nur dich. Und du hast mich verdammt noch mal stehen lassen, dabei weißt du doch, wie sehr ich mich um deine Sicherheit sorge.« Ich lege meine Stirn an ihre und schließe die Augen.

Scheiß auf diese Nacht.

»Hör mal, es ist wirklich spät. Wir hatten für heute genug Drama. Lass uns schlafen gehen.« Ich küsse ihre Stirn.

Alessia fühlt sich wie ein Kind, das ausgeschimpft wurde. Sie wünschte, sie hätte weggesehen, als sie im Zwischengeschoss stand, nur um Maxims Geschichte bestätigen zu können. Sie klingt so plausibel, dass sie wahrscheinlich wahr ist. Sie möchte glauben, dass sie wahr ist. Dann erfährt sie, dass er sich wegen all dieser Probleme Sorgen gemacht hat, ohne sich mit ihr auszutauschen.

Denkt er, sie könnte mit diesen Nachrichten nicht umgehen?

Hält er sie für ein Kind?

Sie ist jung und unerfahren. Aber sie ist kein Kind.

»Was?«, fragt er, die hellgrünen Augen brennen sich in ihre.

»Du hättest mir das von deinem Bruder erzählen sollen.« Sie merkt selbst, wie trotzig sie klingt.

»Ich wollte dich nicht damit belasten, solange ich selbst nicht sicher war, worum es geht. Bitte. Ich bin müde. Es waren ein paar furchtbare Stunden. Lass uns ins Bett gehen.« Er lässt sie los, tritt noch einmal zurück, und sie sehen einander an.

Sie sind verletzt und traurig. Und stehen sich an einem tiefen Graben, den Alessia nicht wirklich versteht, gegenüber.

War es immer schon so, oder ist der Graben plötzlich aufgetaucht?

Maxim macht die Augen zu, und als er sie wieder aufschlägt, sind sie matt vor Niedergeschlagenheit. »Du siehst wunderschön aus. Jeder Zentimeter eine Countess, egal, was meine Mutter zu dir gesagt haben mag. Und ich weiß, dass sie noch mehr gesagt hat, und das tut mir leid. Ich bin hier. Ich liebe dich, aber wenn das nicht genug ist, dann weiß ich nicht, was ich noch tun kann. Ich bin müde und gehe ins Bett.« Er dreht sich um und verlässt das Zimmer, seine Schritte hallen durch den Flur bis zum Schlafzimmer, Alessia bleibt taumelnd und vollkommen allein zurück.

EINUNDZWANZIG

Im Schlafzimmer ziehe ich mein Jackett aus und werfe es aufs Sofa. So viel zum Thema Glücksanzug. Ich sollte ihn wohl lieber verbrennen. Wie ein Idiot drehe ich mich zur geschlossenen Tür und *wünsche* mir, dass Alessia zu mir kommt. Wenn sie nicht kommt, weiß ich nicht, wie es mit uns weitergeht, und wenn sie kommt, kann sie meine Manschettenknöpfe abnehmen und mich ausziehen, und wir gehen dann ins Bett und werden ficken und einander in der Löffelstellung umarmen. Der kleine Drache fällt mir ins Auge, leblos ohne sein Leuchten. Er sieht so aus, wie ich mich fühle – düster und mürrisch. Aber egal, wo Alessia schläft, sie wird ihn brauchen, also wird sie ihn vielleicht holen.

Hoffentlich.

Ich weiß nicht, wie lange ich dastehe, verstört und durcheinander starre ich ein kleines Stück Plastik an, aber meine Frau lässt sich nicht blicken. Sie hat sowohl meinen Drachenfreund als auch mich aufgegeben.

Ich nehme die Manschettenknöpfe ab, dann mache ich mit den Hemdknöpfen weiter, Müdigkeit umhüllt mich wie ein Laken. Ich lasse mich aufs Bett sinken, sitze da, mit dem Kopf in den Händen, und versuche, die letzten Stunden zu verarbeiten.

Dieser Abend war … *intensiv.*

Ich hatte mit einer betrunkenen Ex zu tun, meiner vermissten Frau, meiner treulosen Mutter und ihren Enthüllungen und den Einmischungen ihres Sexspielzeugs. Ich frage mich, ob Heath der Presse Tipps gegeben hat. Er verfügt über Beziehungen.

Arschloch.

Und dann ist da Kit. *Mein Halbbruder.*

Wusste er es? Rowena hat die Frage nicht beantwortet. Ich denke zurück an Neujahr in Tresyllian Hall. *»Nicht jetzt, Maxim!«*, hatte er geblafft, als er aus der Hintertür der Küche in die dunkle, eisige Nacht stürmte. Und ich habe mich umgedreht und gesehen, wie meine Mutter steif von Kits Büro durch den Flur ging, ihre Absätze schlugen einen schnellen Takt.

Hatten sie miteinander gesprochen? Gestritten? Ich erinnere mich nicht an laute Stimmen.

Aber vielleicht war ich ja auch nur vergesslich, wie üblich.

Wenn sie es ihm erzählt *hatte*, hätte er gewusst, dass er ein Hochstapler war und alles verlieren könnte. Er wäre dann geschockt und entsetzt und wütend gewesen, und vielleicht hat ihn das auf seiner Ducati angetrieben.

Wut. Auf Rowena.

Und jetzt muss sie diese Schuld auf sich nehmen.

Sein Tod geht auf ihr Konto.

Er hätte alles verloren. Außer dass er das nicht hatte. Nicht wirklich – nur er und Rowena wussten Bescheid.

Schöne Scheiße.

Das ist es. Sie fühlt sich verantwortlich für seinen Tod. Ihr Lieblingskind. Das unheimliche Geräusch, das sie heute Abend von sich gab, – halb Schluchzen, halb Weinen – bewies es. Ich hatte bisher nicht gesehen, dass sie um ihn Tränen vergossen hatte, bis heute Abend, als die Wahrheit endlich ans Licht kam.

Vielleicht hat sie vorher im Stillen getrauert. Ich werde es nie wissen.

Außer sie und ich reden miteinander.
Und das wird nicht so bald geschehen.
Wie zur Hölle kommen wir da wieder raus?

Alessia lässt sich auf die Couch fallen, Tränen steigen in ihre Augen.

Was hat sie getan?

Irgendwie wurde sie bei ihrem Streit zum Bösewicht gemacht.

Aber warum? Sie hat gesehen, wie ihr Ehemann eine andere Frau geküsst hat, und sie ist gegangen, weil sie seinen Betrug nicht mit ansehen wollte. Ist das so unvernünftig? Dann kam sie in seiner Wohnung an und wurde von ihrer Schwiegermutter beschimpft und für völlig unzureichend befunden.

Und auch noch beleidigt!

Als wäre Geld Alessias Motivation!

Sie hatte sich sehr zusammenreißen müssen, um sich nicht die Ohrringe abzureißen und sie nach Rowena zu werfen.

Alles, was Alessia will, ist Maxims Liebe.

Die hast du! Ermahnt sie leise die Stimme ihres Gewissens. Er hat es dir oft genug gesagt. Gerade eben erst!

Was hat er getan, dass sie glaubt, er würde sie nicht lieben?

Er hat ihr den Kuss erklärt. Er kann nichts dafür, wie Frauen auf ihn reagieren. Wahrscheinlich hat er sich mit dieser Art von Aufmerksamkeit auseinandersetzen müssen, seit er ein Teenager war. Und welcher heißblütige Mann würde das nicht ausnutzen?

Er hat sich erst verändert, als er Alessia getroffen hat.

Sie hat den Beweis … oder den fehlenden Beweis erst gestern im Mülleimer seines Schlafzimmers gesehen.

Niemand, seit ich dich mit dem Besen in der Hand in meinem Flur gesehen habe.

Dieses Gefühl war mir fremd, bis wir einander begegnet sind.

Ihr Zorn verraucht und hinterlässt ein brennendes Loch in ihrer Brust.

Er hätte sie nicht heiraten müssen. Er hätte gehen können. Er hat sich für sie gegen seine Mutter gestellt, und das ist etwas, was ein albanischer Mann nicht tun würde.

Maxim hat ihr die Welt geschenkt.

Reicht das nicht?

Wieso ist sie so unsicher?

Die anderen Frauen.

Alle. Auch die, die sie getroffen hat. Caroline. Ticia. Arabella.

Alessia. Alessia. Alessia.

Es reicht!

Sie muss aufhören, sich mit all den Frauen, mit denen er im Bett war, zu vergleichen.

Sie muss lernen, ihm zu vertrauen. Und jetzt, da er diesen Kuss erklärt hat, gibt es keinen Grund mehr, es nicht zu tun. Und wenn sie an ihm zweifelt, dann hat sie seine Erlaubnis, ihn zu fragen. Er hat darum gebeten … *Konfrontiere mich damit. Rede mit mir.*

Das hat er nicht zum ersten Mal gesagt … *Du musst mir sagen, was du tun willst. Das hier ist eine Partnerschaft.*

Das Loch in ihrer Brust wird tiefer und dunkler. Er hat so verstörende Neuigkeiten erfahren, und er dachte, er könne sie nicht mit ihr teilen, weil sie ihn dann vielleicht verlassen könnte.

Hält er sie für so treulos und mitleidlos?

Wo ist der Sinn für Partnerschaft in ihrer Reaktion?

Schuldgefühle schneiden wie eine Sense durch ihr Herz.

Sie war so in ihren eigenen Befürchtungen gefangen, dass sie alle Anzeichen dafür, wie Maxim sich fühlt, übersehen hat.

Maxim steckt in einer neuen, anspruchsvollen Rolle, mit der er nicht gerechnet hat; er hat sich verliebt, er hat sie vor Entführern gerettet, er ist frisch verheiratet, und er hat die Nachricht, dass er eventuell eine potenziell lebensverändernde Krankheit hat, für sich behalten.

Er hat sie vor alldem beschützt.

Und Alessia wird einfach nur von der Anzahl der Frauen, mit denen er geschlafen hat, und seinen Exfreundinnen aufgefressen. Die Reue folgt der Sense durch ihr Herz, füllt das klaffende Loch und erstickt sie fast.

O Zot. Närrin! Geh zu ihm!

Und da sind noch die Unsicherheiten meiner Frau. Meine schöne, stoische, talentierte Frau, die glaubt, sie sei weniger wert als die Frauen vor ihr. Rowena kann manchmal ein richtiges Miststück sein. Hat sie etwas gesagt, wodurch Alessia unsere Beziehung neu überdenkt?

Ich hoffe nicht.

Aber ich gebe nicht auf. Ich brauche nur einen Moment, um mich zu sammeln.

Meine süße, traurige Frau.

Mein Hals zieht sich zu. Vielleicht kommt sie nie über meine Vergangenheit hinweg. Sie belastet sie auf eine Art, die ich nicht verstehe. Vielleicht liegt es an dem kulturellen Unterschied, und zu meiner Verteidigung kann ich sagen, dass ich keine andere Frau mehr angesehen habe, seit ich sie getroffen habe, und ich bin immer noch so besessen von ihr wie damals.

Aber ich hatte nicht erwartet, mich so … verletzlich zu fühlen.

Oder so … elend.

Was, wenn sie mich verlässt?

Scheiße! Das ist undenkbar.

Ich wäre am Boden zerstört.

Ich erinnere mich daran, als das Arschloch sie hat verschwinden lassen, und wie niederschmetternd das war. Ich streiche über mein Gesicht, versuche, das Gefühl abzureiben, in diesem Moment nehme ich einen Hauch ihres Dufts wahr und höre das Rascheln von Seide. Ein Funken Hoffnung glimmt in der Höhle auf, die mein Herz ist, und ich öffne die Augen. Auf dem Boden neben mir sehe ich ihre nackten Füße mit rot lackierten Zehen. Ich schaue auf, und sie steht vor mir, der Anblick ihres tränenüberströmten Gesichts zerreißt mir die Seele.

»Oh, Liebes«, murmele ich und stehe rasch auf.

»Es tut mir leid.« Ihre Stimme ist kaum zu hören.

»Oh, Baby, mir auch.« Ich ziehe sie in meine Arme, atme ihren Duft ein und drücke sie fest an mich. Als sie sich an mich kuschelt, benetzen ihre Tränen meinen Hals. »Hey, Liebling, bitte nicht weinen.«

Sie schlingt ihre Arme fester um mich und beginnt zu schluchzen.

Verdammt. Das ist meine Schuld. Ich habe das getan, und ich erinnere mich an ihr Weinen im Zimmer neben meinem im Hideout. Sie war damals überwältigt und ist es jetzt vielleicht auch.

Ehrlich gesagt bin ich es ebenfalls. Ich drücke sie fester an mich und lasse sie weinen. Vielleicht ist es das, was sie jetzt braucht. Ich lehne mich auf dem Bett zurück, wiege sie in meinem Schoß, schaukle sie sanft, und das ist beruhigend. Vielleicht brauchen wir beide das – als Ausdruck der Frustrationen der letzten paar Stunden.

Es ist kathartisch.

Ich beruhige mich, indem ich sie einfach festhalte. Meine schöne, stoische Frau braucht mich. *Mich.*

Meine Mutter hat recht.

Ich habe eine Schwäche für Jungfrauen in Not, oder vielleicht nur für Alessia.

Schließlich wird sie ruhig, und ich greife vom Bett aus nach einem Taschentuch. »Hier. Jetzt besser?«, frage ich.

Sie nickt und wischt sich Nase und Augen ab, die von Kajal und Wimperntusche völlig verschmiert sind, und selbst so … ist sie umwerfend.

Mehr noch.

»Gut. Für mich auch.« Ich küsse ihre Stirn. »Ich helfe dir aus dem Kleid, dann können wir ins Bett.« Ich hebe sie von meinem Schoß auf den Boden, stelle mich hinter sie, streiche ihr Haar über die Schulter und öffne ihr Kleid. Ich beuge mich vor, presse meine Lippen auf ihren Nacken, atme ihren Duft ein und ziehe mich dann selbst aus.

Sie geht ins Badezimmer, während ich mich ausziehe und hinlege. Als sie ein paar Minuten später zurückkommt, ist ihr Gesicht frisch, und sie trägt eines meiner alten T-Shirts. Sie schaltet das kleine Drachenlicht an, und ich schlage die Decke zurück. Sie legt sich zu mir und kuschelt sich an mich, ihr Kopf auf meiner Brust, ihr Arm über meinem Körper.

»Ich liebe dich«, flüstert sie, und ihre Worte öffnen mein Herz, füllen die Leere, die meine betrügerische Mutter hinterlassen hat.

»Ich weiß. Ich liebe dich auch.«

Ich küsse sie auf den Kopf, schließe die Augen und schlafe erschöpft ein.

Meine Schritte hallen in einem eiligen Takt auf dem harten, sich spiegelnden Boden, und ich blinzle unter dem unerbittlichen Licht der Leuchtstoffröhren.

Ich war schon mal hier.

»Hier entlang.« Die Chefärztin der Notaufnahme bleibt stehen und öffnet die Tür zu einem kühlen, kahlen Raum, der Leichenhalle des Krankenhauses.

Ich will nicht eintreten. Ich will es nicht sehen.

Die Chefärztin der Notaufnahme starrt mich an. Die roten Lippen geschürzt.

Rowena?

»Rein mit dir«, sagt sie knapp, in einem Tonfall, der keinen Widerspruch zulässt.

Drinnen, auf einem Tisch unter einem Laken, liegt mein Bruder.

Kit.

Nein! Das ist er nicht.

Ich bin es – verletzt und verwundet … kalt … tot.

Was ist das?

Von meiner liegenden Position auf dem Tisch beobachte ich Kit, der sich vorlehnt und meine Stirn küsst. »Auf Wiedersehen, du Wichser«, keucht er, die Last der unvergossenen Tränen schwer in seiner Kehle. »Du schaffst das. Dafür wurdest du geboren.« Er lächelt sein schiefes, aufrichtiges Lächeln, das er für die seltenen Augenblicke aufhebt, wenn er Mist gebaut hat.

Kit! Nein! Du liegst falsch. Warte!

»Du schaffst das, lass Gnade walten«, sagt er noch einmal, dann verschwindet er. Und ich schaue ein weiteres Mal zu ihm hinunter, lehne mich über ihn, während er schläft. Außer dass sein geschundener Körper zeigt, dass er … nicht schläft – er ist tot.

Nein! Kit! Nein! Die Worte bleiben in meiner Kehle stecken. Ich kann nicht sprechen. Alles ist verkehrt.

Und ich stehe vor dem Zimmer und sehe, wie meine Mutter verschwindet, dabei trommeln ihre Absätze laut auf den Fliesen, während sie weiter und weiter fortgeht.

Rowena! Mutter! Mama!

Ich wache schweißgebadet auf, mein Herz pocht heftig, mein Blut pulst panisch durch meine Adern, und ich bin mir sicher, dass ich das Bett zum Beben bringe. Nach einem tiefen, reinigenden Atemzug wird mein Herzschlag langsamer.

Es ist still und dunkel. Nicht mal Lichtreflexe an der Decke.

Alessia murmelt etwas Unverständliches, aber schläft dann weiter.

Gott sei Dank, sie ist hier.

Ich drehe mich zu ihr um, lege meinen Kopf auf meinen Arm und schaue ihr beim Schlafen zu, im weichen Licht des kleinen Drachen sind ihre Gesichtszüge zart und hübsch.

Es ist nur ein Traum.

Nein. Ein Albtraum. Ein prophetischer Albtraum.

Ich reibe über mein Gesicht und lege mich auf den Rücken, versuche, die Bilder von Kit und mir auf der kalten Bahre zu verdrängen.

War die Enthüllung meiner Mutter so ein Schock für mich? Wusste ich es? Maryanne und ich sehen ähnlich aus – eine eindeutige Mischung unserer Eltern. Kit nicht. Er war blond und hatte blaue Augen, war ehrgeizig und herrisch. Er war vielleicht härter, arroganter und fieser als Maryanne oder auch ich. Es war vielsagend, dass er Caro in Benimmkurse geschickt hat. Er war immer ein bisschen ein Snob, und ich frage mich, ob er es im tiefsten Inneren wusste.

Zur Hölle. Das ändert nichts. Niemand muss es je erfahren.

Ich sollte mich bei Maryanne melden und herausfinden, wie es ihr geht.

Wir können das in der Familie behalten – vorausgesetzt, meine Mutter hat nicht schon alles *Heath* erzählt.

Als ich mich wieder zu Alessia umdrehe, beobachtet sie mich, ihre dunklen Augen strahlen im sanften Licht des kleinen Drachen.

»Habe ich dich aufgeweckt?«

»Nein«, flüstert sie, legt ihre Hand auf meine Wange und beruhigt mich im Sturm. Ich schließe die Augen, genieße ihre Berührung, dankbar, dass sie mich von meinen fiebrigen Gedanken ablenkt. »Geht es dir gut?«, fragt sie. »Kann ich irgendetwas tun?«

Ich schaue ihr in die Augen und versuche zu sagen, was ich fühle, aber ich bin in meinem eigenen Aufruhr verloren.

Alessia nickt, als verstünde sie, und haucht mir einen Kuss auf die Lippen. »Du wirst es herausfinden. Und bis dahin bin ich für dich da. Es tut mir leid, dass ich vorher nicht für dich da war.« Sie kuschelt sich enger an mich, legt ihren Kopf auf meine Brust, und ich umarme sie, drücke sie fest.

»Es ist okay, Baby«, murmele ich. »Ich hätte es dir sagen sollen.«

Wenn sie nicht sauer auf mich ist, ist sie mein Leuchtturm, und so nahe, wie sie mir jetzt ist, erfüllt ihr Duft meine Sinne und beruhigt mich.

Während Alessias Atmung den Rhythmus des Schlafs annimmt, schließe ich die Augen und tue es ihr nach.

ZWEIUNDZWANZIG

Ich wache mit einem Ruck auf. Es ist ein heller Frühlingsmorgen, und ein Blick zur Seite sagt mir, dass ich allein bin.

Verdammt! Ist sie hier?

Ich springe aus dem Bett, schlüpfe in meine Jeans und stürme aus dem Schlafzimmer. Alessia ist in der Küche und backt Brot, ihr Gesichtsausdruck ganz konzentriert. Sie beugt sich über die Arbeitsfläche und knetet den Teig, als hätte der sie schwer beleidigt oder als hinge ihr Leben davon ab. Ich bin mir nicht sicher, was passt. Sie ist barfuß, aber nicht schwanger, denke ich kurz und sehe, wie sich eine Strähne aus ihrem Pferdeschwanz löst und sich über ihre Wange und unters Kinn ringelt. Sie schüttelt den Kopf, schaut hoch und erstarrt, als sie mich entdeckt.

»Guten Morgen.« Meine Stimme nur ein Flüstern.

»Hi«, sagt sie und richtet sich auf. Sie trägt eine enge Jeans und ein noch engeres T-Shirt, und es ist verdammt scharf, aber ihre dunklen Augen sind wachsam.

Ist das ein Überbleibsel des gestrigen Debakels? »Geht's dir gut?«

Sie presst die Lippen aufeinander, wäscht kurz ihre Hände und schnappt sich ihr Handy von der Arbeitsfläche. »Meine Mutter. Sie hat mir das geschickt. Sie hat einen Google Alert.«

Mir schwant Übles, als sie mir ihr Handy reicht, und tatsächlich, sie zeigt mir einen Artikel aus einer Boulevardzeitung mit dem Titel: »Der Earl, die Ex und die Ehefrau.« Dazu eine Reihe Fotos von gestern Abend – Alessia, Caroline und ich bei der Ankunft auf der Party, allein und zusammen, und eine Aufnahme, auf dem Charlotte mich küsst. Offensichtlich ist darauf zu sehen, dass ich überrumpelt wurde und nicht freiwillig mitmache. Ich bin rehabilitiert, obwohl ich mir sicher bin, dass der Bildredakteur, der dieses Foto ausgewählt hat, das nicht im Sinn hatte. Ich schaue Alessia an. »Ich liebe das Bild von dir und mir.« Ich gebe ihr ihr Handy zurück. »Und deine Mutter hat das geschickt?«

Alessia nickt und legt ihr Telefon auf die Theke. »Sie macht sich Sorgen.«

»Hast du sie beruhigen können?«

»Das habe ich.«

»Gut. Und bist du auch beruhigt?«

Sie beißt sich auf die Lippe, ihre Augen feucht – und das ist meine Antwort. Ich streiche mit dem Daumen über ihre zitternde Unterlippe. »Mit all dem hast du nicht gerechnet, stimmt's?«

Sie atmet tief ein, und ich fürchte mich vor dem, was sie sagen wird. Aber sie fährt mit ihrer Zunge über meinen Daumen, spitzt dann die Lippen und küsst ihn. Der Schauer fährt wie ein Blitz in meine Leistengegend und erhitzt alles auf seinem Weg, und ich unterdrücke ein Stöhnen, weil ich völlig überrascht bin.

Alessias Augen weiten sich ein wenig. Nicht aus Angst oder Wut.

Es ist dasselbe plötzliche Verlangen.

Ihr Atem trocknet die Stelle an meinem Daumen, die durch ihren Kuss feucht geworden ist, und lässt mein Blut rasen.

Nach Süden.

Ihr Blick folgt, und mein Schwanz jubelt, als ich meine Hand fallen lasse.

»Alessia«, flüstere ich, und ich weiß nicht, ob es eine Bitte oder eine Warnung ist. Sie hebt den dunklen Blick, schaut mich an. Die Tränen sind verschwunden; da ist nur ihr brennender Blick voller fleischlicher Verheißungen. Ich trete näher, sodass mich ihr Duft und die Wärme ihres Körpers umfangen. Ich will nichts mehr, als sie zu packen, ihre Jeans abzuziehen und sie auf der Arbeitsfläche zu ficken. Aber ich möchte, dass sie den ersten Schritt macht. »Was willst du, Liebling?«

Zögernd fährt sie mit ihrem Daumen meine Lippen nach. »Nein, damit habe ich nicht gerechnet. Aber mit dir.«

Sie spricht die Worte leise.

Und in ihnen liegt Hoffnung. Für uns.

Meine Sinne sind geschärft, ich spüre, wie sich die Luft zwischen uns verdichtet, voll süßer Vorfreude.

Und Hitze.

Und Erwartung.

Es ist berauschend und macht süchtig.

So habe ich mich noch nie mit einer anderen gefühlt. Meine süße, sirenenhafte Frau. Sie hat keine Ahnung von der Kraft der Magie, die sie ausstrahlt, und dem Zauber, den sie auf mich ausübt.

Oder vielleicht doch.

»Was willst du, Alessia?«

»Dich«, flüstert sie, und sie fährt mit den Fingerspitzen mein Brustbein hinunter. Ich bin am ganzen Körper elektrisiert. Dann streicht sie über meine Brust, sodass sich meine Brustwarzen bei ihrer Berührung zusammenziehen, und meinen Bauch hinunter und zum Knopf am Bund meiner Jeans. Sie lässt mich nicht aus den Augen und öffnet den Knopf mit einer geschickten Bewegung. Und ihre Finger gleiten tiefer und umschließen meine heftige Erektion.

»Du hast mich.« Ich neige meine Hüften vor, um mich an ihrer Handfläche zu reiben. Ich schließe die Augen, balle meine Hände zu Fäusten, um mich daran zu hindern, sie in meine Arme zu schließen.

Alessia schaut ihren Ehemann unter schweren Lidern an.

Du wirst um ihn kämpfen müssen. Die Worte ihrer Mutter bei ihrem Telefonat heute Morgen gehen ihr durch den Kopf. Und sie wird kämpfen. Mit jeder Waffe, über die sie verfügt.

Sie liebt ihn.

Das weiß sie.

Sie will ihn.

Und sie will, dass er sie will. Sie streicht mit ihren Fingern noch einmal über seine Erektion. Unter ihren Fingerspitzen der harte Beweis, dass sie es geschafft hat.

Es ist ein berauschendes Gefühl. Ihren Mann zu verführen. Oder vielleicht verführt er sie …

Es ist ihr egal.

Sie hat nicht mit all den anderen Frauen gerechnet.

Aber sie sind nicht mehr Teil seines Lebens. Das hat er gesagt, und sie hat sich entschlossen, ihm zu glauben. Auch wenn überall in den Zeitschriften fragwürdige Beweise zu finden sind. Auf dem Foto sieht man, dass er den Kuss nicht will.

Und jetzt will sie ihn. Aber er hat sie nicht berührt, seit sein Daumen ihre Lippen umspielt hat.

Es ist frustrierend.

Konfrontiere mich. Sprich mit mir.

Das waren seine Worte. »Nimm mich«, sagt Alessia, denn das ist es, was sie will. Hier. Jetzt.

Maxim stöhnt, sein Körper dicht an ihrem, er nimmt ihr Gesicht zwischen seine Hände und presst ihre Lippen auf seine. Seine Zunge ist entfesselt, er sucht und neckt ihre. Ihre

Hände krallen sich in sein Haar, während sie in seinem Kuss schwelgt – sie will und gibt mehr. Als sie beide atemlos sind, löst er sich ruckartig von ihr und sinkt auf die Knie. Geschickt macht er sich an ihrer Jeans zu schaffen, öffnet sie und schiebt sie mitsamt dem Slip über ihre Beine. Er umfasst ihre Schenkel und zieht sie an seine wartende Nase und seinen Mund.

»Ah!«, stöhnt Alessia und hält sich an der Arbeitsplatte fest. Maxims Zunge auf ihr.

Großartig.

Neckend.

Kreisend.

Ermutigt sie zu mehr.

Macht sie feuchter und feuchter.

Alessia legt den Kopf in den Nacken, eine Hand greift in sein Haar, die andere umklammert die Arbeitsfläche, und sie stöhnt, gibt sich seiner meisterhaften Behandlung hin.

Ich bin kurz davor zu explodieren. Ich stehe da, bin bereit, mich in meine Frau zu versenken, packe ihren großartigen Hintern und hebe sie auf die Arbeitsfläche. »Hier habe ich es noch nie gemacht«, murmele ich, während ich den Reißverschluss meiner Jeans öffne und meinen steifen Schwanz befreie. Alessia macht mit und schlingt ihre Beine um mich, zieht mich näher an sich, stemmt ihre Fersen gegen meinen Hintern. Sie legt ihre Arme auf meine Schultern, und wir halten beide inne, unser Atem vermischt sich, wir sehen uns an. Sie küsst mich. Und löst sich. »Ich schmecke mich«, flüstert sie.

»Der beste Geschmack der Welt.«

Sie grinst, ihr ganzes Gesicht strahlt wie ein goldener Frühlingstag, und sie umfasst mein Gesicht, legt ihre Lippen auf meine, und wir küssen uns, unsere Lippen bedeckt mit einer berauschenden Mischung aus ihrer Erregung und meinem Speichel.

Es ist glitschig und feucht. Und wundervoll.

Und ganz langsam dringe ich in meine Frau ein.

»Ah«, ruft sie, wirft den Kopf zurück und stößt ihn sich an dem Schrank hinter sich. »Aua!«

Sie lacht, und ich umfasse ihren Kopf, ich weiß, dass sie sich nicht verletzt hat – und stoße härter und tiefer in sie. Sie klammert sich an mich, als ich zu einem strafenden Vergiss-alles-andere-Tempo ansetze. Sie beißt in mein Ohrläppchen, ihr Atem heiß und heftig, während ich mich in ihr verliere.

Und ich spüre sie. Ihre Erregung steigt, höher und höher.

Ich mache weiter, verdränge alle Gedanken von letzter Nacht, sodass es nur noch sie und mich in diesem Moment gibt.

Alessia.

Sie steigt und fliegt und nimmt mich mit.

»Maxim«, schreit sie, als sie kommt, und die Kraft ihres Orgasmus treibt auch mich über die Klippe, und ich komme hart und schnell in meiner wunderschönen Frau.

»Ich habe Mehl am Po«, murmelt Alessia.

Maxim hebt sein Gesicht aus ihrer Halsbeuge und grinst. »Das ist ein Satz, von dem ich dachte, ich würde ihn nie hören.« Er streicht mit seiner Nase ihre und küsst sie zärtlich. Sie sind immer noch eng miteinander verbunden, und keiner von ihnen scheint sich bewegen zu wollen.

»Ich liebe dich, Lady Trevethick.«

»Ich liebe dich, Lord Trevethick«, erwidert sie.

»Gut.«

Sie verstärkt ihren Griff um ihn, sodass er in ihr bleibt. »Wenn du jemals eine andere Frau küsst, werde ich dieses

Organ entfernen«, sagt sie und stößt ihre Fersen in seinen nackten Hintern.

Maxim lacht und gleitet aus ihr. »Verstanden, Mylady.«

Alessia lächelt. »Ich werde um dich kämpfen«, sagt sie, während er seine Jeans hochzieht.

Er streichelt ihr Gesicht mit beiden Händen, seine Daumen zeichnen ihre Lippen nach, und seine grünen Augen leuchten. »Oh, Liebes, du musst nicht um mich kämpfen. Ich bin dein. Für immer. Ich bin dein, solange du mich haben willst.«

Sein ruhiges, aber leidenschaftliches Flehen verschlägt Alessia den Atem.

Er betrachtet sie, während er zwischen ihren Beinen steht. »Wie kann ich dich davon überzeugen?«

Sie runzelt die Stirn. Worauf will er hinaus?

»Ich weiß«, sagt er, sein Gesicht erhellt sich mit einer plötzlichen Inspiration. »Bekommen wir ein Baby.«

DREIUNDZWANZIG

Alessia schnappt nach Luft, vollkommen überrascht. »Ein Baby?«, kreischt sie.

Er küsst sie sanft auf den Mundwinkel. »Ja. Einen Jungen.« Er küsst sie noch einmal. »Und dann ein Mädchen.« Kuss. »Dann noch einen Jungen.« Kuss. »Und noch ein Mädchen.« Er küsst die andere Seite ihres Munds.

Alessia kichert. »Vier Kinder! Ich bin mir nicht sicher, ob das so funktioniert.«

»Ich weiß, wie es funktioniert«, knurrt er vergnügt.

»Ruft die Pflicht?«

Maxim lacht. »Mein Schatz. Witzig und talentiert. Verändere dich nie.« Er stupst ihre Nase mit seiner an.

»Mein Hintern ist voller Mehl, und du willst Babys.« Er nickt.

»Darf ich vorher noch duschen?«

Er grinst und schaut auf die Arbeitsfläche neben ihr, wo der Teig unbeachtet liegt und aufgeht. »Ich hatte mir eigentlich Hoffnungen auf ein Frühstück gemacht.« Er küsst sie noch einmal, und sie schiebt ihn weg.

»Hilf mir hinunter, dann mache ich dir Frühstück.«

»Nur wenn du versprichst, weder deine Jeans noch deinen Slip anzuziehen.« Er hebt sie sanft von der Theke und lässt sie an seinem Körper entlanggleiten, bis ihre Füße den Boden berühren. Ihren Kopf umfasst er mit seinen Händen. »Ich will

Babys – ganz viele. Ich dachte …« Er schluckt. »Ich dachte, dass vielleicht mit Kit … und seiner … Krankheit. Dass …«

»Oh, Maxim«, flüstert Alessia, und ihr wird klar, dass das noch ein Grund ist, warum er sich solche Sorgen gemacht hat. Sie lehnt sich vor und gibt ihm einen süßen, reumütigen Kuss.

All die Sorgen, und sie wusste nichts davon. »Lass uns frühstücken und darüber reden.«

»Wir könnten ausgehen«, schlägt Maxim vor.

»Ich mache dir gern Frühstück, Maxim. Ich möchte mich um dich kümmern, so wie du für mich sorgst. Das ist eine Partnerschaft.«

Alessias Finger fahren durch mein Haar, als wir im Bett liegen.

Erschöpft. Erfüllt. Zusammen. Ich lege meinen Kopf auf ihren Bauch, ich drehe mich um, küsse seine weiche Haut und erlaube mir eine kleine Fantasie, dass unser Kind in ihm wächst.

Alessia fühlt nicht die gleiche Dringlichkeit wie ich. Ihr ist nicht bewusst, dass ich versuche, sie auf jede mögliche Weise an mich zu binden, aber wir haben darüber geredet, und sie hat recht. Sie ist jung und will noch etwas von der Welt sehen, bevor wir uns auf Babys einlassen.

Kumpel. Was hast du dir nur gedacht?

Ich frage mich, was meine Mutter davon halten würde, Großmutter zu werden. Ich seufze. Ich habe keine Ahnung, wie ich diese Beziehung reparieren soll.

Will ich das überhaupt?

»Was ist?«, fragt Alessia.

»Ich denke nur gerade an meine Mutter.« Alessia spannt sich unter mir an.

Mist. »Hat sie etwas richtig Schlimmes zu dir gesagt?«

Alessia schweigt, und ihre Finger spielen nicht mehr mit meinen Haaren, also blicke ich auf.

Ihre Augen glänzen, sie schluckt. »Sie wollte wissen, wie viel Geld ich will, damit ich dich verlasse.«

Was. Zum. Teufel?

Ich setze mich auf, lehne mich gegen die Kissen und nehme meine Frau in den Arm. »Es tut mir so leid.«

»Ich war verletzt und wütend, aber sie tut nur das, von dem sie denkt, dass es in … ähm …«

»In meinem Sinne?«

»Ja, von dem sie denkt, dass es in deinem Sinne ist.«

»Das ist überhaupt nicht in meinem Sinne. Die Frau wüsste nicht, was das Beste für mich ist, selbst wenn sie darüber stolpern und es ihr in den Hintern beißen würde. Du hast es nicht verdient, dass man so mit dir spricht. Wenn überhaupt …« Ich halte inne, denn was ich gerade über meine eigene Mutter sagen wollte, ist … *verdammt unanständig*. »Für wen hält sie sich?« Ich schüttle fassungslos den Kopf und küsse Alessia aufs Haar.

»Sie ist hergekommen und hatte den Mut, dir und deiner Schwester das von eurem Bruder vors Gesicht zu sagen.«

»Nun, das ist eine positive Sichtweise auf das, was geschehen ist. Aber ich vermute, du hast recht.« Ich lächle sie an. »Und es heißt ›ins Gesicht‹.«

Alessia grinst. »Da ist er – mein Englischlehrer.«

»Solange du mich brauchst.«

»Ich werde dich immer brauchen.« Alessias brennende Aufrichtigkeit und Liebe liegt in jeder Silbe ihrer sanften Aussage, und es nährt meine Seele. Ich verschränke meine Finger mit ihren und führe sie an meine Lippen. Wenn ich daran denke, dass wir uns gestern gestritten haben – und ich frage mich, was passiert wäre, wäre meine Mutter nicht zur

Unzeit aufgetaucht. »Ich denke darüber nach, wieso sie den weiten Weg von Manhattan gekommen ist, um es uns auf eine so feindselige Weise zu erzählen.«

»Vielleicht bestraft sie sich selbst?«, schlägt Alessia vor.

Wow. »Das ist klug. Glaubst du?«

Sie schüttelt den Kopf, und es ist klar, dass das nur Alessias Hypothese ist, aber sie ist glaubwürdig. Vielleicht schämt sich meine Mutter.

Wer weiß? Ist sie fähig zu Scham?

»Sollen wir essen gehen?«, frage ich, und Alessia grinst. »Nach diesem schmutzigen Artikel müssen wir wahrscheinlich der Presse aus dem Weg gehen«, füge ich hinzu.

Alessia zuckt mit den Schultern. »Wir sagen gar nichts.«

Ich grinse. »Ganz genau.«

Am Montagmorgen verlassen Alessia und Maxim das Haus über die Feuerleiter, um den vielen Reportern zu entgehen. Maxim ruft ein Taxi, und sehr zufrieden machen sie es sich auf dem Rücksitz gemütlich und fahren zur London Academy of Social Etiquette and Graces.

»Was ist das?«, fragt Alessia und deutet mit dem Kinn auf ein riesiges Gebäude im gotischen Stil.

»Das ist das Natural History Museum. Wir sollten mal hingehen. Daneben liegt das Science Museum. Ich habe viele Samstagnachmittage dort verbracht. Unsere damalige Nanny hatte eine Leidenschaft für die Wissenschaft. Es ist ein toller Ort für Kinder zum Spielen und Entdecken.«

Alessia grinst. »Eines Tages werden wir mit unseren Kindern hingehen.«

Maxim sieht sie an. »Oder unsere Nanny.« Er streicht ihr übers Knie.

»Nanny?« Alessia hat nicht daran gedacht, dass sie Hilfe bei den Kindern brauchen.

»Nur so eine Idee. Ich hatte eine. Na ja, eigentlich mehrere. Und sieh nur, was aus mir geworden ist.«

Alessia lacht. Und Maxim schaut finster drein, er tut so, als wäre er beleidigt. »Was willst du andeuten? Bin ich etwa nicht der Inbegriff der wohlerzogenen Männlichkeit?«

»Natürlich bist du das.« Sie kichert. »Du hast die besten Manieren. Und am Ende der Woche ich ebenfalls.« Sie klopft auf sein Knie und unterdrückt ihr Lachen.

Das Taxi hält vor einem beeindruckenden weißen Gebäude in Queen's Gate, South Kensington. »Wir sind da.« Maxim öffnet die Tür und steigt aus, während der Wagen im Leerlauf weiterläuft. Alessia folgt ihm und betrachtet die imposante Architektur. »Willst du, dass ich mit dir komme?«, fragt Maxim.

Alessia bemüht sich, ihr Lächeln zu unterdrücken. Er kümmert sich schon den ganzen Morgen wie eine eifrige Glucke um sie, und diese Seite von ihm hatte sie bisher noch nicht kennengelernt. »Ich komme schon klar.«

»Schick mir eine SMS, falls du etwas brauchst.« Er küsst sie rasch, dann setzt er sich wieder ins Taxi, und Alessia steigt die Steinstufen zur glänzend schwarzen Tür hinauf.

Es gibt so viele glänzende schwarze Türen in London.

Sie läutet an der Messingglocke, ignoriert das nervöse Flattern in ihrem Magen, und die Tür öffnet sich surrend. Alessia tritt in einen großen Flur, der strahlend weiß gestrichen ist. Eine junge Frau in einem grauen Anzug hinter einem Empfangstisch schaut erwartungsvoll auf.

»London Academy?«, fragt Alessia.

»Im ersten Stock. Die Anmeldung befindet sich hinter der linken Tür.«

»Danke«, antwortet Alessia. Sie geht die breite Holztreppe hinauf, deren Stufen bei jedem Schritt knarren. Im ersten Stock angekommen wendet sie sich nach links zu einer Tür mit einem diskreten Schild, auf dem steht: L A S E G. In dem hohen weißen Raum begrüßt sie eine ältere, elegant gekleidete Frau mit Perlen an Ohren und Hals und einem Klemmbrett in der Hand.

»Guten Morgen«, sagt die Frau freundlich, ihr Lächeln reicht bis zu ihren hellbraunen Augen.

»Hallo«, antwortet Alessia.

»Mein Name ist Belinda Donaldson, ich bin die Sekretärin und melde Sie an. Wir nutzen bei unseren Kunden hier in der Academy nur die Vornamen zum Schutz der Identität.«

»Alessia«, erwidert Alessia.

»Wunderbar. Willkommen, Alessia. Sie sind die Erste. Pünktlichkeit ist die Höflichkeit von Königen … und Königinnen. Bitte bedienen Sie sich bei Tee oder Kaffee und nehmen Sie Platz.«

Alessia gießt Kaffee in eine der zarten Tassen und setzt sich. Sie beobachtet die Frauen, die ankommen und ganz ähnlich von Belinda begrüßt werden. Sie sind alle schick angezogen, manche tragen Kleider, andere Hosen wie sie, und die meisten sind jung, wie Alessia, aber da ist auch eine ältere Dame, die über fünfzig sein muss. Alessia ist dankbar, dass sie ihre neue schwarze Hose, ein weißes Hemd und eine maßgeschneiderte Jacke trägt. Zu wissen, dass sie gut gekleidet ist, hat ihr Selbstbewusstsein gestärkt. Zum ersten Mal hat sie das Gefühl, dass sie zu diesen Frauen gehört.

Eine junge Frau mit wehenden roten Haaren stolpert atemlos ins Zimmer. »Hallo«, sagt sie und schnappt nach Luft. »Ich dachte, ich wäre zu spät.«

Belinda schaut sie kühl an. »Guten Morgen. Atmen Sie einen Moment durch. Sie haben noch Zeit.«

»Toll. Danke. Mein Name ist Tabitha, Lady …«

»Nicht weiter, Tabitha. Wir nutzen hier nur die Vornamen. Bitte. Kommen Sie, setzen Sie sich und nehmen Sie sich Tee oder Kaffee. Wir beginnen bald.«

Nach einem köstlichen Mittagessen in einem Pub haben sich Alessia und Maxim gestern Nachmittag eine Ausstellung der Präraffaeliten in der Tate Britain angesehen, einem Museum, das nicht weit von ihrer Wohnung entfernt liegt. Mit ihren langen roten Haaren und ihrem Chiffonkleid erinnert Tabitha Alessia an eine der Frauen auf den Gemälden.

Die versammelten Damen nehmen ihr leises Gespräch untereinander wieder auf, während sich Tabitha neben Alessia setzt. »Hi, ich bin Tabitha«, stellt sie sich vor. »Ich dachte, ich komme zu spät!« Sie verzieht das Gesicht, und Alessia lächelt, sie fühlt sich jetzt, als sie sich vorstellt, etwas entspannter. Tabithas fröhliches Grinsen zieht sie an.

»Ich war zu früh«, gesteht Alessia. »Ich bin nervös.«

Tabitha strahlt sie an, als hätte sie eine alte Freundin wiedergetroffen. »Es wird schon gut gehen«, sagt sie, und Alessia fühlt sich schon besser, Tabithas Warmherzigkeit muntert sie auf.

Am Sonntag war mein Telefon mit Nachrichten über Dimitris Party und Fotos von Alessia und der verdammten Charlotte überschwemmt worden. Ich hatte alle ignoriert und es vorgezogen, Zeit mit meiner Frau zu verbringen. Und was für einen wunderbaren Tag wir hatten – wir scheinen die Kurve gekriegt zu haben. Wir haben unseren ersten großen Streit überstanden, die Einmischung meiner Mutter und ihre Enthüllungen und eine äußerst unerfreuliche Presse.

Und Alessia scheint *endlich* für sich selbst einzustehen.

Wenn du jemals eine andere küsst, werde ich dieses Organ entfernen.

Ich lächle kopfschüttelnd über meine besitzergreifende, eifersüchtige Frau.

Aber während ich an meinem Schreibtisch sitze und versuche, mich über die Vorschriften für die Alkoholherstellung in Großbritannien zu informieren, ist es mir unmöglich, mich zu konzentrieren. Mein Gehirn stochert weiter in der Offenbarung meiner Mutter herum, als wäre es Aas. Ich habe Maryanne angerufen und ihr Nachrichten hinterlassen, damit wir uns über das Drama austauschen können, aber sie hat bislang nicht zurückgerufen.

Ist sie sauer auf mich?

Ich vermute, dass ich die Katastrophe ausgelöst habe, und ich habe Maryanne nichts von Kits genetischer Beratung erzählt.

Verdammt.

Und jetzt weiß ich nicht, wie ich mich nach Rowenas schockierenden Neuigkeiten fühlen soll.

Betäubt?

Durcheinander?

Wütend?

Ja, all das zusammen.

Mann, reiß dich zusammen.

Mein zweites Meeting des Tages findet in Mayfair statt, ich will mich mit Oliver und Caroline in dem zu renovierenden villenartigen Gebäudekomplex treffen, um die Design- und Dekorpläne für die Foyers, die Gemeinschaftsbereiche und das Musterapartment durchzugehen. Caroline und Oliver befinden sich bereits im Foyer und führen anscheinend verlegenen Small Talk. Oliver sieht aus irgendeinem Grund etwas nervös aus, während Caroline ihn mit kühler Distanz betrachtet.

»Maxim!« Caro strahlt und begrüßt mich mit einem Wangenkuss.

»Also, was denkst du?«, frage ich.

»Das ist ein leichter, luftiger Raum, und wir können viel daraus machen. Was, liegt an dir. Was soll der Raum sagen? Was willst du erreichen?«

Ich bin mir nicht sicher, ob sie mich aufzieht oder nicht – wir hatten bisher noch nie eine geschäftliche Besprechung. »Was ich möchte, ist etwas Klassisches, das nicht altert und nicht jedes Jahr neu dekoriert werden muss.«

Oliver lächelt zustimmend. »Ja. Pragmatisch«, meint er.

»Du klingst genau wie Kit«, faucht Caroline, und ein Wirrwarr von widersprüchlichen Gefühlen füllt meine Kehle. Kit. Mein Halbbruder.

Und Caro weiß es nicht. »Danke«, murmele ich. »Ich nehme das als Kompliment.«

Sie lächelt. »So war es auch gemeint.«

»Schauen wir uns mal die Gemeinschaftsbereiche an, dann bekommen Sie ein Gefühl dafür, wie viel Arbeit nötig ist«, sagt Oliver und sieht Caroline an.

Sie lächelt ihn höflich an. »Während wir durchgehen, kann ich ein paar Pläne und Fotos machen.«

Alessia hört Jennifer Knight, ihrer Lehrerin für Umgangsformen und Besitzerin der Schule, aufmerksam zu. »Unsere Aufgabe ist es, Sie alle zu befähigen, sich von Ihrer besten

Seite zu zeigen. Sie werden das Selbstvertrauen haben, jeden Raum betreten zu können und genau zu wissen, wie Sie sich verhalten müssen. Vom Sitzungssaal bis zum Bankettraum – Sie sind für jede berufliche und gesellschaftliche Situation gerüstet. Wir fangen mit den Grundlagen an: Vorstellung – formell und informell –, welche Anrede sollten Sie nutzen, und auch wenn wir uns vor allem auf die britische Etikette konzentrieren, werden wir auf kulturelle Unterschiede eingehen, die Sie beachten sollten, damit sich die Menschen, die Sie treffen und begrüßen, in Ihrer Gegenwart respektiert und wohl fühlen.« Jennifer schenkt den Frauen ein breites Lächeln. »Wenn Sie nun die erste Seite in Ihrem Arbeitsbuch aufschlagen würden, dann können wir beginnen.«

Alessia tut genau das, während Tabitha vergeblich versucht, nicht gelangweilt auszusehen.

Ich denke, ich habe alles, was ich brauche«, sagt Caroline.

»Perfekt.« Oliver schenkt uns ein seltenes, erleichtertes Lächeln.

»Hast du ein Budget im Kopf?« Caro sieht mich an.

»Mach die Entwürfe und gib uns ein paar Optionen«, sage ich, und Oliver nickt wieder zustimmend – glaube ich –, was beruhigend ist.

»Okay. Das sollte nicht zu schwierig sein. Wenn wir hier fertig sind, können wir dann noch zusammen einen Kaffee trinken, Maxim?«

»Klar. Gegenüber gibt es ein Café. Oliver, ich sehe Sie nachher im Büro.«

»Natürlich. Ich warte dann auf Ihre Nachricht, Caroline«, sagt er steif.

Was ist mit den beiden?

»Belastet dich etwas?«, frage ich und beobachte Caroline, wie sie auf die Bank rutscht.

»Ja. Rowena. Hast du sie erreicht und gefragt?«

Ich setze mich Caro gegenüber und überlege, was ich sagen soll. »Was soll ich sie fragen?«

»Das mit Kit! Das genetische Zeug.«

Ich räuspere mich. »Ja, natürlich. Das habe ich, und sie meinte, es gibt nichts, über das man sich Sorgen machen müsste.«

Caro kneift ihre Augen zusammen und fixiert mich mit ihrem eindringlichen Blick. Innerlich zucke ich zusammen. Mit diesem Gespräch habe ich nicht gerechnet. Ich bin immer noch dabei, die Enthüllung meiner Mutter zu verarbeiten.

»Was verschweigst du mir?« Caros Tonfall ist schroff. Sie ist verärgert.

»Nichts.«

»Maxim, du lügst. Das merke ich sofort. Dein ganzes Gesicht wird dann völlig reglos, während dein Hirn panisch überlegt, was du sagen sollst.«

»Stimmt nicht! Und ich habe es dir gesagt. Sie meinte, es gibt keinen Grund zur Sorge.«

»War alles ein falscher Alarm?«

Ich mache ein Geräusch, das sie hoffentlich als Zustimmung versteht. Ich will sie nicht anlügen.

»Ich versuche, Kits Gedenkfeier zu organisieren, aber du bestätigst das Datum nicht, und Rowena nimmt meine Anrufe nicht entgegen.«

»Oh.« *Verdammt.* Kits Gedenkfeier hatte ich ganz vergessen.

»Das ist gar nicht typisch für sie«, fährt Caro fort. »Ich weiß nicht, ob ich sie verärgert habe. Aber irgendwas ist los. Kannst du mit ihr reden?«

»Mit mir spricht sie auch nicht.«

»Wirklich? Warum? Denkst du, es geht ihr gut?«

»Ich weiß es nicht.«

»Wann hast du mit ihr gesprochen?«

»Am Wochenende.«

Caroline schnaubt. »Maryanne ist auch verschwunden. Vielleicht genießen sie zusammen die späte Wintersonne.«

»Vielleicht. Hast du eine Gästeliste für die Gedenkfeier?«

»Ja. Ich schicke sie dir, und du kannst Leute ergänzen. Ich warte noch auf die Ergänzungen deiner Mutter.«

»Ich habe Rowena gesagt, ich schreibe die Trauerrede.«

»Können wir die Lesungen besprechen?«

»Natürlich. Wann immer es dir passt. Wir sind hier. Alessia macht diese Woche diesen Kurs in Etikette.«

»Gut. Danach wird sie sich viel sicherer fühlen. Und sie findet ein paar Freundinnen.«

»Ja.«

»Machst du dir Sorgen?«, spottet Caroline. »Meine Güte, Maxim. Sie ist eine erwachsene Frau.«

»Ich weiß, ich weiß. Aber die Entführung. Ich … Ich …« Ich zucke mit den Schultern. Was soll ich sagen? Alessias Sicherheit hat Vorrang.

»Natürlich. Aber jetzt ist sie hier. Bei dir. Es geht ihr gut.«

»Übrigens, was hast du zu Charlotte Hampshire bei Dimitris Party gesagt?«

»Nichts!«, erwidert sie viel zu schnell und hält meinen Blick fest, aber ich bin mir nicht sicher, ob ich ihr glaube.

»Caro?« Ich ziehe warnend eine Augenbraue hoch.

Was hast du gesagt?

»Geht es um das Foto? Es ist überall. Steckst du in Schwierigkeiten?«

»War das deine Absicht? Schwierigkeiten zwischen Alessia und mir zu schaffen?« Ich schaue sie düster an, und zwischen uns wird es eisig.

Caroline reißt die Augen auf. »Nein! Warum sollte ich das tun?«, ruft sie in einem Anflug von falscher Entrüstung. »Denkst du das?«

»Caro, ich weiß nicht, was ich denken soll. Aber Alessia und mir geht es gut. Hör verdammt noch mal auf, dich einzumischen, oder es wird Konsequenzen haben.«

Sie schnaubt wütend, schweigt aber, und ich weiß, dass sie etwas zu Charlotte gesagt hat.

»Und was ist da zwischen dir und Oliver?«, frage ich, um das Thema zu wechseln.

»Was meinst du?«, blafft sie mich an.

»Ich weiß nicht, aber zwischen euch herrscht eine merkwürdige Energie.«

»Meine Güte, du klingst total esoterisch. Ich gehe lieber mal und mache mich an die Arbeit.« Sie steht auf. »Sag mir Bescheid, wenn du was von Rowena hörst.«

Und das war's für heute, Ladys«, sagt Jennifer. »Morgen geht es um das Thema Kommunikation. Alles von der SMS bis zum Briefschreiben. Vielen Dank für Ihre Zeit und Ihre Aufmerksamkeit.« Alessia sinkt vor Erleichterung fast zusammen, hält sich aber zurück, weil sie einen ganzen Nachmittag lang Verhaltenslektionen gehört hat, inklusive der richtigen Körperhaltung.

»Ich brauche dringend was zu trinken«, zischt Tabitha neben ihr. »Bitte sag, dass du mitkommst.«

»Ähm …« Alessia zögert. Das ist für sie das erste Mal – eine Fremde, die sie zu einem Drink bittet. Aber sie mag

Tabitha. Eine Frau in ihrem Alter. Maxim wird nichts dagegen haben.

Oder doch?

»Erzähl mir nicht, du musst zu deinem Ehemann, Alessia.«

»Woher weißt du …?«

»Dein Ring. Deswegen habe ich angenommen, dass du verheiratet bist. Aber dafür wirkst du eigentlich viel zu jung.«

Alessia lächelt. »In meinem Heimatland ist es normal, jung zu heiraten.«

»Erzähl mir alles bei einem Drink! Bitte.«

Mein Handy klingelt. Eine Nachricht von Maryanne. *Endlich.*

Ich bin in Seattle.

Melde mich, wenn ich zu Hause bin.

Bist du okay?

Nein. Ich bin immer noch geschockt von Mamas Enthüllungen.

Bin hier für etwas Erholung.

Wie hast du frei bekommen?

Gewusst wie!

Was! Ihre Antwort bringt mich zum Lachen. Es ist sehr untypisch für Maryanne. Aber ich bin froh, dass sie noch mit mir spricht und dass sie sich ein bisschen erholt. Ist sie zu diesem Typen gefahren, den sie beim Skifahren kennengelernt hat? Ich traue mich nicht zu fragen.

Viel Spaß.

Oh. Den habe ich.

Alles okay?

Ja, natürlich.

Maxie, du warst es von Anfang an.

Nicht Kit.

Was?

Der Titel.

Er gehörte dir.

Meine Kopfhaut kribbelt.

Ich war es von Anfang an.

Ich war der Viscount. Dann der Earl.
Nicht Kit.

Schwer, das zu hören.

Ich weiß ♥

Aber du warst es, Maxie.

Du warst es von Anfang an.

Denk daran.

Armer Kit. Es so herauszufinden.

Er muss wütend gewesen sein.

Ja. Ich muss immer daran denken.

Ich frage mich, was er hatte.

Was er hatte?

Seine genetische Krankheit.

Irgendwas Furchtbares, vermute ich.

Ich will es gar nicht wissen.

Der Arme.

Ja. Vielleicht hast du recht.

Wir haben ihn geliebt.

Das haben wir.

Ich komme diese Woche zurück.

Dann können wir reden.

Ich muss aufstehen.

Wir gehen auf einem superduper Katamaran segeln.

Pass auf dich auf.

Mx

Ich atme auf. Maryanne spricht noch mit mir, im Gegensatz zu meiner Mutter. Und sie hat etwas erwähnt, an das ich noch gar nicht gedacht habe. Meine Familie ist vom Stammbaum besessen, seit der Grafentitel im siebzehnten Jahrhundert aufkam. Meiner Mutter war das Erbe ebenfalls sehr wichtig. Es wurde uns allen eingebläut.

Vor allem Kit.

Wie ironisch.

Und mit seinem Tod ist das Geheimnis meiner Mutter gestorben. Und niemand muss es je erfahren.

Sie hätte es uns nicht erzählen müssen.

Sie hätte behaupten können, dass Kits genetische Probleme nur ein falscher Alarm waren. Vielleicht hat Alessia recht. Sie büßt für ihre Sünden.

Ihre Lügen.

Verdammt. Ich muss mit ihr reden. Aber nachdem, was sie zu meiner geliebten Frau gesagt hat, weiß ich nicht, ob ich sie noch in meinem Leben haben möchte.

Mein Handy klingelt schon wieder, und ich denke, es ist noch mal Maryanne mit weiteren Perlen der Weisheit. Aber es ist Alessia.

Ich gehe mit einer Frau, die ich im Kurs kennengelernt habe, in eine Bar.
Ich versuche, nicht zu spät zu kommen.

Angst schnürt mir die Brust zu. Ich bin mir nicht sicher, was ich davon halten soll, dass Alessia in London mit einer Fremden unterwegs ist. Carolines Worte von vorhin fallen mir wieder ein.

Meine Güte, Maxim. Sie ist eine erwachsene Frau.

Ja. Aber sie hat ein behütetes, klaustrophobisches Leben geführt. Ich habe es gesehen.

Ich habe es eine Woche lang gelebt.

Klingt toll. Ich bin hier fertig.

Darf ich zu euch stoßen?

Ja!! :-D

Wir sind im Gore. xxxx

Alessia ist von Tabitha fasziniert. Während sie Gin Tonic trinken, erzählt Tabitha, dass sie in einem Schloss in Schottland lebt, obwohl Alessia keinen schottischen Akzent hört. Tabitha hat letztes Jahr ihr Kunstgeschichtestudium an der Bristol University abgeschlossen und war jetzt ein Jahr lang mit einer Freundin in Kenia und Tansania unterwegs. Es klingt aufregend und weit entfernt von allem, was Alessia erlebt hat. Abgesehen von ihrer grauenvollen Reise nach England – doch Alessia beschließt, diese Geschichte für sich zu behalten.

»Oh, sieh mal, Maxim Trevelyan ist gerade angekommen, oder sollte ich jetzt Maxim Trevethick sagen?«

»Oh.« Alessia dreht sich um und sieht Maxim, der den Raum absucht.

»Ich habe ihn noch nicht getroffen. Aber meine Schwestern kennen ihn. Du weißt schon, im biblischen Sinn.«

Alessias Laune verdüstert sich.

»Sie sind Zwillinge.«

Zwillinge!

»Ich habe gehört, dass er geheiratet hat, allerdings weiß ich nichts über die Glückliche, die ihn sich geschnappt hat.«

Maxim entdeckt Alessia, und sein Gesicht erhellt sich, sie vermutet, es ist Erleichterung.

»O mein Gott, er kommt hierher!«

Alessia dreht sich zu Tabitha um. »Maxim Trevethick ist mein Ehemann.«

Tabitha verschluckt sich an ihrem Gin. »O mein Gott.«

»Ich bin die Glückliche, die … ähm … ihn sich geschnappt hat.«

»O nein. Entschuldige, was ich gesagt habe.«

Alessia lächelt sie beruhigend an. »Sein Ruf ist … speziell.«

»Ja. Das ist er!«, sagt Tabitha schnell mit rotem Kopf.

Alessia steht auf, als Maxim auf sie zukommt, und er gibt ihr einen zärtlichen, keuschen Kuss, geeignet für die Öffentlichkeit. »Hallo, Liebling. Wie geht's? Wie war der erste Tag?« Maxims heiserer Tonfall klingt, als frage er sie etwas Unanständiges.

»Gut. Danke.« Alessia ist ein bisschen außer Atem. »Darf ich vorstellen, Lady Tabitha.«

»Angenehm«, sagt Maxim.

»Lord Trevethick.« Tabitha streckt ihre Hand aus, und Maxim nimmt sie. »Es tut mir so leid wegen Ihres Bruders.«

»Wir vermissen ihn sehr. Darf ich zu euch stoßen?«

»Natürlich.« Tabitha ruft den Kellner, und Maxim bestellt einen Old Fashioned.

»Und, was hast du heute gelernt?« Maxim sieht Alessia intensiv an.

»Wie man sitzt. Wie man geht. Und wie man ›Hallo‹ sagt.« Alessia grinst.

»Aha. Die Grundlagen.« Er grinst zurück, und er sieht atemberaubend aus, ein lüsternes Schimmern in seinen Augen.

»Ich muss wirklich los«, sagt Tabitha.

»Bitte gehen Sie nicht wegen mir«, sagt Maxim.

»Ich muss zurück zur Wohnung.«

Maxim erhebt sich, als Tabitha aufsteht, und Alessia weiß, dass er keinen Unterricht braucht; seine Manieren sind angeboren. »Ich übernehme die Rechnung«, sagt er.

»Danke. Alessia, bis morgen.« Tabitha winkt ihr verlegen zu.

»Ich freue mich«, sagt Alessia. Er setzt sich wieder hin.

»Zwillinge?«, fragt Alessia.

Er runzelt die Stirn und schaut Tabitha nach. »Ah. Die Tabitha.« Er sieht wieder zu Alessia. »Willst du es wirklich wissen?«

Alessias Wangen sind warm, aber sie verdreht die Augen. »Nein.«

Er lacht. »Also, das ist die passende Reaktion. Ordentlich verdrehte Augen.«

Alessia lächelt trotz ihrer Bedenken, lehnt sich vor und küsst ihn noch einmal.

Sie lernt. Entwickelt sich weiter. Seine Vergangenheit ist vergangen.

»Sollen wir essen gehen?«, fragt er. »Wir könnten hier etwas zu uns nehmen, wenn du willst.«

Auf dem Rücksitz des Taxis betrachtet Alessia mich. »Wie geht es dir?«

Ich atme aus. »Ehrlich? Ein bisschen betäubt. Das Abendessen war eine willkommene Abwechslung. Und Maryanne hat mir endlich geschrieben. Sie ist in Seattle und sagt, dass wir miteinander reden, wenn sie zurück ist.«

»Und hast du was von deiner Mutter gehört?«

Ich schnaube. »Ich glaube, das ist noch eine Weile unwahrscheinlich.«

Alessia greift nach meiner Hand. »Sie ist deine Mutter …«

»Ich weiß.« Ich schlucke. »Es braucht Zeit.«

Sie nickt mitfühlend. »Willst du darüber reden?«

»Was gibt es da zu reden, was wir noch nicht besprochen haben? Meine Mutter hat bewiesen, dass sie so doppelzüngig ist, wie ich immer dachte, und so fies. Und ein fürchterlicher Snob.«

»Sie ist … ein Mensch.«

Ich lache, und es klingt falsch. »Das ist vielleicht das erste Mal, dass jemand Rowena einen Menschen genannt hat.«

»Was willst du tun?«

»Nun, ich will mich über Destillen informieren.«

»Meinst du Stillleben? Fotos?«

Ich kichere. »Nein. Destillen, um Gin zu destillieren.«

Alessia strahlt.

»Ja. Ich will Gin produzieren. Meine Frau mag ihn.«

Das Taxi hält vor unserem Haus, es wird von Fotografen belagert.

»Scheiße«, knurre ich atemlos. »Bereit?« Alessia nickt.

»Sag nichts. Lass mich zuerst aussteigen, dann öffne ich deine Tür.«

»Okay.«

Ich tue es und nehme Alessia an den Arm, während wir ins Haus gehen.

Trevethick! Trevethick!

Was ist mit ihrer Beziehung zu Miss Charlotte Hampshire?

Was sagt Ihre Frau dazu?

Wir ignorieren sie, aber Alessia bleibt vor der Eingangstür stehen.

»Was hast du vor?«, frage ich.

Sie ergreift mein Revers, lässt ihre Hände in meinen Nacken gleiten und zieht meine Lippen auf ihre. Unter Blitzlichtgewitter presst sie ihren Körper an meinen und küsst mich innig, ihre Zunge ist beharrlich und besitzergreifend.

Es ist … heiß.

Und überrascht mich.

Als wir uns trennen, sind wir beide außer Atem. Sie öffnet die Tür, und ohne einen Blick auf die jubelnde Menge zu werfen, führt sie mich in das Gebäude.

Wow.

Im Aufzug stürze ich mich auf sie, hungrig nach ihr, und wir küssen uns bis in den sechsten Stock.

»Weißt du, wir könnten noch mal *Call of Duty* spielen«, murmele ich.

Sie wirft den Kopf zurück und lacht.

Alessias Finger vergaben sich in Maxims Haar, als sie nach dem Sex im Bett liegen. Ihre Glieder sind weich, und ihr Herzschlag pendelt sich wieder in einen gleichmäßigen Rhythmus ein. Maxim legt seinen Kopf auf ihren Bauch, seine Lieblingsposition nach dem Sex, und zieht einen zarten Ring um ihren Nabel. Es kitzelt leicht, und sie weiß, dass er sich Sorgen macht.

»Mein Vater war immer mein Held«, unterbricht Maxim ihr entspanntes Schweigen. »Jetzt ergibt es einen Sinn.«

Alessia lässt ihre Finger ruhen. »Ich frage mich, ob meine Mutter bei Kit überkompensiert hat, weil mein Vater ihm gegenüber … desinteressiert war. Nein, desinteressiert ist zu stark. Damals ist es mir nicht aufgefallen. Ich war zu sehr in meiner eigenen Welt gefangen, aber jetzt, im Rückblick. Vielleicht hat er mich vorgezogen.«

»Niemand hat etwas vermutet?«

»Nein. Ich glaube nicht …« Er verstummt. »Moment mal. Meine Mutter und mein Vater hatten einen Riesenstreit mit meinem Onkel Cameron. Vielleicht wusste er Bescheid.«

»Er hat nichts gesagt?«

»Nein. Nie. Ende der Achtziger ist er nach L.A. geflohen. Aber wenn ich jetzt darüber nachdenke, hat sich Kit bei Cameron nie wohl gefühlt. Als wir letztes Weihnachten in der Karibik waren, haben wir ihn nicht besucht. Jetzt weiß ich, warum.«

Sie schweigen, während sie diese Information verarbeiten. Alessia wird bewusst, dass die einzige Person, die Licht in die Sache bringen kann, Rowena ist.

»Wirst du mit deiner Mutter sprechen?«, fragt Alessia.

Maxim schnaubt. »Unsere Beziehung war vorher schon kaputt. Ich sehe nicht, wie wir da wieder rauskommen können.«

Alessia bleibt still. Sie möchte ihm sagen, dass er trotz der Gefühle, die er und Alessia für Rowena hegen, vielleicht doch die Version seiner Mutter anhören sollte. Sie kennen schließlich nicht alle Details, aber sie glaubt nicht, dass Maxim schon bereit dafür ist.

Irgendwann. Bald.

Schließlich ist Rowena immer noch seine Mutter.

VIERUNDZWANZIG

Tabitha kommt sofort auf Alessia zu, als die den Unterrichtsraum betritt. »Guten Morgen, Alessia. Es tut mir leid wegen gestern.«

Alessia schüttelt den Kopf. »Keine Sorge.«

»Weißt du, dass du viral gegangen bist?«, schwärmt Tabitha.

»Nein. Was? Wo?«

»Hier. Ich habe dich gestern Abend nach meinem furchtbaren Fauxpas gegoogelt. Und habe das hier gefunden. Sieh mal.« Sie hebt ihr Handy hoch, und da ist ein Video von Alessia, wie sie bei Dimitris Party Klavier spielt. Es ist ein Instagram Reel unter dem Namen GrischaEgonow.

»Du bist sehr gut«, meint Tabitha.

»Danke«, sagt Alessia automatisch. Sie ist fassungslos. Sie erinnert sich nicht daran, dass er sie gefilmt hat – sie war ganz in der Musik versunken. Der Post hat über achtzigtausend Likes und Tausende Kommentare. Die Überschrift lautet *Lady Alessia, Countess of Trevethick. Schön und talentiert.*

Sie starrt Tabitha an, die grinst. »Grischa hat recht.«

»Guten Morgen.« Jennifer Knight ruft zur Ordnung und beendet die Gespräche. »Heute besprechen wir schriftliche Kommunikation und die korrekte Ansprache, egal, ob in E-Mails oder in Briefen.«

Abigail Chenoweth, unsere Pächterin von der Rosperran Farm, und Michael Harris, der Verwalter von Tresyllian Hall, sind von der Idee, Gin herzustellen, ganz begeistert. Ich beende unsere Telefonkonferenz und freue mich, dass wir, wenn wir dieses Projekt richtig angehen, dem Landgut ein paar willkommene Einnahmen bescheren und Arbeitsplätze für die Bewohner der umliegenden Dörfer schaffen können. Es gibt noch viel zu tun, um die notwendigen Genehmigungen, Planungen und all den anderen Kram zu besorgen, aber ich muss sagen, ich bin begeistert: mein erstes Projekt für das Landgut – und alles inspiriert von meiner Frau.

Mein Handy surrt. Es ist Caroline.

»Caro.«

»Hi, hast du das Video von Alessia gesehen?«

Was ist das schon wieder?

»Video? Nein.«

»Sie ist auf Grischas Instagram.«

»Nun, ich würde es mir ansehen, aber ich rede gerade mit dir. Was macht sie?«

»Was glaubst du denn? Sie spielt seinen Flügel – und keine Sorge, Darling, das ist kein Euphemismus.« Caro kichert über ihren geschmacklosen Witz.

»Und?« Ich weiß, dass sie Klavier gespielt hat. Ich war da!

»Die Stiefkuh hat es gesehen. Sie will wissen, ob Alessia sich beim Royal College of Music beworben hat.«

Wow!

»Ja. Sie hat sich beworben.«

»Unter welchem Namen?«

»Alessia Trevelyan.«

»Gut. Das sage ich ihr.«

»Ihr sprecht miteinander?«

»Sie hat angerufen. Ich dachte, Daddy wäre krank oder

Schlimmeres, also bin ich drangegangen. Aber nein, sie hat nach Alessia gefragt und ob du vielleicht den DJ machen könntest.«

»Warum?«

»Ihre Teufelsbrut wird dieses Jahr achtzehn, und sie will einen Rave in Horston.«

»Deine kleine Schwester wird achtzehn! Wie ist das denn nur passiert?«

»Stiefschwester!«, zischt sie. »Und ja, Cordelia ist jetzt alt genug, um ihr dämonisches Wesen zu verbreiten. Die Welt soll erzittern.«

»Caro, meine Tage als DJ sind vorbei, es sei denn, deine Stiefmutter bekommt Alessia ins Konservatorium. In dem Fall könnte es sein, dass ich es mir noch mal überlege. Es ist der einzige Weg zu einem Visum für sie, ohne dass sie nach Albanien zurückkehren muss.«

»Aha. Verstehe. Du legst nicht mehr auf?« Caro klingt überrascht.

»Ich habe keine Zeit. Außerdem haben die Arschlöcher, in deren Händen Alessia war, meine Decks geklaut. Und ich hatte bisher noch keine Zeit gehabt, sie zu ersetzen.«

»Oh.« Caro ist kurz still, aber noch bevor ich etwas sagen kann, fährt sie fort: »Die Teufelsbrut wird allerdings schrecklich enttäuscht sein. Du weißt, dass sie total verknallt in dich ist.«

»Ach ja?« *Was soll ich darauf nur antworten?*

Caroline seufzt, und ich bin mir nicht sicher, warum.

»Egal«, sagt sie. »Bis Mitte nächster Woche habe ich ein paar Entwürfe für dich fertig.«

»Super. Danke, Caro.« Ich lege auf, erleichtert, dass sie das Thema von Cordelias Verknalltheit gewechselt hat, und öffne meine Instagram-App.

Alessia! Viral.

Weiß sie das?

Ich suche nach Grischa und finde sein Profil. Es gibt mehrere Fotos von der Party – natürlich von ihm mit vielen berühmten Schauspielern, Fernsehstars und Models, die auf der Party waren, aber in seinen Reels ist meine Frau, die Bach spielt, als wäre sie dafür geboren.

Wow. Das Video hat hunderttausend Likes.

Grischa hat recht, auch wenn es wehtut, das zuzugeben – Alessia ist schön und talentiert.

Und gehört zu mir.

Ich nehme mir etwas Zeit und schaue mir das Video noch mal an. Dann noch mal. Beim vierten Mal fällt mir eine Bewegung im Hintergrund auf.

Ich grinse. Das muss ich meiner Frau zeigen.

Der Unterricht ist heute früher zu Ende, und Tabitha lädt Alessia zum Tee ein. Aber Alessia lehnt höflich ab und will es verschieben. Sie hat Pläne. Ein Blick auf ihre Uhr: halb vier. Sie hat Zeit – die Strecke hat sie sich ein paarmal im Internet angesehen. Draußen auf der Straße verabschiedet sie sich von Tabitha und ruft ein vorbeifahrendes Taxi, genau wie Maxim, und steigt ein.

»Wohin geht's?«, fragt der Taxifahrer.

»Kew Green, bitte.« Alessia lehnt sich zurück und nimmt ihr Handy heraus. Sie schreibt Maxim.

> Hallo, Mylord. Wir sind heute früher fertig.
> Ich gehe aus.
> Axx

Alessia will sehen, wo ihr Großonkel lebt, ihn vielleicht sogar treffen. Während ihres Unterrichts hat sie ihm einen Brief geschrieben, und sie möchte ihn bei ihm einwerfen. Wenn sie daraufhin Kontakt haben, wird sie ihrem Mann erzählen, dass sie ihn gefunden hat, aber erst dann. Schließlich wollte Maxim nicht, dass sie sich an den Privatdetektiv wendet.

Doch das hat sie.

Ihr Handy klingelt.

Eine SMS von ihrem Mann.

Guten Tag, Mylady. Ich liebe es, wenn du mir schreibst.

Wohin gehst du? Neugierige wollen es wissen.

Ich komme zu euch, wenn du willst.

Mx

O nein.

Ich fahre nach Kew. Wird nicht lange dauern. Bis später.

xxxx

Was zum Teufel macht Alessia in Kew? Das letzte Mal war ich dort, als ich nach Brentford gefahren bin, nachdem diese Arschlöcher in meiner Wohnung aufgetaucht sind und Alessia geflohen ist. *Du bist der Sohn deines Vaters. Ein Ritter auf einem Schimmel, der eine Schwäche für Jungfrauen in Not hat.*

Die Erinnerung an die Worte meiner Mutter ruiniert meine Stimmung, und meine Sorge um Alessia wächst.

Was machst du in Kew?

Alessia schnauft. Ihr Mann macht sich zu viele Sorgen – das erkennt sie am schroffen Ton seiner Nachricht. Sie dachte, es würde ihn beruhigen, wenn sie Bescheid sagt, dass sie ausgeht, aber anscheinend hat das seine Angst nur verschärft. Sie schreibt ihm zurück.

Es ist eine Überraschung. Mach dir keine Sorgen!!! :D

xxxx

Alessias Nachricht ist nicht sonderlich beruhigend.

Meine Güte, Maxim. Sie ist eine erwachsene Frau!

Okay. Pass auf dich auf.

Sag Bescheid, wenn du zu Hause bist.

Mx

PS: Ich bin mir nicht sicher, ob ich Überraschungen mag!

:-/

Alessia seufzt erleichtert. Das ist schon besser. Er scheint seinen Sinn für Humor wiedergefunden zu haben. Beruhigt schaut Alessia aus dem Taxifenster und sieht eine Mutter mit Kinderwagen. Sie fragt sich, wie Maxim wohl wäre, wenn sie schwanger wäre.

Wahrscheinlich noch viel schlimmer.

Maxims Kind.

Sie liebt diese Vorstellung.

Aber noch nicht. Sie war geschockt, als er es am Wochenende erwähnt hat, und sie freut sich auch, dass er Kinder möchte. Aber die Versuchung, an einem der besten Konservatorien des Landes zu studieren, ist zu groß.

Das Elternwerden kann warten.

Doch wenn er darauf besteht, würde sie nachgeben. Sie will ja auch Kinder.

Ja. Sie kann sich das vorstellen.

Ihre Eltern wären begeistert, Maxim ebenfalls.

Aber er hat zugestimmt zu warten. Er will ihr auch noch etwas von der Welt zeigen.

Mein Handy klingelt, es ist eine unbekannte Nummer. »Trevethick.«

»Lord Trevethick, hier ist Ticia Cavanagh.«

»Hallo, Ticia. Bitte nenn mich Maxim.« *Herrgott, wir haben schließlich mal gepoppt.* »Was gibt's?«

»Ich rufe an, um Bescheid zu sagen, dass all eure Hochzeitspapiere in Ordnung sind, genau wie wir es gedacht haben. Wir haben nachgeforscht. Ihr seid rechtmäßig verheiratet.«

Ich lache, mehr aus Erleichterung als aus irgendetwas anderem. »Das sind gute Neuigkeiten.«

Der Plan von Demachi und Tabaku hat also funktioniert.

»Ich habe mich gefragt, ob ihr bei Suche nach einem Studienplatz für Lady Trevethick …«

»Alessia, bitte.«

»Ob ihr einen Studienplatz für Alessia gefunden habt. Ich mache mir Sorgen über das wilde Presseinteresse, das ihr auf euch zieht.«

»Oh. Du hast es gesehen?«

»Ja. *Oh* ist richtig. Dir ist klar, dass das Innenministerium, wenn es herausfindet, dass Alessia Anfang des Jahres illegal hier war, ihr ein Familienvisum verweigern könnte. Und *du* könntest auch in Schwierigkeiten geraten, da du gegen die Einwanderungsbestimmungen verstoßen hast, weil sie für dich gearbeitet hat und nicht über das richtige Visum verfügte.«

»Fuck.«

»Genau. Ich werde mich mit einem Kollegen in Verbindung setzen, um herauszufinden, wie die polizeilichen Ermittlungen gegen die Menschenhändler vorankommen und ob sie etwas haben, das deine Frau mit dem Verbrechen in Verbindung bringen könnte. Das wird alles anonym passieren, aber von deinem Vorschuss abgezogen werden. Daher wollte ich fragen, ob …«

»Mach nur. Unbedingt. Und wenn der Vorschuss nicht reicht, sag mir Bescheid.«

»Okay. Gut.«

»Ich hoffe, dass wir einen Platz für Alessia an einem der Musikkonservatorien in London finden.«

»Ich habe das Video gesehen. Sie ist sehr talentiert.«

Ich lächle, aber schüttle den Kopf. Meine Frau ist viral gegangen! »Das ist sie, und sie möchte gern am Royal College studieren.«

»Viel Glück dabei. Bis dahin wäre es hilfreich, wenn ihr ein bisschen unter dem Radar bleiben könntet.«

»Notiert. Wir fahren vielleicht nach Cornwall. Dort sind wir nicht im Fokus. Danke für die Warnung.«

»Gern geschehen … Maxim.« Sie legt auf, und mein Gehirn beginnt fieberhaft diese Information zu verarbeiten. Vielleicht war es ein Fehler, zu Dimitri zu gehen.

Ausgerechnet jetzt viral zu gehen!

Alessia betastet das Kreuz ihrer Großmutter an ihrem Hals. Je näher sie Kew kommt, umso mehr Schmetterlinge spürt sie im Bauch. Das Taxi hält an einer roten Ampel, und Alessia sieht die Kew Bridge vor sich und rechts von ihr die Straße nach Brentford. Sie erinnert sich, wie glücklich sie war, als sie für diese paar kostbaren Wochen bei Magda und ihrem Sohn gelebt hat. Michal hat ihr über Facebook erzählt, dass es ihm und Magda in Kanada gut geht. Er hat lauter neue Freunde und lernt skaten. Außerdem würde er gern Eishockey spielen, wie sein neuer Stiefvater, Logan. Nach seinen Posts zu urteilen, ist er glücklich, wie auch Magda.

Sie denkt unwillkürlich an die mürrische Mrs. Kingsbury und auch an Mrs. Goode. Ihre alten Arbeitgeberinnen. Haben sie jetzt neue Putzfrauen?

Alessia schüttelt den Kopf. Sie ist seitdem weit gekommen. Die Ampel wird grün, und das Taxi fährt weiter, überquert die Kew Bridge, bevor es langsamer wird und in eine Seitenstraße einbiegt. Vor einem großen alten Haus, das auch auf den Cheyne Walk passen würde, bleibt es stehen. Es ist eines von mehreren Gebäuden, die eine hübsche grüne Wiese umgeben, flankiert von riesigen Platanen. Alessia bezahlt den hohen Fahrpreis mit ihrer Kreditkarte und steigt aus.

Das Taxi fährt weg, und sie steht vor dem Haus ihres Großonkels. Es ist makellos. Davor steht ein akkurat beschnittener Baum, und durch das Erkerfenster sieht Alessia einen kleinen Flügel.

Einen Flügel!

Spielt er auch?

Ihr Herz beginnt vor Aufregung, Erwartung und auch etwas Angst zu pochen, aber in diesem Augenblick beschließt sie, ihn zu besuchen.

Vielleicht schickt er sie weg.

Sie greift nach dem kleinen Goldkreuz, das ihrer Nana gehörte, seiner Schwester. Entschlossen geht sie den kurzen Weg zur glänzenden schwarzen Tür und klingelt. Man hört das Läuten leise im Haus, und Sekunden später öffnet eine ältere Frau mit einem ordentlichen Dutt.

»Hallo. Kann ich Ihnen helfen?«, fragt sie.

»Ich bin hier, um Tobias Strickland zu sehen.«

»Haben Sie einen Termin?«, fragt sie streng.

»Nein. Ich habe gehofft, er würde mich empfangen. Ich bin die Enkelin seiner Schwester. Ähm … seine Großnichte.«

Da Leticia Cavanagh besorgt ist, rufe ich Tom Alexander an, um nachzuhören, ob er schon Fortschritte bei der Suche nach Alessias junger Freundin gemacht hat und Neues über die Polizeiermittlungen weiß.

»Trevethick. Wie geht's? Ich vermute, du hast deine Frau gefunden.«

»Das habe ich. Grischa hat ihr seinen Fahrer angeboten, und der hat sie nach Hause gebracht.«

»Was? Warum?«

»Liest du keine Zeitung, Tom?«

»Machst du Witze? Natürlich nicht. Das habe ich dir doch gesagt. Um den Quatsch schere ich mich nicht, außer einer meiner Klienten landet in den Schlagzeilen. Ich empfehle dir dasselbe. Ignoriere die Arschlöcher.«

»Du hast recht. Aber solltest du eine reißerische Schlagzeile sehen, Charlotte, meine Ex …«

»Die Schauspielerin? Sie ist nicht besonders gut, oder? Spielt immer sich selbst.«

Ich muss über Toms Direktheit unwillkürlich lachen. »Ja. Genau die. Sie hat sich auf mich gestürzt.« Es entsteht eine unangenehme Gesprächspause, also fahre ich fort: »Alessia hat es gesehen und falsch interpretiert. Jedenfalls rufe ich nicht an, um die letzten Ereignisse durchzugehen. Ich will wissen, ob du Fortschritte bei den Polizeiermittlungen gemacht hast und ob du Alessias junge Freundin gefunden hast.«

»Gar nichts zu dem Mädchen. Aber die Details, die Alessia uns gegeben hat, waren so vage, es würde mich überraschen, wenn wir sie fänden. Ich habe mit Spaffer gesprochen – er arbeitet an dem Fall. Sie sammeln immer noch Beweise. Er sagt, ein Privatdetektiv hat ihn auch zu diesem Fall befragt.«

Mir läuft ein Schauder über den Rücken.

»Journalisten?«, frage ich.

»Er weiß es nicht. Aber es gab letztens eine Razzia in Südlondon; sie haben dort vier junge Frauen gefunden.«

»Scheiße. Wirklich?«

»Ja. Sie sind jetzt in der Obhut der Heilsarmee.«

»Sind Albanerinnen darunter? Bleriana?«

»Ich glaube nicht. Aber bevor wir nicht direkt mit ihnen gesprochen haben, können wir nicht sicher sein.«

»Was passiert mit ihnen?«

»Ehrlich gesagt, ich weiß das nicht.«

»Es sieht verdammt düster aus.«

»Das tut es, alter Junge. Wir arbeiten daran. Mal sehen, ob wir diese Frauen aufspüren.«

»Viel Glück dabei.«

»Oh, und wegen des Journalisten, der dich angerufen hat, brauchst du dir keine Sorgen zu machen.«

»Tatsächlich?«

»Er hat nichts.« Tom klingt entschieden.

Okay.

»Danke für das Update.«

Die Frau mit dem Dutt muss in den Fünfzigern sein. Sie späht an Alessia vorbei, um nachzusehen, ob sie jemanden verdeckt, dann mustert sie sie kritisch. Alessia ist erleichtert, als die Frau schließlich beiseitetritt, anscheinend hat sie die Überprüfung bestanden. »Ich wusste nicht, dass Professor Strickland eine Nichte hat, geschweige denn eine Großnichte. Kommen Sie mal rein.« Sie lässt Alessia in den Flur.

Der Eingang ähnelt sehr dem in Trevelyan House, wo Caroline lebt, und Alessia schließt daraus, dass die Häuser wohl ungefähr zur selben Zeit erbaut wurden. »Folgen Sie mir«, sagt die Frau und führt Alessia durch den Flur in einen luftigen Raum mit einem markanten Kamin, einem beeindruckenden Kaminsims und französischen Fenstern, durch die man auf einen üppigen Garten blickt. An einem Schreibtisch vor einem Laptop sitzt ein Mann mit einer dichten Mähne aus blond-grauem Haar, einem wild gekräuselten Schnurrbart und einem Vollbart. Er schaut mit höflichem Interesse auf. Seine Augen haben das gleiche Babyblau wie die ihrer geliebten Nana, sein Mund die gleiche Form, außerdem ist er von häufigem Lächeln faltig – da sitzt ihre Großmutter in männlich. Alessia ist aufgewühlt, so viele Emotionen steigen in ihr hoch, dass sie sprachlos ist.

»Nun, meine Liebe«, sagt er. »Was kann ich für Sie tun?« Als sie nicht antwortet, runzelt er verwirrt die Stirn und sieht von Alessia zu der Frau, von der Alessia vermutet, dass sie eine Art Bedienstete ist. Nein. Angestellte. Nicht Bedienstete.

»Sie sagt, sie sei Ihre Großnichte, Professor.«

Er erbleicht. »Alessia?«, wispert er.

Was! Er kennt sie!

Tränen steigen ihr in die Augen, und sie nickt, immer noch unfähig zu sprechen. »Du meine Güte!«, ruft er aus und steht auf. Er geht um den Schreibtisch und nimmt ihre Hände in seine. »Ich hätte nie gedacht …« Seine Stimme verstummt, und sie sehen einander Händchen haltend an. Sie betrachtet die Lachfältchen um seine Augen und seinen lustigen Schnurrbart, der an beiden Enden spitz aufsteigt. Seinen ordentlichen Bart. Seine beeindruckende Mähne, genau wie bei ihrer Großmutter.

»Virginia?«, flüstert er.

Er weiß es nicht.

Alessia schüttelt den Kopf.

»O nein«, sagt er, und Tränen treten in seine Augen. Er drückt ihre Hände, während sie sich mehrere Sekunden lang anschauen, und unendlich viele Gefühle zeigen sich auf seinem Gesicht, während er die traurige Neuigkeit aufnimmt. Schließlich kann Alessia ihre Tränen nicht mehr zurückhalten, sie strömen über ihr Gesicht, während sie an ihre liebe, liebe Nana denkt. Tobias zieht ein Baumwolltaschentuch aus seiner Hosentasche und wischt sich die Augen.

»Meine Liebe, du hast mich ziemlich berührt. Meine liebe, liebe Schwester. Ich hatte mich schon gefragt. Ich habe lange nichts mehr von ihr gehört. Ich hatte gehofft …« Er atmet tief ein. »Mrs. Smith. Tee. Bitte. Du trinkst doch einen Tee, oder nicht, meine Liebe?«

Alessia nickt und nimmt ein Taschentuch aus ihrer Handtasche. Mrs. Smith, deren sanftes Lächeln zeigt, dass ihr Verhalten von misstrauisch zu mitfühlend gewechselt hat, verlässt das Zimmer.

»Dieses Goldkreuz. Es kommt mir bekannt vor. Gehörte es ihr?«

»Ja!«, sagt Alessia. »Das tat es.« Automatisch umfasst Alessia das Kreuz. »Es ist sehr kostbar. Ich habe sie so geliebt.«

Er lächelt. Ein trauriges Lächeln. »Ich erinnere mich daran. Meine Eltern waren sehr religiös. Ginny auch. Deswegen ist sie nach Albanien gegangen, um während der kommunistischen Ära das Wort Gottes zu verbreiten.« Er schüttelt den Kopf, als wolle er eine unangenehme Erinnerung loswerden. »Gehen wir ins Wohnzimmer.« Er führt Alessia zur Tür.

»Also, ich hatte nie eine Adresse von Ginny, aber ab und zu hat sie mir geschrieben. Deswegen weiß ich von dir. Ich glaube, sie hatte Angst, dass unsere Eltern auf die Idee kämen, sie aus Albanien ›retten‹ zu wollen. Sie haben ihre Ehe nie akzeptiert.« Toby seufzt. »Eine schreckliche Sache. Sie haben eine Tochter verloren.«

»Sie hat gut geheiratet. Sie hat ihren Ehemann sehr geliebt. Er war ein guter Mann. Ihre Tochter, meine Mutter, hatte weniger Glück, obwohl sich das zu ändern scheint.«

»Deine Mutter. Shpresa?«

»Ja.«

»Nun, Alessia, erzähl mir von dir. Wieso bist du in England? Erzähl mir alles.«

Liebes, ich bin zu Hause«, rufe ich, als ich die Wohnungstür schließe. Es ist totenstill, und die unbestimmte Angst, die ich fühle, seit Alessia *angekündigt* hat, dass sie *ausgeht*, wird stärker. »Alessia!«, rufe ich, bloß für den Fall, dass sie im begehbaren Schrank oder einem der Bäder steckt. Doch in der Wohnung herrscht eine dröhnende Leere, die ich nie bemerkt habe, bis Alessia eingezogen ist.

Mist. Wir haben vergessen, die Alarmanlage einzuschalten.

Und sie hat gesagt, sie würde sich melden. Verärgert nehme ich mein Handy und rufe sie an. Aber ich lande auf der Mailbox. »Wo bist du?«, frage ich und lege auf, dabei atme ich frustriert aus.

Alessia kann auf sich selbst aufpassen.

Das kann sie doch?

Sie wurde mit meiner Mutter fertig. Sie wurde mit Grischa fertig.

Die Angst, die mir bekannt ist, seit Alessia entführt wurde, regt sich in meiner Brust. Ich schicke ihr eine Nachricht, halte sie locker.

> Wo bist du?
> Die Wohnung ist kalt und einsam ohne dich.
> Mx

Außerdem habe ich Hunger. Das macht meine Laune noch schlechter. Ich fühle mich elend und gehe in die Küche, wo der Kühlschrank voller Leckereien ist.

Nein. Ich ändere meine Meinung, gehe ins Schlafzimmer und ziehe meine Laufklamotten an. Laufen wird meinen Kopf freimachen, und wenn ich zurückkomme, wird sie da sein.

Ich kann gar nicht glauben, dass du direkt auf der anderen Seite des Flusses gelebt hast. Das ist unglaublich«, sagt Toby.

»Ja. Ich war dort sehr glücklich«, antwortet Alessia.

»*West is best*, so lautet eine Redewendung.« Er lächelt freundlich.

Alessia schaut auf die Uhr. Es ist schon nach sechs! »Die Zeit. Ich muss gehen. Mein Ehemann wird sich Sorgen machen.«

»Das wird er sicher. Maxim, hast du gesagt?«

»Ja, das ist sein Name.« Alessia hat Toby nichts von Maxims Herkunft erzählt. Das hebt sie sich für ihr nächstes Treffen auf. »Ich kann es gar nicht erwarten, dass du ihm begegnest. Er ist ein guter Mann.« Sie steht auf und blickt zum Flügel.

»Spielst du?«

»Ja. Das tue ich. Nana hat es meiner Mutter beigebracht. Nana und meine Mutter haben es mir beigebracht. Und du?«

Er kichert. »Musikalität liegt in der Familie. Leider spiele ich nicht mehr so oft wie früher.« Er hebt seine Hände. »Die sind nicht mehr das, was sie mal waren, aber ich habe mein ganzes Leben lang Musik studiert. Für mich ist sie jetzt mehr eine Wissenschaft als eine Kunst, obwohl sie mit einer Farbexplosion begann.«

»Du hast Synästhesie?«

»Das habe ich, meine Liebe, das habe ich.« Er ist erstaunt. »Aber ich nenne es Photismus.«

Alessia grinst. »Photismus. Das habe ich noch nie gehört.«

»Es ist speziell. Musik-Farben-Synästhesie.«

»Das habe ich!«

»Ha!«, ruft er aus und nimmt ihre Hände. »Ich habe noch nie einen anderen Synästheten getroffen! Und mit der Ersten bin ich verwandt! Wie siehst du die Farben?«

»Sie gehören zu einer Tonart. Und du?«

»Meine sind weniger definiert, aber hör mal, das können wir ein anderes Mal besprechen. Ich weiß, dass du gehen musst. Ich rufe dir ein Uber, und würdest du etwas für mich spielen, während wir auf den Fahrer warten?«

Alessia ist überglücklich, als sie ins Auto steigt. Toby steht vor der Tür und winkt ihr nach, und sie winkt hektisch zurück, bis sie ihn nicht mehr sehen kann. Sie umarmt sich, während der Wagen abbiegt und sich in den Verkehr auf der Brücke einordnet. Toby ist aufmerksam, freundlich, musikalisch und superklug, aber vor allem interessiert er sich für sie und ihr Leben, wie keiner ihrer männlichen Verwandten in Albanien, und er möchte unbedingt ihren Mann kennenlernen. Sie nimmt ihr Handy aus der Handtasche, um Maxim anzurufen und sich zu entschuldigen, weil sie keine Nachricht geschickt hat. Aber der Akku ist leer.

O Zot!

Nun, sie kann nichts tun, bis sie zu Hause ist. Also lehnt sie sich zurück und geht ihr gesamtes Gespräch mit Toby noch einmal durch. Ihrem Großonkel. Synästhetiker.

Liebling, ich bin zu Hause!«, verkünde ich einer leeren Wohnung, als ich vom Sport zurückkomme. Die Endorphine von meinem Lauf verschwinden, als ich unter die Dusche gehe.

Wo zum Teufel ist sie?

Um neunzehn Uhr klettere ich die Wände hoch. Ich habe noch mehr Nachrichten geschickt, aber nichts von meiner Frau gehört. Ich kann niemanden anrufen, nichts tun. Ich bin machtlos.

Ich hasse es, nicht zu wissen, wo sie ist und wie es ihr geht.

Ich laufe im Wohnzimmer auf und ab, und jedes Mal, wenn ich an der Doppeltür vorbeikomme, die zum Flur führt, schaue ich zur Wohnungstür und wünsche mir, dass Alessia auftaucht.

Ich. Werde. Wahnsinnig

Verdammt.

Ich gehe in den Flur, nichts als Stille hallt zurück. Und plötzlich bin ich völlig überwältigt. Ich weiß nicht, wo meine Frau ist, und aus irgendeinem unbekannten Grund fällt mir das Klappern der Absätze der Louboutins meiner Mutter ein, als sie uns verlässt. Es erinnert mich daran, dass ich diese Woche bereits ein Familienmitglied verloren habe.

Habe ich sie damit das letzte Mal gesehen?

Und auch wenn Rowena mich tierisch nervt, ist dieser Gedanke deprimierend. Sie ist meine Mutter.

Mama.

Scheiße.

Wie kommen wir da wieder raus?

Ich schüttle das düstere Gefühl ab und schreibe ihr.

Wir müssen Kits Gedenkfeier besprechen.
Wenn du deinen Trotzanfall überwunden hast,
kannst du mich vielleicht mal anrufen.

Und ich würde gern *du treulose Hure* ergänzen, tue es aber nicht. Sie ist meine Mutter. Dann schicke ich meiner abwesenden Frau eine SMS. Noch einmal.

Ich werde noch wahnsinnig!
Ruf mich an. Bitte.
M

Plötzlich höre ich den Schlüssel im Schloss, die Tür öffnet sich, und Alessia erscheint. Sie sieht gut aus. Ihr warmes Lächeln lässt den dunklen Flur erstrahlen und mein Herz. Meine Erleichterung ist genauso groß wie meine Wut.

Gott sei Dank, sie ist in Sicherheit.

Doch als sie den Flur betritt, siegt die Wut, und mein Schrei hallt von den Wänden wider. »Wo zum Teufel hast du gesteckt?«

FÜNFUNDZWANZIG

Alessia erstarrt, als ich auf sie zugehe und meine schlechte Laune an ihr auslassen will. Ich bin außer mir vor Wut, doch sie sieht mich an, voller Unschuld und Schönheit, mit betörenden, dunklen Augen. »Es tut mir leid. Mein Handyakku ist leer«, flüstert sie.

»Oh.« Damit habe ich nicht gerechnet. Ich hatte einen heftigen Streit erwartet, bei dem ich meine Frustration und meine Angst loswerden kann. Ihre schlichte Entschuldigung und ihr Eingeständnis nehmen mir den Wind aus den Segeln, und innerhalb einer Nanosekunde bessert sich meine Laune.

»Ich habe mir Sorgen gemacht«, grummle ich.

Zögerlich, als würde sie einem Löwen die Stirn bieten, streckt sie die Hand aus und streichelt meine Wange. »Ich weiß. Es tut mir leid.«

Seufzend lege ich meine Stirn an ihre und schließe die Augen, nehme mir einen Moment, um mich zu beruhigen. Langsam lege ich meine Arme um sie, ziehe sie an mich, sodass sie sich an meinen Körper drückt und mir ihre beruhigende Wärme schenkt. Sie küsst mich auf die Wange. »Entschuldige. Ich habe die Zeit ganz vergessen.«

»Wo warst du?«

Sie grinst. »Wenn du versprichst, nicht wütend zu werden, erzähle ich es dir.«

»Nein. Nein, das verspreche ich nicht. Auf keinen Fall. Ich bin bereits wütend. Du hast eine verstörende Tendenz, dich in gefährliche Situationen zu bringen. Erzähl.«

»Ich habe den Bruder meiner Großmutter getroffen. Meinen Großonkel.«

Maxim macht einen Schritt zurück, lässt Alessia los. »Onkel? Du hast Verwandte hier?«

Sie nickt und strahlt immer noch vor Freude darüber, einen Verwandten gefunden zu haben.

»Wieso sollte ich deswegen wütend werden? Wohnt er in Kew? Wie hast du ihn gefunden?«

Alessia nimmt Maxim an die Hand und führt ihn in die Küche. »Setz dich«, sagt sie und zeigt auf einen Küchenstuhl.

Er runzelt verwirrt die Stirn, aber gehorcht und sieht sie erwartungsvoll an, seine Haare sind verstrubbelt, seine grünen Augen blitzen nicht mehr vor Wut, sondern glänzen vor Neugier.

»Erinnerst du dich, dass ich dich gebeten habe, Bleriana zu suchen?« Maxim schweigt, und Alessia weiß nicht, wie er reagieren wird. »Ich bin zu dem Detektiv gegangen.«

»Verstehe. Und?«

»Ich habe ihn gebeten, die Familie meiner Großmutter zu suchen.«

»Aha.«

»Und Bleriana«, flüstert sie, als gestehe sie eine große Sünde.

»Obwohl ich dich gebeten hatte, es nicht zu tun.« Maxims Mund verzieht sich, seine Augen werden kalt, und sie weiß, dass er verärgert ist. Sie nickt. Sie versucht, sich schuldig zu fühlen, vergeblich. Er schüttelt den Kopf, ergreift ihre Hand und zieht sie auf seinen Schoß. »Was soll das, Alessia? Ich will nicht, dass du etwas mit dieser Welt zu tun hast, nicht mal aus der Entfernung. Tom kümmert sich darum. Zugegeben, er ist noch nicht sehr weit gekommen. Ruf den Privatdetektiv an und sag ihm ab. Tom soll sich darum kümmern. Jemand, dem ich vertraue. Bitte.«

»Okay«, sagt sie schnell. »Entschuldige. Ich will sie bloß unbedingt finden.«

Maxim seufzt. »Das verstehe ich. Aber warum hast du mir nicht erzählt, dass du deinen Großonkel besuchen wolltest? Ich wäre mitgekommen.«

»Ich hatte das nicht geplant. Ich wollte nur einen Brief einwerfen. Wir haben heute im Kurs etwas über Korrespondenz und Briefschreiben gelernt. Aber dann habe ich durchs Fenster den kleinen Flügel in seinem Wohnzimmer gesehen, und danach … war es … ähm … Schicksal.« Sie zuckt mit den Schultern, versucht, ihm klarzumachen, dass sie gezwungen war zu klingeln, nachdem sie den Flügel gesehen hatte.

Maxim seufzt noch einmal. »Verstehe. Nun, wenn du noch weitere versteckte Verwandte hast, dann freue ich mich, wenn du mich zu ihnen mitnimmst. Bitte.«

»Okay.«

»Erzähl mir von ihm.«

Alessia küsst ihn auf die Wange. »Danke, dass du nicht sauer auf mich bist.«

»Ich war vorhin außer mir, mehr vor Sorge als alles andere.«

»Ich weiß. Tut mir leid. Soll ich kochen? Hast du Hunger?«

Maxim lehnt sich zurück, ein widerwilliges Lächeln spielt um seinen Mund. »Ja, ich bin am Verhungern.«

Sie streichelt sein Gesicht. Ihr Mann hat schlechte Laune, wenn er am Verhungern ist. »Ich werde kochen und dir von ihm erzählen.«

»Das heißt, er befand sich direkt auf der anderen Flussseite, als du in Brentford gewohnt hast?«

Das frage ich, während ich zusehe, wie Alessia eine Tomatensauce umrührt. »So nah und doch so weit weg.«

»Ja. Es ist ein großartiges Haus. Er ist auch Musiker, aber er war ein Lehrer. In Oxford. Ein Musikprofessor. Er hat Synästhesie wie ich, aber er nennt es, ähm … Pho… – Photismus.«

»Wow.« *Wie unwahrscheinlich ist das denn?* »Ist es erblich?«

»Ich glaube schon!« Sie strahlt, als sie ein paar Kapern in die Sauce gibt. Was auch immer sie kocht, es riecht köstlich. Es riecht so gut – es verdient ein Glas schweren Rotwein.

»Wein?«, frage ich Alessia.

»Bitte. Er will dich kennenlernen. Und meine Mutter!«

»Hat er deine Mutter nicht getroffen?« Ich hole eine Flasche aus dem Regal.

»Nein. Er war noch nie in Albanien. Und meine Mutter weiß gar nicht, dass es ihn gibt. Die Familie meiner Großmutter hat sie ausgeschlossen, weil sie einen Albaner geheiratet hat.« Alessia verstummt, sie rührt weiter in der Sauce.

Scheiße.

Meine Familie hat sie nicht ausgeschlossen.

Oder doch? Meine Mutter … »Das ist schrecklich«, murmele ich und verdränge den Gedanken sofort.

»Aber er wusste von mir. Sie schrieb ihm manchmal Briefe.«

»Er sollte hinfahren und deine Familie treffen. Ich kann es empfehlen, trotz deines Furcht einflößenden Vaters. Hast du es Shpresa schon gesagt?« Ich öffne den Wein und gieße zwei Gläser ein, ohne ihn atmen zu lassen.

»Nein. Aber das tue ich nach dem Abendessen.« Sie gießt die Spaghetti ab und die Sauce darüber, vermischt alles. »Es ist fertig.«

Alessia stellt den letzten Teller in die Spülmaschine, wischt die Arbeitsfläche ab, nimmt ihr Handy aus der Tasche und steckt das Ladekabel ein. Maxim ist im Wohnzimmer am Klavier. Sie hat ihn seit ihrem Duett nicht mehr spielen gehört. Sie lehnt sich gegen den Türrahmen, ohne dass er sie sieht, und lauscht einen Moment. Er improvisiert eine Melodie in a-Moll. Die Töne glitzern durch den Raum und ihren Kopf in einem strahlenden Blau, es klingt vergnügt und voller Wärme und Hoffnung, ungewöhnlich für Moll. Er klingt … glücklich.

Alessia lächelt. Die Melodie ist ein völliger Kontrast zu der melancholischen Komposition, die sie vor gar nicht langer Zeit im Versteck in Cornwall für ihn gespielt hat. Er dreht sich um, bemerkt sie, und sie setzt sich neben ihn ans Klavier.

»Das ist ein fröhlicheres Stück.«

»Warum wohl?« Maxim grinst. »Es ist aus *Interstellar*.«

Alessia runzelt die Stirn.

»Aus dem Film?«, fragt er.

»Den kenne ich nicht.«

»Oh. Den müssen wir uns ansehen. Ein toller Film. Ein großartiger Soundtrack von Hans Zimmer.« Er hält inne und legt einen Arm um sie. »Da fällt mir ein. Ich habe heute mit Leticia gesprochen.«

Alessia versteift sich – obwohl sie Ticia mag, gefällt es ihr nicht, dass er mit Frauen redet, mit denen er im Bett war.

Alessia! Hör auf.

Maxim spricht weiter, entweder weil er ihre Anspannung nicht bemerkt hat oder nicht bemerken will. »Sie meint, wir sollten uns unauffällig verhalten und der Presse aus dem Weg gehen. Ich denke daher, dass wir, sobald dein Kurs beendet ist, nach Cornwall fahren sollten. Ich muss sowieso Arbeiten in der Hall anleiten. Ich weiß, wir wollten eigentlich dieses

Wochenende die Wohnung für den Umzug vorbereiten, aber vielleicht kann jemand anders das für uns tun. Oder wir warten.«

Alessias Herz schlägt schneller. »Ich liebe Cornwall«, sagt sie atemlos. »Besonders das Meer.«

»Ich auch.« Maxim küsst ihre Haare. »Dann ist das entschieden. Wir können nächsten Freitagabend hinfahren. Und bis dahin können wir zu Hause bleiben und Filme sehen. Du weißt schon, vor Netflix chillen.«

»Ich dachte, das sei nur Slang für Sex auf der Couch.«

Maxim lacht. »Das können wir auch tun.« Er küsst sie rasch.

»Spiel noch mal das Lied aus *Interstellar*.«

»Es ist mir ein bisschen peinlich, vor dir zu spielen.«

Sie lacht. »Warum? Bitte nicht. Ich liebe deine Kompositionen.«

»Nun, das ist keine von mir. Aber wenn du zuhörst, wirst du es danach wahrscheinlich besser spielen können als ich.«

»Maxim. Spiel.«

Er grinst. »Ja. Mylady.«

Maxims Musik klingt noch in ihrem Kopf, als Alessia ihr Handy nimmt, um mit ihrer Mutter zu sprechen. Sie hat mehrere ungelesene Nachrichten von Maxim. Mit jeder klingt er panischer und ärgerlicher, und sie schluckt ihr Schuldgefühl hinunter. Sie wollte ihm keine Angst machen.

Sie hat E-Mails von den vier Unis, bei denen sie sich beworben hat – als erste liest sie die vom Royal College of Music.

Sie hat ein Vorspielen!

Sie wollen sie sehen.

Ja! Sie läuft zurück ins Wohnzimmer. Maxim sieht auf. »Ich habe ein Vorspiel beim Royal College of Music!«

Er applaudiert und steht langsam auf. »Meine talentierte Frau. Das sind fantastische Neuigkeiten!«

Alessia öffnet die anderen E-Mails und stellt fest, dass alle sie sehen wollen. Sie starrt Maxim an. »Alle wollen, dass ich vorspiele!«

»Natürlich wollen sie das! Sonst wären sie ja dumm.« Er nimmt ihren Kopf in die Hände. »Du bist wunderschön. Talentiert. Und ich bin so glücklich, dass du meine Frau bist.« Er küsst sie zärtlich. »Los, erzähl es deiner Mutter.« Alessia geht zurück in die Küche, um Shpresa über FaceTime die guten Nachrichten zu erzählen.

Vielleicht mache ich mir zu viele Gedanken. Alessia geht es gut. Sie ist heil zurückgekommen. Sie ist eine kluge Erwachsene, verdammt noch mal.

Die entführt wurde.

Zweimal.

Scheiße.

Ich dachte … Was habe ich gedacht? Dass sie gegangen ist? Dass sie noch mal entführt wurde?

Junge. Lass es.

Sie ist hier.

Ich nippe an dem extrem guten Bordeaux, der inzwischen atmen konnte, und frage mich kurz, ob ich den Keller in Trevelyan House plündern sollte, bevor Caroline alles austrinkt.

Es klingelt an der Tür. An der Wohnungstür, nicht der Haustür unten.

Wer zum Teufel ist das?

Rowena?

Vor der Tür steht ein dunkler Schatten. Es ist ein Mann, keine Frau. Ich öffne die Tür.

Scheiße. Er ist es.

Mit zurückgegeltem Haar, einem teuren Kamelhaarmantel und Budapestern.

Anatoli. Arschloch.

»Hallo, Engländer«, sagt Anatoli mit einer Arroganz und einem Stolz, dass ich ihm am liebsten eine verpassen würde.

»Was zum Teufel tun Sie hier?«

»Ich bin gekommen, um Sie zu sehen.«

Mich! »Warum?«

»Bitten Sie mich nicht hinein?«

»Nein. Ich bitte Sie, sich zu verpissen.«

»Und da heißt es immer, die Engländer wären so höflich.« Er tritt ein, und im Widerspruch zu meinen Gefühlen lasse ich es zu.

Was soll's?

Im Flur bleibt er stehen und dreht sich zu mir um. »Wo ist Ihre Frau – die eigentlich meine Frau sein sollte? Hat sie genug von der versnobten Upperclass und Sie schon verlassen?«

»Sie meinen die Frau, die Sie misshandelt und entführt und quer durch Europa gezerrt haben?«

Alessia taucht im Flur auf und wird blass, als sie das Arschloch sieht.

»Ich habe sie heil aus dem Land gebracht. Sie ist legal wieder zurück. Ich habe euch beiden einen Gefallen getan«, spottet Anatoli mit blitzenden Augen.

»Anatoli«, flüstert Alessia. »Was machst du hier?«

Sein Gesichtsausdruck verändert sich, seine hellblauen Augen werden wärmer, als er sie betrachtet. »Ich bin geschäftlich hier«, antwortet er in ihrer Sprache. »Schön, dich zu sehen, *Carissima*. Du siehst gut aus. Dein Vater hat gesagt, dass ein Journalist bei ihnen zu Hause aufgetaucht ist. Er hat ihn weggeschickt. Die Presse hier mag dich nicht, wie ich es dir vorhergesagt hatte. Engländer sind solche Snobs. Sie behaupten, deine Ehe sei nicht legal.«

»Aber wir wissen, dass das nicht stimmt!«, ruft Alessia.

Anatoli verzieht das Gesicht. »Jak hat mir auch gesagt, dass du nicht schwanger bist. Du kannst gut lügen.«

Alessia wird rot.

»Kümmert sich der Engländer gut um dich?«, murmelt er.

»Das reicht!«, zischt Maxim. »Ihr beide sprecht Englisch, oder ich schmeiße ihn raus.« Maxim schaut Alessia finster an, als wäre es ihre Schuld, dass Anatoli in seinem Flur steht.

Alessia runzelt die Stirn und stellt sich neben Maxim. Er legt seinen Arm um sie und zieht sie an sich.

»Keine Panik, Engländer. Ich bin wegen Ihnen hier.«

»Wegen mir? Scheiße, was wollen Sie von mir? Und warum sollte ich Sie sehen wollen?«

»Was für eine Sprache. Und das von einem Aristokraten.«

Maxim spannt sich an, und Alessia befürchtet, er könne explodieren und Anatoli schlagen, wie früher schon einmal. Sie greift nach seinem Hemd.

»Warum bist du hier?«, fragt sie.

»Dein Vater schickt mich.«

»Baba? Warum?«

»Das habe ich doch gesagt. Ich habe eine Nachricht für den Engländer.«

»Und mein geschätzter Schwiegervater kann mir keine Nachricht über seine Tochter schicken?«, spottet Maxim.

»Jak spricht kein Englisch. Anders als ich.« Anatolis selbstgefälliges Grinsen ist ärgerlich, sein Spott unüberhörbar. »Und es ist privat. Nicht für dich. Nicht für seine geliebte Tochter.«

Maxim starrt Anatoli unheilvoll an. »Sie tauchen hier auf.

Platzen in mein Haus. Reden zu einer Unzeit mit meiner Frau. Was wollen Sie?«

»Ich muss mit Ihnen sprechen. Eine Sache zwischen Männern. Und nur zwischen Männern.« Anatoli sieht auffordernd zu Alessia.

»Ich gehe nirgendwohin«, verkündet Alessia. »Wenn du meinem Ehemann etwas sagen musst, kannst du es auch mir sagen. Ich bin nicht mehr in Kukës.«

»Nein, *Carissima*. Das hier ist nur für die Ohren deines Mannes bestimmt.«

Alessia sieht mich verwirrt an. Es ist offensichtlich, dass sie keine Ahnung hat, wieso das Arschloch vor unserer Tür aufgetaucht ist. Ich atme aus. »Jetzt sagen Sie, was Sie zu sagen haben, dann gehen Sie.« Ich schenke ihm ein eisiges Verpiss-dich-Lächeln, und Anatoli kneift die Augen zusammen.

»Können wir irgendwohin gehen, wo wir ungestört sind?«

Scheiße noch mal.

»Eigentlich nicht. Außer wir gehen raus. Das hier ist auch Alessias Zuhause.«

»Ich bin ein Mitarbeiter von Lady Trevethicks Vater. Und er hat eine Nachricht an Sie, Arschloch.«

Alessia ist versucht, zwischen die beiden zu treten, während sie sich finster anstarren.

»Gehen wir raus«, sagt Maxim mit zusammengebissenen Zähnen. In Alessias Gesicht ist Panik zu erkennen.

Er lächelt ihr aufmunternd zu und wendet sich dann Anatoli zu.

Der tödliche Blick vom Arschloch schüchtert mich nicht ein.

»Bist du bewaffnet?«, fragt ihn Alessia plötzlich, die Worte ein verzweifeltes, atemloses Hauchen.

Was zum Teufel?

Er schüttelt den Kopf. »Dieses Mal nicht.« Und er grinst. »Ich bin geflogen.«

Ich will gar nicht über die Tragweite von Alessias Frage nachdenken. Kein Wunder, dass es für ihn ein Leichtes war, sie zu entführen – das Monster war verdammt noch mal bewaffnet. Ich versuche, mein Temperament zu zügeln. Er hat eine Scheißwaffe in mein Haus gebracht und meine Frau bedroht.

Oder mich.

Deswegen konnte er sie entführen.

Scheißmonster.

»Also, Engländer?«, fragt er.

Mein Blut kocht, aber ich schnappe meine Jacke und gehe hinaus, ohne auf ihn zu warten. Ich nehme nicht den Aufzug – ich laufe die Treppe hinunter, die Wut spornt mich an – und erreiche schnell das kleine Foyer im Erdgeschoss.

Wir erledigen das. Und dann ist er weg.

Für immer. Hoffentlich.

Er folgt mir die Treppe hinunter, und ich weiß, dass er nicht erwartet hatte, dass ich so schnell bin, denn im Erdgeschoss ist er außer Atem.

Es ist äußerst befriedigend.

Der Scheißkerl hat eine Waffe in mein Haus gebracht.

»Hier«, ruft er, bevor ich das Gebäude verlassen kann. »Hier im Foyer ist es hell.«

Ich bleibe stehen, und er zieht einen Zeitungsausschnitt aus der Innentasche seines Mantels und gibt ihn mir. Er stammt aus einer albanischen Zeitung, also kann ich die Schlagzeile nicht lesen, aber da sind schmutzige Fotos von zwei Männern.

Meine Nackenhaare stellen sich auf, als ich sie erkenne.

Diese Wichser!

Die Mädchenhändler.

Ich sehe ihn an.

»Sind sie das?«, fragt er.

Ich nicke. »Warum?«

Er sagt nichts und zeigt mir dann einen anderen Zeitungsausschnitt. Es ist das Foto, auf dem Charlotte mich küsst.

O Scheiße. »Ist das bis nach Albanien durchgedrungen?«

»Das ist es. Es war in der Zeitung. Jak findet, Sie sollten mit Ihren Affären etwas diskreter sein.«

»Moment mal!« Ich hebe eine Hand. »Das ist nicht das, wonach es aussieht.«

»Nein?«

»Nein. Um das klarzustellen, ich habe keine Affäre. Außerdem geht es weder Jak noch Sie was an.«

»Alessia hat das gesehen?«

»Natürlich hat sie es gesehen. Sie war da.«

»Oh.« Er sieht so niedergeschlagen aus, dass ich einen winzigen Funken Mitleid für ihn empfinde. Er ist immer noch in meine Frau verknallt. Er liebt sie. Auf seine Weise.

Was für ein Idiot.

»Wissen Sie«, knurrt er. »Wenn Sie das mit ihr in den Sand setzen – ich bin hier. Ich warte. Es ist offensichtlich, dass die hiesige Boulevardpresse dies nicht gutheißt. In jedem Wort, das sie über sie schreiben, liegt Snobismus und Verachtung. Ich werde in ihrem Heimatland sein, wo wir sie lieben. Ich liebe sie.«

»Nein, das tun Sie nicht. Und halten Sie sich von meiner Frau fern. Hätten Sie sie nicht misshandelt, wäre sie jetzt vielleicht bei Ihnen. Aber das haben Sie. *Sie* haben Scheiße gebaut. Und jetzt gehört sie zu mir. Auf jede Weise. Und die Presse ist mir scheißegal. Lassen Sie Alessia in Ruhe. Und jetzt gehen Sie.«

Ohne zu ihm zurückzublicken, gehe ich die Treppe hoch, und als ich die oberste Etage erreicht habe, habe ich genug Energie verbraucht, um mich zu beruhigen. Alessia steht noch immer im Flur. »Wo ist er? Was wollte er«, fragt sie.

»Nichts Wichtiges.«

Sie stemmt die Hände in die Hüften. »Maxim. Sag's mir.«

Und plötzlich möchte ich lachen. Sie haut ab, um ihren Onkel zu treffen, ohne etwas zu sagen. Und jetzt verlangt sie Antworten. »Willst du es wirklich wissen?«

»Ja. Und wieso lächelst du?«

»Weil du mich zum Lächeln bringst.«

»Sag's mir!«

»Dein Vater will, dass ich meine Affären diskreter behandle.«

Alessia wird blass, starrt mich an, als hätte ich ihr gerade eine Ohrfeige gegeben.

Scheiße. Es war ein Scherz!

»Hey. Das ist Unfug. Anatoli hatte einen Ausschnitt aus einer albanischen Zeitung mit Charlotte dabei.« Und da fällt mir etwas ein. Ich greife nach Alessias Hand. »Komm, ich zeig dir was.«

Ich führe sie ins Wohnzimmer, setze mich an den Tisch und Alessia auf meinen Schoß. Ich nehme die Maus meines iMacs und schalte den Computer an. Auf Instagram finde ich Grischa Egonows Reel mit Alessias Klavierspiel. »Sieh es dir an«, sage ich und stelle auf laut. Ich lausche der hervorragenden Bach-Interpretation meiner Frau. Sie windet sich auf meinem Schoß, sie ist nicht daran gewöhnt, sich zu betrachten. »Es ist gut, keine Sorge«, murmele ich.

Alessia sieht sich die Aufnahme an, achtet auf ihre Fingerarbeit und den Klang des Flügels. Der Ton ist sanft und doch klar. Am Ende des Stücks applaudiert das Publikum. Maxim hält das Video an. »Siehst du?«, fragt er und umkreist mit dem Cursor ein paar verschwommene Figuren im Hintergrund, dann klickt er auf »Play«. Alessias Kopfhaut kribbelt. Da ist Maxim, der sich nach hinten lehnt, als Charlotte ihn küsst. Er dreht den Kopf weg, packt ihre Hände und schiebt sie sanft von sich weg.

Er hat sie aufgehalten.

Alessia sieht ihn an. »Sie hat dich geküsst.«

»Das habe ich dir doch gesagt. *Sie* hat *mich* geküsst.«

»Ich habe dir geglaubt.«

»Hast du das wirklich?«, fragt er, sieht sie von der Seite an, seine Lippen zu einem neckischen Lächeln verzogen.

Alessia schlingt ihre Arme um seinen Hals. »Ja. Tausendmal ja. Natürlich habe ich dir geglaubt.«

»Das solltest du auch. Wie wäre es mit chillen auf dem Sofa und mit Netflix?« Er küsst sie, ihre Hände in seinen Haaren, seine Zunge in ihrem Mund, er raubt ihr den Atem und bringt ihr Herz zum Singen.

SECHSUNDZWANZIG

»Das war eine hervorragende Besprechung. Sie haben die Sache allmählich richtig im Griff, Maxim.« Oliver lächelt gutmütig, während er seine Dokumente einsammelt, also glaube ich nicht, dass er das sarkastisch meint, sondern tatsächlich ehrlich. Ich finde das gleichermaßen ernüchternd und herzerwärmend. Wir haben gerade eine Diskussion mit den Beauftragten für die Wohn- und Gewerbeimmobilien beendet, und ich freue mich, dass es so perfekt gelaufen ist. Obwohl sie weiterhin ein wachsames Auge auf den Einzelhandelsbereich haben werden – der Onlinehandel hat da einiges ins Rollen gebracht, und die Fluktuation bei unseren Einzelhandelsimmobilien ist gestiegen.

»Ich hatte auch das Gefühl, dass es wirklich positiv lief. So positiv, dass ich jetzt verschwinden und nach Hause gehen werde.«

»Guter Plan. Sie fahren nach Cornwall, richtig?«

»In der Hoffnung, dass wir damit die Presse abschütteln.«

»Viel Glück dabei.«

»Ich wünsche Ihnen ein schönes Wochenende, Oliver. Und danke, für alles.«

»Ich mache nur meinen Job, Mylord. Ihnen auch ein schönes Wochenende.«

Er verlässt mein Büro, und ich erinnere mich daran, dass ich wirklich geglaubt habe, er hätte nicht unbedingt mein

Bestes im Sinn. Nun, da habe ich mich geirrt. Er ist auf jeden Fall ein Gewinn für mich und das Gut.

Ich marschiere zügig die Treppe hinunter und hinaus in den frischen Märznachmittag. Da ich genügend Zeit habe und mir die Beine vertreten will, habe ich beschlossen, zu Fuß nach Hause zu gehen. Ich habe es diese Woche nur zweimal zum Joggen geschafft, aber ich nehme mir vor, das in Cornwall besser zu machen.

Alessia wird heute mit ihrem Kurs fertig und hat mir erzählt, dass sie anschließend mit den anderen Teilnehmern noch etwas trinken geht. Eigentlich wäre ich da gern dabei, aber sie haben mich nicht eingeladen, und außerdem muss ich heute Abend noch fahren.

Kumpel. Lass sie.

Während ich den Berkeley Square überquere, läuft mir ein Schauder den Rücken entlang, und ich blicke mich um.

Folgt mir jemand? Reporter?

Paparazzi?

Obwohl mir niemand auffällt, der sich verdächtig verhält, beschleunige ich meine Schritte.

Reiß dich zusammen!

Ich eile weiter und bin stark versucht, ein Taxi zu nehmen, aber ich brauche die Bewegung. Das ungute Gefühl verfolgt mich jedoch bis zum Chelsea Embankment, und als ich zu Hause ankomme, bin ich sehr erleichtert, dass vor unserem Eingang keine Presse steht. Ich betrete das Gebäude und jogge die Treppen hinauf, dankbar dafür, dass ich daheim bin.

Alessia sitzt im Gore an der Bar neben Tabitha und zwei weiteren Kursteilnehmerinnen bei einem Glas Champagner. Die Stimmung ist ausgelassen und fröhlich. »Ich denke, mein Vater wird mein Benehmen deutlich verbessert finden. Das wird ihn freuen. Hoffe ich zumindest«, säuselt Tabitha. »Er wollte, dass ich so schnell wie möglich heirate, genau wie meine Schwestern. Kaum zu glauben, im einundzwanzigsten Jahrhundert. Hat dein Mann dich in diesen Kurs geschickt?«

Alessia lächelt. »Nein. Es war mein Entschluss. Ich habe viel gelernt und bin sehr dankbar dafür. Und beim ersten Bankett, das wir geben, musst du unbedingt kommen.«

»Mit Musikanten? Ich bin dabei.«

»Ob Musikanten dabei sein werden, kann ich nicht sagen, aber Maxim besitzt Gitarren. Obwohl ich ihn noch nie auf einer spielen gehört habe. Wir ziehen bald um. Hoffentlich können wir dort dann Gäste empfangen.«

»Oh! Eine Einweihungsfeier! Das wäre wundervoll. Wann zieht ihr um, und wohin? Erzähl mir alles.«

Ich bin gerade auf dem Weg in die Dusche, als die Haustürklingel ertönt.

Was ist jetzt schon wieder?

Hoffentlich ist das kein Reporter.

Im Flur melde ich mich über die Gegensprechanlage. »Hallo?«

»Hallo. Alessia. Bitte«, sagt eine leise Frauenstimme zögerlich.

»Wer spricht da?«

»Freundin. Alessia Freundin. Bitte.« Die stille Verzweiflung in ihrem Tonfall sorgt dafür, dass sich meine Nackenhärchen aufrichten. Englisch ist nicht ihre Muttersprache. »Sechster Stock. Nehmen Sie den Aufzug.« Ich drücke den Knopf und lasse sie ins Haus.

Schauen wir mal, wer das ist.

Tabitha umarmt Alessia. »Es ist so schön, dass wir uns kennengelernt haben. Die letzten gemeinsamen Tage waren wunderbar. Bitte, lass uns unbedingt in Kontakt bleiben.«

Alessia erwidert die Umarmung. »Auf jeden Fall. Und ja, es war wirklich schön. Ich habe das Gefühl, in dir eine Freundin gefunden zu haben.«

»Und wir wissen beide, wie man richtig sitzt. Haltung ist wichtig«, macht Tabitha ihre Kursleiterin nach, und Alessia lacht.

»Und ich kenne den Unterschied zwischen einer Salatgabel und einer Gabel fürs Hauptgericht. Jetzt ist mein Leben … vollständig.« Tabitha grinst.

»Ich muss gehen. Maxim wird schon auf mich warten.«

»Bleibt nicht ewig in Cornwall. Melde dich mal.«

»Das werde ich. Mach's gut.«

Alessia schüttelt den anderen Kursteilnehmerinnen die Hand, dann steht sie kurz darauf auf dem Gehweg vor der Tür. Sie winkt sich ein Taxi heran und gibt dem Fahrer ihre Adresse.

Ich öffne die Haustür und warte auf den Fahrstuhl. Als die Türen aufgleiten, tritt eine junge, schlanke Frau heraus. Sie hat lange, dunkle Haare und dunkle Augen, aus denen sie mich misstrauisch anblickt, und ich vermute, dass sie schon zu viel von der Welt gesehen haben.

»Hallo«, sage ich vorsichtig. »Kann ich Ihnen helfen?«

»Alessia?« Sie klingt ein wenig atemlos. Vor Nervosität? Ich weiß es nicht. Sie ist hübsch, auf eine unaufdringliche Weise, und sie steht unbeholfen in ihren nicht zusammenpassenden Kleidungsstücken ein wenig von mir entfernt. Ich erkenne diese Zurückhaltung, die Alessia früher bei mir gezeigt hat … bei Männern.

Du liebe Zeit, wo ist denn dieser Gedanke hergekommen?

»Sie ist nicht hier, aber sie ist schon unterwegs.«

Sie runzelt die Stirn, und ich trete beiseite und deute auf das Wohnungsinnere und den Flur. »Sie können drin warten. Wie heißen Sie?«

»Ich?«, fragt sie.

»Ja. Ihr Name. Ich heiße Maxim.« Ich lege eine Hand auf meine Brust.

»Bleriana«, erwidert sie.

»Bleriana!«, rufe ich begeistert. »Alessia hat nach Ihnen gesucht. Kommen Sie herein.«

Sie ballt die Hände zu Fäusten, als ob sie sich wappnet, und betrachtet mich aus ihren dunklen Augen, die grauenhafte Geheimnisse zu verstecken scheinen.

Fuck.

Ich lächle sie beruhigend an, weil ich keine Ahnung habe, was ich sonst tun könnte, als sie einen Moment lang überlegt, ob sie hereinkommen soll oder nicht und ob sie mir vertrauen kann. Sie leckt sich nervös über die Lippen, und am Ende gewinnt entweder die Neugier oder die Verzweiflung, denn sie geht an mir vorbei in die Wohnung. Ich halte Abstand, weil ich sie auf keinen Fall verschrecken will, und schließe die Tür. Im Flur hole ich mein Handy heraus und rufe Alessia an. Es klingelt und klingelt, dann wird der Anruf auf die Mailbox umgeleitet.

Verdammt.

Unter Blerianas wachsamem Blick schreibe ich ihr eine Nachricht.

Ich habe eine Überraschung für dich.

Komm nach Hause.

Mx

PS: eine gute Überraschung

»Ich denke, Alessia ist schon auf dem Heimweg. Sie sollte bald hier sein.«

Bleriana blickt mich aus dunklen, gequälten Augen an – ein wenig so wie meine Frau früher.

Was hat diese junge Frau durchgemacht?

»Sprechen Sie Englisch?«

Sie nickt und schüttelt dann den Kopf.

»Okay. Möchten Sie etwas trinken?« Ich mache eine Geste, als ob ich eine Tasse zum Mund führe.

»Nein. Danke.« Ihre Stimme ist zögerlich und leise, und sie hat die Arme vor dem Körper verschränkt – ich vermute, um ihren ohnehin schon schmalen Körper noch kleiner wirken zu lassen. Sie versucht, unsichtbar zu sein.

Oh, Liebes, ich sehe dich.

»Kommen Sie. Sie können hier drin warten.« Ich gehe den Flur entlang und hoffe, dass sie mir folgt, was sie auch tut. Dann bedeute ich ihr, ins Wohnzimmer zu gehen. »Setzen Sie sich.«

Bleriana hockt sich auf den Sofarand, steif und verängstigt, und strahlt eine unvorstellbare Anspannung aus. Sie hält ihre Hände auf dem Schoß fest verschränkt, und der Blick aus ihren großen Augen huscht überallhin. Ich frage mich, ob sie nach einem Fluchtweg Ausschau hält.

Ich stehe im Türrahmen und habe keine Ahnung, was ich sagen oder tun soll. »Äh. Haben Sie Hunger?« Ich mache eine Geste, als ob ich esse.

Sie runzelt die Stirn, nickt und schüttelt dann den Kopf.

Natürlich – sie ist Albanerin.

»Ja. Nein?«

»Nein.«

Ich schaue auf meine Uhr. »Alessia. Bald hier.«

Das Taxi fährt vor dem Gebäude vor, und Alessia steigt aus und bezahlt den Fahrer. Im Foyer muss sie auf den Fahrstuhl warten, und angesichts der Zeit, die er braucht, um vom obersten Stockwerk herunterzukommen, ist Mrs. Beckstrom vermutlich von ihrem Spaziergang mit Heracles zurück. Während sie wartet, holt Alessia ihr Handy aus der Tasche.

Darauf entdeckt sie einen verpassten Anruf und eine Nachricht von Maxim.

Eine Überraschung?

Alessia lächelt in sich hinein, als sie schließlich den Fahrstuhl betritt. Sie freut sich darauf, zur Hall zu fahren. Vielleicht hat die Überraschung etwas mit Cornwall zu tun.

Als sie die Haustür öffnet, steht Maxim am Ende des Flurs, gekleidet in Anzughose und ein weißes Hemd. Seine Haare sind zerzaust, seine grünen Augen strahlen, und er lächelt, erleichtert darüber, sie zu sehen.

»Da bist du ja. Du hast Besuch von einer Freundin«, sagt er.

»Alessia!« Ihr Name wird voller Hoffnung gerufen, und eine junge Frau tritt in den Durchgang zum Wohnzimmer. Beide starren sich an und können kaum ihren Augen trauen.

Bleriana!

»*O Zot! O Zot! O Zot!*« Eine mächtige Gefühlswelle bahnt sich aus Alessias Brust in ihre Kehle, und sie rennt den Flur hinunter, wo sie Bleriana in die Arme zieht. »Du bist hier! Wie bist du hergekommen? Geht es dir gut? Bist du geflohen?«

Bleriana beginnt zu weinen, und Alessias Tränen bahnen sich ebenfalls einen Weg durch die Hoffnung, die Freude und die Ungläubigkeit in ihr, während sich die beiden Frauen schluchzend umarmen.

Um Gottes willen. Weinende Frauen. Weinende Frauen, die sich schnell und hektisch auf Albanisch unterhalten.

Ihre emotionale Wiedervereinigung schnürt mir für einen Moment die Kehle zu. Alessia wendet mir ihr tränenfeuchtes Gesicht zu. »Wie?«

Ich schüttle den Kopf. »Ich weiß es nicht. Sie hat mich gefunden. Ich habe den Verdacht, dass sie mir eventuell vom Büro bis hierher gefolgt ist. Frag sie.«

Alessia stellt die Frage Bleriana, die erst mich aus tränenerfüllten, aber inzwischen hoffnungsvollen Augen ansieht und dann Alessia antwortet.

»Ja, sie ist dir gefolgt«, bestätigt Alessia.

»Ich hatte so ein Gefühl, dass mir jemand hinterhergeht. Hör mal, ich gehe duschen. Es wird einige Minuten dauern. Ich lasse euch beide erst einmal euer Wiedersehen genießen.«

Alessia greift nach meiner Hand. »Danke«, formt sie mit den Lippen.

»So gern ich auch sagen würde, dass es mein Verdienst war, aber ich habe nichts damit zu tun. Sie hat uns gefunden.«

Alessia wendet sich wieder an Bleriana. »Verrat mir – wie hast du uns gefunden? Wir haben nach dir gesucht. Bist du geflohen?« Sie nimmt Blerianas Hand, und sie setzen sich, die Finger fest ineinander verschränkt, aufs Sofa.

»Sie haben mich erwischt.« Bleriana flüstert die Worte, als ob sie eine schreckliche Sünde gesteht und mit so viel Angst und Entsetzen, dass Alessia vor lauter Abscheu übel wird.

Sie schlingt die Arme um Bleriana, als ob sie sie nie mehr loslassen will. »Jetzt bist du hier, in Sicherheit.«

Das löst einen Dammbruch bei Bleriana aus, und sie klammert sich schluchzend an Alessia, als wäre die ihr Rettungsring in einem Meer aus Schrecken, Entsetzen und fürchterlicher Misshandlung. Alessia wiegt sie sanft hin und her, so wie es Maxim bei ihr gemacht hat, und sie vergießen beide viele Tränen. Sehr viele Tränen.

»Du bist in Sicherheit, ich passe auf dich auf«, murmelt Alessia immer wieder, als Trost für sich selbst und Bleriana.

Das hätte sie sein können.

Irgendwann beruhigt sich Bleriana und wischt sich die Nase und die Augen mit dem Taschentuch ab, das Alessia ihr reicht.

»Falls du es mir erzählen willst, bin ich für dich da. Ich höre dir zu.«

Blerianas Unterlippe zittert, und mit langsamer, stockender Stimme erzählt sie ihre Geschichte, während Alessia ihr tief betroffen zuhört.

Vom Türrahmen aus, in sicherem Abstand, sehe ich, dass sich die beiden leise, aber eindringlich unterhalten. Ich verstehe nicht, was genau sie sagen, aber Alessias stille Anteilnahme am Schicksal dieser mitgenommenen jungen Frau drückt sich in ihrer Körpersprache aus. Wie sie sanft ihre Hand hält, ihr den Rücken streichelt, den Blick voller Sorge. Ihre Aufmerksamkeit ist zu einhundert Prozent auf Bleriana gerichtet.

Es … berührt mich.

Was auch immer Bleriana erzählt, es macht ihnen beiden zu schaffen. Ich muss mich abwenden, weil der Anblick zu schmerzhaft ist, und meine morbide Vorstellungskraft läuft auf Hochtouren.

Fuck. Fuck. Fuck.

»Wie hast du uns gefunden? Wir haben nach dir suchen lassen«, sagt Alessia.

»Wir wurden … gerettet. Von der englischen Polizei. Ich wohne jetzt bei einer englischen Familie in einem sicheren Unterschlupf. Sie sind nett. Und ich muss warten, um herauszufinden, ob ich in England bleiben kann. Aber ich habe die Zeitung gesehen und dich erkannt.«

»Ah!« Einen Moment lang vergibt Alessia der britischen Presse die Jagd auf sie und ihren Mann.

»Die Tochter der Familie, die mich bei sich aufgenommen hat, heißt Monifa. Sie ist sehr nett. Sie hat online recherchiert, und wir haben herausgefunden, wo dein Mann arbeitet. Und heute bin ich nach London gekommen, um dich zu finden.«

»Und damit hattest du Erfolg.« Alessia strahlt, und das Lächeln, das Bleriana ihr als Antwort schenkt, ist genauso strahlend, selbst in ihrem tränenüberströmten Gesicht.

»Also, erzähl mal, Alessia – Lady Trevethick. Wie ist das geschehen?« Neugier steht in Blerianas Augen, die dunklen Schatten für den Augenblick versteckt hinter ihrer Freude über das Glück ihrer Freundin.

»Das ist eine lange Geschichte.«

Als ich sie lachen höre, kehre ich zum Türrahmen zurück. Unter Alessias liebevoller, ruhiger Zuwendung hat sich Bleriana beruhigt und ist nicht mehr länger die gequälte junge Frau, die mir an der Türschwelle gegenüberstand. Ihre Gesichtszüge sind weicher, und man kann erahnen, was für ein junges, hübsches Mädchen sie ist, trotz der unvorstellbaren Schrecken, die sie erlebt hat.

Ich hoffe nur, dass sie nicht Alessias Trauma triggert und neue Albträume auslöst. Ich wollte nicht, dass sie in diese schreckliche Welt zurückkehrt, und doch ist es nun geschehen.

Verdammt. Ich stehe wie ein Zuschauer im Schatten und fühle mich vollkommen nutzlos.

Was kann ich tun?

Und dann wird mir bewusst, dass das früher mein Normalzustand war. So habe ich mich ständig gefühlt: nutzlos.

Erst seit ich Alessia kenne, fühle ich mich würdig und nützlich.

Fuck. Ich schüttle den leicht verstörenden Gedanken ab.

Auf keinen Fall können wir heute Abend zur Hall fahren, also gehe ich in die Küche und rufe Danny an, um ihr Bescheid zu geben.

»Oh, Mylord, wie schade. Wir haben uns so darauf gefreut, Sie zu sehen und unsere neue Countess kennenzulernen.«

»Wir reisen morgen an. Es ist etwas dazwischengekommen. Ich gebe Ihnen Bescheid.«

»In Ordnung, Maxim.«

Als Nächstes wähle ich Toms Nummer und informiere ihn, dass er die Suche nach Bleriana abblasen kann. »Sie ist hier aufgetaucht.«

»Das gibt's doch nicht, Trevethick. Wie unwahrscheinlich war das denn!«

»Ich weiß.« Nachdem ich meine Anrufe erledigt habe, gehe ich zurück ins Wohnzimmer. »Meine Damen, wollen wir etwas essen?«

Alessia springt auf. »Maxim! Es tut mir leid. Ich habe gar nicht gemerkt, wie spät es schon ist.«

»Kein Problem. Unterhalte dich mit deiner Freundin. Ich bestelle uns etwas.«

»Nein, nein, ich koche. Wir fahren heute Abend nicht nach Cornwall?«

»Wir fahren morgen.«

Alessia wendet sich an Bleriana. »Kannst du noch bleiben? Hast du Hunger?«

Blerianas Lächeln signalisiert ihre Zustimmung.

Alessia bereitet rasch Lammkoteletts mit Olivenöl, Knoblauch und Rosmarin zum Grillen vor. Dann macht sie einen Salat mit Fetakäse, Zwiebeln, Tomaten und verschiedenen Blattsalaten aus einer abgepackten Mischung. Bleriana hilft beim Schneiden der Zwiebeln und der Tomaten. Maxim öffnet eine Flasche Rotwein für sie drei.

»Alessia, frag Bleriana, wo sie wohnt«, bittet er und schenkt ein.

»In Reading«, antwortet Bleriana auf Alessias Frage.

»Kann sie heute hier übernachten?«, will Alessia wissen.

»Liebling, du brauchst meine Erlaubnis nicht. Das hier ist auch dein Zuhause, und sie ist deine Freundin.«

»Ich wollte sichergehen, dass du nichts dagegen hast.«

»Warum sollte ich?« Er runzelt die Stirn. »Was ich aber stattdessen sage – ist das für Bleriana in Ordnung? Muss sie heute Abend zurück in Reading sein? Muss sie jemandem Bescheid geben, wo sie ist?«

»Gute Fragen.« Alessia strahlt ihren Mann an.

Er ist so kompetent.

Und er stellt die richtigen Fragen.

Alessia gibt sie an Bleriana weiter, die ihr erzählt, dass sie über Nacht bleiben kann, aber die Familie anrufen muss, bei der sie wohnt. »Ich habe ein Handy. Sie werden sich Sorgen machen, wenn ich mich nicht melde. Ich erledige das jetzt gleich.« Sie geht in den Flur, um sie anzurufen, und lässt Alessia und Maxim zum ersten Mal seit ihrer Ankunft allein. Maxim legt die Arme um Alessia und die Lippen auf die Stelle unter ihrem Ohr. »Ich möchte dir sagen, wie sehr ich dich liebe«, flüstert er.

Sein Mund auf ihrer Haut und die leisen Worte an ihrem Ohr schicken einen Schauder ihre Wirbelsäule hinab. »Ich habe so ein Glück, dich zu haben.« Er küsst und knabbert an ihrem Ohrläppchen, was Alessia so überrascht, dass sie aufkeucht. Sie dreht sich in seinen Armen um.

»Ich habe so ein Glück, dich zu haben. Danke, dass du in Bezug auf Bleriana so verständnisvoll bist.« Sie streckt sich und küsst ihn.

»Warum denn nicht? Sie hat viel durchgemacht. Wenn sie in Reading wohnt, können wir sie morgen auf unserem Weg nach Cornwall dorthin mitnehmen.«

»Okay.« Alessia möchte ihn fragen, ob Bleriana mit ihnen nach Cornwall kommen kann, aber dafür wird sie auf den richtigen Moment warten.

»Hat Bleriana im Gästezimmer alles, was sie braucht?«, frage ich, als Alessia endlich ins Bett kommt und unter die Decke gleitet.

»Jetzt, ja, wo sie den kleinen Drachen hat.« Alessia kuschelt sich an mich und lässt ihre Hand über meine Brust und meinen Bauch gleiten, dann schiebt sie sie leicht unter den Bund meiner Schlafanzughose. »Du hast etwas an«, murmelt sie, während ihre Finger über den Rand meiner Schamhaare streichen und meinen Schwanz aufwecken.

»Ja. Wir haben einen Gast. Ich will nicht, dass sie nachts Angst bekommt.«

Zu meiner Enttäuschung nimmt Alessia ihre Hand fort und führt sie über meinen Körper hinauf zu meinem Kinn, dann an meine Wange. Sie beugt sich über mich und flüstert: »Danke.« Und dann gibt sie mir einen schnellen, liebevollen Kuss.

»O nein. Ich will eine ganze Menge mehr.« Ich ziehe sie in die Arme und drehe uns, sodass sie unter mir liegt, die dunklen Haare über das Kissen ausgebreitet. Sie blickt mich aus ihren dunklen Augen an und umschlingt mit ihrem Körper meinen.

Ich halte inne und nehme ihren Anblick in mich auf. Doch irgendetwas stimmt nicht.

»Danke«, sagt sie erneut, doch diesmal mit einem gehauchten, leisen Flehen, das mich sofort hellwach werden lässt. Sie umfasst mein Gesicht mit den Händen, und Tränen steigen ihr in die Augen.

Mir stockt der Atem.

O Gott.

Nein.

Ihr sanftes Bitten macht mich fertig und lässt mein Verlangen abklingen. Ich nehme sie fest in die Arme und rolle uns zurück, sodass sie auf mir liegt.

Das hätte ich sein können. Dorthin sind ihre Gedanken gewandert. *Das hätte ich sein können.*

Aber sie ist entkommen.

Mein Mädchen. Meine Frau. Meine süße, süße Frau.

Ihr entweicht ein lauter Schluchzer, und sie beginnt zu weinen, und ich halte sie fest im Arm, während sie für ihre liebe, junge Freundin trauert und vielleicht auch für sich selbst und alles, was sie ebenfalls durchgemacht hat.

Ich küsse ihre Haare und murmele: »Ich bin für dich da. Lass alles heraus. Du bist hier, du bist in Sicherheit.« Und die ganze Zeit über stecken mir meine eigenen Tränen wie ein Kloß im Hals.

SIEBENUNDZWANZIG

Als ich munter werde, liegt Alessia in Löffelchenstellung an mich gepresst, ihr Hintern an meinem Unterleib. Ich habe die Arme um sie gelegt, und meine Nase ist erfüllt von ihrem köstlichen, erregenden Duft.

Mein Schwanz, der am Vorabend aus Mitgefühl zurückstecken musste, ist startklar. Ohne die Augen zu öffnen, küsse ich Alessia auf den Kopf. »Guten Morgen, meine Liebe«, murmele ich und höre ein Keuchen, das nicht von meiner Frau stammt.

Was zum Teufel ist da los?

Ich schlage die Augen auf, hebe den Kopf und entdecke Bleriana, die mich mit großen Augen und roten Wangen von ihrer Stelle neben meiner Frau in unserem übergroßen Bett anstarrt.

Für einen Augenblick bin ich sprachlos.

Es wäre zwar nicht das erste Mal, dass ich mit mehr als einer Frau im Bett aufwache, aber diese Situation ist komplett neu für mich.

»Guten Morgen«, sage ich schließlich, weil mir nichts anderes einfällt, und merke, wie mir Röte in die Wangen steigt, während mein Ständer sich verabschiedet.

Alessia regt sich neben mir, berührt ihn dabei und erweckt ihn sofort wieder zum Leben. Dann streckt sie eine Hand aus und legt sie Bleriana an die Wange.

Moment mal! Was ist mit mir?

»Guten Morgen. Hast du gut geschlafen?«, fragt Alessia mit leiser und einladender Stimme.

Bleriana blinzelt einige Male. »Ja. Sehr gut. Dein Mann ist wach. Ist er wütend?«

Alessia lächelt. »Nein, warum sollte er das sein?« Und grinsend fügt sie hinzu: »Ich glaube, er ist nicht zum ersten Mal mit mehr als einer Frau im Bett aufgewacht.«

Bleriana keucht erneut auf, schockiert, aber auch amüsiert von der Offenherzigkeit ihrer Freundin, dann lacht sie, und auch Alessia kichert.

»Das hätte ich dir nicht erzählen sollen. Gut, dass er kein Albanisch versteht.« Alessia dreht sich zu ihrem Mann um.

Meine Frau ist zerzaust und verschlafen und unglaublich schön. »Guten Morgen, Lady Trevethick. Gibt es da etwas, das du mir sagen möchtest? Wir scheinen im Laufe der Nacht einen blinden Passagier bekommen zu haben.«

Alessias Blick ist voller Schalk und Liebe, und zu meiner Erleichterung scheinen die quälenden Gedanken vom Vorabend nur noch eine schwache Erinnerung zu sein. Ihre dunklen Augen sind auf mich gerichtet, und in ihnen erkenne ich nichts außer ihrer Bewunderung – und ich sehne mich nach ihr. Auf jede Weise, selbst mit unserer Zuschauerin. Aber ich kann jetzt nicht mit ihr schlafen, auch wenn ich es gern möchte, denn … Bleriana ist hier.

»Ich hoffe, es macht dir nichts aus. Bleriana hat in der Nacht Angst gekriegt und ist zu mir gekommen. Ich bin ein Stück zur Seite gerutscht, und wir haben dich nicht aufgeweckt. In diesem Bett gibt es mehr Platz als im Gästezimmer, und wichtiger noch, *du* bist hier und beschützt uns vor unseren bösen Träumen.«

»Ich dachte, das täte der kleine Drache.«

»Ja, aber du auch. Du machst es immer.« Sie streichelt meine Wange und lässt ihre Finger über meine Bartstoppeln gleiten. Das Gefühl ihrer Haut an meiner und ihre liebevollen Worte schießen mir direkt in den Schwanz.

»Oh, Alessia«, murmele ich und küsse sie leicht auf den Mund, obwohl ich gern viel mehr tun würde.

Verdammte Zuschauerin!

Um ihr meine Bedürfnisse zu verdeutlichen, neige ich die Hüften nach vorn, sodass sie meine Erregung spüren kann. »Ich würde ja aufstehen, aber das hier würde mich verraten.«

»Maxim!«

Grinsend drücke ich ihr einen schnellen Kuss auf die Stirn. »Das wird einen Moment dauern.«

»Wir machen Kaffee.« Alessia dreht sich um und scheucht Bleriana aus dem Bett.

»Verlangt er jeden Tag von dir, dass du aufstehst und Kaffee kochst?«, fragt Bleriana in der Küche. Ihre Missbilligung steht ihr deutlich ins Gesicht geschrieben.

Alessia lacht. »Nein. Er macht den Kaffee, manchmal sogar das Frühstück, aber ich tue diese Dinge gern für ihn. Er ist ein guter Mann. Ich liebe ihn so sehr.«

»Das merke ich. Du hast großes Glück.«

»O ja.« Alessia strahlt.

Nach dem Duschen zieht sich Alessia rasch eine Jeans und einen Pullover an, während Bleriana in dem zum Gästezimmer gehörenden Bad duscht.

Maxim ist bereits geduscht, angezogen und sitzt vor seinem Computer im Wohnzimmer, als Alessia ihn unterbricht. »Mylord, ich habe eine Bitte.«

Er wendet seine Aufmerksamkeit vom Bildschirm ab und ihr zu. »Warum stehst du so weit entfernt?« Er zieht sie auf seinen Schoß. »Was gibt's, Mylady?« Er legt den Mund auf die Stelle unter ihrem Ohr. »Und wenn es darum geht, ob Bleriana mit uns nach Cornwall kommen kann, wäre es mir lieber, wenn sie es nicht täte.«

»Oh.« Enttäuscht lässt sich Alessia gegen ihn sinken.

»Liebes, es ist nicht so, wie du denkst«, versichert er ihr schnell. »Als Leticia mich diese Woche angerufen hat, hat sie erwähnt, dass das Innenministerium dir womöglich ein Familienvisum verweigert, wenn sie herausfinden, dass du dich illegal im Land aufgehalten hast. Du wurdest mit Bleriana nach England geschmuggelt, und sie ist der Polizei bekannt.« Eine Falte bildet sich zwischen seinen Brauen. »Ich mache mir Sorgen, dass jemand eine Verbindung zwischen euch herstellt, und wenn die Presse davon Wind bekommt …«

»Oh.« Alessia wird blass.

»Genau. Aber ich schlage vor, dass wir Leticia bitten, Blerianas Asylantrag zu beschleunigen. Es ist Leticias Fachgebiet, und vielleicht erhält Bleriana sogar noch vor dir ein Visum.«

»Okay«, stimmt Alessia zu, hat aber immer noch gemischte Gefühle wegen Maxims Kontakt zu Ticia.

Alessia! Ticia ist eine Expertin.

»Das ist ein guter Plan. Sprichst du mit Ticia?«

Er lächelt. »Ich schreibe ihr gleich eine E-Mail. Und wenn das alles geregelt ist, kann Bleriana jederzeit nach Cornwall kommen. Obwohl ich es bevorzugen würde, wenn sie in ihrem eigenen Bett schläft.«

»Sie ist … äh … trauma… – traumatisiert«, sagt Alessia leise.

»Ich weiß.« Er streicht ihr eine Haarsträhne hinters Ohr. »Aber es ist nicht angebracht.« Maxim lächelt und zuckt mit den Schultern.

Alessia nickt verständnisvoll. *Falls das Personal das herausfindet, werden sie das Schlimmste annehmen.*

»Sie ist sehr jung«, sagt er. »Möchte sie zurück nach Albanien?«

»Nein. Dort wird man sie ausschließen. Das Stigma …« Alessia beendet den Satz nicht.

»Wow, das ist furchtbar. Was ist mit ihren Eltern?«

Alessia schüttelt den Kopf.

»Okay. Dann nehmen wir sie mit zurück nach Reading und stellen den Kontakt zu Leticia her.«

Bleriana ist still. Sie sitzt neben Alessia auf der Rückbank von Maxims größerem Auto, dem Discovery. Sie halten sich an den Händen und machen ab und zu ein wenig Small Talk, doch Alessia kann das wachsende Unbehagen ihrer Freundin spüren, je näher sie ihrem Ziel kommen. Maxim folgt dem Navi, verlässt die Autobahn und fährt in Richtung des Stadtzentrums von Reading.

»Ich wünschte, ich könnte mit euch kommen«, sagt Bleriana leise.

»Ich weiß.« Alessia drückt ihre Hand und sieht zu Maxim. Ihre Blicke treffen sich im Rückspiegel, und sie fragt sich, ob sie Maxim drängen soll, damit er seine Meinung ändert.

»Ich muss hierbleiben, wegen der Termine«, gibt Bleriana zu.

»Ach.« Das tröstet Alessia ein wenig. »Welche Termine?«

»Mit einer Therapeutin. Und einer Sozialarbeiterin.«

Bleriana kann nicht mit nach Cornwall kommen. »Ich verstehe. Ich bin froh, dass du zu einer Therapeutin gehst.«

»Wann sehen wir uns wieder?«

»Bald, das verspreche ich dir. Du hast meine Handynummer, du kannst mich jederzeit anrufen.«

Wir halten vor einem bescheidenen Reihenhaus in einer Seitenstraße in der Nähe des Readinger Bahnhofs. Ich steige aus und geselle mich zu Bleriana und Alessia in der schmalen Einfahrt. Eine Frau mittleren Alters kommt aus der Haustür. Sie hat ein freundliches, offenes Gesicht, und ihre Zähne leuchten in starkem Kontrast zu ihrer dunklen Haut. »Willkommen zurück, Bleriana.«

Hinter ihr taucht ein blasser, stämmiger Mann mit schütterem Haar auf, der Anfang fünfzig zu sein scheint und ein T-Shirt vom Reading FC und Jeans trägt. Sein Lächeln ist genauso warmherzig wie das seiner Frau. Ich nehme zumindest an, dass sie verheiratet sind, und es sind Blerianas Pflegeeltern. Alessia stellt sich als Alessia Trevelyan und mich als ihren Ehemann vor. Es gefällt mir, dass sie nicht mit ihrem Titel angibt. Manchmal ist es einfach nicht angebracht.

Und sie versteht das.

Mr. und Mrs. Evans scheinen sehr nette Menschen zu sein, aber als sie uns zum Tee einladen, lehne ich höflich ab. Ich würde gern weiterfahren. Bleriana umarmt Alessia und verabschiedet sich unter Tränen auf Albanisch von ihr, dann nickt sie mir zum Abschied aus sicherer Distanz zu.

»Komm.« Ich strecke meiner Frau die Hand hin, und wir gehen zurück zum Auto.

Vom Beifahrersitz aus winkt Alessia den dreien zu – ihre Augen glänzen, und ich weiß, dass ihr nach weinen zumute ist. Ich lege den Gang ein, fahre los und greife nach ihrer Hand.

»Es geht ihr gut. Sie wirken wie nette Menschen.«

»Das sind sie auch. Bleriana ist ganz überwältigt von ihrer Freundlichkeit.«

»Du siehst sie bald wieder.«

Alessia nickt und blickt aus dem Fenster.

»Macht es dir etwas aus, wenn ich ein wenig Musik anmache?«, frage ich.

»Nein.«

»Hast du einen besonderen Wunsch?«

Sie sieht mich aus ihren dunklen, traurigen Augen an und schüttelt den Kopf.

»Ach, Baby. Möchtest du, dass ich umdrehe und sie abhole?«

»Nein, nein, das geht nicht. Sie hat Termine mit ihrer Sozialarbeiterin und ihrer Therapeutin.«

Erleichtert atme ich aus. »Ich bin froh, dass sie Hilfe bekommt. Alles wird gut. Sie ist wie du, sie schafft es auch allein. Sie hat dich durch mich gefunden, das war mutig von ihr.«

Alessia lächelt mich zögerlich an. Und ich bin versucht, sie daran zu erinnern, dass sie bei unserer letzten Fahrt nach Cornwall geweint hat, aber ich entscheide mich dagegen. Stattdessen schalte ich BBC Radio 6 Music ein und lasse die Klänge eines Oldies über mich hinwegspülen, Roy Harpers *North Country* aus dem Jahr 1974.

Hm. Ich würde gern lernen, wie man dieses Lied auf der Gitarre spielt.

»Möchtest du irgendwo zum Mittagessen anhalten?«, fragt Maxim.

»Ich habe keinen Hunger.« Alessia ist das Herz schwer.

»Ich kann dich nicht mal mit einem Panini locken?«

Sie lächelt, wenn auch zögerlich. »Das kommt mir vor, als wäre es schon lange her.«

Maxim lacht. »Das ist es auch. Wie aus einem anderen Leben. Ich habe jedenfalls Hunger, können wir bitte irgendwo anhalten?«

Alessias Lächeln wird breiter. »Natürlich. Ich möchte nicht, dass du meinetwegen hungern musst.«

Alessia bleibt dicht an meiner Seite, ihre Hand in meiner, als wir uns einen Weg durch die Autobahnraststätte in Sedgemoor bahnen. Wir kaufen uns Paninis mit Schinken und Käse und Kaffee bei Costa Coffee, beschließen aber, im Auto zu essen und zu trinken.

»Eines Tages wirst du nicht mal mehr darüber nachdenken, dass du dich in einer Raststätte befindest«, versuche ich Alessia Mut zuzusprechen, als ich ihr die Autotür aufhalte.

»Das hoffe ich«, antwortet sie, aber ihr Blick folgt mir, als ich zur Fahrerseite gehe, und ich weiß, dass sie sich nicht sicher fühlt. Der Gedanke ist deprimierend. Ich wusste, dass so etwas passieren könnte, wenn sie wieder ihrer jüngsten Vergangenheit und dieser schrecklichen Unterwelt ausgesetzt wird.

Es braucht seine Zeit, Kumpel. Zeit.

Sobald wir im Auto sitzen, stelle ich meinen Kaffeebecher in die dafür vorgesehene Halterung, wickle mein Panini aus und beiße hinein. Dann lasse ich das Auto an und manövriere uns aus der Parklücke. »Du konntest mir noch gar nichts von deinem letzten Kurstag erzählen. Wie war's?«, frage ich mit vollem Mund, und ein wenig Butter tropft mir aufs Kinn.

Sie lacht darüber, bevor sie mir eine Serviette reicht, und

der Klang ihres Lachens wärmt mir das Herz. »Der Kurs war sehr … informativ. Wir werden sehen. Und ich habe mich mit einigen Leuten angefreundet, vor allem mit Tabitha.«

»Das ist schön.« Aus den Augenwinkeln beobachte ich, wie sie einen vorsichtigen Bissen von ihrem Panini nimmt, während sie über etwas nachdenkt. Ihre Serviette hat sie sorgfältig auf dem Schoß ausgebreitet, sie in die richtige Richtung ausgerichtet. Sie ist durch und durch eine Lady.

»Ich glaube, sie werden mir helfen.«

»Die Kursstunden?«

»Ja. Ich möchte deiner Mutter und Menschen wie ihr beweisen, dass ich würdig bin … für dich und dein Vermächtnis.«

Ihre leise Aussage trifft mich wie eine Faust in die Magengrube und schockiert mich bis ins Mark.

Ach du Scheiße.

Rowena muss in der vergangenen Woche etwas wirklich Hässliches und Verletzendes gesagt haben, und meine arme Frau hat sich die giftigen Worte meiner Mutter zu Herzen genommen. Ich erinnere mich an das, was sie gesagt hat, als wir beide mit ihr im Wohnzimmer waren, und das war schon schlimm genug.

Du brauchst jemanden aus deiner eigenen Klasse, eine Engländerin, die den Druck deines Titels und deiner gesellschaftlichen Stellung versteht. Jemanden, der dir hilft, die Rolle auszufüllen, für die du geboren wurdest, und dir hilft, unser Erbe zu schützen.

Die Feindseligkeit, die ich mit Rowena verbinde und die schon ein Teil meines Lebens ist, seit sie uns vor so langer Zeit verlassen hat, wütet in meiner Brust, und ich umklammere das Lenkrad fester. Diese Abneigung ist wie mein Begleiter, nie weit entfernt.

»Du bist meiner mehr als würdig. Wenn etwas …«, murmele ich und bemühe mich, mein Temperament zu zügeln. »Du verdienst alles. Bitte glaub niemals etwas anderes.« Ich lächle sie entschuldigend an. »Rowena hat dir offenbar eine schlimme Hetzpredigt gehalten. Dafür kann ich mich nur entschuldigen.«

Alessia seufzt. »Sie war aufgebracht, Maxim. Sie glaubt, dass du unter deinem Stand geheiratet hast – eine Ausländerin, eine Frau ohne Besitz, und sie war für ein Geständnis da, wegen ihrer …«

»Sünden?«, frage ich spöttisch.

»Sie war da, um dich zu … beruhigen. Du solltest dir ihre Seite von Kits Geschichte anhören. Manchmal geraten Frauen in …« Sie schluckt. »… schwierige Situationen.«

Ich atme scharf ein. Meine mitfühlende Frau ruft mir die brutale Wahrheit des Lebens in Erinnerung. *Und sie weiß, wovon sie spricht. Ihre schrecklichen Erlebnisse haben sie zu mir gebracht.*

Ich fasse es nicht.

Mein süßes Mädchen verteidigt meine Mutter.

Ich habe einen Frosch im Hals und räuspere mich. »Wie schmeckt dein Panini?«, will ich wissen, denn wir bewegen uns hier auf schwierigem Terrain. Ich möchte kein Mitgefühl für meine Mutter empfinden.

Sie hat uns verlassen.

Sie war grausam zu meiner Frau.

»Köstlich«, flüstert sie, und ein weiterer Blick auf sie verrät mir, dass sie ganz genau weiß, was ich tue.

Ablenken, das Thema wechseln, weg von dem wunden Punkt, der meine Mama ist. Kumpel.

»Du bist freundlicher zu meiner Mutter, als sie es verdient. Aber ich werde darüber nachdenken«, murmele ich, und weil ich über meine werte Frau Mutter jetzt nicht diskutieren will, drehe ich das Radio ein wenig lauter.

Kurz nach siebzehn Uhr, die Sonne steht schon tief am Himmel, biege ich am nördlichen Pförtnerhaus rechts ab und fahre über das Viehgitter auf die nördliche Einfahrt zum Anwesen. Alessia beugt sich vor, damit sie einen besseren Blick auf die hügelige Nordweide rechts von uns hat. Von dieser Seite aus sind wir zuvor noch nicht gekommen.

»Du hast Kühe!«

»Ja. Rinder. Aus Biozucht.«

»Sie sind so hübsch!«

Ich lache. »Das sind Devons.«

Alessia blickt mich verwirrt an. »So heißt die Rasse. Der Rinder.«

»Oh.«

»Du kannst sie dir später ansehen.«

Alessia grinst. »Immer noch keine Ziegen.«

Lachend erwidere ich: »Keine Ziegen.«

Sie blickt nach vorn und holt keuchend Luft, als Tresyllian Hall sichtbar wird. Die Großartigkeit dieses Hauses macht immer wieder Eindruck. Ich empfinde diesen Moment jedes Mal. Plötzlich verspüre ich eine Enge in der Brust – ich bringe meine Frau an einen Ort, der für sie ein Zuhause werden wird, für unsere Kinder und hoffentlich auch für unsere Enkel.

Fuck.

Ganz ruhig, Kumpel.

Das ist ein schwerwiegender Gedanke. Begleitet von schwerwiegenden Emotionen. *Genug.*

Ich schüttle das Gefühl ab. Dieses Haus war mein Zufluchtsort, und ich wünsche mir, dass Alessia hier ebenfalls glücklich wird.

Ich folge der Einfahrt, steuere den Discovery über das zweite Viehgitter, dessen Erschütterung unsere Zähne aufeinanderschlagen lässt, und fahre um die alten Ställe bis vor die Küchentür, wo ich den Wagen parke.

Dann schalte ich den Motor aus und wende mich an Alessia. »Willkommen zu Hause, Ehefrau.«

Ihr Lächeln bringt ihr ganzes Gesicht zum Strahlen. »Willkommen zu Hause, Mylord.«

Die Küchentür wird geöffnet, und Danny steht auf der Schwelle. Sie schlägt erfreut die Hände zusammen, und in ihren funkelnden blauen Augen erkenne ich ihre Freude über unsere Ankunft. Hinter ihr kommen Jensen und Healey, Kits geliebte Irish Setter, aus dem Haus auf die gekieste Einfahrt herausgeschossen, neugierig auf die Neuankömmlinge.

Als ich aus dem Auto steige, springen die Hunde herbei, überglücklich, mich zu sehen, und verlangen Aufmerksamkeit. »Hallo, Jungs, hallo.« Ich kraule sie beide hinter den Ohren. Sie wenden sich mit ihrem Enthusiasmus und ihren Forderungen Alessia zu, als sie sich neben mich stellt. Sie tätschelt sie beide, ein wenig zurückhaltender als ich.

»Willkommen, Mylord und Mylady«, begrüßt Danny uns begeistert.

Eine euphorische Danny. Das passiert auch nicht oft.

Sie nimmt Alessias Hand. »Ich freue mich sehr, Sie wiederzusehen, Mylady.« Da Alessia jetzt meine Frau und die Herrin des Hauses ist, wird sie von Danny nun auch entsprechend angeredet.

»Danke, Danny«, erwidert Alessia. »Und bitte, nennen Sie mich Alessia.«

»Um Himmels willen, Danny, Alessia reicht wirklich völlig aus.« Ich gebe ihr einen schnellen Kuss auf die Wange zur Begrüßung. »Es ist schön, Sie zu sehen.«

»Gleichfalls, Mylord.« Sie tätschelt mein Gesicht, und wenn ich mich nicht irre, hat sie feuchte Augen.

O nein, so nicht. »Maxim. Bitte«, weise ich sie an. »Aber Moment, ich habe noch eine wichtige Pflicht zu erfüllen.« Ich hebe Alessia auf die Arme, was sie überrascht aufquieken lässt. Die Hunde springen aufgeregt bellend umher. Und statt durch die Küchentür zu gehen, drücke ich mir Alessia an die Brust und marschiere über den Kiesweg zur Haustür.

»Was machst du denn da?«, fragt Alessia und legt mir die Arme um den Nacken.

»Ich trage dich durch die Haustür, die wir so gut wie nie benutzen. Wir sollten durch die Stiefelkammer gehen, doch alle nehmen die Tür zur Küche, weil es der einladendste Teil des gesamten Hauses ist. Als die neue Countess solltest du es jedoch durch die Vordertür betreten, finde ich.«

Als ich mich umblicke, sehe ich die Hunde hinter uns, doch Danny ist verschwunden. Ich weiß, dass sie durch das Hausinnere zur Vordertür unterwegs ist. Ich gehe um die Ecke und folge dem Pfad, der von alten Eiben gesäumt ist, bis zur alten Haustür auf der geräumigen Veranda aus Stein. Für Danny, die uns die alte Eichentür öffnet, war es ein kürzerer Weg. Neben ihr stehen Jessie, unsere Köchin, und Brody, einer der Arbeiter auf dem Anwesen, um uns zu begrüßen.

Ich trage Alessia hinein und stelle sie im Foyer vor meinem Familienwappen und unserem Personal auf die Füße. »Willkommen, Countess Trevethick.« Ich lege ihr die Hände auf die Wangen, bringe ihre Lippen an meine und gebe ihr einen liebevollen Kuss, der meine Seele rührt.

Meine Frau.

Hier. Endlich.

»Hey, hey.« Ich höre kollektive Zustimmung vom Personal, und ich darf nicht vergessen, dass wir nicht allein sind.

»Willkommen, Sie beide. Und herzlichen Glückwunsch«, sagt Jessie.

»Danke. Danny, Jessie, Brody, darf ich Ihnen Alessia, die Countess of Trevethick, vorstellen.«

Alessia ist von dem unerwartet herzlichen Empfang überwältigt. Das Personal und sogar die Hunde sind erfreut, sie zu sehen. Danny und Jessie sind in die Küche gegangen, um »ein wenig Tee« vorzubereiten, und Brody wollte irgendwo Glühbirnen auswechseln. Die Hunde, die gewittert haben, dass es womöglich etwas zu fressen geben wird, sind Danny und Jessie gefolgt.

Maxim und Alessia sind allein im Foyer. Aus der Nähe ist das rhythmische Ticken einer alten Uhr zu hören, die einen beharrlichen Takt vorgibt.

»Wie geht es dir?«, fragt Maxim, blickt sie forschend an und steckt ihr eine lose Strähne hinters Ohr.

Seine sanfte Berührung hallt durch ihren Körper und weckt sie auf.

»Gut. Sehr gut«, flüstert sie und ist unfähig, den Blick von seinen eindrucksvollen grünen Augen zu nehmen, die sie eindringlich ansehen.

»Es ist noch nicht lange her, dass wir hier waren.«

»Nein. Aber das war in einem anderen Leben.«

»Das stimmt«, wispert er und streicht ihr mit dem Daumen über die Unterlippe, was ein verlockendes Kribbeln durch alle Körperteile schickt. Es ist erregend.

»Diesen Blick kenne ich«, haucht er. Seine Worte sind kaum zu hören.

»Und ich kenne deinen Blick.« Sie kann es spüren – ihr Verlangen. Es fließt zwischen ihnen, elektrisch aufgeladen, magisch. Ihre ganz eigene Alchemie.

»Lass uns ins Bett gehen«, flüstert Maxim, die Augen verdunkelt vor sinnlichem Verlangen und kühnen Versprechen.

Wie könnte sie da widerstehen? Warum sollte sie es überhaupt wollen?

»Das würde mir sehr gefallen.«

Grinsend nimmt er ihre Hand und führt sie zu der großen Treppe mit den Geländerpfosten, die von zweiköpfigen Adlern gekrönt werden.

»Wettrennen?«, fordert er sie mit einem schelmischen Grinsen heraus und springt die Treppe hinauf, immer zwei Stufen auf einmal nehmend. Alessia folgt ihm und versucht, nicht über sein jungenhaftes Verhalten amüsiert zu sein.

Er wartet oben am Treppenabsatz, mit zerzausten Haaren und einem zügellosen Grinsen.

»Ungeduldig?«, neckt ihn Alessia ein wenig atemlos, und er lacht und bückt sich plötzlich vor, umfasst ihre Oberschenkel und wirft sie sich über die Schulter, sodass sie gleichermaßen quietscht und kichert.

»Darauf kannst du wetten!« Er gibt ihr einen Klaps auf den Po, bevor er mit der zappelnden Alessia über der Schulter den Flur hinunter zum Schlafzimmer geht.

Glücklicherweise ist es nicht weit. In dem Raum stellt er sie ab, und sie betrachten einander, saugen den Anblick des anderen in sich auf und bestehen beinahe nur noch aus Blicken und Begehren.

»Ich liebe dich«, haucht er und beugt sich vor, legt seine Lippen auf ihre, schlingt langsam die Arme um sie und zieht sie an sich heran. Sie küssen sich. Und küssen sich. Sie schmecken und necken einander, verlieren sich in dem Gefühl ihrer Zungen und Lippen.

Sie krallt die Hände in sein glattes kastanienbraunes Haar, während seine in ihrem Nacken liegen, ihren Kopf umfassen und über ihren Körper hinab nach unten gleiten. Er drückt fest ihren Po, sodass sie an seine wachsende Erektion gepresst wird.

»Du schmeckst so gut«, haucht Alessia, als sie kurz Luft holen.

»Genau wie du, Baby. Genau wie du. Ich will dich so sehr. Aber jetzt will ich dich einen Augenblick lang nur im Arm halten. Hier. Jetzt.« Er verstärkt seine Umarmung und legt seine Stirn an ihre.

Sie lächelt in sich hinein und ihn an, holt tief Luft, und dann stehen sie in inniger Umarmung da, völlig im Einklang, im Auge ihres leidenschaftlichen Sturms.

Sie halten einander. Gehören einander.

»Oh, Maxim, ich liebe dich«, wispert sie. »Mehr, als du dir vorstellen kannst.«

»Ich kann es mir vorstellen.«

Doch ihre Liebe, ihre Dankbarkeit, ihr Verlangen können nicht lange warten. »Ich will dich«, flüstert sie, greift nach Maxims Pullover und zieht ihn ihm über den Kopf. Sie reißt sein Hemd aus seiner Jeans und beginnt, es aufzuknöpfen.

Ich bleibe so ruhig stehen, wie es mir angesichts der Tatsache, dass ich am liebsten über meine Frau herfallen würde, möglich ist.

Jetzt.

Und ich lasse mich von ihr ausziehen. Sie ist genauso von ihrer Sehnsucht getrieben wie ich. Es juckt mir in den Fingern, sie zu entkleiden, aber für den Moment bin ich damit zufrieden, das Feuer in meinem Blut zu schüren, indem ich sie nur beobachte.

Sie lässt die Hand unter meinen Jeansbund gleiten und öffnet den Knopf.

»Du bist dran«, sage ich, halte sie auf und ziehe ihr den Pullover aus. Dann knie ich mich vor sie hin, streife ihr nacheinander die Stiefel und anschließend ihre Strümpfe ab. Unter ihrem unausgesetzten Blick richte ich mich wieder auf und entferne meine Schuhe und Socken.

Da. Bereit.

So bereit.

»Zieh deine Jeans aus. Jetzt«, flüstere ich.

Alessia keucht auf, und den Blick aus ihren immer dunkler werdenden Augen auf mich gerichtet, macht sie einen Schritt nach hinten, öffnet ihren Hosenknopf und zieht den Reißverschluss im Schneckentempo herunter.

Verführerin!

Dann schwingt sie ihren hübschen Hintern vor und zurück, zieht die Jeans nach unten und streift sie ab.

Meine wunderschöne Frau steht jetzt in einem hübschen BH und einem Slip aus Spitze vor mir. Und ich nehme mir einen Moment, den Anblick zu bewundern. Sie ist wunderschön.

Sie greift nach hinten, hakt ihren BH auf, wirft ihn mir zu und lächelt, als ich ihn auffange. Dann streift sie den Slip ab.

»Du bist wunderschön, Alessia.«

»Jetzt du«, verlangt sie mit einem herrischen Blick, der unglaublich heiß ist.

»Ja, Mylady.« Schnell habe ich meine Jeans und Unterwäsche ausgezogen, sodass mein überaus bereiter Schwanz zum Vorschein kommt, schon voller Begeisterung für sie. Grinsend macht Alessia einen Schritt auf mich zu und nimmt ihn in die Hand. Jetzt keuche ich auf.

Ihre Finger sind kalt! »Ah!«

Als sie lacht, falle ich mit ein. »Genug!« Ich schlinge einen Arm um ihre Taille und hebe sie an. »Schling die Beine um mich, Baby.« Sie gehorcht, und zusammen mit ihr gehe ich hinüber zu unserem Bett, wo ich sie so hinlege, dass ich zwischen ihren Schenkeln bin.

»Das erste Mal als Ehemann und Ehefrau hier«, flüstere ich, plötzlich erfüllt von einem Gefühl der Geschichte oder des Vermächtnisses oder etwas, das größer ist als wir beide. Sie streicht mir sanft die Haare aus der Stirn.

»Ehemann«, wispert sie, und das Wort hallt in meinem Unterleib wider.

Fuck.

Ich möchte in ihr sein, streiche mit der Hand über ihren Körper, über eine ihrer Brustwarzen, die sich sofort aufrichtet, und immer weiter. Meine Hand liebkost die Kurven ihres Körpers hinunter über ihren Bauch und zu ihrer Vulva. Langsam schiebe ich einen Finger in ihre feuchte, einladende Wärme, und sie hebt die Hüften und kommt mir entgegen, presst sich auf der Suche nach Erlösung gegen meine Hand.

Oh, Baby.

Ich ziehe meinen Finger zurück, versenke mich langsam selbst in ihr und erobere ihren Mund, meine Zunge ein Spiegelbild meines Schwanzes. Ihr Körper drängt sich mir entgegen, und sie schlingt Arme und Beine um mich. Hält mich fest. Es ist berauschend.

Und ich kann ihr nicht länger widerstehen. Ich beginne, mich zu bewegen.

Hart.

Schnell.

Ich erobere die Frau, die meine Ehefrau ist. Treibe sie immer höher auf den Gipfel, während sie mir mit den Fingernägeln über den Rücken kratzt.

Hoffentlich hinterlässt sie Spuren auf mir, denke ich entfernt, als ich mich in ihr verliere. Ich gehöre ihr.

Sie gehört mir.

Für alle Ewigkeit.

»Maxim!«, ruft sie, als sie kommt, und ich lasse los, finde Erlösung in der einzigen Frau, die ich jemals wirklich geliebt habe.

Meiner Ehefrau.

ACHTUNDZWANZIG

Alessia macht eine Pause vom Üben ihres Vorspielstücks und beobachtet Maxim aus dem Sprossenfenster des Musikzimmers. Er kommt mit Michael, dem Gutsverwalter, die Einfahrt herauf. Maxim trägt seinen langen Mantel und Gummistiefel und hält etwas in der Hand, das nach einem Gehstock aussieht. Sie sind in ihr Gespräch vertieft; vermutlich geht es um die Destillerie, Maxims Herzensprojekt. Er freut sich darauf, es endlich auf den Weg zu bringen.

Hinter ihm springen Healey und Jensen den Weg entlang und bleiben hier und da stehen, um zu schnuppern oder ihr Revier zu markieren, wie Hunde das so tun. Selbst von hier aus kann Alessia erkennen, dass die Hunde begeistert darüber sind, bei Maxim zu sein. Sie vergöttern ihn.

Genau wie sie.

Maxim und Michael lachen über etwas, das Michael sagt, und es wärmt Alessia das Herz, ihren Mann so glücklich zu sehen. Hier gehört Maxim hin. Er wirkt von Kopf bis Fuß wie der Herr des Hauses, und er ist hier in Cornwall deutlich entspannter als in London. Und wer könnte es ihm verübeln? Das Lebenstempo ist weniger schnell und erinnert sie mehr und mehr an ihr Heimatland.

Auf der Weide neben ihnen versammeln sich die Rehe und Hirsche um den Wassertrog. Maxim bleibt stehen, um gemeinsam mit Michael die Herde zu bewundern.

Das Geräusch von Schritten lenkt Alessia ab. »Ach, es ist so ein Vergnügen, Ihnen zuzuhören, Mylady«, sagt Danny. »Ich habe Ihnen eine Erfrischung gebracht.« Sie stellt ein Tablett mit einer kleinen Kaffeekanne, einer Tasse und einer Untertasse auf den Konsolentisch.

»Danke.«

»Ihre Lordschaft hatte schon immer etwas für die Herde übrig«, murmelt sie nach einem Blick aus dem Fenster.

Alessia nickt. »Als ich das letzte Mal hier war, haben wir einen großen Rehbock auf der Straße gesehen. Er ist direkt vor uns stehen geblieben.«

»Wirklich? Ich fasse es nicht.« Danny wirkt schockiert.

»Warum ist das überraschend?«

»Hat Maxim es Ihnen nicht erzählt?«

»Nein.«

»Über die Legende?«

Alessia schüttelt den Kopf.

»Dieser Junge«, schnaubt Danny. »Die Legende besagt, dass die erste Countess, Isabel, kurz nach ihrer Hochzeit mit dem ersten Earl einem Hirsch außerhalb des Waldes begegnet ist. Er hat zu ihr gesprochen und ihr gesagt, dass sie mit einem langen Leben und vielen Kinder gesegnet sein würde, wenn ihre Familie sich um die wilde Herde kümmert. Und genau so ist es auch gekommen. Das Trevethick-Anwesen ist seit langer Zeit ein Zufluchtsort für Hirsche und Rehe. Sie gelten als Glücksbringer. Deshalb sind die beiden Hirsche Teil des Familienwappens. Sie symbolisieren Schutz für die Grafschaft, das Anwesen und die Familie, Mylady.«

»Das wusste ich nicht. Sie werden aber nicht … gejagt?«

Danny schüttelt den Kopf. »Nein, seit Jahrhunderten schon nicht mehr. Sie werden jedes Jahr auf humane Art und Weise gekeult, um ihre Anzahl überschaubar zu halten. Und das

Wildbret ist hier in der Gegend sehr begehrt. So bleibt die Herde stark, und wenn die Herde stark ist, sind es auch die Trevelyans und die Earls of Trevethick.«

Alessia hat keine Ahnung, was sie darauf erwidern soll, aber ein Funken Hoffnung für die Zukunft, eine Zukunft für sie und ihren Ehemann, streicht über ihre Haut. Den Rehbock, den sie gesehen haben, als Maxim sie zum Schießen mitgenommen hat, schien sie schließlich willkommen geheißen zu haben. Sie grinst Danny an.

»Es ist ein gutes Omen, Mylady. Die Familie Trevelyan ist für das Wohlergehen des Anwesens, des Dorfes und die umliegenden Wälder, Felder und Weiden verantwortlich. Ihr Land erstreckt sich über viele Tausend Hektar. Und sie und ihre Vorfahren haben es zusammengehalten und es seit den 1600ern aufblühen lassen. Möge das noch lange so weitergehen.« Dannys Lächeln spiegelt das von Alessia. »Ich habe mich gefragt, ob sie vielleicht die Privatwohnungen und den Dachboden besichtigen möchten, wenn sie Ihren Kaffee ausgetrunken haben – obwohl das Dachgeschoss überwiegend für Personalräume und als Lager genutzt wird.«

»Ja, sehr gern. Danke, Danny.« Alessia mag die Hausbesichtigung mit der Haushälterin. Sie hat Alessia über jedes Zimmer, das frei zugänglich ist – was nicht auf alle zutrifft –, eine detaillierte Geschichte und eine Erklärung über die Bedeutung in dem großen Haus geliefert. Sie hat Alessia dem Großteil des Personals vorgestellt, und die Angestellten wiederum haben sich gegenüber Alessia bisher freundlich und hilfsbereit gezeigt. Alessia ist zunehmend beeindruckt von der Frau, die dafür sorgt, dass im gesamten Haus alles reibungslos funktioniert. In ihrer Obhut fühlt sie sich sicher – schließlich war es Danny, die sich nach Dantes und Yllis Entführungsversuch um sie gekümmert hat.

Und es ist offensichtlich, dass sie ganz vernarrt in Maxim ist, und er in sie. Sie wirkt mütterlicher als seine eigene Mutter …

Alessia!

Sie gibt sich große Mühe, nicht schlecht von Rowena zu denken, aber manchmal ist das unmöglich. Vielleicht kann sie ihre unfreundlichen Gedanken wiedergutmachen, indem sie hilft, die Kluft zwischen ihrer Schwiegermutter und ihrem Ehemann zu überbrücken.

Aber wie?

»Und dann ist da natürlich noch die wichtige Entscheidung, seine Lordschaft in das Schlafzimmer des Earls umziehen zu lassen und Sie in das Zimmer der Countess.« Dannys Worte holen Alessia aus ihren Gedanken.

»Das Zimmer der Countess?«

»Ja. Sie haben hier beide Ihre eigenen Apartments.«

Getrennte Schlafzimmer! Getrennte Wohnungen!

»Manchmal ist es gut, einen Schlupfwinkel zu haben, Mylady«, sagt Danny, als ob sie ihre Gedanken lesen könnte.

Schlupfwinkel? Alessia versteht nicht, was das bedeutet, und ihr gefällt nicht, dass sie woanders schlafen soll.

Ist es das, was Maxim möchte? Ohne sie schlafen?

Wie der alte Brauch aus einem Teil Albaniens! Der Gedanke deprimiert sie sofort.

»Ach, Mylady. So ist das nicht«, sagt Danny. »Ich zeige es Ihnen, wenn Sie Ihren Kaffee getrunken haben.«

Michael und ich betrachten die Autos in den alten Stallungen – die Oldtimer und Klassiker waren Kits ganzer Stolz. Ich kann ihn beinahe sehen, wie er in seinem schmutzigen Overall auf mich zukommt, die Hände mit Schmiere befleckt und nach Öl und Reinigungsmittel riechend. Er würde seine Schiebermütze tragen, ein fettverschmiertes Tuch würde aus seiner Tasche ragen, und er wäre unglaublich glücklich.

Na, Ersatzspieler, wie wäre es mit einer Spritztour in diesem Ferrari?

Er hat es hier geliebt. Er hat seine Autos geliebt.

Auf mich traf das nicht ganz so zu. Ich hatte jedoch nichts gegen die gelegentliche Ausfahrt in einem dieser Dinger auf dem Grundstück.

Und jetzt muss ich entscheiden, was mit ihnen geschehen soll.

»Sie haben recht, Michael. Dieses Gebäude würde sich viel besser für eine Destillerie eignen. Es ist sicherer, näher am Haus, man kann es erweitern, und diese alten Stallungen sind in besserem Zustand als die Scheune auf der Nordweide.«

»Das einzige Problem sind die Autos.«

»Ich werde sie verkaufen müssen. Ich habe keine Verwendung für sie.« Michael lächelt mich reumütig an. Ich weiß, dass der Verkauf Kit das Herz gebrochen hätte, aber er ist nicht hier. »Ich behalte den Morgan, alles andere kann weg. Ich werde Caroline fragen, ob sie welche haben möchte, aber ich bezweifle es. Autos waren Kits Leidenschaft, nicht ihre.«

»Ja, Mylord.«

Ich gehe durch die Stiefelkammer zurück ins Haus, während Michael in sein Büro zurückkehrt. Wir hatten einen produktiven Vormittag, und ich habe Lust aufs Mittagessen. Michael hat mir die Vorteile von regenerativer Landwirtschaft angepriesen. Offensichtlich ist es der nächste Schritt in der ökologischen Agrikultur. Ich habe mir vorgenommen, mehr darüber zu lesen, um zu verstehen, worum es dabei geht.

Ich finde Alessia im kleinen Wohnzimmer, wo sie am gedeckten Mittagstisch sitzt. Sie blickt von dem Buch auf, das sie liest – eines von Daphne du Maurier. In ihren Zügen erkenne ich Anspannung.

»Was ist los?«, frage ich und setze mich ihr gegenüber.

»Möchtest du, dass ich woanders schlafe?«

»Was? Nein! Worum geht es hier?«

»Danny hat mit mir darüber gesprochen, dass wir in andere Zimmer umziehen.«

»Ah.« Jetzt ist der Groschen gefallen. »Ich weiß nicht genau, ob ich umziehen will. Was ist mit dir?«

»Nein. Ich möchte bei dir bleiben.«

Ich lache. »Es freut mich, das zu hören. Wir können schlafen, wo wir wollen. Das Zimmer des Earls hat meinem Vater und meinem Bruder gehört.« Ich zucke mit den Schultern. Ich habe keine Lust, dort zu wohnen. »Und was die Zimmer der Countess angeht, das liegt bei dir. Sie sind nicht weit von meinem Schlafzimmer entfernt, und es gibt dort ein Ankleidezimmer, das du vielleicht nützlich findest. Du musst nicht dort schlafen. Mir wäre es lieber, du verbringst die Nächte bei mir. Es sei denn, dass ich schnarche.«

Sie entspannt sich und lacht. »Gut. Das habe ich mir gedacht. Und du schnarchst nicht.«

»Ich habe eine Idee, was wir heute Nachmittag tun können«, wechsle ich das Thema.

»Ach ja?« Alessia neigt den Kopf kokett zur Seite, und ich weiß, dass sie an Sex denkt.

Ich lache. »Nicht das. Ich werde dir das Autofahren beibringen.«

»Auto fahren! Ich?«

»Ja. Auf einem Privatgrundstück braucht man keinen Führerschein. Wir können den Defender nehmen oder vielleicht ein anderes, kleineres Fahrzeug.«

Danny kommt mit zwei Tellern herein. »Mittagessen, Mylord.«

Ich verdrehe die Augen. »Mein Name lautet Maxim.«

»Maxim, Mylord«, gibt sie nach und stellt die beiden Teller auf den Tisch. »Salade Niçoise mit besonderer Cornwall-Note.«

»Besonderer Cornwall-Note?«, frage ich gespannt und begutachte den Teller.

»Sardinen statt Sardellen, Sir.«

Das entlockt mir ein Lachen. »In Ordnung.«

Gleichmäßig, ein bisschen mehr Gas, und jetzt langsam die Kupplung kommen lassen«, weise ich Alessia an. Wir sitzen in dem Defender, den normalerweise Danny auf dem Anwesen fährt. Er ist ein wenig ramponiert, aber noch gut nutzbar.

Alessia umklammert das Lenkrad, als hinge ihr Leben davon ab, und ihre Zungenspitze lugt zwischen ihren Zähnen hervor, weil sie sich so sehr konzentriert. Das Auto macht plötzlich einen Satz nach vorn und bleibt stehen, und Alessia tritt auf die Bremse.

Ich werde nach vorn geschleudert, und der Gurt schneidet mir in die Brust. »Hoppla!«

Alessia stößt eine Reihe von Schimpfwörtern in ihrer Muttersprache aus, was ich noch nie zuvor bei ihr erlebt habe.

Sie ist nicht besonders glücklich.

»Schon gut«, beruhige ich sie. »Man muss den Schleifpunkt auf der Kupplung finden, wenn der Motor anzieht. Du musst nur ein wenig mehr Gas geben. Gleichmäßig. Wir haben den ganzen Nachmittag Zeit. Und es ist in Ordnung – Autofahren zu lernen, kann eine Weile dauern.«

Sie blickt mich schnell und entschlossen an und lässt dann erneut den Motor an.

Mein Mädchen wird nicht aufgeben.

»Langsam. Leg den Gang ein«, murmele ich.

Sie kämpft mit dem Schaltknüppel, und ich frage mich, ob wir ein einfacheres Auto hätten nehmen sollen.

Aber wenn sie das hier fahren kann, kann sie alles fahren.

»Okay. Tief Luft holen. Du schaffst das.«

Die Gänge knirschen, als sie den ersten endlich einlegt und den Motor noch einmal aufheulen lässt.

»Locker bleiben. Nicht zu viel Gas.«

Sie funkelt mich wieder böse an, und ich halte die Klappe, weil ich den Verdacht habe, dass sie versucht ist, mir einen meiner Arme zu entfernen, wenn ich es nicht tue. Ich habe noch nie jemandem das Fahren beigebracht, und ich selbst habe es mit fünfzehn hier auf dem Anwesen gelernt. Es war eine der letzten Pflichten, die mein Vater vor seinem Tod erfüllt hat. Er war ruhig und zuversichtlich, hat sein Bestes gegeben – und ich halte diese Erinnerung in Ehren. Er war ein hervorragender Lehrer.

Ich möchte genauso gut bei Alessia sein. Im Schneckentempo rollen wir vorwärts.

Ja! Nur innerlich jubele ich laut auf, damit ich sie nicht ablenke, und wir arbeiten uns zentimeterweise über den Kiesweg hinter den Stallungen vor.

»Okay, jetzt kannst du in den zweiten Gang schalten. Kupplung. Zweiter Gang. Langsam von der Kupplung gehen.«

Ihre Zungenspitze erscheint wieder, und sie schaltet flüssig in den zweiten Gang, wodurch der Defender ein wenig an Geschwindigkeit gewinnt.

»Gut gemacht! Okay. Jetzt schön gleichmäßig. Fahr geradeaus auf die Tore zu. Ja. Gut!«

Alessia bewegt uns vorsichtig auf die Torpfosten zu, wo das Viehgitter liegt.

»Wir fahren auf den Weg. Mach weiter.«

Sie lenkt uns erfolgreich zwischen den Torpfosten hindurch und den Pfad entlang. Ein unbändiges Grinsen macht sich auf ihrem Gesicht breit, und es ist ansteckend.

»Du fährst! Lass die Augen auf die Straße gerichtet.«

Sie rollt weiter langsam, aber solide den Weg entlang und konzentriert sich stark. Ab und zu kann ich ihre Zungenspitze zwischen ihren Lippen erkennen.

Es ist verdammt sexy.

Aber jetzt ist nicht der richtige Zeitpunkt, um ihr das zu sagen. Oder darüber nachzudenken – denn das lenkt mich ab.

»Du machst das toll. Aber pass auf, womöglich stehen Rehe oder Hirsche auf der Straße. Sie sollten eigentlich aus dem Weg gehen, wenn sie dieses Schiff hier kommen hören. Wir wollen keinen erwischen. Kit ist das einmal passiert …«

Shit.

Und schau, was mit ihm passiert ist. Verdammt.

Ich räuspere mich und verdränge meinen Kummer, obwohl mir gerade eingefallen ist, dass da eine mystische Legende über einen Hirsch und das Anwesen existiert, die ich ganz vergessen hatte. Ich muss versuchen, mich daran zu erinnern, damit ich Alessia davon erzählen kann. »Wenn der Weg beim nördlichen Pförtnerhaus endet, biegen wir am Abzweig auf den linken Pfad ein. Dann können wir einmal quer über das Anwesen fahren.«

Alessia schäumt beinahe über vor Freude. Sie kann kaum fassen, dass sie es geschafft hat, das panzerähnliche Fahrzeug in Bewegung zu bringen. Aber am meisten freut sie sich darüber, dass sie Maxim nicht enttäuschen muss. Er scheint zu glauben, dass sie es schaffen kann.

Und sie hat es geschafft.

Sein Glaube an sie ist rührend.

Als sie um eine Kurve fahren, entdeckt sie das Pförtnerhaus, das Viehgitter und den Abzweig in drei verschiedene Richtungen.

Einen Moment lang verfällt sie in Panik.

Welche davon ist die linke?

O Zot!

Statt einen Weg zu wählen, tritt sie mit aller Kraft auf die Bremse, wodurch sie beide nach vorn geschleudert werden. »Tut mir leid!«, sagt sie rasch.

»Schon gut. Du musst dich nicht entschuldigen. Du hast daran gedacht zu bremsen und wie man das Auto anhält. Das ist das Wichtigste. Du bist unsicher, wo links ist?«

Alessia lacht, und vermutlich ist das eher Anspannung als Amüsiertheit. »Ja, ich war verwirrt.«

»Kein Problem. Du hättest beide Wege nehmen können. Sie alle gehören zum Anwesen. Schalte den Motor aus und nimm den Gang heraus. Handbremse anziehen.«

Alessia befolgt Maxims Anweisungen und holt tief Luft.

Sie kann das schaffen!

»Möchtest du es noch einmal versuchen?«

Sie nickt.

Maxim macht eine ermutigende Geste. »Dann nur zu.«

Sie dreht den Zündschlüssel, und der Motor erwacht zum Leben. Sie tritt die Kupplung energisch durch, um ihr zu zeigen, wer das Sagen hat, und schiebt den Hebel in den ersten Gang. Die Gangschaltung macht ein fürchterliches, knirschendes Geräusch. Alessia blickt hinüber zu Maxim, der das Gesicht verzieht, also schaut sie rasch wieder nach vorn auf die Straße und lässt den Motor aufheulen, lässt die Kupplung kommen, löst die Handbremse … und sie sind wieder unterwegs.

Nicht abgewürgt!

Alessia möchte vor Freude am liebsten jubeln. Sie dreht am schweren Lenkrad, und das Auto bewegt sich schwerfällig nach links den Weg entlang.

»Zweiter Gang«, sagt Maxim leise.

Sie nickt und ändert den Gang, ohne zu stoppen. Sie fahren an einem Feld vorbei, und Alessia erhascht einen Blick auf Jenkins, der mit einem Traktor einen Anhänger zieht. Er winkt ihnen zu, und Maxim erwidert den Gruß, doch Alessia lässt die Hände fest auf dem Lenkrad liegen. Während sie weiterfahren, redet er ihr weiterhin liebevoll und ermutigend zu.

Er freut sich.

Alessia erblickt ein weiteres Pförtnerhaus und wird langsamer, als sie sich ihm nähert. Von einer Stelle hinter dem Tor schießt ein kleines Motorrad heraus und kreuzt ihren Weg. Der Fahrer trägt eine schwarze Hose und Stiefel, und auf seinem Sozius ist ein Tragekorb befestigt, in dem sich ein kleiner, fellbedeckter Passagier befindet. Alessia steigt auf die Bremse, als das Moped weiter zügig die Einfahrt hinauffährt, ohne dabei den Motor abzuwürgen!

Ja, Alessia!

»Scheiße. Das ist Vater Trewin!«, ruft Maxim aus. »Der fährt viel zu schnell. Es muss Gottes Wille sein, dass ihm noch nichts passiert ist. Am besten folgen wir ihm.«

Alessia gehorcht und beschleunigt, um zu sehen, ob sie ihn einholen kann. »Gleichmäßig«, warnt Maxim, und sie wird wieder langsamer. »Wir treffen ihn bei uns im Haus. Vermutlich ist er gekommen, um uns zu gratulieren. Oder er will mich dafür tadeln, dass ich gestern nicht in der Kirche war. Wahrscheinlich beides.«

Alessia hält neben Vater Trewin an, der gerade seinen Mischling Boris aus dem Tragekorb auf seinem Moped befreit. Jensen und Healey warten schon ungeduldig auf ihren Spielkameraden und wedeln hektisch mit den Schwänzen.

Ich steige aus dem Auto, umrunde es, um Alessia die Tür zu öffnen, und wende mich dann Vater Trewin zu.

»Maxim, Mylord. Herzlichen Glückwunsch zu Ihrer Hochzeit. Wie geht es Ihnen?« Er streckt mir die Hand entgegen und drückt kräftig zu.

»Gut, danke, Vater. Darf ich Ihnen meine Frau vorstellen, Alessia, die Countess of Trevethick?«

»Lady Trevethick, was für eine Freude, Sie wiederzusehen.«

»Vater Trewin, wie geht es Ihnen?« Alessia schüttelt seine Hand. »Möchten Sie uns zum Tee Gesellschaft leisten?«

»Es wäre mir eine Freude.« Er schenkt uns sein breites, gutmütiges Lächeln, das für Gemeindemitglieder reserviert ist.

Wir gehen durch die Stiefelkammer in den Westkorridor, wo uns Danny entgegenkommt. »Einen wunderschönen Nachmittag«, begrüßt sie uns. »Wie lief es mit dem Auto, Mylady?«

»Das ist der reinste Panzer!« Alessia strahlt. »Aber ich habe ihn zum Laufen gebracht.«

»Das höre ich gern.«

»Könnten wir Tee bekommen?«, möchte Alessia wissen.

Danny lächelt. »Ja, Mylady. Im westlichen Wohnzimmer?«

Alessia blickt zu mir, und ich nicke.

»Ja, gern.«

»Wir haben Sie am Sonntag nicht beim Gottesdienst gesehen«, sagt Vater Trewin, sobald wir sitzen.

Mist. Ich wusste es. Jetzt bekomme ich eine Predigt. »Ja, ich musste hier nach dem Rechten sehen«, murmele ich und überlege verzweifelt, wie ich das Thema wechseln kann. Ich beuge mich hinunter, kraule Boris hinter den Ohren und frage mich, wo Jensen und Healey sind. »Und ich habe meiner Frau das Anwesen gezeigt.«

»Nun, Mylord, wie ich schon einmal sagte, wir müssen mit gutem Beispiel vorangehen. Vielleicht nächsten Sonntag – Sie könnten die Lesung übernehmen.«

Was?

Ich räuspere mich. »Sicher. Es wäre mir eine Freude.«

Lügner.

»Ihr Bruder war ein eifriger Unterstützer der Kirche.«

Typisch Kit. Dieser Nerd. Ich lächle schweren Herzens.

So war Kit – der perfekte Earl. Im Gegensatz zu mir. Welche Ironie.

»Suchen Sie die Lesung aus?«, frage ich.

»Natürlich. Und dürfen wir vielleicht auch Lady Trevethick erwarten?« Er wirft meiner Frau einen wachsamen Blick zu.

Alessia lächelt, doch sie sieht mich in stummer Bitte um Hilfe an.

»Alessia ist Albanerin, wo Religion für viele Jahre verboten war. Aber ihre Familie ist katholisch. Für uns als Hochanglikaner wird das sicher kein Problem sein.«

»Wir sind eine breit angelegte Kirche, Mylord, und heißen alle Glaubensrichtungen willkommen.«

»Natürlich werde ich da sein«, sagt Alessia.

Danny kommt herein und stellt ein Tablett mit Tassen und Untertassen auf den Tisch vor Alessia. Sie nickt ihr zu und geht dann wieder.

»Tee, Vater Trewin?«, fragt Alessia.

»Ja, gern, Countess.«

Falls die Verwendung ihres Titels Alessia verunsichert, lässt sie es nicht erkennen. Sie nimmt die Kanne und schenkt eine Tasse ein, wobei sie das Teesieb benutzt, das Danny dazugelegt hat. Dann reicht sie die Tasse mit der Untertasse und einem kleinen Löffel an Vater Trewin weiter. Sie bietet ihm Milch und Zucker an, schenkt mir ebenfalls Tee ein und reicht mir die Tasse mit der Untertasse.

Ich nehme beides entgegen und verstecke mein Lächeln. Sie hat gelernt, wie man richtig Tee serviert. »Danke, Liebes.« Sie lächelt mich schelmisch an, bevor sie sich selbst eine Tasse zubereitet, und ich weiß, dass sie weiß, dass ich weiß, dass sie ihr Gesellschaftstraining gerade in vollem Umfang präsentiert.

Sie hat keinen einzigen Fehler gemacht. *Habe ich etwas anderes erwartet?* Sie ist unglaublich. Und liebenswert.

Sogar noch mehr, weil ich mir bewusst bin, dass sie das für mich getan hat.

Und vielleicht auch für sich selbst.

Ich wende meine Aufmerksamkeit unserem Gast zu, dem nicht entgangen ist, dass Alessia und ich uns albern angrinsen. Seine Wangen röten sich, als er zwischen mir und meiner Frau hin und her blickt.

Ja. Wir lieben uns. Kommen Sie damit klar.

Was mich daran erinnert … »Vater Trewin, ich hatte gehofft, dass Alessia und ich hier in UK noch einmal heiraten könnten, da wir jetzt wieder zu Hause sind, aber mir wurde aus glaubwürdiger Quelle versichert, das sei nicht möglich. Daher hoffe ich, dass wir einen Segen in der Kirche erhalten können. Das gibt uns Gelegenheit, unsere Hochzeit auch hier zu feiern. Vorzugsweise im Sommer?«

»Das ist eine hervorragende Idee. Natürlich können wir das arrangieren. Ich wäre höchst erfreut.«

Alessia bringt Vater Trewin hinaus zu seinem Moped. Er ist unter ihrer Aufmerksamkeit regelrecht aufgeblüht, und ich glaube, dass sie einen neuen Fan hat. Ich gehe ins Arbeitszimmer, um mir einige Dinge zum Gin-Projekt zu notieren, um einen Käufer für Kits Autosammlung zu finden und um mich über Michaels neueste Leidenschaft kundig zu machen, die regenerative Landwirtschaft.

Als ich vom Computer aufsehe, dämmert es schon. Mein Kopf ist voller Informationen zur nachhaltigen Bewirtschaftung. Ich lehne mich auf dem Stuhl zurück und blicke mich um, um meine Augen zu entlasten. Seit Kits Tod habe ich noch nicht richtig hier gegessen. Abgesehen von dem einen Mal, als Oliver mit mir den Überfall am Chelsea Embankment durchgegangen ist, und dem anderen Mal davor, als ich die Hall erstmals in meiner Funktion als Earl besucht und in diesem Raum reihum mit allen Mitarbeitern des Anwesens gesprochen habe.

Eine leise Melodie dringt durch den Flur vom Musikzimmer zu mir; Alessia sitzt am Klavier und übt zweifelsohne ihre Stücke für das Vorspielen. Ich versuche zu erkennen, was genau sie da spielt, und mein Blick wandert dabei über den Schreibtisch, der einst meinem Bruder und davor meinem Vater gehört hat. Ich entdecke einige Erinnerungsstücke: die georgianische Teedose meines Vaters, in der er Büroklammern und ähnliche Kleinigkeiten aufbewahrte, zwei Retro-Matchbox-Bugattis aus den Sechzigerjahren – sie gehörten meinem Vater, aber ich entsinne mich, dass er Kit damit spielen ließ. Er und Kit teilten diese Leidenschaft für Autos.

Sie standen sich nahe.

Und hier bin ich und verkaufe seine geliebte Sammlung.

Kit, es tut mir leid, Kumpel.

Ich öffne die Teedose, mehr aus Nostalgie denn aus Neugier, um etwas von meinem geliebten Vater zu erspüren.

Ein Satz kleiner Schlüssel liegt darin auf einem größeren, von dem ich weiß, dass er zum Safe gehört.

Der Safe!

Vielleicht finde ich dort Kits fehlenden Laptop, sein Handy und sein Tagebuch.

Ich nehme den Schlüssel heraus und gehe hinüber zum großen hölzernen Einbauschrank, der einst als Servierschrank diente und in dem sich der alte Safe von Cartwright & Sons befindet. Der Schlüssel passt ins Schloss, und als ich den Safe öffne, entdecke ich tatsächlich Kits Laptop.

Aber keine Spur vom Handy oder dem Tagebuch.

Außerdem finde ich mehrere Dokumente, aber ich habe im Moment nicht die Energie, sie durchzugehen. Ich hole den Laptop heraus und stelle ihn auf den Schreibtisch.

Vielleicht liegt das Tagebuch in einer Schublade.

Ich ziehe an einer, doch sie ist verschlossen.

Einer der kleinen Schlüssel passt, und als ich sie langsam aufziehe, finde ich Kits abgenutztes braunes Ledertagebuch und sein iPhone.

Ich ignoriere das Handy und den Laptop, weil sie vermutlich passwortgeschützt sind, daher werde ich Hilfe von einem Profi brauchen, um sie zu hacken.

Aber das Tagebuch wird meine Fragen beantworten.

Meine Kopfhaut kribbelt, als ich es herausnehme, ehrfürchtig mit beiden Händen, und es auf dem Laptop ablege. Ich starre es erst eine Minute lang an, bevor ich beschließe, Kits Privatsphäre zu verletzen. Langsam und mit leicht zitternden Fingern löse ich das Lederband, das von der vielen Benutzung schon ganz abgewetzt ist, und schlage das Buch auf. Es öffnet sich beim letzten Eintrag.

2. Januar 2019
Fuck! Fuck! Fuck!
Tausendmal Fuck! Das war's!
Verdammte Rowena!!!
Erst meine Frau, jetzt meine Mutter!!!

NEUNUNDZWANZIG

Vor Schock richtet sich jedes Haar an meinem Körper auf, während ich den Eintrag wieder und wieder durchgehe.

Erst meine Frau, jetzt meine Mutter.

Die Worte dröhnen in meinem Kopf wie eine laute Sirene.

Meine Frau? Caroline?

Schuldgefühle stürmen wie ein Tsunami durch meine Brust.

Aber … aber … wir … – Kit war schon tot, als Caroline und ich das erste Mal gevögelt haben. Ich habe sie nicht angerührt, während die beiden zusammen waren.

Kein einziges Mal.

Bevor sie zusammen waren, ja. Aber … nicht, solange sie ein Paar waren.

Erst meine Frau.

Hatte sie eine Affäre? Und er hat es herausgefunden? Hat er ihr deshalb nichts vermacht?

Das ergibt einen Sinn. Es schien so erschreckend kaltblütig zu sein, dass sie nichts bekam. Und Caroline war wütend … aber sie hat den Ausschluss aus dem Testament bereitwillig akzeptiert.

War ihr klar, dass er Bescheid wusste? Hat er sie damit konfrontiert?

So muss es gewesen sein – sein Testament wurde im September des Vorjahrs geändert. Aber eine Affäre mit wem? Einer Person? Zwei Personen? Mehr? *Fuck. Der arme Kit.*

Ich denke zurück an Weihnachten in der Karibik. Damals gab es keine Anzeichen für eine Ehekrise. Oder vielleicht habe ich es nur nicht bemerkt, weil ich viel zu beschäftigt damit war, mich durch die amerikanischen Touristinnen zu vögeln.

Verdammt.

Die Antwort ist vermutlich zwischen diesen Seiten dokumentiert.

Traue ich mich nachzusehen?

Will ich es überhaupt wissen?

Ich zucke zusammen, als es an der Tür klopft. Ich klappe das Buch zu und beuge mich instinktiv darüber, damit man es nicht sieht. Danny kommt herein, und ich muss unglaublich schuldbewusst aussehen, denn sie sagt mir nicht, warum sie hier ist. »Ist mit Ihnen alles in Ordnung, Mylord?«

»Ja, ja. Was gibt's, Danny?«

»Die Countess ist mit Jenkins zu den Schafen gegangen. Sie wollte Sie nicht stören. Aber sie wollte helfen. Wir haben siebenundzwanzig lammende Mutterschafe.«

»So viele!«

»Ja, Mylord.«

»Aber es ist doch gerade erst Saisonbeginn.« Ich runzle die Stirn – so viele auf einmal, das ist eine Menge. »Ich sollte besser auch helfen.« Ich stehe vom Schreibtisch auf und nehme Kits Tagebuch mit. Ich möchte nicht, dass neugierige Augen es entdecken, und aus einem Impuls heraus schnappe ich mir die Leica M6, die ich aus London mitgebracht habe, und überprüfe, ob ein Film eingelegt ist.

»Ich werde mit dem Abendessen auf Sie warten, Mylord.«

»Okay, vielen Dank. Ich habe keine Ahnung, wann wir zurück sein werden.«

Alessia fährt mit Jenkins im Defender, der in der Dunkelheit einen der Wege entlangholpert. Die hohen, mit Gestrüpp und Gras bewachsenen Böschungen scheinen wie aus dem Nichts aufzutauchen, daher ist Alessia dankbar dafür, dass sie nicht fahren muss. Jenkins wirft ihr einen besorgten Blick zu.

»Mylady!«, ruft er über den Lärm des Motors hinweg.

»Alessia.«

»Ja. Ich muss Sie was fragen …« Er verstummt, als würde er zögern weiterzusprechen.

»Was denn, Jenkins?«

Er räuspert sich. »Sind Sie … Sind Sie in anderen Umständen?«

Alessia runzelt die Stirn. *In anderen Umständen? Was bedeutet das?*

Jenkins zupft sich am Ohrläppchen. »Sind Sie vielleicht … Sind Sie eventuell schwanger, Mylady?«

Alessia steigt spürbar warme Röte in die Wangen, und sie hofft, dass man es in der Dunkelheit nicht sehen kann. »Nein!«, erwidert sie. »Warum … Warum fragen Sie mich so etwas?«

Jenkins senkt die Schultern und entspannt sich sichtlich. »Das ist gut, Mylady. Beim Lammen sollen keine Schwangeren dabei sein.«

»Oh. O ja. Ich verstehe. Es tut mir leid.«

»Sie müssen sich nicht entschuldigen, Ma'am. Ich habe vergessen, Sie das vorhin zu fragen.«

Alessia schenkt ihm ein Lächeln. »Ich weiß, dass Schwangere nicht in Kontakt mit Lämmern und Zicklein kommen sollen.«

»Zicklein?«

Alessia lacht. »Ja, da wo ich herstamme, haben wir Ziegen.«

Er biegt bei einem großen Gebäude ab, das Alessia als eine mächtige Scheune erkennt. Dort parkt er neben einer Stahltür, wo bereits drei andere Autos stehen.

»Wir sind da«, sagt er. »Sie werden froh sein, dass Sie so warm angezogen sind.«

Die Scheune ist riesig und zugig, und im Inneren befinden sich mindestens einhundert Mutterschafe. Einige blöken laut während der Wehen, die wurden in kleinere Gehege gebracht, weg von den schwangeren in der Herde. In den separaten Pferchen werden bereits ein paar neugeborene Lämmer von ihren Müttern abgeleckt, während die Kleinen an den geschwollenen Eutern nach Milch suchen. Einige Mitarbeiter des Anwesens sind damit beschäftigt, den Schafen beim Lammen zu helfen.

Sie kommen gerade rechtzeitig an, um zu beobachten, wie einer der Männer, den Alessia noch nicht kennt, ein Lamm zur Welt bringt. Er trägt Gummihandschuhe und säubert die Nase des Tieres, damit es besser atmen kann, dann stellt er es vor seine Mutter, die es sauber lecken soll. Er nimmt eine Flasche und tupft ein wenig vom Inhalt auf den Nabel des Lammes. Alessia erkennt es als Jod.

»Guten Abend.« Er nickt ihr grüßend zu. »Oh, da kommt noch eins«, sagt der junge Mann, und er hält sich zurück, als das Schaf sein Lamm allein zur Welt bringt. »Gutes Mädchen. Ganz ruhig«, redet er beruhigend auf das Muttertier ein und wiederholt den Säuberungsprozess auch bei diesem Lamm.

»Wo sind die Handschuhe?«, fragt Alessia Jenkins.

»Auf der Arbeitsbank dort drüben.« Jenkins deutet mit dem Kinn in die Richtung. Sein Blick bleibt auf die Schafe gerichtet, um zu sehen, welches als Nächstes dran ist. »Wir versuchen, dass die Mütter das allein schaffen. Sie wurden alle von Suffolk-Böcken gedeckt, was bedeutet, die Lämmer sollten schmale Schultern und kleinere Köpfe haben. Damit wird das Lammen einfacher. Aber einige von ihnen brauchen Hilfe, Mylady. Es ist gut, wenn wir sie im Auge behalten. Normalerweise lammen nicht alle gleichzeitig.«

Alessia lächelt den jungen Mann an, der nun versucht, beide Lämmer zum Trinken zu bewegen. »Kolostrum. Erstmilch. Das ist sehr gut für neugeborene Lämmer.« Er grinst.

Alessia geht zum Arbeitsbereich, verteilt Desinfektionsmittel auf den Handflächen, besonders im Bereich zwischen den Fingern, und schlüpft dann in ein Paar Einweghandschuhe. Jenkins gesellt sich zu ihr. »Wir brauchen jetzt jede Hilfe, die wir kriegen können. Nur beobachten, um aufzupassen, dass es keine Schwierigkeiten gibt.«

Alessia nickt. »Ich habe das schon mal gemacht, allerdings bei Ziegen. Und nicht bei so vielen.«

Jenkins schenkt ihr ein breites Lächeln. »Sie werden sich hier wunderbar einfügen, M'lady.«

Ich halte an der Scheune, schnappe meine Kamera und springe aus dem Auto. Kits Tagebuch habe ich im Handschuhfach eingeschlossen. Dort sollte es sicher sein. In der Scheune sehe ich mich nach meiner Frau um, aber ich finde sie nicht. In den Pferchen für die Geburten befinden sich ungefähr dreißig Mutterschafe. Ich entdecke Jenkins, der sich in der Einfriedung, der ich am nächsten bin, um ein Schaf kümmert. Ich hocke mich neben ihn, damit ich mit ihm reden kann.

»Mylord.«

»Alle gleichzeitig? Was haben wir getan, um das zu verdienen?«

»Vielleicht liegt es am Mond«, sagt er, während er einem Lamm auf die Welt hilft. Die Mutter ist sehr begierig darauf, es zu säubern. Jenkins lehnt sich zurück.

Ich lache. »Was kann ich tun? Und wo ist meine Frau?«

»Sie ist irgendwo mittendrin. Sie will helfen.«

Ich runzle die Stirn. Weiß sie denn, was sie tun muss? Aber diesen Gedanken behalte ich für mich.

»Okay, ich mache mich bereit.« Ich gehe zum Arbeitsplatz, desinfiziere mir die Hände und streife mir die blauen Handschuhe über. Von hier aus sehe ich Alessia – ihr Haar fällt ihr in einem langen Zopf auf den Rücken. Sie hockt in einem Gehege, säubert die Nase eines Lammes und stellt es vor seine Mutter. Als ich auf sie zugehe, höre ich, wie sie ihr in ihrer Muttersprache zuredet: *»Hej, mama. Hej, mami, ja ku është qengji yt. Hej, mami, ja qengji yt.«* Sanft streicht sie dem Schaf über die Nase und wiederholt das, was sie gerade gesagt hat, in einem beruhigenden Tonfall, anschließend lehnt sie sich zurück, um zu sehen, ob noch ein weiteres Lamm folgt.

Ich werde plötzlich von einer Flut an Emotionen erfasst, die sich in meiner Brust ausbreiten und mich innehalten lassen. Mein Herz ist so voll, dass es sich anfühlt, als ob es gleich platzt – und das, weil ich beobachte, wie meine liebe Frau mit einem Schaf umgeht. Einem Trevethick-Schaf.

Einem von unseren.

Caro oder meine Mutter habe ich nie so auf dem Anwesen helfen sehen.

Und in diesem Moment weiß ich, dass Alessia das Beste ist, was mir je passiert ist.

Uns passiert ist.

Uns allen. Hier. Jetzt.

Ich räuspere mich und knie mich neben das Gehege. »Hi«, flüstere ich mit heiserer Stimme.

»Hallo.« Sie grinst, und es ist offensichtlich, dass sie sich freut, mich zu sehen. Und dass sie in ihrem Element ist. Sie ist völlig verdreckt, mit Blut, Schleim und Gott weiß was beschmiert, an den Handschuhen, an ihrer Jeans und ihrem Pullover, aber sie strahlt.

»Ist alles in Ordnung mit dir?«

Sie nickt. »Und mit dem Kleinen hier auch.« Sie streicht dem Lamm über den Kopf. »Die Mama hat das gut gemacht. Sie bekommt vielleicht noch ein zweites.«

»Das ist nicht dein erstes Rodeo?«, frage ich. Sie schaut mich verwirrt an.

»Nicht das erste Mal«, erkläre ich.

»Nein. Unsere Nachbarn. Sie waren bei unserer Hochzeit. Sie haben Ziegen. Ich habe bei den Geburten geholfen. Oft.«

»Alessia, du hörst nie auf, mich zu überraschen. Wir haben großes Glück, dass du bei uns bist.«

Sie winkt das Kompliment ab. »Machst du auch mit?«

Ich lache. »Es ist auch nicht mein erstes Rodeo. Ich schaue mal nach, wo ich gebraucht werde. Aber zuerst …« Ich hebe die Kamera und betrachte meine zerzauste Frau durch die Linse, wie sie mich anlächelt, und drücke den Auslöser. »Ich werde noch einige Aufnahmen machen, wenn ich kann. Ich habe nicht genug Bilder von dir. Und jetzt gerade bist du absolut wunderschön. Ich gehe jetzt besser.«

Sie grinst, ein strahlendes Lächeln nur für mich, und ich verlasse sie nur ungern, aber was sein muss, muss sein.

Es ist drei Uhr morgens, als ich Alessia in die Dusche führe, wo sie sich die Anstrengungen des Abends abwaschen kann. Wir sind erschöpft und schmutzig von einer langen Schicht bei den Schafen, aber wir haben zweiundsiebzig neue Lämmer. Ich glaube, ich habe in meinem ganzen Leben noch nie so hart gearbeitet, doch ich bin überglücklich. Nur eine Totgeburt, keine zurückgewiesenen Lämmer, und alle Mutterschafe sind in guter Verfassung. Das ist ein großartiger Start in die Saison. Und ich bin so froh, dass wir hier waren, um zu helfen.

Jetzt muss ich nur noch meine Frau sauber kriegen und ins Bett schaffen.

Alessia lehnt sich unter dem warmen Wasser mit geschlossenen Augen an mich.

Meine Liebe.

Sie ist einfach unglaublich.

Sie hat ihren Zopf zu einem der Schwerkraft trotzenden Knoten geflochten und schafft es, ihn aus dem Wasserstrahl herauszuhalten. Ich schnappe mir einen Frotteehandschuh und seife ihr sanft Hände, Arme und Gesicht ein. Dann halte ich sie aufrecht, während ich mich selbst wasche.

Maxim trocknet Alessia mit einem Handtuch ab. Sie kann kaum die Augen offen halten und hat das Gefühl, dass selbst ihre Haare erschöpft sind. Aber gleichzeitig ist sie auch hocherfreut. Endlich hat sie das Gefühl, dass sie mitgeholfen und Maxim etwas zurückgegeben hat, und auch an die Mitarbeiter auf dem Anwesen, die sie so herzlich willkommen geheißen haben.

»Können wir ins Bett gehen?«, murmelt sie.

Maxim umfasst sanft ihr Kinn und neigt ihren Kopf nach hinten, sodass Alessia die Augen aufschlägt. »Dein Wunsch ist mir Befehl, Lady Trevethick. Danke für heute Abend. Du warst spektakulär. Du musst außerdem kurz vorm Verhungern stehen.« Er streift ihre Lippen mit seinen.

»Nein, nur müde. So müde.« Sie schenkt ihm ein schläfriges Lächeln, und er lässt das Handtuch fallen, hebt sie auf die Arme und legt sie aufs Bett.

Alessia schläft, bevor ich sie zudecken kann. Ich streiche ihr eine lose Haarsträhne aus dem Gesicht, und sie rührt sich nicht. »Mein tapferes, starkes Mädchen. Danke«, flüstere ich und küsse ihre Stirn. Dann trockne ich mich fertig ab, ziehe meinen Pyjama an und krieche neben meiner Frau ins Bett, wo ich mich an sie kuschle und ihren Duft einatme …

Das Klappern von Tassen weckt mich. Danny hat unser Zimmer mit einem hochwillkommenen Tablett, auf dem Kaffee und Frühstück stehen, betreten. Der Duft ist verlockend, und mir läuft das Wasser im Mund zusammen.

Ich stehe kurz vorm Verhungern.

»Guten Morgen, Eure Lordschaft. Ich habe gehört, Sie hatten eine aufregende Nacht.«

»Guten Morgen«, murmele ich, noch nicht bereit aufzuwachen. Ich öffne die Augen, und Alessias Lider flattern kurz, schließen sich aber sofort wieder.

Danny stellt das Tablett an unser Bettende. »Es ist nach elf, Mylord. Ich dachte, Sie hätten vielleicht Hunger«, sagt sie, und ich kann mich nicht erinnern, wann sie mir das letzte Mal Frühstück ans Bett gebracht hat.

Ich muss bei ihr gut dastehen. Oder vielleicht liegt es an Alessia.

Vermutlich ist es Alessia.

»Danke, Danny.« Ich setze mich auf; Alessia schläft immer noch tief und fest neben mir.

Danny betrachtet meine schlafende Frau, und auf ihrem Gesicht liegt ein weicher, liebevoller Ausdruck, den ich dort so noch nicht gesehen habe. »Oh, Mylord, Sie haben eine gute Wahl getroffen«, sagt sie und scheint gleichzeitig zur Besinnung zu kommen. Sie richtet sich auf, räuspert sich, sammelt unsere schmutzige Kleidung vom Fußboden auf und verlässt das Zimmer.

Das Frühstück riecht verlockend. Schinkenspeck, Eier, Pilze, Toast.

Ich ziehe das Tablett zu mir heran, und Alessia regt sich. »Ich rieche Essen«, stellt sie schläfrig fest.

»Hungrig?«, frage ich.

Sie schenkt mir ein müdes Lächeln. »Wie ausgehungert.«

Alessia gewöhnt sich allmählich an den Rhythmus des Hauses. Am Morgen, nachdem sie sich gewaschen und angezogen und vielleicht vorher geliebt haben, frühstücken sie und Maxim mit dem Personal in der großen Küche. Normalerweise ist das schon der zweite Durchgang. Anschließend trifft sie sich mit Danny, um das Menü des Tages, Buchungen und die Anforderungen für die Ferienwohnungen durchzusprechen, zu denen auch das Hideout gehört, und sämtliche Angelegenheiten des Haushalts oder Aufgaben, die es zu erledigen gilt. Wenn das alles getan ist, geht Alessia zur großen Scheune, um dort beim Lammen zu helfen und die Mutterschafe mit ihren Nachkommen in die entsprechenden Einfriedungen zu schaffen.

Sie ist sogar ganz allein dorthin gefahren. Ohne Maxim.

Er war nervös, aber hat sie gelassen. Und sie hat es geschafft.

Sie muss einen Führerschein beantragen. Und eine Fahrprüfung ablegen.

Alles zu seiner Zeit, Alessia!

Im Laufe der Woche wurden hundertsiebenundneunzig Lämmer geboren, und es ist noch nicht vorbei.

Alessia hat bei zwei weiteren Nachtschichten geholfen. Und sie liebt diese Arbeit.

Sie liebt es hier.

Ihr gefällt, dass sie sich ... nützlich fühlt.

Inzwischen kennt sie alle Mitarbeiter mit Namen, weiß, wer auf dem Anwesen wohnt, wer in der Nähe im Dorf und wer weiter weg lebt. Sie alle sind begeistert, dass sie da ist, um zu helfen.

Und sie ist Mylady. Für alle.

Am frühen Abend geht sie gern mit Jensen, Healey und ihrem Ehemann spazieren. Die Hunde vergöttern ihren Mann beinahe so sehr wie sie ... obwohl er ihr versichert, dass sie Kit gehört haben. Zu viert haben sie das Anwesen erkundet, und Maxim hat sie mit Geschichten aus seiner Jugend und seiner vielen, vielen Vergehen unterhalten, und sie hat eine Vorstellung von dem idyllischen Leben bekommen, das Maxim und seine Geschwister hier auf dem Anwesen geführt haben.

Kein Wunder, dass er es so sehr liebt.

Sie sind auch einige Male am Trevethick-Strand spazieren gegangen, und sie hat die frische, salzige Meeresluft eingeatmet.

Er hat ihr das Meer geschenkt – schon wieder. Und sie liebt es.

Doch der morgige Tag wird anders sein. Morgen, nach dem Gottesdienst, kehren sie nach London zurück, für Alessias Vorspielen am Montag. Dafür hat sie an den Nachmittagen geübt, wo sie sich in den Farben ihrer Klänge im Musikzimmer verloren hat.

Maxim war ebenfalls sehr beschäftigt. Neben seiner Idee mit der Destillerie hat er sich ausgiebig mit regenerativer

Landwirtschaft auseinandergesetzt. Für diesen Abend hat er alle Landpächter zu einem Treffen in die Hall eingeladen, wo ein Farmer aus einer Gegend namens Worcestershire, was sie nicht aussprechen kann, dazukommt, der seine Ideen erläutert. Es wird Essen und Getränke geben – Danny, Jessie und Melanie, eine der Teilzeitangestellten, die Danny hilft, werden servieren, aber Alessia wird auch helfen. Sie freut sich darauf, weil es das erste Mal ist, dass sie Gäste in der Hall empfangen, und sie möchte außerdem selbst etwas über diese neuen landwirtschaftlichen Methoden lernen.

Alessias einzige Sorge ist Maxim. Er wirkt manchmal ein wenig abgelenkt. Und sie ist nicht sicher, ob es an der Entfremdung von seiner Mutter liegt oder an etwas anderem. Sie hat ihn danach gefragt, aber er behauptet, dass es ihm gut geht. Angeblich war er sogar nie glücklicher.

Es ist alles wunderbar.

Wir sind gemeinsam hier.

Und ich liebe mein jetziges Leben. Dank dir. Ich liebe dich.

Alessia empfindet genauso, aber sie wünscht sich, dass er sich mit Rowena versöhnen würde, denn sie vermutet, dass er tief im Inneren unter der angespannten Beziehung leidet.

Ich sitze an meinem Schreibtisch und gehe meine Notizen für das Treffen am Abend durch. Ich bin aufgeregt. Michael, unser Gutsverwalter, der für das Anwesen zuständig ist, hat ein Feuer in mir entzündet. Mein Vater war seiner Zeit voraus, als er auf ökologische Landwirtschaft umgestellt hat. Michaels Vater, Philip, der damals das Anwesen geführt hat, konnte alle unsere Pächter überzeugen, ebenfalls auf Bioanbau umzustellen. Heute will ich mit Michaels Hilfe unsere örtlichen Pächter davon überzeugen, dass regenerative Landwirtschaft der nächste Schritt auf unserer ökologischen Reise ist. Nachhaltige, regenerative Landwirtschaft ist die Zukunft – es hilft dem Gut, den Erzeugern, unserem Land, dem Ort und dem Planeten. Es nährt und repariert den Boden, bindet Kohlenstoff und erhöht die Artenvielfalt. Durch meine umfangreiche Recherche zu dem Thema bin ich zum großen Fan geworden. Wir haben einen Fürsprecher in Form eines Farmers aus Worcestershire, Jem Gladwell, der uns am heutigen Abend Gesellschaft leisten wird. Seine große Farm nutzt die neuesten regenerativen Techniken, und er ist so von der Sache überzeugt, dass er auch mit anderen Farmern in einer Sprache darüber sprechen möchte, die sie verstehen.

Ich freue mich darauf, ihn kennenzulernen, und er wird hier übernachten.

Unser erster Gast!

Und wenn der heutige Abend ein Erfolg wird, können wir das hoffentlich in Angwin und Tyok wiederholen.

Sobald ich meine Notizen durchgegangen bin, checke ich meine E-Mails, und meine Gedanken wandern zu Caroline und von ihr weiter zu Kits Tagebuch. Ich habe es in den Safe gesteckt und trage den Schlüssel in der Tasche. Ich habe keine weiteren Einträge gelesen, aber ich bin hin- und hergerissen. Ich weiß nicht, ob ich mehr herausfinden oder Kit seine Geheimnisse lassen will. Schließlich weilt er nicht länger unter uns.

Ich sollte ihn in Ruhe lassen.

Aber es nagt an mir … Caroline, untreu.

Ist es da ein Wunder, dass wir nach seinem Tod miteinander geschlafen haben? Ich dachte, es wäre eine Art Trauer-Alchemie, die uns zusammengeführt hat. Vermutlich war es das auch, aber rückblickend war da keine Zurückhaltung von uns beiden.

Verdammt.

War sie schon während ihrer Ehe untreu? Sie hat gesagt, sie hätte ihn geliebt.

Sie war am Boden zerstört, als er gestorben ist. *Verzweifelt genug, um mit mir zu schlafen? Fuck.*

Mir gefällt es nicht, dass diese Gedanken mich heimsuchen. Keiner von uns hat sich gut benommen.

Caro hat mir ihre Ideen für die Inneneinrichtung der Apartmentkomplexe geschickt. Es gibt drei verschiedene Varianten, und alle sind gut. Aber ich habe sie noch nicht angerufen, um sie mit ihr durchzusprechen. Oliver möchte die billigste Option nehmen, aber das überrascht mich nicht. Ab morgen Abend werden wir für einige Tage zurück in London sein – dann werde ich ein Gespräch mit ihr arrangieren.

Es klopft leise an der Tür, und Melanie, eine von Dannys Schützlingen aus dem Dorf, späht zur Tür herein.

»Guten Tag, Eure Lordschaft. Sergeant Nancarrow ist hier, um Sie zu sprechen.«

Was? Scheiße!

Panik steigt wie eine Welle in meiner Brust auf. Was will er? Alessia befragen? An einem Samstag? Ich dachte, das hätten wir alles vermieden.

»Bieten Sie ihm eine Erfrischung an, und führen Sie ihn in das große Wohnzimmer. Ich bin gleich da.«

»Ja, Mylord.«

Ich stoße den Atem aus. Was kann er bloß wollen?

Als ich den Raum betrete, nippt Nancarrow gerade an einer Tasse Tee und betrachtet die Familienfotos auf einem der Queen-Anne-Tische. Aus dem Musikzimmer dringen Melodien herüber – Alessia spielt Klavier.

Reiß dich zusammen, Kumpel.

»Sergeant Nancarrow. Guten Tag.« Er dreht sich um, und ich strecke ihm die Hand entgegen.

»Mylord. Schön, Sie zu sehen.« Wir schütteln uns die Hände, und ich führe ihn dorthin, wo Melanie das Teegeschirr hingestellt hat, und wir setzen uns.

»Herzlichen Glückwunsch zu Ihrer Hochzeit«, sagt er und lächelt mich freundlich an.

So weit, so gut.

»Danke. Was kann ich für Sie tun?«

Er stößt den Atem aus und stellt seine Tasse ab. Seine Miene ist jetzt grimmig. »Ich bringe Neuigkeiten, Mylord. Schlechte Neuigkeiten. Anfang der Woche wurden die beiden Männer, die wir in Ihrem Mietobjekt festgenommen haben, in der Untersuchungshaft ermordet.«

Meine Kopfhaut prickelt, und ich fühle mich plötzlich ein wenig schwindlig; mit Sicherheit rauscht mir gerade alles Blut aus dem Kopf.

Was zum Teufel hat das zu bedeuten? »Wie?«

»Einzelheiten wurden noch nicht freigegeben«, murmelt er und betrachtet eindringlich meine Miene.

Ich lehne mich zurück, völlig erschüttert … und die Erinnerung daran, wie mir der Mann, das Arschloch, die Zeitungsausschnitte zeigt, macht sich groß und hässlich in meinem Kopf breit.

»Ich dachte mir, ich komme her und gebe Ihnen Bescheid. Der Fall wird zu den Akten gelegt, aber weder Sie noch Lady Trevethick werden vor Gericht aussagen müssen.«

»Ja«, erwidere ich, während meine Gedanken rasen.

Hat Anatoli sie *ermordet*?

Kann er das? War es jemand anders in seinem Auftrag?

Verdammte Scheiße. Sollte ich das Nancarrow erzählen?

»Daher wollte ich das hier zurückbringen.« Seine Stimme ist jetzt weicher, und er reicht mir eine große Einkaufstüte mit dem Logo von Tesco. Darin befinden sich mein Laptop und mein Mischpult.

»Wie kommen Sie denn an die Sachen?«

»Die befanden sich hinten in Ihrem Auto. Dem BMW. Wir haben den Wagen und das hier als Beweise beschlagnahmt, aber jetzt ist der Fall abgeschlossen.« Er zuckt mit den Schultern. »Die Seriennummern passen zu den Dingen, die Sie als vermisst gemeldet haben. Ich dachte, ich bringe sie Ihnen zurück.«

»Danke.«

Seine Augen verdunkeln sich, und ich weiß nicht, was das bedeutet. »Und da war auch noch das hier.« Er holt einen braunen Umschlag aus der Tasche und reicht ihn mir. »Wir haben darauf gewartet, dass die Met alle Beweise anfordert, aber so weit sind sie nicht gekommen. Und nun hat es nicht mehr viel Sinn.«

Neugierig öffne ich den Umschlag. Darin befindet sich ein Pass. Alessias verkaufter.

Scheiße.

Unsere Blicke treffen sich, und ich habe keine Ahnung, was er sagen wird oder wie meine Antwort lauten sollte.

»Ich dachte mir, Lady Trevethick hätte das vielleicht gern zurück, Mylord.« Ich bin so verwirrt, dass mir die Worte fehlen.

Er lächelt über meine Miene. »Und damit wäre die Sache beendet.«

Ich starre ihn an und bin mir nicht sicher, ob ich glauben kann, was er andeutet. »Danke«, platzt es aus mir heraus.

»Ich habe gehört, dass sie hier ziemlich Eindruck gemacht hat, Mylord.«

»Bitte nennen Sie mich Maxim.«
Er grinst. »Maxim.«
»Das hat sie. Bei uns allen. Das ist sie, die da gerade spielt.«
»Am Klavier?«
»Ja.«
»Ich liebe Beethoven.«
»Dann kommen Sie mit. Sie hat nichts gegen Publikum.«
»Ich möchte nicht stören.«
»Das tun Sie nicht. Kommen Sie.«

»Auf Wiedersehen, Sergeant Nancarrow«, sagt Alessia, als sie sich die Hände schütteln.

»Mylady, es war mir ein großes Vergnügen.« Er wird rot, und ich erkenne, dass meine Frau ein weiteres Herz gewonnen hat.

»Mylord. Maxim«, korrigiert er sich, und mit einem Nicken verabschiedet er sich und geht hinaus zu seinem Streifenwagen.

Ich atme tief aus. Er hat meiner Frau gegenüber den Tod der Menschenhändler nicht erwähnt, und ich beschließe, diese Information vorerst für mich zu behalten. Ich weiß, wie verstörend es für sie ist, Dinge über diesen Teil ihres Lebens zu erfahren.

»Er wirkt sehr nett«, sagt sie, doch es klingt unsicher. »Warum ist er hergekommen?«

»Er hat einige Dinge zurückgebracht, die diese Arschlöcher, die im Hideout verhaftet wurden, aus meiner Wohnung gestohlen hatten. Und außerdem das hier.« Ich hole Alessias alten Pass aus meiner Tasche.

»*O Zot!* Er weiß Bescheid!« Sie beißt sich auf die Unterlippe, die Augen vor Sorge weit aufgerissen.

»Ja, aber er hat sich für den Grundsatz ›Im Zweifel für den

Angeklagten‹ entschieden. Er wird die Angelegenheit nicht weiterverfolgen.«

Alessia runzelt die Stirn. »Aber wenn Dante und Ylli vor Gericht gestellt werden …« Sie verstummt, und ich blicke Nancarrows Wagen hinterher, der gerade den Weg hinunter aus meinem Sichtfeld verschwindet.

»Maxim. Was ist los?«

Fuck.

»Sag es mir!«

Ich drehe mich zu ihr um, und ihre Miene drückt grimmige Entschlossenheit aus.

Verdammt.

»Sie sind in der Untersuchungshaft gestorben.«

»Was? Dante und Ylli? Alle beide?« Ihre Stimme ist kaum hörbar.

Ich nicke. »Das ist der Hauptgrund, warum Nancarrow zu mir gekommen ist … zu uns.«

»Sie sind tot«, flüstert sie erneut, als könnte sie es kaum glauben.

»So sieht es aus.«

»Ermordet?«

»Ja.«

Sie blickt mich forschend an, und ich erkenne ein Dutzend Emotionen in ihren Augen, bis ihre Miene plötzlich hart wird. Kühl. Gleichgültig. Ganz anders, als ich das von meinem Mädchen kenne. »Gut«, sagt Alessia mit solcher Inbrunst, dass ich ein wenig erschrocken bin. »Ich hoffe, sie verrotten in der Hölle.«

Wow. Aber ja. Das hoffe ich auch.

»Es bedeutet, dass es keinen Prozess geben wird. Wir sind all das los«, flüstere ich.

Tränen steigen ihr in die dunklen Augen.

Scheiße. Nein. »Bitte weine nicht. Nicht ihretwegen.« Ich nehme sie in den Arm, ziehe sie fest an mich und küsse ihr Haar.

»Nein, nicht ihretwegen«, antwortet sie. »Für ihre Opfer. Aber ich bin erleichtert. Wir sind frei.«

»Ja.«

Sie atmet aus, und ihr Körper entspannt sich, als wäre ein großes Gewicht von ihr genommen. »Was für eine Erleichterung!« Sie hebt den Kopf und bietet mir ihre Lippen dar. Ich küsse sie, werde in ihren Bann gezogen, während ihre Finger an meinen Haaren zupfen.

Sie zieht sich ein wenig zurück und belohnt mich mit ihrem süßen Lächeln. »Jetzt müssen wir nur noch mit deiner Mutter sprechen.«

Schnaubend schüttle ich den Kopf. »Was? Das ist ja ein gewaltiger Themenwechsel. Meine Mutter muss mit mir sprechen. Ich habe ihr eine Nachricht geschrieben.«

»Ja? Gut. Sie wird sich melden. Sie liebt dich. Sie war noch nicht bereit, ihre Geschichte zu erzählen. Nur die schockierenden … äh … Überschriften. Und du warst noch nicht bereit, ihr zuzuhören.«

Ich versteife mich bei ihren Worten. »Ich weiß nicht, ob ich je dazu bereit sein werde, und ich weiß auch nicht, ob sie mich je geliebt hat. Sie hat Kit geliebt.«

Alessia streichelt mein Gesicht. »Natürlich liebt sie dich.« Sie sucht meinen Mund mit ihren Lippen. »Wie könnte es anders sein? Du bist ihr Sohn … und ich liebe dich.«

Im Flur hinter uns ertönt ein Husten, und wir richten uns auf und lassen einander los.

»Danny?«

»Mylord. Jem Gladwell ist hier.«

»Großartig. Führen Sie ihn in das große Wohnzimmer.«

Wir liegen ausgestreckt auf unserem Bett und sollten eigentlich schlafen. »Können wir hierher zurückkommen?«, fragt Alessia, ihr Kopf auf dem Kissen. Ich liege so, dass ich ihr Gesicht sehen kann, während sie die Umrisse meines Tattoos mit dem Finger nachfährt. Es kitzelt … aber mir gefällt es.

»Natürlich kommen wir zurück. Es ist unser Zuhause.«

»Aber bald.« Sie umfasst mein Gesicht.

»Sobald du mit deinem Vorspielen fertig bist. Sicher.«

»Gut. Mir gefällt es hier.«

»Mir auch. Hier empfinde ich Hoffnung. Und jetzt sogar noch mehr Hoffnung für die Zukunft, auch für die Zukunft des Anwesens. Ich fand Gladwell sehr inspirierend.«

»Ja, und er war sehr witzig. Er ist gute … äh … Gesellschaft?«

»Ja, das kann man so sagen. Er ist gute Gesellschaft. Ich freue mich darauf, ihn in Angwin wiederzusehen.« Ich ziehe sie in meine Arme. »Ich glaube, er mag dich.« Ich küsse sie unterhalb ihres Ohrs.

Alessia kichert und zappelt in meinen Armen. »Das kitzelt.«

Ich beende meine Tortur und betrachte ihr wunderschönes Gesicht. »Wir sollten schlafen. Ich muss morgen früh in der Kirche lesen, und dann haben wir noch die lange Rückfahrt nach London vor uns.«

»Bist du nervös wegen der Lesung?«

Ich lehne mich in die Kissen, während ich über meine Antwort nachdenke, und Alessia kuschelt sich an mich. »Nein. Überhaupt nicht. Um ehrlich zu sein, komme ich mir ein wenig wie ein Schwindler vor. Ich bin nicht religiös, bin es auch nie gewesen. Aber Trewin hat recht. Er ist für die Gemeinde da, und ich muss meinen Teil leisten und auch für die Gemeinde da sein, ob es mir gefällt oder nicht. Heute Abend, als ich unseren Pächtern und Angestellten zugehört und sie beobachtet habe, wurde mir klar, dass wir alle zusammen ein Ganzes bilden. Wir alle arbeiten für das Wohl der Gemeinschaft. Und du und ich, wir gehören dazu. Darüber habe ich nie nachgedacht, als Kit hier noch das Sagen hatte. Jetzt möchte ich mehr denn je ein Teil davon sein. Es ist wichtig, dass dieser Ort zusammenhält und gedeiht, für uns und alle anderen, die in und um Trevethick leben. Wir sind das schlagende Herz.«

Alessias dunkle Augen leuchten. Ich erkenne ihre Hoffnung darin und … etwas, das ich für Bewunderung halte. »Ich möchte ebenfalls ein Teil davon sein.«

»Oh, Baby, das bist du. Bereits mehr, als du ahnst.«

»Mir hat unsere Zeit hier gefallen. Ich kann nicht glauben, dass mein Leben jetzt so aussieht. Es ist wie ein Traum. Danke.«

Ich streiche ihr über die Wange. »Nein, mein Schatz. Ich sollte dir danken. Dieser Ort ist erst durch dich lebendig geworden.«

Alessia schüttelt den Kopf, als ob sie meinen Worten nicht glaubt, und küsst mich. Gründlich. Ihre Hand streicht meinen Körper hinunter … und weckt ihn auf.

Schon wieder? Du liebe Zeit!

DREISSIG

»Möchtest du, dass ich warte?«, fragt Maxim. Sie stehen auf einem kunstvollen Mosaikboden im beeindruckenden Foyer des Royal College of Music, und Alessias Vorspielen findet in vierzig Minuten statt.

»Ich weiß nicht, wie lange es dauern wird. Aber mach dir keine Sorgen um mich.« Alessia will ihn trotz ihres rasenden Pulses beruhigen. »Du musst arbeiten. Ich komme anschließend zu dir ins Büro.«

Er runzelt die Stirn, ist unentschlossen, und sie legt ihm eine Hand auf die Brust, wo sie seinen Herzschlag durch sein Hemd spüren kann.

Getröstet von seiner Wärme verlangsamt sich ihr Herzschlag, bis er ungefähr einem normalen Rhythmus entspricht. »Mach dir keine Sorgen um mich«, wiederholt sie und neigt den Kopf für einen Kuss.

»Okay. Ich sehe dich nachher im Büro. Viel Glück«, wünscht er ihr und streift ihre Lippen mit seinen. »Oder wie wir hier sagen, Hals- und Beinbruch.«

Alessia blickt hinab auf ihre Füße.

Hals- und Beinbruch?

Maxim umfasst mit Daumen und Zeigefinger ihr Kinn und hebt ihr Gesicht an. »Das ist nur ein Sprichwort, um jemandem Glück zu wünschen.«

»Oh.« Alessia erwidert sein Lächeln.

»Geh. Spiel dich ein. Du schaffst das.«

Alessia nimmt ihre Tasche, und nach einem letzten Blick auf ihren attraktiven Ehemann folgt sie dem jungen Studenten, der geduldig auf sie gewartet hat.

Sie gehen zwei Treppen hinauf und einen Korridor entlang. Der Student stellt sich als Paolo vor und heißt sie im College willkommen. Er ist lässig in Jeans und Pullover gekleidet, und Alessia hofft, dass sie in ihrem schwarzen Hosenanzug nicht zu schick wirkt. Er bleibt stehen und öffnet die Tür zu einem kleinen Probenraum. »Sie können sich hier einspielen. Ich bin in ungefähr zwanzig Minuten wieder hier, um sie dann zum Vorspielen zu bringen.«

»Danke.« Alessia sieht sich in dem Raum um. Er ist klein, aber viel wichtiger ist, dass ein Steinway und ein Klavierhocker in ihm stehen. Es sind die einzigen Möbelstücke. Paolo schließt die Tür, und Alessia stellt ihre Tasche auf den Boden und setzt sich auf den Hocker.

Es ist so weit. Sie ist hier. Sie hat geübt und geübt und dann noch mehr geübt. Sie kennt ihre Stücke auswendig. Sie hat ein YouTube-Video nach dem anderen über Vorspieltechniken und darüber, was sie erwartet, angeschaut. Sie ist bereit.

Also holt sie tief Luft, legt die Hände auf die Tasten und beginnt, sich einzuspielen. Der Klang des Klaviers ist wunderbar warm und unmittelbar in diesem schalldichten Kokon, und das gefällt ihr.

Im Taxi auf dem Weg in mein Büro vibriert mein Handy, und ich denke, es könnte Alessia sein. Stattdessen ist es eine weitere Nachricht von Caroline. Während der vergangenen Tage hat sie mir mehrmals geschrieben und um Feedback zu ihren Entwürfen gebeten.

Du liebe Zeit, wir treffen uns heute Vormittag. Ich wusste nicht, dass sie beruflich so anhänglich ist. Jetzt versucht sie eine andere Taktik.

Wie war es in Cornwall?

A303 oder M5/M4?

Trotz allem bringt mich ihre Nachricht zum Lachen.

Du weißt, dass ich die A303 hasse!
Die ist für Rentner.

Wir sehen uns nachher.

Mein Blick wandert zu der abgenutzten Brieftasche auf dem Sitz neben mir. Darin befinden sich meine Notizen über das Treffen mit Jem Gladwell, die ich Oliver zeigen will, und außerdem Kits Tagebuch – schon dessen bloße Existenz brennt ein Loch in mein Gewissen und nagt an mir.

Soll ich es lesen?

Fuck.

Vielleicht sollte ich es verbrennen?

Alessia bekämpft ihre Nervosität und betritt das Vorspielzimmer, wo sie einem Teil des Lehrkörpers gegenübertritt, zwei Männern und einer Frau, die hinter einem langen Tisch sitzen. Dieser Raum ist größer als der letzte – groß genug für das Steinway Grand Piano in der Mitte, und es gibt ein Flügelfenster, das den Blick auf die Royal Albert Hall freigibt.

Der Mann, der älter ist als der andere, erhebt sich hinter dem Tisch. »Alessia Trevelyan. Willkommen. Ich bin Professor Laithwaite, und das sind Professorin Carusi und Professor Stells.«

Alessia ergreift die ausgestreckte Hand. »Guten Morgen, Professor. Guten Morgen«, wendet sie sich dann an die anderen, die sie mit einem Lächeln begrüßen.

»Haben Sie Ihre Noten?«

»Ja.« Sie holt alle Partituren aus ihrer Tasche und legt sie auf den Tisch vor die Dozenten.

»Bitte setzen Sie sich ans Klavier.«

»Danke.«

»Oh, was ist das?«, fragt Professorin Carusi, die eine Partitur betrachtet. »*Valle e Vogël*?«

»Ja, von einem albanischen Komponisten. Feim Ibrahimi.«

»Bitte. Es ist kurz. Lassen Sie es uns hören. Und anschließend machen wir mit Liszt weiter.«

Alessia nickt und freut sich, dass sie etwas von einem der führenden Komponisten ihres Landes hören möchten. Sie holt tief Luft und legt die Finger auf die Tasten. Das vertraute Gefühl des Elfenbeins beruhigt ihre Nerven, und sie beginnt zu spielen. Die Musik ist fröhlich und ausdrucksstark, eine Hommage an ein albanisches Volkslied, das in verschiedenen Schattierungen von Lila und Blau durch den Raum schwingt und dann zu einem helleren Blauton wird. Sobald die letzten Noten verklungen sind, legt Alessia die Hände in den Schoß, holt erneut tief Luft und beginnt mit Liszt. Die Noten erinnern sie an das Apartment in Chelsea, mit dem wirbelnden Schnee vor dem Fenster, wo sie zum ersten Mal für Maxim gespielt hat.

»Das reicht, danke«, unterbricht Professor Laithwaite zu Beginn des vorletzten Crescendos.

»Oh.«

»Den Beethoven. Das würde ich gern ab dem siebenunddreißigsten Takt hören«, sagt Stells.

»Gut.« Alessia ist ein wenig aufgewühlt. *Hat es ihnen nicht gefallen? Spielt sie schlecht?*

Sie stößt den Atem aus und geht in Gedanken die Partitur bis zum siebenunddreißigsten Takt durch. Dann legt sie erneut die Hände auf die Tasten und lässt ihr gesamtes Herzblut und ihre Seele in den Rest des Stücks fließen, während die Farben in wütenden Rot- und Orangetönen um sie herum aufblitzen.

Olivers strahlendes Lächeln und sein kräftiger Händedruck lassen vermuten, dass er sich freut, mich zu sehen. »Wie fanden Sie Gladwell?«, will er wissen.

»Fantastisch. Aber noch wichtiger ist, unsere Pächter sehen das genauso.« Oliver klatscht, völlig ungewohnt für ihn, spontan in die Hände. »Michael versucht seit einem Jahr, seine Vorstellungen von regenerativer Landwirtschaft in die Tat umzusetzen.«

»Das hat er mir gar nicht gesagt.«

»Ja, Kit war daran einfach nicht interessiert.« Oliver schüttelt den Kopf und wendet den Blick ab, als ob es ihm peinlich wäre oder er zu viel verraten hätte, und ich erkenne, dass er seinem Freund, meinem Bruder, gegenüber nicht illoyal sein will.

»Nun, ich glaube, da hat Kit etwas verpasst. Ich freue mich darauf. Als Nächstes wollen wir die Pächter in Angwin und Tyok davon überzeugen. Gladwell ist dabei. Und wir sollten uns eingehender darüber unterhalten, einige Anlagegüter zu kaufen oder zu leasen. Das wird teuer werden.«

»Wir können das Budget dafür aufbringen. Ich spreche mit jedem Gutsverwalter und mache einen Termin aus.«

»Sehr schön. Irgendwas Dringendes?«

»Nur die Inneneinrichtung für die Apartmentkomplexe.«

»Caro?«

»Ja. Caroline.«

Ich glaube, ich habe ihn diesen Namen noch nie mit so viel Überdruss sagen hören.

»Gibt es da ein Problem?«

»Nein, natürlich nicht.« Oliver räuspert sich, und ich gehe in mein Büro.

Das war merkwürdig.

Als Erstes rufe ich Leticia an und erzähle ihr, was ich von Sergeant Nancarrow erfahren habe.

Und warum wollen Sie am Royal College of Music studieren?«, fragt Professorin Carusi und blickt Alessia aus klugen Augen an.

»Ich brauche ein Grundgerüst für meine Musik. Meine musikalische Ausbildung bisher war eher … äh … beengt. Nein, begrenzt, und ich weiß, dass ich mit der richtigen Ausbildung mehr erreichen kann.«

»Wo sehen Sie den Bedarf für eine Unterstützung?«

»Bei meiner Technik. Ich möchte meine Stimme entwickeln, mein Spiel. Und mein musikalisches Vokabular.«

»Mit welchem Ziel?«, will Professor Stells wissen.

»Ich würde gern auftreten. Überall auf der Welt.«

Alessia kann kaum glauben, dass sie das gerade laut gesagt hat.

Sie nicken, als wäre das eine Möglichkeit, und Alessia ist bei diesem Gedanken hocherfreut. Sie möchte ihnen nicht erzählen, dass sie auch aus einem anderen Grund angenommen werden muss – sie braucht ein Studentenvisum.

»Nun, vielen Dank, dass Sie heute hergekommen sind. Spielen Sie auch bei anderen Konservatorien vor?«

»Ja.«

Professor Laithwaite nickt. »Sie hören von uns.«

Alessia hat keine Ahnung, ob es gut gelaufen ist, aber sie ist erleichtert, dass es vorbei ist. Sie weiß, dass sie gut gespielt hat … aber war es gut genug? Im Taxi ruft sie spontan ihren Großonkel über FaceTime an.

»Alessia, mein Schatz. Wie geht es dir?«

Sie erzählt ihm von der vergangenen Woche in Cornwall und ihrem Vorspielen.

»Wer war dabei?«

»Was meinst du?«

»Wer hat sich dein Vorspielen angehört?«

Alessia sagt es ihm.

»Hm … alles hervorragende Leute. Du hast sicher gut gespielt, das weiß ich. Hast du es deiner Mutter erzählt? Sie wird begeistert sein. Wir haben uns inzwischen oft unterhalten, obwohl ihr Englisch nicht so gut wie deins ist.«

Alessia ist begeistert, dass die beiden in Kontakt stehen. »Nein, aber ich rufe sie augenblicklich an.«

»Dann viel Glück, meine Liebe. Gib mir Bescheid, wie es weitergeht und wann ich dich wiedersehen kann.«

Als Nächstes wählt sie die Nummer ihrer Mutter, um ihr die Neuigkeiten mitzuteilen.

An meinem Konferenztisch erläutert Caroline Oliver und mir ihre Moodboards und Designs, und es wird deutlich, dass sie sich viel Mühe damit gegeben hat. Die erste Option ist opulent, aber elegant, die zweite gehoben, warm und dennoch großzügig und die dritte klar und minimalistisch. Ich muss zugeben, dass sie alle unterschiedlich, aber sehr gut sind. Caro hat einen ausgezeichneten Geschmack.

»Ich glaube, mir gefällt Variante zwei am besten.« Es ist nicht die teuerste, aber auch nicht die billigste. Ich blicke zu Oliver, um herauszufinden, ob er das genauso sieht.

»Ich stimme dem zu«, sagt er nickend.

»Gut. Dann setzen wir es um. Ich mache weiter.« Caroline ist stolz.

»Sehr schön. Entschuldigen Sie mich bitte.« Oliver steht auf und geht.

Caroline sieht ihm stirnrunzelnd hinterher. Dann wendet sie sich an mich. »Also, wie war's in Cornwall? Wie hat sich Alessia dort eingefügt?«

»Großartig, danke. Es war schön, wieder dort zu sein. Alessia war und ist unglaublich. Sie hat beim Lammen geholfen.«

»Hmm ... wirklich?« Caro runzelt die Stirn.

Ich ignoriere ihre Reaktion. »Ja. Sie wusste genau, was gemacht werden muss. Sie will sogar so bald wie möglich nach Cornwall zurückkehren. Ich glaube, sie fühlt sich in der Hall wohler als in London.«

»Warum auch nicht? Dort wird sie von morgens bis abends bedient, und es ist sehr ländlich.«

»Sie wird nicht von morgens bis abends bedient«, blaffe ich sie an. »Was meinst du überhaupt damit?«

»Ach, ich bitte dich, Maxim. Reg dich ab. Ich glaube, sie ist vom Leben in London ein bisschen entmutigt, das ist alles. Und wer wäre das nicht? Sie scheint eine Menge Aufmerksamkeit auf sich zu ziehen, wenn sie hier ist. Was keine Überraschung ist«, murmelt Caroline und beginnt, ihre Sachen einzupacken.

Statt mich auf eine Diskussion einzulassen, wechsle ich das Thema. »Ich werde Kits Autosammlung verkaufen. Ist da etwas dabei, das du gern behalten möchtest?«

Sie hält inne, als ob sie darüber nachdenkt, dann schüttelt sie den Kopf. »Nein. Das war Kits Ding, nicht meins.«

»Bist du dir sicher?«

Sie nickt. »Ich sollte aus dem Zimmer der Countess ausziehen«, fügt sie ein wenig traurig hinzu.

»Das eilt nicht. Wir sind noch nicht aus meinem Zimmer umgezogen.«

»Oh.« Sie zieht die Brauen hoch.

Siehst du, Alessia ist nicht die ambitionierte kleine soziale Aufsteigerin, die überall Punkte sammeln will, für die du sie hältst, Caro!

»Also, was steht auf der Tagesordnung für deinen Aufenthalt hier?«

»Ich weiß noch nicht, wie lange wir bleiben werden. Alessia spielt beim RCM, der RAM, bei der Guildhall und noch irgendwo vor. Ich kann mich gerade nicht erinnern.«

»Bei allen!«

»Ja. Sie hat Talent. Und sie braucht einen Studienplatz für ihr Visum. Ansonsten muss sie für einen Monat oder so nach Albanien zurückkehren. Und das möchte keiner von uns.«

Caroline verdreht die Augen. »Du liebe Zeit. Es ist ja nicht so, als ob sie dem Staat auf der Tasche liegen würde. Ich verstehe nicht, warum das derart schwierig sein muss.«

Ich seufze. »Genauso wenig wie ich. Das ist die feindselige Art und Weise, die wir unserer Regierung nach brauchen. Es ist verdammt ärgerlich.«

»Da stimme ich dir zu.« Sie nimmt ihre Unterlagen und umrundet den Tisch, wo sie allerdings wie angewurzelt stehen bleibt, als sie Kits Tagebuch auf meinem Schreibtisch entdeckt.

Verdammt. Ich hätte es wegräumen sollen.

Sie wird leichenblass. »Du hast es gefunden«, sagt sie mit leiser Stimme, die Bände spricht.

»Ja. Es war in einer abgeschlossenen Schublade in Kits Schreibtisch in der Hall.«

Sie blickt mich aus ängstlichen Augen an, die mit jeder Sekunde dunkler werden. Es fühlt sich an, als würde sämtliche Luft durch das Gewicht dieses kleinen, abgenutzten Lederbuchs aus dem Raum gesaugt. Durch das Gewicht von Kits letzten geschriebenen Worten.

»Sag etwas«, flüstert sie.

»Was gibt es da zu sagen, Caro?« Ich zucke mit den Schultern. Das geht mich nichts an.

»Hast du es gelesen?«

Ich öffne den Mund und schließe ihn wieder.

»Maxim. Sag es mir!«

Und ich weiß, dass sie mich nicht in Ruhe lassen wird, bis sie die Wahrheit kennt.

»Du hast es gelesen. Ich merke das. Ich konnte dich schon immer durchschauen.«

Fuck.

»Nur den letzten Eintrag.«

Sie schluckt. »Was stand darin?«

Ihre Worte sind kaum zu verstehen. Es klopft an der Tür, und Oliver öffnet sie und führt mit einem höflichen Lächeln und verdammt guter Laune Alessia herein. Als sie den Raum betritt, hebt sich meine Stimmung beträchtlich. Meine Frau ist die Kavallerie, die mich vor einem unangenehmen Gespräch bewahrt.

»Störe ich?«, fragt Alessia nicht unfreundlich.

»Nein, natürlich nicht.« Hocherfreut gehe ich auf sie zu und küsse sie sanft auf die Lippen. Alle anderen blende ich aus. »Wie lief es?«

Sie zuckt mit den Schultern. »Ich weiß es nicht. Wir werden sehen. Dein Büro gefällt mir.« Sie blickt um mich herum. »Hallo, Caroline«, sagt sie dann freundlich.

»Alessia, Liebes. Wie geht es dir?« Caroline scheint sich wieder gefangen zu haben und tritt vor, um meine Frau auf die Wangen zu küssen.

Oliver hat das Zimmer verlassen.

»Caroline hat Oliver und mir ihre Entwürfe für die Renovierung der Apartmentkomplexe gezeigt, von denen ich dir erzählt habe.«

Alessia nickt, aber in ihrer Miene lese ich eine Frage.

Fuck. Sie weiß, dass etwas in der Luft liegt.

Ich habe Alessia gegenüber Kits letzte Worte nicht erwähnt, einerseits, weil es mich nichts angeht, und meine Frau erst recht nicht. Andererseits, weil ich nicht weiß, was sie davon halten würde, dass ich Kits Privatsphäre verletze. Aber hauptsächlich, weil Alessias Meinung über Caroline bestenfalls abwartend zu nennen wäre, was ich selbst herausgefunden habe, und ich sie nicht noch weiter verschlechtern will.

»Ich sollte gehen. Oh, was ich dir noch sagen wollte …« Carolines Stimme klingt brüsk, und sie wirft ihre Haare auf eine Seite, nachdem sie wieder zu ihrer üblichen kühlen Persönlichkeit zurückgekehrt ist. »Deine Mutter hat sich endlich gemeldet.«

Oh! »Ach ja?«

»Sie möchte Kits Gedenkfeier auf den Herbst verschieben.«

»Wie denkst du darüber?«

»Ich finde es ein bisschen spät. Du weißt, dass es eine Art Abschluss sein soll. Ein letzter Abschied.« Sie blickt zur Seite, vermutlich um ihre Gefühle oder ihre Scham zu verbergen – ich weiß es nicht.

»Ja, natürlich. Wir sollten mit ihr sprechen. Was Maryanne wohl darüber denkt?«

Caro nickt. Sie presst die Lippen zusammen, als wolle sie ihre Trauer dahinter einsperren. Und ich darf nicht vergessen, dass Kit herausgefunden hat, dass Caro untreu war, denn sie spielt die trauernde Witwe sehr überzeugend.

»Ist Rowena in London?«, will Alessia wissen.

»Ja.«

Alessia blickt von Caro zu mir. »Du solltest mit ihr sprechen. Und sie vielleicht überzeugen, dass … äh … mehr früh. Nein. Früher besser wäre.«

»Sie kommt heute zum Abendessen. Vielleicht möchtet ihr uns ja Gesellschaft leisten?«, schlägt Caro vor.

»Sehr gern«, antwortet Alessia, ohne zu zögern, und nimmt meine Hand, damit ich nicht widersprechen kann.

Was?

EINUNDDREISSIG

Meine Frau hat seit Rowenas mitternächtlichem Ausbruch weitgehend still für eine Versöhnung mit meiner werten Frau Mutter plädiert. Alessia glaubt, dass ich es nicht bemerkt habe, aber dass sie einem Treffen mit meiner Mutter so begeistert zustimmt, ist überraschend, wenn man bedenkt, wie schrecklich sie Alessia behandelt hat.

Du solltest dir ihre Seite von Kits Geschichte anhören. Manchmal geraten Frauen in schwierige Situationen.

Dass sie freiwillig Zeit mit meiner Frau Mutter verbringen will, ist entweder töricht oder mutig.

Kumpel, wem willst du hier etwas vormachen? Alessia ist der Inbegriff von Mut.

Sie kommt aus dem Gästezimmer in den Flur, wo ich warte.

»Ist das hier in Ordnung?«, fragt sie. Sie trägt ihre Jimmy Choos, eine elegante schwarze Hose und eine cremefarbene Seidenbluse. Die Haare hat sie zu einem schicken, aufwendigen Zopf zusammengefasst, und die Perlen, die ich ihr in Paris gekauft habe, stecken an ihren Ohrläppchen. Ihr Makeup ist dezent, ihr Parfüm ein teurer Hauch von Chanel, und unter dem Licht des Kronleuchters funkelt ihr Verlobungsring.

Sie ist von Kopf bis Fuß eine Peeress.

Für eine Nanosekunde werde ich in eine Zeit zurückkatapultiert, in der eine schüchterne junge Frau mit den dunkelsten Augen, die ich je gesehen habe, im Flur einen Besen umklammert und mir nur zögerlich ihren Namen verraten hat.

Das Kopftuch.

Die blaue Nylonschürze.

Die abgewetzten Turnschuhe.

Ein Kloß bildet sich in meiner Kehle.

Meine Frau rockt das Countess-Sein.

Ich huste, um meine Emotion abzuschütteln. »Du bist perfekt.«

Sie winkt ab, aber ihre hochgezogenen Mundwinkel verraten mir, dass sie sich über das Kompliment freut. »*Du* siehst perfekt aus. Sehr sogar.«

»In diesem alten Ding?« Grinsend zupfe ich an den Aufschlägen meines Dior-Jacketts. »Na los, gehen wir und bringen es hinter uns. Kannst du mit diesen Absätzen laufen?«

»Ja.«

Ich helfe ihr in ihre Jacke und schalte die Alarmanlage ein, dann verlassen wir Hand in Hand die Wohnung.

Unsere Zeit in Cornwall hat ihren Zweck erfüllt. Als wir das Gebäude verlassen, werden wir nicht von Reportern verfolgt. Es ist ein milder Abend, die Luft in der Dämmerung ist immer noch warm von einem wunderbar sonnigen Tag, der den Frühling angekündigt hat.

»Wir sollten in das neue Haus ziehen«, sagt Alessia, als wir uns dem Gebäude auf dem Cheyne Walk nähern, das unser Zuhause werden wird.

»Ja, das sollten wir.«

»Ich kann mich darum kümmern.«

»Okay.« Ich grinse. »Ich überlasse es dir. Wir können jederzeit umziehen.«

»Das wichtigste Möbelstück ist das Klavier.«

»Das müssen wir vermutlich mit einem Kran aus der Wohnung holen.«

Sie bleibt vor dem Haus stehen. »Mit einem Kran!«

»Dafür gibt es Spezialisten. Ich glaube, so haben wir es auch hineingebracht.«

»*O Zot!*«

»Ja, *o Zot*. Alle Arten von Unfug. Ich würde ja ein neues kaufen, aber ich habe dieses Klavier sehr gern.«

»Genau wie ich«, sagt sie verträumt. »Es hat einen so vollen Klang. Als ich deine Wohnung geputzt habe, war es meine Zuflucht. Ich habe immer gespielt, wenn du nicht da warst. Es war wunderbar.«

Ich hebe ihre Hand an meine Lippen und küsse ihre Knöchel. »Ich bin froh, dass du eine Zuflucht hattest.«

Sie umfasst mein Gesicht. »Auf so viele Arten«, flüstert sie und streichelt über die Bartstoppeln auf meinen Wangen, was mein Verlangen weckt.

Genug.

»Komm. Bringen wir es hinter uns, bevor ich beschließe, dich nach Hause zu bringen, dein Make-up zu verwischen und dich zu nehmen.«

Sie grinst. »Das ginge in Ordnung. Aber wir sollten uns mit deiner Mutter treffen.«

Am Trevelyan House angekommen klingele ich, und Blake öffnet beinahe sofort.

»Guten Abend, Lord Trevethick.«

»Blake.«

»Lady Trevethick«, begrüßt er Alessia mit einem freundlichen Lächeln.

»Ist meine Mutter hier?«

»Noch nicht, Mylord.«

»Gut. Ist Caroline im Wohnzimmer?«

»Ja, mit Lady Maryanne.«

Mit Alessias Hand in meiner gehen wir nach oben. Bevor ich die Tür zum Wohnzimmer öffne, hole ich tief Luft. Ich weiß, dass Caroline das Gespräch beenden will, das wir in meinem Büro begonnen haben.

Alessia wappnet sich innerlich, als Maxim die Tür aufmacht. Als sie eintreten, finden sie Caroline in ein angeregtes Gespräch mit Maryanne vertieft. Sie stehen neben dem Barwagen und halten Drinks in den Händen.

Auf dem Couchtisch brennen drei Stumpenkerzen, jede mit drei Dochten, und ein Feuer lodert im Kamin, was dem Wohnzimmer einen einladenden, warmen Schimmer verleiht.

»M. A.« Maxims Stimme verrät seine Zuneigung zu seiner Schwester, als er ihren Spitznamen benutzt, auf sie zutritt und sie auf die Wange küsst. »Wie war es in Seattle?«

»Es war fabelhaft, Maxie.« Maryanne umarmt ihn und schließt die Augen, als sie ihn kurz im Arm hält. Natürlich, sie haben sich nicht mehr gesehen, seitdem ihre Mutter ihre Geheimnisse auf so unangenehme Art in Maxims Wohnung herausposaunt hat.

Maryanne wendet sich strahlend an Alessia. »Alessia, meine Liebe. Wie geht es dir? Ich habe gehört, du warst beim Lammen in der Hall ein ziemlicher Hit.« Sie umarmt Alessia lang und fest, was diese überrascht.

»Hi, Maryanne. Mit wem in der Hall hast du denn gesprochen?«

»Gin Tonic für euch beide?«, fragt Caroline. »Hallo noch mal, Maxim«, sagt sie steif und hält ihm ihre Wange hin, auf die er einen Kuss drückt.

Maryanne zieht sich zurück; ihr Lächeln ist breit und ehrlich. »Ich habe so meine Quellen. Du siehst wunderbar aus.«

»Danke, genau wie du«, erwidert Alessia. »Und ja, danke, Caroline.«

Beide Frauen sind wie immer makellos gekleidet – Maryanne in einem marineblauen Hosenanzug und Caroline in einem schwarzen Seidenhemdkleid mit Gürtel, doch diesmal hat Alessia das Gefühl, es ebenfalls zu sein.

Caroline mischt die Drinks, und Maxim bietet ihr seine Hilfe an.

»Du wirkst glücklich, Alessia«, stellt Maryanne fest.

Alessia lächelt. »Du auch. Du hast in Seattle einen Freund besucht?«

Maryanne lacht laut auf. »Er ist mehr als nur ein Freund, aber ja. Wir hatten viel Spaß, und ich hoffe, dass ihr alle Ethan an Ostern kennenlernen werdet.«

»Ich freue mich darauf.«

»Erzähl mir von Cornwall. Ich vermisse es so.« Maryanne deutet auf eines der Sofas, und Alessia lässt sich darauf nieder, während Maryanne sich neben sie setzt und ganz Ohr ist, als ob sie sich wirklich freut, sie zu sehen, und ehrlich daran interessiert ist, was sie zu sagen hat. Alessia entspannt sich ein wenig und berichtet Maryanne von ihren Erlebnissen.

Caroline reicht mir einen Gin Tonic. »Wir wurden vorhin unterbrochen. Du hast meine Frage noch nicht beantwortet.«

»Caro, das hier ist weder der richtige Ort noch der richtige Zeitpunkt.«

»Bitte«, flüstert sie. Es klingt so innig, dass es mich verblüfft.

Da sie meine Schwäche wittert, hakt sie nach. »Ich muss es wissen.«

»Maxim!«, ruft Maryanne. »Bitte sag mir, dass du Alessia nicht im Defender das Fahren beigebracht hast. Was für ein Sadist bist du nur?«

Ich wende meine Aufmerksamkeit ihr und meiner Frau zu, die Caroline und mich wachsam beobachtet.

Sie weiß, dass etwas los ist.

»Doch. Und wie immer hat mich meine Frau nicht enttäuscht.« Ich schenke Alessia ein liebevolles und, wie ich hoffe, auch beruhigendes Lächeln.

»Im Defender?« Caroline schnaubt und betrachtet mich. »Wirklich? Du bist ein Sadist.«

»Alessia kann ihn fahren, also kann sie alles fahren«, erkläre ich schulterzuckend und nehme einen Schluck von meinem Gin Tonic, erfreut darüber, dass sowohl Caro als auch Maryanne mich im Namen meiner Frau rügen, auch wenn es unnötig ist.

Caroline presst die Lippen fest zusammen und reicht Alessia ihren Drink, was mich vor unserem unangenehmen Gespräch über den Inhalt von Kits Tagebuch bewahrt.

Die Tür wird geöffnet, und Rowena kommt herein, in einem fließenden schwarzen Jumpsuit, der zweifellos von Chanel ist. Als sie mich erblickt, bleibt sie stehen.

»Hallo, Mutter«, begrüße ich sie freundlich und trete vor, um sie auf die Wange zu küssen. Sie steht immer noch wie erstarrt da und blinzelt in die Ferne, als würde sie verzweifelt versuchen, sich irgendwo anders hinzuwünschen. Ich ignoriere ihre Reaktion, küsse sie trotzdem und stelle dabei fest, dass sie sich fürchtet.

Meine Mutter? Sich fürchten?

Ich bin entsetzt. Was mich aber noch mehr verstört, ist die Tatsache, dass ich diesen Blick kenne. Ich habe ihn schon einmal gesehen … bei meiner Frau.

Etwas in mir zerbricht.

Und bevor ich es mir anders überlegen kann, ziehe ich Rowenas schmale Gestalt in die Arme, halte sie fest, während mein Puls rast. »Schon gut«, flüstere ich. »Schon gut. Ich passe auf dich auf.«

Ich atme ihr teures Parfüm ein und halte sie einfach nur fest, vermutlich zum ersten Mal in meinem Leben – ich kann mich nicht daran erinnern, dass ich sie je so umarmt habe, nicht mal als Kind, und ich will sie nicht loslassen.

So stehen wir mitten im Wohnzimmer, bis sich mein Herzschlag ein wenig beruhigt und mir bewusst wird, dass das Gespräch hinter uns verstummt ist und alle Augen auf uns gerichtet sind, obwohl wir beide niemanden sehen können.

Rowena macht … nichts. Sie steht einfach nur da. Vor Schock, vermutlich, und ich glaube, sie hat womöglich komplett aufgehört zu atmen, aber schließlich erschaudert sie, und mit einem halben Seufzer oder einem stillen Schluchzen hebt sie den Kopf und küsst meine Wange.

»Mein Junge«, flüstert sie und legt mir eine Hand an die Wange. In ihren Augen stehen Tränen.

»Oh, Mama.« Ich küsse ihre Stirn.

»Es tut mir leid«, sagt sie beinahe unhörbar.

»Ich weiß. Mir auch.«

Alessia beobachtet den Austausch zwischen Mutter und Sohn, der sich vor ihren Augen abspielt, und spürt Tränen aufsteigen. Und obwohl sie nicht verstehen kann, was sie sagen, ist es mehr, als sie zu hoffen gewagt hat …

Sie schaut zu ihren Schwägerinnen. Maryanne starrt sprachlos ihre Mutter und ihren Bruder an, und Caroline wirkt verwirrt, zieht dann jedoch ein finsteres Gesicht. »Was zum Teufel ist hier los?«

»Du hast es ihr nicht erzählt?«, fragt mich Rowena.

Ich schüttle den Kopf. »Nein.«

Sie nickt, und wenn ich mich nicht irre, liegt ein Hauch von Bewunderung auf ihren Lippen. »Du bist genau wie dein Vater. Ich glaube, du hast das Beste von ihm.«

»Das ist das Netteste, was du je zu mir gesagt hast.«

Sie lächelt, dann verdreht sie die Augen. »All diese … Gefühle. Das ist erschreckend bürgerlich.«

Ich lache. »Ich weiß.«

Sie löst sich aus meiner Umarmung und nimmt die Last meines Ärgers mit sich.

»Kann mir bitte jemand erklären, was hier vor sich geht?«, verlangt Caroline.

»Caroline, Liebes. Ich denke, ich muss dir etwas erzählen«, sagt Rowena. »Aber zuerst spreche ich mit Alessia.«

Alessias Herz beginnt zu rasen, als Maxims Mutter sich ihr zuwendet. Sie hebt das Kinn.

Worum geht es?

»Ich muss mich noch bei dir entschuldigen.«

Alessias Kopfhaut prickelt – damit hat sie nicht gerechnet.

»Was ich bei unserem letzten Treffen zu dir gesagt habe, ist unverzeihlich. Heath hatte sich eingemischt, wie du weißt. Aber ich habe ihn zur Vernunft gebracht. Ich wollte nicht, dass er zur Presse geht. Wie auch immer, ich hoffe, du kannst mir vergeben.«

Alessia steht auf und geht auf Rowena zu. »Natürlich.«

Rowena streckt ihr eine Hand entgegen, und Alessia nimmt sie, überrascht von den kühlen Fingern ihrer Schwiegermutter. »Du hast eine großzügige Gesinnung, meine Liebe. Lass dir das nicht nehmen.«

»Mein Mann hat ein Elternteil verloren – und du ein Kind. Keiner von euch sollte noch mehr verlieren.«

Rowena blinzelt einige Male – ihre Überraschung ist offensichtlich. »Ja. Das ist absolut richtig.« Sie drückt Alessias Hand. »Du hast eine große Wirkung auf meinen Sohn.«

»Und er auf mich.«

Maxim schlingt einen Arm um Alessias Schultern und küsst ihre Schläfe.

»Ich habe wunderbare Dinge von der Hall über dich gehört, mein Kind«, fügt Rowena freundlich hinzu.

»Könnte mir bitte endlich jemand erklären, was zum Teufel hier vorgeht?«, blafft Caroline.

»Ich hole dir einen Drink, Mutter«, bietet Maxim an.

»Wein, bitte, Liebling.« Sie setzt sich in einen der Sessel vor dem Kamin, und Alessia nimmt auf der Couch Platz.

»Seid ihr bereit, euch das anzuhören?«, wendet sie sich an ihre Kinder.

»Ja«, erwidern Maryanne und Maxim gleichzeitig.

»Was anhören?«, fragt Caroline, immer noch verwirrt.

Maryanne wendet sich an Caroline. »Daddy war nicht Kits Vater.«

»Was?« Caroline wird blass und blickt von Maryanne zu Maxim, doch der ist mit dem Einschenken des Weins beschäftigt.

»Es stimmt«, bestätigt Rowena und funkelt Maryanne an, vermutlich weil die gerade so rüde mit Rowenas Geheimnis herausgeplatzt ist.

»Ich bringe lediglich Caro auf den aktuellen Stand«, verteidigt sich Maryanne.

Caroline öffnet den Mund, aber nicht vor Überraschung – mehr aus Erkenntnis.

»Ich wollte dich damit nicht so überfallen, Caro, Liebling.

Ich dachte, ich könnte es dir privat erzählen. Ich habe nicht damit gerechnet, dass auch der Rest der Familie hier sein würde. Ich entschuldige mich dafür.«

Caroline nickt, als würde sie das verstehen, oder sie steht unter Schock.

Alessia ist sich da nicht sicher.

Ich stelle ein Glas gekühlten Chablis auf den Couchtisch vor meine Mutter und setze mich neben Alessia.

»Möchtest du das hören?«, fragt Rowena Caroline.

»Ja«, erwidert Caro leise.

»Gut. Ich fasse mich kurz«, sagt sie in ihrem knappen mittelatlantischen Tonfall. Sie verschränkt die Hände im Schoß und blickt in das schwindende Feuer. »Als ich damals nach London kam, war ich naiv und dumm. Ich war nicht an dem Studienplatz interessiert, den ich mir an der Universität gesichert hatte, ich wollte Spaß haben. Meine Eltern waren schrecklich streng gewesen, aber sobald ich ausgezogen war, schienen sie sämtliche elterliche Kontrolle aufgegeben zu haben. Ich hatte Glück, ich wohnte mit Freundinnen von der Uni in Kensington, und eine von ihnen arbeitete als Model. Sie hat mich zu ihrer Agentur mitgeschleppt. Sie haben mich unter Vertrag genommen. Und ich wurde das, was man damals ein It-Girl nannte.« Die letzten Worte spricht sie voller Verachtung aus.

»Es waren die Achtziger. Gier war etwas Gutes. Und ich war gierig. Ich genoss die Szene in vollen Zügen – Partys, Schulterpolster, toupierte Haare … Und eines Tages traf ich einen Mann, den ich für einen von den Guten hielt. Ein Musiker mit gesundem Menschenverstand. Er war unerreichbar, und ich war wie besessen von ihm. Aber eines Nachts, nach einer Menge Alkohol … Nun, da kam ich zu ihm durch. Ich werde euch die weiteren Einzelheiten ersparen, jedenfalls wollte er danach nichts mehr mit mir zu tun haben. Ungefähr zur selben Zeit habe ich viel mit John, eurem Vater, gearbeitet. Wie ihr wisst, war er ein sehr talentierter Fotograf auf dem Gipfel seiner Karriere. Er war die erste Wahl für alle Magazine, also hatten wir viele gemeinsame Shootings. Und unsere Beziehung war … sagen wir, mehr als nur beruflicher Natur. Ich wusste, dass er mich mochte.«

Rowena hält inne und nimmt einen Schluck von ihrem Drink.

»Als ich herausfand, dass ich schwanger war, war der Musiker verschwunden. Als ich ihn schließlich gefunden habe, hat er mir erklärt, dass das Kind mein Problem sei. Und damit war er fertig mit dem Thema. Es war …« Sie runzelt die Stirn. »Es war zu spät für mich, um … Nun ja. Euer Vater hatte Mitleid mit mir. Er war eben ein gutherziger Mann. Wir haben geheiratet. Er hat Kit wie sein eigenes Kind angenommen. Und es wurde zu unserem Geheimnis. Cameron hat es natürlich erraten.« Sie blickt zu Alessia. »Das ist Johns Bruder, Maxims Onkel. Er war stinkwütend.« Sie wendet sich an Maryanne. »Aber euer Vater hat mich geliebt …« Sie verstummt, und ihre Augen leuchten, als sie ins Feuer blickt. Das Knistern der Flammen und das Ticken der alten georgianischen Uhr unterstreichen die angespannte Stille.

Sie schüttelt den Kopf, als wolle sie die Erinnerung abschütteln. »Kits Vater zog jedenfalls in die USA und wurde ein sehr erfolgreicher Geschäftsmann, außerdem outete er sich öffentlich als schwul, was vermutlich sein Desinteresse an mir und meinem Kind erklärt. Ich habe nie wieder von ihm gehört und den Gedanken an ihn verdrängt. Bis er vergangenes Jahr verstorben ist. Es war in den Nachrichten, und da habe ich von seiner genetisch bedingten Krankheit erfahren.«

Sie hält inne und trinkt einen Schluck Wein. »Das war ein dunkler Tag. Es fiel zeitlich genau in die Phase, in der Kit wegen seiner ständig wiederkehrenden Kopfschmerzen Hilfe suchte. Also habe ich ihn ermuntert, deswegen zum Arzt zu gehen, ohne ihm von seinem leiblichen Vater zu erzählen. Unmittelbar nach Neujahr hat Kit mir eröffnet, dass er ein Problem hat und dass er euch beiden davon erzählen wollte.« Sie blickt von mir zu Maryanne. »Und da habe ich es ihm gestanden.« Ihre Unterlippe zittert, aber sie bewahrt die Fassung. »Er war natürlich wütend. Danach fuhr er mit seinem Motorrad los …« Ihre Stimme bricht, und sie zieht ein Stofftaschentuch aus dem Ärmel.

»Nun, den Rest kennen wir«, sage ich fast ohne Stimme.

»Unser Streit war unser letztes Gespräch«, flüstert sie. »Er war so wütend auf mich …« Rowena klingt beinahe wie ein Kind.

Schweigen senkt sich erneut über den Raum, und die Stille wird nur durch das Schlagen der Uhr durchbrochen, die die halbe Stunde anzeigt. Alessia zuckt zusammen. Das Geräusch rüttelt Caroline auf, die sich neben meine Mutter in den anderen Sessel setzt und ihre Hand nimmt. »Er war nicht nur auf dich wütend. Wir haben ihn beide enttäuscht«, murmelt sie, und ich glaube, nur ich kann sie hören.

Rowena wirft ihr einen mitfühlenden Blick zu. »Ich weiß«, erwidert sie leise.

»Er hat es dir erzählt?«

Rowena nickt. »Ich kann mir keine Meinung anmaßen, Liebes. Kit konnte … schwierig sein.«

Schwierig? Kit?

Caroline blickt zu mir, wendet sich aber sofort ab.

Worum zum Teufel geht es hier?

Welche anderen Geheimnisse hat meine Familie vor mir?

»Es ist an der Zeit, ihn ordentlich zu verabschieden, Mama. Um unser aller willen«, meldet sich Maryanne zu Wort.

»Ja«, stimmen Caro und ich ihr einhellig zu.

»Ihr habt recht«, gibt Rowena nach und tupft die Augenwinkel mit ihrem zierlichen Taschentuch ab.

»Gut«, sagt Caroline. »Dann führen wir seine Gedenkfeier wie geplant durch.«

Es klopft an der Tür, und Blake kommt herein. »Das Abendessen ist serviert«, verkündet er, offenbar völlig blind gegenüber den Bomben, die gerade in diesem Raum abgeworfen wurden. Aber ich bin froh, ihn zu sehen. All die Geheimnisse machen mich hungrig.

»Geht es dir gut?«, frage ich Alessia.

»Ja. Und dir?«

»Auch. Sogar deutlich besser, als ich angenommen habe. Du hattest recht.« Ich nehme ihre Hand, und wir folgen Caro aus dem Wohnzimmer. »Ich musste ihre Seite der Geschichte hören.«

»Ihr habt euch … äh … versöhnt, bevor du ihre Geschichte gehört hast.«

»Eine kluge junge Frau hat mich daran erinnert, dass Rowena das einzige Elternteil ist, das ich noch habe.«

Alessias Wangen färben sich in einem entzückenden Pink, und sie lächelt über mein Kompliment, während wir nach unten ins Esszimmer gehen, wo aufwendig fürs Abendessen eingedeckt wurde.

Der große Mahagonitisch ist ein spektakulärer Anblick. Er ist mit zarten, weiß-goldenen Porzellantellern, passendem goldfarbenem Besteck und Kerzenleuchtern eingedeckt. Alessia vergisst bei dem Anblick fast das Atmen.

Aber sie entdeckt auch das Yamaha-Klavier am Ende des Raums.

Caroline besteht darauf, dass Maxim am Kopfende Platz nimmt. Sie und seine Mutter setzen sich jeweils an seine Seite, Maryanne sitzt neben Caro und Alessia neben Rowena. Alessia freut sich, dass sie sich von der beeindruckenden Anordnung des Bestecks nicht beirren lässt, wieder einmal ist sie dankbar für den Benimmkurs.

Das Abendessen findet in geselliger Runde statt. Es ist, als hätte jeder von ihnen tief Luft geholt und dann ausgeatmet. Maxim ist charmant und bezieht alle in die Gespräche mit ein. Er redet mit seiner Mutter ausführlich über seine Pläne für Cornwall: die Destillerie, die regenerative Landwirtschaft. Und Maryanne und Rowena stellen ihm viele Fragen, die er sachkundig beantwortet.

Seine Mutter wirkt wie ein neuer Mensch. Als wäre sie aus einem Käfig ausgebrochen und würde zum ersten Mal seit langer Zeit die Sonne auf dem Gesicht spüren. Alessia ist davon fasziniert.

Maryanne erzählt mehr von Seattle und Ethan und ihren Erlebnissen dort. Alessia berichtet von ihrem Vorspielen beim RCM und den Vorspielterminen, die noch folgen.

Die Einzige, die nicht entspannt wirkt, ist Caroline. Sie wirft Maxim dauernd Blicke zu, als versuche sie, ihm etwas mitzuteilen.

Schließlich steht sie während des Desserts auf. Automatisch tut Maxim es ihr gleich.

»Mein Lieber«, sagt sie zu Maxim. »Ich muss mit dir sprechen und dir diese Sachen geben, die Kit gehört haben. Können wir das jetzt erledigen?«

Maxims Blick gleitet zu Alessia, und seine Augen sind groß. Darin steht – was? Panik?

Warum?

Alessia beschließt, dass dies eine Sache zwischen ihm und seiner Exgeliebten ist. Es hat nichts mit ihr zu tun. Also lächelt sie ihm beruhigend zu und zuckt leicht mit den Schultern.

»Natürlich«, antwortet er Caroline und folgt ihr aus dem Raum, wo Alessia mit ihren angeheirateten Verwandten zurückbleibt.

»Alessia, Liebes«, sagt Rowena. »Ich habe viel über dein musikalisches Talent gehört. Ich würde es gern einmal erleben. Würdest du uns die Ehre erweisen?«

»Selbstverständlich, sehr gern.« Alessia verlässt den Tisch und geht zum Klavier. Sie hebt den Deckel und schlägt das mittlere C an. Es hat einen vollen, robusten Klang, der in reinem Gold durch den Raum schallt. »Es ist gestimmt«, sagt sie wie zu sich selbst und setzt sich auf den Klavierhocker.

Mit wild klopfendem Herzen folge ich Caroline in das Heiligtum, das einmal Kits Arbeitszimmer war. Seit seinem Tod war ich nicht mehr hier drin. Mit den marineblauen Wänden, den großen Gemälden und einem Regal voller Kuriositäten, Fotos und Trophäen wirkt es ein wenig erdrückend. Ich glaube, einen leichten Hauch seines Aftershaves zu riechen, und eine Vision aus einem lang vergessenen Traum oder Albtraum ploppt unverhofft in meinem Kopf auf. Er beugt sich über mich. *Du schaffst das. Du wurdest dafür geboren.* Und er lächelt sein schiefes, ehrliches Lächeln, das für die seltenen Momente reserviert war, in denen er Mist gebaut hatte. Zumindest dachte ich, dass sie nur selten vorkamen.

Ich bin ein wenig aus der Fassung.

Vielleicht waren sie gar nicht so selten, was Caro anging.

Verdammt. Ich habe immer zu Kit aufgesehen und ihn beneidet.

Er hat die Frau bekommen. Und den Titel. Bei seiner Arbeit in der City war er begnadet.

Aus dem Esszimmer höre ich das Klavier. Das Klavier, auf dem ich spielen gelernt habe.

Alessia.

Sie spielt *Clair de Lune*, und ich erinnere mich, als sie es das letzte Mal vorgetragen hat, haben wir es gemeinsam gespielt – und was für ein lebensbejahendes Erlebnis das war. Dass sie in der Nähe ist, beruhigt mich und holt mich aus meinen düsteren Gedanken über die vor mir liegende Aufgabe. Das Letzte, was ich will, ist, Kits Vertrauen zu missbrauchen. Sein Tagebuch wäre genau so ein Fall. Darin stehen private Gedanken, und in die will ich nicht eindringen, und ich möchte genauso wenig, dass Caro es tut.

Ich beschließe, den Stier bei den Hörnern zu packen. »Ich habe gehört, was du zu Rowena gesagt hast.«

Caro lehnt sich gegen Kits antiken Schreibtisch und verschränkt die Arme vor der Brust. »Dann weißt du es.«

Ich seufze. »Ich weiß, dass Kit wusste, dass du dich woanders vergnügt hast.«

Caro hält meinen Blick fest. »Was hat er in seinem Tagebuch geschrieben?«

»Er war wütend auf dich und Rowena. Das ist alles. Das ist der letzte Eintrag. Ich glaube nicht, dass er sich umbringen wollte. Er war einfach nur wütend. Wütend wegen des schlechten Blatts, das er vom Schicksal bekommen hatte.«

»Zählst du mich auch zu diesem schlechten Blatt?«

Verdammt noch mal.

Ich lasse mich in einen der Schottenkaro-Sessel fallen, die vor seinem Schreibtisch stehen.

»Ich weiß es nicht, Caro. Ich habe das nicht geschrieben. Und ich bin nicht in der Position, um mir ein Urteil zu erlauben. Genauso wenig wie Rowena, was sie ja auch gesagt hat. War es eine Person? Mehrere? Das betraf nur dich und Kit und dein Gewissen.«

Sie blickt auf ihre Fingernägel, dann lässt sie sich in den Sessel neben mir fallen. »Ich habe ihn geliebt.«

»Das weiß ich. Was hat Rowena damit gemeint, dass er schwierig sein konnte?«

Caroline richtet sich auf und betrachtet erneut ihre Fingernägel. Sie seufzt. »Er war distanziert und fordernd. Kontrollierend. Gelegentlich gewalttätig.«

Was zum Teufel soll das bedeuten?

»Dir gegenüber?«, frage ich und setze mich auf, schockiert.

Sie nickt und blickt von ihren Nägeln zur Zimmerdecke. »Nicht oft.«

»Das ist schrecklich. Warum hast du uns das nicht erzählt?«

»Das konnte ich nicht. Dafür hab ich mich zu sehr geschämt. Aus Trotz habe ich mir anderweitig Gesellschaft gesucht. Ich dachte nicht, dass es ihm etwas ausmacht, doch das hat es.«

»Oh, Caro, das tut mir so leid.«

»Maryanne hat es bemerkt. Sie hat es eurer Mutter erzählt. Ich glaube, Rowena hat mit ihm gesprochen.«

Sie verstummt, und wir lauschen den entfernten Klängen des Klaviers, das Alessia mit so viel Raffinesse spielt. Doch alles, woran ich denken kann, ist die Tatsache, dass meine Familie total beschissen war und ich überhaupt keine Ahnung davon hatte.

»Ich wusste, dass ich mich falsch entschieden habe«, flüstert sie.

»Caro, nicht. Darüber wollen wir nicht sprechen. Was vorbei ist, ist vorbei.«

»Es war so schwer für mich, dabei zuzusehen, wie du deinen Schwanz so ziellos in alles gesteckt hast, was einen kurzen Rock trug.«

Ich verziehe das Gesicht. »Wie die Mutter, so der Sohn.«

Sie hat den Anstand, darüber zu lachen.

»Aber das ist vorbei«, füge ich hinzu und bin erleichtert, dass sie ihren Humor nicht verloren hat.

Sie verdreht die Augen. »Ja, das habe ich gesehen. Du strahlst wie ein verdammter Weihnachtsbaum, sobald sie den Raum betritt. Davon wird einem ganz übel.«

»Nein, Caro. Das ist Liebe.«

»Bei mir war es für dich nicht so.«

»Nein.«

»Sie hat großes Glück.«

»Ich habe großes Glück.«

»Wirst du mir das Tagebuch geben?«

»Möchtest du wirklich wissen, was in ihm steht?«

»Nein. Ich hoffe nur, dass er mich nicht gehasst hat.«

»Ich hatte nie den Eindruck, dass er dich hasst, Caro. Ihr beiden hattet doch letztes Weihnachten eine schöne Zeit in Havanna und auf Bequia.«

»Wir haben uns bemüht. Versteh mich nicht falsch, wir hatten auch gute Zeiten.«

»Erinnere dich an die, Caro.«

Sie nickt traurig. »Ich versuche es.«

»Wir sollten zurück zu den anderen.«

»Ja.« Als sie aufsteht, erhebe ich mich ebenfalls. Sie beugt sich über den Schreibtisch und greift nach einer Holzkiste. »Das sind einige seiner Dinge, von denen ich glaube, dass du sie sicher gern hättest.« Sie reicht sie mir.

»Ich schaue sie mir zu Hause an.«

»Okay.«

Die Kiste in der einen Hand, umarme ich sie mit dem anderen Arm. »Es tut mir leid, Caro.«

»Ich weiß.«

»Und Glückwunsch zum Nichtweinen.«

Sie lacht. »Lass uns zur Familie zurückgehen.«

Familie. Ja. Meine Familie. Meine verkorkste Familie.

Gott sei Dank habe ich Alessia.

ZWEIUNDDREISSIG

Hand in Hand gehen wir zurück zur Wohnung. Die Holzkiste trage ich unter dem Arm, nachdem ich die von Mrs. Blake angebotene Einkaufstasche abgelehnt habe.

»Wir haben den Abend überlebt«, murmele ich Alessia zu.

»Es war … außergewöhnlich.«

Ich lache. »Das war es.«

»Deine Mutter war beim Abendessen nett zu mir.«

»Meine Mutter hat ihren Fehler erkannt. Nachdem sie ihre schmutzige Wäsche vor der ganzen Familie gewaschen hatte, wirkte sie beim Essen wie ein neuer Mensch.«

Alessia macht ein missbilligendes Geräusch.

»Tut mir leid, ging dir der Vergleich mit der Wäsche meiner Mutter zu weit?«

Sie schüttelt den Kopf und lacht. »Worüber hast du mit Caroline gesprochen?«

»Kit.«

Alessia nickt. »Ich mache mir Sorgen, weil ich glaube, dass Caroline immer noch in dich verliebt ist.«

»Da bin ich mir nicht so sicher. Caroline und ich haben nie wirklich zusammengepasst. Wir waren gute Freunde, sind gute Freunde. Und dorthin gehört sie auch, in meinen Freundeskreis. Sie weiß, dass ich nur Augen für dich habe. Ich habe noch nie jemanden so geliebt wie dich.«

Alessia grinst. »Ich habe noch nie jemanden außer dir geliebt.«

»Nicht mal das Arschloch?«

Sie lacht entsetzt auf. »Erst recht nicht das Arschloch!«

»Ich frage mich, ob er diese Männer ermordet hat. Deine Entführer.«

»Diese Frage habe ich mir auch gestellt.«

»Hat er diese Art von … Einfluss?«

»Ich kann es dir nicht sagen«, erwidert Alessia.

»Es ist besser, wenn wir es nicht wissen.«

»Ja. Wie du gesagt hast … Ich möchte nicht in diese Welt hineingezogen werden.«

»Aber wir sollten etwas tun, um Frauen wie Bleriana zu helfen. Ich werde mit Maryanne darüber sprechen. Du solltest dem Stiftungsvorstand unserer Wohltätigkeitsorganisation beitreten. Und wir können einen Verein finden, der Frauen wie deiner Freundin hilft.«

»Das fände ich schön.« Sie drückt meine Hand, und in angenehmem Schweigen gehen wir am Embankment entlang. Alessia gehört nicht zu den Frauen, die alle Gesprächspausen sofort füllen müssen.

Und ich liebe sie umso mehr dafür.

»Was ist in der Kiste?«, fragt sie irgendwann.

»Einige Dinge von Kit. Ich schaue sie mir morgen an. Jetzt muss ich erst mal meine Meinung von ihm revidieren.«

»Warum? Weil er nur dein Halbbruder ist?«

»Nein, nicht deshalb. Er wird immer mein Bruder sein. Aber wegen der Art und Weise, wie er Caro behandelt hat. Und mich auch … Er war kein freundlicher Mann, und er hatte eine dunkle Seite, die er gut versteckt hat. Allerdings nicht besonders gut vor Caroline.«

»Oh.«

»Ja, darüber haben sie und ich auch gesprochen. Aber das ist eine Geschichte, die sie erzählen muss, nicht ich.«

Wir erreichen unser Haus. Alessia schließt die Eingangstür auf, und wir gehen hinein.

»Ich werde das hier vermissen«, murmele ich, während wir auf den Fahrstuhl warten.

»Ich auch. Hier habe ich mein Glück gefunden.« Alessia streckt sich und küsst mich auf die Wange.

Es ist nicht genug. Ich schlinge meinen freien Arm um ihre Taille und ziehe sie an mich, und so führe ich uns in den Aufzug, als sich die Türen öffnen. »Genau wie ich. Ich habe dich gefunden.« Unsere Lippen treffen sich, und ich lehne sie an die Wand, wo wir uns den gesamten Weg bis zum sechsten Stock küssen – mit Zungen und Lippen und Liebe. All das liegt in unseren Küssen. Als die Türen aufgleiten, sind wir außer Atem.

»Bring mich ins Bett, Mylord«, flüstert Alessia, und ihr süßer Atem vermischt sich mit meinem.

»Sie haben meine Gedanken gelesen, Mylady.«

Sobald ich die Alarmanlage ausgeschaltet und die Holzkiste auf den Beistelltisch gestellt habe, führt mich meine Frau zum Schlafzimmer. Die dunklen Augen auf mich gerichtet, zieht sie mir das Jackett aus und legt es übers Sofa.

Dann stellt sie sich daneben, legt ihre eigene Jacke ab und platziert sie über meiner, wobei sie den Blick die ganze Zeit über auf mich gerichtet hält. Ihre Finger wandern weiter zu ihrer Bluse, und sie beginnt, sie aufzuknöpfen, während sie mich weiter beobachtet.

Oh, dieses Spiel kann ich auch mitspielen.

Ich entferne erst den einen Manschettenknopf und dann den anderen, lege sie auf den Nachttisch und lockere meine Hemdsärmel.

Alessia leckt sich über die Oberlippe, doch es könnte genauso gut mein Schwanz sein.

Fuck.

Sie zieht ihre Bluse aus und lässt sie aufs Sofa fallen, sodass sie jetzt in ihrem cremefarbenen Spitzen-BH vor mir steht. Ihre dunklen Nippel drücken sich gegen den hauchdünnen Stoff. Sie kommt auf mich zu, groß in ihren High Heels, und schiebt meine Finger zur Seite, die unbeweglich an meinen Hemdknöpfen ruhen, seit ich ihr zusehe.

»Lass mich das tun«, sagt sie und blickt mich unter ihren Wimpern hervor an.

»Nur zu«, flüstere ich.

Wer ist diese Verführerin?

Sanft zieht sie mein Hemd aus der Hose und knöpft es auf.

Unsäglich langsam. Knopf für Knopf.

Vom Kragen her. Es treibt mich in den Wahnsinn, und mit jedem gelösten Knopf wird mein Schwanz härter. Als sie das Ende erreicht hat, zieht sie die Hemdteile schwungvoll auseinander, beugt sich vor und drückt mir einen sanften, feuchten Kuss auf die Brust.

O nein.

Ich umfasse ihr Gesicht und bringe unsere Lippen zusammen.

Oh, Baby.

Ihr Mund schmeckt süß, und sie ist begierig. Begierig darauf, mich zu erfreuen. Und es ist verdammt heiß. Unsere Zungen spielen miteinander und fachen unser Verlangen an, während ich sie rückwärts zu unserem Bett führe. Sie löst den Kuss, um nach Luft zu schnappen, streicht mir über die Schultern und schiebt das Hemd herunter, sodass es zu Boden fällt. Dann fährt sie mit den Fingern über meinen Bauch, über die Haarlinie bis zum Bund meiner Hose.

Mein Mädchen ist ungeduldig.

Das gefällt mir.

Als sie meinen Hosenknopf löst, bin ich atemlos, und mein Schwanz fühlt sich heiß und schwer an. Er sehnt sich nach ihr.

Alessia will ihn schmecken.

Alles von ihm.

Sie zieht den Reißverschluss seiner Hose auf und schiebt ihre Hand hinein. Als sie seine Erektion umfasst, stöhnt er zufrieden auf.

Sie macht einen Schritt nach hinten. »Zieh sie aus.«

Er grinst und ist offensichtlich erfreut darüber, dass sie die Zügel in die Hand nimmt. »Wie du wünschst, meine Ehefrau«, wispert er und streift seine Schuhe und Socken ab, dann entfernt er gleichzeitig Hose und Unterwäsche, bis er herrlich nackt vor ihr steht … und bereit.

Sehr bereit. Für sie.

»Du hast zu viel an«, flüstert er und lässt sich auf die Knie fallen, wo er vorsichtig ihre Schuhe auszieht. Er blickt zu ihr auf und zieht den Reißverschluss ihrer Hose herunter, die er ihr anschließend sanft abstreift, sodass sie nur noch in BH und Slip vor ihm steht.

Langsam, wie ein grünäugiger Panther, kommt er auf die Füße und küsst sie erneut, feucht und verlangend. Alessia löst sich von ihm und führt sie zum Bett.

»Du hast immer noch zu viel an«, murmelt er. »Schauen wir mal, was wir dagegen tun können.«

Sie legt die Hände auf seine warme Brust, dann schubst sie ihn aufs Bett. Er fällt, überrascht von ihrer plötzlichen Bewegung, und stützt sich auf die Ellbogen, um die Show zu genießen. Sie blickt auf ihn hinab und genießt einen Moment lang den Anblick ihres nackten Mannes, der vor ihr ausgebreitet liegt – den Anblick von seinen breiten Schultern, den Haaren auf seiner Brust und von seinem festen Bauch mit den Haaren, die hinabführen und über die sie gern lecken würde. Er sieht umwerfend aus, und seine Haut ist immer noch leicht gebräunt. Und all das gehört ihr.

Unter ihrer offenkundigen Bewunderung schwillt seine Erektion noch weiter an.

Langsam befreit sie sich von ihrem Spitzenslip. Dann entfernt sie vorsichtig ihren BH, einen Träger nach dem anderen, ohne den Blick von seinen glitzernden grünen Augen zu nehmen.

»Verführerin«, formt er mit den Lippen, und seine Augen werden dunkel vor Verlangen. Alessia genießt die Wirkung, die sie auf ihn hat.

Sie lässt den BH auf den Boden fallen und streicht sich über die Brüste, den Blick weiterhin unverwandt auf Maxim gerichtet. Sie öffnet mit fordernder Begierde den Mund, und sie kann ein triumphierendes Lächeln nicht unterdrücken. Er atmet schwer, als sie schließlich über seinen Körper kriecht. Sie packt seine Handgelenke, drückt sie neben seinem Kopf auf die Matratze und berührt nun beinahe seine Nase mit ihrer. »Du gehörst mir. Ich will dich.«

»Gleichfalls, Baby«, haucht Maxim, und als sie sich vorbeugt, um seine Lippen zu kosten, lässt sie ihn los.

Er streicht ihr über den Rücken bis zur Taille und ihrem Hintern, wo er ihre Pobacken mit kräftigen Händen knetet, während sie einander erobern.

»Lady Trevethick, Sie haben einen fantastischen Hintern«, flüstert er, und sie grinst und knabbert an seinem Kinn, bevor sie eine Spur aus Küssen hinab zu seiner Brust, seinem Bauch und über seinen Nabel zieht. Er atmet flach vor Erwartung, als sie ihre Hand um seine steife Erektion legt.

Mit dem Blick auf ihn geheftet, umspielt sie diese mit der Zunge, bevor sie seinen Schwanz in den Mund nimmt.

Er schließt die Augen und lässt den Kopf vor lauter Vergnügen zurück aufs Bett fallen. Sanft legt er ihr eine Hand auf den Kopf, während sie sich mit ihren Lippen auf ihm rauf und runter bewegt. Rauf. Runter. Und erneut. Er stöhnt, während er sich vorsichtig weiter in ihren Mund schiebt.

Sie ist unerbittlich, nimmt ihn immer mehr auf. Höher.

»Genug«, haucht er. »Ich will in dir kommen.« Er ist heiser. Vor Lust.

Alessia kniet sich über ihn und führt ihn in sich ein. »Ah!«, ruft sie und genießt das Gefühl, ganz von ihm erfüllt zu sein.

Sie beginnt, sich auf ihm zu bewegen, wiegt sich mit ihrem Ehemann und nimmt seinen Rhythmus auf, in perfekter Gegenbewegung zu Maxim, der ihr bei jedem Auf und Ab entgegenkommt. Sie beugt sich vor und legt ihm die Hände auf die Brust. Seine Augen funkeln in einem leuchtenden Waldgrün, die Pupillen groß und dunkel. Voller Liebe. Voller Lust. Voller Begehren.

»Ich liebe dich.« Alessias Lippen schweben über seinen.

Er drückt die Hüften hoch, verlangt nach mehr. »Ich will dich.« Und dann bewegt er sich plötzlich, überrascht sie und dreht sie beide, immer noch verbunden, sodass er auf ihr liegt – sein Gewicht presst sie in die Matratze, während er sich in ihr versenkt.

Er legt ihr die Arme um den Kopf, hüllt sie ein, während er sich mit einer hemmungslosen Leidenschaft in ihr bewegt, die Alessia atemlos zurücklässt und nahe an … nahe an …

Sie stößt einen Schrei aus, als sie kommt, und Maxim vergräbt den Kopf an ihrer Halskuhle und folgt ihr über die Klippe, wobei er ihren Namen ruft.

Alessia kehrt auf die Erde zurück, überrascht von der Intensität ihres Orgasmus. Sie hält Maxim fest an sich gedrückt; es gefällt ihr, dass ihre Körper immer noch verbunden sind. Das Herz geht ihr über vor Gefühlen, als sie den Mund in sein Haar vergräbt.

Sie liegt bei dem Mann, den sie liebt, und kann kaum fassen, dass ihr Leben jetzt so aussieht.

Ihr liebevoller Ehemann. Ihr bekehrter Schwerenöter.

Wird es immer so sein?

So intensiv.

So leidenschaftlich.

Sie hofft es … für alle Ewigkeit. Mit dem Gefühl der Überfülle nimmt sie Maxims linke Hand und verflicht ihre Finger mit seinen, dann führt sie sie an ihre Lippen.

»Das ist die sexy Sache … sexyeste Sache«, korrigiert sie sich selbst flüsternd.

»Was? Meine Hand?« Maxim grinst, und in seinem Blick spiegelt sich seine Liebe.

»Nein.« Sie küsst den glänzenden Platinring. »Das hier bedeutet, dass du mir gehörst.«

»Für immer«, murmelt er. Er umarmt sie fester, und sie liegen gemeinsam da, die Gliedmaßen ineinander verschlungen, Haut an Haut. »Ich möchte dich einfach nur im Arm halten, bis ans Ende der Zeit.«

»Wird das lang genug sein?«, fragt Alessia und küsst seine Brust.

»Niemals.«

Als Alessia aufwacht, ist sie allein. Es ist Samstagmorgen, und sie hatte eine arbeitsreiche Woche. Sie liegt auf den weichen Seidenlaken, genießt die Stille, lauscht auch, wo Maxim sein könnte, doch in der Wohnung ist es still. Sie ruft ihn, doch es kommt keine Antwort. Vielleicht ist er joggen gegangen, oder er fechtet mit Joe.

Lächelnd erinnert sie sich an den Vorabend. Sie waren mit Tom, Henry, Caroline und Joe ausgegangen, um zu feiern, dass sie am Royal College of Music angenommen worden war. Sie hatten den Abend in einem Restaurant in Mayfair begonnen, wo Maxim und Caroline den Chefkoch kannten – das mediterrane Essen war vorzüglich gewesen. Und sie hatten die Nacht bis in die frühen Morgenstunden in Maxims Club verbracht. Es war ein fröhlicher Abend gewesen, die perfekte Entspannung für Alessia und Maxim nach Rowenas Eröffnungen einige Tage zuvor und Alessias anstrengenden Vorspielterminen.

Heute wird sie damit beginnen, die Dinge im Apartment zusammenzupacken, weil sie innerhalb der nächsten Woche umziehen wollen. Sie muss noch Lebensmittel einkaufen, da ihr Großonkel und Bleriana morgen zum Mittagessen vorbeikommen, und sie möchte für sie ihr albanisches Lieblingsgericht kochen. Als sie auf die Uhr blickt, ist es schon nach zehn. Eigentlich ist sie keine Langschläferin. Sie verlässt das Bett und geht ins Bad.

Eine Viertelstunde später trägt sie enge Jeans und ein weißes T-Shirt, betritt den Flur und bemerkt das rote Licht.

Oh.

Maxim ist in seiner Dunkelkammer. Sie hat noch nie erlebt, dass er sie benutzt hat. Sie war nur einziges Mal darin, als er sie zum ersten Mal geküsst hat. Sie geht zur Tür, legt das Ohr daran und hört, wie er herumgeht und vor sich hin summt. Vorsichtig klopft sie an.

»Nicht reinkommen!«, ruft er.

Sie lächelt. Das hatte sie auch gar nicht vor. »Kaffee?«, fragt sie.

»Ja, bitte. Ich bin in ungefähr fünf Minuten fertig.«

»Hast du schon gefrühstückt?«

»Nein.«

Grinsend geht sie in die Küche und beschließt, dass es Avocadotoast geben wird, eines von Maxims Lieblingsessen. Vielleicht mit ein wenig Räucherlachs dazu.

Ich habe schon die ganze Woche darauf gewartet, die Fotos von unserer Zeit in Cornwall zu entwickeln, und ich bin von den Ergebnissen begeistert. Ich hänge das letzte Foto zum Trocknen auf und bewundere meine Arbeit.

Da ist meine Frau. Lächelnd. Bildhübsch. Tresyllian Hall gibt einen herrlichen Hintergrund für sie ab. Auf dem nächsten Foto springen Jensen und Healey den Weg entlang, mit Alessia im Hintergrund und in einem magischen Abendlicht. Und genau das ist dieses Foto auch … magisch. Alessia am Strand, wie sie aufs Meer hinausblickt.

Mann, sie ist überwältigend.

Dann einer der Hirsche am Horizont – das Bild ist vielleicht sogar druckwürdig, und ich kann es der Sammlung meiner Reproduktionen hinzufügen, die wir in der Galerie in Trevethick verkaufen.

Aber mein Lieblingsfoto ist das, das ich in der Scheune beim Lammen aufgenommen habe. Alessias Haare lösen sich aus dem Zopf, einzelne Strähnen umrahmen ihr wunderschönes Gesicht, und ihre Augen leuchten vor purer Begeisterung – aber es ist ihr Lächeln, das mir gilt, das die Welt erhellen würde, wenn wir es zuließen, und das ich so liebe. Ich grinse wie ein Idiot über ihr ansteckendes, berauschendes Lächeln, erfreut über meine Arbeit. Ich möchte, dass dieses Bild gerahmt auf jedem einzelnen meiner Schreibtische steht.

Mein Magen knurrt, und ich schalte das rote Licht aus und gehe in den Flur.

Dort lehne ich mich an den Türrahmen und sehe Alessia zu, wie sie Frühstück macht und sich dabei grazil durch die Küche bewegt.

Avocadotoast. Sehr gut.

Schließlich blickt sie auf und belohnt mich mit dem gleichen Lächeln, das ich glücklicherweise auf ein Foto gebannt habe.

»Guten Morgen, mein Ehemann.«

»Guten Morgen, meine Ehefrau.«

Alessia lässt die Avocadomischung stehen, die sie gerade auf die Toasts streichen wollte, schlingt die Arme um meine Taille und schenkt mir rasch einen Kuss.

Ich halte sie fest und stupse ihre Nase mit meiner an. »Ich fühle mich sehr tugendhaft.« Ich küsse sie. »Ich war joggen.« Noch ein Kuss. »Ich habe geduscht.« Ein weiterer Kuss. »Und den Film entwickelt, den ich in Cornwall in der Kamera hatte. Ich kann es kaum erwarten, dir die Aufnahmen zu zeigen. Ich finde, ich habe mir mein Frühstück verdient.« Ich küsse sie auf den Mund.

»Das hast du, und noch vieles mehr«, flüstert sie und lässt die Arme über meine Brust gleiten, während sie kokett und provokant zugleich zu mir aufsieht.

Oh … So ist das also, ja?

Mein Körper reagiert, und ich ziehe sie fester in die Umarmung und küsse sie weiter, knabbere sanft an ihren Lippen. Ihre Hände finden mein Haar und ziehen meinen Kopf näher, während sie ihre Zunge in meinen Mund gleiten lässt und mich damit herausfordert. Ich schließe die Augen, stöhne und vertiefe den Kuss, schmecke ihren süßen, süßen Mund und nehme ihre Herausforderung an. Ich schiebe eine Hand in ihren Nacken, umfasse ihren Kopf und lege die andere auf eine ihrer wohlgeformten, in Jeans steckenden Pobacken. Ich drücke sie gegen die Wand, presse meine Hüften an ihre, um Reibung für meinen härter werdenden Schwanz zu finden.

Scheiß auf das Frühstück.

»Gott, was du mit mir machst, Mylady«, hauche ich an ihrer Wange.

»Was du mit mir machst, Mylord.«

»Sollen wir …«

Es klingelt zweimal an der Haustür, und ich lege meine Stirn an ihre. »Fuck.«

»Jetzt nicht, so wie es aussieht.« Alessia kichert und macht sich aus meiner Umarmung frei, um die Gegensprechanlage in der Küche zu benutzen. »Hallo?«

»Alessia! Guten Morgen. Lass mich rein.«

»Es ist Caroline«, informiert mich Alessia.

Verdammte Störenfriedin.

»Hi. Okay«, antwortet Alessia mit einem entschuldigenden Lächeln in meine Richtung.

Ich grinse. »Aufgeschoben ist nicht aufgehoben.« Ich küsse sie auf die Nase.

Sie blickt auf die Vorderseite meiner Jeans. Ich grinse. »Ja, ja. Ich kümmere mich darum.«

Kichernd lässt sie mich zurück, damit ich meine Erektion in den Griff bekomme, während sie die Haustür öffnet, um Caroline zu begrüßen.

Guten Morgen, Alessia«, sagt Caroline, umarmt sie und gibt ihr zur Begrüßung einen Kuss auf beide Wangen. »Ich hoffe, ich störe nicht.«

»Nein. Komm rein. Wir wollten gerade frühstücken. Hast du Hunger?«

Caroline trägt Jeans, braune Lederstiefel und ihr Tweedjackett über einem cremefarbenen Kaschmirpullover. Sie sieht so elegant wie immer aus, aber Alessia ist nicht länger eingeschüchtert von ihr, obwohl sie barfuß ist und eine abgetragene Jeans anhat.

»Klingt gut.« Caroline schenkt ihr ein echtes Lächeln. Alessia stellt fest, dass Caroline seit dem Abendessen vor einigen Tagen viel freundlicher und entspannter ist. Sie überlegt, ob das, was sie und Maxim nach dem Abendessen besprochen haben, der Grund dafür ist.

»Es gibt Avocadotoast.«

»Lecker. Hallo, Maxim«, begrüßt ihn Caroline, als sie zu Maxim in der Küche stoßen.

»Caro.« Er küsst sie auf die Wange, die sie ihm entgegenstreckt. »Kaffee?«

»Gern.«

»Setz dich«, sagt Alessia und führt sie zum Küchentisch, den sie bereits für zwei Personen gedeckt hat.

»Ihr beiden seid so häuslich. Schafft ihr euch Personal an?«

Maxim blickt zu Alessia, doch bevor sie etwas sagen kann, antwortet er: »Ja, wenn wir umziehen.«

Alessia runzelt die Stirn. Sie ist nicht sicher, ob sie in London Personal brauchen, widerspricht ihm aber nicht und holt ein weiteres Gedeck, gefolgt von Kaffeetassen und Untertassen.

»Wann zieht ihr um?«, will Caroline wissen.

»Ende der Woche.«

»Wir wollen heute mit dem Packen beginnen«, wirft Alessia ein, hauptsächlich um Maxim daran zu erinnern, dass er sich Gedanken machen muss, was er mitnehmen will. Sie steckt ein weiteres Stück Sauerteigbrot in den Toaster und bestreicht die bereits getoasteten Scheiben weiter mit der Avocado-Räucherlachs-Mischung.

Caroline blickt zweifelnd. »Macht das nicht eure Umzugsfirma?«

»Ja, aber nicht unsere persönlichen Sachen. Und wir haben dadurch die Möglichkeit – wie sagt man? – auszumisten.«

Caroline lacht, während Maxim Alessia alarmiert betrachtet. »Viel Glück damit!«, sagt Caroline, als Maxim mit einer Kanne starken Kaffee zu ihr an den Tisch tritt. »Das riecht gut.«

Alessia stellt die bestrichenen Toasts vor Caroline und Maxim hin und wartet darauf, dass ihr Brot ausgespuckt wird.

»Hm, das sieht toll aus, Alessia. Danke. Und ich habe gute Neuigkeiten für euch beide.«

»Ach ja? Was denn?«, fragt Maxim.

»Ich habe mit meinem Vater über Alessia und ihr Visum gesprochen.«

Alessia wird nervös, und Maxim blickt ruckartig auf. »Jetzt, wo Alessia am RCM angenommen wurde, kann sie ein Studentenvisum erhalten … und wir arbeiten erst mal damit weiter«, sagt er.

»Aber Daddy wird das Visum auf unbestimmte Zeit verlängern. Er braucht lediglich die Formulare.«

»Was?«, haucht Alessia.

»Er ist ein leitender Direktor im Innenministerium. Das liegt innerhalb seiner Befugnisse. Ich habe am Donnerstag mit ihm und der Stiefkuh – oh, Entschuldigung, meiner Stiefmutter – zu Abend gegessen und ihm erzählt, dass ihr all diese lächerlichen Instanzen durchlaufen müsst, obwohl du mit einem Angehörigen des britischen Hochadels verheiratet bist. Er hat mir beigepflichtet, was nicht oft passiert. Jedenfalls hat er mich heute Morgen mit einem Plan angerufen.«

»Caro, das ist …« Mir fehlen die Worte. Einerseits wäre es wunderbar, mir endlich keine Sorgen mehr über Alessias Aufenthaltsstatus in UK machen zu müssen.

Andererseits kommt es mir wie … mogeln vor.

»Ein Titel bringt auch Privilegien mit sich, Lieber.« Caroline hat mein Stirnrunzeln korrekt interpretiert. »Reichtum natürlich auch«, fügt sie hinzu.

»Ja«, murmele ich und wende mich an meine Frau, die sich gerade Avocado mit Räucherlachs auf ihren Toast streicht.

»Das ist großartig. Danke, Caroline«, sagt sie begeistert, und es ist deutlich, dass sie keinerlei Bedenken hat.

»Ich werde mit unserer Anwältin für Aufenthaltsrecht darüber sprechen.« *Und mit meiner Frau.* Ich bin nicht wirklich sicher, ob ich möchte, dass wir uns die Einbürgerung für Alessia erschummeln. Denn tief in mir drin empfinde ich das so bei unserer Hochzeit. Wir haben uns nicht an die Regeln gehalten, was zu unangenehmen Fragen durch die Presse geführt hat, und ich möchte nicht in den Nachrichten enden, weil wir das Visasystem umgangen haben. Ich würde gern den offiziellen Weg gehen, aber Caros Vater vielleicht als Notlösung in Reserve behalten.

»Das ist wirklich lecker, Alessia«, sagt Caroline. »Kein Wunder, dass ihr nicht mehr so viel ausgeht wie früher.«

Alessia setzt sich zu ihnen an den Tisch. »Limettensaft und Ricotta. Meine Geheimzutaten.«

Das Schöne daran, dass ich meine Frau bei Dimitri Egonows Party eingeführt habe, ist, dass wir jetzt mit Einladungen überschüttet werden. Ich habe früher schon viele erhalten, aber jetzt werden wir damit überflutet. Alle möchten meine Frau kennenlernen.

Ich lege die Post beiseite. Ich werde sie mit Alessia durchgehen, wenn sie von ihrer Einkaufstour zurückkommt. Tobias Strickland, Bleriana und nun auch Caroline werden morgen am Sonntagmittag mit uns essen, und sie ist irgendwo unterwegs auf der Jagd nach bestimmten Zutaten. Zu sagen, dass sie sich darauf freut, wäre eine Untertreibung.

Ich habe angeboten, dass wir essen gehen können, aber sie möchte kochen.

Und ich werde mich auf keinen Fall zwischen eine albanische Frau und ihre Kocherei stellen.

Ich lehne mich auf meinem Stuhl zurück und betrachte die Holzkiste, die Caroline mir Anfang der Woche gegeben hat und die seither ungeöffnet auf meinem Schreibtisch steht. Ich weiß nicht, was mich bisher davon abgehalten hat, sie zu öffnen.

Kumpel, mach die Kiste auf.

Ich stelle sie vor mich hin und klappe den Deckel auf. Sorgfältig zusammengerollt liegt Kits alter Iron-Maiden-Gürtel auf einem Stück blauem Samt. Ich lache laut auf – Caroline weiß, dass ich Kits Musikgeschmack verabscheut habe.

Petrol Head.

Metal Head.

Er hat seine Heavy-Metal-Bands abgöttisch geliebt.

Ich nehme den schweren Gürtel in die Hand. Das Leder hat schon bessere Tage gesehen. Die Gürtelschnalle ist jedoch genauso furchterregend wie an dem Tag, als Kit den Gürtel gekauft hat. Sie ist aus Zinn gefertigt und zeigt den Kopf eines Tieres mit einem roten, mit Edelsteinen besetzten Auge über einem Totenkopf. Rechts und links davon ist auf kleinen Tafeln 1980 und 1990 eingraviert. Zwischen den Daten ist Eddie auf einer Schriftrolle verewigt. Kit war vierzehn, als er den Gürtel erstanden hat, und er war sein ganzer Stolz.

Ich weiß noch, dass ich mit zehn damals so neidisch war … Seltsam, wenn ich daran denke, dass ich in meiner Jugend so viel Zeit damit verbracht habe, meinen großen Bruder zu beneiden.

Ich lege den Gürtel zur Seite und hole ein weiteres Kästchen aus der Holzkiste heraus. Dieses ist in grünes Leder gehüllt. Es kommt mir vage bekannt vor … Die Krone auf der Vorderseite sollte mir einen Hinweis geben, aber ich kann sie nicht einordnen. Als ich sie öffne, finde ich darin die Rolex meines Vaters.

Es trifft mich wie ein Schlag in die Magengrube.

Daddy.

Vorsichtig hole ich sie heraus. Sie ist klobig. Eine Männeruhr aus rostfreiem Edelstahl.

Die Uhr meines Vaters.

»Rolex Oyster Cosmograph« steht über den beiden oberen Totalisatoren.

Über dem dritten Hilfsziffernblatt unten ist in roten Buchstaben »Daytona« zu lesen.

Fuck. Mir steigen Tränen in die Augen. Ich erinnere mich, dass ich als Kind von der Krone im Gehäuse fasziniert war, und ich war begeistert, wenn er mich an der Uhr herumspielen ließ. Es schien ihm zu gefallen. *Zeit ist kostbar, mein Junge*, hat er immer gesagt, und er hatte recht.

Ich drehe sie um und entdecke die Inschrift auf der Rückseite.

Danke. Für alles.
Für immer deine Row

Wow. Ich hatte keine Ahnung, dass sie ein Geschenk von meiner Mutter war. Er hat sie jeden Tag getragen, als Beweis für sie, nehme ich an. Ich schüttle den Kopf, wenn ich nachdenke über das, was ich inzwischen weiß.

Sie hatte Glück.

Er hat sie sehr geliebt.

Er hat ihr Ehrbarkeit und einen Titel geschenkt und ihrem Sohn den Titel eines Earls. Und auf der Rückseite seiner Uhr ist nur Dankbarkeit zu erkennen. Sie hat zugegeben, dass sie in einen anderen Mann vernarrt war. Einen Mann, der weder sie noch ihr Kind wollte.

Vielleicht wollte ich deshalb die Holzkiste nicht öffnen. Ich wusste, es würde … *Gefühle* auslösen. Ich muss mich damit abfinden, dass meine Mutter aus Bequemlichkeit geheiratet hat, nicht aus Liebe, und dass mein Vater nicht die Liebe einer guten Frau erfuhr.

Ganz anders als ich.

Aber er hatte ihren Respekt, das ist immerhin etwas. Womöglich hat ihm das gereicht. Mit diesem Gedanken muss ich mich trösten.

Ich lege die Rolex zurück in ihren Behälter und ziehe ein weiteres dunkelgrünes Samtkästchen heraus.

Darin befindet sich ein Paar silberne Manschettenknöpfe mit dem Trevethick-Wappen. Die gehörten ganz klar Kit, und ich versuche, mich zu erinnern, ob er sie hat anfertigen lassen oder ob sie ein Geschenk waren. Falls er sie geschenkt bekommen hat, dann garantiert von Caroline. Es ermutigt mich, dass sie findet, ich sollte sie bekommen, und wichtiger noch, es ist auch angemessen.

Schließlich finde ich auf dem Boden der Holzkiste noch ein silbergerahmtes Foto von Kit, Maryanne und mir als Kindern. Kit steht stolz zwischen uns, größer als wir, weil er ungefähr zwölf war und Maryanne und ich jeweils sieben und acht. Mein Vater hat dieses Bild in den Dünen vom Trevethick-Strand in Cornwall aufgenommen. Kit hat die Arme besitzergreifend um unsere Schultern gelegt, und er strahlt vor Stolz. Er war immer der König des Schlosses. Seine blonden Haare schimmern golden in der Sonne von Cornwall, in dunklem Kontrast zu unseren hellbraunen Haaren. Ich weiß noch, dass unser Vater uns zum Lächeln ermutigt hat, und er muss etwas Lustiges gesagt haben, denn Maryanne und ich lachen beide, obwohl wir vermutlich bloß gerade ein Spiel gespielt haben, das Kit sich ausgedacht hat, wo wir seinen Launen und seiner Gnade ausgeliefert waren.

Das Licht ist wundervoll. Haltet still, Nachwuchs.

Das war Dads Sammelbegriff für uns drei. Und seine Liebe ist auf diesem Bild deutlich wahrzunehmen.

Ich kann mich nicht entsinnen, dieses Foto irgendwo in Kits Haus gesehen zu haben, aber es muss ihm etwas bedeutet haben, wenn er es hat rahmen lassen. Und das löst in mir ein warmes, aber melancholisches Heimweh aus.

Kit. Kit. Kit.

Es tut mir so leid.

Ich fahre mit dem Finger über sein Foto …

Du Bastard. Du hast dich von deiner Wut leiten lassen.

Ein Kloß bildet sich in meiner Kehle.

Obwohl du manchmal ein Arschloch sein konntest, habe ich dich geliebt und vermisse dich.

Ich höre das Klappern eines Schlüssels in der Haustür und stelle die Kiste beiseite, um meiner Frau zu helfen.

Alessia schiebt mit dem Fuß die Tür hinter sich zu, da sie mit Einkaufstüten beladen ist. Doch als Maxim auf sie zugestürzt kommt, stellt sie sie ab.

»Hey«, sagt sie, und er schlingt die Arme um sie und hält sie fest.

»Was ist los?«, will sie wissen und erwidert seine Umarmung.

»Nichts. Ich hab dich vermisst, das ist alles.« Er hält sie noch einige Sekunden im Arm, die Nase in ihrem Haar vergraben.

»Ich bin wieder da. In einem Stück.«

»Ich weiß, ich weiß. Ich bin froh, dass du zurück bist.«

Ich lasse sie los und erinnere mich daran, dass ich eine Pflicht zu erfüllen habe. »Ich muss dir etwas zeigen.«

»Okay. Kann ich erst die Einkäufe wegräumen?«

Ich grinse. »Natürlich. Ich helfe dir.«

»Das hier ist der Safe, wie du weißt. Und das hier ist die Kombination.« Ich reiche ihr einen Zettel. »Präge sie dir ein und schluck ihn anschließend hinunter.« Ich ziehe die Brauen hoch.

Sie lacht. »Wie lecker.«

Wir stehen in meinem begehbaren Kleiderschrank, und seit ich herausgefunden habe, dass Kit seiner Frau Caro keinen Zugang zu den Safes gewährt hat, wollte ich sichergehen, dass meine Frau niemals in eine ähnliche Situation gerät. Ich stelle die Nummern ein: 11 14 2 63. Dann drehe ich den Griff und ziehe die Tür auf. Alessia späht fasziniert hinein.

»Siehst du?«

»Ja. Was ist da drin?«

Kits Tagebuch. »Wichtige Dokumente. Meine Geburtsurkunde. Mein Pass. Du solltest mir deinen auch geben. Der Schmuck, den du getragen hast, als wir bei Egonow waren, den ich zur Bank zurückbringen sollte.«

»Der Bank?«

»Ja. Die sehr wertvollen Sachen sind dort verwahrt. Wir haben ein Schließfach, und wir sollten einmal hingehen und es uns ansehen. Vielleicht ist dort etwas drin, was dir gefällt.«

»Warum zeigst du mir das?«

»Für den Fall, dass mir etwas zustößt.«

Alessia reißt die Augen auf. »Was wird dir denn zustoßen?«

Ich grinse. »Hoffentlich nichts. Ich halte es nur für wichtig, dass du weißt, wo alles ist. Es gibt auch einen Safe in Angwin und in der Hall. Wenn wir wieder dort sind, werde ich sie dir zeigen. Du musst wissen, wo sie sind und was sich darin befindet.«

»Okay.«

»Gut.« Ich fühle mich … erleichtert.

»Jetzt, wo wir schon mal hier sind – gibt es Kleidung, die du gern für wohltätige Zwecke spenden würdest?«

»Mir gefallen meine Sachen.«

»Maxim, niemand braucht so viel Kleidung. Ich hole einen Plastiksack.«

Seufzend inspiziere ich meine nicht gerade wenige Garderobe. Vielleicht hat Alessia nicht unrecht, aber so hatte ich den Nachmittag eigentlich nicht verbringen wollen.

»Hier, ich habe einen Sack vollgemacht.« Ich trete aus meinem Schrank heraus und bin über alle Maßen zufrieden mit mir.

Alessia blickt auf. Sie sitzt mit einem Karton und einem schwarzen Plastiksack auf dem Boden neben meinem Nachttischschrank. Sie hält ein Paar Handschellen hoch. »Deine?«

»Ah.«

»Ah«, wiederholt sie und grinst, während ich spüre, wie mir die Röte in die Wangen steigt.

Warum ist mir das peinlich?

Weil ich keine Ahnung habe, wie ich sonst reagieren soll, lache ich und gehe zu ihr.

»Ich dachte, den Inhalt dieser Schublade hättest du schon beim Saubermachen gesehen.«

»Nein. Aber diesen Bändern hier bin ich schon einmal begegnet. Eines davon war am Kopfende deines Betts befestigt.«

Verdammt. Das war, um Leticia und ihre Krallen zu bändigen.

»Du kennst alle meine schmutzigen Geheimnisse.«

Alessia kommt behände auf die Füße, nachdem sie die Handschellen und Bänder beiseitegelegt hat. »Ach ja?«

»Vielleicht nicht alle.« Ich komme näher und streiche ihr über die Wange. »Aber wir könnten unsere eigenen erschaffen.«

»Schmutzige Geheimnisse?« Ihre Augen leuchten auf, und sie fährt mit den Fingern über meine Brust bis zum Bund meiner Jeans. »Wie wäre es jetzt mit dem verschobenen Mal von neulich?« Sie schaut mich mit ihrem verführerischsten Blick an.

Fuck, ja.

EPILOG

Februar. Im folgenden Jahr
Cheyne Walk

»Wie ist das?« Alessia kommt aus ihrem Ankleidezimmer und streicht mit den Händen über den schwarzen Satin des langen, körperbetonten Rocks, den sie trägt. Sie blickt mich eindringlich an, und ich weiß, dass sie auf meine Zustimmung aus ist.

Sie braucht meine Zustimmung nicht. Sie ist eine verdammte Göttin. »Wow.«

»Es gefällt dir?«

Das taillierte Bustier ist aus Leder und mit Riemen versehen, sodass ich unter dem Mieder Haut sehen kann, bevor es auf den Rock trifft. Ich deute mit dem Finger an, dass sie sich drehen soll, und sie folgt lachend. Das Rückenteil wird von drei verschiedenen Riemen zusammengehalten, die noch unbefestigt sind. »Möchtest du, dass ich dich in dieses atemberaubende Kleid einschnüre?«

Alessia kichert, ich nehme an, vor Nervosität. »Ja, bitte.«

»Du siehst sensationell aus.« Ich küsse die weiche, duftende Haut ihrer nackten Schulter. »Hat dein Vater dieses Kleid schon gesehen?«

»Nein. Ist es zu viel?«

»Nein, es ist perfekt. Du siehst aus, als könntest du darin die Welt erobern.«

»Das fand ich auch. Es ist von Alaïa.«

»Es passt zu dir.«

»Das hat Caroline auch gesagt. Sie ist ein Dschinn beim Shoppen.«

Ich schnüre meine Frau zügig in ihr Kleid, und als sie sich zu mir umdreht, bemerke ich, dass sie ihr Goldkreuz und die Trevethick-Diamanten an den Ohren trägt.

»Ich bin ein sehr glücklicher Mann, Lady Trevethick. Und jetzt lass uns gehen und deine Eltern schockieren.«

Alessia ist begeistert, dass ihre Eltern uns zu diesem besonderen Anlass besuchen. Sie wohnen bei uns auf dem Cheyne Walk, und es gefällt ihnen sehr. Besonders Alessias Mutter ist in Chelsea aufgeblüht. Ihr Englisch hat sich verbessert, und sie ist überaus dankbar, dass sie Toby, den Bruder ihrer Mutter, wiedersehen kann.

Wir haben uns in unserem neuen Zuhause eingelebt. Nach langen Verhandlungen zwischen Alessia und mir haben wir nun eine Köchin-Schrägstrich-Haushälterin, die von uns Cook genannt werden will und deren Ehemann auch bei uns wohnt und in Teilzeit als Fahrer und Handwerker für uns arbeitet.

Und dann ist da noch Bleriana, die für weitere zwei Monate bei uns lebt. Alessia ist ganz begeistert, dass sie bei uns ist.

Ich hingegen bin mir da nicht so sicher.

Aber sie verdient sich ihren Unterhalt, während sie Englisch lernt, indem sie Cook im Haus hilft.

So wie Alessia früher.

Ich habe es lediglich Oliver noch nicht erzählt, weil ich weiß, dass er sie dann auf die Gehaltsliste setzen will.

Und Bleriana bevorzugt Bargeld.

In meiner Gegenwart ist sie immer noch nervös, was wiederum mich nervös werden lässt, aber sie macht Fortschritte mit ihrer Therapie, daher hoffen wir, dass Bleriana eines Tages weniger verängstigt sein wird. Alessia war maßgeblich daran beteiligt, die Beziehung zwischen Bleriana und ihren Eltern wiederherzustellen. Sie möchte nach Albanien zurückkehren und dort als Lehrerin arbeiten, aber in der Zwischenzeit unterstützt sie uns dabei, unsere Stiftung für Frauen, die Menschenhändlern entkommen sind, zu gründen. Ich persönlich denke, dass sie für diese Tätigkeit sehr gut geeignet ist, sobald sich ihre Englischkenntnisse verbessert haben.

Jak und Shpresa werden morgen abreisen, und Alessia und ich werden nach Cornwall fahren. Am Sonntag ist unser Hochzeitstag, und ich habe übers Wochenende das Hideout reserviert, damit wir dort feiern können, nur wir beide.

Es soll eine Überraschung für meine Frau werden, und ich kann es kaum erwarten. Ich habe Pläne geschmiedet.

Ich folge ihr die Treppe hinunter zum Wohnzimmer im ersten Stock.

»Mein Schatz, du siehst wundervoll aus«, sagt Shpresa, als Alessia eintritt, und umarmt ihre Tochter. »Ich freue mich so für dich«, flüstert sie ihr auf Albanisch ins Ohr.

»Danke, Mama. Du siehst auch hübsch aus.« Alessia küsst sie auf die Wange.

Alessias Vater wendet sich stirnrunzelnd an Maxim. »Du hältst das für akzeptabel?« Er macht eine Handbewegung in Alessias Richtung, und es ist klar, dass ihm das Kleid nicht gefällt.

»Sie sieht atemberaubend aus«, erwidert Maxim, obwohl er kein einziges Wort von dem verstanden hat, was Alessias Vater gesagt hat. In Maxims Augen tritt Hitze, als er sie betrachtet, und seine Mundwinkel heben sich – entweder weil er sich über ihren Vater amüsiert oder aufgrund seiner anzüglichen Gedanken.

Alessia grinst ihn an.

»Wie ich schon sagte, meine Tochter ist dein Problem«, murmelt Jak, und Alessia nimmt die Hand ihres Vaters. Er schenkt ihr ein zögerliches Lächeln, und Alessia bemerkt den schlecht versteckten Stolz in seinen Augen. »Deinem Ehemann scheint es nichts auszumachen, dass du nur halb angezogen bist.« Schulterzuckend gibt er ihr einen schnellen Kuss auf die Wange.

»Baba, nicht mein Ehemann entscheidet, was ich anziehe. Sondern ich.«

Maxim mischt sich ein. »Seid ihr fertig? Wir müssen los. Die Wagen sollten bereits hier sein.«

Der Familie Trevelyan gehört schon seit dem Bau der Albert Hall eine Loge im Obergeschoss, oder zumindest kenne ich es so. Ich begleite unsere Gäste hinein und freue mich, dort auch Tom und Henry vorzufinden, die strahlenden Frischvermählten, außerdem Caroline, Joe und Alessias Freundin Tabitha. Ich stelle ihnen allen Alessias Eltern vor, und ich freue mich, dass Bleriana bei uns ist, weil sie für Jak dolmetschen kann.

Ihr Englisch ist definitiv besser geworden. Ich biete allen Champagner an.

»Das hättest du dir niemals vorstellen können, als du Alessia kennengelernt hast, oder, Trevethick?«, fragt Tom, als wir auf die Bühne hinabblicken, wo sich das Orchester zu versammeln beginnt.

Ich lache. »Nein, hätte ich nicht. Wer hätte das gedacht?«

»Wir freuen uns sehr für sie«, fügt Henry hinzu.

»Trägt sie das Kleid von Alaïa?«, mischt sich Caroline ein.
»Ja. Sie sieht spektakulär aus.«
Caroline lächelt selbstgefällig. »Es war perfekt. Ich freue mich so. Sie wird dieses Konzert rocken.«
»Kumpel«, sagt Joe.
»Ja. Wer hätte das gedacht?« Ich schlucke meine Nervosität hinunter. Meine Frau tritt in der Royal Albert Hall auf.
Von unserer Loge aus beobachte ich, wie sich der Raum mit Zuhörern füllt, und frage mich, ob ich diesen Moment je vorausgeahnt habe. In Gedanken erlebe ich noch einmal den Tag, als ich sie zum ersten Mal spielen gehört habe.
Bach.
Und ich auf Zehenspitzen meinen Flur entlanggeschlichen bin, damit ich um die Tür spähen und sie beobachten kann.
Vielleicht habe ich es ja doch vorausgesehen. Ich wusste, dass sie auf Konzertniveau spielt, und seit sie am Royal College of Music studiert, sind Alessias Können und Technik exponentiell gestiegen.
Sie ist ein klassischer Rockstar.
Sie ist auch ein Magnet für die Presse. Ihre Aschenputtel-Geschichte ist für die Regenbogenpresse unwiderstehlich. Wenn es sonst nicht viel zu berichten gibt, werden wir gelegentlich noch von Paparazzi verfolgt. Ich vermute, dass dies der eigentliche Grund dafür ist, dass sich die Plätze unter uns füllen und die Hall beinahe ausverkauft ist.
Ich schüttle den Kopf in Ehrfurcht und Verwunderung, und es klopft an der Logentür. Joe öffnet und begrüßt meine Mutter, die mit Maryanne und Tobias hereinkommt.
»Hallo, Schatz«, sagt sie und hält mir ihre Wange hin.
»Mutter.« Ich begrüße sie und Maryanne mit einem flüchtigen Kuss, dann schüttle ich Toby die Hand und freue mich darüber, ihn wiederzusehen. Seine Handflächen sind klamm,

und ich vermute, dass er ebenfalls wegen seiner Großnichte nervös ist.

Alessia tritt als Teil des Sonderprogramms des RCM auf. Insgesamt wird es vier Vorträge geben, aber Alessia ist die Letzte – sie ist das Highlight des gesamten Abends.

Ich kann es kaum erwarten.

Aber das ist nicht der einzige Grund, weshalb ich so nervös bin. Ich will auf keinen Fall, dass sie Stress ausgesetzt ist, obwohl sie vermutlich gerade sehr gestresst ist. Heute Morgen hat sie mir erzählt, dass sie schwanger ist. Und mir ist ganz schwindlig vor Freude, aber wir müssen es noch einige Wochen geheim halten.

Ich werde Vater. Ich. Ein Dad.

Ich bin vollkommen aus dem Häuschen.

Ich nehme einen Schluck Champagner, und in der Ferne läutet eine Glocke.

Die Vorstellung beginnt.

Des Himmels bestickte Stoffe

Hätt ich des Himmels bestickte Stoffe
Durchwirkt mit Gold- und Silberlicht
Die blauen und die matten und die dunklen Stoffe.
Aus Nacht und Tag und Dämmerlicht.
Würd ich unter deinen Fuß sie breiten.
Doch ich bin arm und hab nur meine Träume.
Die ich unter deinen Fuß gebreitet habe. Tritt sanft
Denn du steigst auf meine Träume.

William Butler Yeats (1865–1939),
aus: The Wind Among The Reeds (1899)

MUSIK AUS *THE MISSUS*

Kapitel vier
»Delicious« – Dafina Rexhepi

Kapitel sechs
Klaviersonate Nr. 14, cis-Moll, op. 27 Nr. 2, dritter Satz (»Mondscheinsonate«) – Ludwig van Beethoven

Kapitel sieben
»Vallja e Kukesit« – StrinGirls ft. Jeris
»Vallja e Rugoves Shota« – Valle
»Vallja e Kuksit!« – Ilir Xhambazi

Kapitel acht
»Magnolia« – J. J. Cale

Kapitel neun
»Only« – RY X

Kapitel zehn
Partita Nr. 3 E-Dur für Violine solo, BWV 1006: I. Preludio – Johann Sebastian Bach (Arrangement für Piano von Sergei Rachmaninow)

Kapitel elf

»Lo-Fi House Is Dead« – Broosnica

»Only Love« – Ben Howard

Kapitel zwölf

»Clair de Lune« – Claude Debussy

Kapitel siebzehn

Fuge Nr. 15 in G-Dur, BWV 884 – Johann Sebastian Bach

Kapitel achtzehn

»Runaway (feat. Candace Sosa)« – Armin van Buuren

Präludium Nr. 2 in c-Moll, BWV 847 – Johann Sebastian Bach

Kapitel fünfundzwanzig

»Cornfield Chase« (aus »Interstellar«) – Hans Zimmer

Kapitel siebenundzwanzig

»North Country« (John Peel Session 1974) – Roy Harper

Kapitel dreißig

»Valle e Vogël« – Feim Ibrahimi

Années de pèlerinage, 3ème année, S. 163 IV, Les jeux d'eaux à la Villa d'Este – Franz Liszt

Klaviersonate Nr. 14, cis-Moll, op. 27 Nr. 2, dritter Satz (»Mondscheinsonate«) – Ludwig van Beethoven

Kapitel einunddreißig

»Clair de Lune« – Claude Debussy

DANKSAGUNG

Das Schreiben von *The Missus* wäre ohne die Hilfe, Ratschläge und die Unterstützung der folgenden wunderbaren Menschen, denen ich jede Menge Dank schulde, deutlich herausfordernder gewesen:

Meiner albanischen Verlegerin, Manushaqe Bako von Dritan Editions, für ihren unschätzbaren Input zur Etikette bei albanischen Hochzeiten und natürlich für all die albanischen Übersetzungen.

Kathleen Blandino für ihre Web-Misstress-Fähigkeiten und dafür, dass sie eine vertrauenswürdige Betaleserin ist.

Ben Leonard, Chelsea Miller, Fergal Leonhard und Lee Woodford für die Erklärungen zum Schreckenslabyrinth bei der Visumantragstellung für all diejenigen, die mit ihren Lieben in UK leben möchten.

James Leonard für all die Terminologie aus der Sprache der oberen Zehntausend.

Vicky Edwards für ihre Beratung zu ausländischen Ehen und UK-Recht.

Chris Brewin für seine schwer erarbeiteten Erkenntnisse zum britischen Polizeisystem.

Meinem geliebten »Major« für seine Expertise in Sachen Musik und DJ-Equipment.

Meiner Agentin, Valerie Hoskins, für ihre fortwährende emotionale und moralische Unterstützung, ihre unterirdischen Witze und ihre unbezahlbaren Einblicke in die Herausforderungen der Landwirtschaft im heutigen UK.

Kristie Taylor Beighley von Silk City, Destillateure von Rang und Namen, für ihre fachkundigen Ratschläge zur Herstellung feiner Spirituosen.

Und meinem lieben Freund Ros Goode für all die Tipps zum Umgang mit einem Land Rover Defender.

Mein herzlicher Dank geht an meine begabte Lektorin Christa Désir, die meine Grammatik mit viel Humor und Finesse aufpoliert, und fürs Händchenhalten.

An alle meine wunderbaren, fleißigen Kolleginnen und Kollegen bei Bloom Books und Sourcebooks – danke für eure intensive Arbeit, für eure Professionalität und für eure Unterstützung.

Danke an meine Autorenfreundinnen und Autorenfreunde für eure breiten Schultern, die Inspiration und den Spaß … Ihr wisst, wer gemeint ist. Es sind viel zu viele, um sie einzeln aufzuzählen, und womöglich vergesse ich jemanden von dieser umfangreichen Liste, und das täte mir unsäglich leid!

Danke an meine Ladys vom *Bunker* für eure Unterstützung, für das Lachen und für die urkomischen Memes.

Danke an alle Teilnehmerinnen und Teilnehmer der Author Conference on Clubhouse, ich habe sehr viel von euch gelernt.

Ein riesiger Dank geht an die Ladys von der *I Do Crew* – eure Unterstützung bedeutet mir alles.

Und danke an die Social-Media-Göttinnen für ihre fortwährende Freundschaft: Vanessa, Zoya, Emma, Philippa, Gitte, Nic und viele andere.

Ich danke meiner PA, Julie McQueen, weil sie mich und die Ladys vom *Bunker* im Griff hat.

Und wie immer geht viel Liebe und Dank an meinen Mann,

Niall Leonard, für seine Kritik an meiner Grammatik, fürs Zuhören (manchmal!) und für den Dauernachschub an Tee.

Und an meine Jungs, Major und Minor – danke, dass ihr so seid, wie ihr seid! Ihr beiden strahlt so hell und bringt mir so viel Freude. Ich liebe euch bedingungslos, für alle Zeit.

Und schließlich – an all meine Leser und Leserinnen. Ein Danke scheint nicht genug … aber danke fürs Lesen.

Danke für alles.

EL James im Goldmann Verlag

Fifty Shades of Grey. Geheimes Verlangen. Roman

Fifty Shades of Grey. Gefährliche Liebe. Roman

Fifty Shades of Grey. Befreite Lust. Roman

Grey. Fifty Shades of Grey. Geheimes Verlangen
von Christian selbst erzählt. Roman

Darker. Fifty Shades of Grey. Gefährliche Liebe
von Christian selbst erzählt. Roman

Freed. Fifty Shades of Grey. Befreite Lust
von Christian selbst erzählt. Roman

The Mister. Roman

The Missus. Roman

Alle auch als E-Book erhältlich.

2 in 1 Fifty Shades of Grey aus Anas und Christians Sicht.
Geheimes Verlangen und Grey in einem Band

2 in 1 Fifty Shades of Grey aus Anas und Christians Sicht.
Gefährliche Liebe und Darker in einem Band

2 in 1 Fifty Shades of Grey aus Anas und Christians Sicht.
Befreite Lust und Freed in einem Band

Alle als E-Book erhältlich.